高山仰止

高山仰止

王士元教授九十歲賀壽文集

彭剛、孔江平、沈鍾偉、汪鋒
主編

國際統一書號：978-962-937-673-4

出版

香港城市大學出版社
香港九龍達之路
香港城市大學
網址：www.cityu.edu.hk/upress
電郵：upress@cityu.edu.hk

Inspirations from a Lofty Mountain: Festschrift in Honor of Professor William S-Y. Wang on his 90th Birthday
(in traditional Chinese characters)

ISBN: 978-962-937-673-4

Published by

City University of Hong Kong Press
Tat Chee Avenue
Kowloon, Hong Kong
Website: www.cityu.edu.hk/upress
E-mail: upress@cityu.edu.hk

Printed in Hong Kong

目錄

王士元教授（Professor William S-Y. Wang），1933年生於上海，1960年獲得美國密西根大學語言學博士學位。1966年轉入柏克萊加州大學做語言學教授，任教該校30年，並在1973年創辦《中國語言學學報》。退休後他移居香港，並先後任職於香港城市大學及香港中文大學的電子工程學系。現為中央研究院院士，香港理工大學中文及雙語學系講座教授。

王教授早期對演化論的興趣涵蓋生物演化及文化演化，奠定了詞彙擴散理論的基礎。近年來，他的研究興趣拓展到從認知神經科學角度探索人類一生中的語言發展，對老化的議題尤為關注。曾獲獎項及榮譽包括：古根漢基金會的研究獎金（1978–1979）、國際中國語言學學會首屆會長（1992）、上海人類學會終身成就獎（2017）、芝加哥大學榮譽人文博士學位（2018）及美國語言學會會士（2023）等。

Joseph Greenberg、王士元和Vincent Sarich，於柏克萊加州大學教職員會所，1987年

王士元在《普通話》季刊第一期封面，1988年

王士元六十歲賀壽文集（陳淵泉與曾志朗主編）的封面圖片，1993年

王士元
（上）於北京大學獲頒榮譽教授頭銜，2010年
（中）於台北國立台灣科技大學獲頒金語言獎， 2010年
（下）於北京語言大學獲頒榮譽教授頭銜，2011年

王士元於香港中文大學與拉波夫（William Labov）對話，2012年

王士元於第五屆演化語言學會議上接受《大江東去：王士元教授八十歲賀壽文集》（彭剛與石鋒主編），2013年

王士元
（左上）於南京師範大學獲頒榮譽教授頭銜，2014年
（右上）於香港中文大學獲頒榮譽教授頭銜，2015年
（左下）由上海復旦大學校長金力頒授上海人類學會終身成就獎，2017年

王士元於雲南大學出版社《王士元先生口述史》新書發表會發言，2017年

王士元由芝加哥大學校長 Robert Zimmer 頒授榮譽人文博士學位，2018年

王士元於香港理工大學「理大雲講堂」發表主題演講，2021年

引言

王士元先生是世界著名的語言學家，他的研究領域廣泛，研究成果豐富且影響巨大，範圍從早期的實驗語音學研究，到開創性的詞匯擴散理論，再拓展到考古學、遺傳生物學、神經科學與語言學的跨學科結合；到香港後，他先是開闢了語言建模仿真的前沿研究，後來又投身於老化與語言之間關係的研究。王先生的每次論文發表或學術演講，無論是一小步，還是一大步，都帶動着語言學研究的腳步。

今年是王士元先生的九十華誕。語言學界各個領域的朋友們和追隨王先生的後學們將自己最新的語言學成果彙編成書，以表慶祝與致敬之意。本書分中、英兩卷，共收錄35篇論文，集中而詳實地展示了一眾語言學者在歷時語言學、共時語言學，以及跨學科語言學這三大方面的研究成果。歷時語言學方面，多篇論文分別探討了語言的演化、語言之間的歷史關係、語言與文化的協同演變等；共時語言學方面，漢語方言和少數民族語言的語音系統和語音特點，以及語言與音樂的關係都有關注；跨學科語言學方面，多篇論文從跨學科的角度來探索語言的腦機制，利用行為、腦電圖和磁共振等實驗手段從多個角度剖析了人腦加工語言的機理。本書既包含傳統的語言學研究，又體現當前語言學研究發展的新動向，守正而有創新，符合王士元先生一貫倡導的學術理念。

中國是漢藏語的故鄉，中文卷18篇論文都從漢藏語的材料生發而來，無論是在歷時層面、共時層面，還是在難以歸類的跨學科層面，都展示了漢藏語視野的巨大潛力。

在歷時語言學部分，郭必之檢討了原始閩語元音韻腹分長短的假說，這一假說原本是已故著名學者羅杰瑞根據閩語材料提出的洞察，郭必之從粵語和仡佬語中找到新的證據來支持這一假說。李永宏、張晶用實驗語音學的方法分析了藏語卓尼土語群的單字調，以此為基礎來探討藏語聲調演化的微觀機制。麥耘以動態的演化視角出發，關注漢語方言個案中的羨餘特徵和音位變體，詳解音變細節與動因。沈鍾偉從構擬的困難以及押韻與分佈的證據直指高本漢將《切韻》中「韻」的誤解為韻基，如果盲從之，則會導致無法正確理解中古音。汪鋒集中探討苗瑤語中「茶」的來龍去脈，提出了從「油茶」到「茶」的起源模式，並從語言生態的角度討論了各種不同模式的成因。鄭偉提出「模韻入虞」和「灰泰入虞」兩種音韻現象的實質，是鋭音性輔音與鈍音性元音組合後產生的協同發音，並從其他語言材料中發現了平行例證。

在共時語言學部分，阿錯描寫了四川窩托瓦述藏語的輔音、元音和聲調系統，認為其兼有藏語安多和康兩個方言的特點。陳忠敏進一步探討了氣嗓音與低調的關係，認為濁阻塞音的持阻導致氣嗓音發聲態傾向，進一步引發低調，涉及到的音變都是漸變的。孔江平從認知音位學的角度討論了漢語不同歷史時期的音位系統，發現漢語的音位系統逐漸從基於自然語音意識的音位系統，轉變為基於非自然語音意識的音位系統，並進一步明確區分了「音位系統」和「注音系統」。石鋒、劉娟結合聲學和感知實驗重新梳理了普通話輕聲的十個問題，並從宏觀角度進一步探討了輕聲。葉狂、潘海華進一步論證了把字句的逆動化，給出了把字句的論元結構及生成過程，還解釋了「把」後「個」的出現、重建效應、複指代詞「它」的出現。曾曉渝探討了膠遼官話丹東市區話的連讀變調的音系規則和機制，並進一步考慮了其在四調型轉到三調型的表現。

語言學研究天然具有跨學科的性質，中國語言學也不例外。陳飛、彭剛研究了普通話母語者（簡單聲調系統）和香港粵語母語者（複雜聲調系統）在感知共享聲調時受語境影響的差異，提出「聲學密度假説」，認為母語聲調系統的複雜程度會影響其在特定的聲學空間中的音高感知。劉娟、左東玥根據神經認知以及大腦退化神經機制的科學發現，探討了古漢字認知與延緩大腦衰退的關係及研究，希望能挖掘古漢字在新時代的新價值。譚力海總結了中文閱讀的腦成像研究中大腦語言中樞的作用，認為這些研究可以驗證王士元先生提出的相關理論假設，也可説明語言學理論對認知科學和腦科學研究的重要貢獻。何大安研究了清初毛先舒所作曲學名著《南曲入聲客問》涉及的音韻問題，認為其所操之吳語即「北部吳語」，並據此論定詞旨所在等問題。李葆嘉從語言史的角度探討了語言學與神經語言學發展的相互關係。朱曉農研究了基於漢語對比語法原理的中國邏輯對比推演法，認為本族人在説話同時就構造了自然邏輯命題，漢語語法造成了漢人的語言習慣，進而引導漢語的表達方式。

英文卷17篇論文的作者來自中國及其他國家，也顯示了王士元先生的國際影響力。歷時研究方面，陳保亞、李子鶴、余德江基於納西語與漢語、傣語與漢語、漢語方言與普通話三個語言接觸的實例探討了對核心詞分階進行動態調整的方法，以促進兩階核心詞的穩定性與有效性。柯蔚南試圖結合羅杰瑞先生對早期閩語的混合假設來考慮齦顎塞擦音和擦音的語音對應模式，從而解決這一不合語音演變規則的問題。嚴翼相從遺傳學、類型學的角度來討論韓漢語的關係，還運用詞階法來判斷韓漢關係詞的性質，認為二者只有接觸關係，而無親緣聯繫。羅仁地以閩方言為例，從實際自然語料出發，並結合人口遷徙歷史，認為現代閩語至少是兩種不同的原始語言合併而成的，而且閩方言是四世紀初形成的，並不是最早分化出去的方言。連金髮根據剛出版的明末西班牙語和閩南語對照詞典探討其中的音韻問題，發現其反映的是漳腔，而漳腔比泉腔更接近官話音系，推測這也體現了早期的移民史。羅永現深入探討了李方桂先生的原始台語同源詞：*blaat D2L「跌倒」和 *phit D1S「錯，不正確」，進一步提出漢台語之間在這兩個詞義上可以建立某種關係，從詞族、構詞法等角度來說明漢台語關係深厚。

共時研究方面，李愛軍、張司晨、高軍研究了普通話學齡前兒童在自然語流中的兩個連續輕聲音節，分析其音系表徵和語音表現，發現兒童在音高峰值對齊、調型實現的精細控制以及語調短語邊界聲學特徵的發展模式還未達到成人模式。孫天心、林菱報告了四川毛埡藏語曲登話的語音與詞匯，根據第一手材料詳細介紹了其共時音系與歷史音變，並進一步討論了安多藏語內部分群及音韻類型。

跨學科的語言學研究同樣不少。鄒一帆以粵語語音與廣東音樂的材料來探討元音共振峰—音程假說，發現該假說的成立條件是用具體諧波去估算共振峰，置換檢驗法證實該假說僅在男性的前元音音節中成立；如果把共振峰比率和自然音程而非半音音程進行匹配，更能證實該假說的真實性。陳小聰、張偲偲通過內隱啟動實驗研究了潮汕閩語產出過程中的連讀變調變體編碼過程，發現雙字詞的首字音節和底層的調類相同會對被試的說話潛伏期有顯著的促進，且不受表層的變調變體是否不同的影響，而這表明潮汕閩語中的變調變體的加工過程或許與其他方言不同。方卓敏總結了丘腦、基底神經節和小腦這三個皮層下區域在語言處理中作用，提出「主從控制回路」的假設，以及一些相關的研究問題和一系列相應實驗，還討論了這些區域在腦偏側性和年齡上的潛在差異。龔濤、帥蘭總結了語言演化研究上的兩大分歧理論，分析了從跨學科角度研究語言學的工作以及其研究方式，並對未來的語言演化研究提出了建議。許雅欣招募了14名廣東話母語的老年人參加為期六周的初級英語課程，通過對比課程前後的認知能力，發現在老年時期才開始學習外語的，也能享受到雙語帶來的認知優勢。馬敬恒分析了一位八十多歲的老人六年間188個數據點隨年齡增長的變化，並將之與一群老人的頻譜特徵變化作比較，發現 δ 波、θ 波和 α 波的絕對功率會隨年齡增加，而較高頻率的功率則沒有太大變化，還發現縱向數據與組別數據相反，其解釋是老年變化或許是非線性的。帥蘭、龔濤通過測量事件相關電位 ERP的偏側化，發現對平調和曲折調的感知都存在左偏側化，但後者更甚，據此可質疑音系學中對曲折調的描述。戴浩一總結了腦細胞、記憶力與注意力的流失在老化中的作用，認為在雙語能力對抗失智與阿茲海默症研究中還存在着一些需要澄清的問題，提出一種漢語「概念稠密度」及「語法複雜度」的計算方法作為預測失智與阿茲海默症發病的語言指針。謝郴偉採用組詞造句任務，考察了28名年輕人和27名認知健康的老年人的語義和語法能力，發現老年人需要更長的時間完成任務，但所產出的句子就複雜度來說與年輕人並無顯著差異。

五十年前，王士元先生創辦了《中國語言學報》，寄語中國語言學將會在國際學術舞台上發光綻彩（Chinese Linguistics will have found its own voice）。功夫不負有心人，王先生宏闊的視野和卓越的成就，已然成為眾多以中國語言為對象的研究和中國學者所做的語言學研究共同參照、嚮往的一座巍峨高山。時光荏苒，半個世紀後的今日，在王士元先生九十華誕之際，我們願意跟着此套書中35篇中國語言學論文的作者一起，向王先生和中國語言學發展表達良好祝願！

彭剛、孔江平、沈鍾偉、汪鋒

2023年7月

本書圖表

表

圖

第一部分

歷時語言學

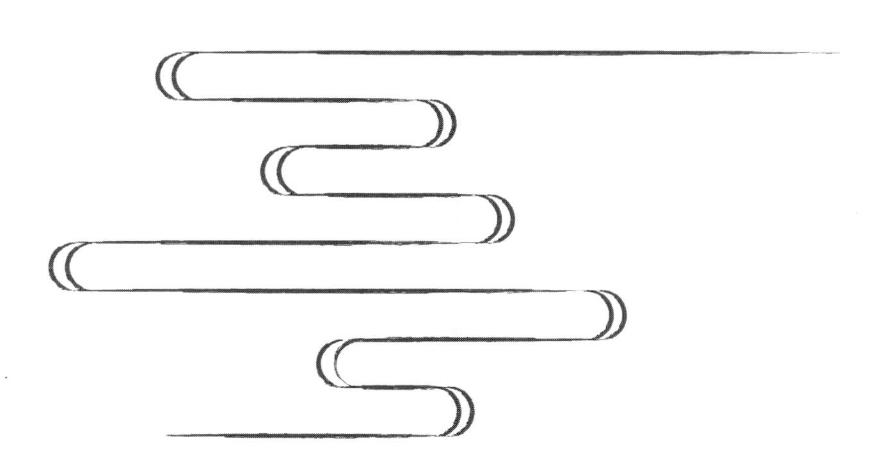

歷時語言學（或稱歷史語言學）探討語言的演變和發展，亦涉及語言間的歷史關係、語言與文化的協同演變等。本部分以多種漢語方言和少數民族語言，如閩語、藏語、苗瑤語等為對象，分析其語音特點及其語音系統發展，亦有文章闡述對《切韻》的理解。

第一章
「原始閩語元音具長短對立說」的檢討

郭必之
香港中文大學

提要

在 Norman (1981) 構擬的「原始閩語」韻母系統中，韻腹元音有長短的對立，而這種對立主要反映在現代閩南語和個別閩東語的韻尾上。本文從粵語和仡佬語裡找到證據，支持這個假說及相關音變，並指出原始閩語長短對立可能源自南亞語底層。

1. 前言

「原始閩語」(Proto-Min; 下文或簡稱'PM')的構擬方案在上世紀七、八十年代陸續提出，其中韻母系統有八個可以充當韻腹的元音 (Norman 1981)。這八個元音可以分為兩類：*i、*u、*y、*e、*ə 五個被假定為較閉 (close) 和較短的元音，*a、*ɑ 和 *o 三個則被假定為較開 (open) 和較長的元音。按構擬者 Norman (1981) 的意見，接在不同類型韻腹後頭的輔音韻尾會有不同的特徵。[1] 如果韻腹是短元音，那麼韻尾時長較長，發音也較強 (strongly articulated)；相反，如果韻腹屬長元音，韻尾時長便比較短，發音較弱 (weakly articulated)。[2] Norman (1981) 之所以有這樣的想法，主要是基於他對閩南語的觀察：

---

* 本文的撰寫獲研究項目 CUHK14603918 的資助，該項目得到香港特別行政區研究資助局的支持。初稿曾經在「重建原始閩語及其相關問題工作坊」第 11 次會議 (2022 年 4 月 24 日，由日本愛媛大學秋谷裕幸教授召開，以視像形式進行) 及「國際中國語言學學會第 28 屆年會」(IACL-28，2022 年 5 月 20–22 日，由香港中文大學主辦，以視像形式進行) 上宣讀。承蒙汪鋒、沈瑞清、武大真、秋谷裕幸、張以文、野原將揮、陳以信、曾南逸、曾智超、曾綉薇、韓哲夫 (Zev Handel) (筆劃序) 諸位師友惠賜意見，謹此一併申謝。

1. 原始閩語的韻母結構為「(M)V(G/C)」(Norman 1981:35)。「M」、「V」、「G」、「C」分別代表介音、韻腹、韻尾滑音及輔音。能充當韻尾的輔音有六個，即 *-p、*-t、*-k、*-m、*-n 或 *-ŋ。
2. Chao (1947: 22) 對廣州粵語也有類似的描寫：'An ending is strongly or weakly articulated according as the vowel is short or long. Thus, *an* has a short *a* and a strong *-n*, while *aan* has a long *a* and a weak *-n*.' 這段話顯然啟發了 Norman (1981) 對 PM 元音長短對立的構擬。

原始閩語 > 泉州話（閩南區）[3]

〔A 型音節〕*v:N > /ṽ/（‘v:’ = 長元音；N= 鼻音）；如「三」*sɑm^{A} > /sã^{1}/[4]

〔B 型音節〕*v:C > /vʔ/（‘C’ = -p、*-t 或 *-k）；如「桌」*tok^{D} > /toʔ^{7}/

〔C 型音節〕*vN > /vN/（‘v’ = 短元音）；如「心」*sim^{A} > /sim^{1}/

〔C 型音節〕*vC > /vC/；如「竹」*tyk^{D} > /tiak^{7}/

PM 長元音韻腹接鼻音韻尾的音節（「A 型音節」），在閩南語中演變為鼻化韻；至於長元音接塞音韻尾的音節（「B 型音節」），塞音部分在閩南語中會弱化為喉塞音。相反，短元音接輔音韻尾的音節（「C 型音節」），其輔音韻尾在閩南語裡一律得到保留。A、B 型音節和 C 型音節在發展上的差異，成為閩南語其中一個最顯著的音韻特徵（Norman 1991: 354; Kwok 2018: 15–16）。除了閩南語外，個別閩東語方言也反映出 PM 長元音韻腹和短元音韻腹的區別，不過範圍遠比閩南語窄，只出現在個別的 B 型音節中，例如 PM 的 *-ok 韻和 *-iok 韻，在閩東區壽寧話分別演變為 /-ɔ/ 和 /-yø/，皆屬開韻尾，與一般入聲韻字帶喉塞音韻尾有別。表 1.1 和表 1.2 分別列出 A 型音節和 B 型音節在沿海閩語中的反映。[5]

表 1.1　原始閩語 A 型音節在沿海閩語中的反映[6]

	PM	泉州	漳州	潮陽	雷州	莆田
籃	*-ɑm	nã^{2}	lã^{2}	na^{2}	na^{2}	nɒ^{2}
門	*-on	bŋ^{2}	buĩ^{2}	mɯŋ^{2}	mui^{2}	muai^{2}
閑	*-an	ũĩ^{2}	iŋ^{2}	õĩ^{2}	ai^{2}	e^{2}
天	*-ian	t^{h}ĩ^{1}	t^{h}ĩ^{1}	t^{h}ĩ^{1}	t^{h}i^{1}	t^{h}iŋ^{1}
床	*-oŋ	ts^{h}ŋ^{2}	ts^{h}ŋ^{2}	ts^{h}ɯŋ^{2}	ts^{h}ɔ^{2}	ts^{h}uŋ^{2}

表 1.1 中泉州話的「門」、「床」、漳州話的「閑」、「床」等字的韻母都是成音節鼻音、或帶鼻音韻尾，好像跟 Norman (1981) 的預測不同，其實不然。這些字的韻母（或韻尾）都是經由鼻化韻強化而來的，如泉州的「門」和漳州的「閑」分別源於原始閩南語（Proto-Southern-Min; ‘PSM’）的 *-ũi 和 *-õi (Kwok 2018: 78–79, 90–91)。關於個別鼻化韻在閩南語中強化的條件和機制，參閱郭必之

3. 除特別標明者外，本文所採用的閩語語料，皆由研究計劃 CUHK4001/02H（主持人：張雙慶教授）提供，謹致謝忱。

4. 本文的標調方式：1- 陰平；2- 陽平；3- 陰上；4- 陽上；5- 陰去；6- 陽去；7- 陰入；8- 陽入；9- 閩北語的第九調；A- 原始閩語的平聲；B- 原始閩語的上聲；C- 原始閩語的去聲；D- 原始閩語的入聲。

5. 學界（如 Norman 1991）一般把閩語分為「沿海閩語」和「內陸閩語」兩大類。前者包括閩南語、閩東語和莆仙語。

6. 在《中國語言地圖集》（中國社會科學院等 1987）中，莆仙閩語屬獨立的一區，但它在處理 PM A 型音節和 B 型音節時，和大部分閩南語沒有區別，只是鼻化成分和喉塞音都已經丟失。

（2018）。至於雷州話和莆田話，原來鼻化韻中的鼻化成分已經丟失，變成了開韻尾。[7]

表 1.2 原始閩語 B 型音節在沿海閩語中的反映[8]

	PM	泉州	漳州	潮陽	雷州	莆田	虎浿	壽寧
白	*-ak	peʔ^{8}	peʔ^{8}	peʔ^{8}	pɛ^{4}	pa^{2}	paʔ^{8}	paʔ^{8}
尺	*-iok	ts^{h}ioʔ^{7}	ts^{h}ioʔ^{7}	ts^{h}ioʔ^{7}	ts^{h}iɔ^{7}	ts^{h}iau^{6}	tʃhiʌʔ^{7}	ts^{h}yø^{5}
郭	*-uok	kəʔ^{7}	keʔ^{7}	kueʔ^{7}	kuɛ^{7}	ko^{6}	kuk^{7}	kɔʔ^{7}
屐	*-iɑp	kiaʔ^{8}	kiaʔ^{8}	kiaʔ^{8}	kia^{4}	kia^{2}	k^{h}iap^{8}	k^{h}iaʔ^{8}
血	*-uat	huiʔ^{7}	hueʔ^{7}	hueʔ^{7}	huɛ^{7}	he^{6}	xet^{7}	xɛʔ^{7}

PM 屬 B 型音節的字在沿海閩語中大範圍地出現了韻尾弱化，這在表 1.2 中可以看得清清楚楚。雷州話和莆田話連喉塞音韻尾都丟失了，變成了開韻尾。閩東區壽寧話的弱化出現在「尺」一字上。虎浿話除了「尺」字外，「白」字的韻尾也都弱化為喉塞音。據秋谷裕幸（2018），PM *-ak 韻在原始寧德閩東語中一律弱化為 *-aʔ。

以上介紹了 Norman (1981) 的假說以及其在現代方言中的反映。這個假說好像很圓滿，但實際上缺乏詳細的論證。到了上世紀八、九十年代，Norman 在更多語料的基礎上把「原始閩語」修訂為「共同閩語」（Common Min; 'CM'）。CM 有十個可以充當韻腹的元音，大抵保持元音長短對立的格局（參看沈瑞清、曾南逸 2022）。不過由於 CM 的構擬從來沒有正式發表過，元音長短的性質始終沒得到釐清。本文圍繞「原始閩語元音具長短對立」這個假說展開討論。我們提出四個問題，並逐一分析：

第一，閩南語（和個別閩東語）的輔音韻尾弱化是否一定要歸因於原始語的長元音韻腹？換言之，有沒有方案可以取代「PM 元音具長短對立說」？

第二，從語音演變的規律看，韻腹元音長短是否真的會影響到後接的輔音？

第三，如果「元音長短對立說」可以成立，那麼長元音和短元音應如何配置？

第四，PM 元音長短對立的來源究竟是什麼？

7. 莆田話「天」、「床」的鼻音韻尾毫無疑問源自鼻化韻的強化。由此推知，在莆田話中，鼻化韻發生強化在先，沒發生強化的鼻化韻隨後丟失鼻化成分。
8. 虎浿話（據秋谷裕幸 2018）和壽寧話俱屬閩東語。

第一問和第二問密切相關，下文會一併處理。本文的觀點是：應該先把「元音具長短對立說」和其他具競爭性的假說（competing hypotheses）放在一起，比較它們的優劣，並探討它們之間互補的可能。

2. 閩南語輔音韻尾弱化現象的解釋

韻腹元音的高低和前後都會影響後接鼻音韻尾的音質，這已經得到實驗語音學的證明，例如普通話便有以下兩個傾向：（一）「低元音後面的鼻尾往往較弱，非低元音則強一些」（冉啟斌 2005：40）；（二）韻腹的元音越靠後，鼻音韻尾越能維持（冉啟斌 2005：41）。關於第（一）點，林茂燦、顏景助（1994：19–20）的解釋是：「在鼻輔音前面的低元音中，由於鼻音耦合開始得早，使得鼻輔音本身時長較短，而在高元音中，由於鼻音耦合開始得晚，因而鼻輔音本身時長較長」。鼻音韻尾時長越短，就越容易出現弱化。這也解釋了為什麼低元音後的鼻音韻尾會比高元音後的弱。至於第（二）點，主要是針對軟顎韻尾 /-ŋ/ 和前接元音的互動而言。軟顎韻尾會使前面的元音發音部位後移，而後移的元音又會反過來影響 /-ŋ/ 尾，使其時長增加（冉啟斌 2005：41）。時長增加的結果，就是 /-ŋ/ 尾較難出現弱化。

以上兩個現象，除了普通話以外，也出現在非漢藏語系的語言中，具有一定的普遍性。那麼，它們是否也適用於閩語？

如前所述，閩南語出現輔音韻尾弱化的例子，都是來自 PM 以 *a、*ɑ、*o 為韻腹的韻母。和 PM 的其他元音相比，以上三個元音都屬於低元音。這點和上段第（一）點的預期吻合。但另一方面，PM 能接 *-ŋ 韻尾的後元音只有 *o 一個，偏偏這種組合（牽涉 PM *-oŋ、*-ioŋ、*-uoŋ 三個韻母）在閩南語裡出現鼻化，參看表 1.1 的「床」。PM *-oŋ > PSM *-õ (Kwok 2018: 89–90) 的演變似乎和上段的第（二）點有所牴觸——我們預期後元音 *o 接 *-ŋ 時，鼻尾會得到保留。此外，PM 中以 *a、*ɑ、*o 為韻腹的入聲韻，在閩南語中也都出現了弱化。前人的研究（如冉啟斌 2005）都沒有提及入聲韻的情況。

可以說，如果 Norman (1981) 的構擬沒有問題，閩南語輔音韻尾的弱化不能簡單地解釋為普遍的語音現象。可是，這不意味着另一個解釋——即「PM 元音具長短對立說」——馬上可以成立。我們必須對這個假說進行詳細的檢驗。

漢語方言和中國境內民族語言原始語的構擬，在過去二、三十年間取得了輝煌的成績，其中粵語和仡佬語引起了我們的注意。這兩種語言的原始語，元音系統都有長短的區別。

學者一早便注意到廣州粵語的元音有長短對立的現象（Chao 1947: 21）。[9] 李新魁等（1995）和 Bauer & Benedict (2011) 等都提出了四組對立的方案。根據語音

9. Norman (1981: 36) 認為 PM 元音的長短對立與現代廣州粵語的相似。

實驗，長元音的時長差不多是短元音時長的兩倍（Bauer & Bendict 2011: 37–38）。Yue (2002) 構擬原始粵語（Proto-Yue;'PY'）入聲韻時，即考慮了元音鬆緊對立的因素。這裡的鬆（lax）、緊（tense）某程度上相當於長短——鬆元音的時長較短，緊元音的時長較長（Zee 2003）。[10] 和現代廣州粵語一樣，PY 的入聲韻也展示出元音鬆（短）緊（長）的對立，而這種對立直接影響到某些現代方言入聲韻尾的存廢。表 1.3 以 PY 的 *-t 尾字為例，對這個現象作出説明。[11]

表 1.3 原始粵語 *-t 尾字在現代方言中的反映（據 Yue 2002，原文缺標調類）

	PY	韻腹鬆緊	廣州	寶安
筆	*-at	鬆	pɐt	pɐʔ
七	*-at	鬆	tʃʰɐt	tsʰɐʔ
骨	*-uat	鬆	kuɐt	kuɐʔ
八	*-ɑːt	緊	paːt	pæ
察	*-aːt	緊	tʃʰaːt	tsʰa
刮	*-uaːt	緊	kuaːt	kua

PY 的 *-t 韻尾，廣州話一律保留，寶安話則或讀喉塞音韻尾，或讀開韻尾。據 Yue (2002: 234) 的分析，至少有兩個條件決定寶安話韻尾的演變：(一) 聲調的高低；(二) 韻腹元音的鬆緊。從表 1.3 看到，帶鬆元音韻腹的字，其塞音韻尾在寶安話中得以保留（但都弱化為喉塞音韻尾）；帶緊元音韻腹的字，大部分韻尾都已經丟失，變成了開音節。為什麼塞音韻尾的狀態會和韻腹的鬆緊有關？Yue (2002: 241) 認為緊元音時長較長，容易侵奪後接的成分；相反，鬆元音的時長較短，後接的輔音不容易被吞掉，傾向保留下來。[12] 可以説，在 PY 發展為寶安話的過程中，韻腹元音的相對時長，是決定後接塞音是否保留的關鍵因素。

另一個引起我們關注的例子是仡佬語。仡佬語是壯侗語系仡央語族的語言，主要流行在貴州、雲南和廣西一帶。Ostapirat (2000) 所構擬的原始仡佬語（Proto-Gelao;'PG'），元音有長短的對立。有意思的是，Ostapirat 參考的那幾種現代仡佬語方言，元音都沒有長短之分。請看表 1.4。

10. Yue (2002) 在緊元音後一律標上元音加長符號「ː」。
11. PY 有 *-p、*-t、*-k 三個塞音韻尾。它們在寶安話中的演變條件大抵一樣。
12. Yue (2002: 241) 的原文如下：'The first factor (i.e. vowel tenseness) suggests that syllables with tense vowels which are longer in duration in terms of time length more easily usurp the following element, while those with lax vowels which are shorter in duration cannot so easily eat into the following consonant.'

表 1.4　原始仡佬語陽聲韻的詞在現代方言中的反映（據 Ostapirat 2000)

原始仡佬語	老寨	橋上	彎子寨	詞例
*-an	-o	-y/-ø[13]	-an	毛髮、蛋
*-aŋ	-o	-ã	-aŋ	煮、桃子
*-un	-en	-en	-en	雨、買
*-aan	-i/-ə	-ai	-u	新、房子
*-aaŋ	-u	-y/-ø/-i	-i	高、鷹
*-uun	-u/-o/-ɿ	-ɒ	-əɯ	教、玩

Ostapirat (2000) 用兩個元音符號代表長元音。在他的構擬中，帶短元音韻腹陽聲韻（帶鼻音韻尾）的詞，其鼻音韻尾至少在彎子寨方言中得以維持，如 { 毛髮 } PG *-an > 彎子寨 /san/；{ 路 } PG *-un > 彎子寨 /qen/。可是，帶長元音韻腹陽聲韻的詞，原來的鼻音韻尾都已經消失得無影無蹤，例如 { 高 } *-aaŋ > 橋上 /fy/、彎子寨 /vi/；{ 教 } *-uun > 橋上 /zɒ/、彎子寨 /səɯ/。為這些詞構擬鼻音韻尾時，Ostapirat (2000) 斟量參考了布央語（和仡佬語的關係密切）的情況，如 { 高 } 布央語是 /vaaŋ/。把長短對立引入 PG 的元音系統，有兩個好處：(一) 大幅減省原始語元音的複雜程度；(二) 有利於解釋鼻音韻尾在不同方言中的演變。Ostapirat (2000: 137) 指出：PG 長元音韻腹包含兩個音拍（mora），引致後接的鼻音韻尾丟失。[14]

粵語和仡佬語分屬不同的語系，而 Yue (2002) 和 Ostapirat (2000) 的構擬都是獨立的研究，但兩種語言不約而同地都有相當類似的演變路徑：長元音（或緊元音）韻腹接輔音韻尾的音節，韻尾走向弱化或丟失；短元音（或鬆元音）韻腹接輔音韻尾的音節，韻尾則大抵保留。這兩個案例，為「PM 元音具長短對立說」提供了有力的旁證。我們不妨作這樣的假設：由 PM 發展為閩南語的過程中，A 型音節的鼻音韻尾先使韻腹元音產生鼻化，隨後丟失；[15] B 型音節方面，塞音韻尾則受前接元音影響而產生弱化。有學者認為閩南語的喉塞音韻尾根本不是一個輔音，只是一種聲調短促的記號或冗贅徵性（redundant feature）（李壬癸 1989：489），也就是 Norman (1981) 所指的 'weakly articulated'。在C 型音節中，韻腹由短元音充當，後接的輔音韻尾傾向保留。

13. 橋上仡佬語的 /-y/ 和 /-ø/ 是條件變體。表四其他用「/」隔開的例子也都如此。至於具體的條件，由於與本文要旨無涉，這裡不一一交代。

14. Ostapirat (2000: 137) 的原文如下：'…while the final nasals after short vowels have been kept in several modern reflexes, they hardly survived after early long vowels… we consider it to be phonetically more reasonable to assume that the loss of final nasals was due to the longer sonorant duration of the preceding long vowels (which are two morae, in contrast with one-mora short vowels).'

15. 儘管本文採取「PM 元音具長短對立說」，但也不排除低元音韻腹使鼻音韻尾弱化的可能。實際的情況，可能是兩個因素共同起作用。

前文提過，「PM 元音長短對立」的痕跡只能在沿海閩語中找到，內陸閩語連一點線索也沒有。之所以如此，有兩個可能：（一）元音長短對立是沿海閩語和內陸閩語分開了以後才形成的。換言之，元音長短對立只可以上推至「原始沿海閩語」（即閩南語、閩東語和莆仙語的共同祖先）的層位，不能推至「原始閩語」的層位；（二）所謂「沿海閩語」和「內陸閩語」根本不是由單一種原始語演變出來的。Norman 後期就有這種想法（參考 Coblin 2018）。這兩個可能的關鍵在於如何看待沿海閩語和內陸閩語的關係。學界對此還沒有共識。

3. 原始閩語長短元音對立的配置

不少東亞和東南亞語言的元音系統都有長短對立，如泰語（屬壯侗語系）、越南語（屬南亞語系）和前文已經提過的粵語等。標準泰語的單元音有九組對立（Tingsabadh & Abramson 1993）。至於廣州粵語，其元音音位有不止一套歸併方案，但不同方案都承認存在長短對立，只是對立的多寡有別而已。[16] 表 1.5 是李新魁等（1995：35）對廣州粵語元音音位的歸納。

表 1.5　廣州粵語長元音和短元音的對立（據李新魁等 1995：35）

長音位	短音位
/a/ —— aː	/ɐ/ —— ɐ
/ɛ/ —— ɛː	/e/ —— e、ɪ
/ɔ/ —— ɔː	/o/ —— o、ʊ
/œ/ —— œː	/ɵ/ —— ɵ
/i/ —— iː	–
/u/ —— uː	–
/y/ —— yː	–

李新魁等（1995）的方案確立了十一個音位，有四組長短對立。這裡所謂的「對立」，除了持續時間有別外，音質上也有差異，體現為舌位高低的不同，但距離都不遠。一般來說，長元音舌位較低，短元音舌位較高。另一點值得注意的是長短元音的數目並不對稱：長音位有七個，短音位卻只有四個。/i/、/u/、/y/ 三個高元音都屬長元音，沒有相對應的短元音。和短元音必須和韻尾配合不同，長元音既可配搭韻尾，也能單獨充當韻母。

16. 例如袁家驊等（2001）和王福堂（2010）都主張廣州粵語的元音有八個音位，涉及長短的對立只有一組，即 /a/（長 a）和 /ɐ/（短 ɐ），這也是最沒有爭議的對立組別。

Norman (1981) 只交代了 PM 裡哪些是長元音、哪些是短元音，卻沒有說明長短如何配對。究竟 PM 的三個長元音對應於哪些短元音？

我們先處理 *ɑ。這個長元音附近只有一個短元音 *ə，所以它們應該屬於一組。當 *ɑ、*ə 這一組確定了以後，其餘兩組便好應付了，它們分別是 *a（長元音）和 *e（短元音），以及 *o（長元音）和 *u（短元音）。*i 和 *y 這兩個短元音，沒有相應的長元音。表 1.6 是本文對 PM 長短元音歸納的方案：

表 1.6　原始閩語元音長短對立的歸併方案

長元音	短元音
* ɑː	*ə
*aː	*e
*oː	*u
–	*i
–	*y

如果承認上述的歸併方案，那麼粵語和 PM 的元音系統便會得出一個共通點：長元音的舌位較低，短元音的舌位較高。可是，PM 的長元音和相應短元音的距離都有點遠。對此我們會作出這樣的辯解：一套共時的語音系統，尚且有不同的歸併方案，更何況是根據比較法（comparative method）構擬出來的 PM！Norman 後期修訂的 CM，其元音長短的配置就顯得合理一些。[17] 當然，閩語元音系統的構擬仍有進一步修改的空間，但過程中有必要維持元音長短對立的概念。我們甚至認為可以把元音長短對立設定為原則，對 PM 進行修訂。

表1.7 以六個陽聲韻字為例，看看PM 長短元音和上古音（Old Chinese; 'OC'）、中古音（Middle Chinese; 'MC'）的對應，[18] 以及在現代方言中的反映。我們暫時看不到 PM 不同類型的元音和古音之間的對應關係，好像 OC「斷」、「吞」都帶咽化（pharyngealized）聲母，但「斷」屬於PM 的A 型音節，「吞」則為C 型音節。同樣的情況也出現在「炭」、「等」那一組中。有一種意見（如余靄芹 1982: 358–362；程俊源 2004 等）認為：閩南語陽聲韻鼻化與否與中古的內外轉有關——外轉傾向鼻化，內轉則否。這可能和內轉非低元音的性質有關。如第 1 節所說，PM 的短元音沒有一個是低元音。[19]

17. 不過，CM 本身也有問題，例如後元音比前元音豐富等。

18. 上古音的構擬及中古音的轉寫均據 Baxter & Sagart (2014a, 2014b)。

19. 余靄芹（1982：362）則認為內外轉的區分主要是韻母的鬆緊，而閩南語的白讀音充分表現了帶緊元音的外轉韻。

表 1.7 原始閩語 A 型音節和 C 型音節和上古音、中古音等的比較

	PM	音節類型	泉州	福州	建陽	OC	MC
病	*-aŋ	A	pĩ^{5}	pɑŋ^{6}	paŋ^{6}	*[b]raŋ-s	*bjaengX*
崩	*-eŋ	C	paŋ^{1}	puŋ^{1}	ßuaiŋ^{9}	*Cə.pˤəŋ	*pong*
炭	*-ɑn	A	t^{h}uã^{5}	t^{h}ɑŋ^{5}	hueiŋ^{5}	*[t^{h}] ˤa[n]-s	*thanH*
等	*-ən	C	tan^{3}	tiŋ^{3}	taiŋ^{3}	*tˤəŋʔ	*tongX*
斷	*-on	A	tŋ^{4}	tuɑŋ^{6}	lueiŋ^{5}	*N-tˤo[n]ʔ	*dwanX*
吞	*-un	C	t^{h}un^{1}	t^{h}ouŋ^{1}	huŋ^{1}	*l̥ˤən	*thon*

PM 有三個長元音、五個短元音，長、短的數目並不匹配。我們懷疑長短對立在原始語時期已經處於消失的階段。王福堂（2010）討論廣州粵語長短元音數目不對稱的現象時，即有這樣的理解。

4. 原始閩語長短元音對立的來源

同化（Assimilation）是長元音其中一種最常見的來源，例如澳州英語（Wells 1982: 599–600）：

標準英音 > 澳洲英語

[ʃed] > [ʃed] ‘shed’

[ʃeəd] > [ʃeːd] ~ [ʃeəd] ‘shared’

標準英音（Received Pronunciation）複元音 [eə] 的第二個成分，在部分澳洲人的英語中被前面的元音同化為 [e]，變成了長元音 [eː]，於是 *shed*、*shared* 二詞原來的單複元音的對立，演變成短長元音的對立。

學界普遍承認原始閩語是「保存上古音階段音韻成分比較多的南朝方言之一」（秋谷裕幸 2020：82）。根據這個觀點，閩語和 MC 沒有直接的繼承關係。至於 OC 的元音系統到底有沒有長短對立，目前還有爭議，但即使承認這一點，也幾乎可以肯定與 PM 的長短元音無關。為 OC 構疑元音長短對立的系統中，長短元音主要用以解釋MC 三等和非三等的起源，[20] 大致對應於Baxter & Sagart (2014a) 系統中的咽化（發展為 MC 一、二、四等）和非咽化（發展為 MC 三等）聲母。既然 PM 的長短元音和咽化、非咽化沒有嚴格的對應關係（參看表 1.7 及相關說明），那麼它跟具元音長短對立的 OC 構擬也應該不能構成對應。換言之，PM 元音的長短對立不太可能源自古漢語。另一方面，沒有證據顯示 PM 的 A 型音節和 B 型音節由複元音演變而來。

20. 如鄭張尚芳（2003：174）主張中古三等韻來自短元音，非三等韻則來自長元音。

本文認為：PM 的元音系統之所以有長短對立，和外部因素（external factor）有關，例如底層效應（substratum effect）。這基於以下三點考慮：

（一）周邊語言：華南及東南亞地區不少語言都有元音長短對立的現象，如壯侗語、南亞語（Austroasiatic）及苗瑤語。其中壯侗語系台語支（Tai）和南亞語系孟 - 高棉語支（Mon-Khmer）的長短元音都可以追溯至原始語時代（參看 Pittayaporn 2009；Shorto 2006）。[21] 這些民族語言和漢語南方方言有長期而深入的互動關係；

（二）地域因素：粵語和閩語同處華南地區，彼此相鄰，而兩種方言都有（或曾經有過）元音長短對立的特徵，暗示了這現象的形成涉及地域因素；

（三）遷移（Transfer）的可能：元音長短的對立可以通過轉用引發的干擾（shift-induced interference）遷移到目標語（target language）去，例如粵語元音的長短對立，一般認為是受壯侗語影響而來（袁家驊等 2001；沈鍾偉 2007、2016；王福堂 2010 等）。

在發展的過程中，閩語曾經和多種民族語言發生接觸，累積了數量可觀的底層成分。那些民族語言包括南亞語（Norman & Mei 1976；Norman 1991；梅祖麟 2018；持反對意見的有 Sagart 2008 等）、壯侗語（李如龍 1996、2001；鄧曉華、王士元 2009）和苗瑤語（沈鍾偉 2007）。這些語言大部分都有元音長短對立的特徵。

Norman & Mei (1976) 和 Norman (1991) 曾指出過閩語中來源於南亞語的底層詞。他們的比較極具啟發性。本文在他們的基礎上多找來了幾個相關的詞，發現兩種語言之間似乎能建立起一定的語音對應關係：PM 以長元音為韻腹的底層詞，往往對應於南亞語以長元音為韻腹的詞；相反，PM 以短元音為韻腹的底層詞，其對應於南亞語的形式則帶短元音。這裡的南亞語，主要參考 Ferlus (2007) 構擬的原始越語支語言（Proto-Vietic;‘PV’）。我們知道：現在的南亞語系語言主要分佈在中南半島、印度東部及孟加拉等地。可是，早期的南亞語極有可能遍佈華南地區。[22] 我們把PV 當成是早期南亞語可構擬出來的一種形式。和PM 發生過接觸的，可能是一種和 PV 關係密切的語言，而不是 PV 本身。個別相似的詞形也見於壯侗語，下文列舉時會一併指出。原始台語支語言（Proto-Tai;‘PT’）的形式，參考 Pittayaporn (2009) 的構擬。

---

21. 例如 Pittayaporn (2009) 所構擬的原始台語支語言，七個元音 *a、*e、*ɤ、*o、*i、*ɯ、*u 都有長短對立。

22. 關於早期南亞語的分佈，除了語言比較的證據外，還可以參考歷史學、人類學，以及遺傳學的一系列成果，如 Pulleyblank (1983)、Diamond & Bellwood (2003)、梅祖麟（2018）、Guo et al. (2022) 等。

(1) 「囝孩子、兒子」：閩語其中一個最具代表性的特徵詞（李如龍 2001：282 等）。福州 /kiaŋ^{3}/；泉州 /kiã^{3}/；建陽 /kyeiŋ^{3}/；永安 /kyε̃i^{3}/ < PM *kiɑn (Norman 1991: 336)；比較 PV *kɔ:n ‘son; daughter’

(2) {泡沫}：福州 /p^{h}uoʔ^{8}/；泉州 /p^{h}əʔ^{8}/ < PM *b^{h}ot (Norman 1991: 336)；比較 PV *bɔ:t ‘foam’

(3) 「檳榔」：廈門 /(pin^{1}) nŋ^{2}/; 漳州 /(pun^{1}) nŋ^{2}/ (Douglas 1873: 373) < PSM *-õ (?) < PM *-oŋ；比較 PV *p-na:ŋ ‘areca’

(4) {簸}：泉州 /ts^{h}iũ^{2}/；雷州 /ts^{h}io^{2}/；莆田 /ts^{h}iau^{2}/ < PSM *-iõ < PM *-ioŋ；比較 PV *g.ra:ŋ ‘winnow’[23]

(5) {呵欠}：廈門 /haʔ^{7} (hi^{5}) / < PM *-ɑp；比較 PV *s-ŋa:p/-ʔa:p ‘yawn’

(6) {潮濕}：福安 /tam^{2}/；泉州 /tam^{2}/ < PM *dəm (Norman 1991: 336)；比較 PV *dam ‘to soak’；PT *dom ‘wet’

(7) {蓋住}：泉州 /k^{h}am^{5}/ < PM *-əm；[24] 比較 PV *kəmʔ ‘to bury’；PT *hɤm ‘to cover with cloth’

(8) {一把}：廈門 /liam^{6}/ (Douglas 1873: 306) < PM *-em；比較 PV *-namʔ ‘handful’

表 1.8 歸納了上述例子在 PM 和 PV 中的對應關係。可以説，兩者在元音方面的對應並不十分工整，那是由於兩種語言根本不屬於同一語系的緣故。但有一點非常明顯：PV 的長元音韻複對應於 PM 的長元音韻腹（例 1–5），PV 的短元音韻腹則對應於 PM 的短元音韻腹（例 6–8）。這並非偶然造成的。

表 1.8　原始閩語底層詞的韻母和原始越語支語言的比較

編號	PM	PM 韻腹長短	PV
1	*-iɑn	長	*-ɔ:n
2	*-ot	長	*-ɔ:t
3	*-oŋ	長	*-a:ŋ
4	*-ioŋ	長	*-a:ŋ
5	*-ɑp	長	*-a:p
6	*-əm	短	*-am
7	*-əm	短	*-əm
8	*-em	短	*-am

23. 周長楫（2006：549）等都直接把廈門話的 /ts^{h}iũ^{2}/ {簸} 寫成「揚」。但我們留意到：漢語的「揚」和書面藏語的 *lang*「上揚、起來」同源（龔煌城 2002：44），這也是龔煌城等學者把「揚」的上古音構擬為 *laŋ 的根據之一。如果承認這個擬音，閩南語 ts^{h}- 聲母的來源便無所着落了。本文認為閩南語表 {簸} 的那個詞是南亞語的底層詞。閩南語的聲母 ts^{h}- 由施惠語 *gr- 演變而來。

24. 此詞福州話是 /k^{h}aiŋ^{5}/、寧德話是 /k^{h}em^{5}/，來源於 PM *-am 韻，不能與泉州話的 /k^{h}am^{5}/ 構成對應。參看 Norman (1981: 54)。

根據表 1.8 的結果，本文作出以下推測：在今天的浙江南部一帶，曾經有一批說早期南亞語的人和說早期閩語的人相遇。也許是經濟上的誘引，部分南亞人慢慢轉用閩語。過程中，他們把個別南亞語詞彙連同元音長短對立的特徵帶到目標語（target language）去。這種具南亞語特色的閩語甚至把原來的閩語同化掉。但隨着外部因素消失，加上閩語自身的演變，此後元音長短的特徵逐漸消褪。到了原始閩語——也就是閩語分裂為各種現代方言——的年代，元音長短對立就只剩下依稀可辨的三組了。這裡有必要提及 Coblin (2018) 的理論。他從語言融合（convergence）的角度出發，討論閩語的形成，把閩語的源頭分為沿海的「先閩語 -a」（Pre-Min-a）和內陸的「先閩語 -b」（Pre-Min-b）兩大類。Coblin (2018) 把「先閩語 -a」描述為一種相當特別的漢語方言，含有一定數量的非漢語詞，也是發展為後來沿海閩語的主要（但不是唯一）力量。如果依從他的意見，我們似乎也可以把元音長短對立的特徵推到「先閩語 -a」去，畢竟這個特徵的遺留只能在沿海閩語中找到。

5. 總結

在這篇短文中，我們對 PM 韻腹元音長短對立的性質和來源作了探討。重點有以下幾個：

（一）認同 Norman (1981) 的處理，主張維持 PM 元音長短對立的格局，因為相關構擬能圓滿解釋現代閩南語和個別閩東語方言的反映；

（二）韻腹的長短會對後接輔音產生影響，例如在閩南語中，接在長元音後的輔音韻尾一般弱化，但接在短元音後的韻尾則維持不變。類似的現象也可在粵語和仡佬語中找到；

（三）提出了 PM 元音長短的配對方案，即 *ɑ（長元音）和 *ə（短元音）、*a（長元音）和 *e（短元音），以及 *o（長元音）和 *u（短元音）三組。*i 和 *y 兩個短元音沒有相應的長元音；

（四）根據底層詞，指出 PM 元音的長短對立可能來源於南亞語等民族語言，其機制是「轉用引發的干擾」（contact-induced interference）。PM 的元音除了音長有別外，其音質也有差異。這種情況和現代廣州粵語相似。

參考文獻

程俊源 2004。〈音韻變遷的條件與速率——台灣閩南語陽聲韻的歷史變化及其與現代漢語方言的歷史聯繫〉。《台灣語文研究》2: 221–263。

鄧曉華、王士元 2009。《中國的語言及方言的分類》。北京：中華書局。

龔煌城 2002。〈從漢藏語的比較看上古漢語若干聲母的擬測〉。收錄於龔煌城《漢藏語研究論文集》，31–47。台北：中央研究院語言學研究所（籌備處）。

郭必之 2018。〈原始閩南語韻母構擬舉例〉。收錄於何大安等編《漢語與漢藏語前沿研究：丁邦新先生八秩壽慶論文集》，635–644。北京：社會科學文獻出版社。

李壬癸 1989。〈閩南語喉塞音尾性質的檢討〉。《中央研究院歷史語言研究所集刊》60.3: 487–492。

李如龍1996。〈閩南方言和台語的關係詞初探〉。收錄於李如龍《方言與音韻論集》，298–305。香港：香港中文大學中國文化研究所吳多泰中國語文研究中心。

李如龍 2001。〈閩方言的特徵詞〉。收錄於李如龍主編《漢語方言特徵詞研究》，278–337。廈門：廈門大學出版社。

李新魁等 1995。《廣州方言研究》。廣州：廣東人民出版社。

林茂燦、顏景助 1994。〈普通話帶鼻尾零聲母音節中的協同發音〉。《應用聲學》1: 12–20.

梅祖麟 2018。〈再論南亞民族在遠古中國東南沿海地區的分佈——以「黃浦江」的「浦」和「江」為例〉。《語言研究集刊》21: 450–464。

秋谷裕幸 (AKITANI, Hiroyuki) 2018。《閩東區寧德方言音韻史研究》。台北：中央研究院語言學研究所。

秋谷裕幸 2020。〈閩語中早於中古音的音韻特點及其歷時含義〉。《辭書研究》5: 71–86。

冉啟斌 2005。〈漢語鼻音韻尾的實驗研究〉。《南開語言學刊》1: 37–44。

沈瑞清、曾南逸 2022。〈羅杰瑞兩種閩語構擬韻母差異述評〉。「重建原始閩語及其相關問題工作坊」第 10 次會議宣讀論文。

沈鍾偉 2007。〈語言轉換和方言底層〉。收錄於丁邦新編《歷史層次與方言研究》，106–134。上海：上海教育出版社。

沈鍾偉 2016。〈橫向傳遞與方言形成〉。*Language Evolution and Changes in Chinese*, ed. by Eom Ik-Sang and Zhang Weijia, 21–54. Journal of Chinese Linguistics Monograph Series No. 26. Hong Kong: The Chinese University of Hong Kong.

王福堂 2010。〈廣州方言韻母中長短元音和介音的問題〉。收錄於王福堂《漢語方言論集》，154–173。北京：商務印書館。

袁家驊等 2001。《漢語方言概要》(第二版)。北京：語文出版社。

余靄芹 1982。〈遂溪方言裏的文白異讀〉。《中央研究院歷史語言研究所集刊》53.2: 353–366。

鄭張尚芳 2003。《上古音系》。上海：上海教育出版社。

中國社會科學院等 1987。《中國語言地圖集》。香港：朗文出版社。

周長楫 2006。《閩南方言大詞典》。福州：福建人民出版社。

Bauer, Robert S. and Benedict, Paul K. 2011. *Modern Cantonese Phonology.* Berlin/Boston: De Gruyter Mouton.

Baxter, William H. and Sagart, Laurent. 2014a. *Old Chinese: A New Reconstruction.* Oxford/New York: Oxford University Press.

Baxter, William H. and Sagart, Laurent. 2014b. Baxter-Sagart Old Chinese reconstruction, version 1.1. Available online at:
https://ocbaxtersagart.lsait.lsa.umich.edu/BaxterSagartOCbyMandarinMC2014-09-20.pdf

Chao, Yuen Ren (趙元任). 1947. *Cantonese Primer.* Cambridge, Mass.: Harvard-Yenching Institute, Harvard University Press.

Coblin, W. South. 2018. Convergence as a factor in the formation of a controversial Common Min phonological configuration (revised version). *Yuyan Yanjiu Jikan* 21: 79–122.

Diamond, Jared and Bellwood, Peter. 2003. Farmers and their languages: The first expansions. *Science* 300: 597–603.

Douglas, Carstairs. 1873. *Chinese-English Dictionary of the Vernacular or Spoken Language of Amoy, with the Principal Variations of the Chang-Chew and Chin-Chew Dialects*. London: Trübner & Co.

Ferlus, Michel. 2007. Lexique de racines Proto Viet-Muong. Unpublished manuscript. Retrieved from 'Mon-Khmer Languages Database': http://sealang.net/monkhmer/database/

Guo, Jianxin (郭建新) et al. 2022. Genomic insights into the Neolithic farming migrations in the junction of east and southeast Asia. *American Journal of Biological Anthropology* 177: 328–342.

Kwok, Bit-Chee (郭必之). 2018. *Southern Min: Comparative Phonology and Subgrouping*. London/ New York: Routledge.

Norman, Jerry. 1981. The Proto-Min finals. *Proceedings of the International Conference on Sinology (Sections on Linguistics and Paleography)*, 35–73. Taipei: Academia Sinica.

Norman, Jerry. 1991. The Min dialects in historical perspective. *Languages and Dialects of China*, ed. by William S-Y. Wang, 325–360. Journal of Chinese Linguistics Monograph Series No.3. Berkeley: Project on Linguistic Analysis.

Norman, Jerry & Mei, Tsu-Lin (梅祖麟). 1976. The Austroasiatics in ancient South China: some lexical evidence. *Monumenta Serica* 32: 274–301.

Ostapirat, Weera. 2000. Proto-Kra. *Linguistics of the Tibeto-Burman Area* 23.1: 1–251.

Pittayaporn, Pittayawat. 2009. *The Phonology of Proto-Tai*. Cornell University dissertation.

Pulleyblank, Edwin G. 1983. The Chinese and their neighbors in prehistoric and early historic times. *The Origins of Chinese Civilization*, ed. by David Keightley, 411–466. Berkeley and Los Angeles: University of California Press.

Sagart, Laurent. 2008. The expansion of Setaria farmers in East Asia: a linguistic and archaeological model. *Past Human Migrations in East Asia: Matching Archaeology, Linguistics and Genetics*, ed. by Alicia Sanchez-Mazas et al., 133–157. London: Routledge.

Shorto, Harry. 2006. *A Mon-Khmer Comparative Dictionary* (ed. by Paul Sidwell et al.). Canberra: Australian National University.

Tingsabadh, M. R. Kalaya and Abramson, Arthur. 1993. Thai. *Journal of the International Phonetic Association* 23.1: 24–28.

Wells, John C. 1982. *Accents of English, Volume 3, Beyond the British Isles*. Cambridge: Cambridge University Press.

Yue, Anne O (余靄芹). 2002. Development of the stop endings in the Yue dialects. *Dialect Variation in Chinese: Papers from the Third International Conference on Sinology, Linguistic Section*, ed. by Ho Dah-an, 217–245. Taipei: Institute of Linguistics (Preparatory Office), Academia Sinica.

Zee, Eric (徐雲揚). 2003. Frequency analysis of the vowels in Cantonese from 50 male and 50 female speakers. *Proceedings of the 15th International Congress of Phonetic Sciences*, 1117–1120.

第二章

藏語卓尼土語群單字調的實驗分析及演化研究

李永宏、張晶

西北民族大學

蘭州財經大學

提要

卓尼土語是藏語康方言的代表，其語言浸潤了三大藏語方言的特點，具有鮮明的地方特色。本文以卓尼縣刀高鄉和迭部縣益哇鎮藏語方言為研究對象，選取 280 個左右口語常用的單音節詞，採集語音和嗓音信號，用聲學實驗的方法量化分析了其單字調的調型、調長、調值及聲調分佈情況，並在此基礎上進一步探討了聲調與古藏語聲韻的關係及藏語聲調的演化路徑問題。

研究結果表明：(1) 卓尼話有六個調位，迭部話有五個調位；(2) 從時長方面來看，卓尼土語聲調有長短之分，古續音韻尾韻母聲調為長調，古塞音韻尾韻母聲調為短調。古開音節韻母內部分長短，長元音韻母與續音尾韻母分化出的聲調類型一致，短元音韻母分化出一個獨立的調類；(3) 從音節起點基頻來看，卓尼土語聲調有高低兩類，清聲母和濁聲母既分化出高調也分化出低調，清聲母產生低調的條件是「送氣聲母、擦音聲母＋特定類型韻母」，濁聲母分化高低調的條件不明確；(4) 從音域空間的分佈來看，卓尼土語聲調主要分佈在高音域；(5) 卓尼土語韻尾可能主導著聲調的第一次分化。卓尼土語聲調的特徵和演化方式的研究，為藏語乃至漢藏語系聲調的類型和起源研究提供了參考。

1. 前言

藏語屬漢藏語系藏緬語支，其使用範圍遍及西藏、青海、甘肅、四川、雲南等西部和主要邊疆地區，而且在世界範圍內，除中國外，尼泊爾、不丹、巴基斯坦、印度等國家的境內也有一部分地區使用藏語。國內藏語使用人口目前

---

* 本論文的研究得到國家自然基金基於語音、嗓音、氣流氣壓信號的藏語音節模型研究（11964034）的資助。

大約有 600 萬，是中國重要的民族語言之一。藏語有創制於大約公元七世紀的文字，在歷史的長河中，藏族人民用藏文記錄了燦爛多彩的文化，留下了浩瀚的歷史文獻，這為研究藏語的古代面貌和歷史演變提供了大量的研究資料。從語言學的角度看，藏語相對獨立單純的語言環境和人文環境，為研究漢藏語系語言的古代面貌、歷史演變及其現狀都提供了不可多得的資料。

1.1 藏語方言概況

國內藏語學界一般認為，中國境內的藏語主要分為衛藏、康和安多三大方言，這三大方言又分為若干次方言。藏語三大方言差別較大，主要表現在語音方面，其次是語法和詞匯，語音上的差異雖然表現在許多方面，但影響面較大的有三項特徵，即有無聲調、有無清濁聲母的對立、輔音韻尾的多寡。

康方言分佈於西藏自治區的昌都地區，四川省甘孜自治州、雲南省迪慶藏族自治州、青海省玉樹藏族自治州和甘肅省甘南藏族自治州的部分地方。康方言因分佈地區遼闊、山川阻隔、交通不便等因素，內部分歧較大，形成錯綜複雜的特點。聲母比衛藏方言多，約五十個左右。塞音、擦音、塞擦音不僅分送氣不送氣，而且分清濁；複輔音聲母不多，一般只帶有同部位鼻冠音 [m]、[n]、[ŋ]、[ɳ]；有與鼻音相對應的清化鼻音。韻母比衛藏方言少，一般只有三十來個；韻尾極少，大部分地區只有一到兩個韻尾；一般有四個聲調，聲調不僅區別詞義，還區別詞的形態（瞿靄堂、金效靜 1981）。

康方言有六個土語群，分別是東部土語、南部土語、西部土語、北部土語、卓尼土語、舟曲土語。康方言比較接近衛藏方言，都有聲調，但內部差別較之其他方言大而且複雜。藏語各地聲調發展不平衡，現代藏語中幾乎保留了聲調發展各個階段的不同形態。卓尼土語作為一種極具特色的藏語方言，研究其聲調的特徵和演化的方式，對研究藏語乃至漢藏語系聲調的起源有很重要的理論意義。

1.2 卓尼土語概況

瞿藹堂、勁松（2000）將卓尼和迭部方言劃分為獨立於康方言其他土語外的第五個土語，即「卓尼土語」。Toumardre (2014) 也提出把卓尼藏語從傳統三大方言中獨立出來，成為第四大藏語方言區，並命名為「東部藏語」(Eastern Tibetan)。《中國語言地圖集》將迭部藏語劃分為康方言的牧區次方言。

卓尼縣是一個以藏族為主體的多民族聚居區，有藏、漢、回、土、滿、苗等十多個民族，藏族人口佔總人口的 62%。卓尼地區的藏族，多是吐蕃時期來自西藏彭波地區駐牧部落的後裔，途徑康巴，最終定居在安多藏族的生活區域(閔江海 2001)，這使得其語言浸潤了三大藏語方言的特點，保留了藏語語音演變的歷史特徵，具有鮮明的地方特色。卓尼縣地處漢藏交界處，當地大部分村落漢藏混居，卓尼縣東部與定西接壤的藏巴哇鎮和洮硯鎮，主體交流語言已經是當地漢語方言，加之卓尼藏族形成於不同的歷史源流，藏族村落之間還存在不能通話的現象，即使是不混居的藏族村落，除了老一輩的人，青少年大多也已經基本不會説當地的藏語方言。因此卓尼藏語方言正面臨逐漸消失的現狀。卓尼縣下轄十一個鎮、四個鄉。《卓尼縣志》（1994）將卓尼境內的藏語分為：北山完冒語群（即牧區話）、洮河沿岸語群（即半農半牧區話）、東部藏巴哇語（即農區話）。鄒玉霞（2021）根據實地調查，將卓尼話按其河流的流域結構及地理位置劃分為四個方言區：南部洮河方言區、東部新洮方言區、西部諸河溝方言區、北部冶木河方言區。

迭部古稱「疊州」，藏語的意思是「大拇指」，被稱為是山神「摁」開的地方。迭部藏語是白龍江流域藏語康方言的代表語言，白龍江流域是公認的「民族走廊」之一，這一帶的藏族群眾長期以來與漢族混居，受到漢語方言的影響，形成了與牧區藏語不同的語言特點，是藏語方言中獨特的一支（莫超 2004）。迭部藏語不僅分佈在甘肅省境內，也分佈在四川省境內。甘肅省迭部縣下轄五個鎮、六個鄉，由於歷史上行政區劃的不同，迭部素有上迭和下迭之分，上下迭部的藏語差距比較大，在十一個鄉鎮中，只有電尕鎮、益哇鄉、卡壩鄉和尼傲鄉説迭部藏語（陳海燕 2018）。四川省境內的迭部藏語分佈在阿壩藏族羌族自治州若爾蓋縣的鐵布鎮，由原凍列鄉、熱爾鄉和崇爾鄉等撤銷合併而成。

由於社會地理環境和市場經濟的影響，卓尼和迭部方言的母語者也急劇減少，面臨被漢語方言替代的現狀。獨特的音系、形態和語法特徵，使得卓尼土語一直是康方言語音研究中比較熱門的語言點之一。

1.3 卓尼土語研究現狀

學界對卓尼和迭部藏語的研究以語音、詞匯、語法的系統性分析為主。瞿靄堂（1962）探討了卓尼藏語聲韻母類型對聲調的影響，陳海燕（2018）以南部土語的噶米、東旺和卓尼土語的迭部、卓尼為研究對象，對比分析了四個藏語方言土語的聲、韻、調系統，並對其所處的演變階段做了定位。鄒玉霞（2021）對卓尼話的語音特點進行了詳細的共時描寫，並探討了卓尼話聲母、韻母歷史演變規律及聲調的產生機制。仁增旺姆（2010）分析歸納了迭部藏語中因音節合併而產生的語音演變現象，認為這種音變與周邊土語在演變形式上有相似性，並從這種相似的語音演變現象追溯出迭部藏語與阿裏方言的淵源。2012 年她又出版了《迭部藏語研究》一書，書中對電尕、旺藏、洛大三個方言點的語音、詞匯、語法等方面進行了分析和研究。林幼菁（2014）（收錄於孫天興 *Phonological Profiles of Little-Studied Tibetic Varieties* 一書中的第四章）調查了益哇和崇爾兩個方言點，對其語音系統及古藏語來源進行了分析描寫。桑吉次力

(2019) 以迭部藏語的益哇話作為研究對象，描寫了益哇土語的共時語音系統，並探討了益哇土語的語法、句法系統等。其他相關研究還有英吉草 (2014) 對卓尼木耳方言的研究，扎西才讓 (2019) 對卓尼話語音的研究等。以上研究中均涉及迭部聲調的描寫，但沒有關於迭部聲調的專項研究。

2. 研究方法

我們選取已經發展出聲調的卓尼縣洮河方言區的刀告鄉和迭部縣益哇鎮方言為研究對象。研究通過提取聲調段的時長來分析調長問題；通過提取調頭部分的基頻數據來分析高低調問題；通過繪製基頻曲線來確定調型，並將基頻數據轉換五度值來確定調值，最終結合聽感、聲韻搭配關係等從理論上探討藏語的調位系統。

2.1 語音語料庫的設計與實現

單音節藏文選自《藏語方言調查表》(孔江平等 2011)，發音人從 5190 個單音節語素中挑選 280 個左右口語常用的單音節詞，盡可能全面地覆蓋所有藏文的聲母和韻母，從而進行音系分析和錄音。錄音軟件採用 Adobe Audition，採樣率為 16 bit，採樣頻率為 22 kHz，錄音樣本均以 WAV 格式存儲。研究用高質量話筒採集語音信號，電子聲門儀採集嗓音信號。錄音前，發音人需熟悉材料，依照事先設計好的詞表進行逐詞錄音。錄音時，要求發音合作人以正常語速，自然流暢地讀詞表，每個詞讀兩遍。

錄音採樣完成後，利用電腦程序對發音文本中的藏文字丁進行拆解，加入基字、基字屬性、上加字、前加字、下加字、後加字等屬性列，建立藏文屬性數據庫，便於進行統計，並根據統計結果總結聲調分化依賴的語音條件和聲調的演化規律。

2.2 參數的提取與處理

研究對音節起始點和聲韻母界限進行標註，去掉基頻曲線的彎頭降尾，然後用 Praat 腳本程序提取出聲調段的基頻和時長數據。利用 MATLAB 程序，對基頻數據進行五點平滑處理。每個音節統一內插成 20 個基頻數據。對基頻數據進行了二階多項式擬合，得到曲率、斜率和截距等聲調參數。經過處理後的數據能夠更精確地量化分析聲調。

基頻歸一化的方法有很多，常用的有半音法、D 值法、T 值法、對數 z-score (LZ) 法等 (朱曉農 2004)，本文使用 T 值法進行基頻的歸一化處理。T 值法能夠將頻率轉換為五度值。T 值計算公式為：

T = [(lgx-lgmin)/(lgmax-lgmin)] × 5

其中 max 為調域上限，min 為調域下限，x 為任一測量點基頻，所得 T 值就是 x 點的五度值。

為了減小誤差，對調域上限與下限進行了處理，先根據整理出的聲調調類對語音樣本分組，對包含最高調的所有語音樣本的最大基頻值做倒序排序，再取第 5% 個數據為調域上限值，調域下限值採用同樣的方法得到，這樣就避免了個別音基頻過高或者過低的問題。大於調域上限的基頻都統一為調域上限值，小於調域下限的基頻都統一為調域下限值。

對每一組按照聲調分組的所有語音樣本，以對應聲調點求平均值，得到某一個調類的聲調平均曲線，得到聲調調型圖。在進行聲調音系歸納時，五度值可以進行一定幅度的調整，T 值 0–1.1 為五度制的 1，T 值 0.9–2.1 為五度制的 2，T 值 1.9–3.1 為五度制的 3，T 值 2.9–4.1 為五度制的 4，T 值 3.9–5 為五度制的 5。

3.　聲調實驗結果

3.1　聲調的起始音高分析

為了定量考察卓尼土語聲調的高低分化情況，我們取卓尼和迭部藏語每個音起始前兩個基頻點作平均，進行音節起始基頻分佈的統計計算，計算結果見圖 2.1、圖 2.2。圖中橫坐標為起點基頻平均值，縱坐標為起點基頻在不同頻率段的樣本數量。

圖 2.1　卓尼話起點基頻分佈圖

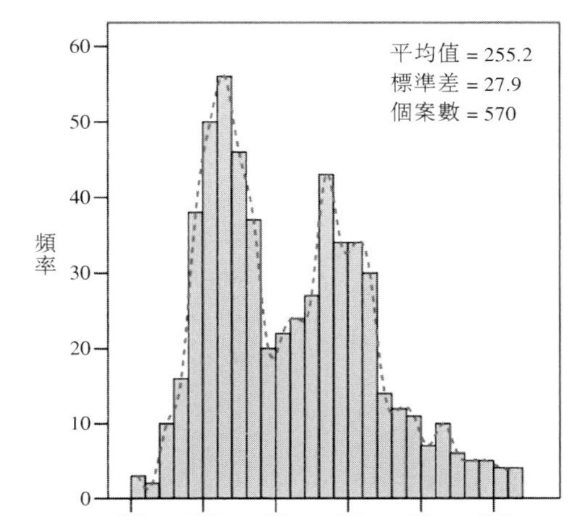

圖 2.2　迭部話起點基頻分佈圖

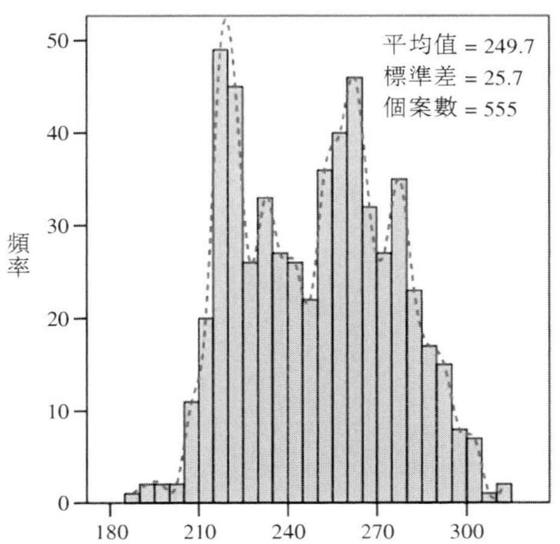

從卓尼話的起點音高分佈來看，聲調明顯分為高、低兩調，高調的基頻集中在265–300 Hz 左右，低調集中在210–240 Hz 左右。迭部聲調也分為高低兩調，高調基頻的分佈範圍是250–290 Hz，低調基頻的分佈範圍是210–240 Hz。迭部話有一部分低調的起點音高處於發音人音域的中間段，它的形成原因是部分濁聲母音節讀高調，但是受前濁段或前置輔音影響，起點音高低於同調類的清聲母音節。

3.2 聲調的調位分析

依據調型、五度值等聲學數據，再結合聽感、聲韻結構和前人研究，對卓尼土語聲調進行整合歸併，藏語卓尼話有六個調位，迭部話有五個調位，高調記作 HA、HB、HC，低調記作 LA、LB、LC，以實際時長為橫坐標，五度值為縱坐標，繪製聲調格局圖，見圖 2.3 和圖 2.4。

從圖 2.3 可以看出，卓尼話的聲調分佈普遍偏高，三個高調的起點在發音人音域的最高度 5 度內，三個低調起點在發音人音域的 3 度內。由開音節和 r 尾韻母分化出來的兩個調類是明顯的短調，其他韻母類型分化出的調類在時長上差距不大。降調有兩個，HA 是全降調，HC 調尾停留在 3 度。LA 直接由 2 度上升到 4 度，是一個升調。LB 是一個起點低，中間段略微凸起，調尾略有下降的聲調，因時長較短，在聽感上上升的感覺不明顯，更像一個短平調。LC 是一個先升後降的曲折調，上升段時長短，下降段時長較長。

從圖 2.4 可以看出，迭部話聲調按起始音高可以分為高、低兩類，高調的數量多，有三個，聲調的調首音高分佈在 4–5 度之間；低調有兩個，起點音高也偏高，分佈在 2–3 度之間。調型有兩平、兩降和一升，兩個降調一長一短，HA

圖2.3　卓尼話調位圖

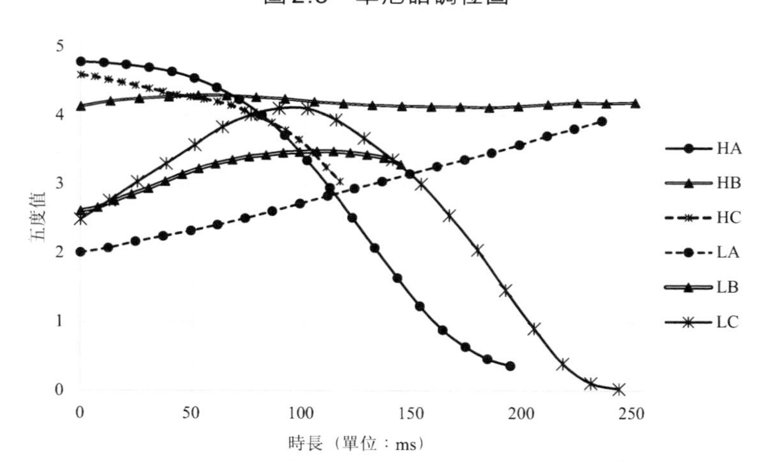

圖2.4　迭部話調位圖

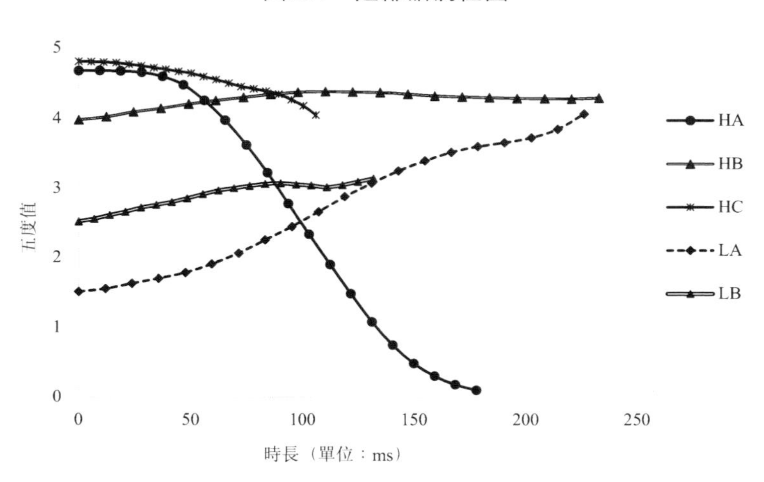

是長調，HC 是短調；兩個平調也一長一短，HB 調是長調，LB 調是短調；升調是長調。具體到各調位，HA 的調頭是發音人音域的最高點，調尾是發音人音域的最低點，是一個全降調；HB 的調頭比調尾略低；HC 時長是所有聲調裏最短的，調尾停留在 4 度；LA 前半段的上升趨勢比後半段平緩一些；LB 調尾處略有上升，在調位圖上是 34 調，但是在聽感上感知不到明顯的上升，更像一個平調，因此五度值定為 33。

表 2.1 列出了卓尼土語聲調的調類、調值、調型、調長以及單音節詞示例：

表2.1　卓尼土語聲調調類表[1]

調類	調值	調型	調長	藏文舉例
HA	51	高調	長調	སྐད（聲音）[ke] མངག（派遣）[ŋa] གཏུབ（剁）[tu]
HB	44	高平	長調	རྐུས（偷，盜）[ki] ཙོང（蔥）[ʦu] སྣོན（加）[nɛn] བསྐམ（幹）[kɑŋ]
HC	53（54）	高降	短調	རྟ（馬）[ta]
LA	24	低升	長調	ཟངས（銅）[sɑŋ] རས（布）[rɛ]
LB	33	低平	短調	ང（我）[ŋa]
LC	341	曲折	長調	ནགས（森林）[na]

1. 表中HC 調在卓尼藏語中調值為53，迭部藏語中調值為54；HC、LB 兩調在卓尼藏語和迭部藏語中的來源不完全相同，將在後文討論；LC 調為卓尼藏語獨有的調類。

3.3 聲調的調長分析

從藏文來看，藏語的韻尾是比較豐富的，有塞音、鼻音、邊音等。不同的方言韻尾簡化程度也不同，康方言的韻尾簡化是很顯著的，韻尾的不同直接影響著聲調的調長。按照聲調的不同對音節進行分類，統計聲調的時長，可分別得出以下兩幅卓尼話和迭部話的聲調時長圖。

圖2.5　卓尼話聲調時長圖

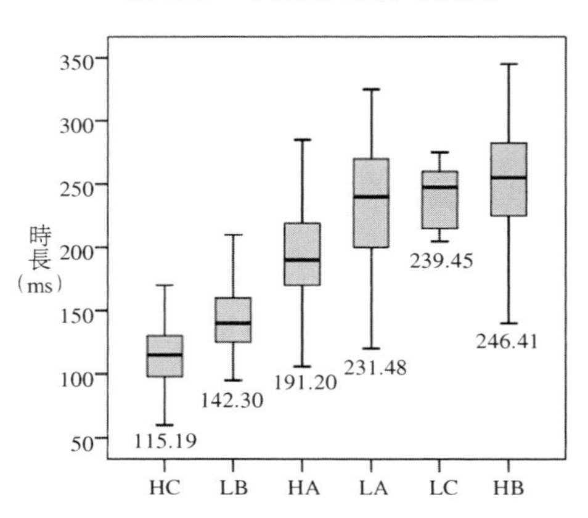

圖2.6　迭部話聲調時長圖

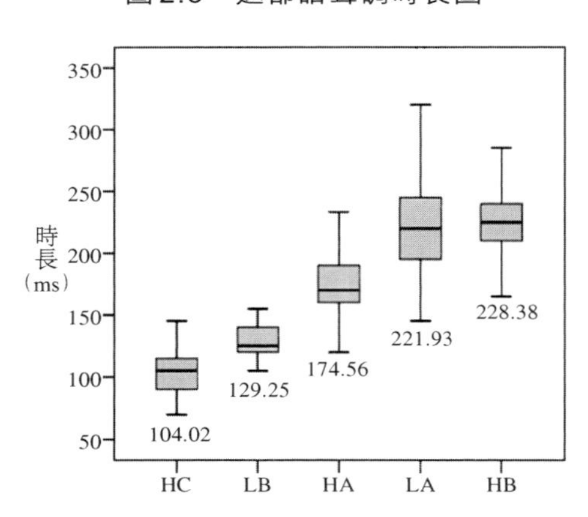

從圖 2.5 可以看出，卓尼話有兩個短調、四個長調，短調時長大部分在 170 ms 以下，長調大部分在 190 ms 以上。低調 LC 調長比較穩定，其他聲調的調長變化比較大。兩個短調對應的是開音節韻母和 -r 尾韻母。

從圖 2.6 可以看出，迭部話有兩個短調、三個長調，短調大部分在 150 ms 以下，長調大部分在 170 ms 以上。開音節韻母的聲調時長最短。

3.4 聲調的音域分佈

聲調的分佈情況分析採用彭剛（2006）提出的方法，每一個音節提取 20 個基頻點，轉換成五度制後，計算這個音的聲調曲線的音高平均值和斜率。分別以音高平均值和斜率為橫縱坐標，繪製散點圖。圖中的每一個點代表一個單音節，不同區域即該方言的各個調類的分佈情況，用最小橢圓來覆蓋每個區域 90% 的點，橢圓中的圓圈代表這個區域的中心位置。在以下兩幅分佈圖中，縱向代表的是聲調的音高分佈情況，橫向代表聲調的調型分佈情況，斜率為負時是降調，斜率為零時是平調，斜率為正時是升調。

聲調分佈圖從聲調數量、調域的高低、調型的趨向、調類的穩定程度等多維度展現了藏語聲調的現狀，從以上維度中，我們不僅能夠了解一種語言幾個調位之間的分佈關係，還能夠進行不同語言的橫向比較，為進一步研究藏語方言聲調的系統性和成熟程度提供依據和參考。

圖2.7　卓尼話聲調分佈圖

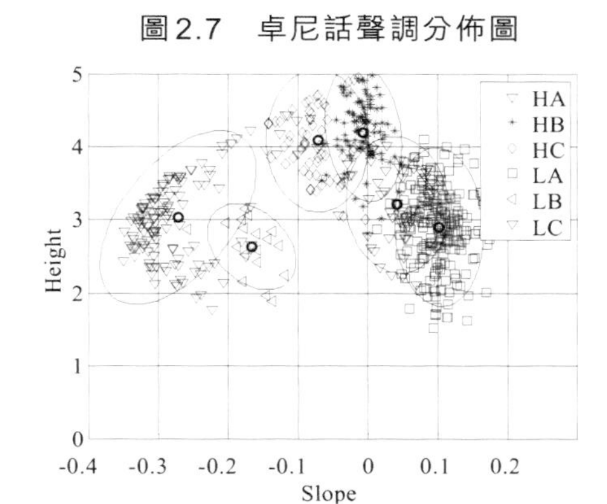

圖2.8　迭部話聲調分佈圖

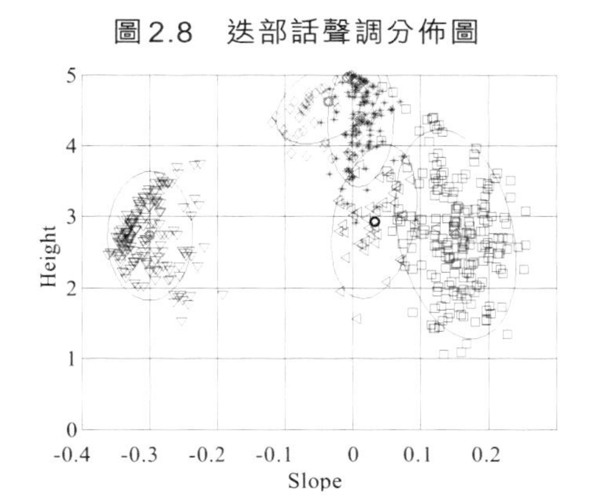

從圖 2.7 和圖 2.8 音域空間的分佈情況來看，卓尼話和迭部話是高音域佔絕對優勢的聲調分佈類型，在2 度以下音節很少，音高集中分佈在2–5 度之間，4–5 度也有少量的分佈。高調類多於低調類，傾向於用相對偏高的音高，聲帶振動快，在聽感上更清晰洪亮。

從斜率的分佈情況來看，迭部話聲調的斜率分佈比較特殊，五個調類中，有三個分佈在接近零線的左右兩側，表明調型的升降都不明顯，更趨向平調。藏語的平調大多數不是完全分佈在零線的中心位置，而是略往左偏，實際發音中的平調也是一個微降的聲調，只是在聽感上表現不明顯。

從整體的空間分佈來看，聲調的二維空間左下角和右上角留白，基本沒有音節分佈，也就是說沒有低降和高升（中升）這樣的調類，可能是這兩類聲調的發音不符合省力原則，進入語言系統以後，也很容易和其他調類混合。在聲調發展的過程中，同一種類型的語言會傾向於選擇其中的幾條發展路徑，而放棄另外的幾條發展路徑。

卓尼話和迭部話的調類之間都有嵌套現象，調類嵌套可能是以下幾個原因導致：(1) 兩個聲調依靠時長來區別，但分佈圖中沒有時長屬性，調型和音高都不能區分這兩類聲調，這也從另一個方面證明了藏語聲調時長的重要性。(2) 兩個調類平均值和斜率比較接近，造成套疊現象。彭剛提出，聲調之間的交叉有兩種假設，一種是兩個因素的合併，另一種是分裂的不完整過程。因此從聲調發展的走向來看，這樣的兩個調類有可能會在聲調的發展過程中合併為一個聲調，或是進一步優化，有更嚴格的區分，成為完全不同且固定的兩類聲調。

4. 聲調的演化分析

藏緬語族乃至漢藏語系的聲調同聲母和韻母有着密切的關係。藏語聲母對聲調的影響主要體現在：清聲母聲調調值的起點高，濁聲母聲調調值的起點低。在「清高濁低」的基礎上，複輔音的存在與否能夠進一步影響藏語聲調的高低分化（瞿靄堂 1981）。藏語韻母對聲調的影響體現在：(1) 韻母的長短與聲調長短有着嚴整的對應關係（譚克讓、孔江平 1991）；(2) 韻母的類型制約著調型的變化（馮蒸 1984）。儘管現代藏語各方言中，聲母和韻母較古藏語都有了不同程度的簡化，例如聲母中的複輔音聲母簡化甚至消失，濁聲母清化，韻尾脱落或合併，但是，古藏語聲母和韻母在聲調演化過程中對聲調的制約作用卻保留了下來。因此，要討論藏語聲調的演變，就需要釐清古藏語的聲母、韻母系統與聲調的關係。我們先來討論卓尼土語群藏語聲韻的演變情況，並以古藏語的聲韻結構為綱，進一步討論聲調的演化問題。

4.1 聲母演變

卓尼土語聲母系統有康方言聲母的一般特點：塞音、塞擦音聲母有清不送氣、清送氣聲母和濁聲母三套；有六個帶同部位鼻冠音的複輔音聲母。也有不同於其他藏語方言的特點：鼻音聲母沒有清濁的對立；擦音聲母也沒有成系統的送氣和不送氣的對立。總的來說，卓尼土語的聲母系統與康方言其他土語相比，簡化得更厲害。現代卓尼土語聲母的演變情況可大致總結如下：

(1) 古藏語清聲母保持不變，在卓尼土語中仍為清聲母；

(2) 無前置輔音的濁聲母全部清化，變為相應的清聲母；

(3) 有前置輔音 -b、-d、-g、-r、-l、-s 的濁聲母，前置輔音脱落，變為單輔音濁聲母；

(4) 前置輔音為 -m、-v 的複輔音聲母演變為帶同部位鼻冠音的複輔音聲母，有六個，分別為 [mb]、[nd]、[ŋg]、[nʥ]、[ɳɖʐ]、[ɳdʐ]。

(5) 古藏語的次濁聲母，無論有沒有前置輔音，今都為相應的次濁聲母。

4.2 聲母對聲調分化的影響

藏語的有聲調方言基本可以分為高、低兩類聲調，有些還有中調。藏語聲調的高低分化主要依賴古藏語聲母，本節中我們分別考察清聲母、全濁聲母、次濁聲母三類古藏語聲母與藏語聲調高低分化的關係。

從卓尼和迭部藏語聲調起始音高的實驗數據可以看出，卓尼和迭部藏語的聲調系統內部都有高低的對立。一般情況下，古藏語的清聲母字在有聲調的藏語方言中讀高調；次濁聲母帶前置輔音和 ལ 下加字時讀高調，不帶前置輔音時讀低調；濁聲母字在衛藏方言中讀高調還是低調條件非常明確：帶前置輔音和 ལ 下加字時讀高調，不帶前置輔音時讀低調，但是在康方言中情況就比較複雜了，分化情況因語言點而異。下面我們梳理下卓尼土語中古聲母類型與聲調起始音高的對應情況：

(1) 古清不送氣塞音、塞擦音聲母，分化出高調。

(2) 古清送氣塞音、塞擦音聲母，既分化出高調也分化出低調，與 -ng、-n、-r、-s 等古續音韻尾韻母搭配時，分化出低調，與古開音節和塞音韻尾韻母搭配時，分化出高調。

(3) 古清擦音聲母，今為清擦音聲母，也分化出高低兩類聲調。與塞音韻尾韻母組合時，產生高調；與開音節及續音韻尾韻母組合時，一部分分化出高調，還有一部分分化出低調，擦音聲母分化出的高調數量多於低調數量，分化條件不明確；

(4) 古全濁聲母，既分化出高調也分化出低調，ལ 為下加字時，全部讀高調，其他條件下，全濁聲母產生高調還是低調沒有規律可循；

(5) 古次濁聲母，也分化出高低兩類聲調。卓尼藏語和迭部藏語的分化情況略有不同：卓尼話中 53% 的古次濁聲母字產生高調，47% 產生低調，不帶前置輔音的 59 個次濁聲母中，71% 產生低調，仍有 29% 產生高調；帶前置輔音以及 ལ 為下加字時，全部讀高調；迭部話中帶前置輔音及 ལ 為下加字的次濁聲母，全部產生高調；不帶前置輔音的次濁聲母基本分化出低調，還有個別幾個不帶前置輔音的次濁聲母單音節詞讀高調，例如 མིག（眼睛）、ལུག（羊）。

卓尼土語聲調的高低分化，大抵是清聲母分化出的高調數量多，濁聲母分化出的低調數量多。但是清聲母也能分化出低調來，分化的條件是「清送氣聲母＋特定類型韻母」和「清擦音聲母＋特定類型韻母」，這種分化條件在衛藏方言中沒有，是康方言獨有的。次濁聲母和全濁聲母在不帶前加成分和 ལ 下加成分的情況下，既有高調也有低調，產生高調還是低調找不到成系統的規律，不是特別符合「清高濁低」的分化條件。

4.3 韻母演變

古藏語的輔音韻尾系統，在現代卓尼土語中只保留了 -ng 和 -n 兩個，並且只出現在部分單音節詞中，輔音韻尾還在進一步簡化的過程中。

(1) 古藏語的 -b 尾、-bs 尾、-g 尾、-gs 尾、-d 尾、-s 尾、-r 尾、-l 尾基本上都脫落了，與單元音韻母合流；

(2) 古藏語的 -n 尾韻母，在迭部藏語中韻尾保留，今為 -n 尾韻母；卓尼藏語中情況稍複雜一些：部分保留，今為 -n 尾韻母；部分弱化為鼻化元音韻母；還有一部分韻尾脫落，今為開音節韻母；

(3) 古藏語的 -m 尾、-ms 尾韻母，與 -ng 尾和 -ngs 尾韻母合流，部分讀作 [ŋ]，部分弱化為鼻化元音韻母，還有少部分脫落，今為開音節韻母。

4.4 韻母對聲調分化的影響

現代藏語各方言的聲調有長短區別，與古藏文韻尾的類型密切相關，古鼻音、邊音和鼻複輔音尾韻母的音節一般讀長調，古塞音尾韻母的音節一般讀短調，其他韻尾類型分化出長調還是短調在各方言情況不同。卓尼土語的古藏語韻母簡化得比較徹底，其聲調的長短分化也有很多不同於其他方言的特徵：(1) 卓尼土語的塞音韻尾全部脫落，古塞音尾韻母變為開音節韻母，沒有韻尾的阻塞作用，元音時長拉長，因此古塞音韻尾來源的聲調類型是舒聲調，調長與古續音韻尾來源的聲調相近；(2) 卓尼土語的開音節有長、短兩類，分化出的聲調也有長、短兩種，但沒有系統性的規律可循，極有可能是卓尼土語的聲調還在分化演變的過程中，分化條件的不規則性是演變過程中的必經階段；(3) 藏語康方言中，-r 尾一般分化出長調，但是卓尼話中的古 -r 尾脫落後，元音並沒有拉長，還是一個短元音，與之搭配的聲調也是短調。

韻母對藏語聲調演化更重要的影響體現在依據韻尾的類型，藏語聲調的數量增加，即分化出新的調型。卓尼土語中，不同韻尾類型分化出的聲調類型情況如下：

(1) -ng、-ngs、-m、-ms、-n、-l、-s 尾韻母分化出一類聲調；

(2) -g、-gs、-b、-bs、-d 尾韻母分化出一類聲調；

(3) 單元音韻母情況稍複雜，長元音分化出的聲調類型與上述第一種情況分化出的聲調類型一致，短元音韻母分化出一類聲調；

(4) -r 尾韻母在卓尼藏語和迭部藏語中分化出的聲調類型不同，卓尼藏語中的 -r 尾韻母與單元音韻母分化出的聲調類型一致，迭部藏語中的 -r 尾韻母與 -ng、-ngs 等韻尾韻母分化出的聲調類型一致。

藏語方言的短韻、長韻和促韻，是聲調調型分化的三個主要條件，卓尼土語韻母對聲調的影響也基本符合這一分化規律。

由韻母類型產生的三個聲調類型，在與不同的聲母類型搭配時，還會各自分高低調，體現出藏語聲母與韻母對聲調的共同制約作用，卓尼話和迭部話聲調與古藏語結構的對應關係見圖 2.9、圖 2.10。

圖2.9　卓尼話聲調與古藏語聲韻對應關係

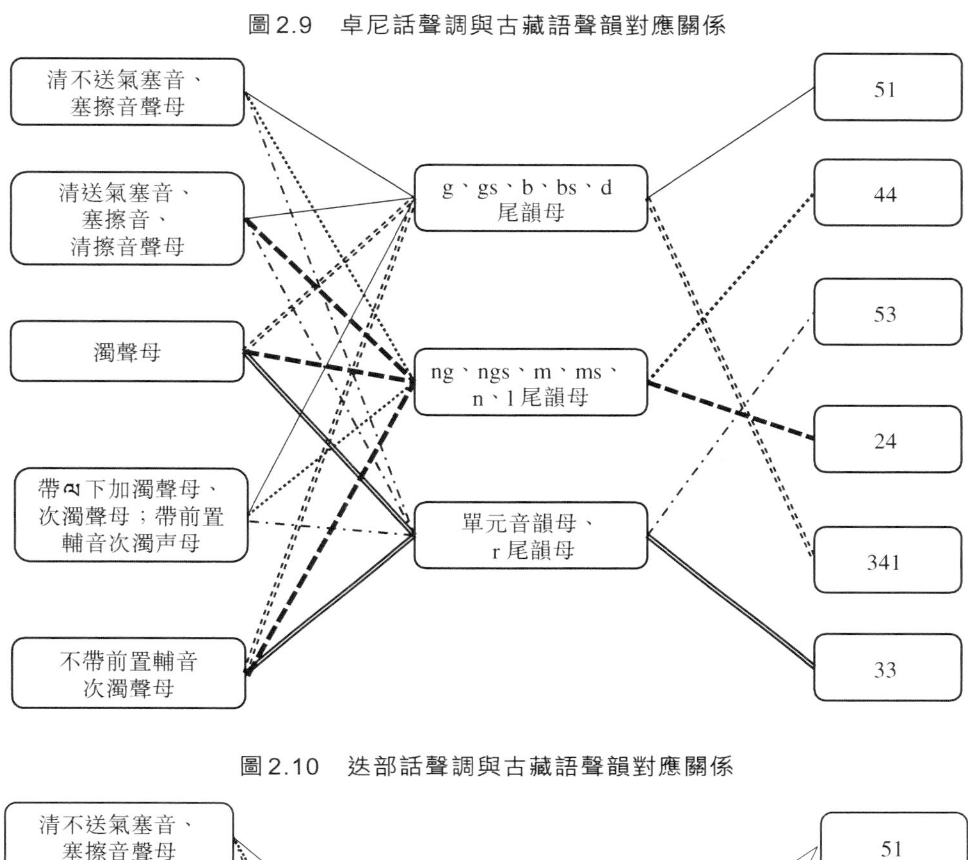

圖2.10　迭部話聲調與古藏語聲韻對應關係

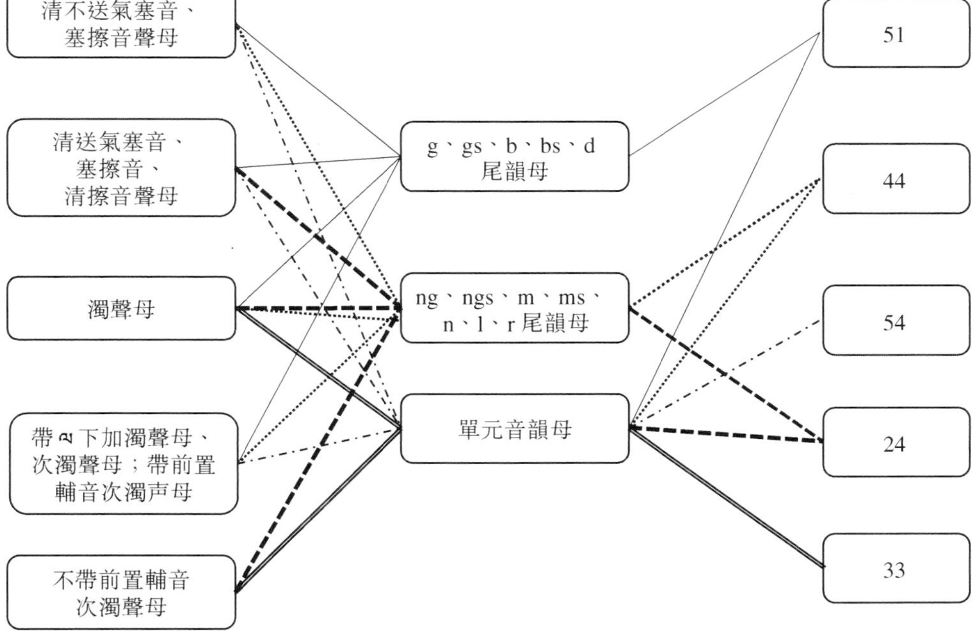

圖2.11　藏語聲調演變路徑一

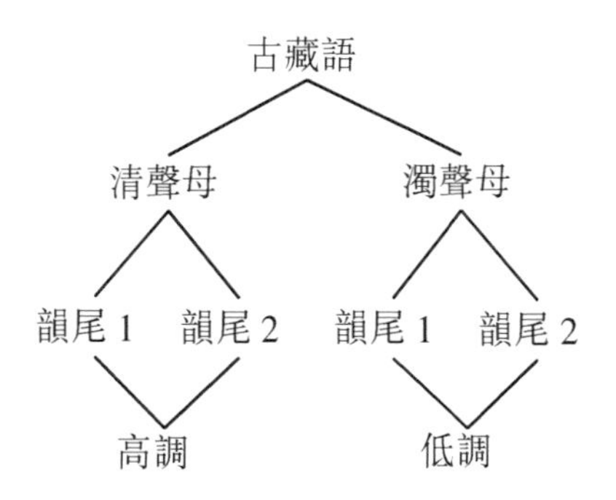

圖2.12　藏語聲調演變路徑二

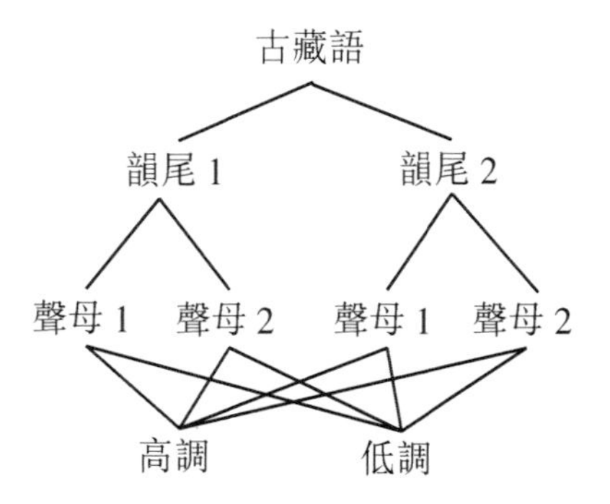

5. 藏語聲調演化路徑分析

藏語方言聲調是「無聲調—習慣調—有聲調」的發展過程，可以肯定的是，從習慣調到有音位功能的聲調，聲調類型是增加的，關於從無聲調到習慣調是聲母引起還是韻母引起的，卻是個有爭議的話題。胡坦（1980）認為拉薩話聲調的產生是由聲母引起的高低分化在先，由韻尾引起的長短分化在後，是第二次分化。聲母清濁使聲調一分為二，即高調和低調；韻尾影響又使聲調繼續往四調或六調系統發展。圖 2.11 是第一種藏語聲調演變路徑。

馮蒸（1984）認為康方言聲調的產生，由韻尾引起的分化在先，由聲母引起的高低分化在後。韻尾使聲調一分為二或三；聲母清濁或複聲母影響使聲調繼續二分為四或三分為六。圖 2.12 是第二種藏語聲調演變路徑。

多數學者傾向於認為聲母與第一次分化有關，韻尾與第二次分化有關，因為拉薩話的聲調為這種觀點提供了有力的證據：現代拉薩話的全濁聲母已經全部清化，原來聲母基本輔音是清輔音的音節，今讀高調；原來聲母基本輔音是濁輔音的音節，今讀低調，依據聲母的清濁先分化出高調和低調，再根據韻尾的不同進一步分化出更多的調類，即「聲母定高低，韻尾定曲線」。

從聲韻系統來看，如果說拉薩話是藏語方言聲母簡化的極端代表（濁輔音全部清化，複輔音全部變為單輔音），那麼卓尼土語則是藏語方言韻母簡化的極端代表（除 -ng 尾外，其他韻尾已經基本脱落）。卓尼土語的韻尾類型已經所剩無幾，但是聲母的清濁對立還存在，也就是說卓尼土語韻尾的消失已經完成，聲母的簡化還在進行過程中。如果按照第一種分化路徑，聲母的清濁造成高低二調系統以後，由於此時已經（或基本上）失去了輔音韻尾，顯然也無法使聲調再進一步分化，就只能停留在兩調系統。另外，卓尼土語中，在同一藏文韻尾（甚至該韻尾已經消失）的情況下，不同音節都保持有相同性質的調形，這也可以從側面證明韻尾的分化在先。

前文討論聲母對聲調的影響時得出的結論是，卓尼土語的全濁聲母既分化出高調也分化出低調，在什麼情況下分化出高調，什麼情況下分化出低調，目前還沒有可循的規律，迭部藏語的「濁聲母＋塞音尾韻母」音節還全部讀高調，並不完全符合「清高濁低」，濁聲母的聲調分化還處在混沌的狀態，聲調分化的第一步不太可能是由聲母制約而完成。所以，卓尼土語與拉薩話不同，很可能是韻尾類型主導了聲調分化的第一步，符合第二種演化路徑。

6.　結語

卓尼土語作為康方言中一個獨立的土語群，聲調的音高分佈特徵、分化條件和演變方式等方面都有着鮮明的特點。在分佈特徵方面，卓尼話的調域整體偏高，分佈在發音人調域的中調域及高調域。在分化特徵方面，清聲母的擦音與否、送氣與否會影響聲調的高低分化，清送氣塞音、塞擦音、清擦音在與續音韻尾組合時，會分化出低調；全濁聲母既產生高調也產生低調，在迭部話中產生的高調數量甚至多於低調數量；單元音韻母內部有長短之分，短元音韻母獨立分化出一個調類，長元音韻母分化出的調類與續音尾韻母分化出的調類相同；r 尾韻母在卓尼藏語中比較特別，是一個短元音，分化出的調類與單元音韻母分化出的調類相同。卓尼土語群的聲調現狀及其與古藏語聲韻的對應關係，為進一步探討藏語聲調的演化路徑提供了新的證據，帶來了新的啟示。

從演變方式方面來看，藏語聲調從無聲調到有聲調這個階段，不會只是一種分化的方式，的確存在著韻尾類型決定聲調的第一次分化的可能性。當然，這只是初步的判斷，還需要我們在更豐富的藏語方言語料基礎上做進一步研究。

參考文獻

陳海燕 2018。〈藏語康方言語音比較研究——南部土語嘎米、東旺與卓尼土語迭部、卓尼〉。上海師範大學。

馮蒸 1984。〈試論藏文韻尾對於藏語方言聲調演變的影響——兼論藏語聲調的起源與發展〉。《西藏民族學院學報》。

孔江平、于洪志、李永宏等 2011。《藏語方言調查表》。北京：商務印書館。

閔江海 2001。《迪慶藏族自治州民族志》。深圳：深圳匯源彩色印刷有限公司。

莫超 2004。《白龍江流域漢語方言語法研究》。南京師範大學。

瞿靄堂、勁松 2000。《漢藏語言研究的理論和方法》。北京：中國藏學出版社。

瞿靄堂 1962。〈卓尼藏語的聲調與聲韻母的關係〉。《民族語文》。

瞿靄堂 1979。〈談談聲母清濁對聲調的影響〉。《民族語文》。

瞿靄堂、金效靜 1981。〈藏語方言的研究方法〉。《西南民族學院學報（哲學社會科學版）》3。

仁增旺姆 2010。〈迭部藏語音節合併現象及其聯動效應〉。《西北民族大學學報》(哲學社會科學版)。
仁增旺姆 2013。《迭部藏語研究》。北京：中央民族大學出版社。
桑吉次力 2019。《迭部益哇土語研究》。中央民族大學。
石鋒、王萍 2006。〈北京話單字音聲調的統計分析〉。《中國語文》4。
譚克讓、孔江平 1991。〈藏語拉薩話元音、韻母的長短及其與聲調的關係〉。《民族語文》。
英吉草 2014。《卓尼木耳方言研究》。西北民族大學。
扎西才讓 2019。《藏語卓尼話語音研究》。西藏大學。
中古社會科學院語言研究所 2012。《中國語言地圖集(第2版)：少數民族語言卷》。北京：商務印書館。
卓尼縣志編纂委員會 1994。《卓尼縣志》。蘭州：甘肅民族出版社。
鄒玉霞 2021。《藏語卓尼話語音的歷史演變研究》。中央民族大學。
朱曉農 2004。〈基頻歸一化——如何處理聲調的隨機差異〉。《語言科學》3。
Peng, gang (彭剛). 2006. Temporal and tonal aspects of Chinese syllables: a corpus-based comparative study of Mandarin and Cantonese. *Journal of Chinese Linguistics* 1: 134–154.
Sun, Jackson T.-S. (孫天心). Ed. 2014. *Phonological Profiles of Little-Studied Tibetic Varieties*. Taiwan: Academia Sinica.

第三章
從音法演化角度處理羨餘性特徵和音位變體

麥耘
江蘇師範大學
中國社會科學院

提要

如何處理羨餘性特徵和音位變體，從音法演化的角度，與從靜態的音位描寫的角度是不同的。鑒於音變多是從微觀的語音層次發軔，積累到相當程度才引起音位系統的變動，所以音法演化研究特別注重對羨餘特徵和音位變體的分析，注重探討音變的細節和動因。本文通過幾個漢語方言的個案，討論了有關的問題。

1. 前言

依現代音位學的原理，在特定音系裏，以音位來辨別語義；區別特徵理論要求以能區別語義的特徵，即區別性特徵來系統地定義音系中的每一個音位，這些特徵還須儘量簡明。音位變體只在音位的範疇內才有語言學意義；音位變體之間要麼可以互換而不影響語義辨別（自由變體），要麼處於互補的音韻位置（條件變體）。與區別性特徵相對的羨餘性特徵，包括形成音位變體的特徵，被很多人認為屬音系學上邊緣性的、甚或是可忽略的內容。

在語言工作者的田野調查中，固然要求先作細緻的描寫，儘量不放過一切語音特徵，因為在調查之初，還不能確定哪些特徵是區別性的、哪些是羨餘性的。而到了音系歸納的階段，就總是強調要抓住能概括全面的區別性特徵，作音位化處理，梳理出一個較為嚴整、簡潔的音位系統。對條件變體出現的音系條件作出說明是必需的。但是，對於音位變體之間的細微發音差異，即羨餘性特徵，一般會作「抹平處理」，不必在語音系統的描寫中體現出來，最多是作簡單的說明。

不過，趙元任（1934）早就指出：「把一種語言裏的音化成音位系統，通常不止一種可能的方法，得出的不同系統或答案不是簡單的對錯問題，而可以只看成適用於各種目的的好壞問題。」共時研究跟歷時研究 / 演化研究就是不同的目的。不同的目的不僅可能讓研究者對同一個音系作出不同的音位歸納，而且涉及研究者對音位變體和羨餘性特徵的不同處理、不同態度。上述所言把音位變體和羨餘性特徵邊緣化的做法，只在對音系作靜態的共時分析描寫時是合適的；而當需要從音系演化的角度，亦即歷時的、動態的角度來歸納音位的時候，或者用趙先生的話說，要「比較各相近的方音；注意音變的初兆或殘迹」（上引文的提要），要求就可能會有所不同。演化研究需要考慮一個音系如何從一種狀態演化為另一種狀態，其中常常會有特徵的轉變，包括區別性特徵轉化為羨餘性特徵，或反過來，羨餘性特徵轉化為區別性特徵，原先不同的音位可能合併而變為一個音位內的不同變體，或原來的音位變體獨立為不同的音位，等等。而且，我們還希望了解造成演化的語音條件及自然的（譬如發音動作上的、聽覺上的或心理上的）動力，而不僅僅是抽象的音系條件。這就需要對演化過程中不同時期的音位變體和羨餘性特徵給予深切關注。

很重要的一點認識是：一個音系在語音演化過程中，音位系統的重組 / 重構往往不是從音位層面開始，而是從音位變體開始。在演化初期，一般不會馬上觸動音位的系統結構，而是在音位的下位層次，即音位變體 / 羨餘性特徵的層次，一點一點地發生變異，當或著或微的變異積累到一定程度之後，才對音位系統發起突破。此外，對語音演化進行研究，還往往需要取在演化音法理論上有關係的不同音系（還不一定是有譜系關係的音系）來作比較，不但比較其音位和區別性特徵，還要把音位變體和羨餘性特徵納入比較範圍，才能看出演化的線索。進一步說，演化的原因，或者說演化的音法 / 音理，往往隱匿在這些細微之處。被趙先生稱為「音質標音法」的語音描寫，可能會被一些學者視為入不得法眼的東西，而在演化語言學看來，卻是蘊藏了超出過分抽象的音位標音法的精髓。

總之，從演化角度對音位歸納的要求可以與共時描寫不同，主要體現在演化研究極為重視羨餘性特徵和音位變體在語音變異和音位重構中的作用；為了突顯其在語音演化中的音理上的價值，只要有必要，有時寧可犧牲音位系統的嚴整性、簡潔性和互補原則等。要把羨餘性特徵表現出來，對語言 / 方言的田野調查會提出更多的要求，譬如語音實驗。

朱曉農（2012）把語音演化稱為「音法演化」。何為「音法」？就是語音生成及其變異的法則，它的基礎是語音輸出和接收的原理，包括生理的、物理的、心理的，等等，以及音系調整的原理。這裏既有抽象的東西，也有非常微觀的東西。

本文打算舉出漢語方言中的幾個實例來討論這個問題。

2. 知系合口聲母變唇齒音

在陝、晉、豫、皖、魯等地的一批方言（主要是中原官話方言）中，知系（含古知、照組及日母）合口聲母變讀唇齒音，如西安話：豬 pfu、船 pf^{h}æ、水 fei、潤 vẽ（北大中文系語言室 2003）。

報導這一現象的書面材料非常多，研究成果也很豐富，但對語音細節的描寫仍嫌有所不足，導致從演化角度看，還有一些不容易說透徹的地方。譬如，有的方言沒有塞擦音 pf-、pf^h-，「豬、船」等字跟北京話一樣讀 tʂ-、tʂ^h- 聲母（後帶 -u- 介音或 u 韻腹），而擦音「水」之類讀為 f- 聲母。至於造成這種現象的原因，張世方（2004）提出不同的假設：(1) 這些方言原本有 pf-、pf^h-，後來退回 tʂu-、tʂ^{h}u- 去了；(2) 擦音發生唇齒化在先，pf-、pf^h- 在這些方言中還沒來得及出現；(3) 語言接觸的結果。但他不能很確定是哪一條。

下面看一個屬江淮官話（與上述方言無密切的譜系關係）、遠離上述地區（與上述方言無接觸關係）的方言[1]——湖北英山楊柳方言。胡海瓊（2017）記述該方言，古知系（還加上古牙喉音和精組的細音）合口聲母的今讀，是帶捲舌色彩的舌葉兼舌尖—後齦與唇齒的雙重調音（原文寫作 tʃ͡f- 等，下文是簡化的寫法），如：豬tʂfʮ、船tʂf^{h}ʮan、水ʂfʮəi、潤ɻvʮən。胡海瓊指出：在這套聲母中，擦音 ʂf-、ɻv- 的唇齒摩擦程度比塞擦音 tʂf- tʂf^h- 明顯。「擦音的唇齒摩擦比塞擦音明顯」這個語音特徵當然是羨餘性的，卻能從中看出一個音理 / 音法：在此處論及的唇齒化過程中，擦音更易於跑在塞擦音前頭。當然，這本身仍需語音學的論證。回過頭看，張世方諸假設中，(2) 是比較合乎演化音法的。

高本漢（1915–1926，1995：306）講到，漢語方言的一些聲母「由後面 u 音的圓唇（合口）前移作用可以變成唇音聲母」，並把西安等地的知系合口唇齒化歸入此類。用現代比較精巧的音位化的音變式，知系合口唇齒化可以這樣表示（以清擦音含括濁擦音和塞擦音）：ʂ → f/_u。這個式子自是非常簡潔，但從語言演化研究的要求看卻嫌簡陋，因為它不能回答：為什麼西安話、英山楊柳話等一批方言的知系合口會發生唇齒化，而以北京話為代表的另一批方言在相同條件下就沒發生？傳統的說法大概會是這樣：這類問題無須回答，因為每種語言 / 方言的每個演變規則都是獨特的。

這是以特殊性對抗普遍性，而且這特殊性是不需理由的，那麼這簡直就是用特殊性來取代普遍性了。語言演化類型學不敢這麼理直氣壯地接受這種觀念，而總是希望找到在人類語言中具有普適意義的演化規律（注意：是規律，不是規則）；表面上相同的情況，如有不同的發展，其中應有緣故，就是說，須

1. 在無接觸關係的情況下，譜系關係越疏離，同類型演化中的共性 / 相似性在普適性音理方面的證明力就越強。參看麥耘（2016a）。

為特殊性找理由、找原因。張雙慶、邢向東（2012）不厭其煩地描寫陝西關中地區中知系合口沒變唇齒音的方言的這組聲母，是雙唇外翹、有唇齒接觸動作的舌尖及舌面前—齒齦音，介音則是帶摩擦、半圓的央元音，認為這是各種演化（包括唇齒化）的起點。無論其所言是否最終結論，筆者都得為之點贊：這是一個細緻觀察羨餘性特徵，努力解釋演化原因和方向的好樣板。當然，要徹底解決這個問題，還需對其它有關方言，如山西、河南、山東、安徽等地及湖北英山周邊方言也作出過細的調查。

胡海瓊文章的初稿在刊物上發表之前，曾在一個研討會上宣讀。有的與會專家指出，楊柳方言知系開、合口聲母出現條件互補（合口總帶 -ʮ- 介音或拼 ʮ 韻腹，開口則否），根據音位歸納原則，可以合併為一套聲母，而有兩套條件變體，合口字所帶的唇齒色彩只是個羨餘性特徵，對此最多加一個文字說明即可（即便不加亦無大礙），沒必要額外增加一套音位，這套變體中的 f、v 也不必標出來。一向以來大家碰到這類情況都是這般處理的。

對此，筆者的看法不太相同。從共時—靜態音系處理的角度說，上述做法無疑是正確的，而且是合乎常規的。但是，從演化—動態研究的需要來看，這樣做會屏蔽掉一些重要的信息。實際上，一個音系的聲韻調表的後面所附有關發音細節的文字說明常常會被人忽視（何況有些調查者沒有在列出音位系統之後，還為音位變體寫文字說明的習慣），而聲韻調系統本身，以及以此為基礎形成的標音才是直觀的表達。很顯然，tʂʮ 與 tʂfʮ 兩種不同的標音方式給資料搜集者的感覺是完全不一樣的。前者可說是毫無新奇之處，而一看到後者，對漢語方言中知系合口讀 pf- 等的情況略有所知的研究者，就會馬上意識到它的音法及音史價值——從楊柳話能明顯看到西安話前身的影子。當然，這個話只是對對語音演化問題有興趣的人說的。

3. 古效攝韻母單元音化

鄒曉玲（2016）報導，在廣東連州的沙坊村（此地方言可歸於粵北土話），老人說古效攝一二等字，韻母為 aᵓ（麥耘 2021 寫作 aɔ̆），而中年以下的人則作單元音 a 韻母，如「高 kaᵓ / ka，罩 tsaᵓ / tsa」等。老派所讀的這個複合元音動程很小，而且韻尾很弱、時長很短，在語流中尤其不明顯。這個音系有一系列以 -u 為韻尾的韻母，包括 ɐu ɪeu iu 等，-ᵓ 當然是 -u 韻尾的一個條件變體；如果把 aᵓ 寫作 au，自能讓整個韻母系統顯得更為整齊。但是這樣一來，要說這個方言從老年人到中年人，僅僅一代之間，au 韻母就變成了 a，未免太過突兀；aᵓ 或 aɔ̆ 的寫法雖略有些怪，但用 aᵓ → a 來說明語音的演化，從音理上說，卻比 au → a 這樣的大跨步要妥帖得多。寫作 aᵓ，能顯示這個韻母有 au → aᵓ → a 的演化歷史。

古效攝韻母單音化，在漢語方言中相當常見。如效攝字在洛陽話裏的韻母，賀巍（1993）就標作 ɔ 和 iɔ，如：高 kɔ，小 ɕiɔ。但張啟煥等（1993：186–

187）把洛陽這個韻母標作ao和iao，文字説明裏則説ao的「動程比北京音小些」，實際音值是 ɔo。兩種標音的差別，主要是一為單元音（不計介音），一為複合元音。不過，純從劃分音位的功能上説，由於兩種標法都不會與其他韻母混淆，所以應該説都沒問題。甚至於可以用區別性特徵為這個韻母定義，只要能體現出〔+ 低〕和〔+ 圓〕這兩個特徵，不管怎麼標，是標單元音還是複合元音，都應當認為正確。

筆者自不這樣看問題。只是筆者未曾調查過洛陽話，只能瞎猜：洛陽話會不會跟沙坊話相似，存在人際變體（這也是一種音位變體），有的人讀單元音，有的人讀動程很小的複合元音，其韻尾很短很弱？如果是這樣，這裏就有演化語言學和社會語言學的題目了。

段亞廣（2018）所記錄的13個中原官話方言大多位於河南中、北部（惟鄲城在稍遠的東部，暫不論），其效攝字讀 (i)ɔ 的有靈寶、澠池[2]、溫縣、鞏義、登封，分佈在三門峽、焦作、鄭州3市，較偏於西、北部；而讀複合元音的洛寧、偃師、杞縣是 (i) ɑɔ / (i) aɔ，禹州是 (i) ao，蘭考考城鎮是 (i) au，開封、寧陵是 (i) ɔo[3]，分屬洛陽、許昌、開封、商丘4市，地理位置相對偏南、偏東。這些-ɔ 或-o 韻尾自是 -u 韻尾的變體（這些方言都另有 -u 韻尾韻母）。

在這些方言之間有必要作比較研究。不同方言的 -ɔ / -o / -u 三種韻尾之間也可以算是同一音位不同變體的關係，筆者稱為「同源變體」，指親屬語言 / 方言因有同源關係而互相對應的音類之間相似而又不相同的讀音。這自是突破了只針對一個音系內部的「音位」和「音位變體」的傳統定義，共時音系學似乎不會容忍這樣的説法，此處是從比較語言學和演化語言學出發來提的概念。

上述地理分佈跟中原官話中效攝字單元音化的產生、擴散等的歷史應有一定關係。不過筆者不掌握更多的細節（譬如各地的韻尾是否短而弱），也就沒法在演化問題上説更多。

至於其它方言，包括沙坊話，以及閩方言、吳方言、江淮官話、西南官話等，它們與中原官話在效攝單元音化這點上的關係如何，則需要更多的研究，包括譜系的研究或接觸的研究，以及與譜系和接觸都無關的、純演化音法上的研究。

4.　官話方言的 ʅə 型韻母

古假攝三等知系字讀 ʅə 型韻母，在黃河流域上、中游的方言中相當常見（後一元音可有 ə、ɛ、ᴇ、ɤ 等的不同，今統以 ə 言之）。

2. 段亞廣（2018：25）的文字説明裏説，澠池的 ɔ 在去聲調裏有輕微動程。
3. 高本漢早期調查開封方言，記作 (i) au（高本漢 1915–1926 / 1995：650–661）。

白滌洲（1954：11）指出，關中地區「在 tʂ、tʂʻ、ʂ、ʐ 後面拼 ə 時，中間都有一個過渡音 ʅ，例如‘遮’ tʂʅə，各地一律如此。」在描寫各地音系時，他把 ʅə 韻母與拼其它聲母的 ə 韻母都歸在 /o/ 音位下（在為音節標音時，則按實際音值標），換言之，這個 ʅ 是羨餘性的，然而它卻反映了關中方言（範圍至少可擴展到河南的部分中原官話和晉語）的一個重要特點。

這個韻母的古音來源主要是假攝三等知系字，加上一些山咸攝三等入聲的知系字（看白滌洲 1954: 176–177），對應北京話 tʂə 類大部分音節。對於其中 ʅ 的來歷，有不同意見。

張維佳（2005：268）說：「這個過渡音是由三等 i 介音變來的，因為受捲舌音聲母的影響，i 介音很自然地從舌面元音變為捲舌元音。」這是「存古說」。

段亞廣（2012：111–112）則認為該韻母的出現是由於兩個原因：一、凡有這類韻母的方言，這套聲母發音部位靠後（是真正的捲舌音，而不是「翹舌音」），增強了摩擦時間，為 ʅ 的出現奠定了基礎。二、ə、ɤ 的舌位與 ʅ 相近[4]。這是「後起說」。

段亞廣列出的第一條提到聲母的被動調音部位略前略後對韻母演化的影響，是考慮了羨餘性特徵可能起的作用。這種探索值得贊賞。不過，他的說法還有缺陷，譬如，北京老派口音的知系是調音部分相當靠後的捲舌音，為什麼沒發展出 ʅə 型韻母？或許可以提出不同的假設：在有關的方言裏，這套聲母不但捲舌較深，而且摩擦較強；或者，北京話老派的捲舌音很早就有向新派的翹舌音轉變的趨向，等等。當然這些假設都有待證實。

從張維佳的觀點出發，需要解釋的是，其它來自古三等的知系字為什麼沒有這個過渡音。音系條件倒是明確的，就是零韻尾；但音法演化類型學認為，音系解釋不能代替語音 / 音法解釋。以下情況還是需要落實：一，對這些音作更細緻的語音分析；二，這類音節有沒有非三等字？三，調查其它知系三等字在這些方言中是否真的沒有這種過渡音的痕迹？

有一個發音細節的問題可能挺重要：ʅə 型韻母中兩個成分孰重孰輕、孰主孰從？段亞廣（2012：110）說：「由於 ʅ 在韻母中的響度和時長均與一般介音不同，本文不用『ʅ 介音』稱呼，而稱『ʅə 型複元音』。」他沒有作進一步說明。在另一部書中，他說禹州話的 ɤ 實際讀為 ʅɤ[5]，而對開封話的 ʅɜ 的前一成分則寫作上標（段亞廣 2018：167、189），給人的印象似乎前者是兩個成分並重的（是否確是如此，還須做實驗來看）。李秀紅（2016）用聲學軟件測量了河南沈丘一

4. 不過書中用 ʅ 的聲學元音位置偏央來證明這一點，是有問題的。非舌面元音的共振峰數據屬輔音類型，與舌面元音的數據性質不同，不宜直接作比較（參看淩鋒 2011）。又，此型韻母也有在部分方言裏以低元音作後一成分的。

5. 原文說禹州的 ɤ 韻母實際音值如此，應系僅指與捲舌聲母相拼者，而不及其他聲母字。

個發音人的這類型韻母，發現是ʅ短ə長，所以把該韻母寫成ʅə，並給前一成分「舌尖後介音」的稱呼，不過沒拿它同沈丘方言裏的其它介音 -i-、-u-、-y- 的長度作比較。支建剛（2020：61）報導豫北晉語，如鶴壁淇濱等地的方言裏，這一類型的韻母是ʅ:A / ʅ:ɐ / ʅ:ɜ 這樣的前重型複合元音，後面的元音較輕、較模糊（應該就是潘悟雲 2006 所說的「後滑音」）。這樣，就可以拉一根下面這樣的連續統鏈條：

北京 ə — 開封 / 沈丘 ʅə — 禹州 ʅə — 鶴壁 淇濱 ʅ:ə[6] —（ʅ）

最後的括號裏是推想出來的發展階段，從筆者目前手頭有限的資料裏沒看到這樣的方言，但想來應該是會有的。

這條演化鏈如果以北京話為起頭，這個ʅ就是後起的，但如果鏈頭是開封，那麼就是向北京、禹州兩個方向變。這也需要論證。

此外，白滌洲（1954：177）標「惹」為 ʐie，捲舌聲母與 i 相拼；該頁註 (17) 標「摺」和「攝涉」分別為 tʂʅie 和 ʂʅie，更是ʅ和 i 一同出現。顯然他感覺到這些字音有一些特別的發音特點，儘管應該是羨餘性質的，但從演化的角度看，很值得思索。又，開封話這類音節，劉冬冰（1996）標作 tʂiɛ 等，與段亞廣所標不同，也需要復案。

這可能涉及段亞廣已經提及但未作更深入討論的問題：所謂「捲舌」與「翹舌」之別能夠作更細緻的描述嗎？一般被認為捲舌不深的「翹舌」跟麥耘（2015）所言帶 R 色彩（捲舌色彩）的舌葉音是什麼關係？與此有關的羨餘性特徵對這個演化有什麼影響？

5. 西寧方言的舌葉元音韻母

張成材對西寧方言的韻母系統曾有兩種不同的描寫，今分稱「系統一」（見張成材、朱世奎 1987，張成材 1997 和 2006）和「系統二」（見張成材 1994）。兩者的區別主要在兩類字：第一類主要對應北京話大部分 i 韻母字，如「衣一雞吉奇戚西錫比必皮辟米密你」等；第二類是北京話讀 iɛ 韻母的字，如「野葉姐節且切寫屑蟹」等。張成材的兩個系統對這兩類韻母的不同標音如下：

系統一：第一類 j，第二類 i

系統二：第一類 i，第二類 ie

先看系統二。只看音標，會覺得跟北京話很接近（只是第二類的後一元音 e 比北京話的 ɛ 略高），從中看不出西寧方言這兩個韻母有太多的特點。但張成材

6. 豫北晉語還有 ʅ:ə 型和 i:ə 型韻母，需要統一作研究。

先生曾當面對筆者表示不認肯這樣的標寫，他的詞典之所以如此處理，是順從了該方言詞典系列負責人張振興先生的意見。

系統一的特點是在 j 韻母，張成材、朱世奎（1987：6）說「可以寫成自成音節的 ʑ 或 j」，似乎是個特別前特別閉且帶摩擦的 i。

筆者於 2011 年 10、11 月間赴西寧調查方言，也曾對這兩類音作過專項調查。先說第二類，它們一般讀 i 韻母，但有時會有個變體念成 iĕ 韻母，後面這個 e 是個又短又弱的「後滑音」，它前面的 i 才是主要元音。所以標 i 是對的；標作 ie 也不能說沒根據，只是這種寫法容易造成誤會，讓人以為 i 是介音，e 是韻腹。

關鍵是第一類。此韻母實為舌葉—齒齦 / 後齦元音，摩擦確實比較強，麥耘（2013）用後齦濁擦音加成音節符號 ʒ̩ 來代表它（下文省略成音節符號）。張成材、朱世奎（1987）把它理解為一種舌面前音，位置差了點，主要是對舌葉元音缺乏認識（關於「舌葉元音」，參看麥耘 2016b）。張振興先生可能覺得用 j 來標韻母有些怪，所以主張改成 i。但這個韻母的音色與 i 相去較遠（當然與 j 也遠），這個表達肯定不合適（何況音系裏還有真正的 i 韻母，並且兩者在零聲母上有「疑以意 ʒ」與「爺野夜 i / iĕ 」的對立）。

其實，按照傳統音位的歸納方式，要解決這個韻母略有點尷尬的地位，有一個不錯的辦法，就是把它跟 ɿ 合併成一個音位。舌葉元音 ʒ 跟舌尖元音 ɿ 雖然音色有差別，卻也算相對接近（至少比跟 i 接近），而且分佈互補：ɿ 韻母只與舌尖—齒背 ts 組聲母拼（含北京話念 t 組聲母、i 韻母的「低梯」等字），ʒ 韻母則與舌葉—齒齦音聲母[7]、雙唇音聲母和零聲母拼。兩者可以視為條件變體。

不過，筆者仍傾向於將 ʒ 單獨設立一個韻母。

「元音高頂出位」是漢語方言中很常見的一種演化，而 i 元音的舌尖化是其中的一個重要類型（朱曉農 2004）。下面是跟西寧 ʒ 韻母有關的字在（1）北京、（2）西寧和（3）青海樂都、湟源的讀法（參看麥耘 2013）：

(1) 衣 i，雞 tɕi，皮 p^{h}i

(2) 衣 ʒ，雞 tʃʒ，皮 p^{h}ʒ

(3) 衣 ɿ，雞 tsɿ，皮 p^{h}ɿ

很明顯，這是一條以舌面元音 i 為起點，經舌葉元音 ʒ 到舌尖元音 ɿ 這樣一條高頂出位的演化路線。如果把西寧的 ʒ 歸為 ɿ 的一個變體，這路線圖中間的演化節點就會讓人看不清楚；把它寫作 i，則會從另一方向掩蓋了這個節點，更不

7. 張成材各書均把這套聲母標為舌面前—前顎音 tɕ 組，位置也不對。本文暫寫作 tʃ 組。

好。張成材標為 j，也能夠表示出有那麼一個節點，但由於沒正確指明其舌葉性質，也就未能彰顯它在舌面元音與舌尖元音之間所起的橋樑作用。

這不禁令人思索：歷史上北京話的 ɿ 韻母產生的過程中，是否也曾經歷過舌葉元音的中間階段？

從這個個案可以看到動態演化展示的眼光與靜態共時描寫的眼光不同之處。

6.　暫時的結語

例子還有很多，本文不能一一列舉。歸結起來其實就是一句話：要從演化角度來研究語音，就要更重視羨餘性特徵和音位變體，並更靈活地進行處理。

往大了說，這涉及世界觀、認識論和方法論。我們希望準確、清楚地認識世界，卻不可能搭建一個整齊劃一、一成不變的形式架構來規定世界，讓我們靜心端詳；我們不可能像畫家對模特兒那樣，要求這個總是變動不居的世界擺一個一動不動的姿勢，任由我們把它描畫成固定的圖像。我們固然一方面要努力建立一個具有不同層級的抽象性、能儘量反映世界相對穩定的總體面貌的類型學框架，另一方面又要不停地從最具體、最微觀的地方觀察世界的每一個演化信息（哪怕是發生之後又中斷、甚至崩塌消失的微小變異），從中總結出規律性的東西，讓我們知道世界如何變、因何變，同時使我們的類型學（在語音學裏，我稱之為「音法演化庫藏類型學」[8]）框架能夠柔性地適應世界的變化。

跟共時音系學的研究相比，研究音法演化可以説是「自找麻煩」，因為描寫一個語言 / 方言的羨餘性特徵和音位變體的細節是非常繁瑣的事情，許多時候更涉及「個人方言」（同一個語言集團內部的人際變體）的差異，那所需要的田野調查工作量比簡單地歸納一個音系會多出不知多少。何況觀察演化還常常要在多個語言 / 方言之間進行比較。有時碰到需要利用到的前人的記音資料有疑問（其中有許多是不記錄羨餘性特徵的），還得親自去核實。至於那些總是有極其繁複的測量和計算的語音實驗，都不須説了。更為嚴重的是：在目前階段，學界對很多語音生成和變異的音法原理並不清楚，或了解有限，因而在觀察各種語音特徵（包括羨餘性特徵）與語音演化 / 音法演化的因果關係時，不時陷入困境之中而不知所從，作判斷時能説「把握不大」已經算是不壞的情況了。這麼説來，要想建立人類音法演化類型的總體框架、開出庫藏清單，似乎就是個完不成的任務；我們可能永遠都無法把導致各種類型語音演化的全部原因和所有細節弄明白。

8.　關於「語言庫藏類型學」，請參看劉丹青（2011）。

儘管如此，我們仍想作些努力，能認識多少就認識多少，也算是為以後的研究者鋪路。畢竟，知其然，而進一步探索其所以然，是科學研究的追求，儘管語言學現在還遠沒成為一門真正的科學。

參考文獻

白滌洲（遺著）、喻世長（整理）1954。《關中方音調查報告》。北京：中國科學院。

北京大學中國語言文學系語言學教研室 2003。《漢語方音字彙（第二版重排本）》。北京：語文出版社。

段亞廣 2012。《中原官話音韻研究》。北京：中國社會科學出版社。

段亞廣 2018。《汴洛方言音系十三種》。北京：中國社會科學出版社。

高本漢 1915–1926/1995。《中國音韻學研究》（中譯本）。北京：商務印書館。

賀巍 1993。《洛陽方言研究》。北京：社會科學文獻出版社。

胡海瓊 2017。〈湖北英山楊柳方言知系字的舌葉性和唇齒化〉。《方言》4。

李秀紅 2016。〈河南沈丘方言的舌尖後介音〉。《方言》2。

淩鋒 2011。〈蘇州話 [i] 元音的語音學分析〉。《語言學論叢》第四十三輯。北京：商務印書館。

劉丹青 2011。〈語言庫藏類型學構思〉。《當代語言學》4。

劉冬冰 1996。〈汴梁方音與《中原音韻》音系〉。《語言研究》增刊。

麥耘 2013。〈從洛陽話和青海三個方言看元音高頂出位〉。《大江東去——王士元教授八十歲祝壽文集》（中文版）。香港：香港城市大學出版社。

麥耘 2015。〈漢語的 R 色彩聲母〉。《東方語言學》15。上海：上海教育出版社。

麥耘 2016a。〈從普適性自然演化的角度觀察語言關係和語言變遷〉。《中國方言學報》第 6 輯。北京：商務印書館。

麥耘 2016b。〈漢語方言中的舌葉元音和兼舌葉元音〉。《方言》2。

麥耘 2021。〈鏈式演變中的 /a/ 韻母空檔——來自粵北連州沙坊話的報告〉。中山大學中文系編《漢語語言學》第 2 輯。北京：社會科學文獻出版社。

潘悟雲 2006。〈漢語的音節描寫〉。《語言科學》2。

張成材 1994。《西寧方言詞典》。南京：江蘇教育出版社。

張成材 2006。《中古與青海方音字彙》。西寧：青海人民出版社。

張成材（編寫）、李樹玫（發音）1997。《西寧話音檔》，上海：上海教育出版社。

張成材、朱世奎 1987。《西寧方言志》。西寧：青海人民出版社。

張啟煥、陳天福、程儀 1993。《河南方言研究》。開封：河南大學出版社。

張世方 2004。〈中原官話知系字讀唇齒音聲母的形成與分佈〉。《語言科學》11。

張維佳 2005。《演化與競爭：關中方言音韻結構的變遷》（第 2 版）。西安：陝西人民出版社。

趙元任 1934/1985。〈音位標音法的多能性（中譯本）〉。《趙元任語言學論文選》。北京：中國社會科學出版社。

支建剛 2020。《豫北晉語語音研究》。上海：中西書局 / 上海辭書出版社。

朱曉農 2012。《音法演化——發聲活動》。北京：商務印書館。

鄒曉玲 2016。〈粵北連州沙坊話音系〉。《方言》4。

第四章
先仙尤侯，俱論是切
論《切韻》的韻

沈鍾偉
美國麻州大學安默斯特分校

提要

本文指出高本漢把《切韻》中的「韻」定義為詩歌押韻中的「韻」是個錯誤。漢字「韻」可以是韻書中稱作為「韻」的分類單位，也可以是詩歌押韻單位的「韻」。但是這兩個概念從語言學上來説，並不等同。由於高本漢的定義為學界廣泛接受，韻的語音構擬出現難以克服的麻煩。主要問題是構擬的主要元音過多，形成不合理的元音系統。

以帶舌根鼻音韻尾 -ŋ 的韻為例，本文説明《切韻》中不同的韻並不都是韻基不同。對齊、梁、陳、隋詩歌的押韻進行分析，結果顯示《切韻》的韻既有存古的韻，又有韻基相同僅是介音有別的韻。對比近年來對《切韻》韻的按照等第不同的分佈分析，詩歌押韻和等第分佈這兩個互相獨立的的分析出現了一致的傾向：韻基數量大大少於《切韻》中的韻的數量。因此，《切韻》中韻的區別不應該都是高本漢所定義的區別，即韻基的不同。

《切韻序》中指出「先仙尤侯，俱論是切」，陸法言實際是舉例説明了一個重要的分韻條件。如同「支脂、魚虞」，「先仙、尤侯」指的是《切韻》中不同的韻。陸法言認為不應當把「先仙」和「尤侯」合為一韻。先韻四等，仙韻三等，兩者是介音不同，不是韻基不同；尤韻三等，侯韻一等，兩者也是介音不同，也不是韻基不同。所以，《切韻》中有的韻是根據介音分韻的。對於「先仙尤侯，俱論是切」一句的正確理解，是認識《切韻》韻的一個關鍵。如果盲從高本漢對「韻」的定義，則無異於「膠柱鼓瑟」，不能正確認識《切韻》中的韻，也就無法正確構擬中古語音。

---

* 和本文內容類同的英文文章發表在 *Journal of Chinese Linguistic*, 51.2 (2023).

1. 前言

中古音的語音構擬始於 19 世紀下半葉，在歐洲漢學家的研究成果中，以高本漢的《中國音韻學研究》（Karlgren 1915–1926）影響最大，尤其是在趙元任、李方桂和羅常培的中譯本（1940）發表後，對於中古漢語的語音研究日臻精密，研究的水平和成果都已經超出高本漢時代。然而中古音研究至今尚未形成一致認識。究其原因，是對中古音研究的主要參考材料《切韻》的基本概念認識仍然存在偏誤。

高本漢對中古漢語語音的貢獻，主要是採用了西方歷史語言學中的歷史比較法以及所做出的語音構擬（徐通鏘、葉蜚聲 1981）。漢字表意，西方文字表音。以高本漢為代表的西方學者使用他們所熟悉的語音符號來分析和研究漢語歷史材料，對中國傳統語音研究來說，確實是一個根本性的改變。音韻研究中的基本概念，如「聲」、「韻」、「調」、「攝」、「等第」、「開合」等等，都能夠用音值進行說明。漢語歷史語音研究從而進入一個新的階段。然而，必須要指出的是，音值的確定必須以音類為基礎，對於《切韻》音類的正確認識是擬測音值的先決條件。音類認識的錯誤，必然導致音值擬測的偏誤。

《切韻》是中古語音研究的主要根據。當時《刊謬補缺切韻》尚未為學界所知，高本漢無法得見，用了《切韻》的宋代增訂本《廣韻》作為研究依據。高本漢的另一個錯誤是將《康熙字典》卷首的《等韻切音指南》作為《經史正音切韻指南》來使用。受時代所限，這些失誤都無可厚非。這些材料上的問題在中譯本的註以及後來的研究中都得到了糾正，不須贅言。現在學界都用唐代全本《刊謬補缺切韻》作為《切韻》研究的依據。避免糾纏，在以下行文中，都以《切韻》稱之，以求簡明。

2. 高本漢對於「韻」的定義

高本漢的研究除了使用比較方法和語音構擬，也同時建立了音系研究的基本概念。這些概念對於中古語音的研究也是影響至深。與比較方法和語音構擬相比，高本漢建立的這些概念對中古漢語語音的認識似乎是弊大於利。高本漢對於《切韻》的研究有兩個相互關聯的基本觀點，一是聲母有一類 j 化聲母；二是韻的區別和介音無關。因為韻和介音無關，不同的韻（不涉及聲調區別）都有不同的韻基。有了這樣一個語音類別框架，高本漢的語音構擬就是將方言和域外漢語比較得出的音值，按照類別進行區別，一一填入，完成語音構擬。先把高本漢對這兩個觀點的有關論述列出如下：

一、「母」跟真聲母的不同：所謂「母」是指三十六（或三十）字母，不論是否 j 化；所謂「真聲母」是指反切上字所表現的聲母，j 化與否可以看得出來的。（1940：16）

二、「韻」跟真韻母的不同：所謂「韻」是指一個字裏自主要元音起的後一部分而不管這個主要元音之前是否有 i 或 u 作為第一成素（如 ia、ua、ie、ue）；所謂「真韻母」是從反切得來的，包括一個字聲母後面全體的元音成素。（1940：16）

高本漢對中古語音的研究以這兩個觀點為基礎，演繹形成。自從趙元任否定了高本漢「j 化」觀點之後（Chao 1941），學界對此三等反切的上下字和諧現象有了一致的認識。「j 化」已經在中古音研究中已經失去了影響力。然而，第二個觀點仍然繼續影響對《切韻》韻的認識和對中古音系的構擬。本文的討論說明第二個觀點也是錯誤的。

高本漢對《切韻》中的「韻」做了清楚的定義。然而，漢字「韻」的意義既可以是韻書中分列的「韻」，也可以是詩歌押韻的「韻」，這是兩個不同的概念。在語言學上兩者是否等同，則必須在研究後得出結論，不能不加研究，就認為兩者在語言學上是等同的。高本漢在批評 Schaank 的觀點時說：

> 「他的結論就是從假定『母 + 韻 = 音』的方程式得來的。Schaank 沒有了解『韻』跟『韻母』是兩種不同的意義；所以他就想不到合口可以也不屬『母』也不屬『韻』而只屬『真韻母』，……。」（1940：17）（「母」指聲母，「真韻母」是指韻母（MVC））。

他在批評 Schaank 時又說：

> 「照他說，i 介音（一等 a，三等 ia）算是韻的一部分，有這點不同，所以不同韻。我們上文已經說過，從普通語言學的觀點看，他這個說法不像是會有的（如法文 *cabane : liane* 可以押韻）。」（1940：51）

高本漢對《切韻》中的「韻」和「韻母」進行了明確區分。高本漢又注意到東韻、麻韻和庚韻中有不同等第韻母的現象，強調：

> 「既然我們可以看見韻母完全分得清清楚楚的有時還放一韻之內，這個事實很重要，因為它證明只有主要元音（當然，韻尾也在內）可以決定韻部的分合。」（1940：51）

從高本漢以上的敘述可以清楚了解，他認為《切韻》中所有的「韻」都具有不同的韻基。或者說在韻尾相同的情況下，主要元音一定是有區別的。高本漢對於 Schaank 對不同等第韻的主要元音相同的批評有正確的一面，因為等第不同的韻也的確可能是主要元音不同。但是他把《切韻》中的韻都認為是韻基的區別，則是走向了另一個極端。

高本漢的觀點：「主要元音和韻尾決定韻的分合」，是沒有經過充分論證的。《切韻》中的「韻」是否等同押韻中「韻」，即韻基，值得認真分析和仔細探討。對於中古語音的研究來說，對《切韻》中「韻」的認識，是中古音系中音類研究和音值構擬的一個先決條件。可是至今尚未得到足夠重視。

本文旨在說明《切韻》的「韻」並不都是高本漢所定義的韻基，而是兼有韻母和韻基性質的音類。這樣，不同的韻可以有相同的韻基。分析討論主要從以下幾個方面展開：一、語音構擬的困難；二、當時的詩歌押韻；三、近期的分佈分析。

3. 古代的對音節的認識和分析

中古漢語音節結構有以下語音單位：輔音、元音、半元音和聲調。大致上可以將漢語音節的內部結構描寫如下：

層級 I　　音節 > 超音段聲調 + 音段音叢

層級 II　　音段音叢 > 聲母 + 韻母

層級 III　　韻母 > 介音 + 韻基

層級 IV　　韻基 > 主要元音 + 韻尾

傳統的漢語音韻學的主要內容就是對漢語音節結構的分析。對於音節內部的結構和語音單位的認識是逐步加深的。反切和韻書的都是對於音節內部結構認識的表現。在歷史上，對音節內部結構和語音單位的認識是一個逐步加深的過程。在漢末出現的反切註音方法注重的是在層級 II 的分析，將音叢分為聲母和韻母。韻書（《切韻》以及之前的韻書）的韻是在層級 III 的分析，試圖在反切下字代表的韻母中，將介音和韻基分開。需要指出的是，在這兩個層級上的分析，受非表音漢字的限制，都不完善。

反切的基本原則是，上字代表聲母，下字代表韻母和聲調。然而，這個音素分割並不完善（潘悟雲 2001）。屬韻母的介音信息不但包含在下字中，也可以同時包含在上字中。三等字的反切更是出現顎介音信息上字下字兩屬的情況。

層級 II　　音段音叢 > 聲母 + 韻母

　　　　　　　　　> 聲母 / 介音 + 韻母（介音 / 韻基）

這種不完善分析使得高本漢認為中古漢語具有一套顎化輔音。其實在制定反切時，古人對於音節內部的認識並不完全清晰，反切拼寫中存在重疊分析（顎介音可以包括在同一個反切的上下字中）。高本漢沒有認識古人音節分析的處理方法，從而誤導了他的語音構擬。

韻書代表的音節分析是在層級 II 的分析。也是代表了一種不完善分析。尉遲治平（2002、2003）認為韻書是將韻（VC）分析為韻母（MVC）的工作，但是不夠完善。這個看法是個誤解。我們認為其實是相反的。當時的韻書是將反切中的韻母歸納為韻的工作。當然，這個工作也是不夠完善的。在對反切下字所代表的韻母分析中，對於什麼是介音，以及介音在音節結構中的地位並不清楚。陸法言因此需要聽從其他學者的意見，參考其他韻書。陸法言在編寫《切韻》時，參考了五家不同韻書，分別為呂靜《韻集》、夏侯咏《韻略》、陽休之《韻略》、李季節《音譜》和杜台卿《韻略》。（根據周祖謨考證（1983），見於《王仁昫刊謬補缺切韻》中的小註是《切韻》原有的，「絕非後人所增」。）然而，這五家韻書內部分韻的標準並不一致。五家韻書中的韻有按照韻腹不同區分的，也有按照介音區分的。按照介音區分形成對立的「韻」在韻腹上並無區別。在《切韻》小註中提到的五家韻書中可以觀察到：第一，不同韻書對於兩個韻母是否應該同韻判斷不一；第二，同一韻書中對於聲調不同、平行韻的區別也不一致。這個現象可以從《切韻》韻目中的小註對於陽、唐二韻的分合中可以看出。

陽　呂杜與唐同，夏侯別，今依夏侯。

養　夏侯在平聲陽唐、入聲藥鐸並別，上聲養蕩為疑，呂與蕩同，今別。

漾　夏侯在平聲陽唐、入聲藥鐸並別，去聲漾宕為疑，呂與宕同，今並別。

藥　呂杜與鐸同，夏侯別，今依夏侯。

對於陽、唐二韻，呂靜四個聲調中都不作區別，杜台卿平聲和入聲不作區分。是分是合沒有提到，應該是不分。如果分的話，陸法言會用來作依據。尤其在上聲和去聲中，夏侯咏「為疑」的情況下，任何一家作區分的話，應該會被提到。作區分的只有夏侯咏，然而在四聲中並不一致，平聲和入聲中有別，上聲和去聲為疑。「為疑」應該是不分。不然就會直接説「夏侯別，今依夏侯」。「上聲養蕩為疑」，其實是「夏侯與蕩同」；「去聲漾宕為疑」其實是「夏侯與宕同」。這可以用脂韻系的小註來説明。以下是脂韻系平上去三聲的註。

脂　呂夏侯與之微大亂雜，陽李杜別，今依陽李杜。

旨　夏侯與止為疑，呂陽李杜別，今依呂陽李杜。

至　夏侯與志同，陽李杜別，今依陽李杜。

對夏侯在脂韻系平上去三個聲調與之微韻系三個聲調的分合關係的描寫，平聲脂韻用了「大亂雜」，上聲旨韻用了「為疑」，去聲至韻用了「同」。可見「為疑」就是「亂雜」，就是「同」。最多只是有可能在反切中尚可分辨，但是不分列為不同的韻。可見《切韻》唐陽兩韻系的分別是按照夏侯咏一人對於平聲和入聲分類得出的結果。其他四家不管祖籍南北，都沒有作出區別。（陸法言僅舉呂靜一家作為不分的代表。）因此，唐陽分韻只是夏侯咏個人對平入聲韻判斷的結果，不代表當時押韻實際情況，無法説明是韻腹有別。陸法言對於「韻」並沒有嚴格判斷標準，因此説：「欲廣文路，自可清濁皆通；若賞知音，即須輕重有異。」這其實表達了對「韻」定義的不明確性。如果是同一個音系中的韻（VC），只能有一個標準，必須「有異」，不可「皆通」！因此，《切韻》中列出的韻是陸法言等人認為是正確的，或者説是有所依據的。但是並不要求韻是同一個共時音系中的類別，或者説不是以同一音系中的韻基（VC）語音差別作為區別標準的。

如果將宕攝陽唐和同屬曾攝的蒸登韻相比，兩者性質不同。從韻圖安排來看，陽唐和蒸登有平行關係，蒸韻和陽韻三等，登韻和唐韻一等，也都有開合區別。然而從韻文押韻來看唐韻和陽韻通押，類同東韻一等和東韻三等的關係。在《切韻》引用的五家韻書小註中沒有蒸登二韻的任何分合註。或者說沒有一家不分登蒸兩個韻系。只是增添了一個上聲拯韻。登、蒸兩韻無論齊、梁、陳、隋初唐的詩文用韻，也基本都是獨用（周祖謨 1982，李榮 1962/1982）。韻圖和反切一樣提供的是韻母（MVC）信息，而不是詩歌押韻中韻的（VC）信息。

《切韻》中提到的各家分韻不同，學者普遍認為是陸法言遵從了「從分不從合」原則（具體討論見下文）。這樣，只要有一家把韻頭（介音）作為分韻的根據，把同韻腹的兩個不同韻母分成兩個韻。這樣的分韻就會被陸法言所採納，成為單獨的韻。如果不能證明五家都以韻腹分韻，也就無法證明《切韻》是完全以韻腹分韻。由於這樣分韻情況的存在，按照高本漢的工作原則，必然會對兩個只是韻頭不同的韻，擬出不同的韻腹（如唐、陽二韻等）。

需要進一步說明的是，陸法言對韻的判斷並非是個「從分不從合」的簡單處理。證據一，有他自己的決定。有關痕、魂二韻的區別，在平聲魂韻註有「呂、陽、夏侯與痕同，今別。」；在去聲慁韻註有「呂李與恨同，今並別。」在這兩個註中沒有提到五家韻書，而是陸法言自己的決定。證據二，五家韻書中的分類有所不從。陳寅恪（1949）指出顏之推在《顏氏家訓・音辭篇》中提到呂靜《韻集》「以成、仍、宏、登合成兩韻；為、奇、益、石分作四章」。「成」，清韻；「仍」，蒸韻；「宏」，耕韻；「登」，登韻；《切韻》分列四韻，不是「兩韻」。「為」，支韻；「奇」，支韻；「益」，昔韻；「石」，昔韻；《切韻》分列二韻，不是「四章」。這些韻的分合在《切韻》韻目的小註中沒有提及。因此，陸法言是清楚這些韻的分合關係，不需要援引各家分合作為依據說明。所以，《切韻》韻目中列出的 67 條註主要是陸法言在自己無法確定時，用來作為分韻的根據。因此，不能把《切韻》簡單地視作對五家韻書的一個綜合。

4. 語音構擬的困難

高本漢對《切韻》中對「韻」的定義是他的構擬音類的一個工作原則（working principle）。按照這個原則，在進行構擬中需要對同一個聲調的每一個韻都構擬一個不同音值的韻基（CV）。不同韻的音值差別必須是以下三種情況：

一、韻腹的不同	VaCa	VbCa
二、韻尾的不同	VaCa	VaCb
三、兩者都不同	VaCa	VbCb

（Va 和 Vb 表示不同的主要元音，Ca 和 Cb 表示不同的韻尾。）

反過來説，同一個韻內部的字，都具有相同的韻腹和韻尾。這個定義提出對中古音系的音類和音值的研究都影響深遠。

語音分為音類和音值，高本漢對《切韻》中「韻」的定義決定了韻的性質。韻的性質的確定，也就決定了韻腹和韻尾的數量。以下用《切韻》中帶 -ŋ 韻尾的 12 個韻（舉平以賅上去入，也不列同韻合口韻母的音值）為例，來説明高本漢的定義所造成的問題。先看高本漢對 12 個韻擬測的音值：

唐	陽	江	登	蒸	庚
ɑŋ	iaŋ	ʷɔŋ	əŋ	iəŋ	(i)ɐŋ

耕	清	青	東	冬	鍾
æŋ	iɛŋ	ieŋ	(i)u(o)ŋ	uoŋ	iʷoŋ

根據高本漢對「韻」的定義，12 個韻就必須擬測 12 個不同的韻腹。但是高本漢儘管對主要元音作了區別，但是還是出現了不同的韻具有相同韻腹的現象。以下將韻頭和韻腹分行列出，以便檢查。

	唐	陽	江	登		蒸	庚
韻頭	–	i	ʷ	–		i	(i)
韻腹	ɑ	a	ɔ	ə	=	ə	ɐ

	耕	清	青	東	冬		鍾
韻頭	–	i	i	(i)	u		iʷ
韻腹	æ	ɛ	e	u(o)	o	=	o

（淺灰色標出主元音相同的的韻，下同。）

曾攝（高本漢歸入梗攝）中的登、蒸二韻的韻腹沒有作區別，都是 ə；區別是蒸韻有韻頭i。通攝的冬、鍾二韻的韻腹也沒有區別，都是o，區別也在韻頭。明顯違反了他自己對「韻」的定義，即韻的區別不在於韻頭。這樣的擬音其實已經顯示 12 個韻腹過多了。此後，在高本漢構擬的基礎上，學者對韻腹的擬音做了調整，提出了不同的改進方案。以下在高本漢（Karlgran 1915–1926）之外，列出國內和國外各三家的擬音：2. 李榮（1956）、3. 邵榮芬（1982 / 2008）、4. 潘悟雲（2000）、5. 橋本萬太郎（Hashimoto 1978）、6. 白一平（Baxter 1992）、7. 蒲立本（Pulleyblank 1984）。

	東	冬	鍾	江	陽	唐
1	(j)u(o)ŋ	uoŋ	jʷoŋ	ʷɔŋ	iaŋ	ɑŋ
2	(j)uŋ	oŋ	joŋ	ɔŋ	jaŋ	ɑŋ
3	(j)uŋ	oŋ	joŋ	ɔŋ	jɑŋ	ɑŋ
4	(j)uŋ	uoŋ	joŋ	ɯɔŋ	jɐŋ	ɑŋ
5	(j)uŋ	oŋ	joŋ	aŋ	jɑŋ	ɑŋ
6	(j)uŋʷ	oŋʷ	joŋʷ	æŋʷ	jɑŋ	ɑŋ
7	əwŋ/uwŋ	awŋ	uawŋ	aɨwŋ	ɨaŋ	aŋ

	庚	耕	清	青	蒸	登
1	(j)ɐŋ	æŋ	jɛŋ	ieŋ	jəŋ	əŋ
2	(j)ɐŋ	ɛŋ	jɛŋ	eŋ	jəŋ	əŋ
3	(j)aŋ	ɐŋ	jæŋ	ɛŋ	jeŋ	əŋ
4	ɯ(j)aŋ	ɯæŋ	jɛŋ	eŋ	ɨŋ	əŋ
5	(j)aɲ	ɛɲ	jɛŋ	eɲ	jɛŋ	əŋ
6	(j)æŋ	ɛŋ	jieŋ	eŋ	iŋ	oŋ
7	aɨjɲ	əɨjɲ	iajɲ	ɛjɲ	iŋ	əŋ

以下析出各家構擬的各韻的韻腹：

	東	冬		鍾	江	陽		唐
1	u(o)	o		o	ɔ	a		ɑ
2	u	o	=	o	ɔ	a		ɑ
3	u	o	=	o	ɔ	ɑ	=	ɑ
4	u	uo		o	ɔ	ɐ		ɑ
5	u	o	=	o	a	ɑ	=	ɑ
6	u	o	=	o	æ	ɑ	=	ɑ
7	əw/uw	aw	=	aw	aɨw	a	=	a

	庚	耕		清		青	蒸		登
1	ɐ	æ		ɛ		e	ə	=	ə
2	ɐ	ɛ		ɛ		e	ə	=	ə
3	a	ɐ		æ		ɛ	e		ə
4	a	æ		ɛ		e	ɨ		ə
5	a	ɛ	=	ɛ		e	ɛ		ə
6	æ	ɛ		e	=	e	i		o
7	aij	əij		iaj		ɛj	i		ə

在高本漢以後的各家擬音中，只有潘悟雲的擬音試圖用主要元音區分所有的韻（潘悟雲 2000：62，也可參考鄭張尚芳 1987），也就是說嚴格地遵循了高本漢最初提出的原則，即「所謂『韻』是指一個字裏自主要元音起的後一部分而不管這個主要元音之前是否有 i 或 u 作第一個成素」。[1] 其他各家都出現了把不同的韻的擬測成韻腹相同的現象：李榮擬音中登蒸兩韻韻腹相同外，冬鍾兩韻的韻腹也相同；邵榮芬的擬音中唐陽兩韻韻腹相同，冬鍾兩韻韻腹相同。或者説這三家也都違反了高本漢對於韻的定義。橋本萬太郎的擬音將冬鍾、陽唐和耕清對的韻腹都擬為相同的元音；白一平（1992）也將冬鍾、陽唐和清青三對的韻腹擬為相同元音。蒲立本的擬音比較特殊，將一些韻腹擬成帶 -w 和帶 -j 的複元音。但是他還是把冬鍾和陽唐兩對擬為相同元音。

這些語音構擬的實踐都顯示韻腹需要的元音過多，超出了合理的數量。因此，有意識無意識地都採取了構擬相同韻基，減少主要元音數量，以求擬音的合理性。這樣的處理方法，即將不同韻構擬成相同的韻基。這樣的處理其實際上是暗示了《切韻》中的「韻」並不是都是以韻基相同與否決定的。因此這些構擬實際説明了冬鍾、陽唐的區別在於介音，而不是韻基。然而各家都沒有明確指出，進而做出系統性的討論和分析。

高本漢的定義其實只是個工作原則，不能簡單認為是《切韻》中韻的語言事實。工作原則只是構擬的起點。在和其他語音材料出現矛盾時，工作原則和事實之間的選擇應該是明確的，必須按照事實，而不是固守工作原則。《切韻》的各個韻的音值不應當根據人為設定的原則，不顧語言實際進行構擬。

5.　詩歌押韻

可以用來認識《切韻》韻性質的是詩歌押韻材料。押韻材料當然以《切韻》同時期和稍早時期的材料更有參考價值。因為《切韻》問世後，逐步成為押韻標準，也逐步偏離自然語言，參考價值也隨之降低。齊、梁、陳、隋時期的詩歌押韻獨立於《切韻》存在，代表當時的語言，或所謂的「文學語言」。將詩歌押韻中韻的類別和《切韻》中韻的類別進行比較，可以對《切韻》韻的性質從另一個視角進行認識。語言學家早就認識到詩歌押韻材料的重要性，對《切韻》時代的詩歌押韻做出了系統研究。李榮的《隋韻譜》（1962 / 1982），周祖謨《齊、梁、陳、隋時期詩文韻部研究》（1982）體現了音韻學者對詩歌押韻材料重要性的認識。王力（1985）在他的《漢語語音史》中採用詩歌押韻代表各個時期語音，隋代語音並不參照《切韻》。

先分析一下劉勰的用韻。劉勰（465–532？）是南朝梁時期大臣。在他的名著《文心雕龍》中共有 50 篇論述，每一篇之後都有一段格式固定贊語，四字一

1.　當然冬韻的擬音 uo 顯得勉強。

句，一共八句。贊語單數句，一、三、五、七句，不押韻；偶數句，二、四、六、八句，押韻。以下列出和帶 -ŋ 韻尾的贊語中的韻字：

13 哀弔　弄慟控送　16 史傳　孔總動董

26 神思　孕應興勝　28 風骨　並聘鯁炳

30 定勢　承繩凝陵　34 章句　恒朋騰能

38 事類　亘鄧贈懵　42 養氣　想養朗爽

48 知音　定訂聽徑

東韻出現了兩次，分別押上聲韻（16 史傳）「孔總動董」和去聲韻（13 哀弔）「弄慟控送」。都是一等字，不用三等字。唐韻陽韻上聲合用出現一次（42 養氣），一個一等字「朗」，三個三等字「想養爽」。蒸韻和登韻分別出現兩次，押平聲和去聲。蒸韻平聲（30 定勢）「承繩凝陵」，蒸韻去聲（26 神思）「孕應興勝」；登韻平聲（34 章句）「恒朋騰能」，登韻去聲（38 事類）「亘鄧贈懵」。兩韻分別清楚，各不互用。青韻去聲獨用（48 知音）「定訂聽徑」。青清庚韻合用押上聲（28 風骨），「並」，青韻；「騁」，清韻；「鯁炳」，庚韻。

劉勰的押韻和當時的詩人用韻總體相當。齊、梁、陳、隋和初唐古體詩分攝用韻的情況，主要是根據李榮（1962/1982a）、周祖謨（1982）和鮑明煒（1990a）對各個時期分韻的分析整理，以及張建坤對齊、梁、陳、隋押韻材料的數理分析（2008）。對照《切韻》帶 -ŋ 韻尾的各韻，便有以下結果：

	齊梁	隋	初唐
通攝	東鍾（冬鍾）獨用	東鍾獨用為主 冬與東鍾同用	東冬鍾同用
宕攝	陽唐同用	陽唐同用	陽唐同用
曾攝	蒸登獨用	蒸登獨用比同用多	蒸登獨用比同用多
梗攝	庚耕清青同用	庚耕清青同用	庚耕清青同用
江攝	江和冬鍾同用為主	江和陽唐同用	江多獨用[2]

一等登韻字和三等蒸韻字獨用為主，基本不通押，韻腹有差別。從蒸、登、東各韻字單獨押韻推理，一等唐韻字和三等陽韻字合用表明這兩個韻的韻腹應當相同。各個時代的韻文中也都沒有出現唐陽分韻的現象。一等冬韻字和三等鍾韻字基本通押，也是韻腹沒有差別。庚韻字來自上古陽部，到了齊梁時期和耕、清韻字相押。因此庚韻是個今古押韻出現轉換的韻類。原來和中古陽

2. 江韻在唐代出現少量獨用並不反映實際語音。由於韻書和實際語音不同，詩人們就是在這種左右為難的情況下採取了迴避態度。也有和通攝或宕攝韻相押的例子（居思信 1981），可能也是受了《切韻》之類的影響。

唐韻字同韻，然後和中古耕清韻字相押，沒有成為一個獨立的韻（庚韻不獨立在原本《玉篇》和《經典釋文》中也是如此）。江韻也是同樣情況，原來大致和中古冬鍾韻字相押，然後和中古陽唐韻字相押，也沒有獨立成韻。都是在歷史上因為介音（等）不同，主元音發生變化（庚 a > ε, 江 o > a），改變了押韻關係。

因為反切下字需要反映介音，被切的一等下字不用三等字，被切的三等下字不用一等。所以一等和三等韻反切下字不同。但是這個不同只是介音的反映，一、三等的反切下字有別，如唐韻和陽韻，冬韻和鍾韻，並不説明韻腹不同。東韻的一、三等字同列一韻，説明一、三等的主要元音沒有區別。但是，無法用東韻的情況反證唐韻和陽韻分列，是兩者韻腹必有區別！在韻文中東韻的一、三等字和一等唐韻、三等陽韻的表現一致，在切韻前後都可以通押，並無不同。由於韻尾相同，押韻與否在於主要元音。以下是《切韻》韻（及其等的信息）和詩歌押韻異同的總結為三種類型：

	《切韻》韻（等）	詩歌押韻	主要元音	介音
I	東（一）和東（三）	相押	相同	有別
II	冬（一）和鍾（三）	相押	相同	有別
	陽（三）、唐（一）和江韻	相押	相同	有別
	庚（三）、清（三）和青（四）	相押	相同	有別
III	蒸（三）和登（一）	不押	有別	有別

同理，三、四等的反切下字有別，如清韻和青韻，也不説明韻腹不同。綜上所説，詩歌押韻透露了兩條至關重要的重要信息：

一、《切韻》的韻並不都是韻基不同的；

二、《切韻》的韻並不都是同一共時音系的。

和《切韻》韻比較，學界有一種當時詩歌押韻存在「韻緩」的看法。這個看法實際是對《切韻》韻的錯誤認識造成的。詩歌押韻出於自然，而《切韻》的韻是一種不完善分析的產物。從現代語音學角度來看，既不全是韻母（MVC），也不全是是韻基（VC）。

6.　分佈分析和韻的區別

從 Martin (1953) 開始，不斷有學者對《切韻》的韻用「音位分析」方法分析，試圖減少主要元音的數量（平山久雄 1967，周法高 1984，麥耘 1995，薛鳳生 1996。這四家的分析，可參看黃笑山 2005）。其實各家的所謂的「音位分析」並不是根據語音分佈得出的，而是根據韻圖中的音類得出的，本文稱之為「分佈分析」，以別於音位學的通常分析方法。

近年來，對於「等」的認識加深，尤其是對二等韻有了介音的認識。學者對《切韻》韻的音位分作出了近一步分析，如麥耘（1995），黃笑山（2002a、2005）等。分析的假設是不同的韻都有不同的韻腹，再用等第、開合來分析就出現大量的音系空格（phonological gaps）。根據音位分析原則，凡是處於互補分佈和音值相似的類別可以歸並成同一個音位。分析結果減少了主要元音的音位數量，構成一個更為自然的元音系統。

以麥耘和黃笑山的研究為例，看一下分析所得出的結果。以下是麥耘（1995）的分析結果，採用了六個元音音位。帶-ŋ 韻尾的韻中，沒有採用元音 i。元音 i 只出現在其他的韻中。

		i	u	e	ə	o	a	ɑ
一 / 四等	-0-	–	東	青	登	冬	梗	唐
二等	-r-	–	耕	江	庚			
三等	-(r)j	–	東	清	蒸	鍾	庚	陽

根據以上構擬，可以將主要元音歸納為：

i	u	e	ə	o	a	ɑ
–	東	青耕清	登蒸	冬江鍾	梗庚[3]	唐陽

黃（2002b）的分析類似，但是用了七個元音音位。但和麥的結果比較，增加了 i 作為蒸韻的元音，和登韻的元音 ə 作了區分。

i	u	e	ə	ɔ	a	ɒ
蒸	東	青耕清	登	冬江鍾	庚	唐陽

需要指出的是，黃（2002b）對蒸韻和登韻元音的區分並不是根據韻的開合等第分佈的內部條件得出的，而是根據外部信息，即詩歌押韻增加的。如果按照等第和開合等分佈條件，蒸韻登韻的關係和冬韻鍾韻以及唐韻陽韻的關係一樣，都是同攝一等三等的區別。所以，黃的分佈分析不是一個完全以《切韻》內部信息為依據的分析。如果單用分佈分析，很難確認音位數量。[4] 然而，這樣的分析存在以下三個基本問題：

一、《切韻》不是一個單一的共時語音系統，音位分析不應該運用在一個帶有綜合性質的語音系統中。在音位分析中，將《切韻》韻不加分析，都置於一

3. 麥耘（1995：97）構擬中列出的一等的梗韻，一般不列。
4. 黃（2002a）也曾列出過按照分佈條件的另一個結果，可以將元音減少到五個。

ɨ	ɛ	ə	ɔ	a
東	青庚清	登蒸	冬江鍾	唐陽耕

個平面分析，必然造成不合理的結果。比如，上文指出庚韻是個押韻出現轉換的韻，其主要元音從和陽韻押韻轉為和耕清青各韻押韻，並不獨立成韻。不顧這個事實，庚韻和與之同等的耕韻和清韻在《切韻》似乎就形成了最小對立，必須區分為不同音位，從而增加不必要的音位數量。江韻也是押韻出現轉換的韻，其主要元音從和東韻相押轉為和陽唐韻押韻。也不獨立成韻。《切韻》將江韻列在東冬鍾之後是表示歷史來源，並不是根據江韻的當時音值。因此，各家的分佈分析將江韻和冬鍾韻歸為一個音位不合理。根據當時押韻，江韻和陽唐韻相押，和冬鍾韻沒有關係。由於反切的出現於二世紀末的東漢時代，如應劭、服虔已經開始使用。年代遠遠早於韻書。到了韻書盛行的六世紀的齊、梁、陳、隋，時間已逾三四百年。由於早期反切反映的是製作時代的語音，韻書作者因此能夠從古代反切中了解到更早時代的音類信息。韻書編輯注重存古，為了儘量保存了當時可見反切中所反映的古音類，會在韻書中列出相應的古韻類別。

二、上文指出《切韻》韻的區別並不都是韻基的不同。所以分析的基本單位，主要元音，並不是語音上有差別的音位變體。根據押韻材料可以清楚觀察到《切韻》中的韻並不都是根據韻基決定的。高本漢對《切韻》韻的定義是把《切韻》中的「韻」和押韻中的「韻」相等同的結果。高本漢當時不了解詩韻的分析結果，無法意識到兩者的明顯差異。當然高本漢注意到了《切韻》中東韻、庚韻和麻韻含有不同等的主要元音相同的韻母，從而反過來推測不同等的韻母分列不同的韻，主要元音必然不同。這是一個對主要元音語音構擬最大的障礙。然而，這樣的推理是強加在《切韻》韻之上的。《切韻》並沒有對「韻」做出如此定義。從當時詩歌押韻，可以看出，韻的建立並不完全以韻基為條件的。

押韻是韻基音位相同的可以相押，有對立的不能相押。因此介音不同，韻基相同可以相押；但是介音不同，韻基不同則不可以相押。同攝一、三等韻儘管可以用互補原則合成同一音位，但是押韻還是必須根據韻基的異同。互補分佈和押韻性質不同，因為互補關係不一定是同韻關係。「語音層次」的說法也無法解釋一、三等韻為什麼有分有合（唐陽分韻，東韻一、三等合韻）。《切韻》的不同的韻不一定都是韻基不同，不同的韻可以是韻基相同介音不同的兩個韻母。

三、分佈分析不以構擬的語音音值為起點，而是以韻圖中的類別，如攝、等第和開合為分析條件。其實作為具有綜合性質的《切韻》中韻的音值是無法構擬的。一種普遍接受的妥協的觀點是《切韻》代表了當時的「文學語言」。但是這種存在在紙上的「文學語言」不是根據一個口語語音系統的。《切韻》的韻可以在書面進行區別，但是這些區別無法在一一實際發音中實現。這是個不用多加爭辯的事實。由於各家的分佈分析所根據的是不屬單一系統的《切韻》韻，並不按照實際語音，確定音位，得出的結果無法反映當時的語音實際。

僅僅用互補原則（不同等）和音近原則（同攝）歸納的音位類別和押韻的自然類別並不相等。由於分佈分析不用語音為依據。同攝的一、三等互補的韻就不一定可以歸為同一音位。有的一、三等韻在詩歌押韻中完全可以相押，如陽韻和唐韻，因為分別是 -jaŋ 和 -aŋ。有的則不可以相押，如蒸韻和登韻，因為分別是 -iŋ 和 -əŋ。押韻根據的是韻基是否相同。在《切韻》時代，登韻是 əŋ，蒸韻是 iŋ，儘管兩韻在以後的韻圖中同列在曾攝，分別為三等和一等，貌似互補（韻圖和《切韻》中的語音信息並不屬同一時代。）。因此用音位分析得出的韻腹類別的合理性（是否符合當時實際語音）需要用詩文押韻所體現的古人語感來檢驗（黃笑山 2002b：37）。這也說明了不是根據語音作出的互補分析並不能有效地建立音位類別。《切韻》一等韻和三等韻可分可合，合的一定是韻腹相同，如：東韻（-uŋ, -juŋ）。分的情況有二：一是韻腹不同，如：登蒸二韻（-əŋ, -iŋ）；二是韻腹相同，如唐陽二韻（-aŋ, -jaŋ）。

7.「尤侯先仙」所代表的區別

在〈切韻序〉中有兩句和韻的分合有關的敘述非常重要。「又支（章移反）脂（旨夷反）魚（語居反）虞（語俱反）共為一韻；先（蘇前反）仙（相然反）尤（雨求反）侯（胡溝反）俱論是切」。這些字不僅僅是例字，「魚、虞、支、脂，先、仙、尤、侯」八字都是《切韻》韻目，並且都是平聲韻母。學界對「支脂魚虞，共為一韻」沒有異議。但是對「先仙尤侯，俱論是切」一句，存在不同認識。有的認為説指聲的類別，有的認為是指韻的類別。但是，說是聲母不同的證據顯然勉強，「切」字在宋代以前沒有表示「反切」的用法，如同書名《切韻》，是「正確」的意義。而且，「先仙」的聲母和「尤侯」的聲母在《切韻》時代相同，並無疑問，何須辨別？「支脂魚虞，共為一韻；先仙尤侯，俱論是切」應當是對這四對韻不加區分現象的批評。在《切韻》所引的五家韻書中，先仙和尤侯也確實有不分的現象。例子如下：

平聲	上聲	去聲	入聲
先 夏侯陽杜與仙同， 呂別，今依呂	銑 夏侯陽杜與獮同， 呂別，今依呂	霰 夏侯陽杜與線同， 呂別，今依呂	屑 李夏侯與薛同， 呂別，今依呂
尤 夏侯杜與侯同， 呂別，今依呂	有 李與厚同，夏侯為 疑，呂別，今依呂	宥 呂李與候同，夏侯 為疑，今別	

〈切韻序〉的例字和顏之推在《顏氏家訓》中提到的「南人以錢為涎，以石為射，以賤為羨，以是為舐。」單字例子的性質完全不同。「錢、涎」平聲字，「石、射」入聲字，「賤、羨」去聲字，「是、舐」上聲字，都不是韻書中的韻目

字。可見，〈切韻序〉中選用這些平聲韻目字是用來代表韻，而且是「舉平以賅上去」。怎麼可能用平聲韻目字「先、仙；尤、侯」來代表聲母區別？！

「先仙尤侯，俱論是切」是認識《切韻》韻的關鍵。對這個句子的含義有了正確認識，就可以對《切韻》中的「韻」有重新認識，進而改變我們對《切韻》分韻的認識。「支脂」、「魚虞」；「先仙」、「尤侯」四對當時都出現相混的問題，但是性質不同。「支脂」、「魚虞」是對等第相同（都是三等），但主要元音不同的區分問題。而「先仙」、「尤侯」則是對不同韻母（是否帶顎介音 -j-）的區分問題。這是了解《切韻》韻性質的一個至關重要的線索。本文從這個線索出發，對《切韻》中的韻進行分析，重新認識。

若用聲母（C）、介音（M）、韻腹（V）、韻尾（E）來區別的話，這四對中的「支脂」、「魚虞」的區別和「先仙」、「尤侯」區別分別可以表示為：

支 CMVaE	脂 CMVbE	魚 CMVaE	虞 CMVbE
先 CMaVE	仙 CMbVE	尤 CMaVE	侯 CMbVE

（用 a, b 表示不同，相同的不標。）

可見這四對韻字都是最小對立字組。「支脂」和「魚虞」的區別主要在於元音的異同，而「先仙」和「尤侯」的區別在於介音的有無。主要元音的異同和介音的有無是編輯《切韻》時根據反切決定韻的兩個要點。對於「支脂」、「魚虞」兩對韻及其區別已有不少論述（如：梅祖麟 2001）。後兩對的討論未見深入，然而更為關鍵、更為重要。《切韻》的先韻和仙韻在詩歌押韻中不作區分。因此「先仙」韻基相同，先韻四等沒有 -j- 介音，仙韻三等有介音 -j-。同樣，尤韻、侯韻在詩歌押韻中不作區分。因此也是韻基相同，尤韻三等有介音 -j-，侯韻一等沒有 -j- 介音。用音標表示的話，就是：先 sɛn / 仙 siɛn；尤 ɦiəu / 侯 ɦəu。這兩對韻的混同，在《切韻》參考的五家韻書，當時的韻文押韻（李榮 1962/1982，周祖謨 1982）中，以及在《切韻》之前的《玉篇》中（周祖謨 1966，周祖庠 2001），都有清楚顯示，因此「先仙尤侯」代表了三等韻母是否應當獨立為韻的觀點。《切韻》是韻書，目的是以韻作為全書的分類系統。因此，如何認識「韻」是編輯韻書的關鍵要點。聲母的區別並不是編輯《切韻》的要點，不可能在序言中將聲母作為主要問題提出。這也同樣反映在《切韻》韻目中的參照五家韻書的小註中。所有的小註都是和韻有關，沒有任何一條小註和聲母有關。

對於「支脂」、「魚虞」和「先仙」、「尤侯」的分合問題，可能就是當年「夜永酒闌，論及音韻」時的具體意見。當時「法言即燭下握筆，略記綱紀」，並在此後《切韻》編寫過程中成為了建立「韻」的標準。受限於語音分析能力，未能完全貫徹。因而有東、庚、麻三韻仍然含有等第不同的韻母。

8. 結論

學者們對於《切韻》韻不一定都是韻基不同都有所覺察。周祖謨在研究了齊、梁、陳、隋的詩韻後說：「還有陽唐、尤侯也是一等韻跟三等韻通押，其主要元音一定是相同的。這些單從韻書上是不容易知道的。」（周祖謨 1982：8）。蒲立本也曾指出：「毫無疑問這個現象（相似韻的聚類）的部分原因是因為一些可以押韻的韻的語音區別是介音的有無。」（Pulleublank 1984: 137）[5]。可惜兩家都沒有深入研究。

詩歌押韻分析和《切韻》韻的分佈分析相互獨立，可以單獨分析，對照檢驗。兩種分析並不完全吻合，但是出現了傾向一致的結果，就是減少了韻的數量。韻的數量減少實際上是説明了韻的不同並不都是韻基的區別。互補分佈和詩歌押韻都説明了這一現象。這樣，《切韻》中的「韻」是既有不同的韻基，也有韻基相同的不同韻母。因此，沿用了近一百年來的由高本漢對「韻」作的定義需要改正，運用新的概念重新構擬中古音系。以下兩個有關「韻」的概念必須區分，分別進行語言學定義。

詩歌押韻的「韻」 > 是 VC　　即：主要元音＋（韻尾）
《切韻》的「韻」 > 是 (M)V(E)　　即：（介音）＋主要元音＋（韻尾）

還需要進一步明確指出的是，中古音系和《切韻》並不相等。中古音系旨在構擬中古時期的語音，而不是所謂的「《切韻》音系」。《切韻》為中古音系構擬提供了極為重要的材料，但並不提供一個共時音系。當然，根據各種材料得出的中古語音系統大致是一個和當時權威方言的密切有關的語音系統。當時各種不同地域方言之間必然也是相互有異。

最後，將以上討論過的帶 -ŋ 韻尾的實際韻基的類別表述如下，作為對《切韻》韻性質的重新定義。具體音值根據各家構擬，採用六個基本元音表示六個詩歌押韻中自然的韻類。

韻腹	i	ɛ	ə	a	o	u
《切韻》韻	蒸	庚耕清青	登	陽唐江	冬鍾	東

庚韻是存古韻類，不應當在一個共時音系中構擬出不同音值的韻腹。庚韻二等和耕韻相同；庚韻三等和清韻相同，或可構成重紐關係。可惜囿於高本漢對韻的定義，學者們仍然把重韻關係的庚韻三等和清韻構擬成為韻腹不同的韻基（Baxter 1992；麥耘 2022）。其他的具有相同韻腹的韻都是不同等第的介音區

5. "No doubt this (grouping of like rhymes) was partly because some rhymes which were distinguished phonologically by the presence or absence of medials could rhyme in poetry." (1984: 137).

別。如江韻韻腹和陽唐韻相同，由於江韻有二等韻的介音，在韻母（MCV）層次上，和陽唐韻仍有區別。

蒸 -iŋ　庚耕 -ɰεŋ　庚 -(ɰ)jεŋ[6]　清 -jεŋ　青 -εŋ　登 -əŋ
陽 -jaŋ　唐 -aŋ　江 -ɰaŋ　冬 -oŋ　鍾 -joŋ　東 -uŋ

以上的綜合分析可以為中古音系建立一個更為合理的元音系統提供一個舉例説明。將《切韻》等同於中古音系是個誤解。盲從高本漢對「韻」的錯誤定義，則無異於「膠柱鼓瑟」，因而無法正確認識《切韻》的韻，也無法正確構擬中古語音。

附錄：早期中古音系韻基系统

鑒於篇幅有限，《切韻》中其他帶不同韻尾的韻分析無法在此文中一一詳述。然而按照以上對於帶 - ŋ 韻尾韻的分析原則，根据詩歌押韻的實際取消沒有對立的存古韻類，合併韻基相同的韻。其他帶不同韻尾的韻也可以以此類推簡化。中古的韻便可以構拟為一個更為自然的，由六個元音構成的系统。主要元音和韻尾相同的韻的區別在於介音（二等 -ɰ-, 三等 -(ɰ)j-, 一等和四等 -0-）。下表列出《切韻》所有的 54 個平声韻的韻目，以及四個只有去声韻（祭、泰、夬、廢）的韻目。

	i	ε	a	ə	ɔ	u
-ŋ (12)	蒸	庚耕清青	唐江陽	登	冬鍾	東
-n (12)	真臻殷	山刪仙先	寒	痕魂元	–	文
-m (9)	侵	咸銜鹽添	談嚴凡	覃	–	–
-0 (8)	脂之	支	麻	微	歌	模鱼虞
-j (10)	–	佳祭廢齊	泰皆夬	–	咍灰	–
-w (7)	–	肴宵蕭	豪	尤侯幽	–	–

6. 庚韻三等在分佈上可以和清韻構成重紐關係，但是在介音上是否依然有區別可疑。朝鮮譯音中，重紐三等（B 類）和重紐四等（A 類）在語音上有區別。但是庚韻三等的「京、卿」和清韻的「勁、輕」的譯音都是 kiəŋ，沒有區別。

參考書目

Baxter, William H（白一平）. 1992. *A Handbook of Old Chinese Phonology. Trends in Linguistics, Studies and Monographs 64.* Berlin/New York: Mounton de Gruyter.

Chao, Yuen Ren（趙元任）. 1941. Distinctions within Ancient Chinese. *Harvard Journal of Asiatic Studies* 5: 203–33.

Hashimoto, Mantaro J（橋本萬太郎）. 1978. *Phonology of Ancient Chinese.* Study of Languages and Cultures of Asia and Africa, Monograph Series 10.

Karlgren, Bernhard（高本漢）. 1915–1926. *Études sur la phonologie chinoise.* 4 vols. Leiden: E. J. Brill; Uppsala: K. W. Appelberg. Chinese translation by Chao（趙元任), Li（李方桂), and Luo（羅常培）. Beijing: Shangwu Yinshuguan, 1940.

Martin, Samuel E. 1953. *The Phonemes of Ancient Chinese.* Supplement to the *Journal of the American Oriental Society.*

Pulleyblank, Edwin G（蒲立本）. 1984. *Middle Chinese: A Study in Historical Phonology.* Vancouver: University of British Columbia Press.

鮑明煒 1990。《唐代詩文用韻研究》。南京：江蘇古籍出版社。

陳寅恪 1949。〈從史實論切韻〉。《嶺南學報》9.2: 1–18。

黃笑山 2002a。〈《切韻》元音分韻的假設和音位化構擬〉。《古漢語研究》3: 10–16。

黃笑山 2002b。〈中古二等韻介音和《切韻》元音數量〉。《浙江大學學報》(人文社會科學版) 32.1: 30–28。

黃笑山 2005。〈音位構擬的原則及相關問題〉。《音史新論》(董琨、馮蒸編), 學苑出版社，176–193。

居思信 1981。〈從唐詩中江韻字的押韻看到的一個問題〉。《齊魯學刊》1983.2: 87–89。

李榮 1956。《切韻音系》。北京：科學出版社。

李榮 1961–1962 / 1982。〈隋韻譜〉，《中國語文》1961 (10,11 合刊), 47–57; 1962, (1), 38–49; (2),70–84; (4),162–166（署名「昌厚」）。又載《音韻存稿》1982, 135–209。北京：商務印書館。

李榮 1982。〈庾信詩文用韻研究〉。《音韻存稿》1982: 225–258。北京：商務印書館。

麥耘 1995。〈切韻元音系統試擬〉。《音韻與方言研究》，96–118。廣州：廣東人民出版社。

麥耘 1999。〈隋代押韻材料的數理分析〉。《語言研究》37.2: 112–128.

麥耘 2022。〈中古音系研究框架——以介音為核心，重紐為切入點〉。《辭書研究》2022.2: 1–17.

梅祖麟 2001。〈現代吳語和「支脂魚虞，共為不韻」〉。《中國語文》1: 3–15。

潘悟雲 2000。〈漢語歷史音韻學〉。上海：上海教育出版社。

潘悟雲 2001。〈反切行為與反切原則〉，《中國語文》2: 99–111。

邵榮芬 1982/2008。《切韻研究》。北京：中國社會科學出版社 / 北京：中華書局。

王力 1985。《漢語語音史》。北京：中國社會科學出版社。

徐通鏘、葉蜚聲 1981。〈內部擬測方法和漢語上古音系的研究〉，《語文研究》1: 65–82。

尉遲治平 2002。〈論中古的四等韻〉，《語言研究》4: 39–47。

尉遲治平 2003。〈欲賞知音 非廣文路，《切韻》性質的新認識〉。《古今通塞：漢語的歷史與發展》，第三屆國際漢學會議論文集語言組，157–185。

張建坤 2008。《齊梁陳隋押韻材料的數理分析》。哈爾濱：黑龍江大學出版社。

鄭張尚芳 1987。〈上古韻母系統和四等、介音、聲調的發源問題〉，《温州師院學報》4: 67–90。

周祖謨 1963。〈切韻的性質和它的音系基礎〉，《語言學論叢》5: 39–70。

周祖謨 1966。〈萬象名義中之原本玉篇音系〉，《問學集》，270–404。北京：中華書局。

周祖謨 1982。〈齊梁陳隋時期詩文韻部研究〉，《語言研究》1: 6–17。

周祖謨 1983。《唐五代韻書集存》。北京：中華書局。

周祖庠 2001。《篆隸萬象名義研究》第一卷 上冊。銀川：寧夏人民出版社。

第五章
苗瑤語中的茶

汪鋒
北京大學

提要

王輔世（1994）《苗語古音構擬》中為原始苗語重構了 *ɟi^{B}「茶」，Ratliff (2010) 構擬的原始苗語為 *gji^{B}，原始瑤語為 *ɟa^{A}。在前人比較重構的基礎上，本研究搜集了更多語言點的材料，試圖通過更廣泛的歷史比較，並結合方言地理的分佈，提出原始苗語和原始瑤語的重構都得不到嚴格的普遍對應的支持，因此，時間層次要晚於原始苗語或原始瑤語。具體而言，在原始苗語分化出來之後，由於苗語區生活中油茶的重要性，大多數苗語方言共享了 *gji^{B}「油茶」>「茶」的演變，而另外一些苗語中的茶還沒有獨立出來，仍在用「藥」、「樹葉」來代指。在原始瑤語獨立出來之後，瑤語支則直接借用了漢語的「茶」，這可以通過離析聲韻對應的層次來得到證明。可見，堅持以嚴格的語音對應作為比較的基礎，並通過歷史層次分析，可以探討茶在苗瑤語中的發展。「油茶」>「茶」的起源模式與「樹葉」>「茶」和「腌茶」>「茶」的演變一起構成三大模式，三者之間的競爭消長與其背後的生態及文化緊密相關。

* 二十年前，我到香港城市大學追隨王士元先生攻讀博士學位，在博士論文選題時曾考慮苗瑤語的比較研究，王先生概括二者的特點是「苗語聲母多，瑤語韻母多」，至今記憶猶新，謹以「苗瑤語中的茶」這一歷史比較研究慶賀王先生九十華誕。本研究部分得到教育部人文社會科學重點研究基地重大項目「語言變異和接觸機制研究」（19JJD740001）、「面向語言生態學的語言接觸知識庫研究」（22JJD740002）、北京市社會科學基金重大項目「多語接觸與中介語演化機制」（20ZDA20）和「漢語國際推廣辦公室項目」（7250200144）的資助。本文承楊正輝提供不少苗語資料，並與余金枝、吳秀菊、楊正輝諸位多有討論，受益匪淺，初稿承秋谷裕幸、吳秀菊、楊正輝、劉文、羅自群提供寶貴意見，謹此一併致謝。

1. 前言

王輔世（1994）為苗語重構了 *ɟi^{B}「茶」，如下：

ɟ	養蒿	臘乙坪	大南山	石門坎	擺托	甲定	絞坨	野雞坡	楓香	韻類號
	tɕ	k (c)	k	g (g^{ɦ})	k	k	k (tɕ)	ɣ (ʑ)	k	
茶	tɕen^{4}	ci^{4}	–	–	ki^{4}	ki^{A}	tɕi^{4}	ʑi^{B} 韻！	ki^{4}	1
十	tɕu^{8}	ku^{8}	kou^{8}	g^{ɦ}au^{6II}	ku^{8}	k^{h}ə^{8}	ku^{8}	ɣo^{D}	kou^{8}	9

其中大南山和石門坎缺少對應的形式。

*i 韻母的方言對應例證如下：

	養蒿	臘乙坪	大南山	石門坎	擺托	甲定	絞坨	野雞坡	楓香
*i	en	i	i	i (ɯ,ə)	i (e)	i (in)	ei (i)	e (en)	i
蓑衣	s^{h}o^{1} 韻！	sɔ^{1} 韻！	si^{1}	si^{1}	si^{1} 韻！	s^{h}i^{1}	–	su^{A} 韻！	–
苦膽	ɕen^{1}	tɕi^{1}	tʂi^{1}	tʂi^{1}	tʂe^{1}	sin^{1} 韻！	sei^{1a} 韻！	tse^{A}	si^{1}
雞冠	–	–	i^{1}	–	e^{1}	vi^{1} 聲！	ei^{1a} 聲！	ʔwe^{A} 聲！	vi^{1} 聲！
你們	maŋ^{2} 韻！	me^{2} 韻！	me^{2} 韻！	mi^{4II} 調！	ȵi^{2} 聲！	min^{6} 調！	mein^{2} 韻！	men^{A}	mi^{2}
果子	tsen^{3}	pji^{3}	tsi^{3}	tsi^{3}	pji^{3}	pi^{3}	pei^{3a}	pʑi^{B}	tsi^{3}
圈套	–	–	tʂi^{4}	bɯ^{4I}		pli^{4}	–	–	–
他	nen^{2} 調！	–	ȵi^{4}	ȵ^{ɦ}i^{4II}	ȵi^{4}	ȵin^{4}	ȵi^{4}	nen^{B}	ȵi^{2}
栽樹	tɕen^{4}	–	–	–	tɕi^{4}	tɕi^{4}	–	ʑe^{B}	tsi^{4} 聲！
茶	tɕen^{4}	ci^{4}	–	–	ki^{4}	ki^{4}	tɕi^{4}	ʑi^{B} 韻！	ki^{4}
結果子	tɕen^{5}	–	tsi^{5}	tsi^{5}	pli^{5}	pi^{5}	pei^{5a}	pʑe^{C}	tsi^{5}
烤粑粑	tɕen^{5}	–	tɕi^{5}	tɕi^{5}	–	tɕi^{5}	tɕi^{5a}	tɕi^{C}	tsi^{5} 聲！
遲	–	–	li^{6}	li^{6II}	le^{6}	li^{6}	li^{6}	–	–
燃	tɕen^{6}	–	tɕi^{6}	dʑi^{6II}	tɕi^{6}	tɕi^{6}	tɕi^{6}	ʑe^{C}	tsi^{6} 聲！
引導	–	–	ɕi^{7}	xə^{7}	–	–	–	–	–

注意「茶」的韻母在黔東苗語中變為 en，這是很規則的對應。

Ratliff (2010) 為苗語重構了 *gji^{B}，如下：

PHM *gj-	1	2	3	4	5	6	7	8	9	10	11
ten *gju̯ɛp (9)	tɕu^{8}	ku^{8}	kau^{8}	ku^{8}	ɣo^{D}	tʃɔ^{8}	kɯ^{8}	ɕep^{8}	sap^{8}	t^{h}an^{8}	sjɛp^{8}

PH *gj-	1	2	3	4	5	6	7
tea *gji^{B} (1)	tɕen^{4}	ci^{4}	–	tɕi^{4}	ʑi^{B}	tʃi^{4}	tɕi^{4}

其中第三個語言點（川黔滇方言代表點）缺少對應形式。

也就是說，兩位學者為原始苗語重構的「茶」都沒有普遍對應的支持，而用來作為平行例證的「十」則在所有的代表點都能得到支持。陳保亞（1999）提出並論證了普遍對應 / 非普遍對應對歷史比較和層級重構的重要意義。筆者在此基礎上論證了放寬普遍對應的要求可能會導致晚期的借詞混入，或者較晚層次的共享創新詞被當作早期的同源詞，因為其本質是放寬了時間深度的限制（汪鋒 2011）。造成非普遍對應的原因有可能是語言內部的語義演變造成了詞匯替換，比如，漢語中「行」後來被「走」替換，「走」被「跑」替換（蔣紹愚 2002；汪鋒、王士元 2005），替換變化的步調在各個方言中不一樣，比較時就會出現詞根形式上的非普遍對應；也有可能是語言外部的借詞通過語言接觸替換了語言的固有詞，比如，馬者龍白語中借用了漢語的「紅」，替換了原始白語中的 $*t^{h}ræ4$（汪鋒 2012：86）。可見，探討非普遍對應的成因可以為語言演變提供豐富的細節。

相比之下，Ratliff (2010) 為原始瑤語重構的 $*ɟa^{A}$ 似乎是普遍對應，得到了所有四個瑤語方言的支持，如下：

PM *ɟ-	8	9	10	11
茶 tea $*ɟa^{A}$	$tɕa^{2}$	ta^{2}	ta^{2}	ta^{2}
韭 Allium $*ɟiu^{B}$	$tɕiu^{2}$	–	–	kiu^{4}

為了搞清楚「茶」在苗瑤語中的分佈以及其成因，本文搜集了更多的語料，下文分別詳細討論苗語支和瑤語支的情況。

2. 苗語中的茶

我們收集了 63 個苗語支語言的材料，其中可能符合「茶」$*ɟi^{B}$ 或 $*gji^{B}$ 的佔大多數，韻母基本都是 i，可稱為 -i- 系列，具體情況如下：

茶	具體地點	材料來源
$tʃi^{31}$	廣西來賓市金秀縣長垌鄉桂田村龍華屯	《漢藏語語音和詞匯》
$tʃi^{53}$	廣西來賓市金秀縣六巷鄉	《炯奈語研究》
$tʃi^{31}$	廣西來賓市金秀縣長垌鄉桂田村龍華屯	《炯奈語研究》
ci^{4}	廣西都安縣下坳鄉壩牙村	《廣西民族語言方音詞匯》
ci^{4}	湖南花垣縣吉衛鎮臘乙坪	《苗瑤語方言詞彙集》
ki^{32}	貴州貴陽市花溪區青岩鎮擺托寨	《苗語古音構擬》
ki^{13}	貴州黃平縣重興鄉楓香寨	《苗語古音構擬》

（下頁續）

茶	具體地點	材料來源
ki^{31}	貴州貴陽市花溪區高坡苗族鄉甲定寨	《苗語古音構擬》
ki^{22}	貴州安順市紫雲苗族布依族自治縣界牌	個人調查[1]
ki^{22}	貴州平塘縣大塘鎮西關村	《漢藏語語音和詞匯》
ki^{22}	貴州惠水縣鴨絨鄉穀把村	個人調查[2]
ki^{33}	貴州安順市西秀區華西街道汪家山村	《漢藏語語音和詞匯》
ki^{22}	廣西龍勝縣龍脊鎮金江村黃落寨	《優諾語研究》
ki^{22}	廣西龍勝縣龍脊鎮江柳村小寨	《優諾語研究》
ki^{22}	廣西龍勝縣龍脊鎮黃洛瑤寨	《漢藏語語音和詞匯》
kʱi^{13}	貴州安順市平垻區馬場鎮凱掌村	《漢藏語語音和詞匯》
kʰi^{4}	廣東惠州市博羅縣	《畲語研究》
kʰji^{4}	廣東惠州市惠東縣多祝鎮陳湖村	《畲語研究》
kʰi^{53}	廣東廣州市增城區正果鎮	《漢藏語語音和詞匯》
dʑi^{4}	廣西都安縣下坳鄉龍關村	《廣西民族語言方音詞匯》
ʥi^{44}	湖南瀘溪縣洗溪鎮洞頭寨村	《漢藏語語音和詞匯》
dzʱi^{131}	廣西融水縣杆洞鄉高強村高強屯	《漢藏語語音和詞匯》
tɕi^{4}	廣西融水縣洞頭鄉滾岑村	《廣西民族語言方音詞匯》
tɕi^{22}	貴州凱裏市三棵樹鎮板新村新寨	個人調查[3]
tɕi^{22}	貴州黎平縣滾董瑤族鄉嶺蔔村	《巴哼語研究》
tɕi^{22}	湖南隆回縣虎形山瑤族鄉	《巴哼語研究》
tɕʱi^{31}	廣西三江縣良口鄉白文村	《巴哼語研究》
tɕi^{22}	貴州黎平縣地坪鎮岑蔔村	《漢藏語語音和詞匯》
tɕi^{43}	貴州荔波縣瑤麓鄉	《漢藏語語音和詞匯》
ʨi^{11}	貴州紫雲縣宗地鎮椒坨寨	《苗語古音構擬》
tɕi^{31}	貴州惠水縣擺金鎮擺金村冗章寨	《漢藏語語音和詞匯》
tɕi^{22}	貴州凱裏市施秉縣雙井鎮銅鼓村二組	個人調查[4]
tɕi^{12}	貴州錦屏縣偶裏鄉	《漢藏語語音和詞匯》
tɕʰi^{21}	貴州黔西縣觀音洞鎮沙井鄉	《漢藏語語音和詞匯》
ʨin^{22}	貴州劍河縣觀麼鎮新合村	個人調查[5]

（下頁續）

1. 劉文提供。
2. 班慶梅提供。
3. 楊正輝提供。
4. 張開杰提供。
5. 劉文提供。

茶	具體地點	材料來源
tɕen^{11}	貴州凱裏市開懷街道挂丁村養蒿寨	《苗語簡志》
tɕiaŋ^{22}	貴州興仁市屯腳鎮馬路河村	個人調查 [6]
ʑi^{55}	貴州福泉市仙橋鄉月塘村野雞坡寨	《苗語古音構擬》
ji^{B}	貴州開陽縣高寨鄉窩蒲寨	《羅泊河方言詞彙集》

這些方言點的聲母表現可以歸納以下幾類：tʃ、c、k (kh / k^{ɦ})、dʑ、tɕ (tɕ^{h}/ tɕ^{ɦ})、dz^{ɦ}、ʑ (j), 王輔世重構的 *ɟ-，或 Ratliff 重構的 *gj-，都比較難以解釋這些聲母的來源。

Ostapirat (2016) 提出將 Ratliff (2010) 跟原始苗瑤語重構的 *ɟ- 重新構擬為 *g^{ɣ}，從而使其聲母系統更具系統性，也更符合語音演變的規律，因為一些方言中還保留著軟顎音聲母 g-，從 *ɟ- 變到 *g- 不合常理，而從 *g^{ɣ} 變到 *g- 則只需要失落硬顎化因素，例證如下：

		苗語			瑤語		
		Zm-	Lz	Jd	S	Yh	Sm
騎	A	ki	kjei	tɕei	k^{h}ji	tɕi	dʑ^{ɦ}ɯ
橋	A	ku	kjau	tɕou	k^{h}ji	tɕu	–
茄子	A	kjɛ	–	tɕe	k^{h}ju	tɕa	–
男	C	kjaŋ	kjaŋ	tɕaŋ	–	tɕaŋ	dʑ^{ɦ}aɯ

Ratliff (2010) 的例證如下：

PHM *ɟ-	1	2	3	4	5	6	7	8	9	10	11
男	tɕaŋ^{6}	–	–	tɕua^{6}	–	ɳtʃi^{6}	–	tɕaŋ^{2}	–	–	kjaŋ^{2}
膝蓋	tɕu^{6}	tɕɔ^{6}	cau^{6}	tɕo^{6}	ʑu^{C}	–	tɕi^{6}	tɕwai^{6}	–	ʈwai^{6}	–
九	tɕə^{6}	tɕo^{2}	cua^{2}	tɕa^{6}	ʑa^{A}	tʃu^{2}	ko^{5}	du^{2}	du^{2}	ju^{2}	ku^{2}
蕎麥	–	–	ce^{2}	tɕæ^{2}	ʑi^{A}	–	–	tɕou^{2}	–	ʈɔ^{4}	–
茄子	tɕa^{2}	–	–	tɕəa^{6}	–	–	–	tɕe^{2}	–	ʈa^{2}	kjɛ^{2}
橋	tɕu^{2}	–	chɔ^{2}	–	–	tʃi^{2}	tɕe^{6}	tɕou^{2}	ʈɔu^{2}	ʈəu^{2}	ku^{2}
騎	tɕi^{2}	–	cai^{2}	tɕe^{2}	ʑe^{A}	tʃei^{2}	tɕhi^{2}	tɕei^{2}	ʈei^{2}	tɕi^{2}	ki^{2}

6. 楊福麗提供。

如果將「茶」也歸於這一系列，將之重構為 $*g^{\gamma}i^{B}$，只需要解釋在第二個代表點（吉衛臘乙坪湘西苗語）中前高元音 i 與硬顎化因素共同作用，造成了 c- 聲母。[7] 如下：

PH *gj-	1	2	3	4	5	6	7
tea $*gji^{B}$ (1)	$tɕen^{4}$	ci^{4}	–	$tɕi^{4}$	$ʑi^{B}$	$tʃi^{4}$	$tɕi^{4}$

但還有一些其他苗語方言的「茶」並不來自 $*g^{\gamma}i^{B}$「茶」，以韻母為 -a- 的形式最多，可稱為 -a- 系列，如下：

$ʂa^{42}$ [8]	布努語臨湛話	《漢藏語語音和詞匯》
$ʂa^{42}$ [9]	廣西百色市淩雲縣伶站鄉陶化村	《漢藏語語音和詞匯》
sja^{31} [10]	廣西裏湖瑤族鄉芒降村	《漢藏語語音和詞匯》
$tʂ^{h}ua^{31}$ [11]	雲南紅河州蒙自縣期路白鄉突吐白村	《雲南省志》
$tʂ^{h}a^{6}$	貴州威寧彝族回族苗族自治縣縣石門坎	《苗瑤語方言詞彙集》
$ɕɔ^{35}$ [12]	貴州省望謨縣油邁鄉	《漢藏語語音和詞匯》
$ʦ^{h}uɑ^{2}$	四川瀘州市敍永縣梘槽苗族鄉	《苗瑤語方言詞彙集》
$ts^{h}ua^{42}$ (2)	雲南文山州廣南縣南屏鎮馬街村沙壩組	個人調查[13]
$ts^{h}a^{2}$	廣西百色市隆林縣豬場鄉那紹村大龍山屯	《廣西民族語言方音詞匯》
$ts^{h}a^{31}$ (2)	貴州安順市關嶺縣永寧鎮養馬村	個人調查[14]
$tʂ^{h}ua^{31}$ (2)	貴州畢節市七星關區燕子口鎮大南山寨	《苗語簡志》
$tɕa^{33}$ (2)	貴州興仁市雨樟鎮並嘎村	個人調查[15]
nta^{2}	廣西都安縣大興鄉梅珠村	《苗瑤語方言詞彙集》

第二個到第六個苗語點都不是 2 調，[16] 但注意它們的調值都是近似的降調，其餘的則都是 2 調，這樣就不符合苗語調類的對應規則，這就難以上推到原始

7. 這樣看來，無論是王輔世（1994）還是 Ratliff (2010) 用來作為平行例證的「十」就成為孤例了，不能構成對應了。而事實上 Ratliff (2010: 243) 認為「十肯定是借詞，儘管還難以確定到底借自漢語還是藏緬語」（筆者譯）。除非是在原始苗瑤語階段就借入了「十」，否則沒有必要為之重構。
8. 2 調的調值是 53。
9. 2 調的調值是 53。
10. 2 調的調值是 24。
11. 2 調的調值是 55。
12. 2 調的調值是 24。望謨縣城關的布依語是 ɕa2「茶」（見《壯侗語族語言詞匯集》）。
13. 吳志強提供。
14. 朱莎提供。
15. 田茂華提供。
16. 由於原出處並沒有給出歷史調類的情況，因此，本文以2 調的「葉子」為據來判定這些方言中的「茶」是否為 2 調。

苗語，更可能是苗語方言分化之後的借詞。以下是《粵語平話土話音字彙》中「茶」的讀音，可以代表在廣西及毗鄰地區的漢語方言的情況，以上苗語方言的借詞源頭很可能就是這些方言：

第一編		第二編	
北京話	tʂʰa^{2}	桂林平話	tsuə^{2}
廣州白話	tsʰa^{2}	兩江平話	tʃʰo^{2}
南寧白話	tsʰa^{2}	四塘平話	tʃo^{2}
北海白話	tʃʰa^{2}	義寧平話	tʂa^{2}
梧州白話	tɕʰa^{2}	毛村土話	tʃuo^{2}
廉州白話	tʃʰɒ^{2}	江尾平話	tʃa^{2}
欽州白話	tsʰa^{2}	桃城平話	tsʰa^{2}
玉林白話	tɕɒ^{2}	恭城直話	zuo^{2}
百色白話	tsʰa^{2}	六甲話①	tʃa^{2}
北流白話	tsʰa^{2}	六甲話②	tɕiɑ^{2}
邕寧白話	tʃʰa^{2}	寧遠北路	tsʰəu^{2}
瀨湍白話	tsʰa^{2}	灌陽土話	tɕʰa^{2}
渠舊白話	tsʰa^{2}	文橋土話	da^{2}
貴港城關	tʃʰɔ^{2}	高尚軟土	dʒo^{2}
木樂白話	tɕʰa^{2}	延東土話	dza^{2} za^{2}
靈山橫州	tsʰa^{2}	東安土話	dza^{2} 文 dzo^{2} 白 zo^{2} 白
木格白話	sa^{2}	江永土話	tsu^{2}
亭子平話	tsa^{2}	永州土話	zo^{2}
石埠平話	tʃa^{2}	富川梧州	sa^{2}
四塘平話	tɕa^{2}	富川九都	tso^{2}
那畢平話	tsa^{2}	擔石九都	tsa^{2}
田東蔗園	tsa^{2}	栗木八都	tʃa^{2}
大橋平話	tsa^{2}	靈鳳都話	tsɔ^{2}
復興平話	tʃa^{2}	鷓鴣土話	tsʰo^{2}
王靈平話	tʃa^{2}	賀州信都	ʃa^{2}
新橋平話	tsa^{2}	賀街本地	sa^{2}
黎塘客話	tʃa^{2}	鐘山話	ʃa^{2}
新和蔗園	tsa^{2}	江華七都	tsu^{2}
扶綏平話	tsa^{2}	小甲土話	tsʰu^{2}
三亞邁話	tsʰa^{2}	壽雁平話	su^{2}
武鳴壯音	ɕa^{2}		

為此，我們可以提出一個假說：-i 系是苗語原有的形式，-a 系是借漢語的。二者的消長可以通過一些方言中的材料看出一個演化的輪廓。

通過對黔東方言與茶相關的詞匯進行最小同一性對比，[17] 可以得到詞根「茶」tɕen[11(4)]，苗文標為 jenl。相關詞條如下：「茶水」eb jenl、「茶油」eb yux jenl、「茶樹」det jenl「本地茶」jenl bax、「外地茶」jenl diel、「甜茶」jenl diel、「苦丁茶」jenl ib、「喝茶」hek jenl。

根據一些歌謠的例子，似乎可以給 jenl 列出另外兩個義項：

(1) 稻穀，糧食，飯：Mongl jox fangb nend mongl，mongl jox fangb hxangd jenl・到那個地方去，上那產糧的地方去。Hseb waix jef hxangd jenl，hseb eb jef diangd nail・秋天稻穀才黃熟，漲水魚兒才上游。Mais Lief dot nongx jenl，nongt hek fas ninx diel・蝶母不吃飯，卻要吃水牛。

(2) 酒：Wil xongt dax denb jenl，wil hent mongx niangb lul・我舉一杯酒，我祝你長壽。

以上兩個義項可能其實都是茶的意思，油茶在他們的經濟生活中佔有重要地位，第一個義項可以解釋為油茶（作物），第二個義項是可以解釋為熬制的油茶飲料。該方言中茶的逐步語義演變到泛指茶類，都是從油茶發端的。

湘西方言 [18] 與黔東情況一樣，核心詞根只有一個，即「茶」ci[33 (4)], 苗文寫作 gil，如：「茶花」benx gil、「茶葉」nux gil、「野茶樹」ndut gil bleat、「山梔茶」ndut gil ghunb、「山茶樹」ndut gil rud「茶酒」joud gil、「茶杯」ghob beid gil、「茶罐」jot gil、「茶水」ub gil。注意以下詞匯顯示其與油茶的特殊關係，這些詞條中「茶」都只能指油茶，「碾油茶子」bib gil、[19]「茶油枯餅」kud gil、「茶油」xanb gil、[20]「油茶」gil xanb、「油米茶」gil xanb gil njoud、「油茶樹、茶樹」ndut gil。這些詞匯不僅顯示了油茶在社會生活中的重要地位，也可以進一步說明該方言中的茶的語義範疇是從油茶發展而來。[21]

兩個川黔滇苗語點（石門坎、大南山）[22] 都各有兩個詞根：石門坎是 chas [$tʂ^ha^6$] 和 gil，大南山是 chuax [$tʂ^hua^2$] 和 gil。二者的後一個詞根跟湘西方言（臘乙坪）一樣，是 i- 系，而前一個是 a- 系，兩系列的競爭在這兩個方言中也能觀察到。

17. 材料由楊正輝學友提供，以養蒿為主。
18. 承吳秀菊學友審核。
19. Bid gil yex ghot yex mex xanb. 茶子越老越有油。
20. 「xanb gil chud dot nggab。茶油可以入藥。」由於茶油過去是燈油的主要來源，因此也可以代指茶油燈，如：「Nius manl nis deat xanb gil nangd liob. 古時，人們多以茶油燈來照明」。
21. 湘西方言中收錄了 zob「茶」，但沒有句例。
22. 川黔滇方言（大南山）承吳志強學友提供，滇東北次方言（石門坎）承王維陽提供。

在石門坎中，i- 系的 gil 分佈情況如下：「一杯茶」ad beid gil、「茶樹崗」bad zeux ndut gil、「茶子」beid gil、「油茶花」benx gil、「茶泡」bid ghob gil、[23]「茶籽」bid gil、「茶葉」nux gil、「油茶樹杈」ghob chad ndut gil、「禮物（以酒、茶為主的禮物）」bob joud xant gil。也存在於一些比較古老的歌謠中，如：Lies sead ceid wel bos jib dot，npob cheib niax rant jex janx gil. 討歌讓我何處找，想熬馬桑葉不成茶。這些分佈都與油茶密切相關，且保留在一些古老的說法中。[24] 相比之下，a- 系列的 chas 的分佈則都是在與油茶沒有特別關聯，而是泛指茶的情況下：「泡茶」daid chas、「喝茶」haok chas、「熬茶」traob chas。這說明在石門坎中，主要還是用 i- 系「茶」，而借來的 a- 系使用有限，可能在品飲葉子茶時使用，而油茶的葉子是不用來熬制茶飲的。

在大南山中，i- 系的使用則非常有限，在詞典中特意標明了只是在土語中使用，[25] 例如：

(1) Gaox loub ib kaob ongb gil drout nil houk.（你倒一杯茶水給他喝。）；

(2) Hnob nad nil mol nghuaf kut mual dout aob bib gid gil.（今天他去趕場買得幾斤茶。）；

(3) Nil haik nil zhit houk gil.（他說他不喝茶。）

a- 系列的使用則非常廣泛，例如：「茶葉」nblongx chuax、「茶籽」zid chuax、「茶籽樹」ndongt zid chuax、「茶壺」Khuk chuax、「茶水」guat chuax sef、「喝茶」houk chuax、「倒茶」leub chuax、「燒茶」troub chuax。從詞匯和搭配上看不出油茶和茶的分別。也就是說，來自漢語的 a- 系列已經在主要場合都替代了 i- 系列，後者只是在很土的語體中保留，類似漢語中「文白」競爭中落敗的老白讀。

綜上所述，我們可以提出在苗語的方言中曾出現一項語義創新：*gˠib「油茶」→「茶」。一些方言與漢語接觸後，開始借入漢語的 a- 系「茶」，先從茶葉茶使用的環境開始，逐漸擴展（如：石門坎），而原有的 -i 系逐漸退守，在有些方言中只殘存在一些土語的說法中（如：大南山），在有些方言中則完全使用了 a- 系列（並不確定前面列舉的 11 個 -a 系為主的方言點在競爭態勢上的具體情況，希望將來的進一步調查研究能提供更多的細節）。

除此之外，還有一些苗語方言（團坡話、新善話、茅坡營）表現出「茶」和「藥」的混用與競爭，如下表所示：

23. 指油茶果的一種變異體。

24.《漢藏語語音和詞匯》還記錄了貴州威寧縣石門坎中有一個「茶」ka^{33} $tɕi^{55}$ $dɦu^{11}$，尚不知如何解釋。

25. 承楊正輝學友告知：經請教母語人，gil 是「油茶」的意思，只是在一些土語中指代茶。

	「茶」	「藥」
苗語川黔滇方言四大寨話	$kɔ^{33}$	$kɔ^{33}$
苗語川黔滇方言團坡話	ko^{44}, $k^{ɦ}i^{33}$	
苗語川黔滇方言擺托話	$k^{ɦ}i^{32}$	ko^{55}
苗語川黔滇方言新善話	kua^{33}, $pleŋ^{53}$	
苗語川黔滇方言汪家山話	ki^{33}	kua^{33}
苗語湘西方言茅坡營話	$ŋkɑ^{31}$, $tɕi^{45}$	
苗語湘西方言吉衛話	ci^{33}	$ŋkɑ^{35}$
畲語陳湖話	$k^{h}ji^{42}$	kja^{33}
畲語羅浮方言	$k^{h}i^{53}$	kja^{33}

苗語四大寨話是最早的狀態，[26]「茶」、「藥」不分；團坡話、新善話和茅坡營話是稍後的競爭狀態，其中團坡話、茅坡營話與「藥」競爭的形式來自上文的 -i 系列，即源自「油茶」→「茶」，當茶葉茶進入到他們的生活後，創造新詞的動力就有了，一種方式是從原有的「藥」出發，一種是從原有的「油茶」出發，二者均有與「茶」共同的理據，但相較而言，「藥」更為籠統，主要著眼於功用上與「茶」的共同之處，而「油茶」則無論從植物屬性以及飲用形態及功能方面都更與「茶」更近，因此，其勝出的幾率更大；苗語新善話的 $pleŋ^{53}$ 或許也源自葉子 $mploŋ^{32}$ 的變形，或許泡葉子茶的飲用方法在當地不是主流，[27] 因此，從這個源頭發展而來的方言僅此一見；吉衛話和兩個畲語點都是競爭完成後的格局，即 -i 系獲勝。

3. 瑤語中的茶

劉文（2021）在嚴格語音對應的基礎上，根據八個瑤語方言的材料重構了原始瑤語。其中「茶」重構為 $*ɟa^{2}$，其聲調和韻母對應都符合普遍對應，只有聲母對應列在放寬普遍對應的情況中。具體來說，*ɟ- 聲母的普遍對應情況如下（劉文 2021：133）：

索引	詞項	江底	廟子源	羅香	梁子	灘散	東山	石口	大坪
513	是	$tsei^{231}$	$tsei^{232}$	$tɕei^{213}$	$ȶei^{32}$	$ȶɛi^{31}$	$tɘi^{42}$	$tɕi^{31}$	$sɛi^{44}$
773	鑰匙	$tsei^{31}$	$tsei^{31}$	$tɕei^{31}$	$ȶei^{33}$	$ȶɛi^{33}$	$tɘi^{31}$	$tɕi^{55}$	si^{53}

26. 在《漢藏語語音和詞匯》中沒有收錄四大寨話「藥」的形式，我們在此假定與「茶」同，因為「藥」是非常基本的詞匯，在各個苗語方言中廣泛分佈，在各個苗瑤語比較重構中都被上推到原始苗瑤語階段，而四大寨的這個形式也符合語音對應規則。

27.《雲南省志》記錄了昆明市嵩明縣楊橋鄉大灣村苗語直接用「樹葉」$a^{55}ndlau^{35}ntau^{33}$ 來指茶。

而「茶」的對應分佈情況如下：

索引	詞項	江底	廟子源	羅香	梁子	灘散	東山	石口	大坪
162	茶	tsa^{31}	tsa^{31}	tɕa^{31}	ȶa^{33}	ȶa^{33}	ȶa^{31}	tsa^{55}	ta^{53}
781	筷子	tsou^{13}	tsəu^{11}	tɕou^{11}	ȶou^{22}	ȶɔu^{32}	ȶəu^{42}	tseu^{13}	tau^{22}

嚴格來説，「茶」和「筷子」是一套普遍對應，與「是」和「鑰匙」的普遍對應不一樣，不是非普遍對應。這兩套對應的唯一不同是在大坪方言的表現上，前者為塞音 t-，後者為擦音 s-。這有兩種可能：一種是同一聲母的條件分化，即，在前高元音前擦化；另一種是不同的時間層次，從詞匯性質看來，「茶」和「筷子（箸）」二者的漢文化屬性更強，屬晚期借入的可能性大。

Ratliff (2010: 67) 將「筷子（箸）」的原始苗瑤語重構為 *dr-，而將「茶」的原始瑤語聲母重構為 *ɟ-，這得不到以上瑤語方言對應的支持。

進一步來看「茶」和「筷子（箸）」的韻母對應（劉文 2021），先看「茶」：

索引	詞項	江底	廟子源	羅香	梁子	灘散	東山	石口	大坪
162	茶	tsa^{31}	tsa^{31}	tɕa^{31}	ȶa^{33}	ȶa^{33}	ȶa^{31}	tsa^{55}	ta^{53}
310	馬	ma^{231}	ma^{232}	ma^{213}	ma^{32}	ma^{31}	ma^{42}	ma^{31}	ma^{44}
442	耙子	pa^{31}	pa^{31}	pa^{31}	pa^{33}	ʔpa^{33}	pa^{31}	ba^{55}	pa^{53}
524	黃瓜	kwa^{33}	kwa^{33}	kwa^{33}	kwa^{35}	kwa^{35}	kwa^{33}	kwa^{33}	ka^{44}
689	寡婦	kwa^{52}	kwa^{53}	kwa^{53}	kwa^{545}	kwa^{55}	kwa^{35}	kwa^{35}	ka^{24}
852	價錢	tɕja^{24}	tɕa^{35}	tɕa^{35}	kja^{44}	ȶa^{335}	ka^{24}	ka^{44}	ka^{42}

還有一些相關「放寬普遍對應」的例子值得注意，如下：

索引	詞項	江底	廟子源	羅香	梁子	灘散	東山	石口	大坪	Ratliff
583	牙齒	ȵa^{31}	ȵa^{31}	ȵa^{31}	ȵa^{33}	ȵa^{33}	ŋa^{31}	–	ŋjɛ^{53}	*hmjinX
717	五	pja^{33}	pa^{33}	pla^{33}	pja^{35}	ʔpja^{35}	pla^{33}	pla^{33}	pjɛ^{42}	*pra
21	月亮	ɬa^{24}	ɬa^{35}	la^{55}	la^{21}	la^{331}	la^{24}	lu^{44}	lɔu^{22}	*hlaH

以上例子，尤其是「牙齒」和「五」構成另一套對應，因為在大坪中表現為 -ɛ，而不是 -a，或許可以解釋為之前的 *ja→-ɛ，但「月亮」則難以作此解釋；另外一種解釋就是將「茶」這一套歸結為晚近的借入層次，因為「牙齒」、「五」、「月亮」都是核心詞，其所在的對應層一般認為是同源分化造成的結果。（陳保亞、何方 2004）這也與前述聲母對應的情況相合，都指向「茶」借入的可能性。

「筷子（箸）」的韻母對應與「茶」類似，如下：

索引	詞項	江底	廟子源	羅香	梁子	灘散	東山	石口	大坪
781	筷子	tsou^{13}	tsəu^{11}	tɕou^{11}	ȶou^{22}	ȶɔu^{32}	ȶəu^{42}	tseu^{13}	tau^{22}
166	墳墓	tsou^{52}	tsəu^{53}	θou^{53}	tθou^{545}	θɔu^{53}	tsəu^{35}	tseu^{35}	–
72	火	tou^{231}	təu^{232}	tou^{213}	tou^{32}	ʔtɔu^{31}	təu^{42}	teu^{31}	tu^{44}
497	斧頭	pou^{52}	pəu^{53}	pou^{53}	pou^{545}	ʔpɔu^{55}	bəu^{35}	peu^{35}	pu^{24}
789	風箱	lou^{31}	ləu^{31}	lou^{31}	lou^{33}	lɔu^{33}	ləu^{31}	leu^{55}	lu^{53}

與核心詞「火」的韻母對應相比，也只是在大坪方言體現出了差異，但由於聲母都是一樣的，就屬最小對比，不能歸為條件互補音變，只能考慮層次的不同，也就是，「筷子（箸）」所在的層次更晚，可能是漢借詞（箸 *drjagh→drjo3）。從漢語的語音發展來看，瑤語借入該詞的時間應該在中古韻母變為後元音之後。

我們還收集到 15 個瑤語方言的資料，如下：

茶	具體地點	來源
ta^{53}	廣東清遠市連南瑤族自治縣三排鎮油嶺村	《連南八排瑤語》
ȶa^{22}	廣西百色市淩雲縣泗城鎮覽金村	《漢藏語語音和詞匯》
tsa^{53}	廣西桂林市恭城縣三江鄉牛尾寨村	《瑤族勉語方言研究》
tsa^{21}	廣西桂林市資源縣梅溪鎮石弄腳村	《漢藏語語音和詞匯》
tsa^{2}	廣西金秀縣三江鄉柘山話	《廣西民族語言方音詞匯》
tsa^{2}	廣西金秀縣長垌鄉鎮沖村	《苗瑤語方言詞彙集》
tsa^{31}	廣西梧州市蒙山縣長坪瑤族鄉東坪垌村	《瑤族勉語方言研究》
tsa^{31}	湖南懷化市中方縣瀘陽鎮水田村白岩邊村	《漢藏語語音和詞匯》
tsa^{31}	湖南永州市江華瑤族自治縣兩岔河鄉苗竹村	《漢藏語語音和詞匯》
tsa^{31}	湖南永州市寧遠縣棉花坪瑤族鄉柑子園村	《漢藏語語音和詞匯》
ða^{11}	雲南文山州富寧縣洞波鄉三湘洞村大洞寨	《雲南省志》
tsa^{11}	雲南文山州富寧縣花甲鄉戈裏村	《雲南省志》
tɕa^{31}	雲南西雙版納州猛臘縣瑤區瑤族鄉黃蓮山村梭山腳寨	《漢藏語語音和詞匯》

這些材料仍然符合前文對瑤語借入漢語「茶」的論述。因此，我們可以推測在大坪瑤語與其他瑤語剛分立成兩大支系後不久，「茶」和「筷子（箸）」就分別借入這兩大支瑤語。借貸造成的對應在規律性上並不弱於分化的結果（陳保亞 1996）。

4. 茶發源的類型與傳播

《茶經》上說：「茶者，南方之嘉木也。一尺、二尺乃至數十尺；其巴山峽川有兩人合抱者，伐而掇之。」這裏說的是喬木茶，一般認為原產地是中國西南的雲貴川高山峽谷地帶（吳覺農 1987）。我們曾根據歷史比較語言學的證據，在前人研究的基礎上，建立了從原始藏緬語的*s-la「葉子」到彝緬語言中的「茶」la 類詞的語義創新，並進而探討了藏緬語族（彝語）、孟—高棉語族（布朗語、佤語）以及侗台語族（傣語）中相關形式的傳播關係。（汪鋒、魏久喬 2017）這是高山峽谷區發源的「葉子」>「茶」的類型，主要用來品飲。

本研究討論的苗語方言區中「油茶」>「茶」的類型則為另外一種類型。「研究證明油茶栽培主要分佈在北緯 23°30′~31°00′，東經 104°30′~121°25′。屬中亞熱帶東段濕潤季風區，包括湖南等 11 省（區、市）的全部或部分。主要分佈在丘陵地帶」（何方、何柏 2002），其分佈範圍與苗瑤語分佈範圍重合度很高。

「油茶生產的最終目的是獲取油茶籽油」（姚小華 2016：18）。油茶主要利用油茶果和油茶籽，油茶樹的葉子不能製成茶葉。油茶的藥用及食用功能很早就有記載，例如：「茶油可潤腸、清胃、解毒、殺菌……」（《綱目拾遺》）；茶油可潤躁、清熱、息風和利頭目……，烹調肴饌，日用皆宜，蒸熟食之，澤發生光、諸油惟此最為輕清，故諸病不忌……」（《農息居飲食譜》）；「茶油可療痔瘡、退濕熱……」（《農政全書》）。

在用作品飲及藥用等功能方面，茶油與熬制的茶湯有諸多共同之處，但要注意二者的差別在於茶油來自茶籽，而茶湯源自茶葉。

圖5.1 油茶分佈範圍

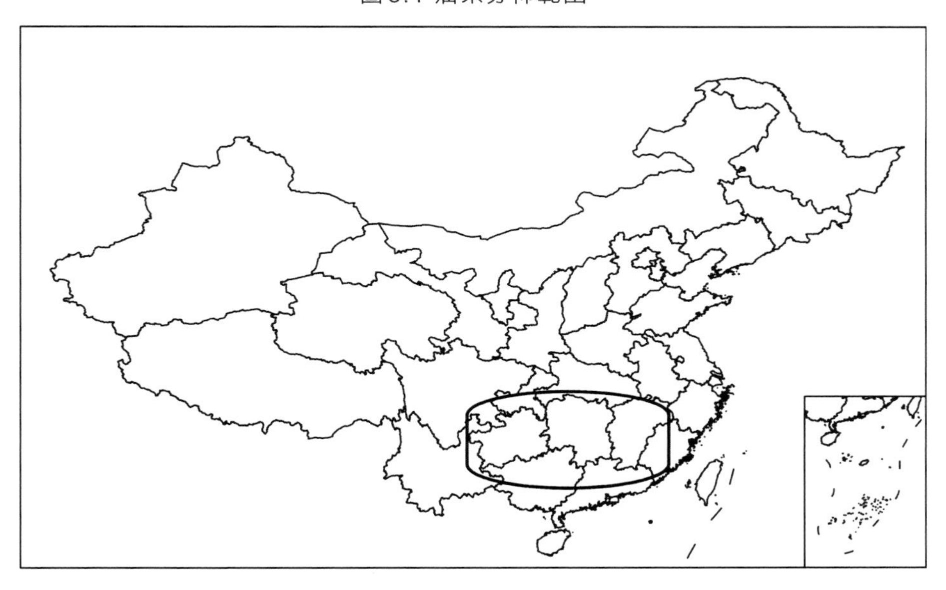

在現代很多苗族地區的茶俗中還可以看出一些起源時的特點。打油茶流行的地方有一些稱頌油茶的說法，「香油芝麻加葱花，美酒蜜糖不如它。一天油茶喝三碗，養精蓄力有勁頭。」一般當地人還認為：「清茶喝多了要肚脹，油茶吃多了反覺神清氣爽。」（陳宗懋、楊亞軍 2011：728）清茶和油茶的重要區別在於後者用了茶油，可見，「打油茶」的要點在於「油茶油」。在此基礎上，各地根據當地的物產，加入不同的配料來調製，不僅可以飲用，還可以食用飽腹。

種植和利用油茶的民族不只是苗族，還有瑤族、侗族、土家族等，但從詞源發展來看，「油茶」>「茶」這一類型只在一些苗語方言中保留，而在瑤語及其他民族語言中則都是漢語借詞。這可能說明兩個問題，一則苗族是最早種植和利用油茶的族群，其他民族都比較晚；二則「油茶」>「茶」創新開始擴散時瑤語支已經與苗語支分開了。如果將漢語社會用茶的年代定為漢晉時期（陳宗懋、楊亞軍 2011），那麼二者的分化年代大約就在這一時期，而且苗族種植油茶的歷史要早於這一時期。除此之外，苗族與瑤族在人口上的差異也可能是一個原因，據國家統計局（http://www.stats.gov.cn/tjsj/pcsj/），我國境內苗族人口為 11,067,929 人（2020 年），而瑤族人口為 3309341 人（2020 年），前者是後者的三倍多。如果在歷史上也保持着這一比例的話，人口少的瑤族在語言上受漢語接觸的影響程度就會更大一些。

第三種類型主要存在於南亞語言中，即「腌茶」>「茶」。腌茶就是將新鮮茶葉腌制，可以放入罐子或者竹筒中保存，兩三個月後腌好，之後如腌菜一樣食用。南亞民族的生活環境濕熱，腌茶方便保存，也可起清涼解暑、開胃消食的作用。在南亞語中的形式主要是 *miəm (Van Driem 2019)。梅維恒、郝也麟（2018）發現「生活在緬甸北部和雲南西南地區的佤族稱呼從別處買的茶為 la，而稱呼從山上採的野茶為 miiem（或 mîam）。當地祭司（moba）在舉行宗教儀式時會用到茶，他們將其稱為 miiem，而不是 la。」這正說明 la「茶」是外來的，從「樹葉」發展而來的沖泡型；而 miiem 是自源的，即食用類的「腌茶」>「茶」型。

這三種不同的茶源類型各自根基於不同的語言生態發展而來，但泛化發展為共同的「茶」範疇之後，隨着人群的接觸而產生競爭與疊置，並進而導致某一種優勢模式的擴張，其優勢來源於文化的強勢、人口的眾多等多種因素。在將來的研究中，如果能進一步仔細勘察眾多語言中語詞的歷史關聯，以及使用範圍的變化消長，也可以窺見其背後的社會文化生態演化，為歷史補上更多值得珍視的細節。

參考文獻

巢宗祺、余偉文 1989。《連南八排瑤語》。廣州：中山大學出版社。

陳保亞 1996。〈論語言接觸與語言聯盟〉。北京：語文出版社。

陳保亞 1999。〈漢台關係詞聲母有序規則對應表〉。《語言學論叢》22: 186–225。

陳保亞、何方 2004〈漢台核心一致對應語素有階分析〉，載丁邦新、孫宏開編《漢藏語同源詞研究（三）》。南寧：廣西民族出版社。

陳海倫、林亦 2009。《粵語平話土話音字彙》（第一編、第二編）。上海：上海教育出版社。

陳宗懋、楊亞軍 2011。《中國茶經（2011 年修訂版）》。上海：上海文化出版社。

廣西壯族自治區少數民族語言文字工作委員會（編）2008。《廣西民族語言方音詞匯》。北京：民族出版社。

何方、何柏 2002。〈油茶栽培分佈與立地分類的研究〉。《林業科學》2002. 5: 64–72。

蔣紹愚 2002。〈從「走」到「跑」的歷史更替〉。Proceeding of the international symposium on the historical aspects of Chinese language–Commemorating the centennial birthday of the late professor Li Fang-Kuei, University of Washington, August 15-17, 2002.

劉文 2021。《瑤語方言歷史比較研究》。社科文獻出版社。

毛宗武 1986。《畲語簡志》，北京：民族出版社。

毛宗武 2004。《瑤族勉語方言研究》。北京：民族出版社。

毛宗武、李雲兵 1997。《巴哼語研究》。上海：上海遠東出版社。

毛宗武、李雲兵 2007。《優諾語研究》。北京：民族出版社。

梅維恒、郝也麟 2018。《茶的真實歷史》。北京：生活・讀書・新知三聯書店。

孫宏開、丁邦新、江荻、燕海雄（主編）2017。《漢藏語語音和詞匯》。北京：民族出版社。

田口善久 2008。《羅泊河苗語詞彙集》。東京：東京外國語大學。

汪鋒 2011。〈語音對應的兩種放寬模式及其後果——以彝白比較為例〉。《語言學論叢》44: 1–39。

汪鋒 2012。《語言接觸與語言比較》。北京：商務印書館。

汪鋒、王士元 2005。〈語義創新與方言的親緣關係〉。《方言》2: 157–167。

汪鋒、魏久喬 2017。〈語義演變、語言接觸與詞匯傳播——*la「茶」的起源與傳播〉。《民族語文》5: 61–78。

王輔世 1985。《苗語簡志》。北京：民族出版社。

王輔世 1994。《苗語古音構擬》。日本：國立亞非語言文化研究所。

吳覺農 1987。《茶經述評》。北京：農業出版社。

姚小華（主編）2016。《中國油茶品種志》。北京：中國林業出版社。

雲南省少數民族語文指導工作委員會（編）1998。《雲南省志：少數民族語言文字志》。雲南人民出版社。

中央民族學院苗瑤語研究室（編）1987。《苗瑤語方言詞彙集》。中央民族學院出版社。

Van Driem, G (無我). 2019. *The Tale of Tea: A Comprehensive History of Tea from Prehistoric Times to the Present Day.* Leiden: Brill.

Ratliff, M. 2010. *Hmong-Mien language history.* Canberra, Australia: Pacific Linguistics.

第六章
音系鋭鈍特徵與音系變化
T(s)u(ei) > T(s)y

鄭偉
華東師範大學

提要

漢語方言中有所謂的「模韻入虞」和「灰泰入虞」兩種音韻現象。兩者雖然在出現頻率上有所差異，但有其共通之處，即均是音系變化 T(s)u(ei) > Ts(y) 的結果。鋭音性輔音與鈍音性元音組合後產生的協同發音是該變化的語音實質。這一觀察既可以從實驗語音的角度得到較為妥帖的解釋，也能從藏語方言等其他相關語料中獲得類型學方面的支持。

1. 前言

雅柯布森（Roman Jakobson）、方特（C. Gunnar M. Fant）和哈勒（Morris Halle）三位合著的 *Preliminaries to Speech Analysis: The Features and their Correlates*（1951；王力先生中譯文，1981）提出了 12 對偶分型音系區別特徵，表明了「生成音系學中佔據重要地位的區別特徵理論已經成熟」，因為這些區別特徵「足以描寫所有人類語言的語音音質」（王洪君 2008：8）。雅氏等在該書中提出的共振特徵（resonance feature）中包含了三個次類：聚集性（compactness）特徵，三種音調性（tonality）特徵，緊張性（tenseness）特徵。第二類音調類特徵也包括三類，分別是鈍音性（grave，王力先生譯作「函胡性」）特徵，降音性（flattening）特徵，升音性（sharpening）特徵（Jakobson et al. 1951: 26, 29）。

就具體音素而言，後元音、唇輔音、舌根音屬於鈍音性音素，齒音、舌面音和前元音屬於鋭音性（王力先生譯作「清越音」）。/u/–/i/、/i/–/i/、/u/–/y/、/a/–/e/、/o/–/e/、/on/–/øn/、/f/–/s/、/x/–/ʃ/、/p/–/t/、/k/–/c/、/m/–/n/ 等音素對比，都是鈍－鋭特徵對比的具體表現。「清越音的高頻率如果被消除掉，它的可懂度將被嚴重地損害；函胡音正相反，如果喪失了低頻率，就難以辨認。一個人工合成的塞音如果賦予它明顯的高頻率，聽起來像個[t]；如果賦予它明顯的低頻率，

聽起來就像個 [p]。……在聯帶感覺方面反應靈敏的人，聽了函胡與清越對比的音（如 /u/ 對 /y/，或 /i/ 對 /i/，或 /f/ 對 /s/，容易認為一是暗，一是明。」(Jakobson et al. 1951: 32；王力 1981：12）。

就漢語及周邊語言來説，經常出現的鋭音類輔音，包括齒齦音（如 [t]、[s]）、齦顎音（如 [tɕ]、[ɕ]）、齦後音（如 [ʧ]）；鈍音類輔音，包括唇音（如 [p]、[f]）、後齦音（如 [tʂ]）、軟顎音（如 [k]、[x]）、喉音（如 [h]、[ʔ]）。元音方面的鈍鋭對比，有 /u/–/i/、/u/–/y/、/i/–/i/、/u/–/ø/ 等。

從音系和諧的角度來看，鋭鈍特徵相同的輔音與元音組合後在結構上會更加穩定，這一假設也可以從不同性質輔音所具有的「附加色彩」(secondary stricture）得到證明，例如顎化輔音具有 [i] 色彩，軟顎化輔音具有 [ɯ] 色彩，咽化（pharyngealization）輔音具有 [ɑ] 色彩（Lass 1984: 87）。

本文擬從漢語方言中具有相同輸出目標（target）的兩種音系變化（「模韻入虞」和「灰泰入虞」）展開討論，試圖説明不同性質的輔音與元音組合之後可能發生的演變，並結合其他相關的音系變化或語言材料，闡釋其背後的發生機制。

2. 模韻入虞：平陽吳語的洪音細化

從古音來源看，浙江平陽吳語中讀 [y] 韻母的字含括了多類中古韻母。為便於説明問題，將其窮盡列出（陳承融 1979：59）：

第一，來自中古遇攝三等魚虞韻，如：(帶圈數字表示中古所屬調類：①陰平、②陽平、③陰上、④陽上、⑤陰去、⑥陽去。白讀與文讀分別用下劃單線與下劃雙線表示。例字下表數字 1 或 2，表示該字有兩讀，陳文原文未標數字)

[tɕy] ①拘居朱$_1$ 硃$_1$ 珠$_1$ 株$_1$ 蛛$_1$ 諸$_1$ 車 | ③主舉咀$_1$ | ⑤注$_1$ 蛀$_1$ 駐$_1$ 鑄$_1$ 鋸句據；[tɕʰy] ①區驅 | ③取娶 | ⑤去處$_1$ 趣$_1$；[dʑy] ②渠厨$_1$ 除$_1$ | ④柱$_1$ 儲$_1$ | ⑥住$_1$ 具；[ȵy] ②魚愚虞娛漁 | ③女語 | ⑥遇寓禦禦；[ɕy] ①須$_1$ 鬚$_1$ 需$_1$ 虛$_1$ 書$_1$ | ③許 | ⑤黍$_1$ 暑$_1$ 絮$_1$；[ʑy] ②如$_1$ | ④殊$_1$ 序$_1$ 敍$_1$ 緒$_1$ 聚$_1$ | ⑥樹$_1$；

[ʔy] ③與$_{\text{給}\sim}$；[y] ②余餘於盂 | ④雨宇禹 | ⑥榆愉與$_{\text{參}\sim}$ 譽預裕羽；

[ly] ③呂旅 | ⑤慮濾；

[ʦy] ①朱$_2$ 硃$_2$ 珠$_2$ 株$_2$ 蛛$_2$ 諸$_2$ | ③咀$_2$ | ⑤注$_2$ 蛀$_2$ 駐$_2$ 鑄$_2$ 著；[ʦʰy] ⑤處$_2$ 趣$_2$；[ʣy] ②除$_2$ 厨$_2$ | ④柱$_2$ 儲$_2$ | ⑥住$_2$；[sy] ①須$_2$ 鬚$_2$ 需$_2$ 虛$_2$ 蘇舒輸書$_2$ 疏 | ③數許 | ⑤黍$_2$ 暑$_2$ 絮$_2$；[zy] ②如$_2$ | ④乳豎殊序$_2$ 緒$_2$ 敍$_2$ 聚$_2$ | ⑥樹$_2$。

第二，來自中古止攝三等合口支脂微韻，如：

[tɕy] ①龜規軌追$_1$ 錐 | ③鬼 | ⑤醉$_1$ 桂貴；[tɕʰy] ①吹炊；[dʑy] ②槌錘垂葵 | ⑥櫃；[ȵy] ⑥偽；[ɕy] ①雖 | ⑤稅$_1$ 歲$_1$；[ʑy] ②隋$_1$ | ⑥穗$_1$ 瑞$_1$；

[ʔy] ①威 | ⑤餵畏；[y] ②遺圍違維惟 | ⑥胃謂猬偉葦衛惠慧位；

[ly] ⑤類；

[ʦy] ①追$_2$ | ⑤醉$_2$；[ʦʰy] ①吹$_2$炊$_2$；[sy] ①尿雖 | ③水 | ⑤稅$_2$歲$_2$；[zy] ②隨隋$_2$誰 | ⑥穗$_2$瑞$_2$。

第三，來自中古遇攝一等模韻，如：

[ʨy] ①租 | ③祖；[ʨʰy] ①粗$_1$ | ⑤醋$_1$；[ɕy] 塑$_1$；

[ty] ①都 | ③賭堵肚$_{豬\sim}$ | ⑤妒；[tʰy] ③吐土 | ⑤兔；[dy] ②徒途塗圖屠 | ④肚 | ⑥度渡鍍杜；[ly] ②盧爐爐驢 | ⑤露路；

[ʦʰy] ①粗$_2$ | ⑤醋$_2$；[sy] ①酥 | ⑤素$_{葷\sim}$訴塑$_2$。

漢語歷史音韻學的一般性知識是，三等帶有細音性介音 [i]（開口字）或 [iu]（合口字），二等字的主元音為 [a]、[æ] 等前元音，容易滋生 [i] 介音，同時中古前後的二等介音 [ɣ] 到了近代也變作前高元音 [i]，四等字在《切韻》時代的主元音是 [e]，到了中唐以後也滋生了 [i] 介音。總之，二、三、四等字從中古以後，漸次讀作細音韻，是有歷史性語音條件可循的規則性變化。唯獨一等字，其語音性質與四等字形成互補狀態（自上古直至中古皆是如此），一等字不帶任何介音，主元音是 [ɐ]、[ɑ]、[o]、[u] 等央後元音，從中古音到現代漢語方言，都表現為洪音韻。因此，上舉平陽吳語的情形，遇合三、止合三字讀 [y] 韻，屬於普遍性的音系演變（後一類即為漢語歷史文獻與現代方言中都能見到的「支微入虞」），但一等模韻字也讀作 [y]，就相當特別。模韻在現代方言的讀音大多為 [u]，也可能是裂化的 [ou]、[au] 等，平陽讀為 [y]，顯然是發生過 u > y 的元音變化。結合聲母來看，平陽吳語至少有兩種類型的音系變化：

(1)　Tsu > Tsy > Tɕy（Ts- 代表 [ʦ, ʦʰ, ʥ, ɕ, ʑ]，Tɕ- 代表 [ʨ, ʨʰ, dʑ, ɕ, ʑ]）

(2)　Tu > Ty（Ts- 代表 [t, tʰ, d, n, l]）

可以看到，該方言中的三類有不同古音來源的例字，具有 Tsy、Tɕy 兩種密切相關的異讀，從邏輯過程上說，Tɕy 無疑是比 Tsy 晚起的顎化（palatalization）形式。

3.　灰泰入虞：性質相關的音系變化

所謂「灰泰入虞」，指的是中古蟹攝合口一等灰泰韻字在現代方言中與魚虞韻字同韻，最常見的韻母今讀自然是 [y]。一等字讀入三等字（而不是相反），說明也發生了洪音細化。該變化見於晉方言、江淮官話通泰片、徽州方言、閩北方言、贛方言（北部）、粵北及湘南土話等（鄭偉 2015）。下面依據其聲母表現，依次作些討論。

與虞韻同韻且讀作 [y] 的，其聲母最普遍的類型是 [T] 類或 [Tɕ] 類（部分方言為舌葉音聲母 [Tʃ]，也屬此類）。如江蘇境內的通泰方言（顧黔 2001）：

	如皋	海安	東台	大豐	泰州	薑堰
堆	ty	tɕy	ty	–	ty	ty
	tuei	–	tuei	tei	tuəi	tuəi
推	tɕ^{h}y	tɕ^{h}y	tɕ^{h}y	tɕ^{h}y	tɕ^{h}y	tɕ^{h}y
	t^{h}uei	–	t^{h}uei	t^{h}uei	t^{h}uəi	t^{h}uəi
雷	ly	ny	ny	ny	ny	ny
	luei	nuei	–	–	nuei	–
內	ny	–	ny	–	–	ny
	nuei	nuei	–	nuei	nuəi	nuəi
兑	ty	tɕy	t^{h}y	–	ty	ty
	tuei		tɕy	tei	tuəi	tuəi
崔	tɕ^{h}y	tɕ^{h}y	tɕ^{h}y	–	tɕ^{h}y	tɕ^{h}y
	–	–	tɕyei	ts^{h}uei	ts^{h}uəi	ts^{h}uəi
最	–	–	tɕy	tɕy	–	tɕy
	tsuei	tsuei	tɕyei	tɕyei	tsuəi	tɕyəi

上表中用上、下兩行分別標明白讀與文讀，聲調因關係不大，故而略去不標（下文亦同此）。通泰方言中入虞的灰泰韻，所涉聲類為傳統音韻學所謂的舌齒音聲母，在區別特徵上屬於銳音系。灰泰韻合併後的常見今讀為 [uei]，但在通泰方言中卻普遍讀作 [Ty] 或 [Tɕy]，說明元音變化 uei > y 這一事實。這一變化不但見於白讀音，還見於與之相對比的文讀音。比較如皋、東台與鄰近海安等方言的讀音，可知白讀層的塞擦音聲母 [Tɕy] 類，明顯有一部分是來自舌齒塞音聲母 [Ty] 的顎化：Ty > Tɕy（例字如「堆推兑」）。再看文讀層，舌齒音聲母字所帶的韻母 [uei] 在部分方言變作 [yei]：uei > yei。這一變化與 uei > y 相比，屬於同一類型的洪音細化。由此引起的連鎖式變化（sequent process），是聲母的進一步顎化。整個的音系變化可以寫作 Tsuei > Tɕyei。至於文讀音的塞音聲母字，其變化也是平行的，即 Tuei > Tɕyei。

北部贛語的情形與通泰方言極其相似，也是來自灰泰韻的傳統舌齒音聲母字讀作 [y]，且有聲母顎化，即：Tsuei > Tɕy。與通泰稍有不同的是，北贛的 [Ty] 尚未出現聲母顎化，即仍然是塞音讀法。例如：（顏森 1993：40；邱尚仁 2001：347–348）

(1) 黎川：雷 ly$_{\text{～鋒}}$/lɛu$_{\text{響～公：打雷}}$ | 累 ty$_{\text{～積}}$/loi | 擂 $_{\text{～缽、～茶}}$ly | 推 t^{h}y/hoi | 堆 ty | 內 ny/noi | 兑$_{\text{匯～}}$ 罪 t^{h}y | 最 tɕy；

(2) 南城：罪最 tɕy | 隊對 ty。

粵北（如梅村、長來、黃圃、皈塘、星子）及湘南（如宜章）均有灰泰入虞的例子（張雙慶 2000、2004；余偉文等 2001；沈若雲 1998）。

土話各方言的讀音表現，除了聲母皆屬鋭音性輔音以外，還有一點很值得注意。即長來等入虞的灰泰韻字讀前高元音 [y]，而皈塘則讀後高元音 [u]，不禁可以聯想到上文所述平陽吳語一等模韻端系字，其早期來源無疑是 [Tu]，但現在卻讀作 [Ty]。

	長來	黃圃	皈塘	星子	宜章
堆對隊	ty	ty	tu	ty	–
推腿退	tʰy	tʰy	tʰu	tʰy	–
雷	ly	ly	ly	ly	–
內	ly	nɔi	ny	ny	–
累勞～	ly	ly	lu	ly	–
催	ʧʰy	tsʰy	ʧʰy	tsʰy	–
罪	–	–	–	–	tɕʰy 得～/tsuei 有～

有兩處顯得「特別」的方言，分別是北方的晉方言和南方的閩北方言。清徐晉語讀 [y] 的灰泰韻字不多，有屬於鋭音性的齦顎塞擦音字「罪 tɕy/tsuai」（潘耀武1990），古交晉語灰泰入虞的音值是[ɥ]（來自[y] 的舌尖化），如「最[tsɥ]」（王臨惠 2003）；而清徐方言中還有屬於鈍音性的軟顎塞音「盔 [kʰy]、瑰劊 [ky]」。

石陂、松溪等閩北方言，則有讀入虞韻的唇音類灰泰韻字，如「背[py]」（秋谷裕幸 1993、2008），也即有極少數的鈍音聲母字入虞。

4. 模韻入虞與灰泰入虞的發生機制

要回答漢語方言中為何出現一等合口模韻和灰泰韻字讀如虞韻 [y] 的問題，首先必須承認下面的事實：發生模韻入虞、灰泰入虞這兩種變化的音系條件，是只出現於舌齒音（鋭音）聲母後，即：

(1)　Tu > Ty > Tɕy；Tsu > Tsy > Tɕy（模韻入虞）

(2)　Tuei > Tyei > Tɕyei（> Tɕyɨi）> Tɕy；Tsuei > Tsyei > Tɕyei（> Tɕyii）> Tɕy（灰泰入虞）

第（2）項中括號內的變化，是假設的過渡階段，雖然確切的音值未必是如此（比如也可能是 Tɕyəi），但在邏輯過程上完全可能。至於極少量的雙唇音、舌根音聲母字後的 [u] 或 [uei] 韻母也變成了 [y]，我們暫時將其作為例外來處理。另外，還要特別注意，出現此種「例外」的方言，其前提是鋭音聲母後的 [u] 或 [uei] 韻母須變作 [y]。

看到了銳音性的聲母輔音與 [u] 結合後發生 u > y 的可能性與條件性之後，我們便可以從輔音（consonant，簡稱 C）與元音（vowel，簡稱 V）結合後發生互動影響的角度來對其加以解釋。既然需要考慮 CV 結構性因素，那麼可以推想，VC 結構自然也可能發生，而且同樣容易發生。

Ohala (1981: 180) 用圖示的方式指出，發 [u] 元音的聲道（vocal tract）會產生較低的第一共振峰（F1）和第二共振峰（F2）。當 [u] 與 [t] 結合之後，由於後者作為齒齦輔音的條件限制，導致了一個較低 F1 但同時又有一個較高 F2 的產生。因此在聽感上會被認為是 [y]、[ɨ]、[ɯ] 之類的前元音（參看下圖 6.1）。

圖6.1　[u]（左）[t]（中）[ut]（右）的聲道形狀及聲學效果（Ohala 1981: 180）

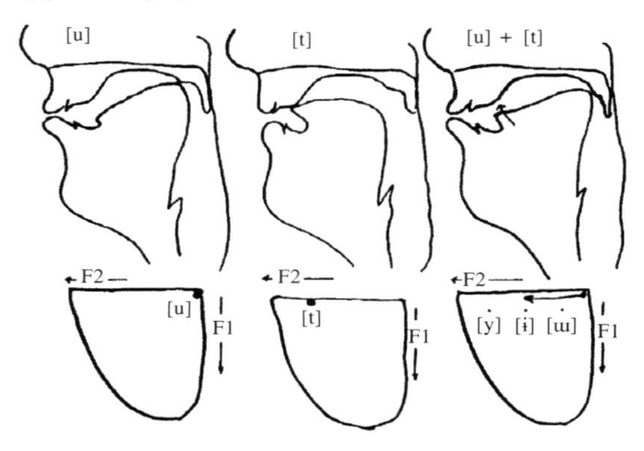

因此可以說，當元音 [u] 或其他圓唇後元音（如 [o][ɔ] 等）出現在具有較高 F2 的輔音環境下，容易發生部位前移（Ohala 1981: 180）。這一變化除了關涉 [ut] 本身的聲學性質，同時也與聽者啟動的音變模式有關。Lieberman et al (1988: 146) 在談及協同發音（coarticulation）時，用下圖 [di][du] 兩種不同的 CV 組合來說明（其中橫軸為時間，單位為秒；縱軸為頻率，單位為千赫茲）。從兩種音節第二共振峰的過渡段（formant transition）可以看出它對於分辨二者區別的重要意義。

圖6.2　[di]、[du] 發音的共振峰的模式（Lieberman et al 1988: 146）

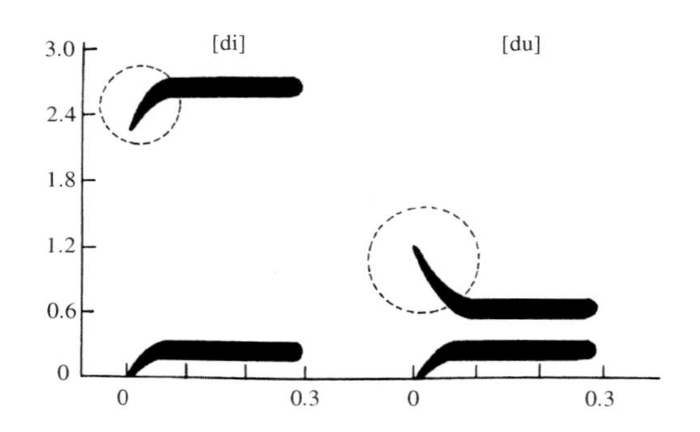

Blevins (2004: 264–265) 亦曾以 ut > yt > yʔ 為例，提出了音變（sound change）的形式化模式：

(1) 尚未發生音變（說者發出與聽者接受到的語音信息保持一致；其中數字 1-4 表示語音加工的順序）

說者 /ut/　　　　聽者 /ut/

↓ 1　　　　　　↑ 3

[ut, ʉt, yt …] 2 ⟶　[ut, ʉt, yt …]

(2) 音變發生（經由錯誤感知而導致）

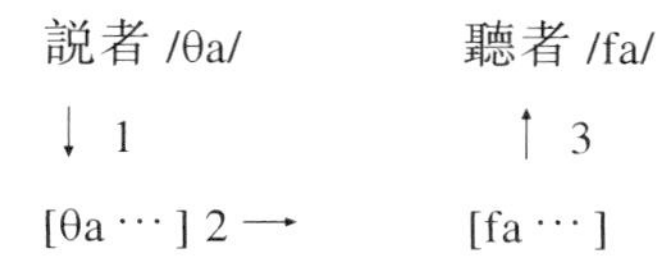

(3) 音變發生（經由語音 - 音系映射的「誤用」而導致）

說者 /yt/　　　　聽者 /ut/

↓ 1　　　　　　↑ 3

[ut, ʉt, yt …] 2 ⟶　[ut, ʉt, yt …]　[ʉt, yt …]

(4) 選擇（與變體出現頻率有關的語音變異所導致的音變）

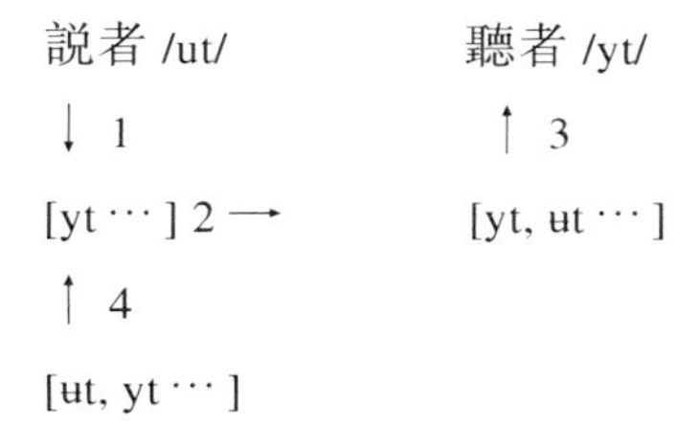

(5) 選擇（與變體設置有關的語音變異所導致的音變）

說者 /ut/　　　　聽者 /yʔ/

↓ 1　　　　　　↑ 3

[yʔ … yt'] 2 ⟶　[yʔ …]

↑ 4

[yt', yʔ …]

從該音變模型來看，聽者啟動的 [ut] 的音系變化，除了有 [yt] 作為音變結果之外，[yʔ] 也是可能產生的形式。但需要說明的是，t > ʔ 在英語、漢語等不同語言的方言中皆較常見，屬於語音（phonetic）層面的自然性變化（natural process），不一定需要音系（phonological）層面的特定條件。tu > ty、ut > yt 則不然，它們是 C、V 之間互相影響的結果，屬於音系層面的變化。

回到漢藏語系的語言，我們可以對上述變化有更為全面的觀察與認識。瞿靄堂（1996：120）在描述書面藏語與藏語方言之間的語音演變時說：「衛藏和康方言有 [y]、[ø] 元音，安多方言沒有。[y]、[ø] 來源於 [*u]、[*o] 與 [*-d]、[*-s]、[*-l]、[*-n] 構成的帶輔音韻尾韻母。康方言有兩點不同於衛藏方言：一是上述這類韻母不全變 [y]、[ø]；二是衛藏方言 [*u] 與上述韻尾構成的韻母變 [ø]，康方言大多數地方或都變 [y]，或都變 [ø]，[y]、[ø] 不同時出現。」也就是說，七世紀前後的古代藏語中具鈍音性特徵的後高圓唇元音 [u]、[o] 與具銳音性特徵的齒齦部位塞音 [d]、擦音 [s]、鼻音 [n] 及流音 [l] 形成的韻母結構 [ud]、[us]、[un]、[ul] 或 [od]、[os]、[on]、[ol]，由於韻尾對前面的主元音發生了影響，促使早期的後元音發生前化，從而演變為具銳音性特徵的前元音 [y] 或 [ø]。具體的例子可參看瞿靄堂（1996：120-127），茲引如下（下表中的短橫表示參考文獻未提供可比的實例）：

	藏文	衛藏方言（拉薩）	康方言（中甸）（德格）		安多方言（澤庫）
魔鬼	bdud	tyʔ^{12}	dyʔ^{12}	døʔ^{31}	dwəl
銀子	dŋul	ŋy^{55}	ŋei^{55}	ŋu^{55}	rŋu
你	khjod	cʰøʔ^{53}	tɕʰy^{53}	tɕʰøʔ^{53}	cʰo
熟	ɦtsos	tsøʔ^{53}	tsʰy^{53}	tsʰøʔ^{55}	tsʰi
有	jod	jøʔ^{12}	–	jøʔ^{31}	jol
貨色	spus	pyʔ^{55}ka^{53}	py^{55}（那曲）		–
醫治	btɕos	tɕøʔ^{53}	tɕu^{55}（那曲）		–

再就藏語衛藏方言各土語的變化來看，據瞿靄堂、勁松（2017：202）的報導，夏爾巴土語「有 [yʔ]、[øʔ] 兩個韻母，由於 [y]、[ø] 兩個元音出現頻率小，[yʔ]、[øʔ] 的字也不多。此外，由於拉薩話中讀 [yʔ]、[øʔ] 韻母的字，在立新話中大多相應變為 [iʔ]、[eʔ]。與此類似的情況是立新話中沒有 [øn] 和只有個別 [yṅ]。拉薩話讀 [ỹ]、[ø̃] 的字，立新話中分別讀為 [in]、[en]。」例如：

	藏文	立新	拉薩
脱（他動）	ཕུད（phud）	piʔ^{53}	pyʔ^{53}
傷害	གནོད（gnod）	ŋy^{55}	nø^{55}
符合	མཐུན（mthun）	cʰøʔ^{53}	tʰỹ^{55}
錯誤	སྐྱོན（skyon）	cen^{51}	cø̃^{55}

其他方言土語的情形與之相類似，如阿里藏語中的「[y] 除與喉塞輔音韻尾結合外，還可以與 [n] 輔音韻尾結合。[ɛ]、[ø]、[y] 所以與喉塞韻尾輔音結合，與它們的來源有關，它們來自古帶 ས[s]、ན[n]、ད[d] 輔音韻尾的 ཨ[ʔa]、ཨོ[ʔo]、ཨུ[ʔu]。」例如：

	藏文	立新	拉薩
染料	ཚོས（tshos）	tsʰø55	tsøʔ53
策略	ཇུས（dʑus）	tɕy14	tɕʰy14
穿、蓋	གོན（gon）	kø̃14	kʰø̃14
七	བདུན（bdun）	tỹ14	tỹ14
營養	བཅུད（btɕud）	tɕyʔ53	tɕyʔ53

5. 結語

李如龍（2009：18–19）在談到聲母對韻母變化的影響時，指出的同化（assimilation）有四種實例。一是三等韻 [i] 介音在北方方言裏，逢知系聲母發生脱落，二是合口性質的 [u] 在客贛方言中，逢精莊組聲母變作舌尖的 [ɿ]，三是果開一歌韻在北方方言裏，逢舌齒音讀合口的 [uo]，四是 [u][o] 等韻母逢明母增生軟顎鼻韻尾。其中第二種情形，與本文的討論有一定關係。中古精莊組合併後讀鋭音性的 [Ts] 類聲母，鈍音性 [u] 與之組合時，改變了韻母的區別特徵。

語音類型（Sound pattern）研究，從共時層面看，主要着眼於不同語言中音系的描寫與歸納，一般包括三個核心思想：一、對立（contrasts），即一種語言中使用什麼音來區分意義；二、音位組合（phonotactics），即這些音位是如何組合起來的；三、交替（alternations），即這些音位在不同的結構環境下是如何變化的。總結言之，本文所論漢語方言中的 T(s)u(ei) > T(s)y 或藏語方言中的 ut > yt / øt > yʔ / øʔ，與第二、三種思想密切相關。音系組合即組合後的條件，對於音系結構成分的變化往往起了決定性作用。本文的討論算是一種個案性的嘗試，希望今後能夠從更廣泛的語料出發，作出更多的理論性觀察。

參考文獻

陳承融 1979。〈平陽方言記略〉。《方言》1: 47–74。

顧黔 2001。《通泰方言音韻研究》。南京：南京大學出版社。

李如龍 2009。〈聲韻調的演變是互制互動的〉。《漢語方言研究文集》。北京：商務印書館。

潘耀武 1990。《清徐方言志》。太原：山西高校聯合出版社。

秋谷裕幸 1993。〈閩北松溪方言同音字彙〉。《開篇》11: 51–57。

秋谷裕幸 2010。《閩北區三縣市方言研究》。台北：中研院語言學研究所。

邱尚仁 2001。《南城方言字音研究》。香港：二十一世紀中國國際網絡出版有限公司。

瞿靄堂 1996。《藏族的語言和文字》。北京：中國藏學出版社。

瞿靄堂、勁松 2017。《藏語衛藏方言研究》。北京：中國藏學出版社。

王洪君 2008。《漢語非線性音系學——漢語的音系格局與單字音》（增訂版）北京大學出版社。

王臨惠 2003。《汾河流域方言的語音特點及其流變》。北京：中國社會科學出版社。

沈若雲 1999。《宜章土話研究》。長沙：湖南教育出版社。

顏森 1993。《黎川方言研究》。北京：社科文獻出版社。

鄭偉 2015。〈灰泰入虞的地理分佈與音變過程〉。《歷史語言學研究》9。北京：商務印書館。

余偉文等 2001。《粵北樂昌土話》。廣州：廣東高等教育出版社。

張雙慶主編 2000。《樂昌土話研究》。廈門：廈門大學出版社。

張雙慶主編 2004。《連州土話研究》。廈門：廈門大學出版社。

Jakobson, R. Fant, G. and Halle, M. 1951/1981. *Preliminaries to Speech Analysis: The Features and their Correlates*. Cambridge: The M. I. T. Press.〈語音分析初探——區別性特徵及其相互關係〉。王力譯。《當代語言學》3–4。

Delattre, C. Liberman, A. and Cooper, F. 1955. Acoustic loci and transitional cues for consonants. *Journal of Acoustical Society of America* 27: 769–773.

Lass, R. 1984. *Phonology: An Introduction to Basic Concepts*. Cambridge: Cambridge University Press.

Lieberman, P. and Sheila E. Blumstein. 1988. *Speech Physiology, Speech Perception, and Acoustic Phonetics*. Cambridge: Cambridge University Press.

House, A. S. and Fairbanks, G. 1953. The influence of consonant environment upon the secondary acoustical characteristics of vowels. *Journal of Acoustical Society of America* 25: 105–113.

Ohala, J. J. 1981. The listener as a source of sound change. In *Papers from the parasession on language and behavior*, ed. by Carrie S. Masek, Robert A. Hendrick and Mary France Miller, 178–203. Chicago: Chicago Linguistic Society.

第二部分

共時語言學

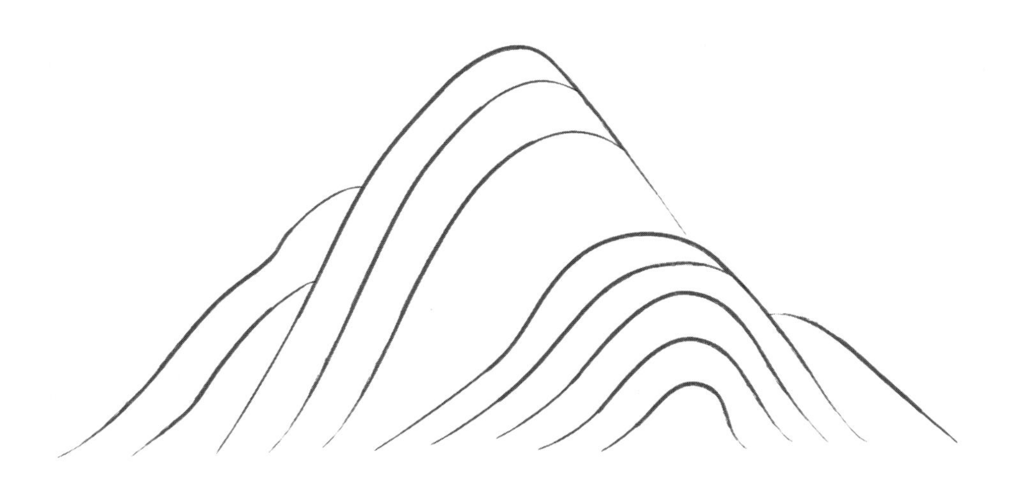

共時語言學（或稱靜態語言學）研究語言在某特定時刻或時段內的現象和系統等。本部分既有關注某些漢語方言和少數民族語言的語音系統和語音特點，也討論了如氣嗓音與低調的關係、漢語的音位系統以及普通話輕聲等研究課題。

第七章
窩托瓦述藏語的語音特點

意西微薩・阿錯
(Yeshes Vodgsal Atshogs)
南開大學

提要

窩托瓦述藏語使用於四川西部藏族地區。本文通過一手調查材料，描寫介紹「瓦述」藏語的輔音、元音和聲調系統。瓦述藏語在音系方面的若干突出特點，包括擦音有送氣與不送氣的對立，保留部分古複輔音聲母，古軟顎塞音帶 r 介音顎化為舌面音，古 *w-、*v、*db- 讀為 ʁ-，古 *b- 讀 w-，部分古 *ph-、p-、b- 讀 h- 等，與藏語安多話的特點相當一致；從溝通情況看，也能與安多話基本溝通而難以與康和衛藏方言溝通。同時，從鼻音有清濁對立，詞首無複輔音，尤其是有聲調對立的情況看，又與周圍的藏語康方言非常類似。考慮到有無聲調是藏語方言分區的重要標誌，瓦述藏語的地位相當特殊。瓦述話就像是一個有聲調的安多藏語，或者說兼有藏語安多和康兩個方言的特點。

1. 前言

本文記錄的是四川雅江縣窩托（ཨོ་ཐོག *o thog*，ʔo^{2}t^{h}oʁ^2，今屬雅江縣紅龍鄉、柯拉鄉等地）一帶瓦述部落的藏語。這裏稱為窩托瓦述藏語或直接簡稱瓦述話，當地稱這個方言為 ཝ་སྐད།（*wag skad*，ʁa^{1}ke^2），與鄰近接壤的今理塘縣瓦述部落使用同一土語。漢譯「窩托」，沿用《雅江縣志》(2000：44）的譯法；楊長生（2002：120）又作「窩拖」。

「瓦述」應該是藏語ཝ་ཤུལ།（*wa shul,* 調查當地讀為 ʁa^{1}xy^2）的漢語音譯。ཝ་ཤུལ། 是藏區一個古老的氏族，如今延續這一稱謂的部落從青海西南部、西藏東部到四川西部的廣大藏區都有分佈，《清實錄》記載這些部落時，漢字多寫作「瓦述」。《藏漢大辭典》收有 ཝ་ཤུལ། 詞條，以藏漢雙語解釋說：「བོད་རིགས་ཀྱི་རུས་མིང་ཞིག་སྟེ། མདོ་སྨད་འབྲོག་ཁུལ་གྱི་ཤུལ་ཆེན་བཅོ་བརྒྱད་ནང་གི་གཅིག 瓦述。藏區一氏族名。此一氏族散居在青康交界牧區中，是十八氏述氏家族之一。」(張怡蓀主編 1993：2366）。

* 本文屬於國家社會科學基金重點項目（21AYY024）階段性成果。

十九世紀智貢巴・貢去乎丹巴繞布杰（བྲག་དགོན་པ་ཞབས་དྲུང་དཀོན་མཆོག་བསྟན་པ་རབ་རྒྱས། 1865）著《安多政教史》（མདོ་སྨད་ཆོས་འབྱུང་།）論及十八述氏（ཤུལ་ཆེན་བཅོ་བརྒྱད）時，則把理塘一帶的瓦述寫為 དབལ་ཤུལ།（*wa shul*）。

今四川雅江和理塘一帶的瓦述游牧部落，歷史上曾同屬理塘，即「裏塘正副宣撫司」所轄，具體又分為五個「瓦述長官司」：瓦述毛丫長官司、瓦述曲登長官司、瓦述崇喜長官司、瓦述長坦長官司和瓦述國隴長官司；還有一個「千戶」，即瓦述麻裏（麻日）土千戶，以及一個「土百戶」，即瓦述毛茂丫土百戶。窩托一帶當時屬瓦述崇喜長官司。

雅江縣境內的藏語在當地民間往往被分為三種，有「谷地話」（རུང་སྐད། *rung skad*）、「高山話」（སྒང་སྐད། *sgang skad*）和「牧區話」（འབྲོག་སྐད། *vbrog skad*）這樣的說法。瓦述話屬「牧區話」，與其他兩種土語差別較大，不能溝通；而高山話與谷地話之間則基本能夠溝通。三種土語，從《藏語方言概論》（格桑居冕 2002）視角看，正好應該分屬康方言的三個次方言。「谷地話」屬南路土語群，「高山話」屬北路土語群，「牧區話」屬牧區次方言。在當地民間的語言態度中，牧區話的聲望很高，尤其是從自認為語言比較「土」的谷地話人群看來，高山話很優雅，而牧區話則更具神聖光環。甚至還有「牧區話是天神的語言」（འབྲོག་སྐད་ནི་ལྷ་སྐད་ཡིན། *vbrog skad ni lha skad yin*）這樣的說法。

瓦述藏語儘管分佈在康區腹地，但是其語言特點與安多方言有着諸多相同的地方；從交流上看，也與安多藏語有更高的溝通度而基本無法與康方言溝通。但是，瓦述藏語又有着與康方言相當類似的聲調系統，這點則與通常的安多話大不一樣。因此，可以說瓦述藏語是一種獨具特色的藏語土語。

2. 基本音系

瓦述藏語的語音系統可以歸納為 58 個輔音音位、9 個元音音位和 2 個聲調調位。

2.1 輔音聲母

瓦述藏語可以歸納為 58 個輔音聲母音位，列矩陣如下：

p	pʰ	b	mb	mpʰ					m	m̥				w
t	tʰ	d	nd	ntʰ					n	n̥				
					ts	tsʰ	dz	ndz	l	ɬ	s	sʰ	z	
					tʂ	tʂʰ	dʐ	ɳdʐ			ʂ		r	
					tɕ	tɕʰ	dʑ	ɳdʑ	ɳ	ɳ̊	ɕ	ɕʰ	ʑ	
					cç	cçʰ	ɟj	ɲɟj						j
k	kʰ	g	ŋg	ŋkʰ					ŋ	ŋ̊	x		(ɣ)	
(q)											χ		ʁ	
ʔ											h			

説明：

(1) 輔音 /q/ 不出現在詞首聲母位置，但是可以出現在多音節詞中非詞首音節的聲母位置，且有時讀為 [qʰ]，如：tʂʰa^{1}qʰua^{2}（肩膀）；cçe^{2}qʰaŋ^{2}（廁所）。當然，/q/ 也常出現在韻尾位置，（這時候往往也讀破為 qʰ），與 /k/ 韻尾互補分佈，且有 [q]、[ʁ] 兩個變體。/q/ 輔音的這種情形與可以出現在詞首的其他聲母有所不同，用括號加以區別。

(2) 輔音 /ɣ/ 與 /q/ 類似，也不出現在實詞的詞首聲母位置，但可以出現在非詞首音節的聲母位置，或出現在一些語法連接成分的音節首。當 [ɣ] 出現在韻尾位置時，則是 /k/ 韻尾的一種變體，與 /q/ 韻尾屬互補分佈。同樣，這裏給 /ɣ/ 也加括號以示與其他聲母的區別。

(3) /ɬ/ 實際是清化邊音，與 /n̥/、/m̥/、/ŋ̊/ 類似都是清音，並都帶有送氣特徵，可以記為 /l̥ʰ/, 但藏語的這個輔音，習慣記為 /ɬ/，這裏也從之。

(4) 鼻冠輔音如 /mb/、/nd/、/ŋg/、/ndz/、/ɳdʐ/、/ȵdʑ/、/ɲɟ/、/ŋg/、/mpʰ/、/ntʰ/、/ŋkʰ/ 等，既有鼻音特點，又有塞音或塞擦音特點。在發音部位上表現為同部位的塞音塞擦音與鼻音的結合；在發音方法上塞音塞擦音與鼻音同時發出、同時完成，只佔一個時間格，因此，與時間流上「前後相隨」的「複輔音」並不相同，具有「共時疊置」於相同的時間單位的特點。在這個意義上，其性質實際與「塞擦音」類似，是在同一時間中發出多種發音特徵，因此這裏視同單輔音而非複輔音——儘管其歷史來源上是古代的複輔音聲母。鼻音特徵疊加在其他語音特徵上的這種性質，也與鼻化元音的性質頗為類似。

(5) /mpʰ/、/ntʰ/、/ŋkʰ/ 等鼻化清塞音，出現的詞匯非常少。但是與非鼻化塞音對立，如 ntʰøl^{2}（連接）與 tʰøl^{2}（奶酪）對立，ntʰaʁ^{2}（磨動詞）與 tʰaʁ^{2}（織動詞）對立，所以這些鼻化清塞音仍然歸納為獨立的輔音音位。當然兩類鼻冠輔音也要處理為複輔音也無不可，本文仍然主要按「前後相隨」還是「同時疊加」的標準，處理為單輔音。

(6) 送氣擦音 /sʰ/、/ɕʰ/ 與相應的不送氣擦音形成對立。阿錯（2014）沒有留意到擦音送氣與否的對立，盧琳（2022）首次記錄並通過語音實驗論證了窩托瓦述話這三個送氣擦音。唯盧琳（2022）區分出的 /ʂʰ/ 與 /ʂ/ 的對立，實在難以找到最小對立的詞，本文未作區分。

輔音聲母例詞：

p	pa^{1}wo^{2} 英雄	pa^{1}mo^{2} 女英雄	po^{1} 搬遷	par^{2} 畫、相片
pʰ	ha^{2}ma^{2} 父母	pʰo^{2} 公的、雄的	pʰa^{1}ji^{2} 家鄉	pʰa^{1}ra^{2} 豺
b	ba^{1} 黑帳篷	bar^{1} 燃燒（他動）	buɣ^{1} 氣	ba^{1} 抱
mb	mbaʁ^{1} 面具	mbar^{1} 燃燒（自動）	mben^{1} 靶子	mbu^{1} 蟲
mpʰ	mpʰaʁ^{2} 跳動			
m	ma^{1} 母親	ma^{2} 瘡、傷口	mar^{1} 往下 / 酥油	muɣ^{2} 畝
m̥	m̥an^{2} 藥	m̥e^{2}a^{2} 痣	m̥u^{2}χa^{2} 霧	m̥el^{2} 下部
w	wa^{1} 羊毛	wøl^{1} 藏族	war^{1} 縫隙、間隙	wɵ^{2} 兒子
ts	tsa^{2} 草	tsaʁ^{1} 篩（動詞）	tsa^{1} 銹迹	tse^{2} 尖兒
tsʰ	tsʰa^{2} 鹽	tsʰe^{2} 比較	tsʰar^{2} 結束	tsʰo^{2} 湖、海
dz	dza^{1} 石山	dze^{1} 火藥	dzɯ^{1} 踩踏	dzul^{1} 傳染
ndz	ndza^{1} 合適	ndze^{1} 釘動、名詞	ndzo^{1} 犏牛	ndzam^{1} 符合
s	sa^{2} 明亮	soʁ^{1} 牲畜	ser^{1} 黃金	so^{2} 養育
sʰ	sʰa^{2} 土地	sʰo^{2} 牙齒	sʰoʁ^{2} 牛	sʰem^{2} 心思
z	za^{1} 星曜	zɯ^{1} 瑪瑙	zɯɣ^{1} 豹子	zo^{1} 縫製

（下頁續）

t	ta^{2} 馬	te^{2} 那（中指）	taʁ^{2} 老虎／記號	to^{1} 二（序數）
tʰ	tʰa^{2} 邊緣	tʰa^{2} 塵土	tʰo^{2} 拃（量詞）	tʰoʁ^{2} 上邊
d	da^{1}wa^{2} 月亮	da^{1} 信號	do^{1} 石頭	di^{1} 子彈
nd	nda^{1} 箭	ndar^{1} 發抖	ndɯ^{1} 這	ndaŋ^{1} 足夠
ntʰ	ntʰøl^{2} 連接	ntʰaʁ^{2} 磨（動詞）		
n	na^{1} 病	na^{2} 耳朵	na^{1} 沼澤	naʁ^{1} 森林／黑色
n̥	n̥a^{2} 鼻子	n̥um^{2} 油	n̥ɯ^{2} 圈套	naŋ^{1} 裏面
l	la^{1} 上坡	la^{2} 大腿／編織	lam^{1} 路	laʁ^{2} 鷹
ɬ	ɬa^{2} 神、佛	ɬo^{2} 南方	ɬu^{2} 龍王	ɬep^{2} 到達
tʂ	tʂa^{1} 裁剪	tʂɯ^{2} 牛初乳	tʂa^{2} 戳破	tʂuk^{1} 六
tʂʰ	tʂʰa^{2} 細	tʂʰuɣ^{2} 蹭癢	tʂʰo^{2} 生鐵	tʂʰɯ^{2} 元（十～）
dʐ	dʐa^{1} 敵人	dʐaʁ^{1} 安裝	dʐe^{1} 升（量器）	dʐuɣ^{1} 龍
ɳdʐ	ɳdʐa^{1} 相似	ɳdʐe^{2} 大米	ɳdʐɯ^{1} 寫	ɳdʐuŋ^{1} 野牛
ʂ	ʂe^{1} 摻、拌	ʂap^{2} 裂縫	ʂa^{1}mu^{2} 堅實	ʂuŋ^{1} 保護
r	ra^{1}ma^{2} 山羊	raʁ^{1} 獲取	rɯ^{1} 山	raʁ^{1} 銅
tɕ	tɕa^{1} 茶	tɕaʁ^{2} 鐵	tɕe^{2} 舌頭	tɕun^{1} 尿
tɕʰ	tɕʰa^{2} 一雙	tɕʰɵ^{1} 水	tɕʰe^{2} 什麼／大	tɕʰuɣ^{2} 過錯
dʑ	dʑi^{1}ma^{2} 後面	dʑel^{1} 忘記	dʑi^{1} 痕迹／後面	dʑar^{1} 粘貼
ɳdʑ	ɳdʑa^{1} 彩虹	ɳdʑa^{1} 和睦	ɳdʑe^{1} 男陰	ɳdʑu^{1} 扶（動詞）
ȵ	ȵa^{1} 魚	ȵi^{1} 二	ȵuŋ^{1} 少	ȵe^{1} 火
ȵ̊	ȵ̊aŋ^{1} 心臟	ȵ̊o^{2}qo^{2} 渾濁	ȵ̊iɣ^{2} 沉澱、浸沒	ȵ̊e^{1} 發酵
ɕ	ɕa^{2} 雞、鳥類	ɕi^{2} 小鳥	ɕɵn^{1} 來、去（敬語）	ɕaʁ^{2} 逝世
ɕʰ	ɕʰa^{1} 癱瘓	ɕʰo^{1} 酸奶	ɕʰaɣ^{2} 湯汁上的浮油	ɕʰem^{1} 味美
ʑ	ʑe^{1} 山歌	ʑaʁ^{1}(ʑar^{1}) 刮削／放置	ʑoʁ^{1} 刨	ʑu^{1} 紡線
j	jar^{1} 向上	jø^{2} 猞猁／松耳石／卯兔	jaʁ^{2} 雄牦牛	jar^{44} 借用
cç	cço^{1} 小麥	cçoʁ^{2} 水瓢	cçaŋ^{1} 野馬	cçaŋ^{1} 土牆
cçʰ	cçʰe^{2} 狗	cçʰo^{2} 你通格	cçʰa^{2} 鷂鷹	cçʰø^{2} 你屬格作格
ɟʝ	ɟʝa^{1} 漢族	ɟʝap^{1} 背部／後面	ɟʝuŋ^{1} 唱本故事	ɟʝap^{2} 馱子
ɲɟʝ	ɲɟʝo^{1} 走	ɲɟʝiɣ^{2} 棋	ɲɟʝur^{1} 變化（自動）	
k	ka^{2} 累	ka^{1} 哪裏	ke^{2} 脖子	kam^{2} 幹的
kʰ	kʰa^{2} 口／方（一～布）	kʰo^{2} 他通格	kʰø^{2} 他屬格具格	kʰam^{1} 蜷縮

（下頁續）

g	ga^{1} 鞍子／高興／喜歡	ge^{1} 頂上／渡過	go^{1} 門	gam^{1} 箱子
ŋg	ŋga^{1}ra^{2} 五金匠	ŋgaŋ^{1}ŋga^{2} 叉開腳	ŋgɯ^{1}(ŋgɯɣ^{1}) 鐵絲圈（捕獸用）	
ŋkʰ	ŋkʰar^{2} 碉樓、城堡			
ŋ	ŋa^{1} 我通格	ŋɯ^{1} 我屬格	ŋe^{1} 我作格	ŋy^{2} 銀
ŋ̊	ŋ̊aʁ^{2} 咒語	ŋ̊o^{2}mbo^{2} 藍、青	ŋ̊øn^{2} 前面	ŋ̊a^{2}tsʰe^{2} 早
x	xa^{1} 肉	xar^{1} 日月出、照耀	xy^{2} 痕迹	xiɣ^{2} 虱子
ɣ	lu^{1}ɣɯ^{2} 綿羊羔	rɯ^{1}ɣɯ^{2} 山羊羔	tsɯ^{1}ɣɯ^{2} 老鼠	
q	tʂʰa^{1}qua^{2} 肩膀	cçe^{2}qaŋ^{2} 茅廁	ŋ̊o^{2}qo^{2} 渾濁	
χ	χa^{1} 之間	sʰa^{2}a^{1}χa^{2} 觀音土	χaɣ^{2} 豬	χo^{2}wa 肚子
ʁ	ʁa^{1} 狐狸	ʁaŋ^{1} 權利	ʁap^{1} 土坡下	ʁøl^{1} 光
ʔ	ʔa^{2}ma^{2} 媽媽	ʔa^{2}kʰu^{2} 叔叔伯伯	ʔa^{2}ba^{1} 爸爸	ʔa^{2}ʑaŋ^{2} 舅舅
h	ha^{2}ma^{2} 父母	ha^{2}le^{1} 吃驚	haʁ^{2} 豬	har^{2} 向外

2.2 詞中複輔音

瓦述話的詞首沒有複輔音，但是多音節詞中，可以出現複輔音。詞中複輔音的出現有限制，一是只能出現二合複輔音，二是很少出現連續的塞音。例如：

-pɕ-	n̊ap^{1}ɕi^{2} 手帕（*sna vphyid*）
-pz-	ɬap^{2}zo^{2} 造佛像者（*lha bzo*）
-pr-	ʔap^{2}ra^{2} 岩兔子（*a bra*）
-pts-	ɬap^{2}tse^{2} 鄂博（*lha btsas*）
-ptʂ-	ɬap^{1}tʂa^{2} 學校（*slob grwa*）
-pʑ-	tɕyp^{1}ʑɯ^{2} 十四（*bchu bzhu*）
-mɟj-	ham^{2}ɟjoʁ^{2} 鞋帶（lam sgrog）
-mɳ-	am^{2}ɳe^{2} 爺爺（*a mye*）
-rp-	lœ̃r^{2}pa^{2} 蒸汽（*rlangs pa*）
-rw-	ɳer^{1}wa^{2} 管家（*gnyer pa*）
-rt-	tɕʰor^{1}tan^{2} 佛塔（*mchod rten*）
-rd-	ɳer^{1}do^{2} 火石（*mje rdo*）
-rɳ̊-	ŋgor^{1}ɳ̊i^{2} 枕頭（*mgo snyil*）
-rts-	mar^{1}tsa^{2} 本金（*ma rtsa*）
-rdz-	sʰar^{1}dza^{2} 土罐（*sa rdza*）
-rcç-	gar^{1}cça^{2} 生薑（*sga skya*）

（下頁續）

-rɟj- ŋar^{1}ɟja^{2} 漁網（*nya rgya*）

-rtɕ- gor^{1}tɕaʁ^{2} 門鎖（*sgo lcags*）

-rdʑ- dor^{1}dʑe^{2} 金剛（*rdo rje*）

-rk- tɕʰur^{1}kor^{2} 水磨（*chu skor*）

-rg- tor^{1}guŋ^{2} 今晚（*do dgong*）

-rŋ- kʰar^{1}ŋa^{2} 鑼（*vkhar rna*）

-lp- ɬøl^{1}pu^{2} 鬆懈（*lhod po*）

-lk- wøl^{1}kel^{2} 藏語（*bod sked*）

-lɟj- tɕøl^{2}ɟju^{2} 用途（*spyod rgyu*）

-ɣd iɣ^{1}da^{2} 使眼色（*myig brda*）

-ɣs- tɕuɣ^{1}sam^{2} 十三（*bchu gsam*）

-ɣȵ- tɕuɣ^{1}ȵi^{2} 十二（bchu *gnyis*）

-ŋp- xaŋ^{1}pzo^{2} 木匠（*shing bzo*）

-ŋr- tsʰũr^{1}dze^{2} 貨物（*tshong rdzas*）

-ʁm̊- kʰoʁ^{1}m̊et^{2} 下身（*khog smad*）

-ʁt- tɕaʁ^{1}ta^{2} 自行車（*lchags rt*a）

-ʁd- saʁ^{1}dar^{2} 銼（sog rdar）

-ʁʑ- ndaʁ^{1}ʑu^{2} 箭弓（*mdav gzhu*）

這裏的大量的「複輔音」，是因為前字輔音尾與後字首輔音相連，形成詞中的「複輔音」，事實上，這樣的情形是否叫作「複輔音」是可以討論的。在描寫上，我們把所有的詞中出現的這種連續輔音，前面的處理為前字的輔音韻尾，後面的處理為後字的聲母。這樣，加上因為有聲調符號相隔，形式上看上去也不怎麼像複輔音。

不過，我們仍然把這樣的現象稱之為複輔音，是因為好多這類現象的來源並非簡單的前字韻尾與後字聲母相加這麼簡單。有些來自歷史上擁有複輔音聲母音節在多音節後字位置時的承續，典型的如 dor^{1}dʑe^{2} 金剛（*rdo rje*）、tɕyp^{1}zɯ^{2} 十四（*bchu bzhu*）、tsʰuŋ^{1}rdze^{2} 貨物（*tshong rdzas*）；其他如 tɕuɣ^{1}ȵi^{2} 十二（bchu *gnyis*）、ndaʁ^{1}ʑu^{2} 箭弓（*mdav gzhu*）等也屬後字承繼歷史上的複輔音，但具體音段有所變化。n̊ap^{1}ɕi^{2} 手帕（*sna vphyid*）這樣的詞比較特殊，複輔音來自歷史上的後字聲母，但是有更多特殊的變化。

一般來說，很難看到歷史上的複輔音韻尾在多音節詞中位置被「還原」的情況，可能與藏語歷史上較早地丟失複輔音韻尾有關。不過例詞 lõr^{2}pa^{2} 蒸汽（*rlangs pa*）相當特殊，其複輔音 -rp- 中的 r 似乎與前字的複輔音韻尾 s 有關，確否如此，尚待進一步研究；另外，這個詞表明，鼻音韻尾的特徵可以通過疊加到元音上保持下來，同時避免出現鼻音音段超出雙輔音的局面，類似的詞還有 tsʰũr^{1}dze^{2} 貨物（*tshong rdzas*）和 χũr^{2}ke^{2} 大胳膊（*dpung rke*）。當然，這個也可以看做是一種描寫上的處理，非要把鼻音作為前字輔音韻尾，然後後字描寫為複輔音聲母，如記為 løŋ^{2}rpa^{2} 蒸汽，tsʰuŋ^{1}rdze^{2} 貨物和 χuŋ^{2}rke^{2}，當然也是可以的；當然我們不傾向於這樣記錄。

從這個情況看，瓦述話在音節結構上似乎有着相當強的 CVC 傾向，在多音節結構中，甚至通過還原單音節中已經沒有的歷史上的複輔音結構，來實現 CVC 結構。

2.3 元音系統

瓦述話的元音可以歸納為九個單元音音位，和一個複元音：

單元音：　i　　y　　　ɯ　u

　　　　　　e　　ø　ɵ　　o

　　　　　　　　　a

複元音：　ua

説明：

(1) /u/ 在開音節中的趨央音值接近 [ʉ]。

(2) /a/ 在絕大多數情況下音值為 [ɐ]；只有在詞尾開音節 55 調中（/a/ 出現在這種語音環境的的情況很少），音值為 [a]；在 -n、-ŋ、-ɣ (k)、-ʁ (q) 韻尾前則接近 [ɛ]；在 -p 韻尾前接近 /ɔ/。需要注意的是，從與當地藏語相比較的角度而言，/a/ 音位歸納為 /ɐ/ 更好，當然本文仍然歸為 /a/。在當地康方言中，往往有對立的 /a/、/ɐ/ 兩個音位，源自古 *a 元音在不同音韻環境下的演變；如在屬農區話的程章藏語中，古開音節 *a 讀為 /ɐ/，而古閉音節的 *ag 則丢失韻尾讀為開音節的 /a/，形成 /a/、/ɐ/ 音位對立，如 rɐ^{1}（山羊 *ra*）與 ra^{1}（黃銅 *rag*）。

(3) 元音 /ɵ/ 主要出現在古 u 元音開音節的詞中。

(4) 也可以認為有一種複元音 [-ie]，不過這裏的 [-i-] 實際上出現在舌面音前面，所以 [-ie] 歸納為 /e/ 音位在舌面音前的變體，如 ɕie^{2}ma^{2} 沙子，可以記為 ɕe^{2}ma^{2}。

元音例詞：

i	ki^{2} 樓梯	ti^{2} 馬駒	tʂi^{1} 騾子	ɕi^{2} 小鳥	tʰi^{2} 圖章
y	ry^{1} 腐爛	by^{1} 蛇	gy$^{1[33]}$ 低頭	dy^{1} 收拾	ŋgy^{1} 蠕動（自動）
ɯ	ɳɯ^{1} 人	rɯ^{1} 山	zɯ^{1} 瑪瑙	tɯ^{1} 那個	tʂɯ^{2} 牛羊初乳
u	ɕu^{1} 下方	tɕu^{1} 寄存	wu^{1} 槍	lu^{1} 咳嗽	tɕu^{2} 叼（被鷹～）
e	ge^{1} 渡過	re^{1} 布匹	ne^{1} 青稞	dze^{1} 火藥	ndʐe^{1} 鬼
ø:	kø^{1} 衣服	pø^{2} 熏香	tsʰø^{2} 染料	cçø^{2}[cçʰ] 楔子	tɕʰø^{2} 佛法

（下頁續）

o	tʂʰo² 鐵鍋	ɕo¹ 酸奶	tʂo¹ 舞蹈	lo² 計謀、想法	xo²[1] 骰子
ɵ	tɕʰɵ² 水	gɵ¹ 九	tɕɵ² 十	lɵ² 歌曲	mbɵ¹ 蟲子
a	kʰa² 口	ka¹wa² 雪	ta² 馬	la¹ 厚藏袍	sa² 分揀
ua	χuar² 把（一把）	dʐo¹χua² 牧民	ju¹χua² 木棍	tso²χua² 皮襖	tʂʰa¹qua² 肩膀

1.4 輔音韻尾

瓦述話可以出現 -p、-l (t)、- ɣ (k)、ʁ (q)、r、m、n、ŋ 八個單輔音韻尾，沒有複輔音韻尾。-l (t)、- ɣ (k)、ʁ (q) 三個韻尾，通常都發 -l、- ɣ、ʁ，但有時也發為 -t、-k、-q，尤其在強調的時候更多發為塞音，本文歸為 -l、- ɣ、ʁ 音位（- ɣ 和 -ʁ 為互補分佈，有共同歷史來源，但並非自由變體，這裏處理為兩個音位），這樣真正的塞音就只有 -p 韻尾。

例詞：

-p	kʰap² 針	ʂap² 馬嚼子	nɯp¹ 西方	ʁap¹ 土坡下	ɬep¹ 到達
-l	ʁol¹ 光	gøl² 老鷹	tʰøl⁵¹ 酥油糕點	løl¹ 肥料	dul² 魔鬼
-ɣ	dʐuɣ² 龍，雷	mbuɣ² 錐子	tɕiɣ² 一	tʂuɣ¹ 六	ɲɟiɣ¹ 交好
-ʁ	tʰoʁ² 霹靂	loʁ² 雹	laʁ² 雕	tsʰaʁ² 篩子	mbaʁ¹ 面具
-r	tar¹ 芝麻	ndzer¹ 釘子	tʰor² 馬籠頭	tʰor² 散開	xar 東方
-m	nam² 天	tam¹ 熊	kʰom² 空閑	sem² 心	tsum¹ 閉（~ 口）
-n	tʂen² 雲	køn¹ 穿（自動）	zən¹ 袈裟	tan² 墊子 / 撐住	tən² 祈禱對象
-ŋ	luŋ² 風	gaŋ¹ 刺猬	tsuŋ¹ 葱	guŋ¹ 晚飯	xaŋ¹ 木柴

3. 聲調、變調與音高重音

3.1 聲調

瓦述話的單字調從區別意義上說可以歸為兩個調位。從調值上說也可以描寫為四個調類，單字調值可歸納為 44、53、33 (24)、31。

	平（長）	降（短）
高	55	53
低	33	31

例詞：

		平（長）		降（短）
高	55:	luŋ^{55} 風 (*rlung*) laŋ^{55} 笛子 (*gling*)	53:	luɣ^{53} 傾倒 (*blug*) lo^{53} 計謀 (*blo*)
低	33:	luŋ^{33} 瞎 (*long*) Laŋ^{33} 起來 (*lang*)	31:	luɣ^{31} 綿羊 (*lug*) Lo^{31} 年歲 (*lo*)

四種調值與當地康方言相當類似。從上面的例詞中也可以看到，平 - 長調主要出現在有鼻音韻尾的詞中；另外還可以出現在 /y/、/ø/ 元音開音節中。值得注意的是，/y/、/ø/ 主要來自 *-s 和 *-l，如 xy^{55} 遺迹（*shul*），by^{33} 蛇（*sbrul*），tsʰø^{55} 染料（*tshos*），tɕʰø^{55} 佛法（*chos*），pø^{55} 熏香（*spos*）等；以及 dʑi^{33} 痕迹 / 後面（*rjes*），tʂi^{33} 騾子（*drel*）。古擦音韻尾今讀平調，這也與當地康方言特點類似。還有一些開音節詞可以出現平－長調，如：na^{55} 耳朵 / 岩羊（rna ba），tʰa^{55} 塵灰（*thal ba*）等，應該與藏語中有詞綴被縮合進入詞根有關，開音節詞綴往往讀 55 調如 m̊e^{53}a^{55} 痣（*sme ba*）、ȵ̥i^{31}ma^{55} 太陽（*nyi ma*），ɕe^{53}ma^{55} 沙子（*bye ma*）等，也許可以作為旁證；反過來說，一些詞如 tɕe^{55} 舌頭（*lce*）可以讀平調，也許是有被縮合進去的詞綴，藏語方言中「舌頭」往往可以有一個詞綴 *-lo*。可見，平調不構成區別意義的調類，但是其出現環境與歷史聲類有相當大的關係，值得重視。

平與降並不構成區別意義的對立調位，但高與低卻可以對立和區別意義。因此從語音別對立和區別意義的角度，瓦述話的聲調可以歸為高、低兩個調類，分別記為 1 調（低調）和 2 調（高調）：

調域	調類	例詞	
高	2	luɣ^{2} 傾倒 (*blug*) lo^{2} 計謀 (*blo*)	luŋ^{2} 風 (*rlung*) aŋ^{2} 笛子 (*gling*)
低	1	luɣ^{1} 綿羊 (*lug*) lo^{1} 年歲 (*lo*)	luŋ^{1} 瞎 (*long*) laŋ^{1} 起來 (*lang*)

本文採用兩個調位的系統。聲調的來源總體說來也很清楚。與藏語其他有聲調的藏語方言類似，調域高低由古聲母清濁決定。具體說來有如下特點：

一、古清聲母高，古濁聲母低。

二、古濁、鼻、邊音有前置輔音的聲母，也讀為高調。

第二點中，有前置輔音的濁鼻流音讀高調的例子如上面調類 2 的例詞中的四個高調例詞，都是古複輔音類聲母，例詞中，古代藏文「基字」亦即核心聲母 /l/ 之前均有前置輔音。

3.2 變調與重音

藏語的變調，可望用重音驅動機制得到解釋，例如我們正在調查的康方言程章話（阿錯 2008）。從瓦述話的變調也可以看到，和其他有聲調藏語一樣，變調的規則很清楚，但是要解釋為什麼這樣變調，重音驅動目前仍然是最好的解釋。本文從雙音節體詞的變調來加以考察。

從瓦述話雙音節體詞的最終音高模式來説，有兩種：1+2（低高），2+2（高高）。符合這兩種音高模式的不用變調，不符合的則必須變調，當然變調的結果是變為這兩種音高類型。

瓦述話雙音節體詞的變調可以很簡單地總結為兩條規律：

一、後字：低調變高調，高調不變；

二、前字：高調不變或變低調，低調不變。

兩種變調的結果只有兩種組合：1+2 或 2+2。

1+2（低高）： ndaʁ^{1}ʑu^{2} 弓箭　ɳer^{1}do^{2} 火石　dor^{1}dʑe^{2} 金剛　ɳar^{1}ɟja^{2} 漁網
2+2（高高）： ha^{2}ma^{2} 父母　tsi^{2}zo^{2} 石匠　kur^{2}da^{2} 暗號　ʔap^{2}ra^{2} 岩兔子

從例詞中可以看到，後字濁聲母本來應該讀低調，但全都變為高調了。瓦述話的變調根本上是後字保持高調，與包括拉薩話在內的藏語方言「後字不低」（胡坦 1980）的情形一致；同時，與拉薩話和程章話的情形不同，瓦述話的變調非常簡單，也就是「後字不低」，沒有太多複雜的現象。

有的本來屬高調的字，在雙音節體詞前字位置變為低調。例如，下面的詞，本來可以變成為「高高」類，但實際讀為「低高」。

pa^{1}wo^{2} 英雄　pʰa^{1}ji^{2} 家鄉（*pha yul*）　ka^{1}tɕʰa^{2} 語言（*skad cha*）

從聲調與變調的研究而言，瓦述話單字調的歷史來源很清楚，變調規律也很清楚，相當完滿。不過如果非要再問一個為什麼，這個變調規律為什麼是「後字不低」呢？如果要解釋，最好的解釋還是重音（阿錯 2020）。

也就是説，藏語瓦述話有一個後字突顯為「高」的要求，亦即音高重音在後。

總的來説，後字必須為高，前字不變或變低；「高＋高」是符合「後高」要求的，但有讀為「低高」的情形；但是，很難有「低高」類的變為「高高」的類型。也就是説「低高」似乎是更為自然。因為對於後字音高突顯的要求而言，「低高」比「高高」模式更符合後字音高突顯的要求。

4. 語音特點總結與瓦述話的特殊地位

4.1 瓦述話共時歷時語音特點總結

結合上述各方面的分析，瓦述話在語音上的基本特點可歸納為如下幾點：

(1) 輔音聲母有清濁對立。古有前置輔音的濁輔音大多保留濁輔音，古無前置輔音的濁輔音清化為同部位不送氣清輔音，例如：bar^{1} 帳篷（*sbra*），da^{1} 暗號（*brda*），ga^{1} 鞍（*sga*），dza^{1} 石山（*rdza*），dʐa^{1} 敵人（*dgra*），dʑar^{1} 粘貼（*sbyar*），ɟja^{1} 漢人（*rgya*），za^{1} 星曜（*gzav*），ʑar^{1} 刮削（*gzhar*），ʁa^{1} 狐狸（*wa*）。

(2) 有鼻冠濁輔音。例如：mbar^{1} 燃燒（vbar ba），nda^{1} 箭（*mdav*），ŋgaʁ^{1} 欄（*vgag*），ndzo^{1} 犏牛（*mdzo*），ɳdʐa^{1} 相似（vdra），ɳdʑa^{1} 彩虹（*vjav*），ɲɟjo^{1} 走（*vgro*）。

(3) 有一套清鼻音 m̥-，n̥-，ɳ̥-，ŋ̊- 分別與鼻音 m-，n-，ɳ-，ŋ- 對立。清鼻音例詞如 m̥e^{2}a^{2} 痣（*sme ba*），n̥a^{2} 鼻子（*sna*），ɳ̥aŋ^{1} 心臟（*snying*），ŋ̊aʁ^{2} 咒語（*sngags*）。這些鼻音來自古有前置 -s 的鼻輔音。

(4) 詞中音節保留部分古複輔音聲母。如：ma^{1}rtsa^{2} 本金（*ma rtsa*），nda^{1}ʁʑu^{2} 弓箭（*mdav gzhu*），go^{1}rtɕaʁ^{2} 門鎖（*sgo lcags*），wø^{1}rpan^{2} 兄弟（*bu spun*），xaŋ^{1}pzo^{2} 木匠（*shing bzo*），tsʰuŋ^{1}rdze^{2} 貨物（*tshong rdzas*）等。（與古首來源相對應，這裡把複輔音放到後一音節首位置。）

(5) 古舌根音顎化不與舌面前音合流，cç-、cçʰ-、ɟj-、ɲɟj- 與 tɕ-、tɕʰ-、dʑ-、ɳdʑ- 分別對立。如 cçaŋ^{1} 土牆（*gyang*），cçʰo^{2} 你（*khyo*），ɟja^{1} 漢人（*rgya*），ɲɟjur^{1} 變化（*vgyur*）。

(6) 部分古舌根輔音（用 K 表示）帶 r 的複輔音聲母 *Kr-，與 *Kj- 合流，讀為 cç-、cçʰ-、ɟj-、ɲɟj- 等音。如 cço^{1} 小麥（*gro*），cçʰa^{2} 鷂鷹（*khra*），ɲɟjo^{1} 走（*vgro*）。

(7) 古 *mj 顎化為 ɳ-。如 ɳiɣ^{2} 眼睛（*mig*），ɳe^{1} 火（*me*），ɳɯ^{1} 人（*mi*）。

(8) 古唇輔音與舌尖輔音帶 r 的複輔音捲舌化為 tʂ-、tʂʰ-、dʐ-、ɳdʐ-、ʂ-。例如：tʂa^{1} 剪裁（*dra*），tʂʰa^{2} 細（*phra*），dʐe^{1} 升（量具 *bre bo*），ɳdʐa^{1} 相似（*vdra*），ʂuŋ^{1} 保護（*srung*）。

(9) 古 *w-、*v、*db- 聲母讀為 ʁ-（*dp 讀為 χ）。如 ʁa^{1} 狐狸（*wa*），ʁøl^{1} 光（*vod*），ʁaŋ^{1} 權利（*dbang*），χũr^{2}ke^{2} 大胳膊（*dpung rke*）。

(10) 古 *b- 聲母讀為 w-；部分 *ph- 或 p-、b- 讀為 h-（或 χ-）-；*-gpa 讀為 -χua。例如：wøl^{1} 藏族自稱（*bod*）；ha^{2}ma^{2} 父母，haɣ^{2} 豬；huɣ^{2} 戳穿（vbug），χo^{2}wa^{2} 肚子（pho ba），χa^{1} 之間（bar），ɳdʐo^{1}χua^{2} 牧民（*vbrag pa*）。

(11) 保留大多數古輔音韻尾（除 *-r、*-l、*-s 外），如：ɟjap^{1} 背後（*rgjab*），m̥el^{2} 下部（*smad*），xiɣ^{2} 虱子（*shik*），lam^{1} 路（*lam*），m̥an^{2} 藥（*sman*），luŋ^{2} 風（*rlang*）、mar^{1} 酥油（*mar*）。

(12) 古開音節 *u 元音保持圓唇不與 *i 元音合流，如 dʐɵ^{1} 糧食（*vbru*）——dʐɯ^{1} 母牦牛（*vbri*），tɕʰɵ^{1} 水（chu）——tɕʰe^{1} 什麼（chi）等的對立。古 *i 多讀為 ɯ，如 zɯ^{1} 瑪瑙（*gzi*），tʂʰɯ^{2} 紙幣（*khri*），tʂɯ^{2} 初乳（*spri*）。

(13) 古 *-l、*-s 韻尾與圓唇元音 u、o 結合今讀 -y、-ø。*-ul、*-us（以及部分 *-ur）讀為 y，如 ry^{1} 腐爛（*rul*），gy^{1} 低頭（*sgur*），xy^{2} 遺迹（*shul*），by^{1} 蛇（*sbrul*）；*-os 讀為 ø，如 kø^{1} 衣服（*gos*），tsʰø^{2} 染料（*tshos*），tɕʰø^{2} 佛法（*chos*）。

(14) 古 *-as 讀為 e，如 ʑe^{1} 山歌（*gzhas*），le^{1} 命運（*las*），dze^{1} 火藥（*rdzas*）。

(15) 少量古 *-as 韻讀為 i，如 ki^{2} 樓梯（*skas*）。

(16) 擦音聲母有送氣與不送氣的對立。

(17) 詞首沒有複輔音。

(18) 詞中有複輔音。

(19) 有聲調。

(20) 雙音節體詞的後高音高模式。

4.2 瓦述話地位討論

格桑居冕等（2002：72）將康方言內部劃分為三個次方言，北路次方言、南路次方言、牧區次方言，他們認為牧區次方言「分佈在昌都地區北部丁青、巴青一帶，西藏那曲和玉樹藏族自治區的扎多、稱多、瑪曲等地」，「這些地區基本上以牧業為主，比較接近安多方言，但有聲調」。從這種劃分看，雅江及附近的「瓦述藏語」，也可以看作是「康方言的牧區次方言」。盧琳（2022：12）把窩拖瓦述藏語歸為安多話，並根據王雙成（2012）的從語音特徵對安多方言內部的分類方案，認為「應屬安多方言南部牧區話，是南部牧區話中的一個特殊土語」。

如果把把前文所述窩托瓦述藏語的特點與康方言和安多方言加以比較，可以看到以下如下情形：

序號	語語音特點	康方言	安多
(1)	輔音聲母有清濁對立	+	+
(2)	有鼻冠濁輔音	+	+

（下頁續）

序號	語語音特點	康方言	安多
(3)	鼻音有清濁對立	+	–
(4)	保留部分古複輔音聲母	–	+
(5)	舌根音顎化不與舌面前音合流	–	(+)
(6)	部分古舌根輔音帶 r 顎化為舌面音	–	+
(7)	古 *mj 顎化為 ȵ-	+	+
(8)	古唇輔音帶 r 的複輔音捲舌化	+	+
(9)	古 *w-、*v、*db- 讀為 ʁ-	–	+
(10)	古 *b- 讀 w-；部分古 *ph-、p-、b- 讀 h-	–	+
(11)	保留大部分輔音韻尾	(+)	+
(12)	古開音節 *u 元音不與 *i 元音合流	(+)	–
(13)	古 *-l、*-s 韻母今讀 -y、-ø 元音等	+	–
(14)	古 *-as 多讀 e	+	
(15)	少量古 *-as 韻讀為 i	–	(+)
(16)	擦音聲母有送氣與不送氣的對立	–	+
(17)	詞首沒有複輔音	+	–
(18)	詞中有複輔音	–	+
(19)	有聲調	+	–
(20)	雙音節體詞後高音高模式	+	+
(21)	瓦述話與哪種方言可以通話	–	+

當然，安多方言，尤其是康方言內部的語音特點並不是整齊劃一的，這裏只是就典型的安多方言與康方言而言；而且康方言內部分歧巨大，何為「典型」康方言事實上也很難說。

其中，(1)、(2)、(7)、(8)、(11)、(20) 這六條，是兩種方言都中都能見到的特點。

主要與安多方言相近的有如下九條：

(4) 保留部分古複輔音聲母；

(5) 舌根音顎化不與舌面前音合流；

(6) 部分古舌根輔音帶 r 的顎化舌面音；

(9) 古 *w-、*v、*db- 讀為 ʁ-；

(10) 古 *b- 讀 w-；部分古 *ph-、p-、b- 讀 h-；

(15) 少量古 *-as 韻讀為 i；

(16) 擦音聲母有送氣與不送氣的對立；

(18) 詞中有複輔音；

(21) 能與安多方言通話。

而主要與康方言相近的有如下六條：

(3) 鼻音有清濁對立；

(12) 古開音節 *u 元音不與 *i 元音合流；

(13) 古 *-l、*-s 韻母的今讀 -y、-ø 元音等；

(14) 古 *-as 讀 e；

(17) 詞首沒有複輔音；

(18) 有聲調。

上述特徵中，沒有一種特徵為衛藏方言獨有（以拉薩話為例，衛藏方言與其他藏語方言最為突出的特點是濁音清化，且讀為送氣清音）；接近安多話的有九條，接近康方言七條。更重要的是，從通話狀況上看，瓦述藏語與其他康方言不能通話，但是與安多藏語基本能夠溝通；由此看來與與安多話更為一致。但是另一方面，與安多話最為重要的不同是，瓦述藏語是一個有聲調的語言，且聲調調類調值與康方言類似。考慮到有無聲調通常認為是安多藏語與康方言和衛藏方言的之間最為顯著的區別，從這個角度說，瓦述藏語的地位相當特殊，就像是一個有聲調的安多藏語，加上其他與康方言共享的特點，窩托瓦述藏語至少可以說兼有藏語安多和康兩個方言的「混合方言」的特點。

從重音模式的角度看，無論其地位如何特殊，瓦述藏語仍然與其他各種藏語方言一樣，很清楚地反映了原始藏語以來藏語共同的體詞的「音高重音居後」的特點。

參考文獻

བྲག་དགོན་པ་ཞབས་དྲུང་དཀོན་མཆོག་བསྟན་པ་རབ་རྒྱས།（Bragsgompa Zhabsdrung Dkonmchog Bstanpa Rabrgyas，智貢巴· 貢去乎丹巴繞布杰）1982 [1865]。ཡུལ་མདོ་སྨད་ཀྱི་ལྗོངས་སུ་ཐུབ་བསྟན་རིན་པོ་ཆེ་ཇི་ལྟར་。དར་བའི་ཚུལ་གསལ་བར་བརྗོད་པ་དེབ་ཐེར་རྒྱ་མཚོ་ཞེས་བྱ་བ་བཞུགས་སོ།/ མདོ་སྨད་ཆོས་འབྱུང་དེབ་ཐེར་རྒྱ་མཚོ།)（yul mdo smad kyi ljongs su thub bstan rin po che ji ltar dar bavi tshul gsal bar brjod pa deb ther rgya mtsho zhes bya ba bzhugs so / mdo smad chos vbyuang deb ther rgya mtsho，《詳論多麥地區佛陀聖教發展史海 / 安多政教史》），ཀན་སུའུ་མི་རིགས་དཔེ་སྐྲུན་ཁང་།（甘肅民族出版社）。

ཆམ་ཚང་པདྨ་ལྷུན་གྲུབ།（Chamtshang Padma Lhungrub, 完瑪冷智）2009。ཨ་མདོའི་ཡུལ་སྐད་ཀྱི་སྒྲ་གདངས་ལ་དཔྱད་པ།（A mdovi yul skad kyi sgra gdangs la dpyad pa，《藏語安多方言語音研究》），མཚོ་སྔོན་མི་རིགས་དཔེ་སྐྲུན་ཁང་།（青海民族出版社）。

སུམ་བྷ་དོན་གྲུབ་ཚེ་རིང་།（Sumbha Dongrub Tsherang, 松巴· 東周才讓）2011。བོད་ཀྱི་ཡུལ་སྐད་རྣམ་བཤད།（Bod kyi yul skad rnam bshad,《藏語方言概論》），ཀྲུང་གོའི་བོད་རིག་དཔེ་སྐྲུན་ཁང་།（中國藏學中心出版社）。

格桑居冕等 2002。《藏語方言概論》。北京：民族出版社。
胡坦 1980。〈藏語拉（拉薩話）聲調研究〉。《民族語文》1: 22–36。
金鵬 1983。《藏語簡志》，北京：民族出版社。
盧琳 2022。《俄托藏語專題研究——基於「激進構式語法」及「意義創造論」理論》，上海師範大學博士學位論文。
王雙成 2012。《藏語安多方言語音研究》。上海：中西書局。
王雙成、沈向榮、張夢瀚 2018。〈藏語的清化鼻音〉。《民族語文》2: 51–58。
雅江縣地名領導小組（編）1987。《四川省地名錄之一八〇：四川省甘孜藏族自治州雅江縣地名錄》，雅江縣地名領導小組編印。
雅江縣志編纂委員會 2000。《雅江縣志》，成都：巴蜀書社。
楊長生 2002。〈崇禧土司家族〉。政協甘孜州委編《甘孜州文史資料》19: 119–132。
意西微薩· 阿錯 2008。《程章藏語的音系》。四川境內藏緬語國際研討會，台北：台灣中央研究院 11: 21–24。
意西微薩· 阿錯 2009。〈五屯話的「重音」與聲調——聲調語言與重音語言的混合及其結局〉。《2009 年「南開語言接觸國際學術研討會」會前論文集》。天津：南開大學。6 月 20-22 日。
意西微薩· 阿錯 2014。《瓦述（wa shul）藏語的語音特點》，The 22nd Annual Conference of the IACL & the 26th North American Conference on Chinese Linguistics (IACL-22 & NACCL-26). University of Maryland, College Park, May 3.
意西微薩· 阿錯 2020。〈藏語重音問題討論〉，《韻律語法研究》2: 47–81。
意西微薩· 阿錯、向洵 2017。〈五屯話的重音〉，《民族語文》1: 84–97。
張怡蓀主編 1993。《漢藏語大辭典》。北京：民族出版社。
周春輝 2015。《巴塘話語法專題研究》。天津：南開大學博士學位論文。
周毛草 2003。《瑪曲藏語研究》。北京：民族出版社。

第八章
重論濁阻塞音、氣嗓音與低調的關係

陳忠敏
復旦大學

提要

本文是作者 2015 年〈氣嗓音與低調〉一文的補充和深入。本文在前文基礎上提出兩個新觀點：一、解釋了濁阻塞音、氣嗓音及低調的相互關聯：濁阻塞音由於持阻段口內高壓會在聲帶間產生氣壓填充物，從而有氣嗓音發聲態傾向；氣嗓音則會引起低調。二、用濁阻塞音、氣嗓音與低調的音變例子來說明音變是漸變的，音變肇始於音段下位的單位音徵的變化。

1. 前言

筆者在 2015 年所撰寫的〈氣嗓音與低調〉一文（陳忠敏 2015）曾提出，聲調高低的起源來自於不同的發聲態，而非起首輔音；氣嗓音是導致聲調降低的直接原因；聲調的高低跟輔音的清濁沒有直接的關係，只有間接的關聯。根據發濁塞音的肌肉緊張原理及空氣動力學說，認為濁塞音有引起氣嗓音的傾向，氣嗓音再引起低調，並提出聲調高低來源及演變的模式：濁塞音 > 氣嗓音 > 低調。不過該文沒有在機制上對這一演變模式作更多的解釋和説明。本文彌補該文的缺陷，從發音機制和發音空氣動力學原理來解釋濁阻塞音有氣嗓音的傾向，氣嗓音再產生低調這一聲調演變途徑。本文增加濁擦音的分析，把論證的範圍擴大為濁阻塞音（voiced obstruents）。本文指出了濁阻塞音下位的各種音徵特點，同一音類下的眾多音徵縱然有因果關係，但是生成以後的各音徵是相互獨立演變的，並非齊步走。音類與音徵的演變不同步，音類的演變肇始於音徵的變化。

---

* 本文寫作受國家社科基金重大項目「上海城市方言現狀與歷史研究及數據庫建設」（批准號 19ZDA303）的資助，特此鳴謝。

2. 濁阻塞音氣嗓音與低調的關係

筆者在 2015 年的文章裏已經指出：「聲調語言裏，不管是否有譜系親屬關係，也不管聲調是何種類型，是調層型（register tone systems）的，還是曲折調型（contour tone systems）的，氣嗓音發聲態始終跟低調域相配。即使是非聲調語言裏，氣嗓音也跟低基頻相關聯（Hombert, Ohala & Ewan 1979, Gordon & Ladefoged 2001, Wayland & Jongman 2003）。」發聲態與聲調的關係前人已有闡述（Thongkum 1988、Thurgood 2002）。筆者在 2015 年的文章中已表示贊同他們的觀點，即認為濁阻塞音與後接元音基頻降低沒有直接關係，但有間接關係（陳忠敏 2015）。也即濁阻塞音有引起氣嗓音發聲態的傾向，氣嗓音發聲態延伸到後接元音，再引起後接元音基頻低。不過，前人並沒有證明三者的因果關係。本文在筆者 2015 年的文章基礎上，來論證三者的因果關係，並指出音類的下屬單位音徵的演變不是齊步走的，據此來説明語音演變的漸變性。

要論證濁阻塞音、氣嗓音、低調三者的因果關係，首先必須知道濁阻塞音的發音音徵。圖 8.1 是濁阻塞音持阻階段狀態聲門上下氣壓差示意圖（引自陳忠敏 2015：圖 4.01）。

濁阻塞音持阻階段口腔內某一點完全閉塞或收緊，此時聲帶在振動，口內的氣壓就會急劇上升。這種情形下，聲門上的壓力都在不斷升高，其中聲門下的氣壓還要高於聲門上氣壓，至少 ΔP_{glot} 值（$P_{sub\text{-}glot}$-P_{oral}。即聲門上下氣壓差）要維持振動聲帶的最小值（$\Delta P_{glot} \geq 2\text{~}3$ cm/H_2O, Ohala 1983, Stevens 2000: 471），聲帶才能振動。聲門上下氣壓都高，於是在聲帶間會產生一定的聲門間壓力（intraglottal pressure）。由於有聲門間壓力的存在，兩片聲帶的振動就會產生不接觸的振動。Titze 教授做過一個有意思的實驗，請十位成年發音人（五男五女）嘴含 2.5 mm 細吸管（straw）發音，用 EGG（Electroglottographic，電子喉頭聲門儀）

圖 8.1　濁塞音持阻階段聲門上下氣壓差示意圖

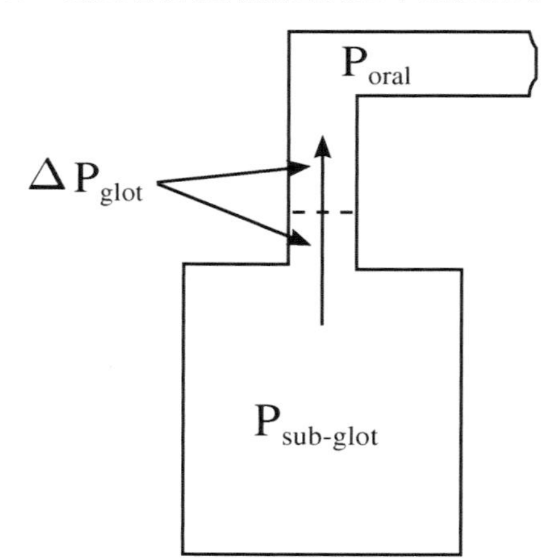

觀察聲帶振動時的閉合情況。含 2.5 mm 直徑的細吸管相當於口腔處在半封閉（semi-occluded）狀態，此時聲帶振動發聲，聲門上的半封閉處相當於收緊點。隨着聲帶一次次振動，氣流從聲門快速逸出，聲門上收緊點後的壓力必定會快速增高。升高的壓力反作用於聲帶，使得兩片聲帶中間產生氣壓填充物，此時聲帶振動就傾向於作不接觸的振動。圖 8.2 是其中一位男性發音人發不同基頻時 EGG 信號圖。其中 (a)、(b)、(c)、(d)、(e) 五圖都是含細吸管（with straw）時的 EGG 電信號，(f) 是不含細吸管的正常發音（normal speech）EGG 電信號，用來作為對比（Titze 2009）。

我們先來看圖 8.2 (f)，即不含細吸管正常發元音時的電信號圖（120 Hz normal speech）。兩片聲帶是有一定的厚度，聲帶閉合首先是靠近氣管的底部先合攏，然後快速波及聲帶上部，如圖 8.3。

圖8.2　六種狀況的EGG電信號

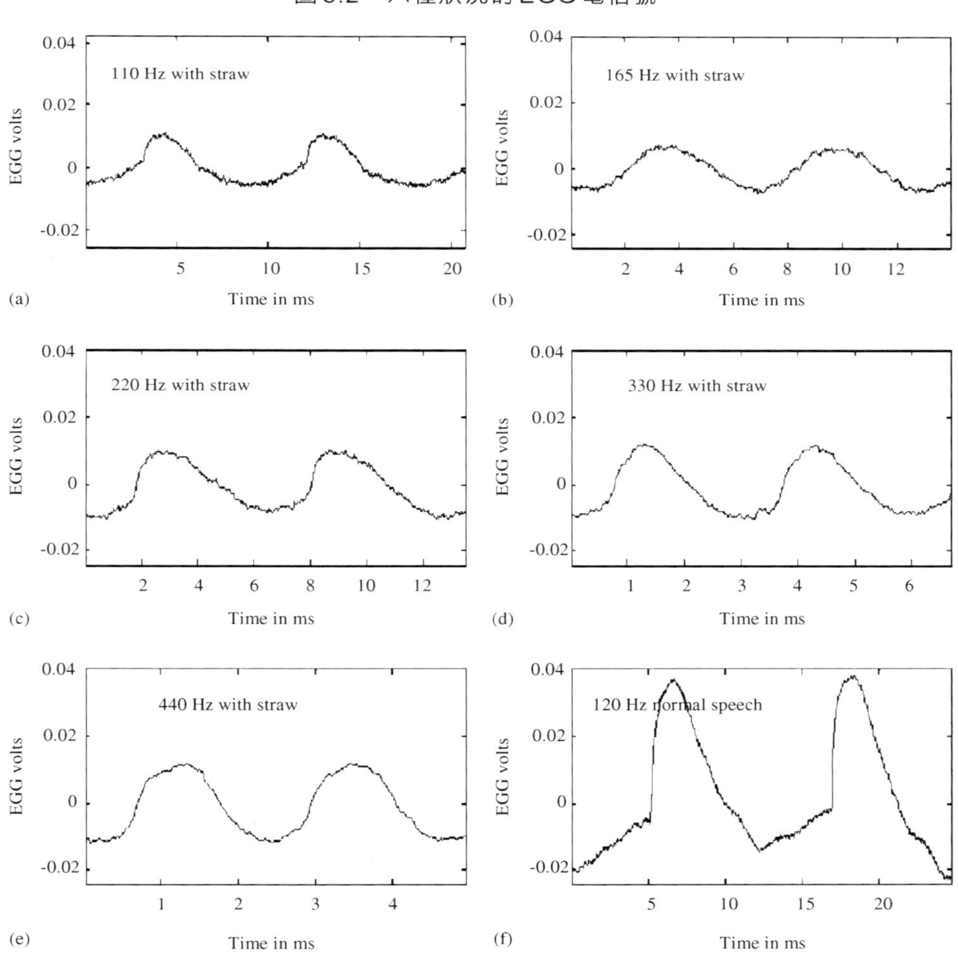

圖8.3　聲帶振動一個周期和對應的EGG電信號示意圖

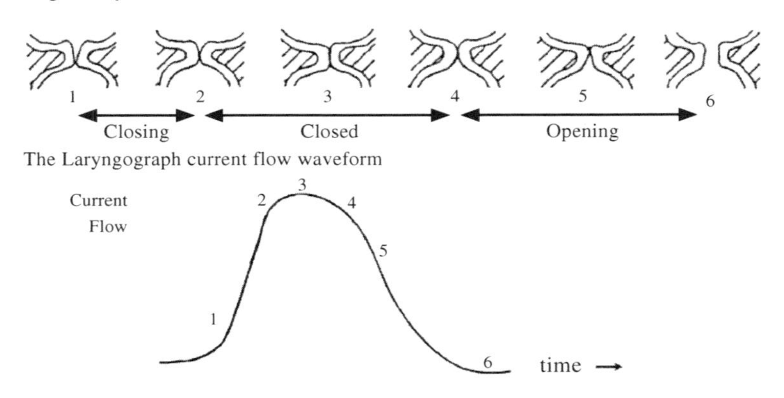

如圖8.3所示，1、2、3階段是聲帶快速合攏接觸階段，到達3階段是兩片聲帶接觸最大面積的時候，此時電流量最大，電阻最小。整個合攏階段相當快速，所以1、2、3階段的上升曲線是陡峭的。4、5、6是兩片聲帶分離階段。相比合攏階段，聲帶分離階段比較慢，所以下降的曲線沒有1、2、3上升階段曲線那麼陡峭。圖8.2 (f) 正是這種情況。但是 (a)、(b)、(c)、(d)、(e) 五種狀態下是口含細吸管發音EGG電信號曲線圖，它們與 (f) 完全不同。不同點有兩點：第一，(a)、(b)、(c)、(d)、(e) 五種狀態電信號曲線都呈接近正弦狀，這是說明兩片聲帶沒有全面接觸，只是聲帶邊緣部分作幾乎無接觸振動。第二，與圖8.2 (f) 相比，圖8.2 (a)、(b)、(c)、(d)、(e) 五種狀態的電流量要小很多，說明這五種狀況電阻大。這也符合氣嗓音發聲的狀態。圖8.4是氣嗓音發聲態俯視圖：

圖8.4　氣嗓音發聲態俯視圖

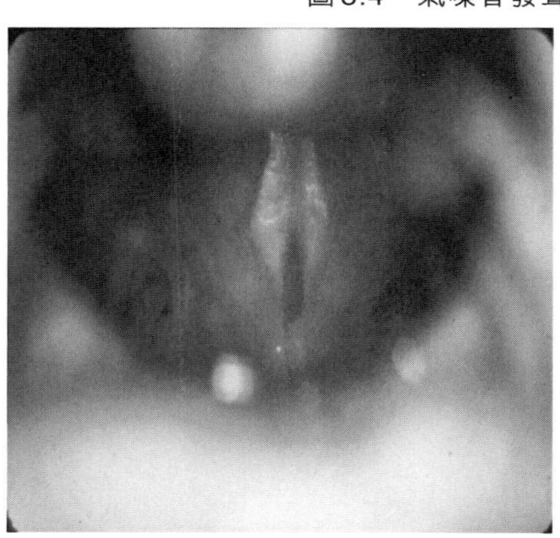

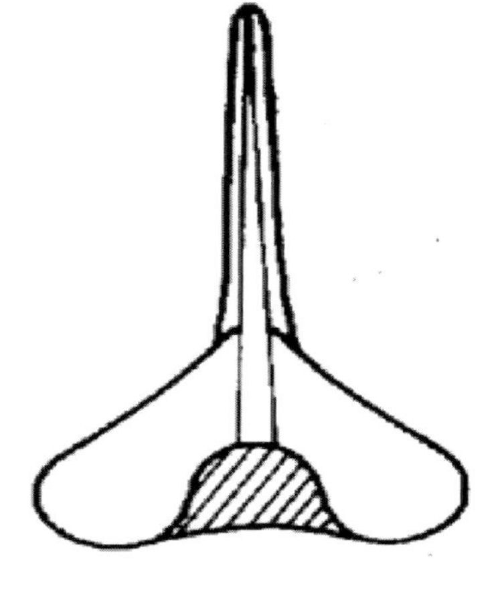

圖 8.4 左邊是通過 laryngoscopy 高速攝像機拍下的氣嗓音的照片。聲帶在杓狀軟骨處有閉合不全空隙。發聲時聲帶前部振動，聲門下氣流從聲帶後部空隙處逸出。圖 8.4 右邊是氣嗓音聲帶後部閉合不全示意圖（取自 Stevens 2000: 89）。氣嗓音發聲聲帶不是全長接觸振動，特別是聲帶後部杓狀軟骨處由於有聲門間壓力，閉合不全，空氣是絕緣的，電阻大，相比全長接觸的聲帶，通過的電流量就小。從電流量大小再次可以證明 (a)、(b)、(c)、(d)、(e) 五種狀態下是氣嗓音發聲。口含細吸管半封閉狀態尚且是氣嗓音發聲，如果口腔內全閉塞的濁塞音，或摩擦感較強的濁擦音，持阻或摩擦段收緊點後口內氣壓必定更高，所以兩片聲帶更傾向於作不接觸振動，這種狀態下聲帶振動更有可能是氣嗓音發聲。圖 8.5 是上海話「少」[sɔ34] 元音段聲帶振動前 25% 點瞬間窄帶頻譜。

圖8.5　上海話「少」[sɔ34] 元音段聲帶振動前25% 點瞬間窄帶頻譜

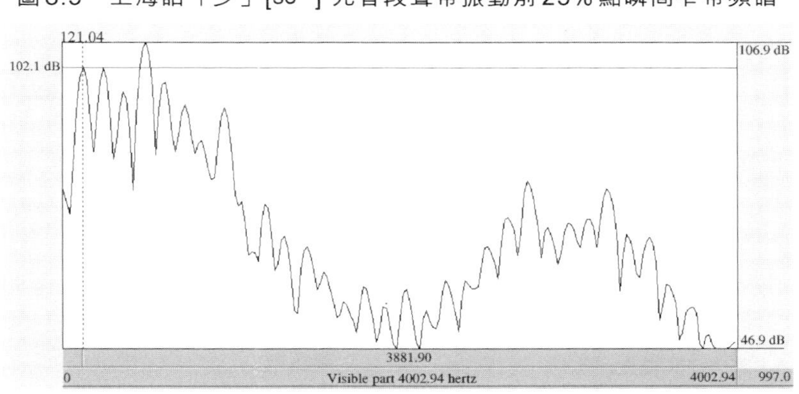

「少」[sɔ34] 第一諧波頻率是 121 Hz, 第一、二諧波差不多都是相同的能量，102.1 dB。圖 8.6 是上海話「造」[zɔ13] 元音段聲帶振動前 25% 點瞬間窄帶頻譜：

圖8.6　上海話「造」[zɔ13] 元音段聲帶振動前25% 點瞬間窄帶頻譜

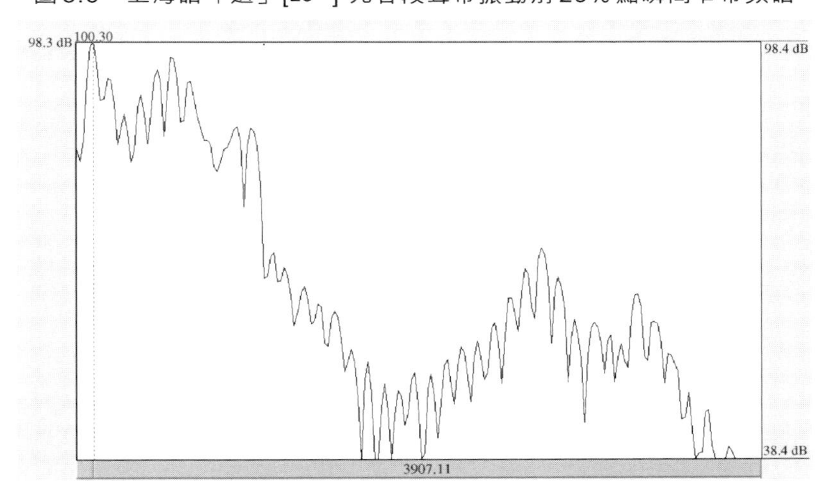

「造」[zɔ[13]] 第一諧波頻率是 100 Hz, 第一諧波能量是 98.4 dB，第二諧波能量是 93.1 dB，H1–H2 = 5.3 dB。「少」[sɔ[34]] 與「造」[zɔ[13]] 比較，可以看出後者元音是氣嗓音發聲。濁阻塞音持阻階段（摩擦段）的氣嗓音發聲態是種跨音段的發音音徵，會影響後接元音，使後接元音也具有氣嗓音發聲音徵，即使輔音持阻階段（摩擦段）聲帶不振動（VOT ≥ 0），這個音徵仍會在後續元音裏保留。吳語上海話的濁阻塞音就是這種情形。

氣嗓音發聲時由於聲帶作閉合不全的無接觸振動，所以與常態發聲態相比，氣嗓音發聲聲帶的縱向收緊度（longitudinal tension）和橫向的擠壓度（medial compression）都是很松或很弱的（Ni Chasaide & Gobl 1999）。鬆弛的聲帶振動，其頻率自然不會高，這是氣嗓音發聲為什麼聲帶振動頻率低的一個原因。另外一個原因是聲帶振動的原動力比較弱。氣嗓音發聲時一部分氣流已經從聲帶閉合不全處逸出，所以跟正常濁音發聲相比，聲門下撞擊聲帶，使聲帶作不接觸振動的氣壓要小得多。一般認為 Hindi 語裏具有典型的濁氣嗓音發聲態（Ladefoged & Maddieson 1996: 58）。Dixit 曾研究 Hindi 語氣嗓音發聲時的生理機制和聲學表現。他說 Hindi 語氣嗓音發聲時環甲肌運動較弱，説明聲帶鬆弛。聲門開度適中（約為呼吸時的一半）。口腔氣流的流速高，所以聲門下氣壓（Ps）急劇下降。後接元音的高頻地帶有噪音分佈，第一諧波聲學能量大於第二諧波聲學能量（Dixit 1989）。Ladefoged (1963)、Öhman & Lindqvist (1966)、Lieberman (1969)、Hombert 等人（1979）都指出在其他情況相同下聲門下壓力和基頻成正相關性，也即聲門下壓力大，基頻也會高；聲門下壓力小，基頻也相對降低。圖 8.7 是聲門下壓力與基頻的相關表（Ladefoged 1963）：

圖 8.7　聲門下壓力與基頻的關係

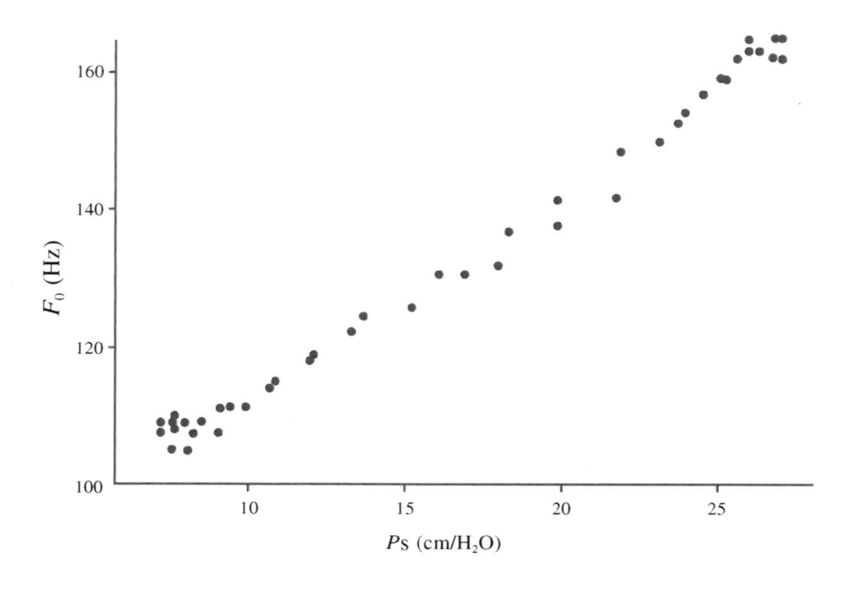

從圖 8.7 可以看出，聲門下壓力（Ps）增加，聲帶振動的頻率（F0）也隨之升高，兩者成正相關性。Öhman & Lindqvist (1966) 也有相同的實驗結果，用力突然擠壓説話者的胸部，縮小肺容積，聲門下壓力上升，説話者聲帶振動的頻率也會隨之升高；恢復自然狀態，聲門下壓力也下降復原，説話者聲帶振動頻率則隨之下降。説明基頻的高低是隨着聲門下壓力大小作正相關的變化。

圖 8.8 是根據 Öhman & Lindqvist (1966) 一文的數據重新畫表（取自 Ohala 1978 一文）。表中實線是基頻（F0）的升降曲線，虛線則是聲門下氣壓（Ps）的升降曲線。

圖8.8　聲門下壓力與基頻的升降曲線

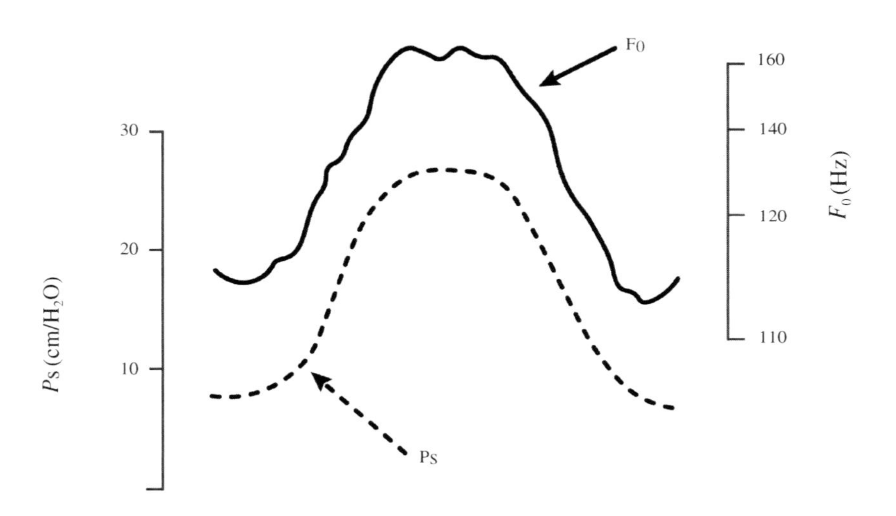

從圖 8.8 可以看出聲門下壓力的大小與聲帶振動頻率的大小成正相關。也即：撞擊聲帶振動的力量弱（壓力小），聲帶振動的頻率也就相對不高，這是氣嗓音低調的內在本能因素。

氣嗓音與低調有關在有聲調的藏緬語，如屬藏緬語的塔曼（Tamang）語（Mazaudon 2005）、有高低調層的南亞語系孟高棉語（Suwilai 2003）、南島語（Kingston 2011），以及漢語方言（陳忠敏 2015）都是一致的。

據上述分析，濁阻塞音聲母有引起氣嗓音發聲的傾向，氣嗓音發聲態會引起低調。所以濁阻塞音與低調是一種間接的關係，並非直接引發低調，從濁阻塞音到低調中間還夾着一層氣嗓音的關係。濁阻塞音也有可能不發生氣嗓音發聲，其中一種情況就是內爆音（implosive stop）。上海郊縣川沙、南匯、奉賢、閔行等方言都有內爆音做聲母，一般有雙唇 ɓ、舌尖音 ɗ、個別地點還有舌面中塞音 ʄ（陳忠敏 1988）。圖 8.9 是上海郊縣閔行區莘莊鎮方言「帶」[ɗɑ³⁵] 動態語圖和對應聲波圖：

圖8.9 上海閔行區莘莊鎮方言「帶」[ɗɑ^{35}]動態語圖和對應聲波圖

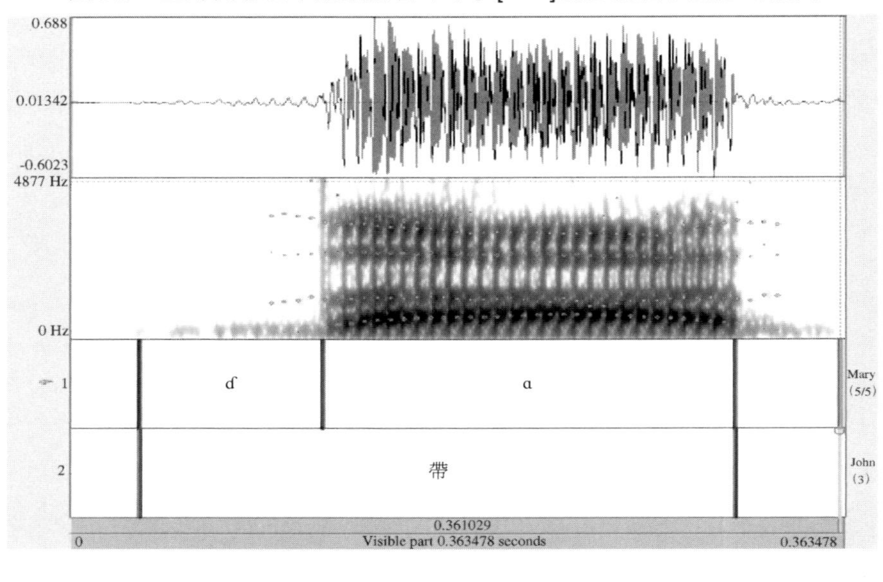

「帶」[ɗɑ^{35}] 是內爆音，聲母 [ɗ] 在持阻段聲帶振動，VOT 數值小於零（VOT = –87 ms）。持阻段聲波振動的形狀是漸強的，說明持阻段喉頭有較大幅度的下降以增大聲門上空間。聲門上空間增大，氣壓就變小，從而使聲門上下氣壓差（ΔP_{glot}）增大，才有漸強的聲波顯現。聲門上氣壓小，就不會有高壓反作用於聲帶間產生氣壓填充物，據此可推測此時聲帶發聲不會作氣嗓音發聲態。圖 8.10 是後接元音段聲帶振動前 25% 點瞬間窄帶頻譜，可以觀察第一諧波 (H1) 和第二諧波 (H2) 能量比。

圖8.10 「帶」[ɗɑ^{35}]元音段聲帶振動前25%點瞬間窄帶頻譜

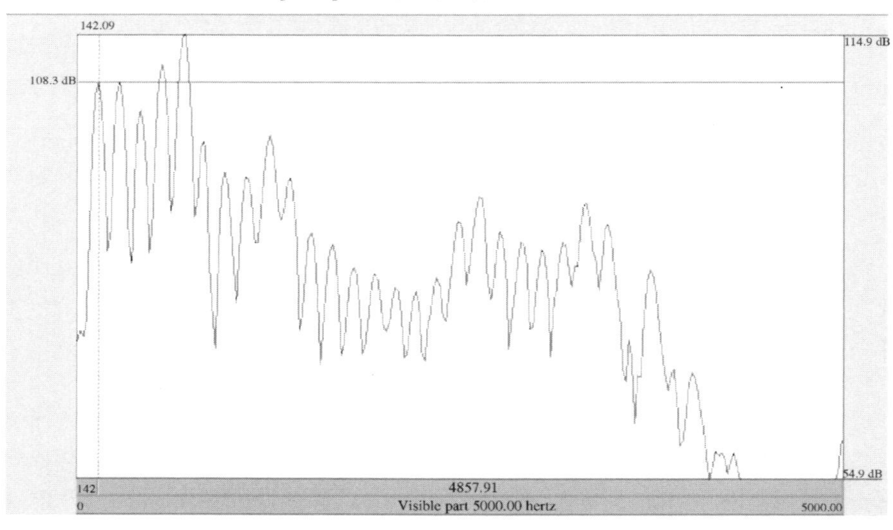

從圖 8.10 可以看出第一諧波 (H1) 是 142.09 Hz，其能量是 108.3 dB，第二諧波 (H2) 的能量也是 108.3 dB，H1–H2 = 0 dB。從 H1、H2 能量比來看，這是典型的常態發聲，不是氣嗓音發聲。聲調也屬高調域聲調。

再看同一發音人「汏$_{\text{洗}}$」[dɑ̤^{13}] 的聲學特點。圖 8.11 是「汏$_{\text{洗}}$」[dɑ̤^{13}] 的動態語圖與對應的聲波圖。吳語濁塞音持阻段聲帶並不振動，所以無法知道持阻時長，[d] 的標註從爆破點起，其 VOT 數值是正數，大約是 18 毫秒（VOT = 18 ms）。「汏$_{\text{洗}}$」[dɑ̤^{13}] 的韻母是氣嗓音發聲。圖 8.12 是「汏$_{\text{洗}}$」[dɑ̤^{13}] 元音段聲帶振動時前 25% 點瞬間窄帶頻譜。

圖 8.11　“汏洗” [dɑ̤^{13}] 的動態語圖與對應的聲波圖

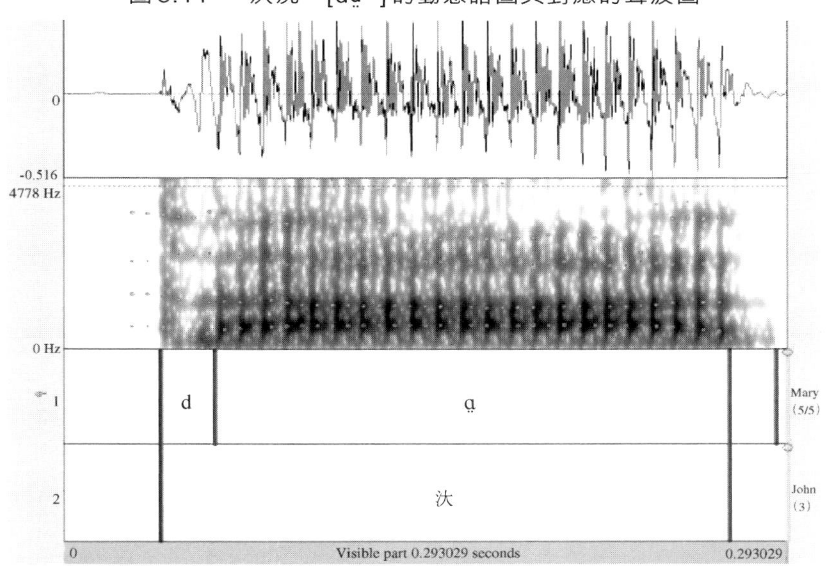

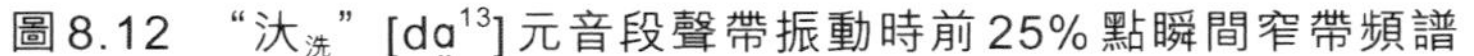
圖 8.12　“汏$_{\text{洗}}$” [dɑ̤^{13}] 元音段聲帶振動時前 25% 點瞬間窄帶頻譜

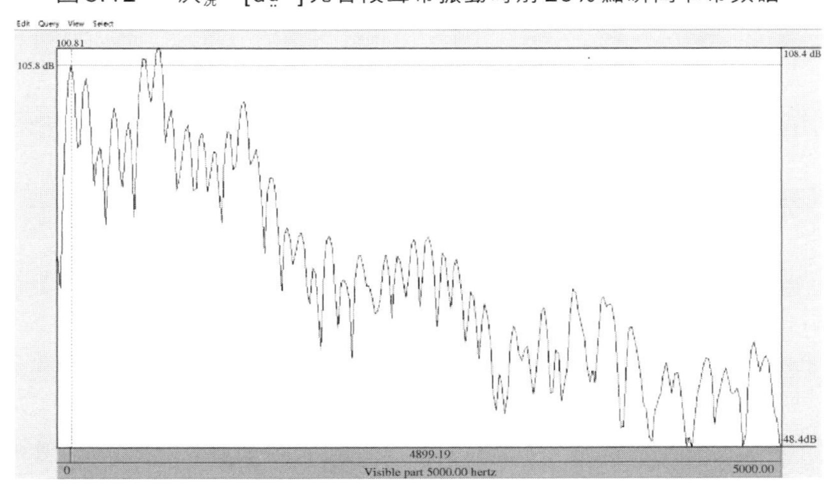

第一諧波 (H1) 是100.81 Hz，其能量是105.8 dB，高於第二諧波的103.8 dB (H1–H2 = 2 dB)。比較「帶」[ɗɑ³⁵] 元音段同樣時間點的瞬間窄帶頻譜，「汏$_{洗}$」[dɑ̤¹³] 元音段氣嗓音發聲特點明顯，聲調也低。很明顯莘莊話的例子再次證明氣嗓音發聲態與低調有直接的關聯。

濁阻塞音傾向於氣嗓音發聲，氣嗓音發聲跟低調有直接關係，濁阻塞音跟低調只是一種間接的關係。聲調語言裏不乏有濁阻塞音配高調的例子，上述內爆音就是其中一例。內爆音儘管持阻段聲帶振動（VOT < 0），但由於持阻段喉頭下沉幅度大，聲門上下氣壓差（ΔP_{glot}）是不斷增大的，兩片聲帶間不會產生氣壓填充物，所以後接元音發聲態是常態發聲 (modal voice)，整個音節仍配高調。中越邊界近越南一側有一種台語（Tai Languages）叫 Cao Bằng 語。Cao Bằng 語塞音種類有四套：清不送氣（p t c k ʔ）、清送氣（pʰ tʰ kʰ）、常態濁（b d）、氣嗓音濁（b̤ d̤ g̈）(Pittayawat & Kirby 2016)（見表 8.1）。

表 8.1　Cao Bằng語輔音表

	Labial	Alveolar	Palatal	Velar	Glottal
Stops	p	t	c	k	ʔ
	pʰ	tʰ		kʰ	
	b	d			
	b̤	d̤		g̈	
Fricatives		s			h
		z			
Nasals	m	n	ɲ	ŋ	
Lateral		ɬ			
		l			
Liquids		r			
Semivowels	w		j		

據 Pittayaporn（2009: 248; 2019）研究，Cao Bằng 語四套塞音裏其中的常態濁音（modal voice）來源於以前的內爆音（*ɓ> b, *ɗ > d），氣嗓音（breathy voice）濁塞音則來源於以前的濁塞音（*b > b̤, *d > d̤, *g > g̈）。表 8.2 所列同源詞在原始台語裏聲母是 *b-、*d-、*g-，在現在的子語言 Wenma 語裏仍保持常態濁聲母，不過到了 Cao Bằng 語裏則變為氣嗓濁塞音 b̤、d̤、g̈ (Pittayaporn 2009)。

Cao Bằng 語四套塞音聲母與聲調高低的關係是：清不送氣（p t c k ʔ）、清送氣（pʰ tʰ kʰ）、常態濁塞音（b d）聲母配高調域聲調；氣嗓音濁塞音（b̤ d̤ g̈）只配低調域聲調。濁擦音則如氣嗓音。表 8.3 是 Cao Bằng 語各類聲母與六個聲調 (tone1、tone2、tone3、tone4、tone5、tone6）的關係（據 Pittayawat & Kirby 2016 table 3 修改）。

表8.2　原始台語、Wenma語、Cao Bằng語同源詞比較

詞義	原始台語（PT）	Wenma 語	Cao Bằng 語
父親、男人	*bo:^{B}	bɤw^{B2}	b̤o:^{B2}
河	*da:^{B}	do^{B2}	d̤a:^{B2}
卡住	*ga:^{A}	go^{A2}	g̈a:^{A2}

表8.3　Cao Bằng語聲母種類與六個聲調的配合關係

Laryngeal types	*A	*B	*C
p^{h} t^{h} k^{h} f s h (voiceless aspirated/voiceless fricatives)	Tone 1 /53/	Tone 3 /43/	Tone 5 /34/
p t c k ʔ (voiceless unaspirated)			
b d (modal voiced)			
b̤ d̤ ɟ̤ g̈ v z (breathy voiced/voiced fricatives)	Tone 2 /21/	Tone 4 /33/	Tone 6 /25/

表 8.3 Cao Bằng 語聲母輔音與聲調的配合關係給我們幾個重要的啟示：第一，來源於內爆音的濁塞音是常態發聲態，說明內爆音雖然變為濁塞音，但是早先的發聲態沒有跟着變，所以配高調（tone 1、tone 3、tone 5）。第二，濁氣嗓音和濁擦音配低調（tone 2、tone 4、tone 6）。濁塞音與濁擦音不同，濁塞音持阻段完全封閉，口內壓力更高，所以更容易引發氣嗓音發聲態。第三，低調與高調的區別主要顯示在音節聲帶振動的起始部分。單數調（陰調類）與對應的雙數調（陽調類）的調型基本平行，高低的區別主要體現在調頭而不是在調尾。比如 tone 1 的 53 調值與 tone 2 的 21 調值、tone 3 的 43 調值與 tone 4 的 33 調值、tone 5 的 34 調值與 tone 6 的 25 調值。這表明是音節起始輔音對後接元音起始基頻高低產生影響。

濁阻塞音持阻階段（摩擦段）的氣嗓音發聲態是種跨音段的發音音徵，影響後接元音的發聲態，使得後接元音也是氣嗓音發聲，於是後接元音的起始基頻也比一般正常發聲態（model voice）的低。

聯繫漢語吳方言今濁阻塞音聲母（清音濁流）的特點，可以看出濁塞音的演變的三個階段。下面以濁塞音為例來說明這一演變進程：

濁塞音 1（VOT < 0）→ 濁塞音 2（VOT < 0, 氣嗓音發聲態）→

濁塞音 3（VOT ≥ 0, 氣嗓音發聲態）。

濁阻塞音因為有聲帶振動空氣動力的限制（The Aerodynamic Voicing Constraint，簡稱 AVC），持阻（摩擦）段往往會聲帶不振動（Ohala 1983）。濁塞音 3 是漢語吳方言濁塞音（清音濁流）階段。持阻段聲帶不振動（VOT ≥ 0），但是人們始終認為是濁塞音。

3. 濁阻塞音的音徵以及演變

我們把一種音類具有的特徵稱為音徵。一類音的音徵包括發音生理、聲學、感知的特徵。根據第二節的分析可知，濁阻塞音與清阻塞音具有區別的音徵是眾多的，比如塞音有 VOT 音徵、發聲態音徵、後接元音基頻高低的音徵等。前人總結清濁塞音的區別音徵還有：是否有低頻周期性頻譜能量（Stevens and Blumstein 1981: 29）；爆破霎那時的能量不同（Repp1979）；持阻時長不同（Lisker 1957）；後接元音 F1 的音軌不同（Lisker 1975）；爆破後元音的 F1 能量大小不同（Lisker 1986）；Ahn 還發現英語和葡萄牙語裏清濁塞音的區別還有舌根推進 / 舌體下沉（tongue root advancement/tongue body lowering）與否的區別（Ahn 2018）。各音徵在不同的傳播媒介中傳送和抗噪的特性、能力不同。比如在較強噪音環境裏周期性共振峰信號具有較強的抗噪能力，所以在此種環境裏，CV 結構裏塞音的發音部位主要感知音徵是靠後接元音的共振峰轉軌信息提供的，而不是塞音本身的爆破噪音（burst）信號提供。在電話線路的傳遞過程中，語音的基頻音徵比其他音徵的傳遞效果更佳。不同的環境裏，音類中的各音徵的重要性也會不同。比如在多音節詞首位置清塞音持阻時長只有發音音徵，但沒有感知音徵，但是在非詞首位置持阻時長音徵卻是非常重要的音徵，持阻時間的長短直接影響清濁塞音的不同感知（王軼之、陳忠敏 2016）。所以眾多音徵的存在是音類在複雜媒介環境內生存以及成功傳遞的必要條件。

根據第二節分析，我們把涉及到濁塞音演變的一些相關音徵總結如表 8.4：

表 8.4　濁塞音相關音徵

濁塞音 1

a. 持阻段聲帶振動（VOT < 0）
b. 持阻時間短
c. 常態發聲
d. 聲門上空間擴大
……

濁塞音 2

a. 持阻段聲帶振動（VOT < 0）
b. 持阻時間短
c. 氣嗓音發聲
d. 聲門上空間擴大
e. 後接元音基頻低
……

濁塞音 3

a. 持阻段聲帶不振動（VOT ≥ 0）
b. 持阻時間短
c. 後接元音氣嗓音發聲
d. 聲門上空間擴大
e. 後接元音基頻低
……

濁塞音的音徵遠不止這些，這裏所列的只是下文涉及的音徵變化和音類演變的那些音徵。濁擦音可以與濁塞音類比，只是持阻段換成摩擦段，持阻時間短換成摩擦時間短即可。從表 8.4 所列的音類與音類下屬單位——音徵來看，音類與音徵並非是一一對應的關係。比如上述濁塞音 1、濁塞音 2、濁塞音 3 都可以稱為濁塞音，但下位的音徵種類和具體賦值可以不同。有的濁塞音持阻段聲帶振動（VOT < 0），有的不振動（VOT ≥ 0）；有的常態發聲，有的氣嗓音發聲等。每個音類的音徵是眾多的。上述濁塞音 1、2、3 的音徵包括發音生理音徵，也包括聲學音徵、感知音徵。濁塞音音徵雖然眾多，但各音徵在不同的環境裏所起的作用會不同。

根據音徵的區別性作用，可以分為主要音徵（primary cues）和次要音徵（secondary cues）（Stevens & Keyser 1989）。主要音徵和次要音徵在不同的環境裏會相互轉換。比如在詞首位置對於 VOT ≥ 0 的濁塞音來說，其持阻時長的音徵只有發音音徵、無感知音徵，所以其地位不重要，不起主要作用，可能後接元音基頻低這一音徵倒是起了主要作用，成為主要音徵。但是在詞中位置，濁塞音持組時長短這一音徵則具有區別性，是主要音徵，此時清濁塞音的不同主要憑持阻時長的不同來區別，後接元音的基頻反而不重要（王軼之、陳忠敏 2016）。英語裏在詞首位置的濁塞音幾乎也是 VOT ≥ 0 的，所以塞音持阻時長也只有發音音徵沒有感知音徵，判斷清濁塞音的主要音徵是 VOT 正值的時長，濁的大概在 30 ms 以內，清的是 30 ms 以外。不過在詞中位置也是以持阻時長作為區別清濁塞音的主要音徵。

音類下屬的某些音徵可能有因果關係。即 a 音徵導致 b 音徵的產生。比如上述濁塞音 1 和 2 中音徵 a（持阻段聲帶振動）會導致產生音徵 b（持阻時長短）。因為持阻時長過長，聲門上收緊點後就會聚集高壓，就無法有驅動聲帶振動的聲門上下氣壓差（ΔP_{glot}），所以濁塞音持阻段時長通常比對應的清塞音短很多。也即 a 音徵與 b 音徵有因果關係。在濁塞音 2 裏持阻段聲帶振動，聲門上產生的高壓會引起音徵 3（氣嗓音發聲態）（理由見第二節）。音徵 3（氣嗓音發聲態）又會引起音徵 d（後接元音低調）。所以這些音徵具有因果關係。不過一旦音徵產生，音徵之間的這種因果關係就會分離，也即音徵 a 發生了變化，音徵 b 不會隨之改變。比如很多語言裏濁塞音持阻段聲帶振動（VOT < 0）的音徵由於發濁聲源有空氣動力的限制（AVC），一般會發生變化，即：要維持起碼的聲門上下氣壓差的苛刻要求，持阻段聲帶會變為不振動（VOT ≥ 0）。但是持阻段時長短的音徵不會隨之改變。濁擦音也有平行的例子。法語、意大利語都有擦音段聲帶振動的濁擦音，研究表明這兩種語言濁擦音段時長佔比也都短於對應的清擦音段（Kirby & Ladd 2016）。英語濁擦音擦音段是否聲帶振動有變異，有研究表明，英語裏清濁擦音區別音徵也是濁擦音擦音段在整個音節的佔比要短很多，至於擦音段聲帶是否振動反而顯得不重要（Thomas & House 1988）。漢語吳方言上海話濁擦音擦音段聲帶並不振動，但擦音段的時長也一致的比對應的清

擦音短（陳忠敏 2022）。從摩擦段聲帶是否振動以及擦音段時長短這兩個發音音徵來看，濁擦音的音徵變化是：

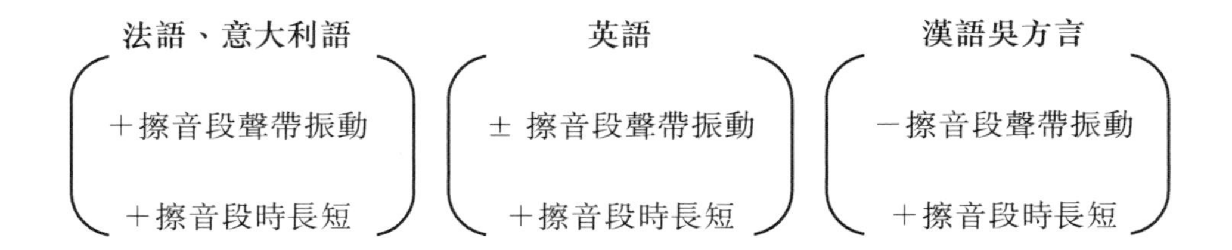

雖然法語、意大利語、英語和漢語吳方言並非是親屬語言，但人類發音都要受發音生理條件制約和發音物理定律（主要是空氣動力學）制約，這是人類語音演變的共性。法語、意大利語、英語，漢語吳方言，這些語言裏濁擦音都有擦音段時長短的共性，根據發濁擦音發音空氣動力制約，擦音段時長短是擦音段聲帶振動制約而產生的音徵。所以合理推斷：濁擦音聲帶振動和擦音段時長短是最早具有的發音音徵，以後濁擦音擦音段聲帶振動音徵受制於發音空氣動力制約變為不振動，但擦音段時長短的音徵仍維持不變。據此，可以推論，法語、意大利語濁擦音是代表早期階段，英語其次，漢語吳方言是最後階段。有人比較持阻段聲帶不振動的英語濁塞音與持阻段聲帶振動的葡萄牙濁塞音，發現它們都有舌根往前推進 / 舌體下沉（tongue root advancement / tongue body lowering）以增大聲門上空間的音徵（Ahn 2018）。根據波義耳定律（Boyle's law），空間大小與壓力成反比，所以持阻時增加聲門上空間是為了減壓，起到維持驅動聲帶振動的聲門上下氣壓差（ΔP_{glot}）的作用。這種聲門上下氣壓差對葡萄牙語濁塞音是需要的，因為在持阻段要聲帶振動。英語濁塞音持阻段聲帶並不振動，增大聲門上空間這一音徵就顯得多餘。這一發音音徵仍維持著只能説明音徵演變並非同步。我們可以推測原先英語濁塞音持阻段具有聲帶振動的音徵，所以會有擴大聲門上空間的必要，後來聲帶振動的音徵發生了變化，變為不振動了，但是擴大聲門上空間的發音音徵依然保持着。再比如濁塞音 1 時音徵 a 持阻段聲帶振動，所以就有音徵 2，即持阻段時長短。但到了濁塞音 3，音徵 a 發生了變化，持阻段聲帶變為不振動，音徵 b 持阻段時長短還保持着，沒有隨着音徵 a 的變化而變化。上述例子可以説明：濁塞音、濁擦音的音徵變化是平行的，持阻（摩擦）段短音徵是聲帶振動的結果。音類下位的音徵一旦形成，其變化是獨立的。也即：音類的下位音徵單位的演變不是齊步演變，而是獨立演變。

濁塞音 1、濁塞音 2、濁塞音 3 都可稱為濁塞音，法語、意大利語、英語、漢語吳方言的濁擦音也都可以稱為濁擦音。不過根據第二節的分析，相同的濁阻塞音下位的音徵可以不同，這些不同的音徵恰好代表濁阻塞音演變的不同階段，也即：音類相同，但是音類下位的音徵已經發生了變化。就濁塞音而言，濁塞音 1 到濁塞音 2 其中的音徵 c 發聲態音徵從常態發聲變為氣嗓音發聲，氣嗓音導致音徵 d，即後接元音起始基頻降低。濁塞音 2 到濁塞音 3 音徵 a 持阻段聲帶振動發生變化，聲帶變為不振動（VOT ≥ 0）。根據濁塞音的發音生理制約以及發濁塞音時的空氣動力制約（aerodynamic voicing constraint），我們可以推測濁塞音 1 是濁塞音的最早階段，濁塞音 2 是發展的第二階段，濁塞音 3 是發展的第三階段。每個階段的濁塞音與前階段的相比是某一個或兩個音徵發生變化，其他音徵則保持不變。也就是説前後兩個階段還有許多共享的音徵。據此，可以説語音演變也是一種漸變，語音演變肇始於音徵的變化。

音類的下位單位——音徵，還可以獨自移動，感染鄰近音段，從而使鄰近音段發生音變。比如清塞音 /p、t、k/ 在元音 /i、e、a、o、u/（假設某個語言的元音正好是上述五個元音）之間會變為對應的濁塞音 /b、d、g/：

$$\left.\begin{array}{l}\mathbf{p > b}\\ \\ \mathbf{t > d}\\ \\ \mathbf{k > g}\end{array}\right\}\ \textbf{between}\ \left\{\begin{array}{c}\mathbf{i}\\ \mathbf{e}\\ \mathbf{a}\\ \mathbf{o}\\ \mathbf{u}\end{array}\right\}\ \textbf{and}\ \left\{\begin{array}{c}\mathbf{i}\\ \mathbf{e}\\ \mathbf{a}\\ \mathbf{o}\\ \mathbf{u}\end{array}\right\}$$

上述的音變顯然不是一個一個音段孤立的變化，而是音段下位的某一個音徵的改變，用最為簡約的發音音徵來説就是塞音持阻階段本來聲帶不振動變為聲帶振動。用一般的音系學公式可以表述為：

$$\begin{pmatrix}\text{-sonorant}\\ \text{-continuant}\end{pmatrix} > [\text{+voice}]\ /\ \begin{pmatrix}\text{-consonantal}\\ \text{+syllabic}\\ \text{+sonorant}\end{pmatrix} \_\_\_ \begin{pmatrix}\text{-consonantal}\\ \text{+syllabic}\\ \text{+sonorant}\end{pmatrix}$$

其實從上述的音變公式還看不出音變的實質。此音變的實質是左右元音音段聲帶振動的發音音徵向中間音段擴散，感染中間音段，使中間的清塞音音段的某一個音徵發生變化：聲帶由不振動變為振動。所以上述的音變其實是某一音徵向鄰近音段擴散，最終導致鄰近音段的性質發生改變。發濁塞音的區別還有舌根推進 / 舌體下沉（tongue root advancement / tongue body lowering）與否的區別（Ahn 2018），有的要咽腔擴大（Westbury 1983）。濁塞音持阻段的這種發音音徵會擴散附近的元音，使濁塞音鄰近的元音也帶有 [+ATR]（Advanced Tongue Root）音徵（Trigo 1991, Vaux 1996）。濁塞音持阻段聲帶振動會引起氣嗓音發聲態。氣嗓音發聲本來是濁塞音的音徵。比如上述 Cao Bằng 語的濁氣嗓音塞音有 b̤、d̤、g̈ 等，這些濁氣嗓音都是聲帶振動的，氣嗓音音徵也屬輔音，不過氣嗓音屬發聲態，發聲態是跨音段，更容易感染鄰近音段，所以後接元音也會具有氣嗓音發聲態音徵。比如吳語濁塞音聲母持阻段聲帶不振動，但後接元音前半段具有氣嗓音發聲音徵，很明顯這一音徵是前面輔音聲母擴散過來感染了後接元音的前半段。與此同時，由於後接元音前半段氣嗓音發聲，此時聲帶振動的基頻就會低。

孟高棉語族中的 Kammu 語濁塞音聲母與氣嗓音發聲態、低調的演變充分展示了音類下位單位音徵的變化。東部的Kammu 語（E. Kammu）還保留全濁塞音，是無聲調方言；西部的 Kammu 語（W. Kammu）三個方言濁塞音變為清塞音，其中 tone 1 方言變為清不送氣塞音，配低調；tone 2 方言變為送氣清塞音，也是配低調；register 方言對應於東部 Kammu 濁塞音的是後接元音氣嗓音發聲態，同時聲調配低調層（Kingston 2011）。表 8.5 是 Kammu 語四個方言同源詞比較：

表8.5　孟高棉語四個方言同源詞比較

E. Kammu	W. Kammu Register	W. Kammu Tone 1	W. Kammu Tone 2	詞義
bu:c	pṳ:c	pù:c	pʰù:c	米酒
pu:c	pû:c	pû:c	pú:c	脱衣
bok	po̤k	pòk	pʰòk	砍樹
pok	pók	pók	pók	咬一口
bu:m	pṳ:m	pù:m	pʰù:m	嚼碎
pu:m	pû:m	pû:m	pû:m	放屁
gla:ŋ	kla̤:ŋ	klà:ŋ	kʰlà:ŋ	石頭
kla:ŋ	klâ:ŋ	klâ:ŋ	klá:ŋ	鷹
ɟaŋ	ca̤ŋ	càŋ	cʰàŋ	稱重
caŋ	câŋ	câŋ	cáŋ	澀的

我們可以設想 Kammu 語聲調產生的三階段途徑是：無聲調但保留濁塞音的東部方言先演變為具有高低調層的 Register 西部 Kammu 方言，此方言濁塞音雖然消失，但後接元音發聲態是氣嗓音，同時配低調層；再演變為 Tone 1 Kammu 和 Tone 2 Kammu 方言。前者變為不送氣清塞音，後者變為送氣清塞音。兩種方言裏氣嗓音也消失，但是聲調仍讀低調。跟對應的來源於清塞音比，清塞音都是高調，從聲調的高低仍能看出原先的濁塞音痕迹。整個過程可以簡單表述為：濁塞音（VOT < 0）→ 清塞音（VOT ≥0，氣嗓音，低調）→ 清塞音（低調）。如果我們把台語 Cao Bằng 語的濁氣嗓塞音放入，整個濁塞音到低調的演變環就比較齊全了：

(1) 濁塞音（VOT < 0）→

(2) 濁氣嗓塞音（VOT < 0，氣嗓音發聲，低調）→

(3) 濁 / 清塞音（VOT ≥ 0，氣嗓音發聲，低調）→

(4) 清塞音（常態發聲，低調）。

吳語濁塞音（清音濁流）是上述演變的第三階段。可以看出每一階段的演變並不是音類的突然改變，而是音類下位單位——音徵的變動。其中音徵的變動也不是齊步走，要變一起變，而是其中的一項或兩項音徵發生變化，其他音徵則不變化。

4. 總結

音段（音類）的命名是依據兩項指標：該音段（音類）的發音特徵和感知特徵（International Phonetic Association 1999: 3–4）。感知特徵其實包括該音段（音類）的聲學音徵、感知音徵，所以國際語音學會關於音段（音類）的命名其實是依據該音段（音類）的發音音徵、聲學音徵和感知音徵。濁阻塞音作為一種音類在世界語言裏有多種變異，本文把各種濁阻塞音的變異歸集為該音類下的音徵不同，並提出相同的音類可以有不同的音徵，也即：音徵的不同不等於音類的不同。研究相同音類不同音徵的變異，可以看出語音演變的方向。就濁阻塞音這一音類而言，持阻（摩擦）段聲帶振動所產生的聲門上高壓很有可能導致聲帶間有空氣填充物，使得聲帶一部分作不接觸振動。所以濁阻塞音有產生氣嗓音的傾向。起首阻塞音的濁氣嗓音音徵感染後接元音，使得後接元音具有氣嗓音發聲態，此時聲帶振動的基頻就變低。這就是濁阻塞音、氣嗓音與低調的演化關係。

參考文獻

陳忠敏 1988。〈南匯方言的三種縮氣音〉。《語言研究》1: 131–134。

陳忠敏 2010。〈吳語清音濁流的聲學特徵及鑒定標誌——以上海話為例〉。《語言研究》3: 20–34。

陳忠敏 2015。〈氣嗓音與低調〉。*Journal of Chinese Linguistics* 43.1A: 90–118。

陳忠敏 2022。〈上海話清濁擦音的性質以及音徵研究——兼論濁擦音的微觀音變〉。《中國語言學集刊》15: 1–17。

王軼之、陳忠敏 2016。〈吳語全濁塞音聲母的感知研究——以上海話為例〉。《語言研究》36.2（總第103 期）: 44–50。

Ahn, Suzy. 2018. The role of tongue position in laryngeal contrasts: An ultrasound study of English and Brazilian Portuguese. *Journal of phonetics* 71: 451–467.

Dixit, Prakash. 1989. Glottal gestures in Hindi Plosives. *Journal of Phonetics*. 17: 213–37.

Hombert, J.-M. Ohala, J. J. and Ewan, W. G. 1979. Phonetic explanations for the development of tones. *Language* 55: 37–58.

International Phonetic Association (國際語音學學會). 1999. *Handbook of the International Phonetic Association, Guide to the Use of the International Phonetic Alphabet*. Cambridge: Cambridge University Press.

Gordon, Matthew (麥高登). and P. Ladefoged 2001. Phonation types: A cross-linguistic overview. *Journal of Phonetics* 29: 383–406.

Kingston, John. 2011. Tonogenesis. In *The Blackwell Companion in Phonology*, v. 4, ed. van Oostendorp, Ewen, Hume, and Rice, chapter 97.

Kirby, J. and Ladd, D. R. 2016. Effects of obstruent voicing on vowel F0: Evidence from true voicing languages. *J. Acoust. Soc. Am.* 140 (4), October.

Ladefoged, Peter. and Ian Maddieson. 1996. *The Sounds of the World's Languages*. Oxford: Blackwell.

Lisker, L. and A.S. Abramson. 1964. A Cross-Language Study of Voicing in Initial Stops: Acoustical Measurements, *Word* 20: 384–422.

Lisker, L. 1975. Is it VOT or a first-formant transition detector? *Journal of the Acoustical Society of America* 57: 1547–1551.

Lisker, L. 1986. 'Voicing' in English: A catalogue of acoustic features signaling /b/ versus /p/ in trochees. *Language and Speech* 29: 3–11.

Mazaudon, Martine. 2005. On tone in Tamang and neighbouring languages: synchrony and diachrony. In *Cross-linguistic Studies of Tonal Phenomena. Historical development, tone-syntax interface, and descriptive studies*, Kaji, S. (ed.). 79–96. Tokyo, Japan: ILCAA, Tokyo University of foreign Studies.

Ni Chasaide, A. and Gobl, C. 1999. Voice source variation. In Hardcastle, W. J. & Laver, J. (eds.) *The handbook of phonetic sciences*, 425–61. Oxford: Blackwell.

Repp, B. H. 1979. Relative amplitude of aspiration noise as a voicing cue for syllable-initial stop consonants. *Language and Speech* 22: 173–189.

Ohala, J.J. 1983. 'The Origin of Sound Patterns in Vocal Tract Constraints', in P. F. Mac Neilage (ed.). *The Production of Speech*. New York: Springer-Verlag, 189–216.

Pittayaporn, Pittayawat. 2009. Phonology of Proto-Tai. Ph.D. dissertation, Cornell University.

Pittayaporn, Pittayawat & James Kirby 2017. Laryngeal contrasts in the Tai dialect of Cao Bang. *Journal of the International Phonetic Association* 47/1: 65–85.

Stevens, K. N. 2000. *Acoustic Phonetics*. The MIT Press.

Stevens, K. N. and Blumstein, S. 1981. The search for invariant acoustic correlates of phonetic features. Eimas and Miller (eds.) *Perspectives on the Study of Speech*, 1–38, Erlbaum Assoc., New Jersey.

Stevens, K. N. and Keyser, S. J. 1989. Primary features and their enhancement in consonants. *Language*, Vol. 65. No. 1: 81–106.

Suwilai, P. 2003. Khmu dialects: A case of register complex and tonogenesis. In S. Kaji (Ed.), *Cross-linguistic studies of tonal phenomena: Historical development, phonetics of tone, and descriptive studies*, 13-28. Tokyo: Institute of the Study of the Languages and Cultures of Asia and Africa, Tokyo University of Foreign Studies.

Thomas H. Crystal. and Arthur S. House. 1988. A note on the durations of fricatives in American English. *J. Acoust. Soc. Am.* 84.5.

Thongkum, Theraphan L. 1988. Phonation types in Mon-Khmer languages. In Voice Production: Mechanisms and Functions, ed Osamu Fujimura. New York: Raven Press, Ltd, 319–33.

Thurgood, Graham. 2002. Vietnamese and tonogensis. *Diachronica* 19: 333–63.

Titze, Ingo R. 2009. Phonation threshold pressure measurement with a semi-occluded vocal tract. *Journal of Speech, Language, and Hearing Research* 52: 1062–1072.

Trigo, L. 1991. On pharynx-larynx interactions. *Phonology* 8: 113–136.

Vaux, B. 1996. The status of ATR in feature geometry. *Linguistic Inquiry* 27: 175–182.

Wayland, R. and Jongman, A. 2003. Acoustic correlates of breathy and clear vowels: The case of Khmer. *Journal of Phonetics* 31: 181–201.

Westbury, J. 1983. Enlargement of the supraglottal cavity and its relation to stop consonant voicing. *J. Acous. Soc. Am* 73: 1322–1336.

第九章
論音位系統和注音系統：以漢語為例

孔江平
北京大學

ꕥꕥꕥꕥꕥꕥꕥꕥꕥꕥꕥꕥꕥꕥꕥ

提要

隨着語音學技術和研究方法的進步，音位學從結構主義的方法論逐漸轉向認知科學的方法論，初步形成了「認知音位學」。從認知音位學的角度，建立音位首先需要有語音意識，語音意識通常定義為：母語者能感知到的不區別意義的語音單位。語音意識分為自然產生的語音意識和非自然產生的語音意識兩種。

基於這些基本概念，本文討論了漢語不同歷史時期的音位系統：(1) 音節音位系統「直音」；(2) 聲韻音位系統「反切」；(3) 類聲韻調音位系統「《廣韻》」；(4) 類音素音位系統「注音符號」；(5) 音素音位系統「漢語拼音方案」。研究發現漢語的音位系統逐漸從基於自然語音意識的音位系統，轉變為基於非自然語音意識的音位系統。從語音單位上看，也從音節逐步轉變為音素。基於這些研究和發現，本文對「音位系統」和「注音系統」進行了明確的定義，並闡述了兩者之間的區別。根據「音位系統」和「注音系統」的定義，我們發現在漢藏語的田野調查和音位系統的構建中，大部分建立的是「注音系統」而非「音位系統」。

1. 前言

研究語言首先要將語言記錄下來，對於有傳統文字的語言來説研究就相對容易，但目前世界上大部分的語言都沒有文字，因此，需要進行實地的田野調查。語言田野調查主要基於傳統語音學和結構主義音位學。傳統語音學主要是通過聽音、模仿和記音對語音進行描寫，音位學主要是通過語音的對立關係建立音位系統。結構主義音位學的原則主要有：對立、互補、相似和經濟。然而這些原則在語言的田野調查中都存在一些問題，如：對立原則將音位定義為有區別意義的最小語音單位，但什麼是最小的語音單位，對於不同的語言是不同的，如漢語的音節、聲、韻、聲母、韻母、聲調、音素和區別性特徵，哪個是最小的語音單位，定義的原則不同。互補原則是處理音位的一個重要原則，但

* 本文得到了國家社會科學基金項目「中華民族語言文字接觸交融研究」（22&ZD213）的支持。

在處理互補時，從結構上很難確定區別性特徵。相似性原則是為了給互補原則打補丁，只有相似的語音才可以合併，但相似主要是由音位處理人根據發音部位和方法來決定，並沒有認知基礎。經濟性原則是為了減少音位個數，因此，最為經濟的音位系統用兩個音位就夠了，即 0 和 1，在結構主義的方法論下，這些都被認為是合理的。

從音位學原則的問題可以看到，基於結構的音位系統在標音上具有多能性（Chao, Yuen-Ren 1934），這直接導致了音位系統的多樣性，也就是說由於研究目的不同，一種語言不同的調查者會得到不同的音位系統。從人類語言交際的功能看，一個特定語言的特定人群在語言交際時，他們的大腦同時使用不同的音位系統，這似乎很難想像，邏輯上也似乎有很大的問題。本文主要討論音位系統的類型和漢語的音位系統，並以此為基礎討論音位系統和注音系統的定義和區別，為討論音位系統的唯一性和認知音位學的基本理論框架奠定基礎。本文內容主要包括：(1) 音位系統的類型；(2) 音節音位系統「直音」；(3) 聲韻音位系統「反切」；(4) 類聲韻調音位系統「《廣韻》」；(5) 類音素音位系統「注音符號」；(6) 音素音位系統「漢語拼音方案」；(7) 音位系統和注音系統。

2. 音位系統的類型

根據不同的研究目的，人們可以採取不同的方式處理音位系統。在語言田野調查和研究不同的語言材料和文獻時，我們發現音位系統可以分為三種形式、八種類型（孔江平 2020）。第一種形式的音位系統是通過調查活的口語建立起來的音位系統，有兩種類型；第二種形式的音位系統是從文獻或其他記錄材料中建立的音位系統，有五種類型；第三種形式是自然產生的文字音位系統，有一種類型。這八種類型分別是：(1) 完全口語音位系統；(2) 部分口語音位系統；(3) 跨時域音位系統；(4) 跨地域音位系統；(5) 跨時域和跨地域音位系統；(6) 跨時域、跨地域和跨語言和方言音位系統；(7) 構擬音位系統；(8) 自然產生文字的音位系統。下面分別詳細闡述。

第一種類型是通過調查和記錄實際口語建立的音位系統，包含這種語言口語中的所有詞匯和不同層次外來詞的語音，並在這些記錄的語音材料上按照音位學的原則構建的音位系統，這種音位系統是一個時間斷面的共時音位系統。在調查時通常是按照語義分類進行調查，如記錄天體名稱、人體部位名稱、動植物名稱、動作行為、實際或抽象描寫等。

第二種類型是按照一個特定的詞表進行田野調查得到的用於專項研究的音位系統，如按照《漢語方言調查表》（中國社會科學院語言研究所編輯 1981）、《藏語方言調查表》（孔江平等 2011）。另外，特定語言研究的詞表，實驗語音學聲學和生理研究的詞表，語音感知實驗用的詞表等，這些研究往往需要一個基本的音位系統和一些詞匯的最小對立。

第三種類型是通過調查和研究跨越時間域的語音材料建立的音位系統，語言的材料主要來自不同的年代和不同的年齡層。這種音位系統跨越了較長的時間，如：有意調查一些古老的詞匯和口語已經不用的詞匯，用於歷史語言學的比較研究，整理出來的音位系統往往比口語的音位系統要大。

第四種類型是跨地區音位系統，主要基於不同地區的語言材料和文獻，如不同方言，這種音位系統同時涵蓋了不同地區的語音。

第五種類型是跨地域和垮時域的語音系統，例如《廣韻》（陳彭年、丘雍 1008）就是一個不同時間和地區的音位系統，因為它是基於《切韻》（陸法言等 隋朝）和《唐韻》（孫愐 唐代），它的音位系統比一個活的口語的音位系統要大得多。

第六種類型是跨時域、跨地域和跨語言的音位系統，它實際上包括不同的時間、不同的地區和不同語言的材料。實際上很多語言都經過了長時間的融合，都可以被看作是跨時間域、跨地域和跨語言的音位系統。如果只調查一個時間的斷面就是口語音位系統。

第七種類型是構擬語言的音位系統，它是一種不存在的共時口語，為了研究構想出來的音位系統。它實際上包括不同的時間、不同的地區和不同的語言材料。例如，原始漢藏語的音位系統是一種跨時域、跨地域、跨語言的音位系統，其音節數遠遠大於任何一個活語言的口語。

第八種類型是自然傳統產生文字的音位系統，是一種語言長期演化過程中形成的包含了跨時域、跨地域和跨語言材料的音位系統，往往和口語的音位系統有較大的差別。

在結構層面人們不太注重音位系統的分類，在語言田野調查和利用文獻資料構建音位系統時，由於研究的目的不同，有人還往往去調查死亡的詞匯和口語中已經不用的古詞匯，並將其建立在一個音位系統中，如歷史語言學的研究等，構建跨時域、跨地域和跨語言的音位系統在學術上有其價值，但從認知音位學的角度，怎樣利用音位系統研究認知音位學，還需要在方法論上進行創新，因為認知音位學要研究的是某一時間點特定人群母語者大腦中的共時音位系統。

3.　音節音位系統「直音」

從認知音位學的原理看，對漢字注音是經過了「譬況」和「讀若」，然後到「直音」，因此「直音」應該是漢語準確的音位標音方法。從語音認知的角度看，直音是以音節的語音意識單位為基礎的標音方法。但從漢字的形成過程看，可以認為漢語形聲字創造過程中出現的聲旁，也是以音節為基礎的一種「直音法」，它反映了漢語自然音位系統的語音意識和認知單位，是漢語最早的基於認知的音位系統。

從中國古代文獻看，古人最早採用了「譬況」、「讀若」和「直音」的方法是為了學習漢字的讀音。「譬況」是用近似的聲音來對比說明，如北齊顏之推的《顏氏家訓・音辭》記載：「逮鄭玄注六經，高誘注《呂覽》、《淮南》，許慎造《説文》，劉熙制《釋名》，始有譬況假借以證音字耳。」「讀若」是以擬聲來進行注音，而且還指明假借。如段玉裁《周禮漢讀考・序》記載：「讀如、讀若者，擬其音也。古無反語，故為比方之詞。」「直音」是直接用一個字的音來標註另一個字的音，「直音」最早出現於漢末，如唐代顏師古注《漢書》中徵引了二十三家注，其中各家使用了「直音」的方法。以「直音」方法為主注音的專著有唐代張參的《五經文字》和明代章黼輯的《直音篇》。另外，宋代陳振孫《直齋書錄解題》記載：「《春秋直音》三卷，德清丞方淑智善撰，劉給事一止作序。」這部書全部用直音注音，但此書已經亡佚。雖然「直音」是精確的注音方法，但也有其局限性，清代陳澧《切韻考》卷六說：「然或無同音之字，則其法窮；雖有同音之字，而隱僻難識，則其法又窮。」下面將通過《説文解字》中的「讀若」和形聲字中的聲旁材料，來分析一下古代漢語以音節為單位的音位系統。

眾所周知，《説文解字》中有一批「讀若」的材料，可以用來嘗試建構漢語的音節音位系統，或者説「類音節音位系統」，之所以將其稱為類音節音位系統是因為「讀若」反映出來的語音單位還不夠準確。從數據庫上看，《説文解字》中有大約707個讀若字，去重後有615個字或者説音節，在這615個用於「讀若」的字中，可能還會有同音的字，見表9.1。對一個語言的口語音位系統來講，這個音節數值略偏小。由此可見，通過「譬況」和「讀若」反映出來的漢語語音系統，還是一個比較粗略的語音系統，但它是基於人們對漢語語音感知的直覺形成的語音單位。

「直音」是一個比較精準的對漢語音位系統進行構建的方法。「直音」與「讀若」相比是注音方法的一個進步。「讀若」只是指明兩個字的讀音相似，「直音」則指明注音字與被注音字同音，看了注音字，立即就能讀出被注音字的準確讀音，但「直音」也有其缺點，就是很難用常用字建立一套標註漢字的系統。為此我們分析了《説文解字》中形聲字的材料，並以此來嘗試建構一個漢語的音節音位系統。很顯然，形聲字是在漢字漫長的發展過程中形成的，是一個跨越時域、跨越地域和跨越語言及方言的系統，系統中會存在不同的層級，這裏形聲字的材料限於《説文解字》(許慎 東漢)。

具體做法是首先建立一個《説文解字》的文本數據庫，數據庫主要依據大徐本《説文解字》。然後，從數據庫中抽取出「從某某聲」的記錄，如「喤」為「從口皇聲」，「趞」為「從走氣聲」。這樣的記錄一共是7,720條。按《説文解字》的先後排序，對「某聲」中的「某」的進行去重，得到1,659個有聲旁字。然後根據徐鉉標註的反切對聲旁字的反切上字和下字聯合去重，也就是去掉了聲旁不同，但同音的字，得到了1,303個字，見表9.2和表9.3。

表 9.1 讀若字表

阿埃殪傲奧罷頒伴薄宀孛被輩奉鼻彼鷩邊辨摽賓髕撥膊蘗逋參殘岑柴毚讒朝徹郴塵丞騁池弛
馳遲遲侈敕酬楚畜欻啜創捶棰純鶉辵輟伺刺葱蹴毳猝竅橐沓達罘蕩到氐滴鞮馰抵弟鈦顛墊簞
雕調鰈疊丁動督毒瀆篤杜端朵跢惰訛而幡樊范飯方匪費粉糞馮縫敷伏服虙匐紱撫傅該鈣蓋概
幹綱岡鎬皓哥柗鬲隔耿綆苟構骨瞽騧菲冠獷規嫣軌癸貴郭過蛤孩害含函汗豪郝皓呵和曷貈隺
泓洪紅鴻忽斛許瓠華畫踝壞讙桓環浣患荒皇灰虺隓迴卉彗渾混稽畿擊急棘戢集輚悸臮薊罽薊
莢甲賈瀸翦繭簡匠焦狡皎矯叫孑劫捷結介戒津矜紟 堇晉菁旌陘競冋丩鳩九舊麔拘矩句卷絹決
厥橛嚼刊坎檻豤鏗彄扣窟庫快狂誑穬逵魁跬潰昆剌賴婪藍闌雷厘離戾栗厲歷隸趚廉溓鐮遼燎
劉林粦陵柳麷襱聾隴盧廬鹵陸鹿繺亂律鑾蔓尨盲髦沒苺眉昧 萌猛迷靡弭瀰泌祕覛鼏沔眄苗蔑
旻閔黽嫫謨末沫陌墨母貀赧䨓臠能柅薿 惄蔦臬聶孽櫱嚙寧槈儺槃陪枇翩剽玭蘋軿箁僕朴普戚
祁齊芑杞掔愆錢慊蹺鐈切鍥琴菣躄穹煢鰌求酋糗屈區劬齲權齹炔帬然穰甚仍柔襦繻耎偄芮汭
馺濇殺椴芟燒韶熠懾莘深弞蜃聲繩施溼式誓適叔殊淑疏蜀樹尗私斯巳騃悚送藪愬筭睢綏繕所
瑣他搨撻嚃貪鄿談潭滔洮惕瑱挑亭同荼塗湍屯庉驒唾扤籟豋丸骫宛萬威維濊鄔侮兀霧希奚娭
欷枲銑禧瑕弦鹹嗛賢陷縣香蝎脅膎諧携寫屑褉歆囟敻籲胥頊邮洫絮宣玄選學颰熏紃迅遜罥傿
言研岩沇偃棪儼雁煬養繇窈耀謁衣醫移貽酏瘞驛吟吟淫銀隱慭膺庸攸幽酉又祐余俞禹庾育浴
繘員龠躍郳允隕運載臬笮槙擿佔棹輒臻振嗽鷸指黹至郅秩置摯螽逐窋燭孎煮住杼注祝駐專饌
戇贅準拙泥資莘纂鑽尊昨

表9.2　聲旁表

不朿喜真彔虒羊止畐右其氏是必亜巳此類危付且彭告比司勺果毳留壽襄單禦昏某胥辰戒馬易
咼芙林覃爾兆天乍寮敬典夒殼番與堇工來复向剌旬贊英無有舂求辟爰瞏黃宗宛章炎介廷敫行
夬奉堯蚤喿流巂畾差瑟𦫵叚豖裏元令倉丁爭貨禹今勒居久叵艮曳進朁恩號叚變句言隹烏登旻
皆昆民岳朱鬼幾良幹胡猷湯加豦戔當非可己崔粲叔宣共分爿尊母疌甫合狃肥子穌任矢癸強翏
微近釀見呂匊軍青盧服平臣賓監宮俊囂離麇扁楬氣各予述長劊翟冓婺務浸攣收毗夷辥古矛闍
除浦弱推圭君㠯尋區固榦庶毀中夭弦安夢修由魯㪔婁冤貇則西忘包乂鳥雲律封刺童嫂下僉麃
後遬剡廉印邪劉函何龍耆臤我羅叞澌為牆術味至曼阜杏妾失瓜難奭彝朩治牙枼䏣鞋妻甤㚇原
夾均凡傅執暘陰造肖內會毛時㐬洛擇溫焉於祭伐而乏數雉設方賁席耤租盍佔屈全酟橑宰專卑
粗賢步如坐族巨堯新烝狸祘沙勿曹泛乃血匋賣冬余高保早取到容作孫疏千名鄉辱丿乀家反岡
寺匕參尨京辜叏雔產生刃蜀侯多羌叕允率㲋意四專乎虛折門禾亞矣戋甲壬庚壹盈憂更盍勞七
乇責敖念茲丩冎屋禺契奐朝州喬亶昔𠂔票匠戴才臭夋甬重殷王賨罘卂盾豈隸豆同貝㿝白巠羨呈
袁冋亢悳坒𧾷誇巴盧佐兒㓞所誇先曾它炊粵殸若雁𢧜風侖朕狂㚖冄萬魋華公尤耒黨普妟畬采
䜌郭般免徙爨弁巴引冃面干兓㯤耳龜戕示邑肴殺叀丙兌度昏算粦垚鼓牟㶳豈枚厷大爽主暴㿝
敦㱿寬豊屯需巠小希兩貳雋缶寸丯井思本翁鬖贏沾兜匪朵殿削堂彬凵醜菹刅散象艾㐺竹段岑
遄賈弄叉旖衰困省隋追廣國丈光圂恒舂彭式兄崩奠口季匡甘火馮能弁署朮聖家頃女半㔾康舄皿
匆鮮農奮孨舂屏薨覀珏強農隼敞親哥桑㬎豪竝棧皋領秅猒守蓺蘭昷昭蟲左鬲褻銛巩狠糸箄南
乳暗翠奏再虢審靚雜扁項孱巷𪏆稟酸納系阿𦍌冉堅瓠別尥㔾朵陝紝發充松𢇍瀧戴荆廌定反蘇
差盎貞氏帝犮斤周雈俞路獻㮚㐱皇豐莠巢羣盡眉厶於劦羽六霍秀異豈唯虧憲窮闌奸忍及音啻
紇深鬲諸賜負孚寅並復贛富奧咸㱿齊金鶪淩支解欠龠兼亂連密肅秋尢冥曷梯將育罷要過甚竘
刑明出㘸劇尹㬥疑移斦既資秦在卒歲敝榮采溥致斬弗麗存絕咠渴潘沮泜額交委敕曲焦厥鶵冢
錄沼吾啚楙冒逢黎歸津叢畜狐夫遠市厲寽荀衛屖義建彖益音集筮臽尃未寑丞胃質禁五昌臬彗
貪奴喬尸嚴申延化殸莫孝厄嬰幼虞㕦屰芻戊酋叡薊㝅瞿吉翼卓矍虔亘畢尚戌亦舝川正啻貫冓
㽞耑䣕只也㚔米酉巤世狄弔皮夆奚奇弄㕡屑台聯石忌匋攸就聶弱舀廛阜荅𢍏月幵晉㦰莧易朗
午每屖義戠成葛柬式㿻蒦躲永彥旨炽奢山孛吳巂敢虐貴少習匈遣望革罩志員由鞏弘顯茸亟㑑薦
規屯沸谷斫㸚希幾肯屍醫几之道啟旱伸赤蚩玄縣末辡辰閏詹買晏閑丏寧咢馭前矦垂陸吅臼贏
獄骨舟旦昊號祟桼眇匽乍渠晨谷麻直瘫北去卻八丞善疋否府半𡖅臬助畏發擂稽䲨畀稍刪邊便
拑相孤愛叩勻虘彡隆㝵鬳須漻隶卪旡吏亼𡙇㬌羔並或殼以豐糕㓞市邛彝䩞息兼晉僕尼聖厭從
尌絫𪇊曶㲋埶業築柬角屑威節箸役具朋舌空互蠡親章卮施羊降卷卉代穹啚韋業梟黽貿燕翕舍
畚卯匿升丹猋靃又冀厽再靡後㒸㪺戔亘旻佰索瓜夕季㓞託舞父耵析桀葉扇賞欺疾足對㑒亭吳
品纍蔄耿采圍頡壯邑谷𤔔彤㽙肩脅黿緘亟二巽枝玉籥兀虎宓陵薑配侈欽膠夏𣉻欸切殸岸冀休
聚乘戎黑星㢘尾昫雁福龘畢爵㗊匧𣏟粤客㔾殷依徵景心罙㕟寇息夊百夤蔑鼻㔾旟拾䖝垩寧窒
橫靜簡竟夜十顯戢榦烕曰蕭敍繇仏晉嘗浯達闋亜布舊最適局欣麋宿寒興篡污幸恚虘雀淮羸甾
受逆伏中欲幽橐朮乞沂克曉慮薄輕氣奭㡿㔷㘸

表9.3　帶聲旁字表

丕帝禧禛祿褫祥社福祐祺祇禔祕禋祀柴禶祪祔祖禥祰祉祠礿祼櫜禰禱禳禪禦栝禖禑祳禬禡禓
禍祅禁禫禰祧祅祚璙璥琠瓔璺璠璵瑾玒琜瓊珦瑓珣瓚瑛璑琄璇球璧瑗環璜琮琬璋琰玠珽璥珩
玦琫璏瑤璪瑬璹瓃瑳瑟璊瑕琢理玩玲瑲玎琤瑣瑀玲璽琚玖琧珢玴璡璔璁琥璧瓔珣瑄琟瑦璒玫
瑎琨璢瑤珠瑰璣琅玕瑚璧璗珈璩盞璫琲珂玘璀璨琡瑄珙氛壯墫每菫莆荅茹葩芓蘇茬芺葵蘲蓼
薇菦釀莧莒菊葷菁蘆菔蘋茞蕢藍莒葰蘬蘺蘗萵葛气茖芓菉萇薊藋葥葼務蓡蘗莜莊萸薛苦苧蘭
蒢蒲蒻萑堇莙莒蕁蘆菌蘇蔗蕸芊芙茲荌夢蓨苗蕃蔽蔞菀蘋煎茜蕊苞艾蔦芸葎葑蒴董葰芐蓌蔗
萿蕨莢蘪芇茀菀菡荷蘢蓍菆莪蘿蔚蒲蔦蘠茫菋莖蔓莫荅萋芺芪蘳萸蕣茶落芽葉葩蘚萋蕹薆蔯
萊葯芃蒪蓺藹蔭莲菁芮薈芼蒔荒落蘀蘊蔫菸蔡茷萮芝藪薙蔎芳蕢蓆藉菹蓋苫菎荃藍蔴莘蓴蕈
蘿蕡芝茹莝蔟苣蕘薪蒸蘿蒜莎芴蕫範芀菡萄蕢苓茶蒿葆草菆莿蓉葃蓀蔬芊茗蘮蓐少尐豕叛犅
特牝犙犤犒犉牧犨犆牲犌喝喉哆咲啜吮嗱嚵噫呬喘呼嘘哲問和啞唉哉呷呈唐噎嘔嘎哽嗑嘮吡
吒嘖嗷唸嗞叫咼喔喁喫喚嘲哶趫趲趞趚趮趆趨赳趪趖趦趧遡迋遺遝迅遁遣逮逗迥退追迫邅遂
逞遠迴迒德往徲徥很齟齹覷齧齗跨跣蹭跎籥鼽聲諾譍讖諷論謄誑諜詽講讙譁訟訦詸讜譜詨鰭
弄樂鞹鞏輓鞬鞻鞹靶靭鞙鞧鞮鬻鬻鬻鬮臧役殼般殺專更敓敷敃敹瞵睦瞽眸者雖徵雄牽鵝鴡驫
鴟驐彀髖體肫臑脛肖脪腩膩騰剞扎韧耕鰓笨翁篸篕箬箢篚筙篠箭鼙彪去蚰蘊栁饑饞飲鍤管鍛
栲樵櫝桸杈橋榱梱楷楕槌橫樞杖桄榍楯椿鬌貳朊鄘鄭邛郰郾邯邩鄽髻昇曙旆綒稼穎枚繫宦康
寫盜蹇癬癧幢傍偆屏儯僄褻緇禯毽鸄親歌顈顥顡鬆棧皋嶺庇厭狩爇爛煴照燼炫燏懷絃恐懇縈
漳湳泯灛澤湊洏瀧瀋灑染漏湏潺港灦瀵酦鯞鯀閫闟珊挳搣捌拋妮娱陵嫋發統蚣蠡塗鐵鉚鏕錠
輾隳陸醯禛祇禘祓祈裀瓘瑜璐瓛璪珍瑝玤瑀璅璙瑭瑁玒玗瑒翊岞蘿莠蕢荳蓶芋蕙藭蘭荔蕊芨
菩菩蘄藻萵藷蕮萯莩黃荓蕧贛蕾萸葴藪薺荃鵝蔆芰蘚芡蕍蒹蘚蓮蜜蕭萩芫莫葛蕛蔣蒿蘢葽邁
葚葯荊萌茁莖蔚笋藁薿蕂茡蔇蒼蓁茬萃葳蔽蘂菜薄蔹蘄茀蘢薦蕝葺藹藩菹菰蘋茭萎蔌苗蕉蕨
藭蒙菉菬菩薔蔴萱蓬藜蘬萍蕽蓄菰芙蓫犻犡犽犏犟犀犧犍喙嗌唶噍噬啗嚩味嗀唾喟噴噤吾唱
嗚嗐噲呶嗃呎囌呻唌吪設嘆哮屹嚶呦嗔嚴咢趨越趙趣趫趬趯趌趩趠趯越超趕堂歲迹達巡延適
遺遘遷遡邁迟池達迷迺邋迣遜迌彼徫徯徛齹齰齵齝齾跖跽趴跿蹴躡蹋蹈躔踔踏蹐跀跰躧躄躩
諹譽許誨諄議識誠藹諫試謐護謝詠諺詣僭諸訕誇誤謙譈謔讀訬諂訩譴諲謹譯誌韻畀鞏鞃鞶鞴
鞕鞭韉鬻鬳鬻鬩鬪鬩肆殳殷殿殹鳧寺導啟斁敝赦數眩矊眛瓣眽瞤瞻瞶暖瞯眄眝矚翰翦翭雞蘿
雈舊羸鷥鶻鴥鴟鴗鴞鶪鵝鵰鶠鴒鶚鷫鴿麼殖膺背胠腳脅膂膳胥脂腐判列剌勑鯤艕籓籍簟笲篛
籥籩箯笴箱箛籆巽曷虧彭巇號盧盈鎣盡卲既燹食餑饐饈餅鹹罄矣麷蘿梨柿枊欂椯槵樣楷樸柅
梩檿樅樹橡欒榴梟槷樸築楝桷楣槭櫛榰椴㮚棚栝椌桓欓櫬桴栀椸南隆圈貢貸賓鄙鄰鄰鄡鄹鄖
鄰鄩部鄙昴暱昇旃旝霸有穬薺稱糴豫隧鼴戩宣宴宿索窊歹痔瘛託彝布帆晰杰僸偏償傲倐促儧
佾停匙臨襮襪襞裹襴褫裝裹兌覦覢覞覼歆歡歜敨次顯蘇項顲髡魅密陵嶬崑庮廞廖廈層厥砌毅
騂驥傿驟騋駴默猩獻焜煦煚穮爨燁熇曩恧愁恴悫黎慇恔懲憬沁深濅漎潈汝洦濱瀸濞氾瀧沿漸
淫濘滓瀎瀞潏澆液汁灝濈瀚滅汩瀟潡釁衆霧鱠闊闥矙挫捇攜撮摘掲掀擄掮摤嫂嫱娑婞婊戲戳
匯纝緇綬縋紩蚩螢蟈蠹颱圪逕劝鐃鑢鏄鬟鑌斢斛陋陛

從我們建立的數據庫的統計可以看出，在《説文解字》的 9,831 個字中，有 7,220 個有聲旁的字，去重後得到了 1,659 形聲字和聲旁，或者説音節。這個音節數比現代漢語中音節最多的方言要多約兩百多個音節，由於形聲字反映的音位系統是跨時域、跨地域和跨方言的音位系統，比一個活的語言只多約兩百多個音節，其數值並不算大。這説明以音節為單位的音位系統十分接近活的口語。

眾所周知，許慎的《説文解字》中並沒有反切，其反切是徐鉉主要根據《唐韻》後來標註的，從時間上看前後差了約八百多年。如果按照徐鉉標註的反切建構的音位系統來處理這些形聲字，音節數更少。具體做法是通過《説文解字》中徐鉉的反切對語音進行進一步的除去同音字，最後得到了 1,303 個字或者説音節。雖然《説文解字》中字的造字過程可能很漫長，有不同的層次，但這個音節數非常接近現代漢語的口語，我們可以説，這個以音節為單位的音位系統很可能就是當時口語的音位系統，體現了徐鉉當時人們的音位感知系統。因此，我們説這 1,303 個字所代表的音節是沒有受到拼音知識影響的自然的漢語語音意識和語音單位，是漢語最早的存在於文字系統中的音節音位系統。

世界上的語言大部分沒有自然形成的文字，只有部分語言有自然產生的文字系統。從自然產生的文字系統的形式上看，可以反映出語言的語音結構和認知單位。漢語的文字是方塊字，這和漢語單音節的音節結構密切相關。從漢字的形成過程可以看到，漢字中用形聲表示語音成分，基本單位是音節，這説明漢語母語者的基本語音意識是音節，分不出聲母和韻母。從我們對北京兒童讀寫障礙的研究看，在進入小學時，兒童只有音節意識，沒有聲母和韻母意識。印歐語系是世界上一個大的語系，有很多語言都有自然產生的文字系統。其語素的基本語音形式是單音節和雙音節，但其文字卻採用了表示音素音位的字母。這説明這些語言的基本語音意識是音素而非音節，與大部分的漢藏語語言不同。由此可見，語言的語音結構不同，語音意識和語音單位也不同，它們會體現在自然產生的文字系統中，使得文字系統符合人類大腦對特定語言的處理方式。因此，「直音」和「形聲」是具有感知基礎的漢語音位系統。

表 9.4　反切上字

反切上字
敷都許側盧息陟似敕方於渠市兵於仕力過符則補卑以古此時魚莫私與胡居徒泥他火徂洛多耳郎附羊戶落相武比王藏諸邊直子魯七所乎竹良五當楚九舉語餘倉烏穌徐羽阻普況須拘慈士虛與房疾素如失驅無女侯蒲靡食而亡山杜康薄式之斯芳職布粗府具平奇土美昨無何常俱舒鄒普儒姊秦呼必它央蒼匹分識浮祥在甫扶求人丘千煮即文吾同博自思書毗赤先伊丁湯荒祖候馨夕取撫香施中田綺移字雲尼知神宜賞氏為下巫恩母狂紀牛堂矦豬眉黃是得親天彼口那署床冬啄牽希皮雲悉詞防夷已幾乙孚遵一作戶百縛巨強去苦呂蘇烏昌醜汝其初公工張奴尺植旨詳特殊將安章積步翼桑賤大弋愚旁區韋杇資征創彌辭借彌才仍始辛強度恪疏乘池即鉏處摸空虎宅篘乃銀翾

表 9.5　反切下字

悲計其鄰穀移盈羊裏六救之支媚真皆遂委遇古盲履灼玩芮戰舉杯呂章果蔭感米雕千故簫殄由
擊袁朱工哀倫扶激眷宗良孔例皓回何櫛加角止換經耕魚友巾制紅貫葉刃俱限乃主緣竦損洽郭
久未吏孤甚匕喜非亮澗北為聿軫考林兮杜胡箴夜義無深交最容今表記敢必先沸梗衽羽閏滑巴
佳入醉光袂各居大凡勿列分易甸煩歷位庶玉木仍消弗乎都裒保渾沼忍周稽昔可臥烏才榼伊連
私招仲隻句候戟爾秋阮輒教旨寄職征命鬬放甘官流力建練旰幾殞絢偽案吉口及豆到陵倨毒江
遙立變九也亦正質恚利獻梵誄穎代圭轄牟鳩惟弓怪戌老外栗郢閻虐豢戶奐略顛允酉茲稀浩末
駕喬領諸隱營達贊京沿闗冉拜鼎了庚穴絞求奔丁矩蠓函則岑捌厚軒追騰夷悖衣當寒吳朗牙郎
罪竹合鳥水許雲兵幹顏遺嬌沔謁訖額詣吊賤脂的含慕宮田中送布聊元覺見方蓋諮賜動狄膺買
險勺恬患鹽剛遮辟賢哥胃鬼律尼販勞葉結羈延禾兗寮卿涉捶瓦小己敏戎斤禁味詵銳甾抱癈粉
乾發後余說太廉緣步宜既史肴革昭月牢焦叜乘決刀足報毛奚歸仙狐盜封菹迴蜀半得張帶轂均
簡屋祕歲震言穢鈎尚劣鹹濫介器貴日運戈堯開甲惠貞沒杏銜人媧格莖虬杴逾嚚伐雀牛遵屑縛
虔隴又進然困衍耐玄葛弄邁陌線兩懇奇員雞石宿化盍典厥前鄧垂形挺證奉內離昆害晏登禮況
罵麥話約對瓜用和軌腺問券綺弘隨矦文至流茅八禮孟活畎珍撥莧獲勻萄佳閑浮幹淺溝莊忽闃
幰好妹劫定妙近獎雨本薛來賄肺忖念樞成侯淹尾魂冬還隙庾巧據旱艾逼已皮雅卽善玟恭貢臻
骨祭岳瑟辟綆類廣燭衡悔誤啟曠僅博篆訪美展王怯安僚車荏飽恕蒸伯訝頃渚戒皎罔逐責永季
甫吻擊戀肱悉隊期尋扇沃潁業尹閑俄四怨佩戍浪畢沒氏蕭洧尤融究偉晏少肖個蛙覲靳乖尸豈
恨壘鴆卦針冀白括備奏益枕筆邀呂項萬稔荅輦應夭頂避綜持祕虬迄嵫雕規

4.　聲韻音位系統「反切」

從上一節的討論可以看出，漢語自然產生的音位單位是音節。漢語「聲韻」的概念出自反切的使用。眾所周知，反切的出現是因為佛教的傳入和梵文拼寫的影響。佛教傳入的時間大約是在西漢，主要依靠口頭講解和佛經傳播，到了東漢人們才開始系統地翻譯佛教經典，佛經的翻譯使得人們認識到了漢語的音節還可以拆分為聲和韻兩個部分。反切是兩個字的字音來拼讀一個漢字的音，上字拼讀聲，下字拼讀韻和聲調，可以看出韻包括韻母和聲調。許慎的《說文解字》沒有反切，反切是徐鉉註釋《說文解字》後加上的，稱為「大徐本」。根據我們建立的《說文解字》數據庫，標註有反切的字有 9,823 個，將上字去重得到了 510 個反切上字，將下字去重得到了 1,283 的反切下字。也就是說徐鉉用了 510 個漢字來註釋聲母，用了 1,283 個漢字來註釋韻母和聲調。這兩個數值對於漢語的聲母和韻母加聲調來說太大了，說明包含了太多的重複。如果用 7,220 個有聲旁的字去重後 1,690 個字作為基礎數據庫來分析，上字去重後得到了 283 個反切上字，下字去重後得到了 672 個反切下字，見表 9.4 和表 9.5。這個數值對於聲母和韻母及聲調來說還是過大，會有很多的重複在裏面。

從音位學的理論看，這種反切系統至少存在兩個大的基本問題：(1) 用多個符號（漢字）來註釋同一個音位，究其原因是因為一個漢字不僅有聲母還有韻母和聲調，用這樣一個複雜的語音單位來表示一個聲母或韻母和聲調本身就存在感知上的問題，後人也曾經試圖解決這個缺陷，但效果並不理想，因為理論上有缺陷；(2) 音位的感知和認知單位不清楚，漢語的自然語音意識是音節，用這個音節語音單位去習得並建立一個以聲母和韻母及聲調的音位系統在理論上顯然存在很大的問題。但如果只作為一個輔助識字的注音系統，在實際應用上也還具有一定的價值。從音韻學的角度看，徐鉉的反切系統屬《切韻》系統，可能和《唐韻》更近。因此，聲母應該在 36 個左右，韻母及聲調應該在兩百個左右，但在《說文解字》的反切中並沒有採用 36 個字作為反切上字或採用兩百個左右的字作為反切下字，這說明當時人們對音位系統和音位學的理論與方法認識的還不夠深入。雖然在注音的單位上不能將音節的聲韻分開用一個符號表示，但反切具有一定的語音意識和認知基礎，這就是「雙聲疊韻」，雙聲疊韻具有一定的語音意識，但其單位不夠精確，主要是用於詩歌押韻。因此，反切系統是具有一定語音意識的漢語音位系統，我們稱之為「聲韻音位系統」。

5. 類聲韻調音位系統「《廣韻》」

漢語的中古音是《切韻》和《廣韻》系統，它們在中國中古音的研究中有重要的地位。下面我們以《廣韻》為例，來討論漢語聲韻調音位系統。《廣韻》全稱《大宋重修廣韻》，是中國第一本由官家指定修訂的韻書，作者是北宋的陳彭年和丘雍，成書於公元 1,008 年（北宋真宗大中祥符元年）。全書共分五卷，26,194 字。聲調由「平上去入」分為四個聲調，聲母 36 個，韻母 206 個，其中平聲 57 韻（上平 28 韻、下平 29 韻），上聲 55 韻，去聲 60 韻，入聲 34 韻。在《廣韻》中，同音字列為一小韻，每一小韻中給第一個字注音，並標明同音字的數目。其它字只分別釋義，不再注音。見下《廣韻》平上去入字表：

表 9.6 《廣韻》上平聲字表

一東	二冬	三鐘	四江	五支	六脂
七之	八微	九魚	十虞	十一模	十二齊
十三佳	十四皆	十五灰	十六哈	十七真	十八諄
十九臻	二十文	二十一欣	二十三元	二十三魂	二十四痕
二十五寒	二十六桓	二十七刪	二十八山		

表 9.7 《廣韻》下平聲字表

一先	二仙	三蕭	四宵	五肴	六豪
七歌	八戈	九麻	十陽	十一唐	十二庚
十三耕	十四清	十五青	十六蒸	十七登	十八尤
十九侯	二十幽	二十一侵	二十二覃	二十三談	二十四鹽
二十五添	二十六鹹	二十七銜	二十八嚴	二十九凡	

表 9.8 《廣韻》上聲字表

一董	二腫	三講	四紙	五旨	六止
七尾	八語	九麌	十姥	十一薺	十二蟹
十三駭	十四賄	十五海	十六軫	十七准	十八吻
十九隱	二十阮	二十一混	二十二很	二十三旱	二十四緩
二十五潸	二十六產	二十七銑	二十八獮	二十九筱	三十小
三十一巧	三十二晧	三十三哿	三十四果	三十五馬	三十六養
三十七蕩	三十八梗	三十九耿	四十靜	四十一迥	四十二拯
四十三等	四十四有	四十五厚	四十六黝	四十七寑	四十八感
四十九敢	五十琰	五十一忝	五十二儼	五十三豏	五十四檻
五十五梵					

表 9.9 《廣韻》去聲字表

一送	二宋	三用	四絳	五寘	六至
七志	八未	九禦	十遇	十一暮	十二霽
十三祭	十四泰	十五卦	十六怪	十七夬	十八隊
十九代	二十廢	二十一震	二十二稕	二十三問	二十四鱖
二十五願	二十六恩	二十七恨	二十八翰	二十九換	三十諫
三十一襇	三十二霰	三十三線	三十四嘯	三十五笑	三十六效
三十七號	三十八箇	三十九過	四十禡	四十一漾	四十二宕
四十三映	四十四諍	四十五勁	四十六徑	四十七證	四十八嶝
四十九宥	五十候	五十一幼	五十二沁	五十三勘	五十四闞
五十五豔	五十六㮇	五十七釅	五十八陷阱	五十九鑒	六十梵

表9.10 《廣韻》入聲字表

一屋	二沃	三燭	四覺	五質	六術
七櫛	八物	九迄	十月	十一沒	十二曷
十三末	十四黠	十五鎋	十六屑	十七薛	十八藥
十九鐸	二十陌	二十一麥	二十二昔	二十三錫	二十四職
二十五德	二十六緝	二十七合	二十八盍	二十九葉	三十怗
三十一洽	三十二狎	三十三業	三十四乏		

《廣韻》的平、上、去、入和韻之間有錯綜複雜的分佈關係，如「東、董、送、屋」四韻中的「東、董、送」三韻的韻母相同，但聲調不同；同時「東、董、送」三韻與「屋」韻的韻頭、韻腹相同，但韻尾不完全相同。由此可見，雖然《廣韻》有206韻，但包含了聲調，如果去掉聲調只有61韻。眾所周知，《廣韻》的韻是詩歌押韻的分類，詩歌押韻沒有包括韻頭，只求韻腹和韻尾相同，因此，只有61韻，但要加上韻頭的話大約實際的韻母有110多個。

在《廣韻》中並沒有明確的聲母分類，漢語聲母沒有專門固定的詞匯表示，通常人們用雙聲來表示聲母，即，反切上字與被切字雙聲。由於受到梵文的影響，唐末僧人守溫給每一個聲母規定了一個字表示聲母的類別，即「字母」，據稱「字母」一詞來自梵文摩多（mata）。守溫字母有30個，見《守溫韻學殘卷》，而目前學界普遍使用的36個字母實際上是宋人根據唐人的30字母增補形成的宋代聲母系統，見下列三十六字母表：

表9.11 三十六字母表

		全清	次清	全濁	次濁	清	濁
唇音	重唇音	幫	滂	並	明		
	輕唇音		敷	奉	微		
舌音	舌頭音	端	透	定	泥		
	舌上音	知	徹	澄	娘		
齒音	齒頭音	精	清	從		心	邪
	正齒音	照	穿	床		審	禪
牙音		見	溪	群	疑		
喉音		影			喻	曉	匣
半舌音		來					
半齒音		日			日		

根據以上《廣韻》的聲調和韻，以及宋人三十六字母的數據，我們來討論以下漢語中古音的音位系統。從認知語音學和音位學的角度看，漢語母語者能自然產生音節意識、聲母意識（雙聲）和押韻意識（疊韻），但並不能產生韻母意識（翁毅、孔江平 2022）。從《廣韻》的數據看，雖然《廣韻》首先按聲調進行了四聲的分類，但在韻的分類上主要是按照感知的押韻意識來進行韻的分類，並沒有把聲調從韻中分離出來，這是因為漢語的詩詞創作還有平仄的制約。由於漢語母語者沒有韻母意識，所以分辨不出韻母是很自然的。在聲的分類上，漢語母語者具有雙聲意識，但音韻學的聲並不一定是聲母，如果古人將介音劃歸為韻母，聲和聲母就是相同的。如果古人將介音劃歸為聲母，聲和聲母就很難確定，因為在漢藏語系語言中很多語言將介音歸為聲母，漢語方言也有這種劃分方法，這一點從趙元任先生的〈反切語八種〉一文中就可以看出（趙元任 1931），語音結構的拆分一定要有認知基礎。雖然語音的認知和語音結構有密切的關係，但最終還是要靠感知和認知實驗結果來確定，因此，雙聲的語音意識和聲母的語音意識還需要做更多的感知和認知研究。

從以上分析可以看出，漢語中古音的音位系統是基於押韻意識（包括聲調）、雙聲意識和模糊的聲調意識，漢語中古音的音位系統更多是基於語音認知單位來確定的，而不是基於結構的音位系統。因此，我們可以認為漢語中古音的音位系統是一種雙聲、疊韻和聲調為組合單位的「類聲韻調音位系統」。

6. 類音素音位系統「注音符號」

注音符號分為第一式和第二式。第一式是以章太炎先生的記音符號為基礎，1913 年由中國讀音統一會制定，1918 年北洋政府教育部正式頒行。1930 年，中華民國政府將經過改進的注音符號正式稱為「國語注音符號第一式」。第二式是 1986 年由台灣教育主管部門公佈，以羅馬字拼寫的漢語音位譯音系統，稱為」注音符號第二式」，注音符號第二式採用了音素音位系統，本節只討論注音符號第一式。從音位單位的大小看，注音符號描寫的漢語音位系統介於聲韻調音位系統和音素音位系統之間，國語漢語注音符號第一式有聲母符號 26 個，韻母符號 14 個，加上 5 個聲調符號，總共 45 個，見表 9.12：

表9.12　漢語注音符號

注音	拼音	範例	注音	拼音	範例
ㄅ	b	巴（ㄅㄚˉ，ba^{55}）	ㄙ	s	絲（ㄙㄧˉ，si^{55}）
ㄆ	P	爬（ㄆㄚˊ，pa^{35}）	ㄚ	a	搭（ㄉㄚˉ，da^{55}）
ㄇ	m	馬（ㄇㄚˇ，ma^{214}）	ㄛ	o	都（ㄉㄛˉ，do^{55}）

（下頁續）

注音	拼音	範例	注音	拼音	範例
ㄈ	f	副（ㄈㄨˋ，fu^{51}）	ㄜ	e	河（ㄏㄜˊ，he^{35}）
ㄪ	v		ㄝ	ê	跌（ㄉㄧㄝˉ，die^{55}）
ㄉ	d	低（ㄉㄧˉ，di^{55}）	ㄞ	ai	呆（ㄉㄞˉ，dai^{55}）
ㄊ	t	提（ㄊㄧˊ，ti^{35}）	ㄟ	ei	雷（ㄉㄟˊ，lei^{35}）
ㄋ	n	你（ㄋㄧˇ，ni^{214}）	ㄠ	ao	刀（ㄉㄠˉ，dao^{55}）
ㄌ	l	力（ㄌㄧˋ，li^{51}）	ㄡ	ou	多（ㄉㄡˉ，duo^{55}）
ㄍ	g	歌（ㄍㄜˉ，ge^{55}）	ㄢ	an	單（ㄉㄢˉ，dan^{55}）
ㄎ	k	科（ㄎㄜˉ，ke^{55}）	ㄣ	en	申（ㄕㄣˉ，shen^{55}）
ㄫ	ng		ㄤ	ang	當（ㄉㄤˉ，dang^{55}）
ㄏ	h	喝（ㄏㄜˉ，he^{55}）	ㄥ	eng	燈（ㄉㄥˉ，deng^{55}）
ㄐ	j	雞（ㄐㄜˉ，ji^{55}）	ㄦ	er	而（ㄦˊ，er^{35}）
ㄑ	q	七（ㄑㄜˉ，qi^{55}）	ㄧ	i	力（ㄌㄧˋ，li^{51}）
ㄬ	gn		ㄨ	u	路（ㄌㄨˋ，lu^{51}）
ㄒ	x	西（ㄒㄧˉ，Xi^{55}）	ㄩ	ü	率（ㄌㄩˋ，lv^{51}）
ㄓ	zh	知（ㄓㄧˉ，zhi^{55}）	ˉ	55	媽（ㄇㄚˉ，ma^{55}）
ㄔ	ch	吃（ㄔㄧˉ，chi^{55}）	ˊ	35	麻（ㄇㄚˊ，ma^{30}）
ㄕ	sh	詩（ㄕㄧˉ，shi^{55}）	ˇ	214	馬（ㄇㄚˇ，ma^{214}）
ㄖ	r	日（ㄖㄧˋ，ri^{51}）	ˋ	51	罵（ㄇㄚˋ，ma^{51}）
ㄗ	z	資（ㄗㄧˉ，zi^{55}）	˙	輕聲	的（ㄉㄜ˙，de）
ㄘ	c	詞（ㄜㄧˊ，ci^{35}）			

為了方便閱讀，表 9.12 同時列出了每一個注音符號對應的漢語拼音和範例，表中可以看出符號基本為漢字的縮寫字和基本筆劃，有五個符號表示聲調。輔音聲母和韻母都採用一個符號，介音 i、u、ü 單獨注音，另外還有三個符號 v、ng 和 gn 要和其他符號一起使用。在標註漢字時，根據具體情況，可以用一至五個符號標註。用一個符號標註，如「啊，ㄚ」，因為這個字的聲調是平聲可以省略，所以是一個符號；用兩個符號標註，如「安，ㄢ ˉ」，零聲母字需要用一個韻母符號加聲調符號；用三個符號標註，如「他，ㄊㄚ ˉ」；寫有介音的音節需要用四個符號，如「雕，ㄉㄧㄠ ˉ」、「江，ㄐㄧㄤ ˉ」。用五個符號標註，如「兄，ㄒㄧㄛㄫ ˉ」，要用到五個符號才能標註。

從這套音位系統可以看出，注音符號和傳統的聲韻調系統不同，其中聲母有一定的感知基礎，即雙聲的語音意識。韻母部分分出了介音和聲調，但韻腹和韻尾又不分，採用一個符號，所以和漢語的語音意識單位衝突，不具有感知基礎。從這種情況看，它既不屬聲韻調音位系統，也不屬音素音位系統，所以國語注音符號是介於聲韻調音位系統和音素音位系統之間的一個音位系統。在此我們暫時將其稱作「類音素音位系統」。

另一個重要的特點是，注意符號一式沒有用漢字而是用了漢字簡化的筆劃，從標音的角度看這是一個很大的進步。但從語音感知和認知的角度看，已經偏離了語音意識的單位，即缺少了感知和認知的基礎，如「啊，ㄚ」表示一個音節具有漢語的語音意識，但「兄，ㄒㄧㄛㄫ ˉ」，要用到五個符號才能標註，因此缺少語音意識基本單位的支持。

7. 音素音位系統「漢語拼音方案」

最先擬定拉丁字母漢語拼音方案的是 1605 年在北京出版的《西字奇迹》，由意大利耶酥會傳教士利瑪竇制定。這個方案是有系統地用拉丁字母制訂漢語拼音方案的開端。該方案是首次引進了西方文字的音素字母給漢字注音的拼寫方式，突破了我國自魏晉以來一千多年使用漢字聲韻雙拼的框架，為漢字注音開闢了一條道路，從此開始了拉丁字母拼寫漢語的歷史，揭開了漢字注音拉丁化的序幕。儘管這個方案是為了方便外國人學習漢字和漢語而制訂的，但其注音方式以及應用的便利，給後來學者以很大影響和啟迪。

清代以後，中外許多學者在研究和制訂拉丁字母式漢語拼音方案時，都或多或少地吸收了利瑪竇方案的長處，如用撇點表示送氣音，用雙字母解決拉丁字母不夠用的問題等等。據統計，在利瑪竇方案以後，即 1958 年公佈漢語拼音方案以前，我國編制並有一定影響的拉丁字母式拼音方案有三十多種，可以說都是在利瑪竇方案上的發揮。所以，說利瑪竇方案是我國拉丁字母拼音方案的始祖並不為過。

在漢語拼音方案公佈以前，由中國人自己設計而又比較有影響的拼音方案有三個：注音字母（1918 年公佈）、國語羅馬字（1926 年發表）、拉丁化新文字（1931 年公佈於前蘇聯海參崴）。這三個方案的影響都非常大，其中尤以注音字母影響最大，從公佈後即納入小學教育，目前台灣還在繼續使用這套注音字母，這是我國歷史上第一套法定的漢語拼音字母。

國語羅馬字由林語堂倡議，趙元任做了大量研究，從 1925 年到 1926 年獲國語推行委員會協助，在 1928 年 9 月 26 日由國民政府大學院公佈。它與當時已流行的注音符號並存，在 1986 年 1 月，它被修改為注音符號第二式。民國二十九年（1940 年），由教育部國語推行委員會決議改名為「譯音符號」。

國語羅馬字是一套漢字拉丁化方案，曾是中華民國時期的國家標準。它和通字方案一樣使用複雜的拼寫規則來標示聲調，不像其他方案要用到調號或數字；是民國十七年（1928 年）由國民政府大學院公佈的應用羅馬字母，有別於國語注音字母 ㄅ、ㄆ、ㄇ、ㄈ 等。其特點是用羅馬字母變化表示聲調，如 iou（幽），you（由），yeou（有），yow（佑）。

漢語拼音是拉丁化的音素音位漢語普通話拼音系統，分為：(1) 字母表、(2) 聲母表、(3) 韻母表、(4) 聲調符號以及隔音符等組成。其中字母表有 26 個英文字母組成；聲母表有 21 個，加上 v、ng 和 gn，一共 24 個，由單個字母和組合字母構成；韻母有 38 個，由單個字母和字母組合構成；附加符號主要由四個聲調符號、一個輕音符號以及隔音符等構成。為了閱讀方便我們製作了一個幾個方案的對應表，見表 9.13：

表9.13　注音符號及不同拼音系統韻母對照表

注音符號	注音符號第二式		國語羅馬字母								漢語拼音方案	
			陰平		陽平		上聲		去聲			
	非零聲	零聲	非零聲	零聲	非零聲	零聲	非零聲	零聲	非零聲	零聲	非零聲	零聲
	r/z		y		yr		yy		yh		i	
ㄧ	i	yi	i		yi		ii	yii	ih	yih	i	yi
ㄨ	u	wu	u		wu		uu	wuu	uh	wuh	u	wu
ㄩ	iu	yu	iu		yu		eu	yeu	iuh	yuh	ü/u	yu
ㄚ	a		a		ar		aa		ah		a	
ㄛ	o		o		or		oo		oh		o	
ㄜ	e		e		er		ee		eh		r	
ㄝ	ê		è		èr		èè		èh		ê	
ㄞ	ai		ai		air		ae		ay		ai	
ㄟ	ei		ei		eir		eei		ey		ei	
ㄠ	au		au		aur		ao		aw		ao	
ㄡ	ou		ou		our		oou		ow		ou	
ㄢ	an		an		arn		aan		ann		an	
ㄣ	en		en		ern		een		enn		en	
ㄤ	ang		ang		arng		aang		ang		ang	
ㄥ	eng		eng		erng		eeng		eng		eng	
ㄦ	er		er		erl		eel		ell		er	
ㄧㄚ	ia	ya	Ia		ya		ea	yea	iah	yah	ia	ya
ㄧㄛ	io	yo	Io		yo		eo	yeo	ioh	yoh	io	yo
ㄧㄝ	ie	ye	Ie		ye		iee	yee	ieu	yeu	ie	ye
ㄧㄞ	iai	yai	iai		yai		eai	yeai	iay	yay	iai	yai
ㄧㄠ	iau	yau	iau		yau		eau	yeau	iaw	yaw	iao	yao
ㄧㄡ	iou	you	iou		you		eou	yeou	iow	yow	iu	you

（下頁續）

注音符號	注音符號第二式		國語羅馬字母								漢語拼音方案	
			陰平		陽平		上聲		去聲			
	非零聲	零聲	非零聲	零聲	非零聲	零聲	非零聲	零聲	非零聲	零聲	非零聲	零聲
ㄧㄢ	ian	yan	ian		yan		ean	yean	iann	yann	ian	yan
ㄧㄣ	in	yin	In		yn		iin	yiin	inn	yinn	in	yin
ㄧㄤ	iang	yang	iang		yang		eang	yeang	iang	yang	iang	yang
ㄧㄥ	ing	ying	ing		yun		iing	yiing	ing	ying	ing	ying
ㄨㄚ	ua	wa	ua		wa		oa	woa	uah	wah	ua	wa
ㄨㄛ	uo	wo	uo		wo		uoo	woo	uoh	woh	uo	wo
ㄨㄞ	uai	wai	uai		wai		oai	woai	uay	way	uai	wai
ㄨㄟ	uei	wei	uei		oei		woei	uey	uey	wey	ui	wei
ㄨㄢ	uan	wan	uan		wan		oan	woan	uann	wann	uan	wan
ㄨㄣ	uen	wen	uen		wen		oen	woen	uenn	wenn	un	wen
ㄨㄤ	uang	wang	uang		wang		oang	woang	uanq	wanq	uang	wang
ㄨㄥ	ung	weng	ong	ueng	orng	weng	oong	woeng	onq	weng	ong	weng
ㄩㄝ	iue	yue	iue		yue		eue	yeue	iueh	yueh	ue/üe	yue
ㄩㄢ	iuan	yuan	iuan		yuan		euan	yeuan	iuann	yuann	uan/üan	yuan
ㄩㄣ	iun	yun	iun		yun		eun	yeun	iunn	yunn	un/ün	yun
ㄩㄥ	iung	yung	iong		yong		eong	yeong	ionq	yonq	iong	yong

從表 9.13 可以看出，漢語普通話拼音擺脱了使用漢字和漢字偏旁來標註漢語語音，而是採用拉丁字母符號來標記語音的音素。從傳統語音學和結構主義音位學的角度，從漢語最早的直音系統、反切系統、廣韻的聲韻調系統、注音符號系統，到注音符號第二式、漢語羅馬字母和漢語拼音系統，結構上分析得越來越細，見表 9.1 至 9.13。但從現代語音學和認知音位學的角度，從直音系統、反切系統、廣韻的聲韻調系統、注音符號系統，到注音符號第二式、漢語羅馬字母和漢語拼音系統，感知和認知上則越來越脱離語音意識和認知單位。

8.　音位系統和注音系統

在語音田野調查過程中，音位確認和系統構建是非常重要的一環。然而，在處理過程中會發現，不同的人調查同一種語言或者方言得到的音位系統不同，有時還會有很大的差別。這反映出一個問題，即同一個語言人群的音位系統是唯一的還是多樣的？這是語言學理論研究的一個基本問題，一個必須回答的問題。從語言交際的角度看，一個特定人群的語言或者方言，他們的音位系統應該具有唯一性，即在這些人的大腦中有一個共同的音位系統，不然語言的交際就會出現混亂。但為什麼不同的調查者會構建出不同的音位系統呢？這是因為目前的音位學主要是基於結構主義的理論，因此，只要結構上成立就可以進行靈活的處理。比如説，互補分佈是音位學中一個重要的原則，但並不是説只要是互補分佈就可以隨意合併音位。還要看其相似程度以及整個系統的分佈。上面我們討論了音位學四個基本原則的一些缺陷，針對這些缺陷，趙元任先生寫了那篇著名的論文〈音位標音法的多能性〉來對音位系統的多樣性進行解釋（Chao, Yuen-ren 1934）。在結構主義的理論框架下，音位學的四項基本原則都有一定的靈活性，對這種靈活性的運用每個人不盡相同，因此，會導致音位系統的差異。趙元任先生的解釋是基於結構主義的基本理論，因此，人們認為得到不同的音位系統不是對和錯的問題，而是是否適合自己研究的需要，是好與差的問題。

隨着認知科學的發展，認知科學的理論和方法被運用在語音學和音位學的研究中，過去在結構主義層面不能解決的問題，如對立的問題、互補的問題、相似性的問題，在認知音位學這個層面可以得到解決。因為通過感知實驗可以確定音位的感知範疇，而不是根據結構的互補隨意進行處理。這些問題的解決使得音位學的基本原則可以非常明確，而不是模棱兩可。因此，我們可以説基於結構主義將一個語言處理成不同的音位系統在理論上是許可的，但在認知音位學的理論框架下，一個語言或方言的音位系統必須只能有一個符合人的語言認知的系統。從這個角度看，我們可以將音位系統分為基於結構的音位系統和基於語言認知的音位系統。基於結構的音位系統是表層的，根據不同的研究目的，可以有多樣化的處理。例如，為了歷史語言學聲調研究的需要，可以將聲調和塞尾的互補處理為聲調或塞尾或聲調和塞尾。而基於語言認知的音位系統用於人們日常的口語交際，是唯一的和深層次的，它反映了大腦處理語言音位系統的能力。

語言的音位系統是在自然語言習得過程中建立起來的，不需要用專門學習，一個語言的音位系統是不會忘記的，也不會影響文字的閱讀。但一種語言的注音系統是人為建構的，根據我們對北京小學生的閱讀障礙調查（林悠然等 2020）和對粵方言語音意識的研究（翁毅、孔江平 2022），漢語拼音在三年級以後會慢慢被遺忘，而且會影響文字的閱讀速度（Tan et al. 2013）。因此，可以證明漢語拼音只是一個注音系統，不是漢語的音位系統。兩者之間的關係是：當注音系統無限接近音位系統時，注音系統就變成了音位系統。如果注音系統和音位系統差別很大，就不能稱之為這個語言的音位系統。在此，根據認知音位學的理論框架，我們將音位系統定義為：基於語音意識單位的區別語言意義的語音系統為音位系統，這個系統在同一母語者的大腦中具有唯一性。語言注音系統定義為：為了語言的學習建立的一種或多種語語音標註系統稱為語言的注音系統，語言的注音系統具有多樣性和多能性。因此，我們在此提出兩個判斷和區分音位系統和注音系統的原則，即「音位標音法的唯一性」和「注音標音法的多能性」。

根據以上原則，利用音素音位的方法調查印歐語系語言和阿爾泰語系語言得到的語音系統基本上是音位系統，而利用音素音位的方法調查漢藏語系語言得到的基本上是注音系統，而利用注音系統研究漢藏語系語言會有很大的問題。由此可見，中國古代韻書中反映出的語音系統主要是基於「音節意識」、「雙聲意識」和「疊韻意識」等認知單位，因此，它們基本上是漢語的音位系統。但基於結構主義音位學，採用音素音位的調查方法得到的漢語語音系統，如注音符號系統、漢語羅馬字母和漢語拼音系統等，由於越來越偏離了漢語的語音認知單位「語音意識」的音位系統，故而變成了注音系統。

參考文獻

陳彭年、丘雍 1008（北宋真宗大中祥符元年）。《大宋重修廣韻》。

孔江平 2022。〈基於音位負擔量的漢語方言認知研究〉。《方言》，2020 年 5 月，第 2 期。

孔江平、于洪志、李永宏、達哇彭措、華侃 2011。《藏語方言調查表》。商務印書館。

陸法言等 隋代。《切韻》。

孫愐 唐代。《唐韻》。

翁毅、孔江平 2022。〈漢語語音意識研究：以粵方言為例〉。《語言學論叢》，北京：北京大學出版社。

徐鍇 920–974。《說文解字系傳》40 卷（世稱「小徐本」）。

徐鍇 920–974。《說文解字韻譜》10 卷。

許慎 東漢。《說文解字》。

徐鉉 986。註釋《說文解字》（世稱「大徐本」）。

趙元任 1931。〈反切語八種〉。《中央研究院歷史語言研究所集刊》，312–354。

中國社會科學院語言研究所 (編) 1981。《漢語方言調查表》。商務印書館。

Chao, Yuen Ren (趙元任). 1934. The non-uniqueness of phonemic solutions of phonetic systems.《中央研究院歷史語言研究所集刊》第四本第四分。

Tan, L. H (譚力海), Xu, M. Chang, C. Q (常春起), and Siok, W. T (蕭慧婷). 2013. China's language input system in the digital age affects children's reading development. Proceedings of the National Academy of Sciences 110.3: 1119–1123.

Youran Lin (林悠然), You-Jing Lin (林幼菁), Feng Wang (汪鋒), Xiyu Wu (吴西愉), and Jiangping Kong (孔江平). 2020. The development of phonological awareness and Pinyin knowledge in Mandarin-speaking school-aged children. *International Journal of Speech-Language Pathology.* Tyalor and Francis Group.

第十章
普通話輕聲十題

石鋒
南開大學
劉娟
山東大學

提要

本文概括論述了普通話輕聲十個方面的問題，其中既有對前人研究成果的梳理，也有我們從全新的視角研究得出的結論。其中基於聲學和感知實驗的結果所得出的結論，大大拓展和深化了我們對現代漢語輕聲的認識。本文對從宏觀角度全面認識漢語輕聲問題，對輕聲相關問題作出了更深入的探討。

輕聲和兒化是現代漢語中的兩大謎題，引來無數學子競相解謎。為什麼這兩個問題會引發如此紛紜的議論呢？原因就在於它們都是跨界的問題，即跨越語言學內部的不同領域。我們以前曾經講到，語調研究聯繫到語法問題，只在語音中打轉轉是不能解決問題的。輕聲和兒化也同樣是如此。

兒化是跟構詞和語義相聯繫的合音變化過程，這一過程目前仍在進行中。輕聲的範圍比兒化更大，是跟構詞、語義和語法都有聯繫的，以聲調中和為主導的語音弱化過程，這一過程目前同樣是正在進行中。所以，輕聲和兒化都屬正在進行中的語音變化。

對於兒化韻，筆者去年已經寫出〈北京話兒化韻十題〉。本文就來討論輕聲問題，文中同樣也分十個題目，逐一加以説明。

1. 輕聲的本質是中和調

輕聲在本質上是一個中和調，即中性聲調。這是一種聲調中和化的語音弱化過程。最早是趙元任把「輕聲」譯為“Neutral Tone”（英文原意為中和調），一語中的。筆者在〈普通話聲調原理〉（石鋒、潘韋功 2021）一文中已經把它列為「輕聲中和原理」，並作出明確的闡述。下面轉述其中的部分內容，並加以補充。

輕聲中和原理：普通話的輕聲是一種連讀變調的特例，即後字失去原有的聲調特徵而發生中和化。

趙元任（1922）最早指出：輕聲「本來是中性的短音」。在他 1948 年編寫的漢語課本 *Mandarin Primer*（《國語入門》）中就分出了單字調（Single Tones）、連讀調（Tones in Combinations）和輕聲（Neutral Tone）。可見他是把輕聲作為一種連讀變調的特例，不同於單字調，也不同於一般的連讀調，而是自成一類。

羅常培和王均（1957）也認為輕聲是變調的一種。我們把連讀變調分為調位性變調和非調位性變調（石鋒 1986），輕聲當然屬調位性變調。輕聲「另外成一個音位」（趙元任 1980），即輕聲不是跟四聲並列的，而是另外在連讀中出現的調位。輕聲不能獨立存在，而是必須依附於連讀前字。

梁磊（2008）經過大量實驗分析對比，按照 Neutral Tone 的譯名，把輕聲稱為中和調，即不同的字調在語流中失去原有的對立而被中和為相同的調型。這樣就抓住了輕聲的本質——輕聲是聲調的中和。它不是從原來的聲調變為另一個聲調，而是不論原來是哪一個聲調，都發生中性化，成為依附於前字聲調的中性聲調。失去原有的聲調特徵，這同樣是調位的變化。

音高是聲調的主導因素，音高特徵的中和是必選項，時長縮短、音量減弱都是可選的伴隨因素。只要聲調的中性化本質不變，讀音輕一點、重一點，或者長一點、短一點，這都是輕聲調位的變體。這樣就可以解釋有的時候輕聲讀音不輕，以及很多方言中輕聲不短的情況。當年在趙元任用英文 "Neutral Tone" 對譯漢語「輕聲」術語的時候，可能就已經認識到輕聲的中性化實質。

2. 輕聲連續統

開頭已經講過，輕聲是跟構詞、語義和語法都有聯繫的語音弱化過程，屬一種正在進行中的變化。我們知道，所有的變化在進行過程中的狀態都是一個連續統。輕聲的變化也不例外。我們在〈普通話聲調原理〉（石鋒、潘韋功 2021 一文中已經列出「輕聲連續統原理」並做出適當的説明。下面再轉述其中的部分內容，並做些補充。

輕聲連續統原理：從非輕聲的常態字音到輕聲字音之間是一個連續統：非輕聲→可輕聲→必輕聲→正輕聲。

客觀世界普遍存在着連續統。自然語言中到處可以發現連續統的存在。漢語的輕聲實際表現為一個連續統。非輕聲和輕聲之間，從形式和意義兩個方面都不存在絕對的分界，而是呈現出讀音的輕化表現與意義的虛化程度相互聯繫，逐漸遞減的連續統。

趙元任（1922）分出「永遠輕讀」和「偶爾輕讀」兩種輕音，稱後者為「活輕音」，後來改稱為「可輕聲」（1979）。這應該是指輕聲和非輕聲之間的過渡現象。黎錦熙（1947）把輕聲分為兩種：輕而無調和輕而有調。陳重瑜（1984）做出類似的區分：無調都要輕讀；有調可以輕讀。曹劍芬（1994）把輕聲前字是否變調跟語義虛化相聯繫。王志潔（1999）把輕聲字分為三類：無本調輕聲，失本調輕聲、帶本調輕聲。這些都是很重要的見解。

圖 10.1　輕聲連續統圖示

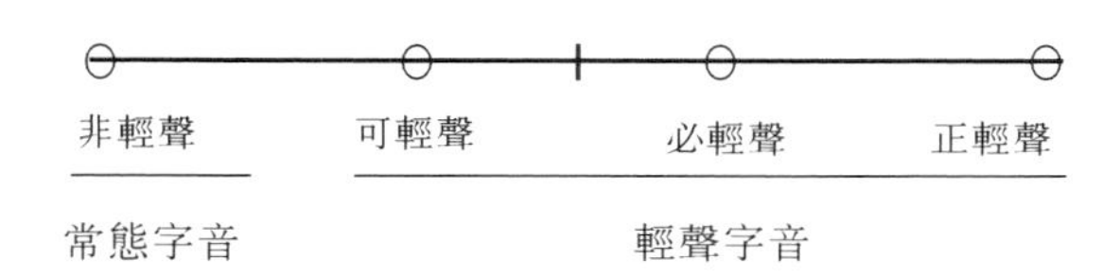

我們通過對含有各類輕聲字音的實驗句進行聲學分析，測算出字調域、時長比和音量比的數據，整體實驗結果支持輕聲字音三分的假設。我們把這三種輕聲字分別稱為正輕聲、必輕聲、可輕聲。數據顯示，從常態字音到完全輕聲並不是截然分開的，而是具有中間過渡階段的連續統（黃靖雯、石鋒 2019）。

非輕聲的常態字音不用細說。趙元任講的可輕聲是習慣性輕聲，即帶調輕聲，原調特徵有保留，還能使前字發生變調，如「小姐、老鼠」的後字。必輕聲是跟可輕聲相對的必讀輕聲，即失調輕聲，原調特徵在輕聲詞中無保留，不能使前字發生變調，如親屬稱謂疊音後字「媽媽、姐姐、弟弟」和詞綴「子、頭、兒」。正輕聲即無調輕聲，原調難以確定，在各種情況下都是輕聲，如結構助詞「的」和語氣助詞「嗎、呢、吧」。

連續統的關鍵問題是在哪裏劃分界限。過去一般是把三種輕聲字音混起來，跟非輕聲的常態字音分立。我們認為，應該在必輕聲和可輕聲之間劃界。因為可輕聲雖然弱化，但是詞義沒變，還保留原調特徵，可以使前字變調，應跟非輕聲的常態字音合在一起；而必輕聲則完全失去原調，不能使前字變調，意義虛化為詞綴，應跟完全的正輕聲合在一起。

固然，連續是客觀的，劃界是主觀的。如果沒有輕聲連續統，輕聲和非輕聲的劃界就只能是憑主觀印象的空談。輕聲連續統的分析，為我們提供了劃界的客觀理據和實際操作。輕聲問題不是單純的語音或音系問題。這又牽涉語言是否自足以及語言各分支是否自足的論題，超出了本文的討論範圍。

3.　輕聲的聲學表現和聽感實驗

趙元任（1922）講漢語輕聲是「中性的短音」，道出輕聲的本質特徵：中性，失去原有聲調；短音，時長縮短。後來的研究者對漢語輕聲有很多論述，大都沒有超出這兩個方面的內容。重要的是有一些學者採用實驗方法分析漢語輕聲的聲學表現和聽感特性，為我們認識輕聲的本質提供了實驗的證據。

扎多延柯（1958）採用浪紋計對漢語的弱讀音節和輕聲進行實驗研究，得出漢語輕聲的決定性聲學特徵是時長縮短。這符合趙元任講的「中性的短音」中的短音，但是沒有對「中性」概念給出實驗的結論。以後的聲學實驗逐漸完善，得到的結論基本一致：輕聲字音在時長方面明顯縮短，約是常態音節的50-60%；在音高方面失去原有的聲調特徵，在上聲後為中平或升調，在非上聲後為低降調；能量大為減少；韻母元音央化（如林茂燦、顏景助1980等）。

林燾（1983）採用改變音高、音長、音強的方法合成語音（如鴨頭—丫頭），請60人來做聽辨測試，得出了以下結論：音強對於分辨輕重音的作用很小；音長起了非常重要的作用；音高的作用遠沒有音長重要。曹劍芬（1986）則是依據聲學分析進行推測，認為音高比音長的作用更大，音高調型起到主要作用。這可以聯繫到趙元任「中性的短音」其中的中性，中性就是音高調型問題。

王韞佳（2004）的輕聲聽辨實驗改進了實驗方法，採用PSOLA技術在改變音長的同時保留音高信息。實驗結果支持音高的作用大於音長，起點音高和調型曲拱都有顯著作用。鄧丹（2019）改進語料設計，使用15個雙音詞包括四個聲調全部組合，都有對應的輕聲詞（如「大發」、「對頭」、「熱火」、「地道」），分別縮減後字的音高和時長，製作合成語音進行聽辨測試，結果進一步證實了音高調型對輕聲聽辨的影響比音長大，而起點音高的作用小於音長。真是：實驗求真，後出轉精。

這裏要說明為什麼時長對於輕聲起到重要作用。音節輕重是聽覺印象，即聽感的盈耳度或充盈度，不是只看音強（一般測量振幅）大小，而是看發音的音量（幅度積，即能量）強弱，是音強（振幅）和時長的綜合作用（林茂燦、顏景助1990；梁磊、石鋒2010）。字音的強弱決定於振幅曲線包圍的面積（幅度積），而不是振幅線的長短（見圖10.2）。時長正是關鍵的因素。由此得到**時長—輕重原理**：在音強振幅相同的條件下，音節時長直接跟輕重相對應，即，較長的時長為重，較短的時長為輕。同理得出**音強—輕重原理**：在時長相同的條件下，音節的音強振幅直接跟輕重相對應，即振幅較大的為重，振幅較小的為輕。

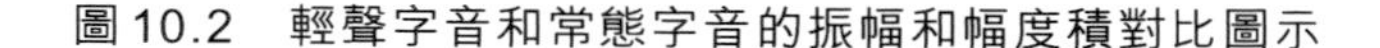
圖10.2　輕聲字音和常態字音的振幅和幅度積對比圖示

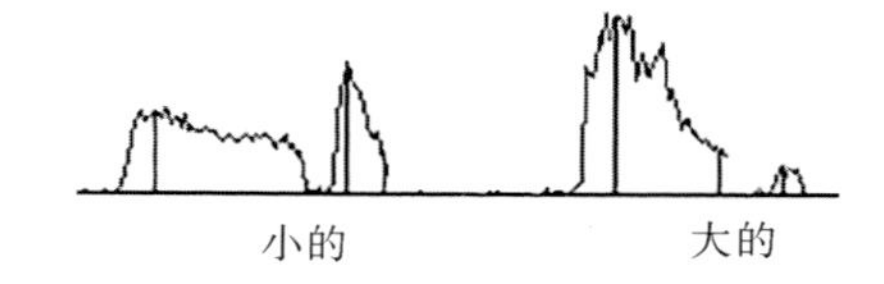

我們的聲學分析（黃靖雯、石鋒2019）包括了實驗句中的三類輕聲字音（正輕聲、必輕聲、可輕聲）。實驗數據顯示，三類輕聲字音之間存在等級差別：正輕聲字音的音高較低，調域壓縮、時長和音量大幅度縮減；必輕聲有音高、時長和音量的減弱，但調域和時長的縮減程度小於前者；可輕聲的表現很不穩定，音高、時長、音量並不同時縮減，只是其中一項或兩項減弱，甚至有個別的男生調域擴展和女生音量增強，以及邊界前時長增加的情況。

聲學實驗的數據充分支持常態字音和輕聲字音之間，從形式和意義兩個方面都不存在絕對的分界，而是遵循語音的增量原理（石鋒2019），呈現出讀音的輕化表現與意義的虛化程度同步遞減的連續統。實驗數據同時支持劃界應在必輕聲和可輕聲之間，又一次驗證了語音的韻律充盈度跟意義和功能的負載量相互對應的原理。其實有很多語法化研究的實例，都揭示出意義的虛化跟語音的弱化相互對應。

4. 普通話輕聲的習得問題

這裏所講的習得，是指把漢語作為第二語言的習得，即二語習得。二語習得研究不僅具有直接的應用價值，還是檢驗已有理論，發現創新理論的重要途徑。在漢語輕聲問題上也同樣如此。很多漢語輕聲習得的偏誤分析都集中在兩點：一是調型調域，二是字音時長。這裏擇要簡介幾種實驗研究。

王功平等（2009）對留學生普通話雙音節輕聲的音高偏誤進行的實驗分析發現：調型偏誤主要表現為平調趨向，其中上聲＋輕聲的組合錯誤率最高；調域方面突出表現為調域偏窄，其中陰平＋輕聲的組合偏差最大。湯平（2014）分析日本高級學習者的漢語輕聲有兩條偏誤：一、輕聲字受原調的干擾，往原調靠攏，聲調弱化不到位；二、輕聲字音過長，時長縮短不到位。日語是音高重音語言，詞內各音節只分高低、不分長短。這種偏誤是母語遷移的影響。

鄧丹和朱琳（2019）選擇歐美的力重音語言為母語的漢語學習者，從輕聲的感知和產出兩方面，探討輕聲習得的特點。實驗設計把15個包括四個聲調全部組合的雙音詞，分別對後字合成四種刺激音：原詞、改變時長、改變音高、改變音高和時長，對20名學習者和20名母語者的輕聲聽辨測試。結果顯示，音高和時長的改變都會對輕聲聽辨產生影響，母語者感知輕聲更多地依賴音高；學習者則更依賴音長，甚至強於同時改變時長和音高的情況（見圖10.3）。

圖 10.3　四類刺激聽辨為輕聲的比例（鄧丹、朱琳 2019）

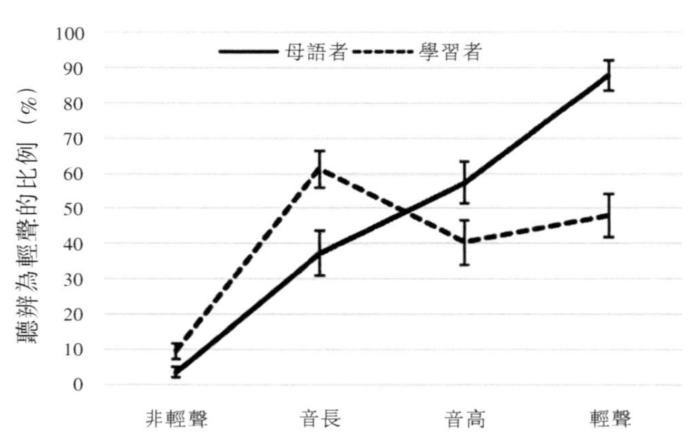

依據輕聲在上聲後為中平或升調，在非上聲後為低降調，可以把「非上聲＋上聲 / 去聲」和「上聲＋陰平 / 陽平」作為跟後字輕聲調型相似的組合；把「非上聲＋陰平 / 陽平」和「上聲＋去聲」作為跟後字輕聲調型相異的組合。對測試數據分別進行統計，結果表明，母語者在調型相似時音長的影響更大，調型相異時音高的影響更大。而學習者對調型是否相似沒有表現出顯著差別，都是主要靠時長感知輕聲（見圖 10.4）。

圖 10.4　不同調型組合的輕聲聽辨比例（左：母語者，右：學習者）（鄧丹、朱琳 2019）

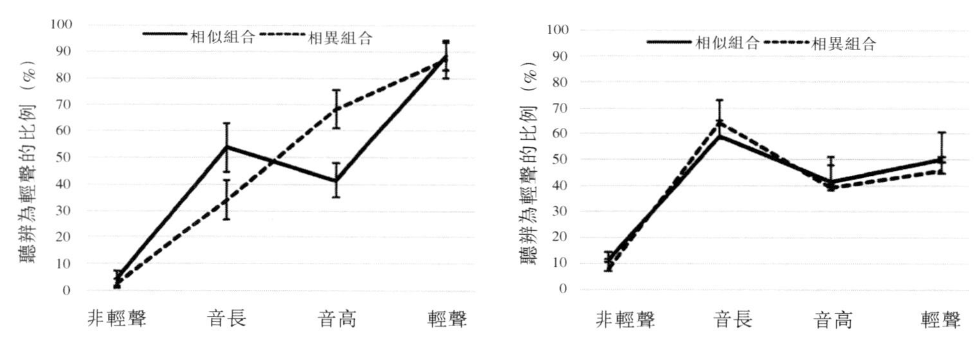

在輕聲的產出方面，研究選取詞典中 40 個標為輕聲的雙音詞，分別請漢語母語者和學習者發音實驗。結果顯示，母語者的輕聲音長比都在 0.6 左右，數據相對集中；而學習者的音長比多在 0.75 左右，數據比較分散。母語者是調型相似的輕聲則時長更短；調型相異的輕聲則時長更長。學習者卻不論調型是否相似，輕聲時長都沒有明顯差異。研究設計周密，值得參考。

為什麼時長成為漢語學習者感知輕聲最主要的依據呢？母語是力重音語言的學生習慣於依靠音節輕重來區別詞義。上文講到，時長是決定輕重的關鍵因素。力重音語言不以音高區別詞義。所以當音高和時長同時改變時，本來應該互補疊加的母語習慣和二語特徵卻反而互相衝突，音高變化干擾了對時長的判斷，使辨別率降低。這是力重音母語的漢語學習者的典型表現。鄧丹二人的實驗結果充分顯示出母語遷移在二語習得中的重要影響。

5. 漢語有沒有詞重音？

因為主張漢語有詞重音的第一大理由就是漢語有輕聲，所以把詞重音問題列入本文討論。這是一個有爭論的問題。正好最近張吉生（2021）從詞重音的定義和語言類型的不同等方面討論了這個問題。我們總體上同意他的結論：漢語是聲調語言，沒有嚴格意義上的詞重音。這裏引述他的一些論點，再加上我們的補充。

張文寫道：「當我們討論詞重音時，首先要區別詞重音與短語重音的不同（Hyman 2014: 64）。」這是很重要的見解。詞重音、短語重音、語句重音，各有不同的表現和作用。詞重音在單詞中以重讀音節在音量或音高的突顯為標誌，每個詞必有且只有一個主重音。短語重音主要構建語句的韻律層級，標示結構單位。語句重音表明句子焦點位置，傳達交際信息。

根據音高在語言不同的層級上的作用，可以把人類語言分為三類：聲調語言（如漢語）是作用在音節層；音高重音語言（如日語）是作用在單詞層；力重音語言（如英語）是作用在語句層。所謂作用，主要是辨別意義。張文用 H 和 L 分別代表指力重音語言的重讀和非重讀音節、音高重音語言的高音調和低音調、聲調語言的高調值和低調值。以三音節詞韻律模式的制約條件，說明三種語言具有不同的類型學特徵（見表 10.1）。

表 10.1　三音節韻律模式的類型學特徵（原引自張吉生 2021，括號內是筆者的修改）

	H.L.L	L.H.L	L.L.H	H.H.L	L.H.H	H.L.H	L.L.L	H.H.H
重音語言	√	√	√	×	×	×	×	×
音高重音	√	√	×	×	√	×/√	×	×
聲調語言	√ (×)	√	√ (×)	√	√	√	√ (×)	√

在三音節詞的八種韻律模式中，具有詞重音的語言各只有三種，受到不同的制約：力重音語言（如英語）只能有一個 H；音高重音語言（如日語）前兩個音節不能同調（即 H.L 或 L.H）。而聲調語言（如漢語）則有五種模式（除低

調相連的三種，聲調組合大多避免低調相連）。這有力地說明了兩種重音語言和聲調語言之間的根本區別：聲調語言不受詞重音的制約。

我們曾經提出「韻律峰」概念（鄧丹、石鋒 2008）：「漢語每個韻律詞的基頻曲線都必有一個峰值，稱為『韻律峰』；也可有一個谷值，稱之為『韻律谷』」。高調相連可以沒有谷值，而低調相連必須異化產生峰值，這體現出高調的優勢。同時峰值不一定是重讀，如：「姐姐」、「穀子」後字比前字更高，卻讀為輕聲，這又證明了漢語沒有詞重音。

張文引述詞重音的自主性特徵：「詞重音規則不牽涉語法信息」（Hyman 2014: 61）。這是詞重音和句重音的重要原則區別：詞重音與語法結構無關聯，而句（短語）重音與語法結構相聯繫。另外，詞重音的位置在句子和短語中不會改變；而句（短語）重音的位置會按照語法信息的不同發生變化。還有，詞重音只是重讀音節相對突顯，而句（短語）重音是整個詞的韻律突顯。

我們對 50 位北京發音人的雙字組實驗顯示（張妍 2020），動賓結構兩字組的前字時長和音量都大於後字，語法結構影響顯著（見圖 10.5）。不同聲調在前字和後字的表現也有差異，其中時長方面上聲和去聲差別顯著，音量方面陽平差別最大；只有陰平的前字和後字在時長和音量方面都是均衡一致的（見圖 10.6）。此外，發音人的性別差異也是一個重要因素（見圖 10.7），似乎女生傾向於後重，而男生傾向於等重。我們總不能說，漢語詞重音只是出現在動賓結構、非陰平調和女生當中。顯而易見，實驗數據不支持普通話有詞重音的說法。

以漢語的輕聲作為詞重音的依據，看似有理，實際上詞重音是音量的加強突顯，是比照常規字音的突顯，屬語音的定型成分；而輕聲則是聲調中和的弱化變調，是比照常規字音的弱化，屬語音變化的表現。所以輕聲跟詞重音並無直接關聯，不能混在一起，不能把漢語詞裏面所有非輕聲的字音都稱為詞重音。

關於漢語是否有音步的問題，我們同意漢語的「韻律詞也就是音步」（曹劍芬 2001：117），即漢語普通話中的韻律詞和音步基本上是合二而一的。一些分合概念的細節討論無妨大局，本文不再贅言。

音高作用在英語中屬句子語調成分，相當於重音作用在漢語中屬句子語調成分一樣。在漢語中講詞重音，猶如在英語中講詞的聲調，違背母語者的語感，混淆了詞重音和句重音的層級界限和定義範疇。我們總體上贊同「漢語作為聲調語言，在詞層面沒有結構性、範疇化、系統化的輕重音。」（張洪明 2014）

圖10.5　不同語法結構的雙字組對照（時長比：左；音量比：右）（張妍2020）

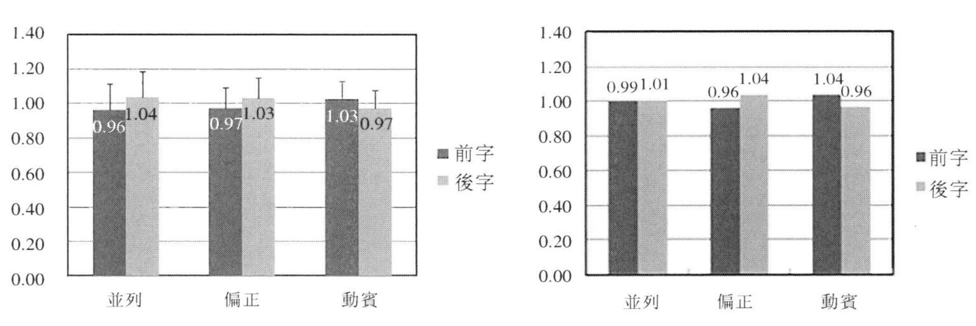

圖10.6　不同聲調的雙字組對照（時長比：左；音量比：右）（張妍2020）

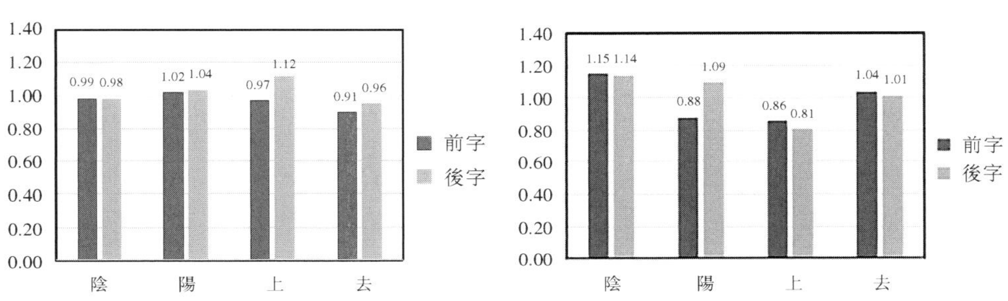

圖10.7　不同性別發音人的雙字組對照（時長比：左；音量比：右）（張妍2020）

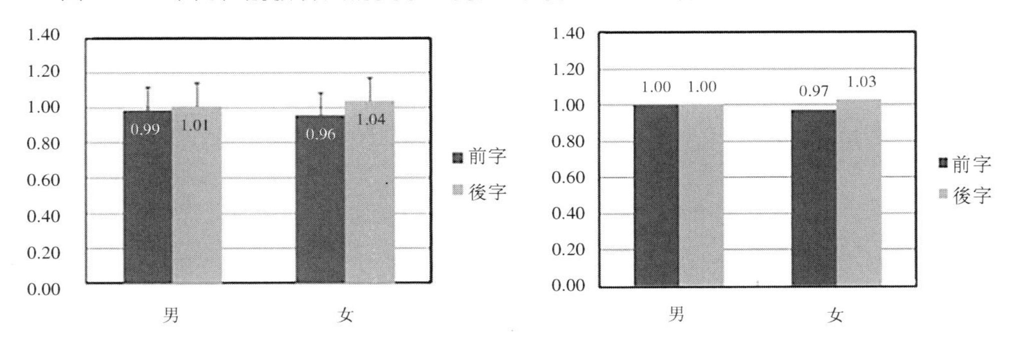

6. 輕聲跟語法的聯繫

林燾認為一個語言的句法結構關係有時能從語音現象中（包括語音的停頓、高低、輕重等）反映出來，因此弄清楚一句話語音結構的特點對於分析它的句法結構有很大幫助。這在今天仍有重要的現實意義，啟迪我們的韻律格局研究。他最早集中探討漢語補語輕聲反映的語法和語義問題（林燾 1957；1962）。我在 30 年前曾經撰文評述（石鋒 1991）。這裏再擇要作些補充。

林燾把普通話的輕音分為兩類（1962）：語調輕音和結構輕音，可以從語法功能、句中位置和讀音特點加以區分。結構輕音不僅能反映語音結構，而且跟語法結構有密切關係。如把「住・在 / 北京」和「住 / 北京」都分析為述賓結構，這已被很多語法學家所接受。

林燾（1957）深入分析了趨向補語、可能補語、程度補語和少數結果補語中輕音涉及的語法和語義表現。例如，可以充當結果補語的「死、開、到、着」這四個詞有三類不同意義，舉例如下：

動詞	**非輕音補語**	**輕音補語**
他死了	看死了	樂・死了
開門了	想開了	走・開了
到北京	想到了	提・到你
火着了	買着了	打・着了

作者正確地指出，上述動詞和非輕音補語的不同意義取決於語法上的差別，非輕音補語和輕音補語的不同意義取決於語音上的差別。我們今天看來，這種現象正好展示出詞語的意義虛實跟讀音輕重相互平行對應的連續統。當然，輕聲跟語法的聯繫不僅在補語一個方面，這些研究讓我們看到作者把語音研究跟語法和語義相聯繫的學術前瞻和開闊視野。

以上實例支持了我們總結概括的**對應原理**（石鋒 2019）：一個語言成分的語音充盈度跟它所負載意義內容的實在程度和所傳遞的信息量相互對應。還有**增量推論**：一個語言成分負載的意義或功能的增多，表現為語音充盈度的增量疊加；一個語言成分的語音充盈度的增量，反映出所負載的意義或功能的增加，反則反是。

林燾原文是用輕音代替輕聲，可能是看到其中有些並不總是讀輕聲，所以統稱輕音。我們可以啟用趙元任的「可輕聲」來考察這些過渡現象。輕聲和輕音的用法應該加以區分，把輕聲限制在詞語的聲調層面，把輕音用於句子的語調層面。這樣分別處理，於作者和讀者都比較便利。

7. 輕聲和詞匯的聯繫

普通話裏面有哪些詞要讀為輕聲呢？這是漢語教科書的必有內容。北大本和黃廖本的《現代漢語》教科書中關於輕聲的說明大同小異。這裏基於本文第二節「輕聲連續統」的等級，對輕聲詞的表現做些補充的評述。

首先是正輕聲和必輕聲的五種輕聲詞：(1) 語氣詞（吧、嗎、呢、啊等）；語氣詞跟嘆詞（啊、唉、喲等）一樣沒有原調，讀音可輕可重，不同的是語氣詞附在句末，而嘆詞是獨立成分；(2) 助詞（的、地、得、着、了、過、們等）；助詞「的」是正輕聲，其他屬必輕聲；(3) 構詞後綴（子、頭、兒等）。(4) 親屬稱謂疊音詞後字（媽媽、爸爸、姐姐、弟弟等）；(5) 一些四字格的墊音成分（糊・裏糊塗、黑・不溜秋、傻・裏傻氣等），有人歸入中綴。以上 (3)、(4)、(5) 三種都是必輕聲。

語氣詞、助詞、後綴都沒有獨立意義，是功能性成分。親屬稱謂疊音詞義跟單字相同，相當於附加的疊音後綴。其中助詞「過」和後綴「頭」還沒有完全失去原調，有時會露出原來的降調（走過）或升調（斧頭）。輕聲字音的聲母和韻母也會弱化或脫落。後綴「兒」很多都弱化為兒化韻，只留下翹舌韻尾。正輕聲和必輕聲是「永遠輕讀」，典型表現是前字不變調，因為後字聲調已經完全中和。

其次是幾種可輕聲的詞：(1) 名詞後的單音方位詞（上、下、裏等）；前字要變調，如「井裏」的前字變陽平。(2) 動詞和形容詞後的趨向詞（來、去等）；前面還可以有「上、下、進、出、過、起等」組成複合趨向詞：如上來、下來、進來、出來等。(3) 疊音動詞後字（看看、走走、轉轉等）；前字變調，如「走走」的前字變陽平。(4) 通用量詞「個」是可輕聲。(5) 前面第 6 節講到的，充當結果補語的「死、開、到、着」等，也可以歸入可輕聲。

這些表示方位和趨向的詞儘管有虛化的用法，如「原則上、好起來」，但是意義獨立，不是後綴。動詞重疊詞義有變化，跟原義有差別，所以不是附加的後綴。可輕聲是「偶爾輕讀」，在意義上和功能上的表現：保留一定的詞匯意義，沒有虛化為詞綴。

有少數以輕聲為最小辨義的詞對，可以分為兩類：(1) 老子—老・子、蓮子—簾・子、鴨頭—丫・頭等；(2) 東西—東・西、地道—地・道、報仇—報・酬等。前一類詞的後字是常態字音對必讀輕聲，不僅相互比對時差別明顯，單獨出現時也同樣如此；顯然這類詞對是很少的。後一類詞的後字是可輕聲，只是相互對比時差別明顯，單獨出現時差別就不那麼明顯了。

最後是大量的習慣性可輕聲詞：「功夫」、「眼睛」、「老實」、「小姐」、「豆腐」、「客氣」、「老鼠」等等，不勝枚舉，因詞而異，因人而異，沒有規律。

這些詞的後字都屬可輕聲，即可選輕聲，有時輕，有時不輕；有人輕，有人不輕；有的詞輕，有的詞不輕，而且輕讀的程度差異很大，還留有原調的特徵。

可見，在可選輕聲和必讀輕聲之間的界限還是清楚的。總體來看，必讀輕聲並不多，以類相從；可選輕聲卻不少，難以預測。

8. 跟輕聲有關的連讀變調

「在連讀變調研究中，應注意區分調位性變調和非調位性變調。」（石鋒1986）上聲相連，前字變陽平，這屬調位性變調；一般書上講的「半上」和「半去」，屬非調位性變調；並且所謂「半上」和「半去」，分別就是上聲和去聲的本調（石鋒2020）。輕聲使原調中和化，也是改變調位，屬調位性變調。

跟輕聲有關的連讀變調有很多，這裏主要討論不同詞類重疊的變調。已經有人注意到：名詞重疊（非輕聲：「人人」、「種種」）、動詞重疊（可輕聲：「走走」、「看看」）、形容詞重疊（韻尾兒化+聲調平化：「慢慢」、「好好」）、親屬稱謂重疊（必輕聲：「媽媽」、「姐姐」），前字或後字是否變調，怎樣變調，情況各不一樣。

這其中可能有歷時的原因。如：親屬稱謂重疊最先出現，然後是形容詞重疊，最後是動詞重疊（太田辰夫1987）。不過重疊是否就一定為輕聲，難以證明。還可能輕聲變調和上聲變調的規則應用範圍和次序有不同。這也屬主觀的推測。其實，我們可以把前後字在輕聲和上聲變調中的共時表現，跟詞義的變化或虛化程度結合起來，從強到弱，逐一說明。

名詞重疊，改變原詞義，成為不同的詞：「人」≠「人人」；「種」≠「種種」。所以，後字是詞根，連可輕聲都不是，而是非輕聲，讀音不能輕，只能重。

動詞重疊，詞義有改變，程度減弱（「重複」、「嘗試」、「短暫」、「緩和」）：走≠走走；看≠看看。後字詞根意義有虛化，但有別於詞綴，屬可輕聲，前字要變調。可能是在過渡階段。

形容詞重疊，詞義有改變，色彩增強。後字兒化或不兒化（「好好」、「慢慢」），平化或不平化（「好好學習」），若兒化則必平化（林燾1963）。後字虛化，還不是詞綴，歸入可輕聲。在有的方言中，輕聲都讀為平調，就是輕聲平化。平化也是聲調的中和，可以看作是輕聲的變體。如三字組中字的平化（「西洋參」、「三年級」）。

親屬稱謂重疊，不改變詞義，「媽」=「媽媽」；「姐」=「姐姐」。後字是墊音詞綴，屬失調的必輕聲，前字不變調。在作呼語時，後字拉長，可視為語調現象。

從名詞重疊、動詞重疊、形容詞重疊、到親屬稱謂重疊，呈現出後字讀音的輕化跟詞義的虛化同步的趨勢，再次支持了語音韻律的對應原理和增量推論原理（石鋒 2019）。解決問題的關鍵在於，不要只局限在語音或音系之中打轉，不敢越雷池一步。

9. 用輕聲證明本調

就像化學實驗中的指示劑一樣，輕聲可以在漢語研究中充當指示劑。我在討論漢語普通話聲調的本調的過程中，就曾經用輕聲的表現來證明本調。在這裏作一個簡要的說明。

輕聲沒有獨立的目標，輕聲表現依賴於前字的聲調，可以從低到高排列為：去聲 53 + 1（大的）— 陰平 55 + 2（他的）— 陽平 35 + 3（甜的）— 上聲 21 + 4（小的）（見圖 10.8）。

圖 10.8　不同聲調後面的輕聲表現

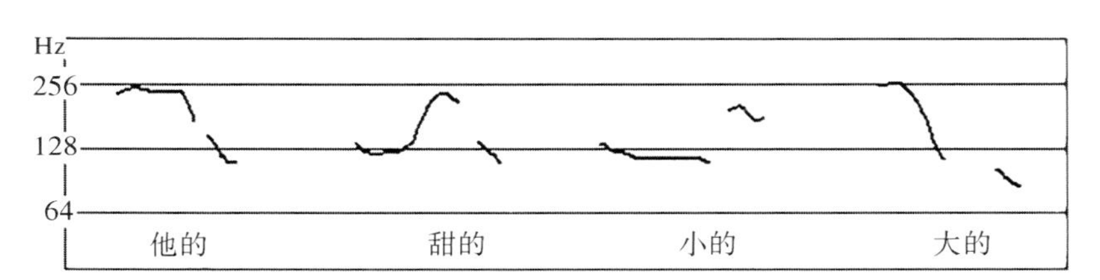

如果把去聲、陰平、陽平後面的輕聲看作為調尾附加成分，而不是前字聲調的組成部分，那麼，上聲後的輕聲就同樣是附加的調尾，而不應作為上聲調的組成部分。否則就是不公平的雙重標準。因此，四個聲調同樣刪除附加的輕聲調尾，就得到各自的本調：陰平 55、陽平 35、上聲 21 (11)、去聲 53。透過現象看到本質，刪除附加成分之後，才能露出真實面目。

由此看來，以前所謂聲調的「彎頭降尾」，實際上應該是「彎頭彎尾」。濁音聲母負載的聲調過渡段有升有降，所以叫「彎頭」；發音結束產生的調尾，也是有升有降，也應叫「彎尾」。若只把三個降的稱為「降尾」，不管上聲的升尾，就違背了**音高對偶原理**：調頭在高調前為升，在低調前為降；調尾則是在高調前為降，在低調前為升。這個原理是依據人們的發音生理機制：發音之道，一張一弛。

非輕聲的常態字音和正輕聲字音不難區分，關鍵在於怎樣區分可輕聲和必輕聲。我們利用輕聲的前字是否變調，來進行測試。例如：「個」是哪類輕聲？前面加上「一」試一下，「一個」的前字變調，所以「個」是可輕聲。

很多同學問到「姐姐—小姐」的例子。「姐姐」前字不變調，後字為必輕聲；「小姐」前字變調，後字是可輕聲。其實，「小姐」應該是一般的上聲相連的前字變調，「姐」是詞根。上聲字音在語流中是低調且較短，會使人印象誤以為是輕聲。

10. 輕聲要不要規範？

最後要講到規範問題。我曾主張對兒化的規範要慎重（石鋒 2021）。同樣，我主張對輕聲的規範更要慎重。其實，要求對於兒化和輕聲進行規範，這種提議本身就是不適宜的。首先是基於對輕聲和兒化的本質的理解和認識。其次是看輕聲現象涉及多大的範圍。還要看影響和決定輕聲字音的因素是否可控，即具體的可操作性。最後討論切實可行的解決辦法。

兒化是詞綴「兒」跟前接詞根的合音變化，是語音—詞匯現象；輕聲是在特定語法條件和某些詞匯中的字音發生的聲調弱化變化，是語音—語法—詞匯現象。這兩種音變都正在進行中。我們知道，對正在進行中的語音變化進行規範，是徒勞而無效的。

我們可以對異讀詞進行讀音規範，提出推薦的或建議的讀音；可以對異形字進行字形規範，選定標準的字形。這是因為，異讀詞的讀音分歧和異形字的書寫差異，不屬語言變化，只是歷史遺迹或方言混用的現象。輕聲和兒化跟異讀和異形，完全是不同性質的問題，不能混為一談，不可同樣處理。

再來看輕聲現象涉及的範圍。正輕聲數量很少，結構助詞、語氣助詞、時體助詞，都是封閉的語法小類，全部加起來也就十幾個。必輕聲也不多，親屬稱謂疊音詞和詞綴「子、頭、兒、們」等，約在二十個左右。問題就在可輕聲，有不同的統計數字，少至 500，多到 5,000，差距較大。我們關注以輕聲作為最小辨義詞對的數量。下引一段有關的內容（王理嘉 1998）：

> 「據厲為民（1981）的統計，在收詞五萬多條的《現代漢語詞典》（1979 年版）裏，輕聲詞在 32540 個雙音詞中，只佔 6.65%（2164 個），而以輕聲作為最小辨義對立的不足 1%。」「《英語正音詞典》收詞也是五萬多條，靠重音區別的最小辨義詞對只佔 1.04%；《俄語標準發音和重音詞典》只佔 0.94%（收詞數量相近）。」於是結論：普通話以輕聲區別詞義「與英語、俄語以重音區別詞義的情況大體一致。」

這裏的統計有點兒含糊，所以我多看了一下。我們取其整數，英、俄、漢都以五萬詞條為計。英語最小辨義詞對約為 520 對；俄語約 470 對。漢語的不足 1%，是以五萬為基數，還是以 32,540，或是 2,164 為基數呢？我們仔細再看原句，應該是 $2,164 \times 1\% \approx 22$，在五萬詞條中只佔 0.044%。這跟英語、俄語的 1% 左右相差太大，很難得出「大體一致」的結論。

因為是兩種不同類型的語言，有這種差別是正常的，即漢語中區別詞義的最小辨義詞對約為二十多個。加上正輕聲和必輕聲，輕聲涉及的語言成分總數應在 100 以內。當然這不是指詞，一個詞綴可以組成好多詞的。

下面來討論決定或影響輕聲的因素。上文講到正輕聲和必輕聲都是語法類別，屬語法因素。最小辨義詞對中的輕聲詞，本來是可輕聲，而與非輕聲的對應詞相對，成為必輕聲，這屬詞匯語義的因素。此外，所有在語法上不能預測，在語義上不能辨義的輕聲詞都是可輕聲。影響可輕聲的有多方面的因素。

可輕聲沒有語音條件、沒有語法條件，表現相當寬鬆。一個輕聲詞可輕可不輕，輕到什麼程度也很自由，因人而異，因詞而異，很不穩定。一般說來，口語說話輕聲多些，正式講話輕聲少些；北京人輕聲多些，外地人輕聲少些；女生輕聲多些，男生輕聲少些；老人輕聲多些，兒童輕聲少些。目前北京青年人中輕聲和兒化都存在逐漸減少的趨勢。

不規範，怎麼辦？在漢語教學中，可以簡要說明正輕聲和必輕聲的幾類，並做一個輕聲詞的最小詞表，列出那二十幾個以輕聲做最小辨義的詞對。至於其他的大量可輕聲詞語，可以照詞典做法，適當標示出可輕聲，但學校不考試，播音不扣錢。因為輕到什麼程度並沒有標準，關鍵是區分必輕聲和可輕聲，「以防止輕聲擴大化」（王理嘉 1998）。語言研究重要的是分清主次：主導的區別性成分是必選項，附屬的伴隨性成分是可選項，抓住主要矛盾才能解決問題。

參考文獻

曹劍芬 1986。〈普通話輕聲音節特性分析〉。《應用聲學》4。

曹劍芬 1994。〈連讀變調與輕重對立〉。《中國語文》4。

曹劍芬 2001。〈漢語韻律切分的語音學和語言學線索〉。《新世紀的現代語音學——第五屆全國現代語音學學術會議論文集》北京：清華大學出版社。

鄧丹 石鋒 2008。〈普通話雙音節韻律詞的音高分析〉。《南開語言學刊》2（總 12）：50–62。

鄧丹 朱琳 2019。〈二語學習者漢語普通話輕聲的感知與產出〉。《語言教學與研究》5（總 199）：13–24。

鄧丹 2010。《漢語韻律詞研究》。北京：北京大學出版社。

鄧丹 2019。〈普通話輕聲感知特性再分析〉。《語言文字應用》1。

黃靖雯 石鋒 2019。〈漢語輕聲音節韻律表現的多樣性〉。《語言文字應用》1: 76–85。

黎錦熙 1947。《國語辭典》。北京：中國大辭典編纂處。

厲為民 1982。〈試論輕聲和重音〉。《中國語文》1。

梁磊 2008。《漢語中和調的跨方言研究》。天津：南開大學出版社。

梁磊 石鋒 2010。〈北京話兩字組音量比的分析〉。《南開語言學刊》2（總 16）：35–41。

林茂燦 顏景助 1980。〈北京話輕聲的聲學性質〉。《方言》3: 166–178。
林茂燦 顏景助 1990。〈普通話輕聲與輕重音〉。《語言教學與研究》3: 88–104。
林燾 1957。〈現代漢語補語輕音現象反映的語法和語義問題〉。《北京大學學報》2。
林燾 1962。現代漢語輕音和句法結構的關係。《中國語文》7。
林燾 1983。探討北京話輕音性質的初步實驗。《語言學論叢》10。
林燾 1963。北京話的連讀音變。《北京大學學報》6。
羅常培 王均 1956。《普通語音學綱要》。北京：商務印書館。
石鋒 1986。天津方言雙字組聲調分析。《語言研究》1。
石鋒 1991。北京話韻律特徵的多角度研究。《語言教學與研究》2: 134–144。
石鋒 2019。韻律格局：理念和方法。《實驗語言學》8.2: 1–8。
石鋒 2020。〈試論普通話聲調的本調：——兼談五度值記調法的性質〉。*International Journal of Chinese Linguistics*. 7.1: 140–157。
石鋒 2021。《韻律格局一語音和語義、語法、語用的結合》。北京：商務印書館。
石鋒 2021。〈兒化韻十題〉。《銀齡集》。天津：南開大學出版社。
石鋒 潘韋功 2021。〈漢語普通話聲調原理〉。*Journal of Experimental Linguistics*（《語言實驗學》）10.2: 1–7。
太田辰夫 1987。《中國語歷史文法》。北京：北京大學出版社。
湯平 2014。〈日本高級漢語學習者漢語輕聲韻律習得偏誤分析〉。《華文教學與研究》4。
王功平 周小兵 李愛軍 2009。〈留學生普通話雙音節輕聲音高偏誤實驗〉。《語言文字應用》4。
王理嘉 1998。〈二十世紀的中國語音學和語音研究〉。《二十世紀的中國語言學》。北京：北京大學出版社。
王韞佳 2004。〈音高和音長在普通話輕聲知覺中的作用〉。《聲學學報》29(5)。
王志潔 1999。〈詞匯變調、詞法變調和音系變調〉。載《共性與個性——漢語語言學中的爭議》徐烈炯編著。北京：北京語言文化大學出版社。
扎多延柯 1958。〈漢語弱讀音節和輕聲的實驗研究〉。《中國語文》。
張洪明 2014。〈韻律音系學與漢語韻律研究中的若干問題〉。《當代語言學》3: 303–27。
張吉生 2021。〈也論漢語詞重音〉。《中國語文》1。
張妍 2020。〈普通話雙字組聲調語音韻律特徵分析〉。《唐山學院學報》33.5: 44–50。
趙元任 1922。〈國語羅馬字的研究〉。《國語月刊》1(7)。
趙元任 1979。《漢語口語語法》（呂叔湘譯）。北京：商務印書館。
趙元任 1980。《語言問題》。北京：商務印書館。.
Chao, Yuen Ren (趙元任). 1948. *Mandarin Primer.* Harvard University Press.
Chen, Chung yu (陳重瑜). 1984. Neutral Tone in Mandarin: Phonotactic Description and the issue of the Norm. *Journal of Chinese Linguistics* 12.2.
Hyman, Larry M. 2014. Do all language have word accent? In *Word Stress: Theoretical and Typological Issues*, ed. by Harry van der Hulst, 56–82. Cambridge: Cambridge University Press.

第十一章
漢語把字句的論元結構及生成研究

葉狂
杭州師範大學
潘海華
香港中文大學

ℴℴℴℴℴℴℴℴℴℴℴℴℴℴℴ

提要

文章旨在支持和進一步完善葉狂和潘海華（2012a/b、2014、2018a）從句法共性角度提出的把字句的逆動化觀。綜合論元結構的動詞投射説（參見 Müller & Wechsler 2014）與結構生成説（參見 Marantz 1997、Borer 2005、Bowers 2010、Williams 2015），並結合最簡方案的合併理論，文章首次給出把字句完整的論元結構，認為動詞後的介詞短語、動量短語、保留賓語都在動後補足語位置生成，而動詞的直接賓語、動詞短語 V' 的賓語都基礎生成於 VP-Spec 位置，是逆動化的唯一對象，降級到「把」後就生成了各類把字句。這樣，不但生成方式高度一致，而且語料覆蓋面廣，沒有例外。文章還從三個方面，即「把」後「個」的出現、重建效應、複指代詞「它」的出現，論證該觀點所具有的解釋力。

1. 引言

當今三大語言研究範式「功能語法、形式語法、語言類型學」對把字句，都有深入研究。功能語法的代表觀點認為，把字句是高及物性的處置句（Thompson 1973、張伯江 2014 等）。形式語法主要有兩種分析，一種認為把字句是致使結構，其論元結構就是「致使—成為」，「把」是 CAUSE（Sybesma 1999，熊仲儒 2004，鄧思穎 2008 等），這一分析的直接後果就是取消了把字句的漢語獨特性，因為所有語言都有致使結構。另一種認為「把」是功能範疇，引入 BaP，以 vP 為其補足語（Li 2006; Huang et al. 2009: 153–196）。這一分析部分保留了把字句的特殊性，體現在功能核心「把」上。語言類型學也有兩種分析，第一是將把字句看作是平行於作格語言的逆動句，是一種語態現象（葉狂、潘海華 2012a/b、2014、2018a），「把」是介詞，接納降級的底層賓語論元。第二是將把字句看作一種被動主動句，「把」後謂詞經歷了被動化或反身化（朱佳蕾、花東帆 2018）。總的來說，把字句的研究趨勢就是在「觀點紛呈」、「三足鼎立」之際，希望發現一個「分久必合」的統一分析模式。我們認為把字句的逆動化觀能更好地實現這一目標。本文的主旨就是支持並進一步完善該分析。本文第二節綜述各家觀點，第三節討論把字句的論元結構，第四節重點討論三類把字句的生成，第五節討論逆動化視角的解釋力，最後為結語。

2. 前人研究回顧

2.1 功能語法研究

功能語法延續了王力（1954）的處置說，並進一步認為把字句是表示受事「完全受影響」的高及物性句式，其代表有 Thompson (1973)、Hopper & Thompson (1980: 274–275)、Sun (1996)、張伯江（2000、2014）等。主要證據是 (1)：

(1) a. 他喝了湯了，可是沒喝完。

b. * 他把湯喝了，可是沒喝完。

例 (1) b 要理解為湯已經喝完了，後續句不合理，因此賓語「湯」在 (1) b 是完全受影響的。陸儉明（2016）還舉了「把李四騙了、把那鐵鎖砸了」等，這一解讀比較符合直覺。但該觀點能覆蓋的句子有限，比如動詞重疊把字句，表達一種短時體（陳前瑞 2010），就不可能表示完全受影響，也談不上「強影響」，例如：

(2) a. 他把文章讀了讀。

b. 他把湯嘗了嘗。

例 (2) a 中的「文章」不一定讀完了，「湯」更不可能「嘗完了」。這種對比說明 (1b) 等句子可能是比較特殊的一類，其語義來源值得進一步探討。但只憑這類語料就將「完全受影響」推廣為把字句的語法意義來分析所有句子，不周全。李思旭（2012：13）試圖用該觀點解釋「把」後有處所詞的句子，認為完全受影響義在這類句子也有表現：例 (3) 與 (4) 中 a 句不能體現處所賓語完全受影響，都不成立；b 句帶補語「遍」，能體現，都成立。

(3) a.* 他把公園走了。

b. 他把公園走遍了。

(4) a.* 她把上海跑了。

b. 她把上海跑遍了。

我們認為這一分析有失偏頗。第一，例 (3) 與 (4) a 句轉換成主動賓句也不成立，如「* 他走了公園、* 她跑了上海」；第二，b 句變換為主動句「他走遍了公園、跑遍了上海」，所謂的完全受影響義也存在，說明這一解讀主要來自「遍」；第三，如果把字句真的表示完全受影響，那它就不需要「遍」，但沒有「遍」顯然不行，說明把字句根本不具備這種語法意義。

另外，堅持把字句表達「把」後名詞短語完全受影響，會遇到不少反例，比如 (5) a-g 中「把」後名詞短語根本談不上受到任何影響，反而是「把」前名詞短語受影響。因此，功能語法未能給把字句提供一個統一的分析模式。

(5) a. 他把你想得飯都不肯吃。（Huang et al. 2009：194 例 82）
b. 他把小貓愛得要死。（同上 例 83）
c. 他把我恨得牙癢癢的。（同上 例 101）
d. 他把一個大好機會錯過了。
e. 他把日子誤了。
f. 當時非議不少，說把飯吃飽衣穿好再修路也不遲。（北大 CCL 語料庫）
g. 我把這個問題弄懂了。（劉培玉 2002）

2.2 形式語法研究

形式語法研究有兩種觀點，一是致使說，二是功能核心說。致使說既是從語法意義來判定把字句的性質，同時也從生成角度來刻畫把字句的結構。持致使說的學者國內外都很多，比如 Sybesma (1999)、郭銳（2003）、葉向陽（2004）、熊仲儒（2004）、鄧思穎（2002、2008）。從事認知構式語法研究的施春宏（2015）也持這一觀點。致使說主要認為「把」是輕動詞“CAUSE”，「給」是 BECOME，結構為 (6)，語義上，「給」的出現，就是「用來強化‘BECOME’所表達的受影響意義」（鄧思穎 2008：13）：

(6) [$_{vP1}$ 使役者 [把（CAUSE）[$_{vP2}$ 客體 [給（BECOME）VP]]]]

致使說的語料覆蓋面也很有限，許多把字句不能分析為致使，比如沈家煊（2002）指出「你把這話再想想看」，就不能用「致使」來分析。實際上，語言中有大量把字句，既不表處置也不表致使，例如：

(7) a. 總司令一下子就把我們的心思猜中了。（蘭賓漢 1992）
b. 在夜幕的掩護下，把剛才的情景回想。（b–d 引自劉培玉 2002）
c. 就這麼閑坐著，把對方感受，比什麼都親切。
d. 王玉珍則越看越愛看，心裏將沒過門的媳婦喜歡得沒法。（梁曉聲《黃卡》）

e. 盼星星，盼月亮，總算把這一天盼來了。　　(e–g 引自丁薇 2012)

f. 專家指出，不能把中國股市與國外股市相比較。

g. 他一年掙九萬塊錢，所以才把這份苦活兒忍受下來。

h. 香菱把作詩方法學會了。　　(施春宏 2015)

「猜中、回想、感受、喜歡、盼、比較、忍受、學會」是與心理活動有關的動詞，這類把字句既不能分析為處置，也不能分析為致使，應該是反例。

另外，致使說與高及物性說還有一個本質區別，後者堅持把字句是漢語特有的一種句式，致使說正好相反。因為致使是一個普遍現象，各種語言都有，說把字句是致使句，無疑取消了它的特殊地位，唯一的特別之處就在於致使核心實現為「把」而已。

本文把 Huang et al. (2009: 153–196) 第五章關於把字句的分析稱為「功能核心說」。Huang et al. (2009: 174) 認為，把字句有四條典型特徵：第一，「把」後 NP 可以是內賓語或外賓語，但不能是最外賓語 (outermost object)，即 VP 所帶的賓語。第二，「把」給其後 NP 賦格，二者之間不允許插入任何成分，「把」與其後 NP 在表致使義的把字句中不構成一個句法單位，但在表處置義的把字句中構成一個成分。第三，「把」既不給其前的主語 NP 也不給其後的 NP 賦題元角色。第四，把字句不涉及算子移位。根據上述四條特徵，加上其它一系列證據，Huang et al. 最終給出的把字句的句法結構為 (8)：

(8)　[$_{baP}$ Subject [$_{ba'}$ [$_{vP}$ NP [$_{v'}$ v [$_{VP}$ V XP]]]]] (Huang et al. 2009: 182)

實際上，Huang et al. 的思想主要來自 Li (2006)，在該文中，Li 給出的結構樹形圖如下 (NP1 即把字句主語)：

圖 11.1　把字句的句法結構 (引自 Li 2006：412)

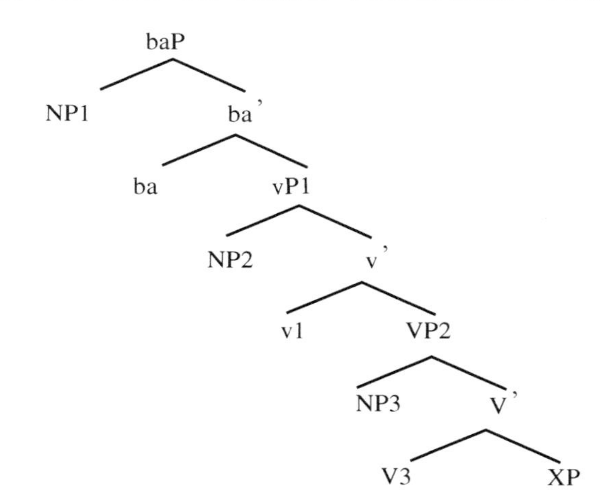

我們認為，Li (2006)、Huang et al. (2009) 確實對把字句作了廣泛而深入的研究，大大加深了我們的認識，尤其是內外賓語的討論，更啟發了我們。但功能核心說也存在一些問題。

一是結構讓人費解。以 Li 給出的結構為例，「把」後 NP 是位於 vP 指示語的 NP2，Huang et al. (2009: 182) 只籠統給出了位於 vP-Spec 的 NP，沒有給出 VP-Spec 的 NP。但實際上，Li (2006) 的圖示最全面。以「張三把一間房子賣掉了」為例，按照這一結構，「張三」生成於 BaP-Spec 的 NP1；「一間房子」應該基礎生成於 NP3，如果生成於 NP2，那它顯然就不是 V' 賓語，與文章的分析就不一致了。但這時，就會出現三個問題：一是把字句的主語 NP1 已經遠離 vP1，那它的題元角色如何得到？二是 vP1 是什麼性質，NP2 又是什麼性質？三是要讓 NP3 靠近「把」，就必須提升到 NP2 才行，但動因是什麼，提升後會不會再得到一個格位和題元角色？這些在 Li (2006)、Huang et al. (2009) 中都未說明。

二是認定「把」為功能詞的證據並不充分。最重要的證據就是並列測試，如：你把〔這塊肉切切〕，〔那些菜洗洗〕吧（Huang et al. 2009: 167）。但並列測試並不能充分證明「把」就是功能詞，因為它並不排除「把」是介詞的可能。比如換成其它介詞，類似的句法都可以出現。例如「對、在」都是公認的介詞，並列句都可省略，如 (9)：

(9) a. 他對〔這篇論文有意見〕、〔那篇論文有看法〕，沒有一篇滿意。

b. 他在〔紙上寫寫〕、〔本子裏畫畫〕，忙個不停。

石定栩、胡建華（2005：216）也指出漢語的介詞在重複出現時可以省略，例如 (10) 中的「在、以」。這些證據反而證明「把」更應該是介詞。

(10) a. 我們要在〔1 號上午上一次課〕，〔3 號下午一次課〕，〔5 號晚上輔導一次〕。

b. 它以〔山風做旋律〕，〔大漠、高原做舞台〕。

綜合以上兩點，我們認為 Huang et al. (2009) 對把字句的結構分析有問題，對「把」的性質認定也值得商榷。這樣，形式語法的致使說、功能核心說都未能給把字句提供一個令人滿意的分析模式。

2.3 語言類型學研究

從語言類型學的角度展開研究的主要有兩家：葉狂和潘海華（2012a/b、2014、2018a），以及朱佳蕾和花東帆（2018）。這一節主要討論後者的觀點。朱佳蕾和花東帆（2018）通過比較英語的「have + V$_{被動}$」句，認為把字句也是一種被動主動句，例如：

(11) a. I have a book stolen

b. The general had the house demolished (by his guards).

英語 (11) 句可以表達致使／經歷—變化，have 相當於一個功能性的函子謂詞，是主動態，而補足語動詞是被動態。對比把字句，表現雖複雜些，但也類似。具體講，對有及物動詞的把字句而言，及物動詞要涉及被動化操作，其論元結構為〔致使者／經歷者（NP $_{主語}$〔把〔受事（NP$_{ba}$ 施事（PP 由／被／讓／叫…）V $_{被動}$）〕〕，如 (12) a 所示，對非作格不及物動詞而言，其動詞涉及到反身化，如 (12) b，而非賓格不及物動詞不作任何操作，如 (12) c。被動化、反身化以及無操作的標記就是「給」：

(12) a. 張三把李四給打死了。

b. 這個蹦床把張三給跳得汗流浹背。

c. 老奶奶把個老伴給死了。

這一研究也旨在給把字句提供一個統一的分析模式，並且讓其納入語言共性的範疇，但存在不少難題。第一，有的把字句很難分析為被動化。比如動詞重疊式把字句，例 (13)，「看看」、「挪挪」都不能分析為涉及被動化；第二，有大量明顯的反例，如 (14) 所示，「喝醉、騎累」都絕對不能解釋為「張三被喝醉了」、「張三被騎累了」。實際上，反例主要來自傳統上所說的致使類把字句。也就是說漢語有些把字句的主語可以是受事類 causer，而英語的 have 句卻不可以，只能是施事類 causer。所以，英語不能說「*A bottle of wine had John drunk」，但漢語卻可以說 (14) a。

(13) a. 你抽空把它看看得了。（CCL）

b. 把身子往前挪挪。（CCL）

(14) a. 這杯酒把李四喝醉了。

b. 這匹馬把張三騎累了。

客觀地講，處置說、致使說都有合理的地方，尤其是對一些把字句的語義解釋，比較符合語感，但都只能解釋一部分語料；功能核心說、被動主動句說都試圖提供一個完整的句法分析，雖有不足，但也大大深化了我們的認識。總之，我們認為把字句研究發展到現在，最大的任務就是給出一個兼容並蓄、高度概括的統一分析。下面先描寫把字句的句法表現，然後簡述一下葉狂和潘海華的主要觀點，並以此為基礎，給出把字句的論元結構，統一分析各類把字句的生成。

3. 把字句的論元結構

3.1 句法表現

綜觀前人的研究(參見呂叔湘 1948、蔣紹愚 1997、範曉 2001、張伯江 2000,2014、陸儉明 2016 等等),並調查把字句的句法形式,我們認為,把字句主要有以下I–VIII類句法表現。「被、把」共現句沒有單列,但會在4.2節討論。[1]

I. 非賓格不及物動詞類,如:

(15) a. 把個父親死了。

b. 監獄把犯人跑了。

II. 單及物動詞類,如:

(16) a. 張三把衣服洗了。(普通處置式)

b. 張三把頭一甩。(「一 V」式)

c. 我們把這個問題研究研究。(動詞重疊式)

d. 張三把手絹洗一洗。(「V 一 V」式)

III. 動補結構類,如:

(17) a. 張三把手絹哭濕了。(粘合式動結式)

c. 這瓶酒把張三喝醉了。(致使類)

IV. 帶補足成分類,如:

(18) a. 張三把衣服洗了三件。(保留賓語類)

b. 張三把衣服放進了衣櫃裏。(介詞短語類)

c. 張三把紙團成了一團(語義虛化類)

d. 張三把衣服洗了三遍。(動量短語類)

e. 學校把他免了職。(離合詞類)

V. 雙賓結構類,如:

(19) a. 張三把一件禮物給了李四。(給予類)

b. 張三把李四搶了 100 元錢。(索取類)

1. 「把」後 NP 的語義角色可以為感事、受事、處所、工具、領有者、役事等,詳見張伯江(2014)、葉狂和潘海華(2018a:8);甚至可以是前人很少提及的時間詞,如:把一天拉長成一年(CCL),都可以涵蓋在 I–VIII 的句法中。

VI.「V 得」類，如：

(20) a. 他把我氣得不想寫信了。(V 為及物動詞)

b. 這個蹦床把張三跳得汗流浹背。(V 為不及物動詞)

VII. 形式動詞類，如：

(21) a. 他把兩次的水加以比較。(CCL)

b. 他又重新考慮把這段話作了改寫。(CCL)

VIII. 邊緣類（施春宏 2015）

(22) a. 他把池塘下了毒。(動詞與「把」後 NP 沒有動賓關係)

b. 他把山上種了樹。

3.2 論元結構

葉狂和潘海華（2012a/b、2014、2016、2018a）基於跨語言句法共性的思想，將把字句看作是平行於作格語言逆動句由逆動化而生成的一種句式。Polinsky (2017) 指出，逆動化就是指「一個小句的及物述謂的邏輯賓語降級為非核心論元或非論元」。「及物述謂的邏輯賓語」實際上是指論元結構中的賓語。根據這一定義並結合語言事實，我們認為，把字句就是逆動化句式，其句法核心是 Antipassive^{0}，可顯性化為「給」，把字句屬語態（voice）範疇，可稱為逆動語態。把字句的定義特徵就是句法上的逆動化，小類間的語義差異（如處置、致使等）是伴隨特徵。

基於生成語法的動詞投射論元結構的思想（參見 Müller & Wechsler 2014），並借鑒結構引入論元的理念（參見 Marantz 1997、Lin 2001、Borer 2005、Bowers 2010、Williams 2015，等），在最簡方案的合併理論框架下，我們認為，及物動詞、不及物動詞的論元結構如圖 11.1 至 11.3 所示。VP-Spec 位置是賓語生成的唯一位置：根據動詞投射論元理論，動詞的直接賓語生成於此；非賓格不及物動詞的唯一論元「底層賓語」也基礎生成於此；雙賓結構中的直接賓語也生成於此。根據結構引入論元理論，動詞短語 V' 引入的外賓語也生成於此（也見 Thompson 1973、Li 2006、Huang et al.2009 的外賓語分析）。[2] 隨後逆動化操作，這個賓語降級到 AntipassiveP (AP) 的附加語位置，這是一個非論元位置。在 AP 的附加語位置有一個基礎生成的介詞「把」，給降級的賓語核查格。論元結構中賓語降級後留下的空位用 e 表示。注意 AP 不是施用功能範疇，不是給句子增加論

2. 這一論元結構綜合了結構引入論元的理念和動詞投射論元的思想，最底層的述謂既可以是單個動詞（投射論元結構），也可以通過合併生成的複雜述謂，再「投射」論元。複雜述謂投射論元並非為漢語特設，其它語言也很常見，比如 Andrews (2007: 135) 舉了 Barai 語、Malayalam 語、英語等。

圖11.2　漢語及物動詞的論元結構

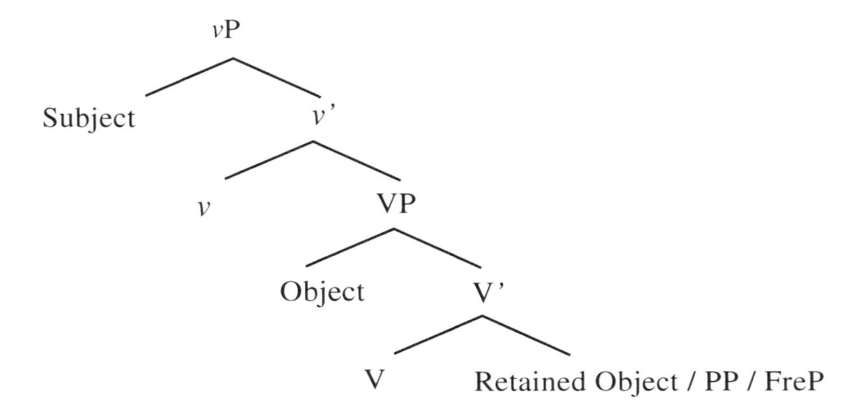

圖11.3　非作格不及物動詞的論元結構

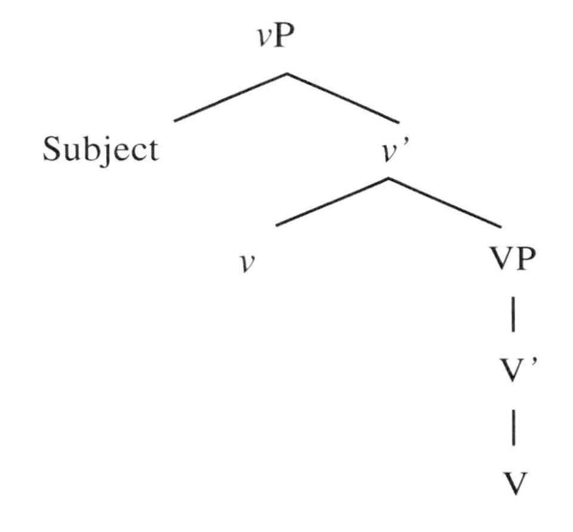

圖11.4　非賓格不及物動詞的論元結構

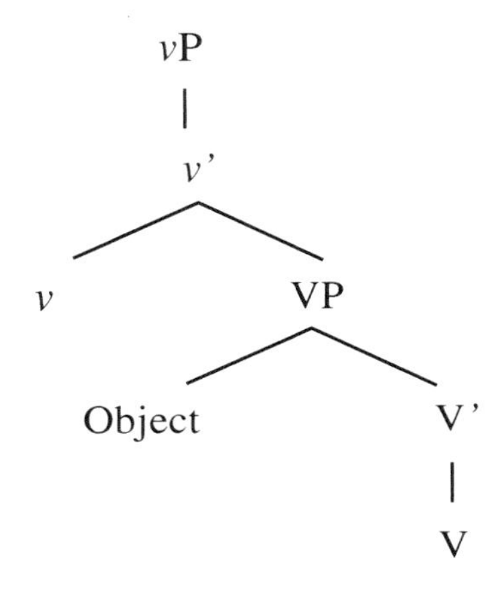

元，而是相反。[3] V 位置生成各類動詞，包括動結式。由於不影響整體分析也為了簡化，動詞重疊式 V 一 V、VV 也暫時放在該位置，詳細生成可參考隋娜和胡建華（2016）。「一 V」也暫放在「V」的位置，關於「一」的體貌功能可參考陳前瑞和王繼紅（2006）。根據李亞非（Li 2005: 54–60）、顧陽（Gu 1992），動結式 VR 應該作為複合詞在詞庫通過詞法生成。這樣，VR 也基礎生成於 V。而動詞 V 的姊妹結點是補足語位置，比如：「張三把水澆了花」中的「花」、「張三把書放在桌子上」、「把信寫了兩回」中的「在桌子上」、「兩回」都在該位置生成，三者呈互補分佈。[4]

漢語的降級論元表現出兩個特點：第一，必須由一個介詞來管轄，比如被動句中，原來的施事主語降級後，由介詞「被」來引導，如：李四打了張三，張三被李四打了。把字句同樣如此，張三把李四打了，就是把賓語降級了，由「把」引出。第二，附加語性質。把字句的基本生成結構如圖11.4、圖11.5 所示。

這裏先討論介詞短語和動量短語的性質，保留賓語在 4.2 節詳細討論。我們認為，把字句句末的介詞短語以及一些語義虛化的詞如「向、作、成、到」等引導的短語，都是補足語性的，如 (23) a–d 所示。證據就是其中的介詞等都必須與動詞結合到一起，形成一種臨時的句法詞，如「引向、看作、團成、提高到」，「了」要出現於句法詞之後。不論這種句法詞是通過並入（incorporation）還是重新分析形成的，句法詞的在線生成，足以證明兩種短語都是補足語，不是附加語。

(23) a. 把漢語教育引向（了）新方向。
b. 把你看作（了）絆腳石。
c. 他把紙團成（了）一團。
d. 把理論提高到（了）一個新水平。

參考 Zhang (2017) 對事件內外動量短語（Frequency phrase, FreP）的區分，我們認為，動量短語有兩個生成位置。一個位於動詞的補足語位置，不論是事件外動量詞（如：次、回、遍、趟、頓）還是事件內動量詞（如：下、棍、聲、嘴巴）都可在該位置生成；另一個在 VP 之上 v 之下，只有事件外動量詞可以在

3. 施用功能核心（Applicative）會給句子增加論元，但「把橘子吃了、把信寄了」等顯然沒有，因此把字句不涉及施用範疇。如果堅持運用施用結構來分析有保留賓語的句子，如「把橘子剝了皮」，那就只能是一種特設分析，不能解釋所有把字句。另見 4.2 節關於保留賓語句的分析。

4. 把字句雖然也能出現時量短語，如 (i)，但非常受限。劉月華等在《實用現代漢語語法》（商務印書館 2004：740）中指出：「時量補語雖能用於把字句，但很受限制，只有謂語動詞表示的是一種持續的狀態，如‘關、開、捂、押、增加、減少、延長、推遲’等時，才可以用時量補語。」限於篇幅，該問題另文研究。

(i) a. 村裡人把我撈出來，他又把我押了三天。（馬峰《呂梁英雄傳》）
b. 強行把人綁架了一天，才置之死地。（梁鳳儀《弄雪》）

圖11.5　V為及物動詞的把字句

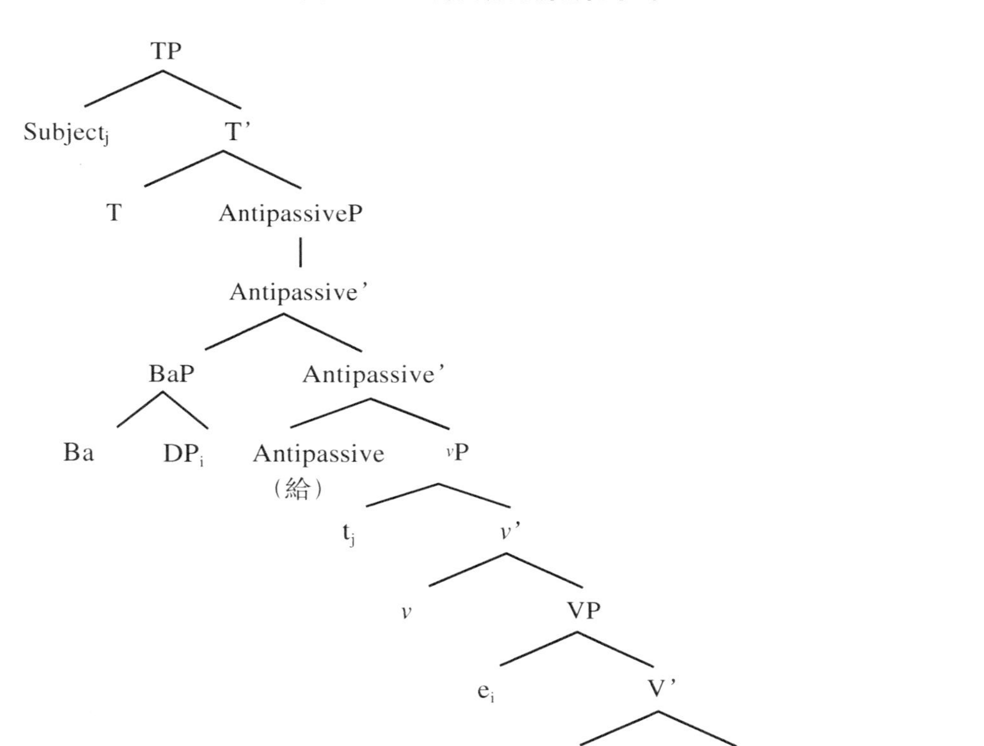

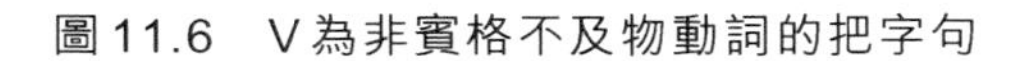
圖11.6　V為非賓格不及物動詞的把字句

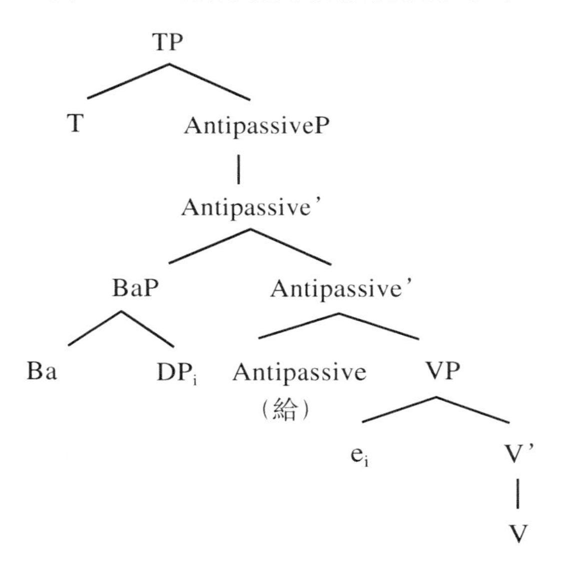

此位置生成。[5]「把書讀了三遍」是由第一個位置生成：V + FreP 合併生成「讀了三遍」，VP-Spec 生成 DP「書」，V 提升到 v，逆動化後則生成「把書讀了三遍」。這個結構還可生成：讀了書三遍、書讀了三遍。但不能生成「讀了〔三遍書〕」。即使重新分析，把「讀了三遍」移位到 v，還是不能，因為「讀了三遍書」的結構為〔〔讀了三遍〕書〕。「讀了〔三遍書〕」是在另一位置經同源賓語結構生成，即：V + NP 通過名詞並入生成「讀書」，VP 充當 FreP 的補足語，FreP 的中心語為 Fre「遍」，數詞「三」位於 FreP-Spec，v 複製「讀書」，然後互補刪略，生成「讀了〔三遍書〕」（參見潘海華、葉狂 2015a）。

這一結構的優點是統一了把字句的生成方式，語料覆蓋面廣，沒有例外。處置、致使分析面臨的反例如例 (5) 和 (7) 都能包含進來，甚至 (VIII) 中的邊緣把字句以及「把」後 NP 為處所、工具等語義角色的都可納入這一生成模式中。

施春宏（2015）對邊緣把字句作了詳盡的討論，他的解釋方案是認為該類句子由一個致使事件 + 一個使果事件生成，在這個使果事件中有一個隱含的抽象謂詞，其語義特徵是“HAVE”，表示「有、出現」之類的語義。這樣就有如下的致使關係：他下毒 + 池塘 V_{HAVE} 了毒、他種樹 + 山上 V_{HAVE} 了樹；在生成時，通過整合，兩個事件的共有論元整合為動結式的結果論元，另一個論元由於在論旨階層中位置低，就由「把」來標記。而我們按照圖 4 的論元結構，不需要設立空 / 輕動詞，生成方式簡捷：「下毒、種樹」先合併生成 V'，「池塘、山上」雖然是處所名詞，但不是地點狀語，句法上依然是「下毒、種樹」的賓語論元，生成於 VP-Spec 位置，是逆動化的對象。這就類似於「北京城」是「逛北京城」的賓語論元，不是狀語。而「在北京城逛」中「北京城」是狀語，不是賓語論元。「把」後 NP 為工具的情況同樣如此，「他把手捂在耳朵後」中的「手」也生成於 VP-Spec 位置，而不是來自「他用手捂在耳朵後」（也見 Li 2006：384 的類似觀點）。

總之，按照圖 11.4 統一的論元結構，逆動化的唯一對象就是 VP-Spec 的賓語，使其降級，由介詞「把」來引導入句。該賓語可以是各種不同的題元角色，但是不能是施事，詳見葉狂、潘海華（2018）。[6] 下面重點討論可能引起質疑的三類把字句的生成：(I) 非賓格不及物動詞把字句、(IV) 中 (18) a 保留賓語把字句、(V) 雙賓結構把字句。其它稍微「聽話」的情況，即 (II)、(III)、(VII) 的各類把字句、(IV) 中 (18) e 離合詞式把字句、(VI)「V 得」類把字句，另文討論，後兩類也可參考潘海華和葉狂（2015a、2015b）。[7]

5. Zhang (2017) 認為事件外動量詞生成於 vP 之上，而事件內動量詞生成於 vP 與 VP 之間。

6. 把字句的逆動化觀與傳統的「提賓說」有本質區別。後者主要認為主動賓句與把字句在表層有轉換關係；而前者是在論元結構裡作逆動化操作，再基礎生成把字句。

7. 離合詞式把字句，如「把文檔起了草」，可參考上節的關於「把井下了毒」的生成；也可參考 4.2 節保留賓語的分析模式。這兩類句子中有一個共同的特別之處，就是「把」後NP 都與動詞如「起、下」沒有直接關係，而是與整個v' 有關係，即與離合詞「起草」、動賓式複雜謂語「下毒」相關。關於離合詞的進一步研究，可參考潘海華、葉狂（2015），葉狂、潘海華（2018b）的分析。

4. 三類把字句的生成

4.1 非賓格不及物動詞把字句

以 (24) 為例。根據潘海華和韓景泉（2005、2008）的研究，「張三、監獄」都是基礎生成於 TopicP-Spec 位置的話題，根據 Hale & Keyser (2002)，「父親、犯人」生成於非賓格動詞的 Spec 位置。逆動化之後，降級到「把」後，生成相應句子，見圖 11.6。當然，還可以生成例 (25) 的句子，因為在 V 後可以出現補足語成分。

圖 11.7 「張三把父親給死了」的生成結構

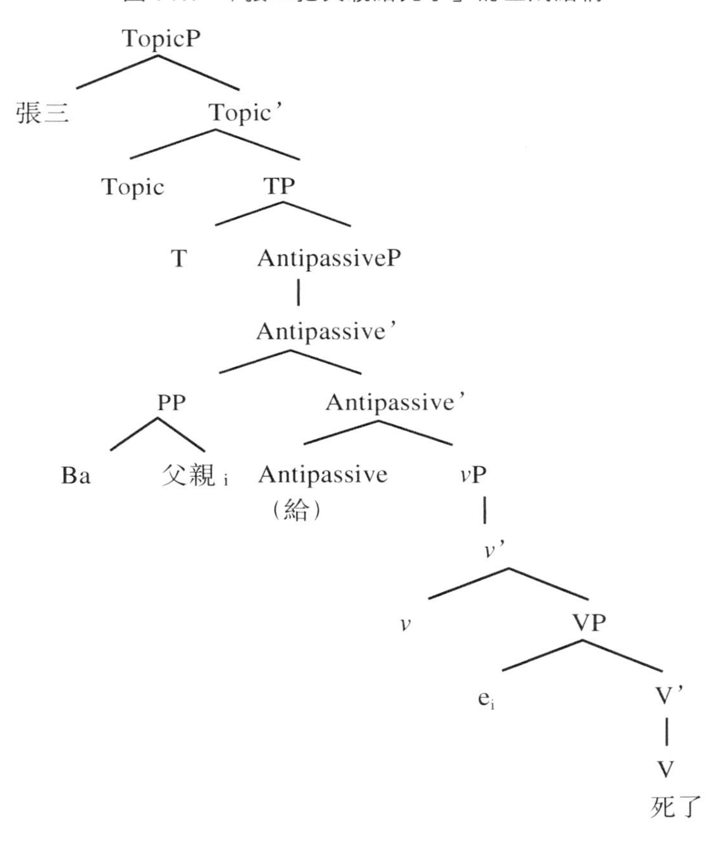

(24) a. 張三把父親給死了。

b. 監獄把犯人跑了。

(25) a. 監獄把三個犯人跑了兩個。

b. 偏偏把個老王病了兩回。

實際上，這一結構也可以生成表消極語義的不及物動結式把字句 (26) a（袁毓林 2012）、表偏離義的動結式 (26) b（陸儉明 1990）：

(26) a. 媽媽把早飯做晚了。

b. 張三把衣服買大了。

在 (26) a–b 中，動結式「做晚、買大」基礎生成於 V 位置，我們認為這些動結式與非賓格不及物動詞性質相同，因此，「早飯、衣服」生成於 VP-Spec 位置，語義上，它們是動結式的賓語，經逆動化後生成把字句。

4.2 保留賓語把字句

保留賓語（Retained object）把字句，前人已經作了不少研究，比如呂叔湘（1948、1965）、王志（1984）、李臨定（1990）、徐杰（2001）、張慶文和鄧思穎（2011）、熊仲儒（2015）、玄玥（2017）、許歆媛（2020）等。我們的觀點與前人稍有不同。在我們看來，保留賓語句、動詞後有介詞短語的句子、動詞後有動量短語的句子，甚至邊緣把字句（如 VIII 所示）的底層結構是完全一樣的。把字句中保留賓語具有如下特徵。第一，保留賓語最自然的形式是光杆名詞，不帶任何修飾語，例如：

(27) a. 張三把橘子剝了皮。　b. 把桌子鋸了腿。

c. 把書撕了封面。　d. 把他開除了學籍。

第二，不能出現有定標記「這」，因此保留賓語一般不能是有定 DP。玄玥（2017）指出保留賓語多數情況都是無指無定的，將定指標記加在保留賓語上測試，句子都不合格。我們的語感也是如此，例如（引自玄玥 2017）：

(28) a. * 張三把橘子剝了這塊皮。

b. * 他們簡直把下流當那種有趣。

c. * 她把毛線織了那件毛衣。

d. * 他把花澆了那盆水。

e. * 李四把紙門踢了那個洞。

f. * 他轉眼間把那一籃蘋果吃了那八個。

g. * 他把水澆了那朵花。

h. * 我把牆上刷了那桶漆。

第三，保留賓語可以是數量短語，如 (29)，但不能帶從句修飾語，如 (30)：

(29) a. 張三把橘子剝了一層皮。　e. 李四把紙門踢了兩個洞。

b. 他們簡直把下流當一種有趣。　f. 他轉眼間把那一籃蘋果吃了八個。

c. 她把毛線織了兩件毛衣。　　g. 他把水澆了三朵花。
d. 他把花澆了兩盆水。　　h. 我把牆上刷了三桶漆。

(30) a. * 他把水澆了這束昨天從花店買來的玫瑰花。
(對比：他把這束昨天從花店買來的玫瑰花澆了水。)
b. * 他把牆上刷了這桶從淘寶網購的華潤漆。
(對比：他把這桶從淘寶網購的華潤漆刷了牆。)

以上特點揭示出 V 後的保留賓語主要是一種有缺陷的名詞短語，指稱性比較弱。這類結構與 Massam (2001) 所講的「準名詞並入」(pseudo-noun incorporation, PNI) 結構非常相似。對照分析，我們認為保留賓語應該分析為與動詞一起構成一個複雜謂語，是一種內部有缺陷的賓語。其實呂叔湘（1948）很早就有這一看法，呂先生認為把字句中的保留賓語「跟動詞結合成一個熟語，已經可以當作一個複合的動詞看」。複雜謂語的分析也完全符合最簡方案的合併生成：動詞先與保留賓語合併，再與受事或對象合併生成 VP，之後與 v 合併，引入施事或致事，如圖 11.7 所示。

圖 11.8　「張三把蘋果吃三個」的生成結構

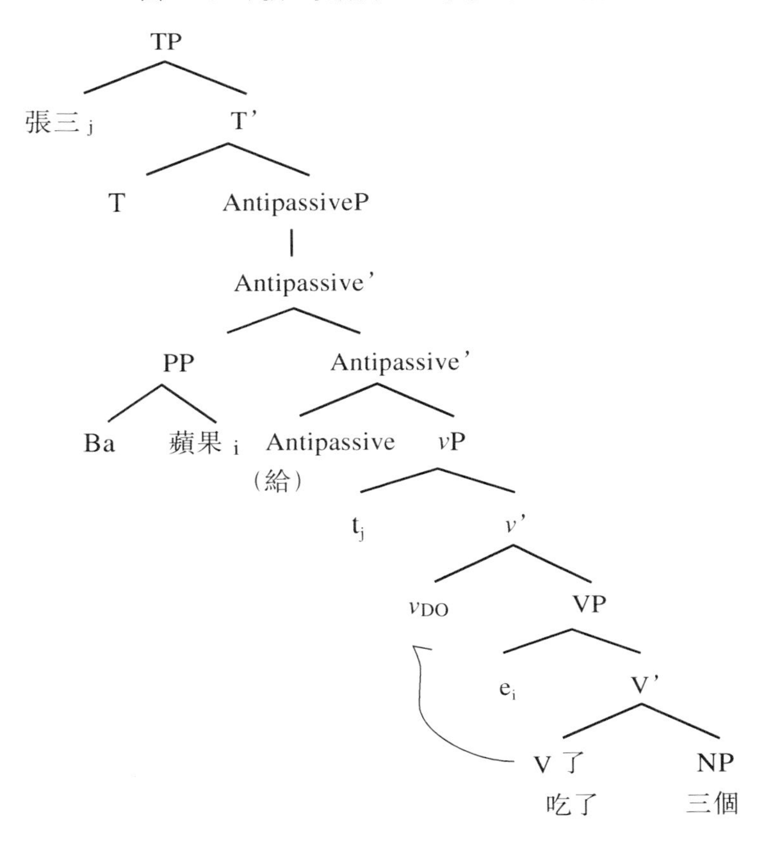

(31) a. 張三把蘋果給吃了三個。 b. 張三把卡車裝了稻草。

把保留賓語看作一種並入賓語，似乎有反例，比如在 (32) a–b 中，「皮、錢包」是保留賓語。但在相應的「被、把」共現句中（參見曾常紅 2004），如 (33) a–b，「皮、錢包」似乎又成了逆動化對象，這該如何解釋呢？

(32) a. 張三把橘子剝了皮。

b. 小偷把張三偷了錢包。

(33) a. 橘子被張三把皮剝了。

b. 張三被小偷把錢包偷了。

實際上，(33) a–b 的論元結構與 (32) a–b 不同，「橘子、張三」都是話題，基礎生成於 TP-Spec 後移位到話題位置，[8]「皮、錢包」就是在 VP-Spec 位置基礎生成，而不是在動詞的補足語位置，證據就是還可以說 (34) a–b，「一半、兩回」才是真正的保留賓語。所以，這看似是反例，實際是支持我們的分析。

(34) a. 橘子被張三把皮剝了一半。

b. 張三被小偷把錢包偷了兩回。

如果以上分析是對的，那麼，把字句在句法結構上就有高度的一致性。另需說明的是例 (31) a 中的保留賓語只能是數量短語，不能為數量名，如「* 張三把蘋果吃了三個蘋果」，原因還需要進一步研究。

4.3 雙賓結構把字句

漢語的雙賓結構有給予類和索取類。給予類有包含「給予」這一語義成分的雙及物動詞，朱德熙（1979）稱這類動詞為 V_a 類，如：「送、遞、推薦、交還、告送」等。這一類的專用句式為 S1：「N1 + V_a + 給 + N2 + N3」，Va 類還能進入另一句式 S2：「N1 + V_a + N2 + 給 + N3」。朱德熙（1979）指出，S1 與 S2 之間存在互相轉換關係。在此基礎上，借鑒 Larson (1988) 對英語雙及物句「John sent a letter to Mary」和雙賓語句「John sent Mary a letter」的分析，以及畢羅莎、潘海華（2019）從信息結構角度對漢語雙賓結構的分析，[9] 我們認為漢語的給予類雙賓結構把字句的論元結構如圖 11.8 所示。S1 和 S2 如「我送給李四一本書」、「我送一本書給李四」有相同的論元結構，完全遵守 Baker (1988: 46) 的「題元指派一致性假說」。換言之，我們認為通常所說的間接賓語前其實都有一個「給」，「給」可能是動詞也可能是介詞，還有可能是與格（Dative）標記，類似於英語的 to，可

8. 潘海華、韓景泉（2008），韓景泉、潘海華（2016）認為被動句如「張三被殺了父親」中的「張三」是基礎生成的話題。本文認為把字句與被動句有所不同。

9. 中外學界對給予類雙及物句的其它研究，參見何曉煒（2009）、Larson (2014: 35–136) 的綜述。

圖11.9　給予類雙賓把字句的生成結構

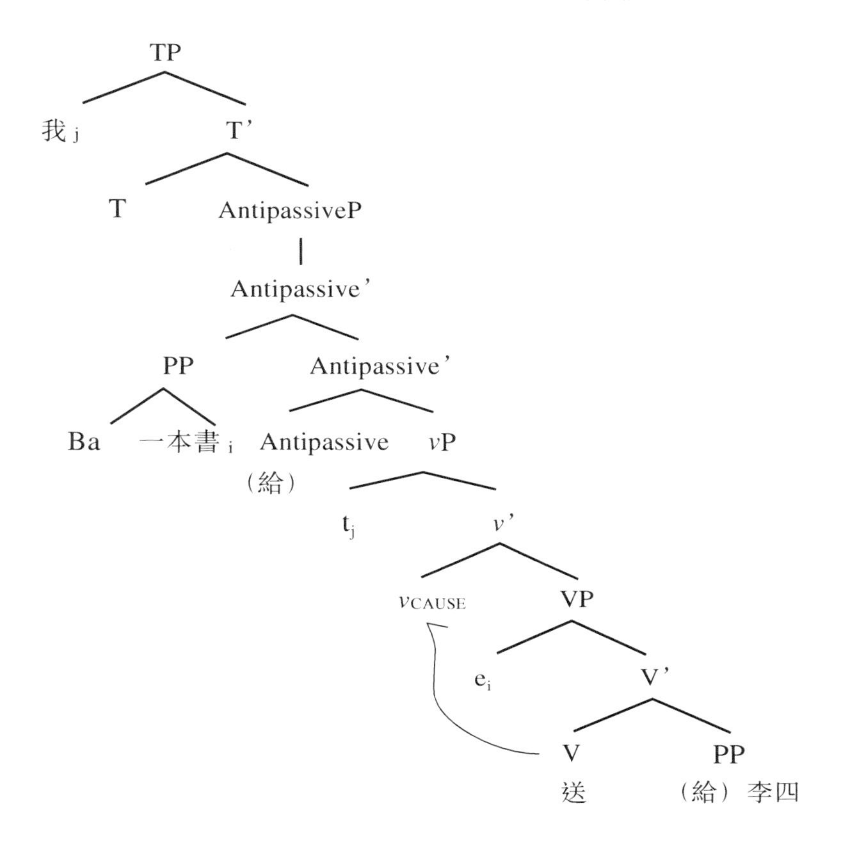

以另文專論，這裏暫時標為PP，基礎生成於動詞的補足語位置。當V提升到v後，則可以生成「我送一本書給李四」；按照Larson (1988: 348)，當V' 重新分析為V，則可以提升到v，生成「我送（給）李四一本書」。「給」這時可以隱沒。這兩種情況下，逆動化的對象都是在VP-Spec位置的直接賓語，生成(34) a–b，而「給」後NP不是逆動化對象，所以，「* 我把李四送（給）了一本書」不合格。[10]

(35) a. 我把一本書送（給）了李四。

b. 張三把一本書推薦給了李四。

再看索取類。索取類雙賓結構是含有「取得」這一語義成分的動詞，如：「買、搶、偷、騙、扣、訛、收、罰」等（朱德熙1979、張國憲2001）。索取類雙賓結構把字句如：

10. 這一結構只限於朱德熙（1979）所講的 V_a 類動詞，不涉及 V_c 類如「寫、沏」等單及物動詞。

圖 11.10　索取類雙及物動詞的論元結構

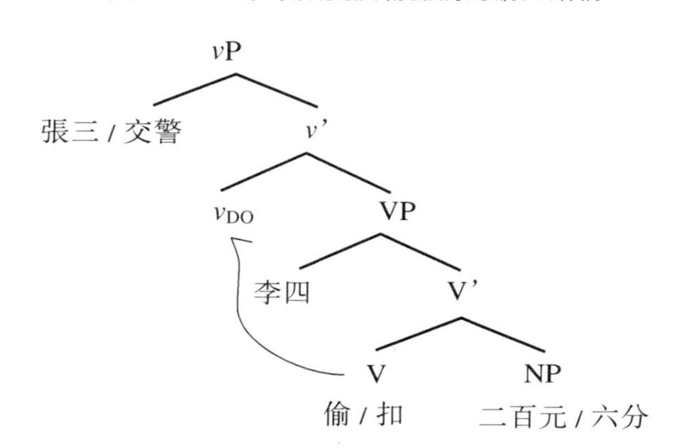

(36) a. 張三把李四偷了 200 元。

b. 交警把李四扣了六分。

我們認為這類句式中的「200 元、六分」等類似於 4.2 節中的保留賓語，因此，V+NP 合併生成「偷了 200 元」，受事「李四」生成於 VP-Spec 位置。如圖 11.9 所示，當 V 提升至 v 時，可生成「張三偷了李四 200 元」、「交警扣了李四六分」，逆動化則生成 (36) a–b。

我們這樣分析兩類雙賓句的論元結構，有句法和語義的雙重證據。句法上，該結構能正確預測漢語的兩類雙賓結構在被動化時，只允許 VP-Spec 位置的直接賓語提升為主語，其它位置的不可以，如 (37) 所示。語義上，該結構與語義解讀能形成正確的對應匹配，也與黃正德（2007）從非賓格性的角度對漢語雙及物動詞的二分法一致。比如給予類雙及物動詞是非賓格性質的，輕動詞是 v_{CAUSE}。(35) a 表示「我 CAUSE 一本書送給李四」。索取類是非作格性的，輕動詞是 v_{DO}，(36) a 表示「張三 DO 李四偷了 200 元」，而不是「張三 CAUSE 李四偷了 200 元」。

(37) a. 那本書被我送給了李四。

a'. * 李四被我送給了一本書。

b. 李四被交警扣了六分。

b'. * 六分被交警扣了李四。

5. 解釋力

把字句的逆動化觀不但在生成結構上統一了各類把字句，語料覆蓋面廣，而且具有充分的解釋力，下面討論三個方面，這些都是前人研究不好解決的難題。

5.1 「把」後「個」的出現

在「把」與其後名詞短語之間，可以有一個非常特別的「個」，它可以出現於各種專有名詞前 (38) a–c、數量名短語前 (39) a、複數名詞短語前 (39) b、同位語結構前 (39) c、抽象名詞短語前 (39) d、事件名詞前 (39) e 等等，形成一個很獨特的「個短語」：

(38) a. 公社成立了，把個李老奶奶樂得合不攏嘴。
（《漢語虛詞例釋》1982：65）
b. 偏偏又把個老王病倒了。（朱德熙 1982：187）
c. 數百株蘋果綻綠吐翠，含苞欲放，把個庭園裝扮得分外妖嬈。（CCL）

(39) a. 一家人勤勤懇懇，起早摸黑，把個十多畝莊稼經管得人見人愛。（CCL）
b. 把個「小蜜」們侍候得舒舒服服。（張誼生 2005：例 80）
c. 人們都說，蓋麗麗把個清純、可愛、開朗、活潑的青春女孩許童童演活了。（CCL）
d. 把個清淨的禪宗門風，搞得烏烟瘴氣。（張誼生 2005：例 109）
e. 把個三弦彈得出神入化（張誼生 2005：例 112）

以上各例中的「個」前都不能出現「一」，說明「個」不是由「一個」省略而成，是單獨使用；「個」與其後名詞短語也不存在選擇關係，比如「個李老奶奶」、「個十多畝莊稼」都不能成立。句法上，「個短語」不能出現於主語位置，比如不能說「個李老奶奶樂得合不攏嘴」。這一特點直接否定了把字句的致使分析、「把」為功能核心的分析。因為按照 Sybesma (1999) 的分析，把字句的結構為「把 [DP VP]」，「DP + VP」基礎生成，那麼 DP 就具有主語性質，但以上各例證明「個短語」不是基礎生成的一個名詞短語，更不可能是主語位置生成，是致使分析的反例。Huang et al. (2009) 將「把」分析為功能核心，其補足語為一個完整的 *v*P 結構，這樣，「個短語」也無法找到合適的生成方法，也不可能基礎生成「把個」，因為「把個」不成詞。另外，「個」雖然也能夠出現於動詞後，比如杉村博文（2006）一文舉了一些動詞後有「個」的例子，但實際上，這些「個」還是與其後DP具有選擇關係，如(40)，說明動詞後的「個DP」與「把」後「個短語」性質並不相同。

(40) a. 在你面前我真不是個人（海岩《便衣警察》）
(a、b引自杉村博文2006)
b. 講動武，祥子不能打個老人，也不能打個姑娘。
(老舍《駱駝祥子》)

有關「把」後「個」的性質，前人做了不少研究，比如杉村博文（2002）認為「個」的功能是激活其後名詞短語存在的一種「情理值」；張誼生（2005）認為「個」有實體化、類別化、專指化功能；Iljic (2015: 154) 認為「個」增加了一個情態和對比值。這些研究都極具啟發性，但有一個關鍵問題都沒有回答：為什麼「個」能而且只能出現於「把」後的名詞短語前？如果前人的研究都是對的，那麼可以預測，這個「個」可以出現在任何句法位置的名詞短語前，而不一定非要在「把」之後。因為不論是「激活情理值」，還是其它功能，都不會規定一個特定的句法位置。實際的語言事實是：它只能在「把」後，為什麼？這一問題只能從逆動化視角來回答。

我們認為「個」的出現是受逆動化的句法操作允准的，是逆動化句法功能的具體表現，因為逆動化的一個功能就是把有定變為無定。跨語言的事實表明，逆動化的對象多為無定DP（Cooreman 1994，葉狂、潘海華2012a，b），因此，逆動化與無定DP是無標記的匹配關係，與有定DP是有標記的匹配關係，如Bittner (1987) 舉的西格陵蘭語（West Greenlandic）中逆動化的對象可以是人稱代詞、專名、限定詞短語，但這些DP都帶旁格「工具格」，而不是結構格「通格」。這樣看來，「個」之所以能出現在「把」後名詞短語前，就因為這個名詞短語原來是逆動化操作的對象，降級成為「把」的賓語後，變成無定是一個自然的句法結果。增加一個使用最廣泛的（朱德熙1982：49）、語義漂白很徹底（杉村博文2006）的「個」無疑可以實現這一目的，即把有定變成無定。例如，「把包厢塞得滿滿的」「包厢」是有定的，「把個包厢塞得滿滿的」，「包厢」就是無定的了（張誼生2005：4）。因此在(38)、(39)中，「個」的核心功能就是取消有定性，顯性地標記無定性。[11] 而且，只有在這個位置上，「個」才沒有範疇選擇方面的限制，才可以「添加」到任何類型的名詞短語前，使其無定化。總之，從逆動化視角出發，我們認為「個」的出現是受句法允准的，是漢語逆動化句法與跨語言逆動化句法趨向於一致的具體表現。

這一視角可以預測「個」不能出現的句法結構。比如可以預測漢語的典型

11. 結構上，「個」生成於「把」後DP內的量詞短語（classifier phrase）的中心語位置，然後移位到核心D處，因此，「個短語」作無定解讀。

致使句「使」字句，不會出現這個「個」。因為「使」字句並不存在 NP 降級。所以，「使」後的NP 前不能出現「個」。比如把上面的其中兩例改為「使」字句，如 (41)，都不能說；去掉「個」後就又能說了。我們以「使個」為關鍵詞在 CCL 檢索，共得到 668 條，逐一人工比對，沒有發現這種用法的句子。

(41) a. * 公社成立了，使個李老奶奶樂得合不攏嘴。

b. * 偏偏又使個老王病倒了。

鑒於漢語動詞前的 DP 都存在有定解讀的傾向，我們當然不會認為每一個「把」後 DP 都可以插入「個」。句法允准是一個必要條件，語義語用允准是充分條件。實際上，前人從語義語用角度展開的研究，比如「個」在「出乎意料、超出常理、形成對比」等時使用（參見王惠 1997、杉村博文 2002 等），正是着眼於「個」出現的充分條件。把前人研究和本文結合起來，正好能圓滿解釋「個」的充要使用條件。

5.2 重建效應

漢語有很多 VO 式習語如「背黑鍋、露馬腳、唱反調、吹牛皮」等，都有專門的習語義，但它們也可以出現在把字句，例如 (43)，這些習語中的賓語 O 都離開了動詞後位置，前置於「把」後，但這些句子並不作字面義的解讀，比如 (43) a 不是表示「你背了一口黑色的鍋」，而是還要作習語義解讀「代替別人受過」。

(43) a. 你就把黑鍋背着吧。

b. 張三一不小心把馬腳露了出來。

c. 越是要討她喜歡，越是要同她把反調唱到底。（王安憶《長恨歌》）

d. 好久沒有人把牛皮吹的這麼清新脱俗了（網絡經典語錄）

也就是說，這類句子表現出重建效應（reconstruction effects）。重建效應是指：在移位鏈的某一位置 Q（中間位置或原始位置），來解讀一個移位到 P 的項目。例如英語有習語短語 take care of 的疑問句（Sportiche 2006: 47）：

(44) a. You think Mary took much care of Bill.

b. How much care do you think Mary took of Bill?

(44) b 中雖然 care 移到了句首，但它一定要「重建」到原始位置來解讀。各類短語移位，即非論元性的 A' 移位（如：Wh- 移位、話題化移位），都會表現出重建效應；而論元移位，即 A 移位（主要指動詞為 seem 類的提升結構），儘管在轄域等方面也有重建效應表現，但爭議較大。換言之，如果排除 A 移位可能，通常情況下，一旦觀察到重建效應，就能確定存在 A' 移位。

這些表現出重建效應的習語把字句對前人的觀點都構成挑戰，比如傳統的處置說（包括高及物性說）、致使說、功能核心說都不能解釋這類把字句所表現出的重建效應。Huang et al. (2009) 的功能核心說從結構上講，有可能存在 A 移位。比如上文所講的從 NP3 到 NP2 的移位是一種 A 移位，但這種 A 移位是不是會表現出重建效應卻很難確定。而我們所提出的逆動化觀點卻能圓滿解釋這類句子：降級到「把」後的 NP，本質上是 A' 移位，重建到原位來解讀習語，當然也會自然發生。[12]

5.3 複指代詞

把字句中出現複指代詞實際上是與 A' 移位相互關聯的句法現象。Li (2006: 381)、Huang et al. (2009: 174) 認為把字句不會出現算子移位現象，也不會出現複指代詞，即沒有 A' 移位，但這一觀察並不全面。比如前人都舉出過有複指代詞的例子 (45) a–c，如果考慮方言中的把字句，動詞後是完全可以出現複指代詞的，例如李藍、曹茜蕾（2013）舉了不少例子。魏兆惠、張玉翠（2012）、吳繼章（2017）更是列舉了普通話以及眾多方言中出現的回指代詞「它」，並認為這種回指現象應該看作是漢語普遍存在的口語現象，儘管普通話與方言之間存在一定差異。比如魏和張（2012）發現在西南官話區（如武漢、棗陽、長沙、常德）、江淮官話區（如巢縣、清水、鄂東）、中原官話區（如河南羅山、河北滄州）、北京官話區、吳語、潮汕話、閩南語、粵語、客家話等等都有代詞「它」的回指現象。例 (45) 是普通話的例子，例 (46) 是一些方言例子：

(45) a. 你把這盆水潑了它。（邵敬敏 2002：77）
b. 你先把這杯酒喝了它再說。（呂叔湘 1965）
c. 你不趕快起來，我把窗戶給你敲碎它。（呂叔湘 1965）
d. 你的手要再敢動一動，我就給你打壞了它！（劉流《烈火金剛》）
e. 畢業了說我還要讀博士，他媽媽說讀書，砸鍋賣鐵你媽都養着你，把那個什麼後也都給讀完了它。（引自魏和張 2012）

(47) a. 把門關嚴它。　（安徽巢縣）（a–d 引自李和曹 2013）
b. 把這盆水潑了它。　（湖北英山）
c. 把事情辦好了它。　（湖北鄂南）
d. 把這碗飯趁熱吃了它。　（湖北孝感）
e. 我把那幾個爛饃饃扔了它了。　（引自吳繼章 2017）

12. 實際上，Li (2006: 388) 也提到了有習語的把字句，如「他把便宜佔盡了」，並認為把字句可能涉及 NP 移位，但未進一步討論。

我們當然不會認為每個把字句都能出現複指代詞，因為其中可能涉及到多種限制，比如祈使語氣。相關的分析方案也可能有多種，比如基礎生成、語音輸出時添加等等，都需要進一步研究。但有一點可以確定，即：按照生成語法的移位理論，能夠出現複指代詞的位置，應該存在 A' 移位（參見 Pan 2017），複指代詞出現的位置就是論元結構中的 e 位置。如果這是對的，那麼只有我們提出的逆動化觀能夠在句法上合理解釋這一現象：從 VP-Spec 論元位置降級到非論元位置，本質上就是一種 A' 移位，其它觀點對此都無能為力。

6. 結語

本文及我們之前的文章採取的研究路數，實際是一種基於形式語法理論的跨語言普遍性研究，可歸入廣義的語言類型學範疇（劉丹青 2017）。它的基本理念就是在普遍性之上來觀察、描寫、解釋語言內部、語言之間的多樣性。把字句與其它語言逆動句的本質共性就是句法操作上的逆動化。在此視角下，我們首次給出了把字句統一的論元結構，並對把字句的一些多樣性表現，如「把」後「個」的出現、重建效應、複指代詞「它」的出現，做出了合理解釋。限於篇幅，本文沒有討論生成限制問題，留待另文專論。

參考文獻

畢羅莎、潘海華 2019。〈信息結構理論與漢語雙賓語結構的內部差異〉。《外國語》1: 39–49。

曹逢甫 2005。《漢語的句子與子句結構》，王靜譯。北京：北京語言大學出版社。

陳前瑞、王繼紅 2006。〈動詞前「一」的體貌地位及其語法化〉。《世界漢語教學》3: 23–35。

鄧思穎 2002。〈漢語的「給」是不是一個被動標記？〉。載徐烈炯、邵敬敏（編），《漢語語法研究的新拓展（一）》。杭州：浙江教育出版社，331–341。

鄧思穎 2008。輕動詞在漢語句法和詞法上的地位。《現代中國語研究》10: 11–17。

丁薇 2012。〈謂語中心為心理動詞的「把」字句〉。《漢語學報》1: 65–71。

範曉 2001。〈動詞的配價與漢語的把字句〉。《中國語文》4: 309–319。

郭銳 2003。〈把字句的語義構造和論元結構〉。《語言學論叢》28: 152–181。

韓景泉、潘海華 2016。〈漢語保留賓語結構句法生成的最簡分析〉。《語言教學與研究》3: 41–53。

何曉煒 2009。〈雙賓語結構的生成語法研究〉。《當代語言學》3: 216–223。

黃正德 2007。〈漢語動詞的題元結構與其句法表現〉。《語言科學》4: 3–21。

蔣紹愚 1997。〈把字句略論〉。《中國語文》4: 298–304。

蘭賓漢 1992。〈談一種新的把字句兼及把字句在的定義〉。《陝西師大學報》（哲學社會科學版）21.1: 69–72。

李藍、曹茜蕾 2013。漢語方言中的處置式和「把」字句（下）〉。《方言》2: 97–110。

李臨定 1990。《現代漢語動詞》。北京：中國社會科學出版社。

李思旭 2012。〈「完全受影響」和「部分受影響」的編碼方式的類型學研究〉。《外國語》4: 12–23。

劉丹青 2017。《語言類型學》。上海：中西書局。

劉培玉 2002。〈把字句的句法、語義和語用分析〉。《華中師範大學學報（人文社會科學版）》5: 134–139。

陸儉明 1990。〈「VA 了」述補結構語義分析〉。《漢語學習》1: 1–6。
陸儉明 2016。〈從語言信息結構視角重新認識「把」字句〉。《語言教學與研究》1: 1–13。
呂叔湘 1948。〈把字用法的研究 [A]〉。載呂叔湘（編）1984。《漢語語法論文集》[C]，176–199。北京：商務印書館。
呂叔湘 1965。〈被字句、把字句動詞帶賓語〉。《中國語文》4。
潘海華、韓景泉 2005。〈顯性非賓格動詞結構的句法研究〉。《語言研究》3: 1–13。
潘海華、韓景泉 2008。〈漢語保留賓語結構的句法生成機制〉。《中國語文》6: 511–522。
潘海華、葉狂 2015a。〈離合詞和同源賓語結構〉。《當代語言學》3: 304–319。
潘海華、葉狂 2015b。〈控制還是提升——這是一個問題〉。《語言研究》3: 28–37。
杉村博文 2002。〈論現代漢語「把」字句「把」的賓語帶量詞「個」〉。《世界漢語教學》1: 18–27。
杉村博文 2006。〈量詞「個」的文化屬性激活功能和語義的動態理解〉。《世界漢語教學》3: 17–23。
邵敬敏 2002。《著名中年語言學家自選集 邵敬敏卷》。合肥：安徽教育出版社。
沈家煊 2002。〈如何處置「處置式」？——論把字句的主觀性〉。《中國語文》5: 387–399。
施春宏 2015。〈邊緣「把」字句的語義理解和句法構造〉。《語言教學與研究》6: 53–66。
石定栩、胡建華 2005。〈「被」的句法地位〉。《當代語言學》7: 213–224。
隋娜、胡建華 2016。〈動詞重疊的句法〉。《當代語言學》3: 317–338。
王惠 1997。〈從及物性系統看現代漢語的句式〉。《語言學論叢》19。北京：商務印書館。
王力 1954。《中國語法理論．上冊》。北京：中華書局。
王志 1984。〈淺談謂語另帶賓語的「把」字句〉。《漢語學習》5: 5–13。
魏兆惠、張玉翠 2012。〈漢語處置式中代詞回指的普遍性、共性和差異性〉。《寧夏師範學院學報（社會科學）》1: 68–73。
吳繼章 2017。〈河北方言「處置」、「被動」等常見句式的特點〉。《河北師範大學學報（哲學社會科學版）》5: 106–111。
熊仲儒 2004。《現代漢語中的致使句式》。合肥：安徽大學出版社。
熊仲儒 2015。〈漢語非領屬性保留賓語句的句法分析〉。《華文教學與研究》1: 57–65。
徐杰 2001。《普遍語法原則與漢語語法現象》。北京：北京大學出版社。
玄玥 2017。〈保留賓語類把字句與完結短語理論〉。《語言教學與研究》3: 28–39。
許歆媛 2020。〈漢語保留賓語結構的生成模式再探〉。《同濟大學學報》（社會科學版）4: 104–116。
葉狂、潘海華 2012a。〈逆動態的跨語言研究〉。《現代外語》3: 221–229。
葉狂、潘海華 2012b。〈把字句的跨語言視角〉。《語言科學》6: 604–620。
葉狂、潘海華 2014。〈把字句中「給」的句法性質研究〉。《外語教學與研究》5: 656–665。
葉狂、潘海華 2016。〈從羅曼語和斯拉夫語看「給」的句法功能〉。《當代語言學》3: 354–367。
葉狂、潘海華 2018a。〈逆動式的最新研究及把字句的句法性質〉。《語言研究》1: 1–10。
葉狂、潘海華 2018b。〈離合詞的句法本質再探〉。《當代語言學》4: 605–615。
葉向陽 2004。〈「把」字句的致使性解釋〉。《世界漢語教學》2: 25–39。
袁毓林 2012。〈由述結式構成的「把」字句的語義類型〉。《南國人文學刊》2: 118–128。
曾常紅 2004。〈現代漢語中「被」字與「把」字套用的句式〉。《語言研究》1: 30–34。
張伯江 2000。〈論「把」字句的句式語義〉。《語言研究》1: 28–40。
張伯江 2014。〈漢語句式的跨語言觀——把字句與逆被動態關係商榷〉。《語言科學》6: 587–600。
張國憲 2001。〈制約奪事成分句位實現的語義因素〉。《中國語文》6: 508–518。
張慶文、鄧思穎 2011。〈論現代漢語的兩種不同保留賓語句〉。《外語教學與研究》4: 512–528。
張誼生 2005。〈現代漢語「把 + 個 + NP + VC」句式探微〉。《漢語學報》3: 2–12。
朱德熙 1979。〈與動詞「給」相關的句法問題〉。《方言》2: 81–87。
朱德熙 1982。《語法講義》。北京：商務印書館。
朱佳蕾、花東帆 2018。〈被動主動句——認識把字句句法語義的新視角〉。《語言教學與研究》1: 56–68。

Andrews, A. D. 2007. The major functions of the noun phrase. In T. Shopen (ed.), *Language Typology and Syntactic Description (2nd ed.) Vol. I: Clause Structure*. Cambridge: Cambridge University Press, 132–223.

Baker, M. 1988. *Incorporation: A Theory of Grammatical-Function Changing*. Chicago: University of Chicago Press.

Borer, H. 2005. *Structuring the Sense II: In Name Only*. Oxford: Oxford University Press.

Borer, H. 2013. *Structuring the Sense III: Taking Form*. Oxford: Oxford University Press.

Bowers, John 2010. *Arguments as Relations*. Cambridge, Massachusetts: The MIT Press.

Cooreman, A. 1994. A functional typology of antipassives. In Barbara Fox and Paul J. Hopper (eds.), *Voice: Form and Function*. Amsterdam: John Benjamins, 49–87.

Gu, Yang (顧陽). 1992. The Syntax of Resultative and Causative Compounds in Chinese. Doctoral dissertation. Cornell University.

Hale, K. L. & S. J. Keyser. 2002. *Prolegomenon to a Theory of Argument Structure*. Cambridge, MA: MIT Press.

Hopper, P. and S. Thompson. 1980. Transitivity in grammar and discourse. *Language* 56: 251–299.

Huang, C-T. James (黃正德). Li, Y-H. Audrey (李豔惠). and Li, Yafei (李亞非). 2009. *The Syntax of Chinese*. Cambridge: Cambridge University Press.

Iljic, R. 2015. Quantification and modality: Intransitive ba sentences. In Dan Xu, Jingqi Fu (eds.). *Space and Quantification in Languages of China*. Switzerland: Springer, 141–164.

Larson, R. K. 1988. On the double object construction. *Linguistic Inquiry* 3: 335–391.

Larson, R. K. 2014. *On Shell Structure*. New York and London: Routledge.

Li, Y-H. Audrey (李豔惠). 2006. Chinese *ba*. In M. Everaert & H. van Riemsdijk (eds.), *The Blackwell Companion to Syntax*. Volume I. Malden, Mass: Blackwell, 374–468.

Li, Yafei (李亞非). 2005. *X^0: A Theory of the Morphology-Syntax Interface*. Cambridge, Massachusetts: The MIT Press.

Lin, Tzong-Hong (林宗宏). 2001. Light Verb Syntax and the Theory of Phrase Structure. Doctoral Dissertation, University of Callifornia, Irvine.

Marantz, A. 1997. No escape from syntax: don't try morphological analysis in the privacy of your own lexicon. *Penn Working Papers in Linguistics* 4.2: 201–226.

Massam, D. 2001. Pseudo noun incorporation in Niuean. *Natural Language and Linguistic Theory* 1: 153–197.

Müller, S. and S. Wechsler. 2014. Lexical approaches to argument structure. *Theoretical Linguistics* 1-2: 1–76.

Pan, Victor Junnan (潘俊楠). 2017. *Resumptivity in Mandarin Chinese*. Berlin/Boston: De Gruyter Mouton.

Polinsky, M. 2017. Antipassive. In J. Coon, D. Massam, and L. demean Travis (eds.). *The Oxford Handbook of Ergativity*. Oxford: Oxford University Press, Chapter 13.

Sportiche, D. 2006. Reconstruction, binding, and scope. In M. Everaert and H. van Riemsdijk (eds.), *The Blackwell Companion to Syntax*, Volume IV. Blackwell: Blackwell Publishing, 35–93.

Sun Chaofen (孫朝奮). 1996. *Worder-order Change and Grammaticalization in the History of Chinese*. Stanford: Stanford University Press.

Sybesma, R. 1999. *The Mandarin VP*. Dordrecht: Kluwer Academic Publishers.

Thompson, S. A. 1973. Transitivity and some problems with the *Ba* construction in Mandarin Chinese. *Journal of Chinese Linguistics* 1: 208–221.

Williams, A. 2015. *Arguments in Syntax and Semantics*. Cambridge: Cambridge University Press.

Zhang, Niina Ning (張寧). 2017. The syntax of event-internal and event-external verbal classifiers. *Studio Linguistica* 1: 1–35.

第十二章
丹東話連讀變調個案研究

曾曉渝
南開大學

提要

丹東話是遼東半島北部膠遼官話的代表之一，其單字調和連讀變調具有典型性。文章依據調查所得的一手資料，描寫丹東市區話的兩字組連讀變調現象，討論單字調格局與連字調格局的關係，推導連讀變調音系規則，並對連讀變調的機制作出解釋。丹東市區話處在由四調變為三調的初始期，本文根據連讀變調探討了三調型聲調的形成階段。

1. 引言

遼寧省丹東市行政區劃轄三區（振興、元寶、振安）、二市（東港、鳳城）、一縣（寬甸）。本文主要討論丹東市區話，在下頁圖 12.1 中標示其範圍。

《中國語言地圖集》（1987：B1）把丹東市所轄三區、東港（東溝）、寬甸劃歸膠遼官話區，鳳城劃歸東北官話區，並說明丹東市區、東港（東溝）、寬甸的膠遼官話都是四個聲調。

《中國語言地圖集（第二版）・漢語方言卷》（2012：B1–4，52）把丹東市區、東港、寬甸劃歸膠遼官話區蓋桓片，並說明蓋桓片的四聲特點：陰平讀降調，其餘三個聲調調值與北京話比較接近。根據《中國語言地圖集（第二版）》（2012），筆者繪製了丹東的方言地圖，即圖 12.1。

* 本文為國家社科基金重點項目「漢語官話方言連字調格局研究」（批准號20AYY020）的成果之一。本文初稿寫成後聽取了博士生曾智超和陳曉博士、鄢卓博士的修改意見和建議，特此致謝！文中語言地圖運用南開大學與天津信會網絡技術服務中心合作開發的語言地圖繪製軟件繪製，底圖採用高德地圖 ©2022 AutoNavi-GS (2021) 6375 號。

圖12.1　丹東方言地圖

遼東半島北部的膠遼官話有其典型性，但歷來研究薄弱，尤其聲調方面尚有若干值得探討的問題。就丹東話而言，宋學（1963）記錄東港（用舊名「安東縣」）三調類、市區四調類；賀巍（1986）則提及東港（用舊名「東溝」）四調類，市區裏一部分三調類、一部分四調類；調類方面三調、四調參差不定，至於連讀變調極少有提及。丹東市區話是丹東方言的代表，故本文擬着重對丹東市區話的連讀變調進行研究。

2. 丹東市區話的單字調

2.1 已有的調查材料

丹東市區以振興區為中心（見圖12.1），這裏將已有的丹東市區話單字調材料彙集如下：

表 12.1　丹東市區話單字調

	陰平	陽平	上聲	去聲	備註
宋學（1963）	312	34	213	53	四調
劉明剛（1996）	312	24	214	52	四調
楊春宇（2010）	212	45	213	53	四調
鄭雅鳳（2018）	43	24	212	53	四調（老年）
	52	24	212	52	三調（青年）（陰、去合併）
	42	24	212	52	四調（男性）
	53	24	212	53	三調（女性）（陰、去合併）
筆者（2021）[1]	43	24	13	51	四調（男性）
	41	13	13	52	三調（女性）（陽、上合併）

表 12.1 顯示，丹東市區話的單字調因不同時期、或同一時期不同年齡性別而有所不同。沈鍾偉（2014）基於複雜適應系統理論，倡導語言動態系統研究，注重語言的個體差異，據此而言，表 12.1 中丹東市區話單字調可謂是不同時期個人語言的調查記錄。不過，由於語言的社會性本質，個人語言須適用於交際才有存在意義，所以，這些個人語言具有社會通用性，能夠反映丹東市區話單字調系統的客觀面貌。

2.2 單字調格局

丹東市區話的聲調調查依據《方言調查字表》（中國社科院語言所 2002），下面是筆者調查的兩種單字調格局（採用南開大學石鋒、朱思俞開發的 Minispeech 軟件 2.0）（見下圖 12.2、圖 12.3）。

圖 12.2、圖 12.3 的單字調格局明顯不同：孫先生的是四調格局，何女士的可以看做三調格局（陽平、上聲幾乎合併）。但是，兩位發音人並沒有感覺雙方語音上有差別，他們是一家人，都認為彼此口音是一樣的。

根據包智明（Bao 1999）的聲調模型理論，調階（register）的高低用大寫 H（高）、L（低）表示，調形（contour）用小寫 h（高）、l（低），發音人的單字調格局特徵描寫如表 12.2。

1. 筆者於2021 年8 月調查了丹東市區話，發音合作者：孫先生（SFG），66 歲，退休工人，初中文化，生長工作於丹東振興區；何女士（HGY），62 歲，退休工人，初中文化，在元寶區生長，工作生活於振興區。兩位發音合作者是夫妻，感謝他們的熱情幫助。

圖 12.2　孫先生丹東市區聲調格局圖

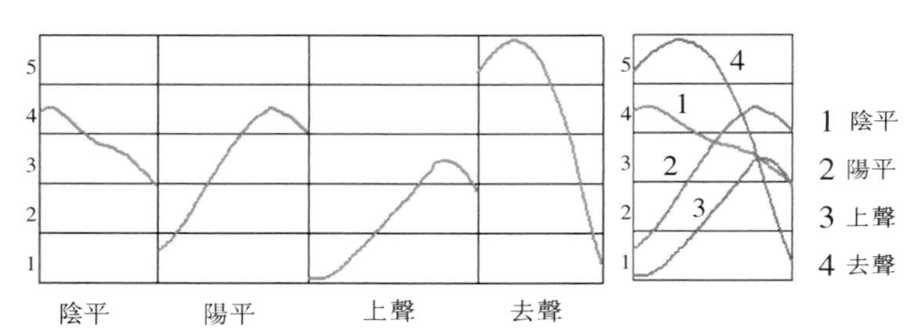

圖 12.3　何女士丹東市區聲調格局圖

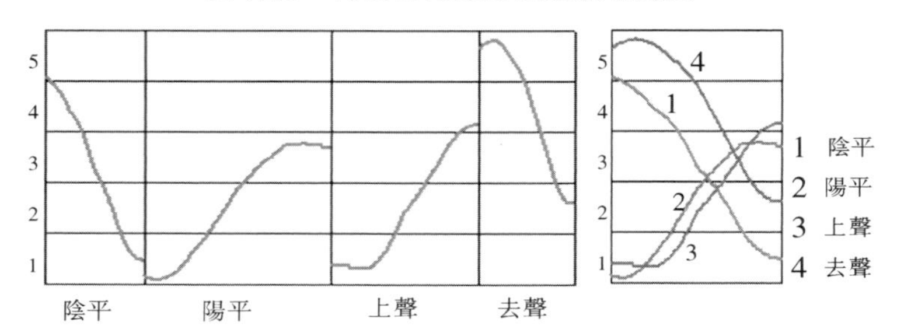

表 12.2　丹東市區話單字調格局特徵描寫

發音人	調類	陰平	陽平	上聲	去聲
孫先生	調位	/43/	/24/	/13/	/51/
	聲調特徵	L, hl	H, lh	L, lh	H, hl
何女士	調位	/41/	/13/		/52/
	聲調特徵	L, hl	L, lh		H, hl

說明：

（1）聲調特徵調階的高低是相對的，系統內若有兩個調類調形相同，二者調階高低取決於調值起點的高低；

（2）朱曉農（2012）首先提出「純低調」的調形概念（涵蓋低降、低平、低凹、低升、嘎裂凹調等），「純低調」對於解釋低調域調形變化及聲調類型學研究有重要理論價值。據此，在丹東市區話單字調格局中，上聲 [13] 是純低調，其音系特徵描寫為 [L, lh]。

（3）何女士單字調的陽平調與上聲調合併，其特徵與上聲調描寫相同。

2.3 小結

根據表 12.1、12.2 和圖 12.2、12.3，小結如下：

(1) 過去 30 年來，丹東市區話的陰平調可能發生了由降升調變為降調的調形變化，即 312 / 212 > 43 > 42；

(2) 就調類看，老年、男性的四調類相對保持穩定，青年、女性則向三調變化；

(3) 三調類的原調歸並存在個體差異，或陰平去聲合併（此類型較多），或陽平上聲合併，均為調值相近的自然歸併。

3. 丹東市區話的連讀變調

3.1 對相關問題的解釋

在討論丹東市區話的連讀變調之前，有必要解釋如下幾個問題（詳見曾曉渝 2022）。

(1) 連調域問題。進行連讀變調研究，首先要考慮連調域的基本界限、漢語連調域在韻律層級中的位置問題。在韻律層級結構單位中，音步是語言中均長節律的底層節奏單位，韻律詞是詞的底層單位（Nespor & Vogel 1986, 2007, 2021: 11，張洪明 2014，張吉生 2021a）；漢語以雙音節詞為主，語流中最小的節律單位是雙音節詞，因此可以認為，漢語雙音節詞兼具節律的底層節奏單位和詞的底層單位，也就是說，處於韻律詞層級上的漢語雙音節詞是連調域的核心。故本文主要討論兩字詞的連讀變調。

(2) 輕聲問題。輕聲指聲調失去區別意義的功能而退化、消失的現象。李小凡（2004）認為輕聲是在語音層面和語義層面都發生變異的音義變調；張吉生（2021b）認為輕聲不是連讀變調，因為沒有音系推導規則。鑒於連讀變調通常指語流中兩個或兩個以上字組的聲調變化，由此產生各種連調式，其變調規律體現於音系層面，而輕聲是跨構詞、語義、語法層面的特殊現象，不能用音系規則進行推導，故不宜歸為音系層面的連讀變調。故本文主要討論非輕聲連讀變調，必要時也論及輕聲前字的變調情況。

(3) 協同發音問題。[2] 漢語語流中的聲調變化，包含有連讀變調和協同發音，二者性質不同；連讀變調與協同發音關聯交叉，難以截然劃分，這裏採用王嘉齡（2002）對協同發音的觀點：a. 以音段為基礎，微觀變化，不能為人耳感知；b. 不改變調類，其變化可 c. 緣於生理制約，具有跨語言的普遍性和相似性。據此，這些現象排除在連讀變調之外；丹東話的連字調中有相當部分可歸為協同發音。

3.2 連讀變調記錄

根據前文 3.1 的解釋，本節記錄描述丹東市區話非輕聲雙音節詞的連讀變調。調查詞表是在詹伯慧（2001）、遠藤光曉（2003）漢語方言連讀變調調查表的基礎上，根據官話方言調類特點選擇調整而成，兩字組複合詞包括並列、偏正、主謂、動賓、動補結構；調查錄音採用 Praat 軟件進行分析。

3.2.1 孫先生的連讀變調

表 12.3 孫先生兩字組連讀變調

後字 / 前字	陰平 43L, hl	陽平 24H, lh	上聲 13L, lh	去聲 51H, hl
陰平 43L, hl	44+33 陰天	44+23 青年	43+22 擔保	43+52 雞蛋
陽平 24H, lh	24+44 良心	24+24 羊毛	24+21 牛奶	24+51 棉被
上聲 13L, lh	22+44 火車	22+24 嘴唇	24+21 水果	22+52 眼鏡
去聲 51H, hl	52+33 汽車	52+23 鮑魚	52+21 麵粉	52+41 電話

說明：

（1）陰平 [43] 前後字均不變調；前字 43>44、後字 43>33 視為協同發音；

（2）陽平 [24] 前後字均不變調；後字 24>23 視為協同發音；

（3）上聲 [13] 前後字都發生變調，前字變調 [13] → [22] / __[陰陽去]；[13] → [24] / __[上聲]；後字變調 [13] → [21] / [各調] __；其中前字變 22、後字變 21 視為協同發音；

（4）去聲 [51] 前後字均不變調；前字 51>52、後字 51>41 視為協同發音；

（5）連調式中和：陽平 + 上聲 = 上聲 + 上聲（24+21）。

2. 對於協同發音，不同學者有不同解釋。許毅（2021）認為：協同發音（coarticulation）是讓音節內元、輔音能夠對齊的基本機制；音節與音節之間沒有協同發音，聲調是淩駕於音節之上的，所以聲調沒有協同發音。本文「協同發音」是指通常所說的聲調協同發音（tonal coarticulation），與許毅「協同發音」所指含義不同。

3.2.2　何女士的連讀變調

表 12.4 何女士兩字組連讀變調

前字 \ 後字	陰平 41L, hl	陽平 13L, lh	上聲 13L, lh	去聲 52H, hl
陰平 41L, hl	43+32 陰天	43+23 青年	43+21 擔保	42+52 雞蛋
陽平 13L, lh	24+42 良心	24+23 羊毛	24+21 牛奶	24+52 棉被
上聲 13L, lh	22+42 火車	22+24 嘴唇	24+21 水果	21+52 眼鏡
去聲 52H, hl	53+31 汽車	53+23 帶魚	53+21 麵粉	52+41 電話

說明：

（1）陰平 [41] 前後字均不變調；前字 41>43/42、後字 41>32/31 視為協同發音；

（2）陽平 [13] 前字變調，[13] → [24] / __[各調]；後字變調 [13] → [24] / [各調] __，後字變 23 視為 24 的協同發音；

（3）上聲 [13] 前後字都發生變調，前字變調 [13] → [22] / __[陰陽去]；[13] → [24] / __[上聲]；後字變調 [13] → [21] / [各調] __；其中前字變 22、後字變 21 視為協同發音；

（4）去聲 [52] 前後字均不變調；前字 52>53、後字 52>41 視為協同發音；

（5）連調式中和：陽平 + 上聲 = 上聲 + 上聲（24+21）。

3.3 連讀變調機制分析

3.3.1　OCP原則制約的純低調變調

丹東市區話聲調格局中，上聲是純低調，其單字調的音系特徵為 [L, lh]（調值 [13]）；除了在上上相連時前字變高為 [24]，上聲在連讀中所體現的純低調音系特徵是 [L, l]（包含調值 [22]、[21]）。

兩位發音人的連讀變調主要體現在上聲變調，前後字都變，其變化規律受 OCP 強制曲拱原則制約，即：純低調上聲 13 在其它調前變低平 22，在上聲前變中升 24，在各調後變低降 21；其中連讀變調是上聲前變 24，協同發音是在非上聲前變 22、後字 21。

連讀變調與協同發音性質不同，但都是連字調現象。連字調現象可以用音變規則“A → B / P__Q”來表示，音變規則包含音系規則、語音規則；表示連讀變調的是音系規則，表示協同發音的是語音規則。

丹東話上聲連字調音變規則如下：

音系規則：

R1. [L, lh] → [H, lh]/__ [L, lh]　　　[13] → [24]/__[13]

語音規則：

R2. [L, lh] → [L, l]/__ {-[L,l]}　　[13] → [22]/ __ {[43/41] [24] [52/51]}

R3. [L, lh] → [L, l]/ {-[L,l]} __　　[13] → [21]/ {[43/41] [24] [52/51]} __

說明：音系規則 R1 先於語音規則 R3 起作用，因為前字 24（非低）是後字變 21 的條件之一。

3.3.2 原調顯現

兩位發音人中，何女士的單字調是三調型，陽平與上聲合併為 13；可是，在連讀變調中陽平與上聲明顯區分，即單字調為 13 的原陽平調，在連讀中前後字變為 24/23，與上聲的變調規則（R1、R2、R3）不同，由此可見，連讀調會顯現原調，具體變化規則如下（T 表示各調類）：

R4. [L, lh]（原陽平）→ [H, lh]/__T　　[13] → [24]/ __ {[42] [23][21] [52]}

R5. [L, lh]（原陽平）→ [H, lh]/ T __　　[13] → [24]/ {[42] [24][22] [53]} __

原調顯現可以認為是無條件不可預測的，其規則 R4、R5 優先於 R1、R2、R3 起作用，所表達的音變信息也有其特殊性。何女士的單字調陽平與上聲合為一個調 [13] [L, lh]，故在規則 R4、R5 中，原陽平的單字調形式與上聲相同，但連讀中卻變為 [24] [H, lh]，反映出原調值，就此而言，原調顯現規則中的底層語音形式是由變調來體現的。

這裏須作說明，陳保亞、張婷（2018）針對蘭銀官話若干方言點單字調三調類、連讀中則保留本調反映出四調類的現象，提出應根據單字和雙字組合的最大對立環境來確定調位，主張蘭銀官話為四聲調。丹東何女士的單字調三調類，連字調四調類，與蘭銀官話類似，筆者的考慮是：(1) 單字調與連字調層面不同，宜分而論之；(2) 實際上何女士與孫先生的單字調類不同；(3) 連讀變調中的「原調顯現」情況複雜，不僅有獨立分化出原調類，還有的是反映原調值（調類未分化）（曾曉渝 2019，2021）。故本文觀點：何女士的單字調是三調類，連讀變調則為四調類（陰 41、陽 24、上 13、去 52）。

3.3.3 後字基本保調

從表 12.3、表 12.4 可以看到，兩位發音人兩字組連讀的後字調值稍有變化，主要是比單字調略低些。比較如下表：

表 12.5　單字調與連讀後字調值對比

發音人＼調類		陰平	陽平	上聲	去聲
孫先生	單字調	/43/	/24/	/13/	/51/
	連讀後字	33,44	23,24	21	41,52
何女士	單字調	/41/	/13/		/52/
	連讀後字	32,31，42	23,24	21	41,52

就漢語官話方言的節律特點而言，雙音節詞的後字讀音相對弱些，非輕聲的輕音音節在後字；[3] 由於音高、音強之間的自然關聯是「重高輕低」，所以弱讀音節的音高會略微低些。而從聽感實驗看，後字的聲調相對穩定。王大佐（2021：176）〈漢語普通話聲調聽感格局的再研究〉的結論之一：雙字組後字的聽感邊界通常比在前字中低但更穩定；王嘉齡（2002）指出：「協同發音是微觀變化，不能為人耳感知；連讀變調是宏觀變化，能為人耳所感知。」鑒於此，可以認為，丹東話連讀後字調值略低的細微變化是漢語官話方言連讀現象的共性特點，主要屬協同發音；後字發音較穩定，基本保調。

補充說明一下，前文（3.2，3.3）將上聲在非上聲前變 [22]、在各調後字變 [21] 分析為協同發音，是因為從單字調格局角度看，上聲變 [22]、[21]，都不改變其純低調的格局地位，其聲調特徵與單字調上聲是一致的。

3.3.4　連讀變調的機制

前面討論了丹東市區話連讀變調幾個制約條件：① OCP 強制曲拱原則；②原調顯現；③後字保調；這些制約條件在丹東市區話的連讀變調中是有先後順序的。例如，何女士單字調是三類（陽平與上聲合併），但在連讀變調中，合併後的 13 調值在前後字同樣的條件下，原陽平與上聲的前字變調結果明顯區別（表 12.4），可見「原調顯現」條件優先。綜合分析兩位發音人的連讀變調情況，丹東市區話的連讀變調制約條件的排序是：

四調型的：① OCP 強制曲拱原則 > ③後字保調

三調型的：②原調顯現 > ① OCP 強制曲拱原則 > ③後字保調

這種制約條件的排序即丹東市區話連讀變調的機制，可以解釋丹東市區話的連讀變調的形成原因。

3. 輕音與輕聲有性質區別：輕音產生於漢語語流中的輕重節律，輕音音節語音弱化但有聲調；輕聲是聲調失去區別意義的功能而退化、消失，沒有固定調值，其本質是無調。輕音因人、因時、因語體而異，可輕可不輕（詳見曾曉渝 2022）。

3.4 連字調格局

連字調格局指相對穩定獨特的連讀變調結構系統，其分析原則：基於音系層面，選取不同調類連讀變調的主要形式，以調階區分為基礎，輔之以調形區分，通過其聲調系統連讀變調高低升降的對立形式來體現其連字調結構系統特點（曾曉渝 2022）。

表 12.6　單字調格局與連字調格局對比

發音人＼格局	單字調格局				連字調格局			
	陰平	陽平	上聲	去聲	陰平	陽平	上聲	去聲
孫先生	/43/ [L,hl]	/24/ [H,lh]	/13/ [L,lh]	/51/ [H,hl]	/44/ [L,h]	/24/ [H,lh]	/22/ [L,l]	/52/ [H,hl]
何女士	/41/ [L,hl]	/13/ [L,lh]		/52/ [H,hl]	/43/ [L,hl]	/24/ [H,lh]	/22/ [L,l]	/52/ [H,hl]

表 12.6 顯示，孫先生的單字調與連字調格局基本相同，但何女士的三調類單字調格局與四調類連字調格局有很大差別。這説明，每位發音人的聲調系統特點由單字調和連字調共同構成，缺一不可。

同時，從表 12.6 還可看出，單字調三調型、四調型的連字調格局是一致的，都是四調類。丹東市區話單字調的三調型是後產生的，連字調相對於單字調滯後變化，往往會反映出原調類別。

劉明剛（1996）記錄二十多年前丹東市區話的單字調四類「陰平 312，陽平 24，上聲 214，去聲 52」，陰平和上聲都是低凹調，調值非常接近，但在連讀中有對立（劉明剛 1996：691–693）：

表 12.7　1996 年丹東市區話的連讀變調

前字＼後字	陰平 312	陽平 24	上聲 214	去聲 52
陰平 312	35+312 家鄉	211+24 家庭	211+214 身體	211+52 工作
上聲 214	25+312 午間	211+24 委員	25+214 小李	211+52 旅客

雖然多有中和的連調式（陰 + 陰 ≈ 上 + 陰，陰 + 陽 = 上 + 陽，陰 + 去 = 上 + 去），但是，“陰 + 上”與“上 + 上”的前字高低迥異，形成最小對比對，體現出陰平和上聲的類別；可見，其連字調格局也是四調類。

4. 從連讀變調看三調型聲調的時間層次

丹東市區話單字調是三調型，但連字調格局則是四調類，這裏有必要與緊鄰的丹東東港話三調型的連讀變調進行對比。

丹東東港緊挨著市區（見圖 12.1），歷來學者記錄東港話的單字調都是三調型（去聲與陽平合併）（宋學 1963，張世方 2000，潘曉東 2004，麻曉芳 2007），東港話的連讀變調如下表（引自麻曉芳 2007）：

表 12.8　丹東東港話的連讀變調

前字＼後字	陰平 52	上聲 213	去聲 441
陰平 52	老 34 ＋ 42 飛機 新 44 ＋ 42	老 42 ＋ 212 甘草 新 53/43 ＋ 212	老 42 ＋ 32 花布 高樓 新 53 ＋ 42
上聲 213	老 34 ＋ 42 火星 新 44 ＋ 42	老 34 ＋ 323 水果 新 34 ＋ 323	老 22 ＋ 42 水利 廠房 新 43/32 ＋ 53/31
去聲 441	老 34 ＋ 42 菜單 長衫 新 55 ＋ 42	老 42 ＋ 212 市長 紅棗 新 34 ＋ 323	老 42 ＋ 32 正氣 皮球 新 53 ＋ 42

表 12.8 顯示，無論是老派還是新派，單字調和連字調都只有三調類，連讀中原去聲和陽平沒有區別，是作為同一調類、相同調值體現於連調式中。這顯然不同於市區話三調型的連讀變調反映了原來的四調類。

據已有研究（宋學 1963，劉明剛 1996），丹東市區話的三調型是近些年才產生的，而東港話的三調型上世紀 60 年代就已經形成；由此看來，三調型方言點連讀變調的異同在一定程度上反映出三調型形成的歷史層次。

丹東市區話、東港話同屬膠遼官話，膠遼官話中的三調型方言形成時間有先有後，比如，上世紀 50 年代調查煙台是三調型，青島是四調型，而到 2001 年，青島則變為三調型了（參見錢曾怡 2002：133、164，錢曾怡主編 2001：91）。這裏，有必要將丹東市區話、東港話三調型的連讀變調與膠東半島膠遼官話三調型代表點煙台話、青島話作比較，具體情況如後頁表 12.9（說明：連讀變調中括號中的調類名稱是單字調中已合併了的調類）。

以下表 12.9 顯示，膠遼官話三調型方言的連讀變調現象可分為三類：

I 類型 —— 無論輕聲、非輕聲兩字詞連讀，前字都不區分已合併了的調類（陽平、去聲），丹東東港話、煙台話屬此類；

II 類型 —— 兩字詞連讀，非輕聲前字不區分已合併了的調類（陽平、去聲），輕聲前字則區分已合併了的調類（陽平、去聲），青島話屬此類；

III 類型 —— 無論輕聲、非輕聲兩字詞連讀，前字都區分已合併了的調類（陽平、上聲），丹東市區話屬此類。

表 12.9　膠遼官話三調型方言代表點連讀變調比較

方言點		單字調	連讀變調	
		語音變調（非輕聲）	音義變調（輕聲）	
I	煙台 （錢曾怡等 1982）	陰 31 上 214 去 55 （陽、去合併）	去（陽）+ 去→ 31+55 勞力 去 + 去→ 31+55　退潮 （變調不區分陽去調類）	去（陽）+ 輕→ 55+21 笑話 尋思 （輕聲前不區分陽去）
	丹東東港 （麻曉芳 2007）	平 51 上 213 去 441 （陽、去合併）	去（陽）+ 陰→ 34+42 菜單 長衫 去（陽）+ 上→ 42+212 市長 紅棗 （變調不區分陽去調類）	去（陽）+ 輕→ 55+3 進去 舌頭 （輕聲前不區分陽去）
II	青島 （李行杰 1999）	陰 213 陽 42 上 55 （陽、去合併）	陽（去）+ 陽→ 31+42 財迷 受氣 陽（去）+ 上→ 31+55 團島 跳水 （變調不區分陽去調類）	陽 + 輕→ 55+4　舌頭 陽（去）+ 輕→ 42+2 木頭 （輕聲前區分陽去）
III	丹東市區 （筆者 2021）	陰 41 陽 / 上 13 去 52	上（陽）+ 陰→ 24+42 牙膏 明天 上（陽）+ 陽→ 24+23 銀行 明年 上 + 陰→ 22+42　火車 雨衣 上 + 陽→ 22+24　嘴唇 火柴 （變調區分陽上調類）	陰 + 輕→ 42+23 磚頭 陽 + 輕→ 24+2　石頭 上 + 輕→ 22+34 碼頭 去 + 輕→ 53+2　罐頭 （輕聲前四聲分明）

據此，將這三種類型再結合時間階段列表如下表 12.10：

表 12.10　膠遼官話三調型方言的發展階段

類型	I	II	III
形成時間	1960 年之前	1960-2000 年	2000 年之後
發展階段	穩定期	形成期	初始期
方言點	煙台、丹東東港	青島	丹東市區
備注	非輕聲、輕聲前字 不區分已合併調類	僅輕聲前字 區分已合併調類	非輕聲、輕聲前字 均區分已合併調類

根據表 12.9、12.10，分析以下幾點：

(1) 兩字詞連讀（非輕聲、輕聲）前字不能區分合併調類的，是最早形成三調型的方言點；由於遼東半島的膠遼官話是由膠東半島的移民帶去的（張樹錚 2007，羅福騰 2010：94–100），所以推測膠遼官話中最早的三調型方言是以煙台話為中心向周邊擴散；

(2) II、III 類型的方言點在一定程度上證明平山久雄（1998）"輕聲前變調中保留比單字調早一層的調值狀態"的觀點，但 I 類型的方言點並非如此，所以，討論輕聲前變調，還應考慮時限問題；

(3) 膠遼官話三調型方言連讀變調中前字區分已合併調類的不同程度，反映其三調型方言發展初始、形成、穩定的不同階段，由此可以判斷，丹東市區話的三調型尚在初始期，東港話的三調型則已相當成熟穩定，其形成時間遠遠早於市區話。

5. 結語

(1) 目前丹東市區話的聲調系統存在內部差異，但這種差異不影響其通用性。就本文的個案研究看，單字調四調類（孫先生）、三調類（何女士）共存；三調類是後起的，在連讀中原陽平調與上聲分化，反映出原陽平調值及四調類系統，故推測原陽平調類經歷了 24 > 13 與上聲 13 調合併的過程。

(2) 每個人的聲調都是靜態的單字調和動態的連字調雙重結構系統，缺一不可；相對而言，單字調格局是顯性的表層形式，易於變化；連字調格局是隱性的深層形式，比較穩定。單字調格局與連字調格局層面不同，結構類型有差異。

(3) 丹東市區話連字調的音變規則與信息歸納如下：

R1. [L, lh] → [H, lh] /__ [L, lh]　（音系規則，連讀變調）

R2. [L, lh] → [L, l] /__ {-[L,l]}　（語音規則，協同發音）

R3. [L, lh] → [L, l] / {-[L,l]} __　（語音規則，協同發音）

R4. [L, lh]（原陽平）→ [H, lh] /__T　（不可預測的音系信息）

R5. [L, lh]（原陽平）→ [H, lh] / T__　（不可預測的音系信息）

以上規則可分為可預測和不可預測兩類，前三條 R1、R2、R3 提供可預測的音系信息，後兩條 R4、R5 提供不可預測的音系信息（即"原調顯現"），其作用排序是：R4, R5 > R1 > R2, R3。

(4) 丹東市區話連讀變調的制約條件是：① OCP 強制曲拱原則；②原調顯現；③後字保調；連讀變調中所起作用以及先後排序有異：四調型的為① > ③；三調型的為② > ① > ③。

(5) 根據兩字詞連讀（非輕聲、輕聲）前字變調的不同類別，可將膠遼官話三調型方言的形成階段分為初始期、形成期、成熟期，丹東境內的三調型方言，市區話處於初始期，東港話屬成熟期，東港話三調型的形成時間至少早於市區話 50 年。

參考文獻

陳保亞、張婷 2018。〈對立的充分性和最大對立環境——從蘭銀官話的四聲調説起〉。《中國語文》1。

賀 巍 1986。〈東北官話的分區（稿）〉。《方言》3。

李小凡 2004。〈漢語方言連讀變調的層次和類型〉。《方言》1。

李行杰 1999。《青島話音檔》。上海：上海教育出版社。

劉明剛 1996。〈丹東音系〉。載陳章太、李行健主編《普通話基礎方言基本詞彙集· 語音卷》（上），691–711。北京：語文出版社。

羅福騰 2010。〈膠遼官話〉。載錢曾怡主編《漢語官話方言研究》，94–126。濟南：齊魯書社。

麻曉芳 2007。《東港方言音系研究》。南開大學碩士學位論文。

Nespor, Marina & Irene Vogel. 1986 / 2007. *Prosodic Phonology.*《韻律音系學》（宮齊譯）北京：商務印書館 2021。

潘曉東 2004。《東港方言語音研究》。遼寧師範大學碩士學位論文。

平山久雄 1998。〈從聲調調值演變史的觀點論山東方言的輕聲前變調〉。《方言》1。

錢曾怡等 1982。《煙台方言報告》。濟南：齊魯書社。

錢曾怡主編 2001。《山東方言研究》。濟南：齊魯書社。

錢曾怡 2002。《漢語方言研究的方法與實踐》。北京：商務印書館。

沈鍾偉 2014。〈複雜適應系統和漢語動態研究〉。《語言學論叢》（五十輯）。北京：商務印書館。

宋學 1963。〈遼寧語音説略〉。《中國語文》2。

王大佐 2021。《漢語普通話聲調聽感格局的再研究》。南開大學博士學位論文。

王嘉齡 2002。〈北京話四聲的音高變化〉。《南開語言學刊》1。

許毅 2021。〈揭開協同發音之謎〉。復旦現代語言學網上論壇 (2021.7.6)。

楊春宇 2010。〈遼寧方言語音研究〉。《遼寧師範大學學報》（社科版）5。

遠藤光曉 2003。〈漢語方言兩字組連讀變調調查表〉(未刊稿)。

曾曉渝 2019。〈重慶方言「去去」連字調的內部差異及其解釋〉。第三屆「南方官話國際學術研討會」大會報告 (西南大學，2019–10–19)。

曾曉渝 2021。〈天津方言單字調與連字調地理分佈研究〉。Hiroyuki SUZUKI & Misuaki ENDO 主編 *Papers on Geolinguistic Studies of the Languages in China* (P.87-106)，Studies in Asian and African Geolinguistics, Monograph Series 1. 東京外國語大學亞非語言文化研究所（ILCAA）出版，網絡版網址：http://creativecommons.org/licenses/by-nc/4.0/。

曾曉渝 2022。〈漢語官話方言連字調的幾個基本問題思考〉。《南開語言學刊》2。

詹伯慧 2001。《漢語方言及方言調查》。武漢：湖北教育出版社。

張洪明 2014。〈韻律音系學與漢語韻律研究中的若干問題〉。《當代語言學》3。

張吉生 2021a。〈也論漢語詞重音〉。《中國語文》1。

張吉生 2021b。〈再談漢語詞重音〉。「實驗語言學 +」雲上論壇 (2021.11.10)。

張世方 2000。〈漢語方言三調現象初探。《語言研究》4。

張樹錚 2007。〈膠遼官話的分區〉（稿）。《方言》4。

鄭雅鳳 2018。《丹東市區方言單字調實驗研究》。遼寧師範大學碩士學位論文。

中國社會科學院、澳大利亞人文科學院編 1987。《中國語言地圖集》。香港：朗文出版（遠東）有限公司。

中國社會科學院語言研究所 2002。《方言調查字表》。北京：商務印書館。

中國社會科學院語言研究所及民族學與人類學研究所、香港城市大學語言資訊研究中心 2012。《中國語言地圖集（第二版）》。北京：商務印書館。

朱曉農 2012。〈降調的種類〉。《語言研究》2。

Bao, Zhiming（包智明）. 1999. *The Structure of Tone.* New York Oxford, Oxford University Press.

第三部分

跨學科及其他語言學

語言學研究天然具有跨學科的性質，中國語言學也不例外。本部分文章運用跨學科或其他研究角度，如聲學、大腦神經學、語言史等，為中國語言學研究的發展帶來更多可能性。

第十三章
聲學密度假說
基於普通話和粵語母語者聲調歸一化的對比研究

陳飛
湖南大學
彭剛
香港理工大學

提要

為了探討母語聲調系統的複雜度差異對於聲調歸一化過程中語境效應的影響，本研究對比了普通話母語者（簡單聲調系統）和香港粵語母語者（複雜聲調系統）在感知兩種語言中的共享聲調時，受言語語境和非言語語境影響的程度差異。結果表明：相比於普通話母語者，語境效應在粵語母語者中更強，即粵語母語者在聲調歸一化過程中，更容易受到言語語境中基頻高低變化的影響。因此，複雜聲調系統的語言經驗會顯著增強聲調歸一化過程中的外部語境效應。我們認為：母語聲調系統的複雜程度會影響到母語者在特定的聲學空間中進行音高感知的具體模式和敏感程度，即「聲學密度假説」（acoustic density hypothesis）。此外，非言語語境對兩種聲調母語者均沒有產生顯著的語境效應，這一結論支持聲調歸一化背後的「言語感知機制」。

1. 引言

和元音、輔音的表意功能相似，聲調是音位在超音段層面的重要組成部分，它通過基頻（F0）的變化來區別詞匯意義。普通話和粵語是漢語中聲調數量和密度分佈不同的兩種典型聲調類型，前者聲調分佈相對簡單和分散，主要依靠音高曲拱進行區分；後者聲調分佈相對複雜和密集，同時依靠音高曲拱和高低兩個維度進行區分。普通話共有四類聲調（見圖 13.1）（Wang 1967）。

---

* 本研究得到教育部人文社會科學青年基金項目（項目編號：22YJC740008）和中央高校基本科研業務費（項目編號：531118010660）的資助。

圖 13.1　普通話聲調和粵語聲調的聲學格局圖（改編自 Peng & Zhang 2015）[1]

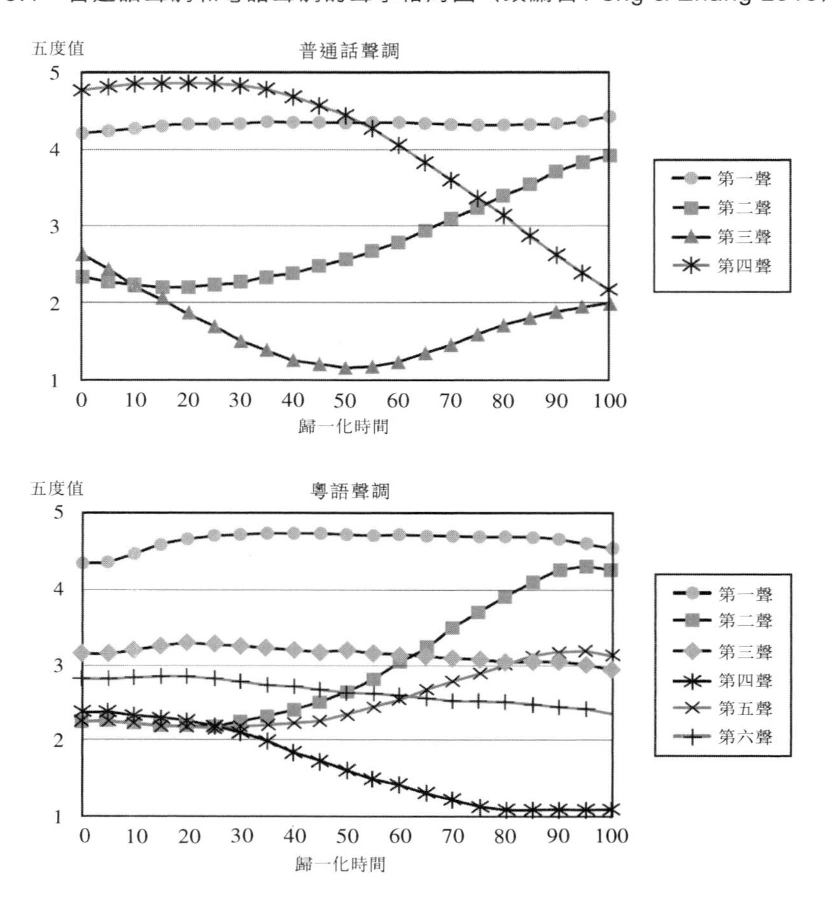

而粵語的聲調系統相對更為複雜，共有九類聲調，其中非入聲的音節（見圖 13.1）區分六類聲調（Matthews & Yip 1994）：高平調（第一聲，五度調值為 55）、中升調（第二聲，調值為 25 或 35）、中平調（第三聲，調值為 33）、低降調（第四聲，調值為 21）、低升調（第五聲，調值為 23 或 13）、低平調（第六聲，調值為 22）。另外三類入聲音節（有 -p / -t / -k 等塞音韻尾的音節）的聲調（第七聲、第八聲、第九聲）雖然在時長上更為短促，但是其調值和非入聲的高平調、中平調、低平調基本相同。

大量研究表明：人類大腦對於聲調的感知模式會受到長期的母語語言經驗的影響（Lee et al. 1996; Peng et al. 2010; Wang 1976; Xu et al. 2006; Zheng et al.

1. 圖中粵語聲調只顯示出了六類非入聲的長聲調，基頻標記採取了 Chao（1930）的五度標調法。

2012）。然而上述文獻中關於語言經驗如何影響聲調感知的研究，全部均着眼於孤立音節條件下的聲調感知。然而在實際生活中，我們對聲調的感知大都是在語流的上下文語境之中發生的，聲調歸一化（Francis et al. 2006）過程中的語境效應，也充分證明了語境中的基頻信息對於聲調感知的重要影響。在實際交流中的語音現象千差萬別，不同説話人、甚至同一個説話人在不同的時間或情緒狀態下發出的同一個聲調，其基頻高低皆有差異。然而，母語聽者卻能非常準確和順利地辨識由不同發音人發出的，以及由同一個發音人在不同情形發出的聲調上的差異，這一過程就叫做「聲調歸一化」。通常情況下，聲調感知不僅依靠其聲調自身內部的基頻信息，也與該聲調周圍的語境中的基頻信息有着很大的關係。

言語語境（Speech context）中的基頻高低對於目標聲調的感知有着重要影響，這種影響在絕大多數的情況下起著對立的作用（Chen & Peng 2016; Francis et al. 2006; Sjerps et al. 2018; Wong & Diehl 2003; Zhang et al. 2012）。而關於非言語語境（non-speech context）對於聲調感知的影響，學術界還存在較大的分歧，沒有獲得一致的定論。有的研究者認為（Chen & Peng 2016; Francis et al. 2006; Zhang & Chen 2016; Zhang et al. 2012），言語語境和非言語語境對於目標聲調的影響在性質上是不對等的，非言語語境對於粵語平調的感知或者普通話曲折調的感知幾乎不存在影響，即遵循「言語感知機制」（speech-specific mechanism）。然而，也有學者持不同的觀點（Huang & Holt 2009, 2011），他們認為語境效應遵循的是「普遍感知機制」（general mechanism）：雖然在程度上非言語語境對於目標聲調的感知影響比言語語境要弱，但是在性質上，非言語語境的影響同樣也是顯著的、對立的。

總之，上述關於聲調歸一化研究中的外部語境效應都是基於單一聲調母語背景下展開的，不同感知者自身的語言背景（特別是長期的母語背景），也有可能對語境效應在程度上的差異產生一定的作用。為了驗證這一假設，本研究首次選取了來自普通話母語背景和香港粵語母語背景的兩組被試，同時進行聲調歸一化的聽感實驗，並對其感知判斷結果進行比較。

本研究嘗試回答如下兩個研究問題：一、來自不同複雜度聲調語言系統的母語聽者，在獲取外部語境信息的能力上是否存在着差異？即不同的語言背景是否會影響聲調歸一化的強度？二、以同時來自多個聲調語言背景的聽者感知結果為參照，綜合論證聲調歸一化過程中的外部語境效應背後的心理、認知機制，到底是「言語感知機制」還是「普遍感知機制」？對於這些問題的回答，一方面能深化我們對於語言經驗如何影響聲調感知的認識——從以往研究關注孤立聲調感知本身，進一步擴展到攫取聲調周圍語境信息的層面；另外一方面探究聲調歸一化背後的認知機制，能為揭示人類言語聽覺感知機制提供重要信息，也將加深我們對一般知覺加工的理解。

2. 實驗設計

2.1 被試

實驗在內地某研究院招募了 16 名普通話母語者，均來自中國北方方言區（八男八女），以普通話為母語，平均生理年齡為 24.62 歲（標準差 = 1.52），所學第二語言為非聲調語言——英語，很少接觸或習得粵語等其他漢語方言；由於生活在廣東地區的粵語母語者均長期受到其官方語言普通話的熏陶，為了儘量減少二語聲調的影響，我們特意在香港某大學招募了 16 名以「香港粵語」為母語的當地大學生（八男八女），平均生理年齡為 21.82 歲（標準差 = 1.31），其第二語言為英語和普通話，其中英語水平相對較高，而普通話水平則相對較低，普通話主要在學校課堂上學習和有限使用。所有被試視聽能力正常，非語言學、心理學專業學生，無閱讀、聽力障礙，均沒有接受過正規音樂訓練。

2.2 目標刺激和語境刺激

由於聲調母語者在感知母語聲調的準確率均顯著高於感知非母語聲調（Lee et al. 1996），因此我們選取了普通話和粵語兩種聲調系統中共享的高平調和中升調作為目標刺激（Peng 2006）。本實驗中的普通話母語被試幾乎沒有接觸過粵語，但粵語母語被試在學校課堂上學習過少量普通話。因此為了保證兩組被試對於言語語境中句子的語義都是可懂的，本研究採用簡單的普通話四音節句子「請說這詞」，作為兩組被試統一的言語語境材料，且該言語語境在語義和情感上均是中性的。

發音人在自然狀態下所發出的言語語境「請說這詞」的平均基頻為 218 赫兹（基頻變動範圍為 137-295 赫兹），我們對言語語境句子的基頻曲線進行整體提高或是降低（不改變句子內部的基頻走向，見圖 13.2 (a)。其中，言語語境和非言語語境材料中的黑色曲線（上）均為高頻語境下的基頻曲線（平均基頻值為 250 赫兹），灰色曲線（下）均為低頻語境下的基頻曲線（平均基頻值為 190 赫兹）。接着合成了「平均基頻和基頻走向」均與言語語境保持一致的非言語語境（見圖 13.2 (b)），非言語語境使用的是三角波材料，其屬典型的非言語材料之一。發音人所發出的目標聲調刺激「i55, i35」的最高基頻值約為 250 赫兹，最低基頻約為 190 赫兹，人工合成的目標聲調刺激是從第一聲（高平調）到第二聲（中升調）這個刺激連續統上的 11 個語音刺激。圖 13.2 (c) 顯示了連續統中 11 個目標刺激的具體情況。目標刺激連續統中的 #1 號刺激為典型的中升調，#11 號刺激為典型的高平調。語境和目標刺激間隔時長為 200 毫秒。

圖 13.2　言語語境 (a)、非言語語境 (b)、以及目標刺激 (c) 的示意圖

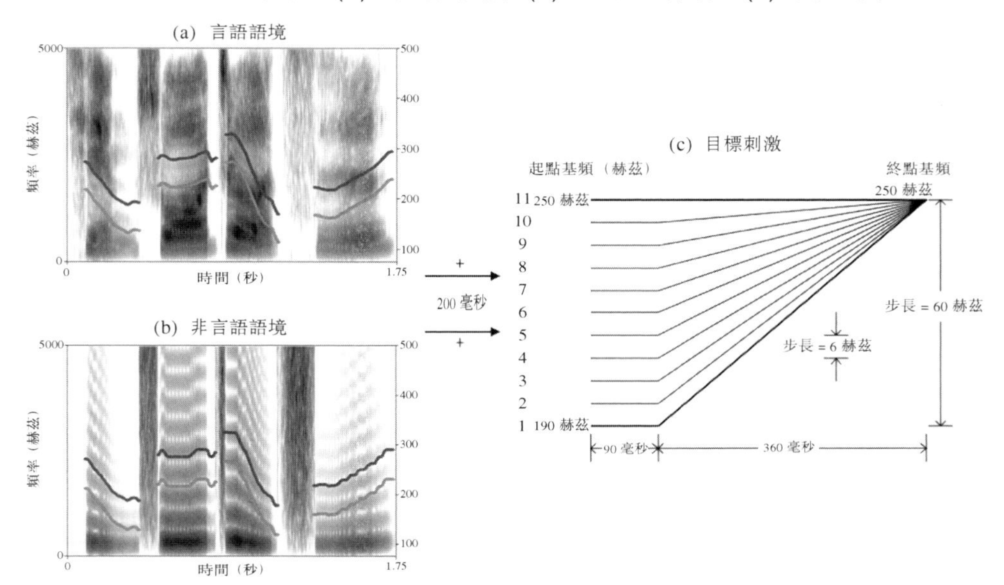

2.3 實驗流程

實驗通過 E-Prime 軟件實現，把兩種不同類型的語境材料（即言語語境與非言語語境，各自又分為高頻與低頻語境兩種）與目標聲調刺激（11 個）進行隨機搭配。另外，目標刺激和語境音之間有約 200 毫秒的短暫停頓，搭配後的「系列音」重複播放八遍，共產生 2×2×11×8 = 352 個實驗任務。這 352 個任務分為四個單元進行，每單元中被試聽到的語境音與目標刺激的搭配是隨機分佈的。被試需要完成對目標刺激的辨認任務，即需要在整個系列音（包括語境音與目標音）的播放過程中都要保持精力集中，普通話母語被試需要根據目標音，來判斷其所聽到的是普通話中的「衣」（高平調）或是「姨」（中升調）；粵語母語被試同樣需要根據目標音，來判斷其所聽到的是粵語中的「醫」（高平調）或是「倚」（中升調）。高平調和中升調分別對應鍵盤上的「1」鍵和「2」鍵，所有被試按鍵反應即可。

2.4 數據處理

首先，可以得到每組被試判斷目標刺激音為某一個調類的辨認百分比曲線。然後計算出每位被試的辨認邊界位置。邊界位置即為聽感上區分不同的兩個調類的感知邊界，也就是指辨認函數的曲線在辨認率達到 50% 處所對應的刺

激序號值（Finney 1971）。鑒於以往的相關研究已經表明，語境效應對於普通話目標聲調感知的影響，主要發生在邊界位置附近的模糊刺激（Chen & Peng 2016; Huang & Holt 2009; 2011），而考慮到各個被試的邊界位置存在較大的波動（即個體差異的影響），因此我們根據各個被試自身的邊界位置，選取各個被試在感知邊界位置附近的三個目標刺激，作為衡量語境效應的「模糊刺激」，分別命名為 X-1、X、X+1 號模糊刺激，其中 X 號模糊刺激為最靠近邊界位置的、在聽感上最為模棱兩可的那一個目標刺激，而 X–1、X+1 號模糊刺激分別為連續統中的緊挨着該 X 號刺激的前一個和後一個目標刺激。

其次，鑒於以往大量研究中多次論證了聲調歸一化過程中語境效應的「對立」作用，因此如果本實驗中語境平均基頻高低對於目標聲調的感知發揮了作用，那麼某一個目標刺激在高頻語境的作用下，應該更多地被判斷為平均基頻值相對較低的中升調；在低頻語境的作用下，則應該更多地被判斷為基頻相對較高的高平調。因此，我們把高頻和低頻語境作用下，同一個模糊刺激被判斷為中升調的百分比差值，作為判斷語境效應強度的量化指標（語境效應的強度 = 高頻語境下判斷為中升調的百分比－低頻語境下判斷為中升調的百分比）。該百分比差值越大，則代表語境效應越強。

3. 結果分析

3.1 辨認曲線

我們得到了目標刺激連續統中各個刺激被判斷為中升調的辨認百分比曲線（見圖 13.3），實線代表高頻語境，虛線代表低頻語境。可以初步觀察到：言語語境平均基頻的高低變化對兩組被試目標刺激的感知判斷，都是在邊界位置附近（即聽感上模糊刺激的判斷）產生了一定的影響；但是言語語境對於連續統中靠近兩端的、聽感上穩定的目標刺激的判斷影響不大。另外，非言語語境平均基頻的高低變化對兩組被試目標刺激的判斷，似乎並沒有發揮太大作用。接下來根據每一位被試的特定邊界位置，獲取了各個被試在邊界附近的三個模糊刺激（方法詳見 2.4），並對這些聽感上的模糊刺激在不同語境作用下的感知判斷進行深入分析。

3.2 模糊刺激被判斷為中升調的百分比

圖 13.4 顯示了在高頻和低頻語境影響下，兩組被試在感知目標刺激連續統中的邊界位置附近的模糊刺激時，判斷其為中升調的百分比情況，實線代表高

圖 13.3　連續統中所有目標刺激被判斷為中升調的辨認百分比曲線

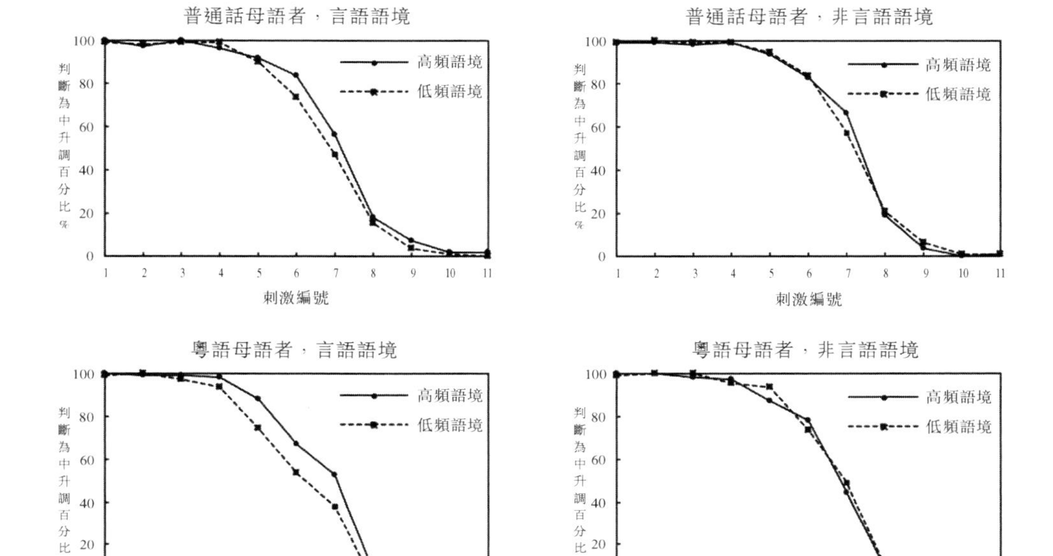

圖 13.4　在言語語境 (a) 和非言語語境 (b) 的影響下，
兩組被試判斷邊界位置附近的模糊刺激為中升調的百分比

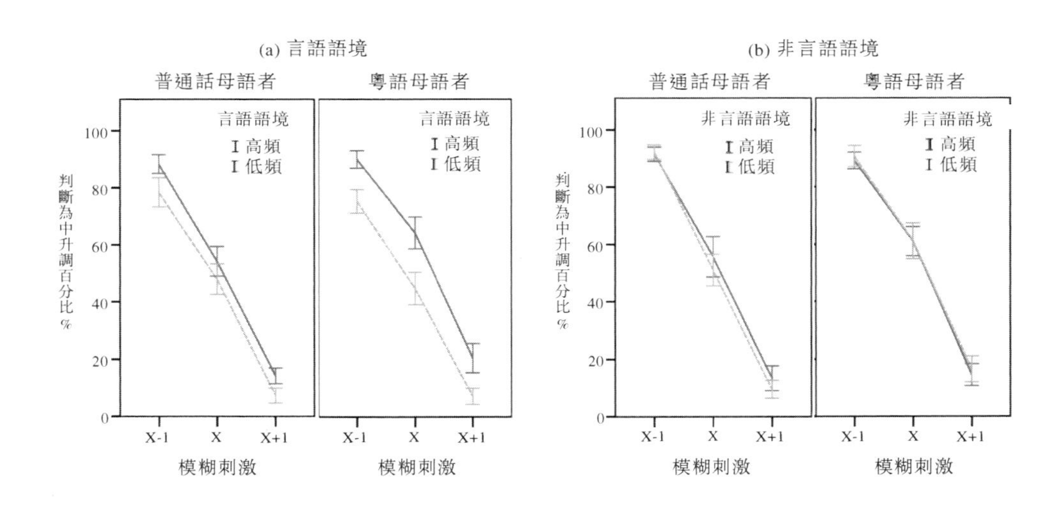

頻語境，虛線代表低頻語境（誤差條形圖：+/–1 標準誤）。我們進行了 2（語境類型）× 2（語境基頻高低）× 3（模糊刺激編號）× 2（組別）的四因素重複測量方差分析，選用格林豪斯—蓋斯爾檢驗矯正結果（Greenhouse-Geisser correction）。其中，組別為被試間因素，判斷為中升調的百分比值為因變量。統計結果表明：模糊刺激編號的主效應顯著，即越靠近中升調一端的模糊刺激（刺激編號越小），被判斷為中升調的百分比越大，F (2, 60) = 403.19, $p < 0.001$, $\eta_p^2 = 0.93 > 0.14$（η_p^2 是反映實驗因素和因變量關聯程度的指標，η_p^2 越大，說明實驗因素對因變量越重要。根據 Cohen 的標準，$0.01 < \eta_p^2 < 0.06$，說明效應較小；$0.06 < \eta_p^2 < 0.14$，屬中等效應；$\eta_p^2 > 0.14$，說明效應較大）；組別的主效應不顯著，F (1, 30) = 0.79, $p = 0.38$, $\eta_p^2 = 0.03$；語境基頻高低的主效應顯著，F (1, 30) = 24.62, $p < 0.001$, $\eta_p^2 = 0.45 > 0.14$；語境基頻高低和語境類型的兩因素交互作用顯著，F (1, 30) = 16.49, $p < 0.001$, $\eta_p^2 = 0.36 > 0.14$；語境類型、語境基頻高低和組別的三因素交互作用顯著，F (1, 30) = 4.80, $p < 0.05$, $\eta_p^2 = 0.15 > 0.14$。另外，語境類型的主效應以及其他兩因素、三因素、四因素的交互效應均不顯著（$ps > 0.05$）。

鑒於語境類型、語境基頻高低和組別的三因素交互效應的產生，我們又分別對言語語境和非言語語境條件下的語境基頻高低和組別進行了統計分析。首先，在言語語境的條件下，組別的主效應不顯著，F (1, 30) = 0.32, $p = 0.58$, $\eta_p^2 = 0.01$；語境基頻高低的主效應非常顯著，F (1, 30) = 39.15, $p < 0.001$, $\eta_p^2 = 0.57 > 0.14$；語境基頻高低和組別的交互作用顯著，F (1, 30) = 4.67, $p < 0.05$, $\eta_p^2 = 0.13$。進一步簡單主效應分析發現：在言語語境的高頻條件下，普通話母語被試判斷模糊刺激為中升調的平均百分比（52.3%）與粵語母語被試的判斷（58.3%）沒有顯著差異（$p = 0.14$）；同樣，在言語語境的低頻條件下，普通話母語被試判斷模糊刺激為中升調的平均百分比（44.6%）與粵語母語被試的（42.4%）也無明顯差異（$p = 0.59$）。但是，如圖 13.2 (a) 所示，對於普通話母語被試，他們在言語語境高頻條件下判斷各個模糊刺激為中升調的比率，要顯著高於在言語語境低頻條件下判斷其為中升調的比率（$p < 0.01$）；同樣，對於粵語母語被試，各個模糊刺激被判斷為中升調的比例，也是在言語語境高頻條件下更高（$p < 0.001$）。因此在言語語境的條件下，語境效應對於兩組母語被試都是起著對立性的作用，即在高頻言語語境的作用下，目標聲調更容易判斷為起點基頻相對較低的中升調；反之亦然。

其次，在非言語語境的條件下，組別的主效應不顯著，F (1, 30) = 0.64, $p = 0.43$, $\eta_p^2 = 0.02$；語境基頻高低的主效應不顯著，F (1, 30) = 0.14, $p = 0.71$, $\eta_p^2 = 0.005$；語境基頻高低和組別的交互作用也不顯著，F (1, 30) = 1.10, $p = 0.30$, $\eta_p^2 = 0.04$。因此，該結果表明：雖然非言語語境與言語語境共享相同的基頻走向和基頻高低，但是非言語語境中平均基頻高低變化對普通話母語者和粵語母語者在感知模糊聲調刺激時，都沒有發揮顯著的作用（見圖 13.2 (b)）。

圖13.5　在言語語境(a)和非言語語境(b)影響下，兩組被試的語境效應強度對比
（誤差條形圖：+/-1標準誤）

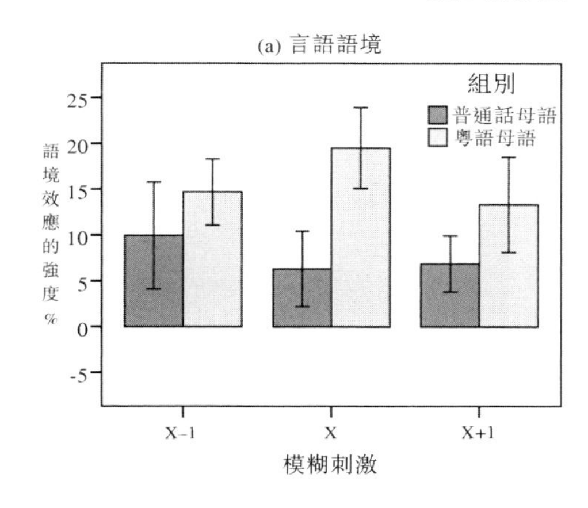

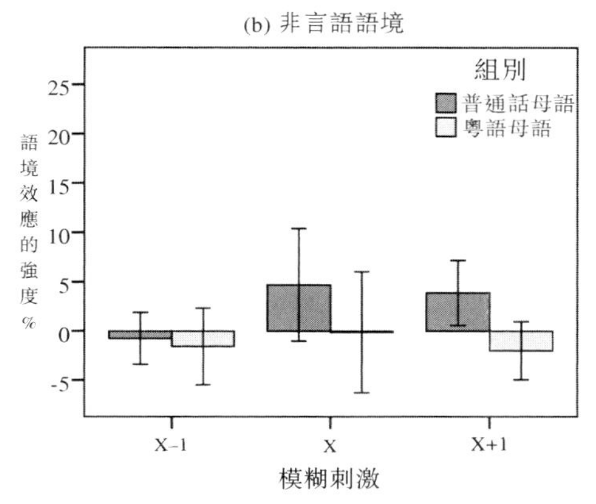

3.3 語境效應的強度

我們計算出了兩組被試語境效應的強度大小（具體計算方法參考2.4）。以語境效應的強度為因變量，進行三因素（組別 × 語境類型 × 模糊刺激編號）重複測量方差分析，統計結果表明：語境類型的主效應非常顯著，$F(1, 30) = 16.49$, $p < 0.001$, $\eta_p^2 = 0.36 > 0.14$；語境類型和組別的交互作用顯著，$F(1, 30) = 4.80$, $p < 0.05$, $\eta_p^2 = 0.14$。另外，組別和模糊刺激編號的主效應以及其他兩因素、三因素的交互效應均不顯著（$ps > 0.05$）。鑒於語境類型和組別的交互效應的產生，我們又分別對言語語境和非言語語境作用下，普通話母語者和粵語母語者的語境效應強度進行了簡單主效應分析。如圖13.5所示，在非言語語境條件下，普通話母語者的語境效應強度與粵語母語者相當，兩組被試在非言語語境作用下的效應強度都非常低（$p = 0.30$）。但是，在言語語境的條件下（$p < 0.05$），粵語母語者語境效應的平均強度為15.8%，要顯著高於普通話母語者的語境效應強度（7.7%）。

4. 討論

為了探討母語聲調系統的複雜度差異對聲調歸一化過程中語境效應的影響，本研究選擇了漢語方言中影響範圍較大、較為典型的兩種聲調類型：普通話聲調作為簡單聲調系統的代表，粵語聲調作為複雜聲調系統的代表。實驗結果表明：對於兩組被試而言，言語語境中平均基頻的高低變化，均會對高平調到中升調連續統中邊界位置附近的模糊刺激感知產生一定的「對立性」作用。更為重要的是，相比於普通話母語者，言語語境中的這種對立性作用對於粵語母語者更為明顯，其語境效應更強，即粵語母語者在聲調歸一化過程中，更容

易受到言語語境中基頻高低變化的影響。但是，不論是普通話母語者還是粵語母語者，都不會受到沒有具體言語意義的非言語語境中基頻高低變化的影響。

4.1 語言經驗對於聲調歸一化中語境效應的影響

本研究首次對比了在共享目標聲調刺激、語境基頻信息均完全相同的條件下，來自不同聲調複雜系統的母語者，受到語境基頻信息影響的程度差異。實驗結果也充分表明：在言語語境的條件下，粵語母語者在聲調歸一化過程中的語境效應更強，也就意味著粵語母語者對於言語語境當中的基頻高低變化更為敏感。Gandour (1983) 提出了聲調感知的兩個重要維度：音高高度（height）和音高方向 / 曲拱（direction），而來自不同語言背景的聽者在感知聲調時對這兩個維度的依賴程度在權重上是不一致的。比如，相比於非聲調母語者（英語母語者），聲調母語者（普通話母語者、粵語母語者和泰語母語者）在聲調感知過程中，更傾向於依賴「音高方向」這一維度，這是因為很多聲調的調類都會依靠音高走向的不同而形成區分。另外，即使同為聲調母語者，粵語母語者相較於普通話母語者會更加依賴「音高高度」這一維度。這一感知差異很大程度上可能是因為粵語聲調系統中，非入聲長調與入聲短調均在高平（55）、中平（33）、低平（22）的高低維度上所形成的多重對立造成的。以往研究表明：長期的語言經驗使得粵語母語者在進行孤立聲調感知時，會對聲學空間中的基頻高低更為敏感（Gandour 1983）。本研究結果也證實了粵語母語者的這一感知特性，而且可以進一步延伸到其對於攫取目標聲調周圍的語境基頻高低變化上仍然更有優勢。

我們認為：母語聲調系統的複雜程度會影響到母語者在特定的聲學空間中進行音高感知的具體模式和敏感程度，即「聲學密度假說」（acoustic density hypothesis）。綜上，來自不同聲調複雜度的母語者對在感知共享聲調時，受到其周圍語境基頻信息影響的程度是不一樣的，這些結果也為支持薩丕爾－沃爾夫假說（Sapir-Whorf hypothesis）提供了聽覺模態方面的強有力證據。

4.2 聲調歸一化過程中的言語感知機制

在聲調歸一化的過程中，有關語境效應背後的認知機制一直以來存在著爭議（「言語感知機制」vs.「普遍感知機制」）。而本研究首次探究了不同聲調母語背景的聽者在感知共享聲調時的語境效應情況，結果表明：不管是對於普通話母語者還是對於粵語母語者，都只有言語語境發揮了作用。本研究以來自多個聲調語言背景的聽者感知結果為參照，進一步支持了聲調歸一化過程中的「言語感知機制」。

有研究表明：言語和非言語刺激在大腦左側的前額葉下回的激活程度有顯著性差異（Gandour et al. 2002），而該大腦皮層區域實際上與自上而下提取音位信息的高層次認知加工有着密切關係。有研究者（Zhang & Chen 2016）進一步指出：聽者在對不熟悉或者陌生的説話人所發出的聲調進行感知時，產生語境效應的前提是對於語境中「聲學—音位學」信息空間（acoustic-phonological space）的完整呈現，而非言語語境中音位學信息的缺失，可能就是其不能產生顯著語境效應的重要原因之一。另外，有研究者發現如果目標刺激是非言語音高刺激，那麼非言語的語境甚至會比言語語境產生更強的語境效應（Zhang et al. 2017）。這也就意味著聲調感知中的「言語感知機制」很大程度上是由於目標聲調刺激本身也是屬言語刺激材料，人腦在整合語音信息的時候具有「領域專一性」，傾向於加工和處理同一領域內的語音刺激材料。當然，關於「言語感知機制」背後的心理、認知和神經基礎，還需要未來更多的研究去進一步回答這一問題。

5. 結語

通過對比普通話母語者和粵語母語者在感知兩種語言中的共享聲調刺激（高平調與中升調）時，對言語語境和非言語語境中基頻信息的依賴程度，我們可以得出以下結論：

一、相比於普通話母語者，粵語母語者在聲調歸一化過程中的語境效應更強，其對語境中平均基頻高低的變化偵測更為敏感。來自不同聲調複雜度的母語者對在感知共享聲調時，受到其周圍語境效應的影響在程度上存在差異，長期聲調語言經驗會影響到母語者在特定的聲學空間中進行音高偵測的敏感程度。這一結論從人類的聽覺模態上支持了「薩丕爾—沃爾夫假説」。

二、不管是對於普通話母語者還是粵語母語者，言語語境中平均基頻的高低變化都會對高平調到中升調連續統中邊界位置附近的模糊刺激感知產生「對立性」的影響；然而非言語語境沒有產生類似的語境效應。這一結論支持了聲調歸一化過程中的「言語感知機制」。

參考文獻

Chao, Yuen Ren(趙元任). 1930. A system of tone letters. *Le Maître Phonétique* 8(45): 24–27.

Chen, Fei (陳飛). and Gang Peng (彭剛). 2016. Context effect in the categorical perception of Mandarin tones. *Journal of Signal Processing Systems* 82(2): 253–261.

Finney, David. 1971. *Probit Analysis*. 3rd ed. Cambridge, UK: Cambridge University Press.

Francis, Alexander L. Valter Ciocca, Natalie King Yu Wong (黃敬瑜), Wilson Ho Yin Leung, and Phoebe Cheuk Yan Chu (朱卓欣). 2006. Extrinsic context affects perceptual normalization of lexical tone. *Journal of the Acoustical Society of America* 119: 1712–1726.

Gandour, Jack. 1983. Tone perception in far eastern languages. *Journal of Phonetics* 11(2): 149–175.

Gandour, Jack, Donald Wong, Mark Lowe, Mario Dzemidzic, Nakarin Satthamnuwong, Yunxia Tong, and Xiaojian Li. 2002. A cross-linguistic fMRI study of spectral and temporal cues underlying phonological processing. *Journal of Cognitive Neuroscience*. 14(7): 10761087.

Huang, Jingyuan (黃靜遠), and Lori L. Holt. 2009. General perceptual contributions to lexical tone normalization. *Journal of the Acoustical Society of America* 125(6): 3983–3994.

Huang, Jingyuan (黃靜遠), and Lori L. Holt. 2011. Evidence for the central origin of lexical tone normalization. *Journal of the Acoustical Society of America* 129(3): 1145–1148.

Lee, Yuh-Shiow (李玉琇), Douglas A. Vakoch, and Lee H. Wurm. 1996. Tone perception in Cantonese and Mandarin: A cross-linguistic comparison. *Journal of Psycholinguistic Research* 25(5): 527–542.

Matthews, Stephen, & Virginia Yip (葉彩燕). 1994. *Cantonese: A Comprehensive Grammar*. London; New York: Routledge.

Peng, Gang (彭剛). 2006. Temporal and tonal aspects of Chinese syllables: A syllabus-based comparative study of Mandarin and Cantonese. *Journal of Chinese Linguistics* 34: 135–154.

Peng, Gang (彭剛), and Caicai Zhang (張偲偲). 2015. Tone perception, In *The Oxford Handbook of Chinese Linguistics*, eds. by William S-Y. Wang and Chaofen Sun, 516–527. Oxford: Oxford University Press.

Peng, Gang (彭剛), Hong-Ying Zheng, Tao Gong, Ruo-Xiao Yang (楊若曉), Jiang-Ping Kong (孔江平), and William S-Y. Wang (王士元). 2010. The influence of language experience on categorical perception of pitch contours. *Journal of Phonetics* 38: 616–624.

Sjerps, Matthias J., Caicai Zhang (張偲偲), and Gang Peng (彭剛). 2018. Lexical tone is perceived relative to locally surrounding context, vowel quality to preceding context. *Journal of Experimental Psychology: Human Perception and Performance* 44(6): 914–924.

Wang, William S-Y (王士元). 1967. Phonological features of tone. *International Journal of American Linguistics* 33(2): 93–105.

Wang, William S-Y (王士元). 1976. Language change. *Annals of N.Y. Academy of Science* 280: 61–72.

Wong, Patrick C. M. and Randy L. Diehl. 2003. Perceptual normalization for inter- and intra-talker variation in Cantonese level tones. *Journal of Speech, Language, and Hearing Research* 46: 413–421.

Xu, Yisheng, Jackson T. Gandour, and Alexander L. Francis. 2006. Effects of language experience and stimulus complexity on the categorical perception of pitch direction. *Journal of Acoustical Society of America* 120(2): 1063–1074.

Zhang, Caicai(張偲偲), and Si Chen (陳思). 2016. Toward an integrative model of talker normalization. *Journal of Experimental Psychology: Human Perception and Performance* 42(8): 1252–1268.

Zhang, Caicai(張偲偲), Gang Peng (彭剛), and William S-Y. Wang (王士元). 2012. Unequal effects of speech and nonspeech contexts on the perceptual normalization of Cantonese level tones. *Journal of the Acoustical Society of America* 132(2): 1088–1099.

Zhang, Kaile (張凱樂), Xiao Wang, and Gang Peng (彭剛). 2017. Normalization of lexical tones and nonlinguistic pitch contours: Implications for speech-specific processing mechanism. *Journal of the Acoustical Society of America* 141(1): 38–49.

Zheng, Hongying. James W. Minett. Gang Peng (彭剛), and William S-Y. Wang (王士元). 2012. The impact of tone systems on the categorical perception of lexical tones: An event-related potentials study. *Language Cognition and Neuroscience* 27(2): 184–209.

第十四章

漢字雖古 其命唯新

古漢字與大腦退化交叉研究的前景展望

劉娟

山東大學

左東玥

北京師範大學

提要

古漢字（甲骨文、金文）是漢字被創造之初的形體，它所表現出的鮮明象形特徵、抽象性、樸素的思維邏輯，不僅使漢語言成為人類語言中獨特的存在，也塑造了漢民族的思維，埋下了中華文明生生不息的密鑰。本文基於現代漢語神經認知以及大腦退化神經機制的科學發現，闡述古漢字認知對延緩大腦衰退的能動作用的理論基礎及其可行性，並指出在科技高度發達和疾速老齡化的當代社會背景下古漢字可以擔負的新功用、新使命及其普適價值。

1. 引言

科學的進步使人類壽命不斷延長，隨之而來的是人口老齡化問題。2019 年聯合國人口老齡化報告顯示全球 65 歲以上人口數已達到 7.03 億，預計 2050 年將達到目前的兩倍以上。[1] 依據聯合國規定的標準，65 歲及以上人口達到總人口的 7% 標誌着國家已經進入老齡化階段。2000 年我國 65 歲以上老年人口佔比是 6.96%，至 2021 年，這一佔比已達到 14.2%，[2] 充分説明我國已疾速邁入老齡化社會。中國作為人口大國，有龐大的人口基數，是世界上老齡人口規模最大的國家，也是老齡化速度最快的國家之一，面臨的老齡化社會形勢尤為嚴峻。

---

1. 數據來源於聯合國 2019 年人口老齡化報告：https://www.un.org/en/development/desa/population/publications/pdf/ageing/WorldPopulationAgeing2019-Report.pdf。
2. 數據來源於國家統計局網站：https://data.stats.gov.cn/easyquery.htm?cn=C01。

伴隨個體增齡而來的是大腦的退化，大腦的生理退行性衰老又會導致老年人知覺、注意力、記憶力、抽象思維能力、聯想力等不同方面認知功能的衰退。嚴重者會進一步發展為認知功能障礙，即俗稱的「老年痴呆」，國際統稱為阿爾茲海默病（Alzheimer's Disease, AD）。阿爾茨海默病是一種起病隱匿、進行性發展的神經系統退行性疾病。臨床上以記憶障礙、失語、失用、失認、視空間技能損害、執行功能障礙以及人格和行為改變等全面性痴呆表現為特徵。據國際阿爾茨海默病協會（Alzheimer's Disease International）發佈的數據，全球已有 4680 萬阿爾茨海默病患者，平均每三秒出現一位新病人。中國是阿爾茲海默病全球發病率最高、患者最多的國家。這種疾病不僅會嚴重影響患者正常的生活，也會給家庭和社會帶來沉重的負擔，已成為老齡化社會中突出的社會問題。

由於 AD 發病機制尚未明確且周期較長，目前臨床上還缺乏有效的特異性診療手段。國內外眾多學者一直在積極尋求有效預防、干預、延緩，甚至阻斷大腦衰退的方法。Krell-Roesch et al. (2019) 發現晚年參與認知刺激活動（讀書、使用電腦、社交活動、玩游戲、做手工）可以有效降低罹患輕度認知損害的風險。除此之外，參加有氧運動（Dustman R. E. et al. 1993; Muscari Antonio et al. 2010; Hillman Charles H. et al. 2004; Abbott Robert D. et al. 2004; Tanigawa Takanori et al. 2014）、正念冥想（毛丹 & 房芳 2018；譚紅珠 2019）、音樂療法（任蘭芬等 2010；才運江等 2019；馮淑芬等 2019；李希彤 & 謝靜濤 2019）以及雙語學習（程凱文等 2014; Scarmeas N. et al. 2006）等老年人自發的行為活動均被證實具有改善認知障礙的功能，可以通過調節大腦可塑性來緩衝年齡或疾病帶來的認知能力下降。值得注意的是，在對延緩認知衰退方式的探索中，不乏對中華傳統文化智慧的關注。多項研究表明，太極拳運動具有改善中老年人認知能力的作用，其效果甚至優於一般的有氧運動（孫皎等 2011；姬瑞敏 2020）。此外，有學者發現中國傳統的五行音樂能夠有針對性地改善患者的精神行為症狀（張慧敏等 2017；劉牧軍 & 許明珠 2010）。凡此種種能有效延緩或改善大腦退化的方法，為我們擺脱認知障礙疾困和恐懼打開了希望之門。

本文試從大腦的高級認知活動——語言出發，通過分析漢字在甲骨文、金文時期的形體和認知特點，結合現代神經認知科學在大腦退化機制以及現代漢字神經認知方面的發現，闡釋古漢字認知具有潛在的延緩大腦衰老的能動作用的理論基礎及可行性。同時闡明，語言塑造了人類大腦，漢語塑造了漢民族的思維和文化內核，在當下老年語言學新興領域，無論是對認知障礙者語言能力的篩查評估，還是對於失語症言語能力的康復訓練都應該從本民族語——漢語出發。而漢字，作為漢語獨特性之所在，在新時代背景下的新功用、新使命切實可期。

2. 漢字認知與大腦退化的神經機制

人類的增齡往往伴隨着身體機能，尤其是大腦結構和功能的衰退，研究發現 60 歲後大腦萎縮的現象更加明顯。腦影像主要呈現為額頂顳葉的腦回變窄、腦溝加寬、腦室體積增大，腦室旁白質異常等（Creasey H. & Rapoport S. I. 1985; Schwartz M. et al. 1985）（參見圖 14.1）。如果老人不幸患有阿爾茨海默症，將面臨起病於海馬體的更嚴重的全腦萎縮和腦室擴大，進而遭受認知能力的大面積喪失（參見 VCL: Dementia Research Centre, http://www.ucl.ac.uk/drc/.）。

圖 14.1　健康老年人皮質腦溝及腦室系統的增齡性變化[3]

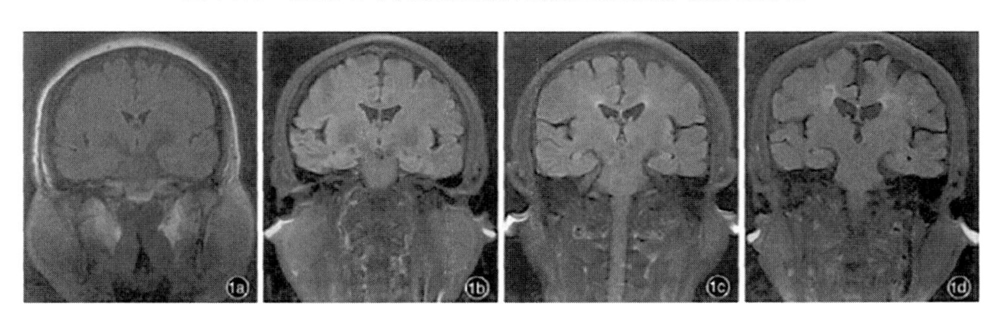

在神經元層面，一項從青年到老年的發展性研究發現，正常老化過程中大腦皮層的神經細胞總數量減少，以顳上回、額上回、中央前回及紋狀區最為突出，其次為中央後回和顳下回。神經元之間也出現了樹突數量減少、複雜性降低，以及神經遞質多巴胺數量減少（Scheibel ME, et al. 1981）的情況。這既降低了個體神經元活性，又導致主要由神經元構成的大腦灰質、白質密度和體積的降低，而腦白質完整性對保持信息處理、加工、記憶的腦區連接有重要作用。老年人多發的帕金森氏病被認為是皮質下結構損傷導致的皮質—皮質下多巴胺環路的受損（Marsden C. D. 1994），更是從病理層面阻斷了神經元傳導通路，進而影響神經系統中信息的正常傳導，引發多方面的認知障礙。

有理論提出，老年人大腦的生理老化和認知受損後，在進行認知活動（尤其是高要求認知任務）時受損臨近區域或大腦對側區域會得到一定的激活，以補償受損的認知功能，其中又以相對高級的額葉區域為常見的補償激活區（Geva Sharon et al. 2012; Wierenga Christina E. et al. 2008; Baciu M. et al. 2016; Lacombe Jacinthe et al. 2015）。對側的激活導致大腦活動的偏側性減弱（HAROLD 模型），而以額葉作為補償激活區則導致腦區激活模式改變（PASA 模型）。年輕人在完成某

3. 1a：60 歲老年人；1b：70 歲老年人；1c：80 歲老年人；1d：90 歲老年人。摘自顧日國 2019。

項認知活動時，大腦通常呈現出明顯的偏側化趨勢。而老年人在完成相應任務時，常過度激活對側半球的功能腦區，進而導致偏側化的減弱（Cabeza Roberto 2002）。此外，如果老年人執行任務的低級腦區功能下降，他們會激活相關的高級腦區（通常為額葉）進行功能上的彌補（Madden David J. et al. 2002; Rypma B. & D'Esposito M. 2000; Grossman Murray et al. 2002; Nyberg Lars et al. 2003; Meulenbroek Olga et al. 2004）。也就是說，激活對側腦區和高級腦區是老年人彌補生理老化、優化自身功能的自適應機制。語言學家王士元提到嬰兒大腦可塑性在語言上表現為，若應負責語言功能的左腦回路被剝奪了原本的作用，右腦裏相應的區域還能接管這些功能（王士元 2011），與老化大腦的自適應特點不謀而合，暗示或許在一定程度上老年人的大腦仍然具備可塑的內在機制。

研究發現，與拼音文字相比，漢字認知的大腦活動具有特殊性，主要表現為右腦的額外激活和左腦的特異性加工腦區。先前大多數針對拼音文字的實驗結果說明對於右利手的被試，其右視野左半球呈現出語言加工的優勢（Patterson K. & Bradshaw J. L. 1975），而對漢字的辨認則在左視野識別較好（Endo M. et al. 1978; Shimizu A. & Endo M. 1981; 曾志朗等 1985）。Tan L. H. et al. (2000, 2001) 利用磁共振腦成像技術發現在基於漢字的語音語義判斷任務中，右半球存在與英文不同的額外激活，包括右半球前額葉、頂葉、枕葉相關區域，其中視覺皮質表現出了右偏側化。陳洪波等（2003）利用計算機斷層掃描（SPECT）的研究發現，漢語閱讀障礙兒童存在局部腦代謝異常，但不局限於左半球，同樣支持漢字加工依賴雙腦的結論。

由於對漢字的形體特徵要求在一定的工作記憶空間內，進行筆劃位置的空間構形和組合，以構築並識別整體的字形，右腦相關區域普遍與空間識別和情節記憶相關，所以在字形加工中表現出右半球的顯著活動。

此外，研究認為左側額中回（BA9）為漢字加工的特殊腦區。Tan L. H. et al. (2001) 在執行同音或同義判斷任務時發現激活高峰均位於左側額中回（left middle lateral frontal region），進而帶來額葉明顯的左側偏利。該區域位於 Broca 區上方，其激活可能與識別漢字空間構形和統合形義兩種認知過程有關。Kuo W. J. et al. (2001)、Chee M. W. et al. (1999, 2000) 支持漢字閱讀中左側額中回得到特別激活的結論，認為額前回和額中回具有聯繫和整合字形空間、語音和語義信息的功能，且與工作記憶與認知資源協調相關。Wu Jinsong et al. (2015) 採用外科手術中直接電刺激大腦皮質的方法，繪製了漢語者的大腦地圖，同樣發現額中回後部是漢語言語產生的特殊區域。

總之，在 HAROLD 和 PASA 兩種老化模型下，老年人在認知任務中表現出大腦偏側化的減弱和前額葉活動的增強。在對漢字加工腦機制的研究中，右腦的額外激活同樣意味着漢字認知具有比其他文字認知更強的雙腦優勢；而左腦額中回的特異性激活則說明漢字認知為滿足協調整合認知資源的需求，通常會動用更高級的額葉區域。可見漢字的大腦加工機制與老化腦的自適應機制具有相似特點，那麼通過漢字認知過程來激活特殊腦區能否促進或取代大腦老化過程中自適應的代償作用，進而輔助延緩老年人認知能力的衰退，將是非常值得進一步探索的問題。

3. 漢字對延緩大腦退化的積極能動作用

3.1 語言塑造大腦

從群體演化的角度來看，進化論的核心觀點認為地球上所有的生物都來自於同一個祖先。人類源於靈長目下的智人種，在十多萬年以前，智人種走出非洲遷移到世界各地，遷徙過程中複雜的生存需要使他們擁有越來越靈活的四肢，隨之而來的是對大腦掌控要求的提高。功能的需求推進了人類大腦的結構演化，使其高度發達並成為人類作為獨立物種的重要標誌。Vallender Eric J. et al. (2008) 列出了人類從靈長類動物中分化出來的時間進程、基因差異和腦容量，指出最近幾百萬年的大腦爆發式增長，使人類具有了「超凡」的大腦（見下圖 14.2）。

圖 14.2　靈長類動物物種分化示意圖[4]

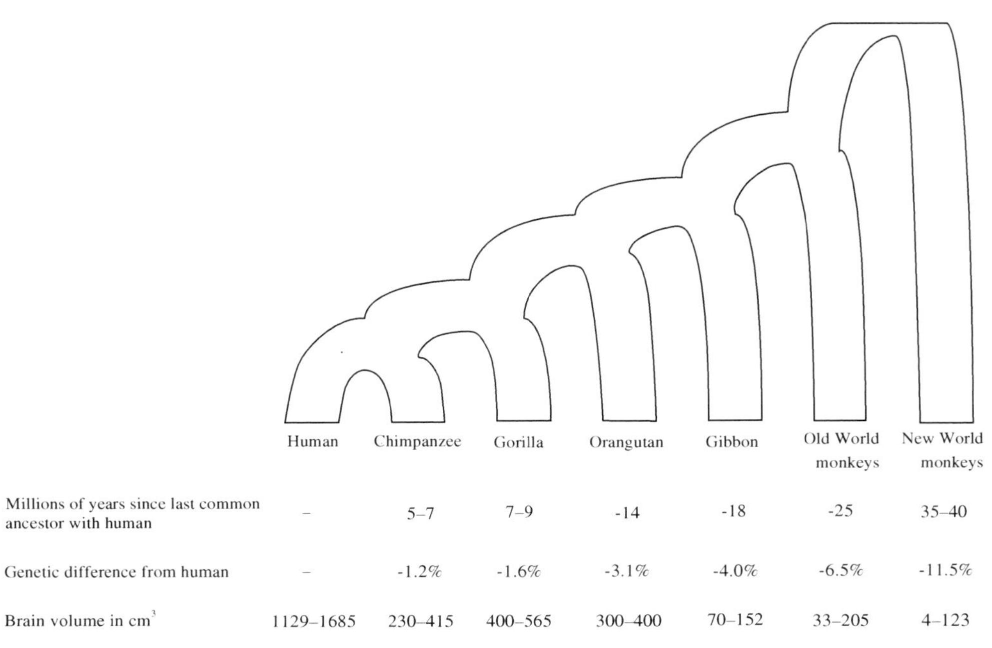

	Human	Chimpanzee	Gorilla	Orangutan	Gibbon	Old World monkeys	New World monkeys
Millions of years since last common ancestor with human	–	5–7	7–9	-14	-18	-25	35–40
Genetic difference from human	–	-1.2%	-1.6%	-3.1%	-4.0%	-6.5%	-11.5%
Brain volume in cm^3	1129–1685	230–415	400–565	300–400	70–152	33–205	4–123

4. 摘自 Vallender E. J et al. 2008。

第三行數據顯示，與現代人類親緣關係較近的靈長類動物相比，人類具有遠超其他物種的 1,129–1,685 毫升腦容量，為創造高度發達的文明提供了物質生理條件。人類大腦重量僅佔體重的 3%，卻消耗了人體近六分之一的能量，足見發達的大腦在人類活動中的關鍵作用。而在個體演化方面，嬰兒在出生後的 3–4 年內，如饑似渴地吸收外界環境的一切信息，以此為刺激條件生長的大腦在兩年中從 300 克爆增至 1,000 克左右，也使嬰兒迅速做好了適應社會化生存的生理準備。

可見，無論是個體還是群體的演化，大腦的控制和身體的執行都處於交互作用的狀態。複雜而多樣的生存環境刺激大腦的發育，隨之發達的大腦加快人類活動向精細化發展，最終發育成熟的大腦成為人類和其他靈長類動物的重要區別。

生存環境的複雜促成人類大腦高度發達的事實，暗示大腦有被外在環境塑造的可能和潛力。關於大腦可塑性，早在達爾文的《物種起源》中就有思考：

> 隨着我們越來越經常地使用語音，發聲器官應該會遵循用進廢退的原則而更臻完美；這也應該會對言語能力產生作用。可是語言的持續運用和大腦發展之間的關係，無疑更加重要。⋯⋯我們也許可以自信地認為，持續地運用與提高這種能力，應該也會對心智產生作用。

事實上，大腦中的神經網絡形成之後並不是一成不變的，其中有一半以上的神經元會遭受凋亡（apoptosis）和修剪（pruning）。但不同於物種進化的自然選擇，神經系統的發展似乎與拉馬克意義上的「用進廢退」更為接近。Hebb (1949) 最先指出兩個神經元持續的相互刺激至少可以改變其中一個的增長過程，提高該神經元的效能，從分子水平上解釋了大腦可塑性的神經機制。簡單來說，人類特定技能的獲得與掌握本質上是依賴於增強或形成神經元突觸連接（Gazzaniga Michael S. 2013），這意味着外在行為經驗會影響大腦的變化。

借助腦成像技術，近年來不少實驗證明大腦結構的確可以被外在行為經驗塑造，Scholz Jan et al. (2009) 一項針對健康成人大腦的研究為外在經驗影響大腦白質結構提供了一手證據。研究者發現六周的雜耍訓練可以改變大腦白質結構，隨後停止訓練又可以使大腦向訓練前的狀態恢復。Dehaene Stanislas et al. (2010) 發現兒童時期和成年後的受教育經歷都可以促進大腦功能結構的發育，外在經驗改變了枕葉、左側額葉，尤其是視覺詞形加工區（VWFA）在任務中的激活模式，使得他們在聽覺和視覺任務中比文盲被試有更好的表現。Striem-Amit Ella et al. (2012) 以盲人群體為被試，發現他們通過學習用聲音代替視覺符號，能夠改變 VWFA 區的激活狀態。這些實驗都證實，人為干預可以引起正常大腦結構的變化，成人大腦具有獲取新信息、掌握新技能的開放性和可塑性。

外在行為經驗塑造大腦這一論斷，似乎恰好也與語言學著名的 Sapir-Whorf 假設（Sapir E. 1929）相呼應，該假設認為個體體驗到的「真實世界」或多或少會構築在群體的語言習慣上，換言之，語言塑造了人類的思維和認知世界的方式。如果我們接受外在經驗塑造大腦這一基本前提，那麼「語言塑造大腦」的論斷似乎並不難接受，因為語言的學習和使用正是一種重要的外在經驗。近年來不乏語言經驗改變大腦的系列實驗證據，在此簡單舉幾個例子。Pallier C. et al. (2003) 的研究對象為在三至八歲間被法國家庭收養並撫養成人的韓國人，實驗發現即使幼年生活在韓語環境下，被長期收養的經驗也使得他們在語言上的表現與法國人並無二致：當他們同時聽韓語、法語和其他語言材料時，大腦激活的表現與控制組（母語為法語的被試）完全一樣。幼年接觸韓語的經歷並不能導致更多腦區的激活，説明最初適應韓語的大腦已經被新的語言經驗重新塑造。在語音方面，已經有相當一部分實驗證明母語經驗會影響聲調的範疇化感知（Peng Gang et al. 2010；于謙 & 黃乙玲 2019；溫寶瑩 & 王雲麗 2019；陸堯 2019；吳生毅 2019），母語帶來的音高感知能力甚至可以延伸到語言之外（Peng Gang et al. 2013）。而在書寫系統方面，在一項西安和香港兒童的對比實驗中，研究者發現正字法體系（繁簡）可以影響兒童的語音意識發展（McBride-Chang C. et al. 2004）。此外，位於大腦左側梭狀回的視覺詞形加工區 VWFA 由 Cohen Laurent 和 Dehaene Stanislas (2004) 首先定義，它被認為與閱讀的神經機制密切相關。實驗發現不同語言經驗造成閱讀加工時該腦區不同的激活，即使熟練掌握英語的希伯來語被試也只在加工母語時才獲得更強的 VWFA 激活。VWFA 作為大腦跨語言閱讀網絡的一部分，隨着不同語言書寫系統的變化獲得不同作用的事實（Perfetti Charles A. et al. 2007），更是證明大腦結構會被使用的文字體系所塑造。

3.2 語言延緩大腦衰退

語言對大腦的塑造作用不僅體現為語言經驗能夠增加或改變正常大腦的功能，更表現為能夠促進損傷大腦的康復或延緩老化大腦的認知功能衰退。語言作為一種複雜的認知活動，其理解和產出加工過程涵蓋廣泛的大腦區域和認知能力。在心理語言學的連接主義模型中，語言加工系統是包括語音層和語義層的有機整體，兩個子系統之間依靠複雜的網絡和通路來實現基礎認知功能的通達。複雜的語言加工過程要求瞬時間準確地完成一系列認知活動，對工作記憶、加工速度、抑制能力和信息傳遞速度的要求都比較高，也意味著使用語言將會高效率地調動和增強大腦的多種認知功能。當前已有多項研究表明雙語的外在經驗能夠在結構和功能兩方面增強神經系統的認知能力，延緩老年痴呆出現的時間。Bialystok Ellen et al. (2007) 通過嚴格控制其他變量，發現雙語者開始出現老年痴呆症狀的平均年齡比單語者晚四年，並認為這種差異是兩組的語言經驗差異所致。接續他的研究，另有學者通過細化實驗條件，證實學習的語言數量越多、第二語言熟練程度越高，越能夠有效對抗老年痴呆症（Chertkow Howard et al. 2010; Gollan Tamar H. et al. 2011）。程凱文等（2014）對雙語經驗效用的神經機制作出假設，認為其增加了老年人的「認知儲備」，具體表現為中央執行功能的增強、左右腦交流的強化和腦容量的增大，故而雙語者可以忍受更多的病理性變化而不產生認知障礙。Schweizer Tom A. et al. (2012) 在神經層面上發現在其他相關因素都一致的情況下，雙語 AD 患者大腦萎縮的程度要比單語者更輕微，證明語言經驗的確能夠增強大腦對於病理性改變的忍受力。

3.3 古漢字的特殊地位和功用

甲骨文、金文是漢字被創造之初的形體，與現代簡化漢字已相去甚遠。但古漢字所蘊含的鮮明的象形特徵、抽象性、想像力、邏輯性、甚至藝術趣味比今之漢字卻更加生動鮮明。認知古漢字，我們不僅可以從中體味出漢字從象形到指事、會意，再到形聲的創造過程中的樸素思維邏輯，體味其從一到二，二到三，三到萬物的開放、能產的造字智慧，還能體味其中埋藏的中華文明幾千年綿延不絕生生不息的血脉基因。漢字塑造了漢民族的思維，是中華文化的根源內核，也是人類語言之林中獨一無二的存在。

漢字是華夏先民的偉大創造。造字是一個艱難漫長的過程，許慎解釋象形字是「依類象形」，我們理解象形字的造字過程就是：觀物取象，取象繪形。象形字是漢字之「根」，「觀」、「取」、「繪」三個動詞概括了先民完整的思維鏈條，使古人對世界的感悟、思考、認知過程得以凝縮在原始本初的漢字中。

「觀」指的是對現實世界的觀察，山東省石刻博物館研究員賴非（2020）對山東陵陽河考古發現的圖像文字「旦」的說解讓我們從漢字形體本身回到了造字者觀察世界的最初視角。他說：「我們在發掘現場看到，陵陽河遺址以東皆為群山，太陽升起的時候，山間往往雲霧繚繞，『旦』字就是對此景象的刻繪寫生。」在對這些象形字的體悟中，我們仿佛也可以穿越時空和先民心靈相通，回到構建字形時所依托的現實場景，體悟先民的造字本因和方法。

「取」凝聚了古人對事物的認知模式和抽象思維能力、聯想能力的發生發展。現實事物或場景的構成要素必然繁多而富於變化，選取其中最為突出的部分來以小見大的認知篩選過程反映出先民對自然、社會、文化的思考力和概括力。通過認知漢字形體，我們思索字義引申的抽象思維路徑，並在此過程中跳出現代人的思維窠臼，與上古先民達成某種神秘的共識和約定，為大腦開啟了新的思維窗口。但是，如果一直運用變化字形的方式來承載衍生嬗變的詞義，漢字系統將變得繁冗、雜亂。

智慧的先民們在「繪」的過程中始於象形，很快進級到指事、會意，使用部首組件組合新字，意會新義。及至形聲，開始打通形—音，和言語直接相連，漢字成為形—音—義的完美結合體，從此，漢字的創造和繁衍使用走上了大道通衢。如果說象形注重對物體的「觀」，指事、會意注重對事件的「取」，那麼形聲字的產生和發展就是將一切事物通過部首構件在大腦中整合、提煉為開放能產的智慧的造字規則。漢字造字的奧妙至此脱穎而出，提綱挈領，展現出交融演進的無限可能。

漢字沿着以表意為主的路徑不斷發展，其造字法蘊含的抽象思維功能與聯想功能逐漸加深，也反映出華夏先民智慧的不斷發展。與高度抽象化、符號化的現代漢字相比，古漢字姿態萬千，自由活潑、生趣盎然，既有直接描繪現實事物的象形字，又包含了建立在象形字基礎上的指事、會意字，它們將古人樸素抽象的邏輯思維過程在漢字形體的巧妙組合中表現出來。於形中蘊含了音義的形聲字更是達到「三生萬物」之境界和功效，其形、其聲、其意比之今日之漢字都更加鮮明、生動。因此，大腦實現對古文字的認知會經歷更複雜鮮明的思維加工過程，調動更多的大腦功能區域，也必然會對腦結構產生更強的認知刺激。現代人學習古漢字，就是通過回溯的方法彌補現在的漢字因簡化而造成的諸多思維過程的缺失，進而完善思維鏈條，激發想像力和聯想力。而這一過程恰恰可以成為古漢字發揮塑造大腦、延緩衰退作用的關鍵突破口。

漢字是中華文化的血脉基因。中華文化將混沌化為陰陽，陰陽相合化生萬物，萬物生生不息是中國本源哲學的宇宙觀，無論是陰陽觀，還是生生觀，都是華夏原始先民的基本觀念。人類以基因遺傳承接生命，其文化本色的傳承同樣基於文化的基因。漢字之中滲透著漢民族的本原文化基因，其哲學與智慧的高度是不言自明的。以造字方法而論，漢字一開始就包含着陰陽之道、生生之道，觀物取象，道法自然，絕非以簡單的方法、技巧可概論。「技近乎道」，漢字部首的形成和使用就有這樣的高度，始於「技」而歸於「道」，其構思的精巧、細膩，思考的長遠、周洽，體現出規律而嚴密的科學精神，是十分智慧的「道」。

在人類歷史發展進程中，其他文明中也曾發現有象形文字的肇始，但也多止步於象形，無一能像漢字這樣一步步進級，發展為開放的能產的完備文字系統，且能在數千年間不斷沿革，依然活力無窮，成為中華文明數千年綿延不斷、生生不息的血脉基因，個中原因大概就在於漢字的創造合乎了此「道」，所謂「道生一，一生二，二生三，三生萬物」，這樣的理念正是其無限創造力的源泉。當先民們的社會生活不斷拓展，其認識領域也隨之拓展，此時的他們沒有陷入繁雜體系的泥淖，而是借助對漢字部首的把握、使用，不斷推進漢字的廣度與深度，既將漢字這一智慧系統演繹得越發完備，也在構造漢字體系的過程中更好地達成對周遭世界的認識與表達。毫無疑問，漢字塑造了漢民族的思維，也構建了中華文化的內核，從這一出發點，我們認為當下無論是對老年認知障礙者語言能力的篩查評估，還是對於失語症言語能力的康復訓練都應該從本民族語——漢語出發，開發建立基於漢語的認知障礙篩查量表已是當務之急。此外，漢字的發展過程與中華文明的演進是一致的，也很可能與大腦結構的演化過程密切相關，對古漢字發展進程的觀照或許能夠從另一個角度揭示漢語者認知思維發展歷程和人類大腦演化的奧秘，這又是另外的話題。

對於漢字在認知活動中的作用，已有學者意識到其特殊性，研究證實學習現代漢字可以塑造大腦。從結構上說，漢字的使用經驗也可能會引起更大的腦皮質灰質密度。Kochunov P. et al. (2003) 發現使用漢字的中國人的左側額中回、顳中回下前部、右側頂上小葉的密度更大，而使用拼音文字的高加索人左側頂上小葉的密度更大。而從功能上看，西方的語言和文字處理偏向於左半球，相比之下大腦右半球被忽視和亟待開發，漢字的使用可以提供一個開發右腦功能的機會。羊彪等（1989）通過比較漢語、英語母語者在辨認漢字、英文時大腦兩半球的表現，發現在辨認漢字和英文時中國英語專業學生和外國留學生都表現出了兩半球優勢，而不會使用漢語的外籍教師在識別英文時還為左半球優勢，這證明認知漢字會改變語言使用者對英文信息加工的腦策略。長期使用漢字使右半球參與不斷加強，逐漸開發和發展右腦的語言功能，才會在處理英文時不自覺地帶入漢字加工的策略，進而顯示出兩半球的均勢。

許世彤、區英琦（1992）增加了被試母語的多樣性，對不同母語者（漢族、維吾爾族、藏族、外國留學生）、不同年齡層的被試實驗發現漢字形—義之間的緊密聯繫要求右半球的共同參與，學習漢字的過程會加強右半球的語言功能，進而影響他們對母語文字（拼音文字）加工的腦機制，也從左半球優勢變為左右半球均勢，表明使用漢字可使大腦右半球的語言功能得到發展。

胡碧媛（1989）着眼於個體語言發展過程對大腦兩半球的塑造，發現七至十歲的小學生在漢字和拼音識別中仍為左半球優勢，從 11 歲之後變為對漢字、拼音、英文的兩半球均勢，說明漢字學習的過程也是發展右腦語言能力的過程，並指出 11 歲為兩半球功能轉變的關鍵年齡。

尹文剛（1984）認為長期使用漢字會形成一種獨特的認知模式，發現對於左利手和右利手者而言，其認知漢字和圖形時的大腦兩半球機能活動基本處於均勢，不同於識別文字（左腦）和識別圖形（右腦）明顯區分的歐美人。進而提出長期使用形義密切聯繫的漢字，使得漢語者在處理語言和非語言的視覺材料時產生了一種右腦更大程度被激活的認知模式，即中國人所處的文字環境會影響視覺認知的假說。漢字促進大腦兩半球協同活動的根本原因在於正是大腦兩半球的協同活動才產出了既有抽象性質又有形象特徵、具有表音、表意雙重功能的多重聯想式漢字，應當說學習漢字來促進大腦兩半球的協同發展走的是與造字過程反向的思維之路。

即便在特殊人群中，漢字似乎也保持着它在認知中的穩固地位，具體表現為漢字認知能力仍然能夠在大腦退化者身上較為穩定地保持。老年人面臨大腦的增齡性退化，但研究發現他們對中低複雜度漢字的認知幾乎與青年人無異，識別高複雜度的漢字可能同時與大腦的感覺能力和認知能力退化密切相關（Xie Fang et al. 2019），才產生了顯著的差異。甚至除正常衰老的老年人之外，以阿爾茨海默症和帕金森氏病為代表的整體神經退行性疾病患者也仍然留存一定的漢字認知能力。

郭起浩等（2006）針對阿爾茨海默症患者的漢字認知研究發現對於音符字、義符字的閱讀，正常老人與輕中度AD患者的正確率並無明顯差異，從中度到重度AD患者才產生了漢字識別能力的突降，但最早學習運用的記號字的閱讀能力在痴呆症晚期也沒有喪失。同樣的現象在帕金森氏病患者中也有所表現，湯慈美等（1998）針對帕金森氏病患者的漢字認知研究發現相比於圖形辨別障礙，他們僅在形似漢字的識別上的成績明顯低於對照組，音似、義似的組別均無顯著差異。其中在對義似漢字的辨認中，隨着呈現時間的延長，兩組對於三種漢字對的辨別成績逐漸接近，這都說明了漢字和圖形辨認的腦機制可能存在差異：相比於圖形的辨識，帕金森氏病患者的漢字認知能力保持得相對較好。該表現說明漢字在大腦中或許有特殊的編碼和加工過程，可以對人類認知水平產生影響，也能夠成為抵禦大腦退化的有效利器。

4.　漢字蒙求

智慧的古人早就意識到漢字有「熏、悟、化、達」的作用，並使用古漢字作為啟智教育的工具。童蒙課本的代表是清代王筠的《文字蒙求》。該書是王筠為指導兒童識字而編寫的童蒙識字課本，他從《說文》選取兩千多個常用字並根據造字法分類和申說，以指導兒童識字、促進智力發展、打下良好的小學基礎。「蒙學」的說法最早來源於《周易》，蒙卦辭曰：「山下出泉，蒙。君子以果行育德。」王弼注：「山下出泉，未知所適，蒙之象也。『果行』者，初筮之義也。『育德』者，養正之功也。」「蒙」最初指的是地下的山泉，山泉出而不知所向，表現的是兒童一種混沌懵懂的狀態，這種狀態需要「育德」而加以規範。用現代的眼光來看，《文字蒙求》的核心觀念顯然是通過學習漢字來塑造兒童的大腦。

為高效啟迪兒童智力，該書在說解字形字義時直觀生動、由淺入深，使兒童能夠明其理、溯其源；在字形的編排上，該書提綱挈領、條分縷析，根據造字法分卷，揭示同源詞的分化之由，樹立系統的字際關係和知識網絡。這種對字形意義的揭示和富有想像力的闡發既加深了兒童對漢字的理解和記憶，又鍛煉了抽象思維能力，為混沌懵懂的大腦開啟了第一道亮光。正如對漢字「車」字形形象生動的說解：「當橫看。方者輿，長者軸，夾輿者輪，自後觀之，則見兩輪如繩直也。不作輈者，小車一輈，大車兩轅，形不畫一，不能的指，且有無輈車也。」他啟發兒童變換角度觀察古漢字的形體，充分想像所指代的物體的樣態，並借此理解漢字精妙的構造和造字的義理。

從現代心理學的角度，將《文字蒙求》作為兒童啟蒙的工具顯然有兩方面理據：兒童大腦的可塑性與漢字認知活動對神經系統發育的促進作用。兒童時期的大腦具有可塑性是無可置疑的，可喜的是當前越來越多的研究發現老年人大腦也具備一定可塑性，提供了主動抵抗認知功能退化的可能性（Gutchess Angela 2014）。

事實上，上述 HAROLD 模型和 PASA 模型是老年人抵抗認知衰退的補償機制，反映的是當正常認知活動所依賴的通路受損時，大腦自動生成以彌補缺陷的神經網絡，側面佐證老年人大腦具有神經可塑性。從結構上看，神經影像學數據證明認知訓練可以改變老年人大腦的結構。如圖 14.3 所示，一項針對 MCI 階段的老年人的研究表明情節記憶訓練可以提高情節記憶相關腦區的灰質體積（Engvig Andreas et al. 2014）。行為學上的證據也表明認知訓練可以有效改變老年人認知水平（Peretz Chava et al. 2011），提示認知干預等行為手段或許有助於延緩認知衰退的進程。可見，人類大腦在一生中始終處於能被重啟的狀態，老化不是只能被動承受認知衰退的影響，主動的認知訓練（如古漢字學習）可以延緩認知功能的衰退。這意味着老年人通過學習古漢字延緩認知衰退具有與漢字啟蒙相同的條件之一——大腦可塑性。

圖 14.3　情節記憶訓練下老年人大腦灰質體積的變化（Engvig Andreas et al. 2014）

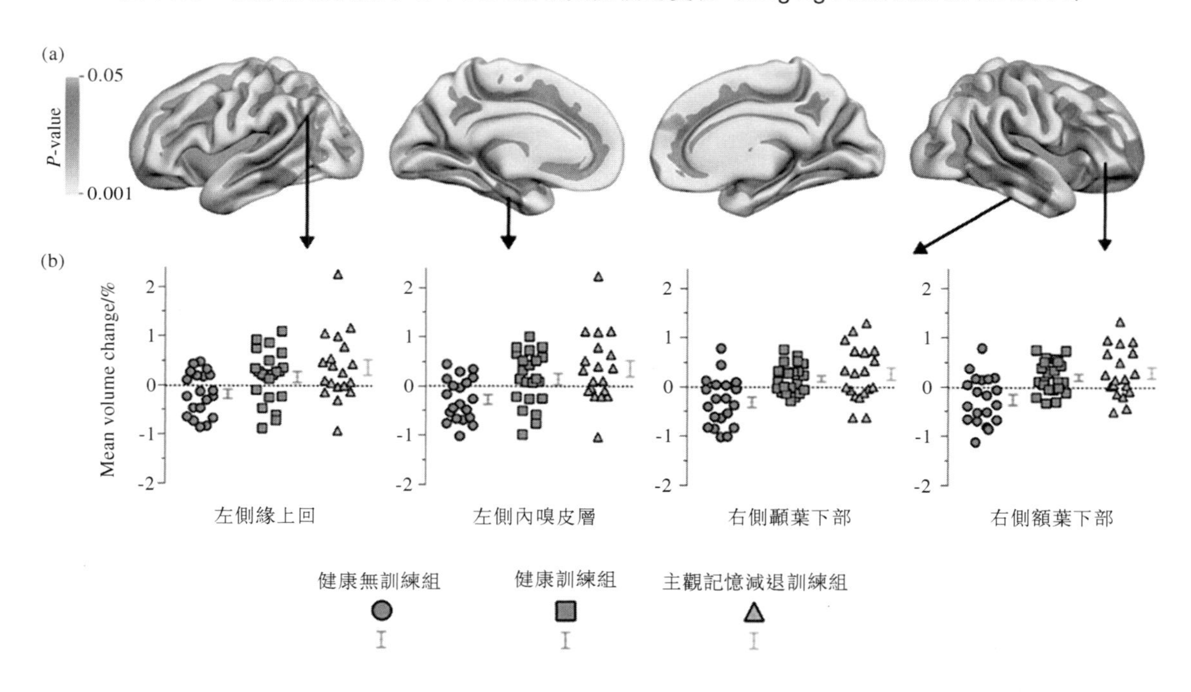

與其他認知活動相比，語言相關的認知活動需要同時涉及多項認知功能，對語音的理解和產出涉及聽覺和運動皮層，對字形的認知與視覺加工區域相關，句法規則的運用需要動用計算功能，組織語言材料的過程中也離不開記憶系統，因此使用和認知語言對神經系統的影響和塑造作用要強於一般的認知活

動。漢字集合了形、音、義三重屬性，於形體之上凝縮了多層面的語言要素，與拼音文字相比需要更強的認知能力。尤其是以表意為主的古漢字蘊含了造字之初的抽象思維能力和想像力，對其認知必然需要調動各種智力，因此漢字蒙求是開發兒童大腦益智的有效手段。

相比於晚期古文字，甲骨文、金文作為圖畫到成熟文字的中介，擁有更加特殊的認知特點和大腦加工模式。張積家等（2011）採用知覺相似度判斷的實驗任務，提出甲骨文在認知性質上屬晚期形意文字，即處於圖畫和漢字之間且更接近意音文字的文字類型，同時具有圖畫和漢字兩方的特點。通過基於漢字、英文、早期文字（甲骨文、東巴文）和圖片的認知行為實驗，他發現在語義一致性判斷任務中，早期文字的符號對的反應速度要慢於成熟文字如漢字和英文。同樣，在李惠娟等（2014）關於不同類型的象形字和圖畫的認知比較研究中，他們發現甲骨文在命名和分類任務中的反應也是最慢的。以上結論均說明對甲骨文的處理是在基於各種文字類型的認知加工中較為複雜的一類。反過來說，也就是對甲骨文的加工可能需要動用更多的認知資源且能夠對更多的認知環節造成影響，這意味着延緩認知衰退的可行性具備了第二項條件——複雜的認知過程。

總而言之，漢字之所以能夠作為兒童啟蒙的工具，是因為認知漢字能夠塑造兒童的大腦。俗話說：「少成若天性，習慣如自然」，「習與智長，化與性成」。年老階段與嬰幼兒階段相似，大腦都有混沌狀態的呈現，也仍然具有可塑性。老子一再強調「複歸於嬰兒」、「複歸於樸」、「複歸於無極」，其中意味值得我們深思。另外，早期的古漢字認知加工模式比晚期漢字更加複雜，既然對晚期漢字的認知都可以開啟智力，那麼認知早期古文字更能提高認知功能。因此，老年人認知古漢字來延緩大腦衰退可以與古代的漢字蒙求方法類比，接續使用古漢字開發智力的傳統，於人生終端在混沌的大腦中重啟光明。

5.　結語

到目前為止，對漢字的認知研究幾乎全部基於現代的簡化漢字。雖然相較於拼音文字，現代漢字仍屬典型的表意體系文字，但對比古漢字，現代漢字已經高度抽象化和符號化，很多已失去了造字之初的表意行迹和語義聯想邏輯。古漢字經歷了從象形，到指事、會意，再到形聲的創造過程，其中所蘊含的不同形象思維和抽象思維過程意味着古漢字的認知對大腦有更多方面的影響，對延緩大腦退化的潛在能動作用值得探索，而其本身的神經認知發展過程與大腦演化的相互影響和作用也是值得探索的課題。

其次，當前形勢下，鑒於漢字對漢民族思維的塑造和對漢民族行為的深遠影響，基於漢語思維的認知障礙篩選評估量表亟待建立，從這一角度出發對漢語各個方面的研究有待啟動，漢字無疑是最重要的一個方面。另外，大腦退化帶來的認知能力下降，是人的知覺能力、注意力、記憶力、理解力、感悟力、想像力、抽象思維能力的全面降低，而對古漢字的認知，因其自身的認知特點有全方位認知能力的需求和調動，這有利於重新激活更多的大腦功能區域，這一行為有望重塑老化的大腦，起到預防、干預、延緩、甚至阻斷大腦認知障礙發生的作用。

漢字源遠流長，其抽象思維功能與聯想功能與華夏先民的智慧發展密切相關，其中還蘊藏著決定民族生死禍福的一系列重大問題，隱現華夏這個龐大族群生存、發展的初始密碼。如今漢字又與當代科技發生了一系列聯絡，「漢字科學與腦科學」作為新興學科，正展示出「究天人之際，通古今之變」的獨特魅力與新的功用前景。新科技的飛速發展及其對古文字地位的提升在新時代背景下產生了有趣的碰撞，提醒我們從新的視角重新觀照中華民族的智慧結晶，探究漢字中蘊藏的思維和文化密碼，賦予其在新時代背景下的新功用、新使命。

參考文獻

才運江等 2019。〈遺忘型輕度認知障礙年輕老人神經音樂療法的效果分析〉。《科技風》22: 232–236。

陳洪波等 2003。〈漢語閱讀障礙兒童腦 SPECT 研究〉。《鄖陽醫學院學報》4: 210–212。

程凱文等 2014。〈雙語（或多語）是否有利抵禦老年痴呆症？〉。《心理科學進展》11: 1723–1732。

馮淑芬等 2019。〈音樂療法對急性腦梗死認知功能障礙患者的效果研究〉。《中國現代藥物應用》23: 227–229。

顧曰國 2019。〈老年語言學發端〉。《語言戰略研究》5: 12–33。

郭起浩等 2006。〈阿爾茨海默病患者的漢字閱讀能力研究〉。《中國臨床心理學雜志》3: 263–265。

胡碧媛等 1989。〈中國兒童、少年在表意和表音文字辨認中大腦兩半球的機能特點〉。《心理學報》2: 176–179。

姬瑞敏 2020。〈太極拳運動對中老年人腦功能和有氧運動能力的影響〉。《中國康復理論與實踐》6: 637–642。

賴非 2020。《考古拾趣》。杭州：浙江人民美術出版社。

李惠娟、張積家 2014。〈不同類型的象形字與圖畫的認知加工比較〉。《第十七屆全國心理學學術會議論文摘要集》：4。

李希彤、謝靜濤 2019。〈國內音樂療法對阿爾茨海默病患者干預效果的 Meta 分析〉。《湖南中醫藥大學學報》1: 52–56。

劉牧軍、許明珠 2010。〈音樂護理干預對輕度老年痴呆患者行為及焦慮狀態的影響〉。《中華現代護理雜志》9: 1049–1051。

陸堯 2019。〈德宏傣語母語者普通話聲調感知研究〉。《中國語音學報》1: 118–128。

毛丹、房芳 2018。〈冥想干預對老年阿爾茨海默病病人認知功能障礙的影響研究〉。《護理研究》9: 1382–1386。

任蘭芬等 2010。〈音樂療法配合認知訓練對腦卒中早期患者認知功能的影響〉。《中華物理醫學與康復雜志》1: 30–33。

孫皎等 2011。〈太極拳運動對老年人腦功能及體力的改善作用〉。《中國老年學雜志》23: 4688–4689。

譚紅珠 2019。〈正念冥想對阿爾茨海默病患者的認知能力及元認知水平影響〉。《山西醫藥雜志》12: 1515–1517.

湯慈美等 1998。〈帕金森病患者在圖形和漢字辨認中的障礙〉。《中華神經科雜志》5: 18–20。

王士元 2011。〈演化語言學的演化〉。《當代語言學》1: 1–21, 93。

溫寶瑩、王雲麗 2019。〈韓語母語者漢語普通話陰平—陽平調感知能力的發展研究〉。《語言教學與研究》1: 31–41。

吳生毅 2019。〈語言經驗對聲調感知的影響——以普通話母語者和大田話母語者對陰平和上聲的感知為例〉。《語言研究集刊》1: 240–253, 339–340。

許世彤、區英琦 1992。〈在漢字辨認上大腦兩半球的功能特點〉。《華南師範大學學報（自然科學版）》2: 45–50。

羊彪等 1989。〈母語不同者在漢字及英文辨認中大腦兩半球的功能特點〉。《心理學報》2: 180–184。

尹文剛 1984。〈速示條件下辨認漢字與無意義圖形的實驗研究〉。《心理學報》3: 282–288。

于謙、黃乙玲 2019。〈方言背景影響普通話聲調範疇感知〉。《語言文字應用》3: 114–123。

曾志朗等 1985。〈人腦對書面文字的處理〉。《語言研究》1: 15–24。

張慧敏等 2017。〈五行音樂治療阿爾茨海默病精神行為症狀的臨床研究〉。《醫學與哲學 (B)》3: 64–66。

張積家等 2011。〈英文詞、漢字詞、早期文字和圖畫的認知加工比較〉。《心理學報》4: 347–363。

Abbott, Robert D. et al. 2004. Walking and dementia in physically capable elderly men. *JAMA* 12: 1447–1453.

Baciu, M. et al. 2016. Functional MRI evidence for the decline of word retrieval and generation during normal aging. *Age (Dordrecht, Netherlands)* 1: 3.

Bialystok, Ellen. and Craik, Fergus I. M. and Freedman, Morris. 2007. Bilingualism as a protection against the onset of symptoms of dementia. *Neuropsychologia* 2: 459–464.

Cabeza, Roberto. 2002. Hemispheric asymmetry reduction in older adults: the HAROLD model. *Psychology and Aging* 1: 85–100.

Chee, M. W. et al. 2000. Overlap and dissociation of semantic processing of Chinese characters, English words, and pictures: evidence from fMRI. *NeuroImage* 4: 392–403.

Chee, M. W. Tan, E. W. and Thiel, T. 1999. Mandarin and English single word processing studied with functional magnetic resonance imaging. *The Journal of Neuroscience: The Official Journal of the Society for Neuroscience* 8: 3050–3056.

Cheng, Kaiwen (程凱文). Deng, Yanhui. and Yao, Dezhong. 2014. Bilingualism (multilingualism) Helps Resist Alzheimer's Disease? *Advances in Psychological Science* 11: 1723–1732.

Chertkow, Howard et al. 2010. Multilingualism (but not always bilingualism) delays the onset of Alzheimer disease: evidence from a bilingual community. *Alzheimer Disease and Associated Disorders* 2: 118–125.

Cohen, Laurent Dehaene, Stanislas. 2004. Specialization within the ventral stream: the case for the visual word form area. *NeuroImage* 1: 466–476.

Creasey, H. and Rapoport, S. I. 1985. The aging human brain. *Annals of Neurology* 1: 2–10.

Dehaene, Stanislas et al. 2010. How Learning to Read Changes the Cortical Networks for Vision and Language. *Science* 6009: 1359–1364.

Dustman, R. E. Shearer, D. E. and Emmerson, R. Y. 1993. EEG and event-related potentials in normal aging. *Progress in Neurobiology* 3: 369–401.

Endo, M. Shimizu, A. And Hori, T. 1978. Functional asymmetry of visual fields for Japanese words in kana (syllable-based) writing and random shape-recognition in Japanese subjects. *Neuropsychologia* 3: 291–297.

Engvig, Andreas et al. 2014. Effects of cognitive training on gray matter volumes in memory clinic

patients with subjective memory impairment. *Journal of Alzheimer's disease: JAD* 3: 779–791.
Gazzaniga, Michael S. 2013. *Cognitive neuroscience: the biology of the mind.* Fourth edition. New York, N.Y.: WWNorton & Company, Inc.
Geva, Sharon et al. 2012. The effect of aging on the neural correlates of phonological word retrieval. *Journal of Cognitive Neuroscience* 11: 2135–2146.
Gollan, Tamar H. et al. 2011. Degree of bilingualism predicts age of diagnosis of Alzheimer's disease in low-education but not in highly educated Hispanics. *Neuropsychologia* 14: 3826–3830.
Grossman, Murray et al. 2002. Age-related changes in working memory during sentence comprehension: an fMRI study. *NeuroImage* 2: 302–317.
Guo, Qihao et al. 2006. Ability of Chinese Characters Reading in Patients with Alzheimer's Disease. *Chinese Journal of Clinical Psychology* 3: 263–265.
GUTCHESS, Angela. 2014. Plasticity of the aging brain: new directions in cognitive neuroscience. *Science* 6209: 579–582.
Hebb, Do. 1949. *The Organization of Behavior: A Neuropsychological Theory.* New York: John Wiley & Sons.
Hillman, Charles H. et al. 2004. Physical activity and executive control: implications for increased cognitive health during older adulthood. *Research Quarterly for Exercise and Sport* 2: 176–185.
Kochunov, P. et al. 2003. Localized morphological brain differences between English-speaking Caucasians and Chinese-speaking Asians: new evidence of anatomical plasticity. *Neuroreport* 7: 961–964.
Krell-Roesch, Janina et al. 2019. Quantity and quality of mental activities and the risk of incident mild cognitive impairment. *Neurology* 6: E548–E558.
Kuo, W. J (郭文瑞). et al. 2001. A left-lateralized network for reading Chinese words: a 3T fMRI study. *Neuroreport* 18: 3997–4001.
Lacombe, Jacinthe et al. 2015. Neural changes associated with semantic processing in healthy aging despite intact behavioral performance. *Brain and Language* 149: 118–127.
Madden, David J. et al. 2002. Aging and attentional guidance during visual search: functional neuroanatomy by positron emission tomography. *Psychology and Aging* 1: 24–43.
Marsden, C. D. 1994. Parkinson's disease. Journal of Neurology, *Neurosurgery, and Psychiatry* 6: 672–681.
Mcbride-Chang, C. et al. 2004. Levels of phonological awareness in three cultures. *Journal of Experimental Child Psychology* 2: 93–111.
Meulenbroek, Olga et al. 2004. Age differences in neural correlates of route encoding and route recognition. *NeuroImage* 4: 1503–1514.
Muscari, Antonio et al. 2010. Chronic endurance exercise training prevents aging-related cognitive decline in healthy older adults: a randomized controlled trial. *International Journal of Geriatric Psychiatry* 10: 1055–1064.
Nyberg, Lars et al. 2003. Neural correlates of training-related memory improvement in adulthood and aging. *Proceedings of the National Academy of Sciences of the United States of America* 23: 13728–13733.
Pallier, C. et al. 2003. Brain imaging of language plasticity in adopted adults: Can a second language replace the first? *Cerebral Cortex* 2: 155–161.
Patterson, K., And Bradshaw, J. L. 1975. Differential hemispheric mediation of nonverbal visual stimuli. Journal of Experimental Psychology. *Human Perception and Performance* 3: 246–252.
Peng, Gang (彭剛) et al. 2010. The influence of language experience on categorical perception of pitch contours. *Journal of Phonetics* 4: 616–624.

Peng, Gang (彭剛) et al. 2013. Language Experience Influences Non-Linguistic Pitch Perception. *Journal of Chinese Linguistics* 2: 447–467.

Peretz, Chava et al. 2011. Computer-based, personalized cognitive training versus classical computer games: a randomized double-blind prospective trial of cognitive stimulation. *Neuroepidemiology* 2: 91–99.

Perfetti, Charles A. et al. 2007. Reading in two writing systems: Accommodation and assimilation of the brain's reading network. *Bilingualism-Language and Cognition* 2: 131–146.

Rypma, B. And D 'Esposito, M. 2000. Isolating the neural mechanisms of age-related changes in human working memory. *Nature Neuroscience* 5: 509–515.

Sapir, E. 1929. The Status of Linguistics as a Science. *Language* 4: 207–214.

Scarmeas, N. et al. 2006. Education and rates of cognitive decline in incident Alzheimer's disease. *Journal of Neurology, Neurosurgery, and Psychiatry* 3: 308–316.

Scheibel, Me, et al. 1981. *Structural alterations in the aging brain in Aging: A challenge to science and society*, 4–17. Oxford University Press.

Scholz, Jan et al. 2009. Training induces changes in white-matter architecture. *Nature Neuroscience* 11: 1370–1371.

Schwartz, M. et al. 1985. Computed tomographic analysis of brain morphometrics in 30 healthy men, aged 21 to 81 years. *Annals of Neurology* 2: 146–157.

Schweizer, Tom A. et al. 2012. Bilingualism as a contributor to cognitive reserve: evidence from brain atrophy in Alzheimer's disease. *Cortex; a Journal DeVOTed to the Study of the Nervous System and Behavior* 8: 991–996.

Shimizu, A. And Endo, M. 1981. Tachistoscopic recognition of Kana and Hangul words, handedness and shift of laterality difference. *Neuropsychologia* 5: 665–673.

Striem-Amit, Ella et al. 2012. Reading with Sounds: Sensory Substitution Selectively Activates the Visual Word Form Area in the Blind. *Neuron* 3: 640–652.

Tan, L. H (譚力海). et al. 2000. Brain activation in the processing of Chinese characters and words: a functional MRI study. *Human Brain Mapping* 1: 16–27.

Tan, L. H (譚力海). et al. 2001. The neural system underlying Chinese logograph reading. *NeuroImage* 5: 836–846.

Tanigawa, Takanori et al. 2014. Effect of physical activity on memory function in older adults with mild Alzheimer's disease and mild cognitive impairment. *Geriatrics & Gerontology International* 4: 758–762.

Vallender, Eric J., Mekel-Bobrov Nitzan., and Lahn Bruce T. 2008. Genetic basis of human brain evolution. *Trends in Neurosciences* 12: 637–644.

Wang, William S-Y (王士元). 2011. The evolution of evolutionary linguistics. *Contemporary Linguistics* 1: 1–21+93.

Wierenga, Christina E. et al. 2008. Age-related changes in word retrieval: role of bilateral frontal and subcortical networks. *Neurobiology of Aging* 3: 436–451.

Wu, Jinsong (吳勁松) et al. 2015. Direct evidence from intraoperative electrocortical stimulation indicates shared and distinct speech production center between Chinese and English languages. *Human Brain Mapping* 12: 4972–4985.

Xie, Fang et al. 2019. *Aging and Pattern Complexity Effects on the Visual Span: Evidence from Chinese Character Recognition*. Vision (Basel, Switzerland) 3.1.

Yin, Wengang (尹文剛). 1984. A study of tachistoscopic recognition of Chinese characters and nonsence shapes. *Acta Psychologica Sinica* 3: 282–288.

第十五章
人腦語言中樞研究
語言普遍性與特異性問題

譚力海
暨南大學
深圳市神經科學研究院

提要

半個世紀前，王士元先生在《科學美國人》(*Scientific American*) 上發表了題目為 "The Chinese Language" 的文章，系統、精闢地論述了漢字和漢語的起源與特點，在理論上假設「由於漢語在某些重要特點上不同於歐洲語言，認識漢語的結構及其歷史發展過程對理解人類語言的普遍本質是不可或缺的」(Wang 1973: 53)。王士元先生的這篇文章為後學者，特別是心理學、認知科學和神經科學等非語言學領域的後學者開展對漢字與漢語的跨學科研究起到了重要的指導和引領作用。本文聚焦在中文閱讀的腦成像研究，回顧了關於大腦語言中樞的研究結果，這些研究驗證了王士元先生提出的理論假設，也充分證明了語言學理論對認知科學和腦科學實證研究的重要貢獻。

1. 人腦的可塑性

在回顧對人腦語言中樞的研究之前，讓我們先簡要了解一下與大腦語言功能高度相關的一個科學問題：人腦的可塑性。過去 20 年，認知神經科學最重要的科學發現之一是人腦具有很大的可塑性。對於兒童來說，外在的行為和經驗能夠改變大腦的結構。在一項磁共振研究中 (Mechelli et al. 2004)，研究者招募了三組成年被試進行大腦的掃描，他們分別為單語者（只會一種語言的人）、

* 本文主要根據筆者在2019 年北京師範大學兒童腦智發育會議上所做的學術報告整理而成。文中部分文獻的整理，尤其是對最近幾年的文獻的回顧，得到了我的科研助理袁滌、田昊月、周玉龍、付思文、周瑞潔等人的幫助。本研究得到了中國科技創新 2030—「腦科學與類腦研究」重大項目「中國學齡兒童腦智發育隊列研究」的支持（基金號 2021ZD0200500）。

在 5 歲前習得第二語言的早期雙語者，以及在 10 到 15 歲期間習得第二語言的晚期雙語者。基於體素形態學分析（voxel-based morphometry, VBM）的結果發現，雙語者頂下皮層（inferior parietal cortex）的灰質密度顯著高於單語者，並且這個效應在大腦的左半球尤為明顯。進一步分析發現，早期雙語者雙側頂下皮層的灰質密度比晚期雙語者相同腦區的灰質密度增加的更多，雙語者左側下頂葉皮層的灰質密度與學習第二語言的年齡呈負相關。另外一項研究使用定量磁共振（quantitative MRI, qMRI）這一新技術測量了成年中英雙語者語言相關腦區的微觀髓鞘結構發育程度，結果發現，相對於晚期雙語者（即 12 歲以後系統學習英語者），早期雙語者（即 6 歲之前系統學習英語者）左側額下回和左側梭狀回的髓鞘發育更好，而這些腦區微觀結構的發育程度與第二語言的熟練程度沒有關係。以上兩個研究充分揭示了第二語言學習對兒童大腦結構的塑造作用，反映了兒童大腦的高度可塑性。

不僅兒童的大腦具有高度可塑性，新近研究表明，成人的大腦也具有相當程度的可塑性。比如，讓沒有接觸過雜耍運動的一組成年被試學習幾個月的三球雜耍，在學習雜耍前後分別使用磁共振掃描被試的腦結構（Draganski et al. 2004）。VBM 分析結果發現，這些被試在第二次掃描時視覺運動區（雙側顳中回（hMT/V5）和左後側頂內溝（intraparietal sulcus, IPS）的灰質體積比第一次掃描時顯著增加，視覺運動區的灰質體積與被試在不同階段雜耍的表現水平呈現正相關。另一項關於倫敦出租車司機腦結構的研究發現，他們的後側海馬的體積顯著大於不開出租車的人，並且後側海馬的體積與出租車司機開車的時間呈顯著正相關（Maguire et al. 2000）。後側海馬是存儲空間信息的腦區，該腦區的增長依賴於個體導航能力的提升，因此，健康成人能夠根據環境的需求塑造腦結構。

成人腦結構的可塑性不僅受到運動與空間相關經驗的影響，還會因語言學習產生相應的變化。研究者招募了在成年之後才有機會學習閱讀的哥倫比亞游擊隊隊員，以及一組沒有學習過閱讀的成人文盲（Carreiras et al. 2009），發現游擊隊隊員相比於成人文盲來說，胼胝體的白質纖維束，以及雙側角回、背側枕葉、中側顳葉、左側緣上回、顳上回的灰質體積顯著增加。這項研究結果同樣證實了成年後的學習可以改變人腦的結構。

成人的大腦結構有沒有可能在很短的時間內因為學習而發生改變呢？Kwok 等人（2011）讓健康成人大學生像幼兒一樣學習用新的詞匯對深藍、淺藍、深綠、淺綠四個顏色方塊重新命名（例如，把淺藍色方塊叫作 ken 色），經過三天、總計不到兩個小時的訓練，這些大學生的大腦負責顏色加工的 V2/3 區域的灰質體積顯著增加，說明新知識的獲取對成人的腦結構具有快速塑造作用。正常成年人的大腦在某些功能上所具有的高度可塑性，說明了「終身學習」的重要性，也為因腦疾病（例如腦卒中）而導致的語言障礙的康復訓練提供了堅實的科學理論基礎。

2. 大腦語言中樞統一論（The Universal Theory）

世界上現存六千多種口頭語言，其中約兩百種有書面文字，這些語言在詞 / 字形、詞 / 字音、語義、語法方面有共同點，也有不同點。世界各國的兒童在學習語言，特別是學習不同類型的書面語言時都花費了大量的時間和精力。如果人腦具有這麼大的可塑性的話，一個重要的神經科學問題是：長時間地學習不同類型的語言文字會影響人腦對語言的加工和表達嗎？

多年來，國際神經科學領域的學者提出了大腦語言功能區統一論，認為世界上所有語言均由相同的大腦區域處理。這一理論主要是基於對西方拼音文字的研究而作出的結論，即人腦中存在負責閱讀的三個（子）系統（圖 15.1），分別是左腦顳頂區（temporoparietal regions）、左腦額下回（inferior frontal gyrus, IFG）和左梭狀回（fusiform gyrus, FG）（圖 15.1）（Gabrieli 2019; Goswami 2006; Hoeft et al. 2007; Horwitz et al. 1998; Peterson & Pennington 2012; Price & Mechelli 2005; Pugh et al. 2001; Schlaggar & McCandliss 2007; Shaywitz et al. 2021; Temple et al. 2001; Turkeltaub et al. 2003）。左側顳頂區被認為是負責語音加工，特別是閱讀時負責把拼音字母轉換成音素；左側梭狀回中有個視覺詞形區（visual word form area, VWFA），對字母的形狀進行識別，不論被試是使用英文、法文、希伯來文還是中文，當他們看到書面文字時，在 VWFA 會出現一致的、有選擇性的激活（Dehaene et al. 2015; Nakamura et al. 2012）。左側額下回主要負責語義加工，不同語言的詞義分類任務都可能涉及到這個區域（Rueckl et al. 2015），這一腦區的活動也可能代償顳頂區的活動（Shaywitz et al. 2021）。

圖 15.1　拼音文字閱讀的大腦三系統理論 (Shaywitz et al. 2021)

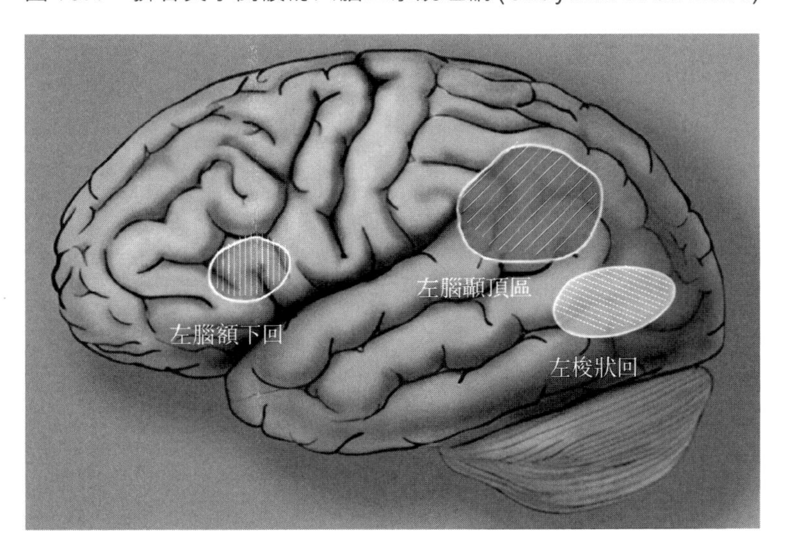

有些兒童雖然有良好的教育環境、強烈的學習動機和正常的非語言智力，但在學習閱讀時卻遇到極大的障礙，這種問題被稱為「閱讀障礙」。在美國的學齡兒童中，患有閱讀障礙的比例為 10-15% (Gabrieli 2019)，而且近年有上升趨勢（Shaywitz et al. 2021）。在中國，這個比例至少為 10%。在西方語言閱讀障礙的研究中，最被廣泛認可的發現是閱讀障礙兒童大腦的三個閱讀系統會出現功能障礙或結構性病變，其中最重要的是顳頂區：當它的結構、功能出現異常時，個體會出現語音意識障礙，不能有效地完成對單詞組成字母的發音轉換，因而導致嚴重的閱讀困難。

閱讀障礙涉及大腦結構和功能的異常，常常表現為某些腦區的低激活、灰質密度的降低和白質纖維束的連接強度減弱（D'Mello & Gabrieli 2018）。在腦功能方面，與閱讀能力正常的對照組相比，閱讀障礙被試看到詞語類的材料時，VWFA 的激活強度更低（Richlan et al. 2009），而且這種低激活不僅存在於成年閱讀障礙被試，也存在於兒童閱讀障礙被試（Pugh et al. 2001）；在語音加工的任務中，兒童和成人閱讀障礙被試的顳頂區都表現出低激活（Hoeft et al. 2007; Shaywitz et al. 1998; Temple et al. 2001）。與上述兩個腦區不同，左側額下回在閱讀障礙被試中卻表現出了相較於對照組的過度激活，這可能是因為大腦的補償機制或者反映了閱讀障礙被試在閱讀時更加努力（Hoeft et al. 2007; Shaywitz et al. 2021）。在腦結構方面，研究發現，西方語言閱讀障礙被試顳頂區和 VWFA 的灰質體積降低（Blau et al. 2009; Brown et al. 2001; Kronbichler et al. 2008），連接閱讀相關腦區的白質纖維束的連接強度減弱（Hoeft et al. 2011; Huber et al. 2019; Wang et al. 2017）。

3. 大腦語言功能區文化特異性理論

近年來，大量研究發現，人腦對語言的認知加工和神經表達受語言類型和特點的影響。基於這一發現而提出的大腦語言功能區文化特異性理論，對語言中樞統一論構成了巨大挑戰。大腦語言功能區文化特異性理論主要是依據對中文和漢語的磁共振研究，極大地受到了王士元先生所提出的語言學假設的影響：中文和漢語與西方拼音語言有着顯著不同，因此，「認識漢語的結構及其歷史發展過程對理解人類語言的普遍本質是不可或缺的」(Wang 1973)。這種不同不僅表現在語言特點上，也表現在相應的腦活動上。

從口頭語言來講，漢語是聲調語言（tonal language），英語是非聲調語言（non-tonal language）。過去二十幾年的研究發現，大腦主管漢語和西方語言「聽」和「說」的區域有重要重疊，比如左側額下回的布羅卡區既負責漢語口語表達（即「說」），也負責英語口語表達；左側顳中上回的威爾尼克區，也是同時負責這兩種不同類型語言的聽覺理解。非常重要的是，很多研究發現，母語為漢語者在加工聲調時右側顳葉表現出很強的激活，而這個區域對非聲調語言的被試來說並不重要（Gandour et al. 2004; Ge et al. 2015; Yue et al. 2013）。所以，右側顳上回對於漢語理解有着獨特的作用，它的主要功能是對漢語的聲調進行加工，使大腦更精確地理解語音信息。

就書面語言來説，中文與英文也存在著巨大差別（Wang 1973）。中文使用的是方塊形狀的漢字，在形狀、發音、語義方面都和西方的拼音文字不同，尤其是在字形和字音方面。比如，漢字的發音是整個漢字直接匹配到音節上：「猫」的發音是 /mao1/，這個字裏面沒有一個偏旁部首或筆劃能夠發出「m」或「ao」的音，而在英文裏具有對應意義的單詞「cat」，每一個字母都是可以發音的：/kæt/。

基於這樣的語言特點差異，我們團隊預測，與英語母語者相比，漢語母語者在閱讀中文過程中應該呈現出不同的大腦活動。這一假設已得到了大量的實驗結果支持。例如，我和團隊成員在 2000 年的研究中，給被試呈現三組文字刺激，分別為：具有明確意思的單個漢字、意思模糊的單個漢字，以及中文雙字詞（Tan et al. 2000）。我們要求被試在看到屏幕上呈現的刺激後，默想一個與呈現刺激意思相近的漢語詞，並在實驗過程中採用磁共振儀器掃描被試的腦部活動。研究發現，被試的左側額葉 BAs 9/47、左側顳葉 BA37、右側視覺系統 BAs17~19、頂葉 BA3 以及小腦均存在激活，腦活動峰值位於左側額中回。然而，使用類似的單詞產生任務，英語母語者最強的腦活動出現在左側額下回（Petersen et al. 1988）。該研究首次揭示了左側額中回對中文閱讀的重要意義。

在另一項功能磁共振研究中，被試需要分別完成對兩個漢字的同義判斷或同音判斷任務（Tan et al. 2001）。結果表明，除了一些與英文閱讀加工共用的腦區（例如右側 BAs 47/45、7, 40/39）被激活外，兩個任務還都激活了左側額中回（BA9）。我們認為，左額中回主要負責協調並整合方塊文字字形和語義 / 語音結合所需的視覺空間分析，該區域具有處理漢字的功能特異性。彌散張量成像（Diffusion tensor imaging, DTI）研究進一步發現，臨近左側額中回的神經纖維束體積與中文閱讀成績有顯著的正相關，與英文閱讀成績沒有相關（Qiu et al. 2008）。

在對中文閱讀障礙患者以及文盲的磁共振研究中，左側額中回對中文閱讀的重要作用同樣被證實。相對於正常兒童，患有中文閱讀障礙的兒童在進行漢字同音判斷和真假字判斷任務時左腦額中回激活非常弱，而右腦負責視覺加工的非語言區域激活非常強（Siok et al. 2004），説明閱讀障礙兒童對中文閱讀的加工停留在初級視覺加工水平，還不能有效地把「字形—字音」或「字形—字義」結合起來。在另一項磁共振研究中，研究者招募了 12 名 60 多歲、未接受過教育的香港漁民和 12 名同齡但接受過高等教育的知識分子，讓他們完成漢字識別任務和圖片命名任務（Li et al. 2006），研究結果表明受過高等教育的知識分子在漢字識別任務中，左側額中回、額下回（BA 9/46, 45）的激活程度顯著高於文盲被試，在圖片命名任務中雙側額中回、額下回（BA 9/46, 45）的激活程度也顯著高於文盲被試。

左側額中回對中文閱讀的特異性不僅表現在腦功能水平上，在腦結構水平上也有所體現。具體來說，相比於正常兒童，患有中文閱讀障礙的兒童在左側額中回的灰質體積顯著減小；該區域的灰質體積與漢字語音判斷所引起的大腦激活強度呈現顯著正相關（Siok et al. 2008）。該研究結果揭示了左側額中回在中文閱讀過程中的功能—結構關係，為建立中國兒童閱讀障礙的腦診斷指標提供了理論基礎。對比中文閱讀和英文閱讀的失語症患者在不同腦區出現的結構性病變，我們可以看到不同語言文化體系中腦結構與功能的差異，這也揭示了兩種文化下的閱讀障礙可能屬兩種截然不同的腦部發育失調。

以上研究結果表明，加工和運用中英文所涉及的腦部語言區，既具有共同性，也具有語言特異性：英文加工至少涉及四個腦區，均分佈在左半球；而中文至少涉及七個腦區，其中五個分佈在左半球，另外兩個在右半球（圖 15.2）：

圖 15.2　負責中文和英文加工的腦區

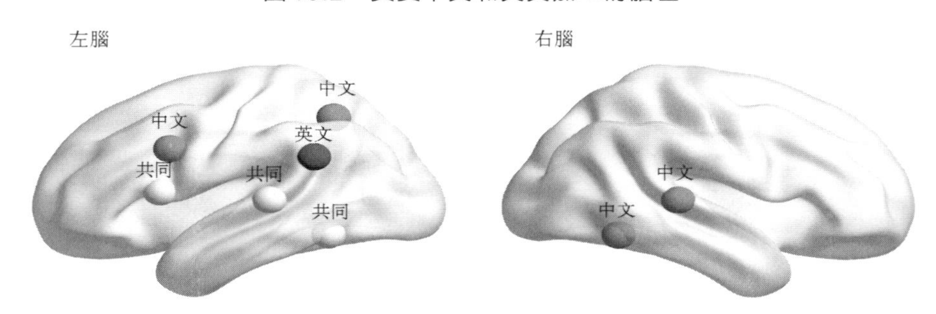

大腦語言中樞文化特異性理論已得到學術界的廣泛支持。國立中正大學與德州農工大學以及哈佛大學醫學院的學者合作，應用近紅外技術和中文、英文字詞語音判斷任務，研究母語者加工兩種語言時的大腦活動（Chen et al. 2008），進而檢驗我們團隊應用功能磁共振技術所發現的左側額中回在中文加工時的重要作用能否被重複。他們發現，漢字語音判斷激活了左腦額中回，而英文單詞的語音判斷激活了左腦顳葉及顳頂區，兩種語言加工激活的腦區存在重要分離。這一發現和我們的功能磁共振結果完全一致。

徐州師範大學和倫敦大學學院的學者應用語義判斷任務，研究中文和英文母語閱讀障礙兒童的大腦功能，發現我國正常兒童的漢字語義判斷所誘發的左側額中回的激活顯著強於英語為母語的正常兒童，雖然兩組母語者都激活了顳葉這一主管語義的跨語言腦區（Hu et al. 2010）。大連理工大學與佛羅里達大學的學者發現（Tang et al. 2006），由於閱讀中文的經驗的影響，左腦額中回和運動前回不但支配語言加工，而且也控制中國人的數學計算能力。華中科技大學同濟醫學院的學者應用近紅外技術和漢字語音判斷任務，發現中文閱讀障礙者左側額中回的活動顯著弱於正常兒童（Song et al. 2013）。中山大學的學者對文獻能檢索到的所有與中文和拼音文字閱讀障礙相關的一百二十多個實驗進行了元分析研究，發現拼音文字使用者的顳頂區和前顳葉的激活強於漢字使用者，而漢字使用者在額中回、額下回的激活強於拼音文字使用者；腦結構指標也表現出了類似的差異（Yan et al. 2021）。北京師範大學的學者應用功能磁共振掃描中文閱讀障礙兒童和正常兒童的大腦靜息態活動，計算了左側額中回和 V1 的連接強度，發現正常兒童的連接強度遠大於閱讀障礙兒童，而這一連接強度和中文閱讀流暢性以及基本的視覺加工任務均有相關，説明左側額中回在漢字視覺加工中的作用（Yang et al. 2021）。

如果中英兩種語言的加工涉及到不同腦區的話，對中英雙語者來説，大腦的兩個語言系統應該有所分離。先前對雙語者的神經影像學研究反復發現，處理兩種語言時所使用的腦區有明顯的重疊而看不到顯著差異（Chee, Caplan, et al. 1999; Chee et al. 2003; Chee, Tan, et al. 1999; Chow et al. 1999; Correia et al. 2014; Crinion et al. 2006; Klein et al. 1995）。我們團隊利用不同的實驗範式（Tan et al. 2011），發現第二語言（英語）的學習成就可由左側梭狀回和尾狀核的激活水平來預測，但這些腦區卻不能預測母語（漢語）的閱讀能力。Xu 等人（2017）應用近於介觀水平的 MVPA（multi-voxel pattern analysis）方法，分析了中英雙語者加工兩種語言時所激活的共用腦區之內的體素（voxel）連接模式，發現在枕外側、梭狀回、顳外側、顳頂區和前額葉這些腦區中，雙語者雖然使用相同腦區處理兩種不同的語言，但在人腦亞結構體素水平上卻存在巨大的語言間的差異，「兩種不同的語言激活了各自獨立的大腦神經元系統，這一發現對傳統的假設構成了挑戰」(Yeagle 2017)。

既然加工和運用中文和英文所需的腦部語言區及其亞結構系統存在這麼大的差異，兩種語言障礙的認知機制必然有所不同。那麼一種語言的閱讀障礙患者可以順利地學會閱讀另外一種語言嗎？Wydell 和 Butterworth (1999) 在發表的文章中描述了一名 16 歲男生的案例，針對這一科學問題給出了一個啟示性的答案。這名男生出生於日本，他的父親是澳大利亞人，母親是英國人。他是一名雙語者，在家講英語，在學校講日語。經過研究者的測試，這名男生的日語閱讀能力相當於日本本科生甚至研究生的水平，但是他在英文讀寫測驗以及語音測試中的表現卻低於同齡英國人，也低於同齡日本人的水平。這一個案研究説明了閱讀英語和日語的能力是可以分離的。

值得關注的是，最近兩個關於母語使用法文者和母語使用中文者的腦成像研究發現，兩種文字的加工基本上由相同腦區負責，雖然額中回在處理漢字時激活更強（Nakamura et al. 2012）；額中回與中文和法文的閱讀成績均顯著相關（Feng et al. 2020）。非常重要的是，這兩個研究中，負責拼音文字閱讀的左側額下回的激活非常弱，而且和法文閱讀成績沒有相關。這對拼音文字的大腦三系統理論提出了重要挑戰。一種可能是，法文在某些重要的語言特徵上和中文相似。

4. 閱讀能力發展與書寫及拼音輸入法的關係

為什麼臨近大腦運動區的左側額中回主管中文閱讀？同樣的問題適用於英文：為什麼臨近大腦聽覺區的顳頂區負責英文閱讀？要回答這些問題，必須考慮影響人腦閱讀中樞發育的遺傳與環境（包括學習）因素。

遺憾的是，我們對中文閱讀中樞的基因基礎所知甚少（Sun et al. 2014）。這類遺傳因素研究主要以閱讀障礙兒童為研究對象（Kang & Drayna 2011; Paracchini et al. 2007）。西方研究發現，閱讀障礙具有一定的遺傳性（Grigorenko et al. 1997; Marino et al. 2004; Morris et al. 2000）。比如，同卵雙生子的閱讀障礙共病率為 68%，而異卵雙生子的共病率為 38%（DeFries & Alarcón, 1996）。目前為止，對拼音文字閱讀障礙的研究找到了從 DYX1 到 DYX9 共九個易感基因位點，其中最為廣泛的研究集中於位於從 DYX2 的 DCDC2 和 KIAA0319 基因（Elbert et al. 2011; Schumacher et al. 2006; Venkatesh et al. 2013; Wilcke et al. 2009）。

考慮到中西方人在語言和基因背景上的差異，Sun 等人（2014）對中國學齡兒童進行了基因與閱讀障礙相關性的探索。我們在山東招募了 6,900 名 7-13 歲的小學生被試。首先從字、詞、句三個水平對他們進行中文閱讀測試，並從每個年級中篩選出成績排前 13% 和後 13% 的兒童進行下一步測驗，共計 1,794 人。接著，我們採用 Siok 等人（2008）所用的閱讀能力測試來甄選出嚴重閱讀困難的兒童，為了排除智力因素對研究結果的影響，我們還採用瑞文智力測驗測試被試的非言語智力，並剔除了得分低於 25% 的被試，最終剩下 1,024 名被試，其中 502 人為嚴重閱讀困難組，522 人為健康對照組。最後，我們提取了 DCDC 2 和 KIAA0319 基因中的 60 個標記單核苷酸多態性位點（tag SNPs），進行高密度基因分型，並計算其與閱讀困難的相關性。結果表明，雖然兩個基因都有個別分型（如 DCDC2 中的 rs3765502 和 rs4599626 ，KIAA0319 中的 rs16889556、rs16889506、rs699463）與閱讀困難相關，但其相關性均未過 Bonferroni 矯正。

就學習因素來說，閱讀能力的習得以一系列複雜能力的掌握和發展為前提，比如基本視覺加工、正字法、語音、語義加工等。在很長一段時間，研究者都認為無論是哪種語言，兒童的語音意識都是其獲得閱讀能力的關鍵；只要對書面語進行語音解碼，就可以通過語音與語義間的聯繫獲得書面文字的語義信息。但是不同的語言有着不同的特性。比如在中文中，同音字很多，這就導致無法通過語音信息來區分不同的漢字及其所包含的語義信息。漢字的組成也不同於英語單詞，它包含了更為複雜的空間方塊結構，所以漢字識別時正字法的視覺加工對閱讀非常重要。總的來說，漢字的特點決定了影響中文閱讀能力發展和閱讀障礙的因素非常複雜，不像拼音文字閱讀發展中語音意識具有絕對支配地位那樣簡單。

為了探究何種因素可以更好地預測和提升中國兒童的閱讀能力，我們團隊做了一系列的實驗（Tan et al. 2005; Zhou et al. 2020）。通過測量初級閱讀學習者

（7–8 歲）和中級閱讀學習者（9–10 歲）的漢字閱讀能力、書寫技能、語音意識和視覺符號快速命名（即數字命名），結果發現，處於中級閱讀水平的兒童在語言的各個方面均優於初學兒童；書寫能力、語音意識、符號加工速度與兒童的閱讀能力均有不同程度的相關。進一步的分析表明，在控制了視覺符號快速命名並排除了語音和書寫的相互作用之後，僅有書寫能力仍顯著地影響兩組兒童的閱讀能力。為了進一步探究漢字書寫是如何影響閱讀能力的，我們假設書寫技能可能通過增強正字法意識或形成書寫運動程序進而影響閱讀能力。因此，我們對同一批被試進行了假字抄寫和簡易線性物體臨摹測試，要求被試分別在五分鐘內盡可能多地抄寫 / 臨摹 80 個假字 / 24 個線性物體。其中，假字抄寫成績反應了被試正字法意識的發展，而物體臨摹成績反映了被試視覺運動程序的發展。如果假字抄寫成績能更好地中介書寫對閱讀的影響，則說明書寫促進了正字法意識的發展，進而提升了兒童的閱讀能力；如果圖畫臨摹成績的中介作用更佳，則說明書寫對閱讀的影響受到了書寫中運動程序的中介。結果表明，這兩種機制均發揮了作用，其中運動程序對中級閱讀者比初學者產生了更大的影響。

書寫對中文閱讀的作用不僅得到了心理學實驗的驗證（Cao et al. 2013; Guan et al. 2011; McBride-Chang et al. 2011; Tso et al. 2011; Zhai & Fischer-Baum 2019），也得到了神經科學研究的支持。通過分析語言加工神經通路的功能連接，研究者發現閱讀中文需要一條連接前額皮層布洛卡區和輔助運動區的神經通路，而閱讀西方的拼音文字如英語，則需要一條連接布洛卡區和威爾尼克區的神經通路。這說明「寫」對中文閱讀更為重要，而「聽」對英文閱讀更為重要（He et al. 2003）。

既然書寫對於中文閱讀能力的發展如此重要，那麼在電子設備應用愈發廣泛的今天，學齡兒童經常使用拼音輸入法而減少了書寫時間是否會對閱讀能力的發展造成不良影響呢？英文的輸入法是非常直接的，個體在心中默念單詞，然後將語音映射到字母上並通過鍵盤輸入相應的字母，最後檢查拼寫即可。因此，英文輸入法可以鞏固 26 個英文字母的語音和單詞視覺屬性的聯繫。而中文與之不同，很難建立和使用基於漢字結構的筆劃輸入法；基於整個漢字讀音的拼音輸入法忽視了漢字的字形，個體在輸入字母（即漢字發音）的過程中完全忽略了漢字的視覺空間屬性，這在一定程度上影響漢字閱讀和書寫能力。

為了檢驗這一假設，我們團隊成員在北京、廣州和濟寧三個城市對 5851 名三至五年級小學兒童進行了相關的測試（Tan et al. 2013）。因為我國還沒有標準化的中文閱讀能力測驗，我們使用自建量表測驗被試的漢字閱讀能力：自建量表包含 300 個漢字，其中 250 字選自對應城市小學語文教材，另外 50 字為漢語語料庫中低頻漢字，我們要求被試盡可能多地讀出這些漢字。對被試漢字閱讀能力的評定採用的是以年級為單位（Stevenson et al. 1982）。某年級的最低標準分為該年級漢字識別數目的 60% 加上低年級所有漢字的數目，得分比實際年級落後兩年即被視為嚴重閱讀困難者。令人驚訝的是，測試樣本中嚴重閱讀困難的發生率非常高，總體來說超過了 25%，而且這一比率隨年級增長而上升。進一步地，我們對濟寧市各年級被試中閱讀成績最高和最低的 15% 進行了問卷調查，問題包括平均每天使用電子設備、拼音輸入法的時間，以及在家進行手寫和閱讀的平均時間。結果表明，對於三年級兒童，閱讀成績高、低兩組被試的拼音輸入法使用時間沒有顯著差異；但隨着年齡的增長，差異逐漸加大，四、五年級兒童的拼音輸入法使用時間差異達到了一小時。另外，三個年級兒童的閱讀成績和書寫時間均呈顯著正相關，而高年級兒童的閱讀成績和拼音輸入法使用時間呈顯著負相關。這驗證了之前關於書寫利於閱讀發展的觀點，也進一步揭示了過度使用拼音輸入法對閱讀能力發展的不利影響。

由首都師範大學周蔚教授牽頭的一項研究，探討了拼音輸入法對兒童閱讀能力的不良影響是否體現在神經發育和腦活動上（Zhou et al. 2020）。研究者招募了 55 名 9–11 歲兒童（中級閱讀學習者），將他們分為拼音輸入法頻繁使用者（每天平均 65 分鐘以上）和較少使用者（每天平均不超過 9 分鐘），並讓他們完成了一系列行為任務，同時使用磁共振掃描兒童的大腦活動。研究發現，在閱讀理解任務中，較少使用拼音輸入法的兒童在左側額中回、額下回有更強的激活；正字法判斷任務中，較少使用拼音輸入法的兒童在右側梭狀回有更強的激活。以上三個區域均是中文閱讀重要的腦區。另外，VBM 分析中發現，較少使用拼音輸入法的兒童左側額中回的灰質體積更大。實驗結束後，研究者又召回兩組兒童各 17 名，進行了閱讀流暢性測驗，發現拼音輸入法使用頻繁的兒童在單字和雙字閱讀的流暢性上得分均低於較少使用拼音輸入法者（圖 15.3）。這一研究從行為、腦結構發育和腦功能活動三個角度揭示了過度使用拼音輸入法對中文閱讀學習者造成的不良影響。

文字的數碼化和電子設備的廣泛使用正在改變人們的生活和學習方式。在我國，漢字數碼化尤其是拼音輸入法的發明是信息科學的巨大成就。但同時，過度使用電子設備和拼音輸入法可能影響兒童的智力發育和發展。拼音是學習漢字的「拐杖」，但要適度地使用這一「拐杖」。嚴格限制兒童使用拼音輸入法的時間，或者適時切換拼音和手寫輸入法，可在一定程度上解決這一問題。

5. 語言功能區的偏側化問題

人類的大腦由兩個功能與結構不對稱的半球組成，最典型的半球特異性（即偏側化）表現為人腦語言區的左側化。人體解剖學研究發現，人腦左側 BA44 區的細胞體積顯著大於右側對應區的細胞體積（Amunts et al. 1999）。功能磁共振研究發現，語言任務過程中激活的腦區主要集中在左半球（Rodd et al. 2015; Xue et al. 2005）。漢字識別過程中人腦的偏側化問題一直是心理學、語言學和腦科學等多個學科至為關心的重大科學問題（Cheng & Yang 1989; Fang 1997;

圖 15.3　過度使用拼音輸入法對兒童大腦活動的影響

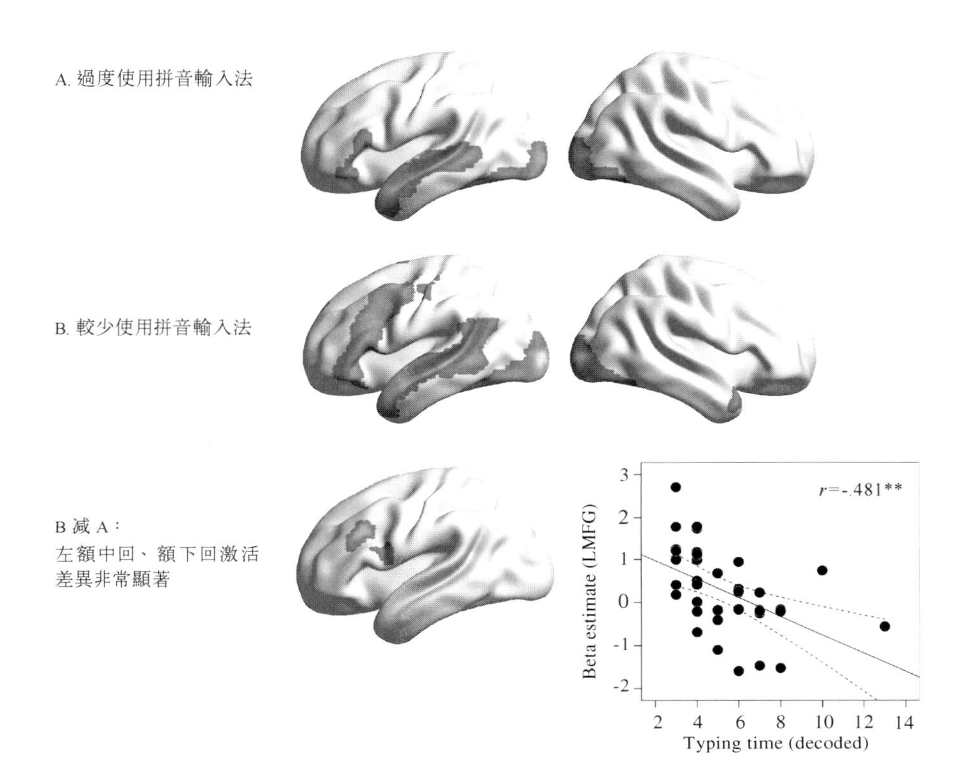

Tzeng et al. 1979）。最近，我們團隊成員應用斯坦福大學等研發的定量磁共振（quantitative Magnetic Resonance Imaging, qMRI）技術從微觀髓鞘水平研究了國人大腦結構的偏側化問題（Yuan et al. 2021）。qMRI 技術的兩個主要指標是：大分子組織體積（MTV）和定量縱向弛豫時間（T1）。MTV 是體素內大分子組織體積。因大腦中的大分子大部分是細胞膜和蛋白質，MTV 提供了髓鞘體積的可靠測量值。研究發現 MTV 值與體外組織測量的髓鞘體積高度正相關（Berman et al. 2018; Gomez et al. 2017; Mezer et al. 2013）。定量 T1 取決於大分子密度和局部物理化學環境。定量 T1 值與鐵濃度和髓鞘之間都存在高度線性相關，腦組織中因發育而引起的 T1 值下降是由微觀結構增加導致的，即 T1 值越小，表明髓鞘發育越好（Mezer et al., 2013）。

應用 qMRI，我們用北京大學的 3T GE750 和廣州中醫藥大學附屬第一醫院的西門子 3T Prisma 分別掃描了 50 和 65 個成年被試，數據分析聚焦在與語言功能密切相關的額葉的三個亞區（pars opercularis, Pop; pars triangularis, PTr; pars orbitalis, POr）和顳葉的三個亞區（anterior transverse temporal gyrus, HG; planum temporale, PT; middle temporal gyrus, MTG）（圖 15.4）。

圖 15.4　應用qMRI研究的髓鞘水平人腦結構偏側化的腦區

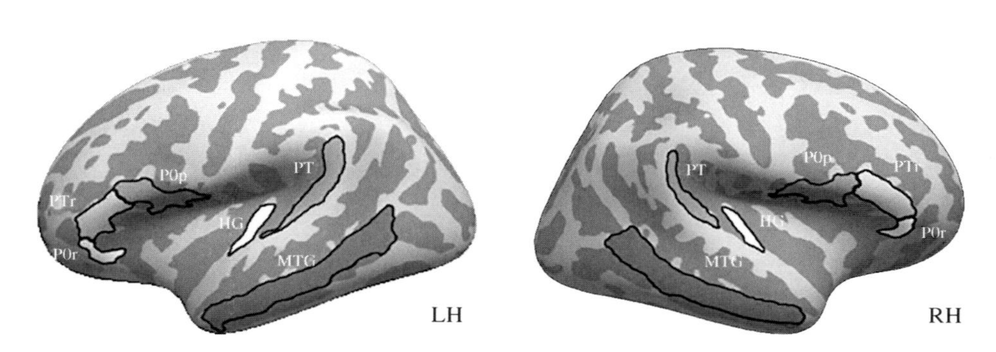

我們分別計算了 MTV 和 T1 兩個指標左右半球差異的百分比 (LH−RH) / (LH+RH)，發現額葉的三個亞區均呈現顯著的左側化，而顳葉的三個亞區均呈現顯著右側化。左右腦髓鞘水平差異的百分比介於 1% 到 10%，並且 62%-100% 的個體出現一致的語言區髓鞘偏側化模式，即額葉的左側化和顳葉的右側化。這一結果在廣州和北京兩批數據上均得到了驗證。對 T1 的進一步分析發現，語言亞區 POr 在微觀結構上左側化的程度與個體的語言能力呈現顯著相關。我們發現的人腦偏側化的「混合」模式與先前的傳統磁共振研究結果不一致。因為文獻中尚未有應用類似技術對拼音文字的偏側化研究，目前尚不清楚微觀髓鞘水平偏側化的混合模式是如何發展形成的，以及是否受語言和年齡影響。

6.　結語與展望

以上我們回顧了關於人腦語言中樞定位的研究，特別以中文為例，聚焦在語言的普遍性和特異性問題。這些研究成果已在臨床上用於指導設計神經外科手術方案（以便術中保護國人的大腦語言功能）和適於國人的語言康復技術，近期也已應用於人工智能語言解碼技術研發。在不久的將來，會有越來越多的研究超越腦區定位而深入探討大腦語言功能區之間的連接問題（Ge et al. 2015）和發育問題（Booth et al. 2004; Brown et al. 2005; Jia et al. 2022; Siok et al. 2020; Turkeltaub et al. 2003）。

有意思的是，這些研究基本上集中在漢字識別以及對漢語聲調的加工方面，對漢語句子尤其句法方面的研究尚需突破。語言神經科學能在漢字及聲調加工的腦機制方面取得一些成績，在很大程度上要歸因於王士元先生 1973 年在《科學美國人》(*Scientific American*) 上發表的題為 “The Chinese Language” 的文章，這篇文章對漢字的進化和特點做了非常精闢的分析，讓後學者，特別是心理學、神經科學等非語言學領域的後學者，可以很快了解書面中文的核心要素，進而能夠開展跨學科的研究。王士元先生的文章引領了過去半個世紀對中文的心理學、認知科學與腦科學的研究。我們期待語言學界在漢語句法和句義方面早日作出可供跨學科的研究者操作驗證的重要理論假設（Zhu et al. 2022），完善和豐富漢語神經科學的知識庫。

參考文獻

Amunts, K. Schleicher, A. Bürgel, U. Mohlberg, H. Uylings, H. B. and Zilles, K. 1999. Broca's region revisited: cytoarchitecture and intersubject variability. *Journal of comparative neurology 412*.2: 319–341.

Berman, S. West, K. L. Does, M. D. Yeatman, J. D. and Mezer, A. A. 2018. Evaluating g-ratio weighted changes in the corpus callosum as a function of age and sex. *Neuroimage 182*: 304–313.

Blau, V. van Atteveldt, N. Ekkebus, M. Goebel, R. and Blomert, L. 2009. Reduced neural integration of letters and speech sounds links phonological and reading deficits in adult dyslexia. *Current Biology 19*.6: 503–508.

Booth, J. R. Burman, D. D. Meyer, J. R. Gitelman, D. R. Parrish, T. B. and Mesulam, M. M. 2004. Development of brain mechanisms for processing orthographic and phonologic representations. *Journal of Cognitive Neuroscience 16*.7: 1234–1249.

Brown, T. T. Lugar, H. M. Coalson, R. S. Miezin, F. M. Petersen, S. E. and Schlaggar, B. L. 2005. Developmental changes in human cerebral functional organization for word generation. *Cerebral Cortex 15*.3: 275–290.

Brown, W. Eliez, S. Menon, V. Rumsey, J. White, C. and Reiss, A. 2001. Preliminary evidence of widespread morphological variations of the brain in dyslexia. *Neurology, 56*.6: 781–783.

Cao, F. Vu, M. Lung Chan, D. H. Lawrence, J. M. Harris, L. N. Guan, Q. Xu, Y. and Perfetti, C. A. 2013. Writing affects the brain network of reading in Chinese: A functional magnetic resonance imaging study. *Human brain mapping 34*.7: 1670–1684.

Carreiras, M. Seghier, M. L. Baquero, S. Estévez, A. Lozano, A. Devlin, J. T. & Price, C. J. 2009. An anatomical signature for literacy. *Nature 461*.7266: 983–986.

Chee, M. W. Caplan, D. Soon, C. S. Sriram, N. Tan, E. W. Thiel, T. & Weekes, B. 1999. Processing of visually presented sentences in Mandarin and English studied with fMRI. *Neuron 23*.1: 127–137.

Chee, M. W. Soon, C. S. and Lee, H. L. 2003. Common and segregated neuronal networks for different languages revealed using functional magnetic resonance adaptation. *Journal of Cognitive Neuroscience 15*.1: 85–97.

Chee, M. W. Tan, E. W. and Thiel, T. 1999. Mandarin and English single word processing studied with functional magnetic resonance imaging. *Journal of Neuroscience 19*.8: 3050–3056.

Chen, H.-C. Vaid, J. Bortfeld, H. & Boas, D. A. 2008. Optical imaging of phonological processing in two distinct orthographies. *Experimental brain research 184*.3: 427–433.

Cheng, C.-M. and Yang, M.-J. 1989. Lateralization in the visual perception of Chinese characters and words. *Brain and Language 36*.4: 669–689.

Chow, C. W. Harrison, G. L. McKinnon, J. L. and Wu, A. 1999. Cultural influences on informal information sharing in Chinese and Anglo-American organizations: an exploratory study. *Accounting, Organizations and Society 24*.7: 561–582.

Correia, J. Formisano, E. Valente, G. Hausfeld, L. Jansma, B. and Bonte, M. 2014. Brain-based translation: fMRI decoding of spoken words in bilinguals reveals language-independent semantic representations in anterior temporal lobe. *Journal of Neuroscience 34*.1: 332–338.

Crinion, J. Turner, R. Grogan, A. Hanakawa, T. Noppeney, U. Devlin, J. T. Aso, T. Urayama, S. Fukuyama, H. and Stockton, K. 2006. Language control in the bilingual brain. *science 312*.5779: 1537–1540.

D'Mello, A. M. and Gabrieli, J. D. 2018. Cognitive neuroscience of dyslexia. *Language, speech, and hearing services in schools 49*.4: 798–809.

DeFries, J. and Alarcón, M. 1996. Genetics of specific reading disability. *Mental Retardation and Developmental Disabilities Research Reviews 2*.1: 39–47.

Dehaene, S. Cohen, L. Morais, J. and Kolinsky, R. 2015. Illiterate to literate: behavioural and cerebral changes induced by reading acquisition. *Nature Reviews Neuroscience 16*.4: 234–244.

Draganski, B. Gaser, C. Busch, V. Schuierer, G. Bogdahn, U. and May, A. 2004. Changes in grey matter induced by training. *Nature 427*. 6972: 311–312.

Elbert, A. Lovett, M. W. Cate-Carter, T. Pitch, A. Kerr, E. N. and Barr, C. L. 2011. Genetic variation in the KIAA0319 5' region as a possible contributor to dyslexia. *Behavior genetics 41*.1: 77–89.

Fang, S.-P. 1997. Morphological properties and the Chinese character–word difference in laterality patterns. *Journal of Experimental Psychology: Human Perception and Performance 23*5: 1439.

Feng, X. Altarelli, I. Monzalvo, K. Ding, G. Ramus, F. Shu, H. Dehaene, S. Meng, X. and Dehaene-Lambertz, G. 2020. A universal reading network and its modulation by writing system and reading ability in French and Chinese children. *Elife*, *9*, e54591.

Gabrieli, J. D. 2009. Dyslexia: a new synergy between education and cognitive neuroscience. *science 325*.5938: 280–283.

Gandour, J. Tong, Y. Wong, D. Talavage, T. Dzemidzic, M. Xu, Y. Li, X. and Lowe, M. 2004. Hemispheric roles in the perception of speech prosody. *NeuroImage 23*.1: 344–357.

Ge, J. Peng, G. Lyu, B. Wang, Y. Zhuo, Y. Niu, Z. Tan, L. H. Leff, A. P. and Gao, J.-H. 2015. Cross-language differences in the brain network subserving intelligible speech. *Proceedings of the National Academy of Sciences 112*.10: 2972–2977.

Gomez, J. Barnett, M. A. Natu, V. Mezer, A. Palomero-Gallagher, N. Weiner, K. S. Amunts, K. Zilles, K. and Grill-Spector, K. 2017. Microstructural proliferation in human cortex is coupled with the development of face processing. *science 355*.6320: 68–71.

Goswami, U. 2006. Neuroscience and education: from research to practice? *Nature Reviews Neuroscience 7*.5: 406–413.

Grigorenko, E. L. Wood, F. B. Meyer, M. S. Hart, L. A. Speed, W. Shuster, A. and Pauls, D. 1997. Susceptibility loci for distinct components of developmental dyslexia on chromosomes 6 and 15. *American journal of human genetics 60*.1: 27.

Guan, C. Q. Liu, Y. Chan, D. H. L. Ye, F. and Perfetti, C. A. 2011. Writing strengthens orthography and alphabetic-coding strengthens phonology in learning to read Chinese. *Journal of Educational Psychology 103*.3: 509.

He, A. G. Tan, L. H. Tang, Y. James, G. A. Wright, P. Eckert, M. A. Fox, P. T. and Liu, Y. 2003. Modulation of neural connectivity during tongue movement and reading. *Human brain mapping 18*.3: 222–232.

Hoeft, F. McCandliss, B. D. Black, J. M. Gantman, A. Zakerani, N. Hulme, C. Lyytinen, H. Whitfield-Gabrieli, S. Glover, G. H. Reiss, A. L. and Gabrieli, J. D. 2011. Neural systems predicting long-term outcome in dyslexia. *Proceedings of the National Academy of Sciences* 108.1: 361–366.

Hoeft, F. Meyler, A. Hernandez, A. Juel, C. Taylor-Hill, H. Martindale, J. L. McMillon, G. Kolchugina, G. Black, J. M. Faizi, A. Deutsch, G. K. Siok, W. T. Reiss, A. L. Whitfield-Gabrieli, S. and Gabrieli, J. D. 2007. Functional and morphometric brain dissociation between dyslexia and reading ability. *Proceedings of the National Academy of Sciences* 104.10: 4234–4239.

Horwitz, B. Rumsey, J. M. and Donohue, B. C. 1998. Functional connectivity of the angular gyrus in normal reading and dyslexia. *Proceedings of the National Academy of Sciences 95*.15: 8939–8944.

Hu, W. Lee, H. L. Zhang, Q. Liu, T. Geng, L. B. Seghier, M. L. Shakeshaft, C. Twomey, T. Green, D. W. and Yang, Y. M. 2010. Developmental dyslexia in Chinese and English populations: dissociating the effect of dyslexia from language differences. *Brain 133*.6: 1694–1706.

Huber, E. Henriques, R. N. Owen, J. P. Rokem, A. and Yeatman, J. D. 2019. Applying microstructural models to understand the role of white matter in cognitive development. *Developmental Cognitive Neuroscience 36*, 100624.

Jia, F. Liu, C. Y. Tan, L. H. Siok, W. T. 2023. Lifespan developmental changes in neural substrates and functional connectivity for visual semantic processing. *Cerebral Cortex* 33(8), 4714–4728.

Kang, C. and Drayna, D. 2011. Genetics of speech and language disorders. *Annual review of genomics and human genetics 12*: 145–164.

Klein, D. Milner, B. Zatorre, R. J. Meyer, E. and Evans, A. C. 1995. The neural substrates underlying word generation: a bilingual functional-imaging study. *Proceedings of the National Academy of Sciences 92.7*: 2899–2903.

Kronbichler, M. Wimmer, H. Staffen, W. Hutzler, F. Mair, A. and Ladurner, G. 2008. Developmental dyslexia: gray matter abnormalities in the occipitotemporal cortex. *Human brain mapping 29*.5: 613–625.

Kwok, V. Niu, Z. Kay, P. Zhou, K. Mo, L. Jin, Z. So, K.-F. and Tan, L. H. 2011. Learning new color names produces rapid increase in gray matter in the intact adult human cortex. *Proceedings of the National Academy of Sciences* 108.16: 6686–6688.

Li, G. Cheung, R. T. Gao, J. H. Lee, T. M. Tan, L. H. Fox, P. T. Jack Jr, C. R. and Yang, E. S. 2006. Cognitive processing in Chinese literate and illiterate subjects: An fMRI study. *Human brain mapping* 27.2: 144–152.

Maguire, E. A. Gadian, D. G. Johnsrude, I. S. Good, C. D. Ashburner, J. Frackowiak, R. S. and Frith, C. D. 2000. Navigation-related structural change in the hippocampi of taxi drivers. *Proceedings of the National Academy of Sciences* 97.8: 4398–4403.

Marino, C. Giorda, R. Vanzin, L. Nobile, M. Lorusso, M. Baschirotto, C. Riva, L. Molteni, M. and Battaglia, M. 2004. A locus on 15q15-15qter influences dyslexia: further support from a transmission/disequilibrium study in an Italian speaking population. *Journal of Medical Genetics, 41*.1: 42–46.

McBride-Chang, C. Chung, K. K. and Tong, X. 2011. Copying skills in relation to word reading and writing in Chinese children with and without dyslexia. *Journal of Experimental Child Psychology, 110*.3: 422–433.

Mechelli, A. Crinion, J. T. Noppeney, U. O'doherty, J. Ashburner, J. Frackowiak, R. S. and Price, C. J. 2004. Structural plasticity in the bilingual brain. *Nature* 431.7010: 757.

Mezer, A. Yeatman, J. D. Stikov, N. Kay, K. N. Cho, N.-J. Dougherty, R. F. Perry, M. L. Parvizi, J. Hua, L. H. and Butts-Pauly, K. 2013. Quantifying the local tissue volume and composition in individual brains with magnetic resonance imaging. *Nature medicine* 19.12: 1667–1672.

Morris, D. W. Robinson, L. Turic, D. Duke, M. Webb, V. Milham, C. Hopkin, E. Pound, K. Fernando, S. and Easton, M. 2000. Family-based association mapping provides evidence for a gene for reading disability on chromosome 15q. *Human Molecular Genetics* 9.5: 843–848.

Nakamura, K. Kuo, W.-J. Pegado, F. Cohen, L. Tzeng, O. J. and Dehaene, S. 2012. Universal brain systems for recognizing word shapes and handwriting gestures during reading. *Proceedings of the National Academy of Sciences* 109.50: 20762–20767.

Paracchini, S. Scerri, T. and Monaco, A. P. 2007. The genetic lexicon of dyslexia. *Annu. Rev. Genomics Hum. Genet. 8*: 57–79.

Petersen, S. E. Fox, P. T. Posner, M. I. Mintun, M. and Raichle, M. E. 1988. Positron emission tomographic studies of the cortical anatomy of single-word processing. *Nature* 331.6157: 585–589.

Peterson, R. L. and Pennington, B. F. 2012. Developmental dyslexia. *The lancet*, 379.9830: 1997–2007.

Price, C. J. and Mechelli, A. 2005. Reading and reading disturbance. *Current Opinion in Neurobiology, 15*.2: 231–238.

Pugh, K. R. Mencl, W. E. Jenner, A. R. Katz, L. Frost, S. J. Lee, J. R. Shaywitz, S. E. and Shaywitz, B. A. 2001. Neurobiological studies of reading and reading disability. *Journal of communication disorders* 34.6: 479–492.

Qiu, D. Tan, L.-H. Zhou, K. and Khong, P.-L. 2008. Diffusion tensor imaging of normal white matter maturation from late childhood to young adulthood: voxel-wise evaluation of mean diffusivity, fractional anisotropy, radial and axial diffusivities, and correlation with reading development. *NeuroImage* 41.2: 223–232.

Richlan, F. Kronbichler, M. and Wimmer, H. 2009. Functional abnormalities in the dyslexic brain: A quantitative meta-analysis of neuroimaging studies. *Human brain mapping 30*.10: 3299–3308.

Rodd, J. M. Vitello, S. Woollams, A. M. and Adank, P. 2015. Localising semantic and syntactic processing in spoken and written language comprehension: An Activation Likelihood Estimation meta-analysis. *Brain and Language* 141: 89–102.

Rueckl, J. G. Paz-Alonso, P. M. Molfese, P. J. Kuo, W.-J. Bick, A. Frost, S. J. Hancock, R. Wu, D. H. Mencl, W. E. Duñabeitia, J. A. Lee, J.-R. Oliver, M. Zevin, J. D. Hoeft, F. Carreiras, M. Tzeng, O. J. L. Pugh, K. R. and Frost, R. 2015. Universal brain signature of proficient reading: Evidence from four contrasting languages. *Proceedings of the National Academy of Sciences, 112*.50: 15510–15515.

Schlaggar, B. L. and McCandliss, B. D. 2007. Development of neural systems for reading. *Annual Review of Neuroscience* 30.1: 475–503.

Schumacher, J. Anthoni, H. Dahdouh, F. König, I. R. Hillmer, A. M. Kluck, N. Manthey, M. Plume, E. Warnke, A. Remschmidt, H. Hülsmann, J. Cichon, S. Lindgren, C. M. Propping, P. Zucchelli, M., Ziegler, A. Peyrard-Janvid, M. Schulte-Körne, G. Nöthen, M. M., & Kere, J. (2006). Strong genetic evidence of DCDC2 as a susceptibility gene for dyslexia. *The American Journal of Human Genetics* 78.1: 52–62.

Shaywitz, S. E. Shaywitz, B. A. Pugh, K. R. Fulbright, R. K. Constable, R. T. Mencl, W. E. Shankweiler, D. P. Liberman, A. M. Skudlarski, P. Fletcher, J. M. Katz, L. Marchione, K. E. Lacadie, C. Gatenby, C. and Gore, J. C. 1998. Functional disruption in the organization of the brain for reading in dyslexia. *Proceedings of the National Academy of Sciences* 95.5: 2636–2641.

Shaywitz, S. E. Shaywitz, J. E. and Shaywitz, B. A. 2021. Dyslexia in the 21st century. *Current opinion in psychiatry 34*.2: 80–86.

Siok, W. T. Jia, F. Liu, C. Y. Perfetti, C. A. and Tan, L. H. 2020. A lifespan fMRI study of neurodevelopment associated with reading Chinese. *Cerebral Cortex* 30.7: 4140–4157.

Siok, W. T. Niu, Z. Jin, Z. Perfetti, C. A. and Tan, L. H. 2008. A structural–functional basis for dyslexia in the cortex of Chinese readers. *Proceedings of the National Academy of Sciences* 105.14: 5561–5566.

Siok, W. T. Perfetti, C. A. Jin, Z. and Tan, L. H. 2004. Biological abnormality of impaired reading is constrained by culture. *Nature* 431.7004: 71–76.

Song, R. Zhang, J. Wang, B. Zhang, H. and Wu, H. 2013. A near-infrared brain function study of Chinese dyslexic children. *Neurocase 19*.4: 382–389.

Stevenson, H. W. Stigler, J. W. Lucker, G. W. Lee, S.-y. Hsu, C.-c. and Kitamura, S. 1982. Reading disabilities: the case of Chinese, Japanese, and English. *Child Development* 1164–1181.

Sun, Y., Gao, Y. Zhou, Y. Chen, H. Wang, G. Xu, J. Xia, J. Huen, M. S. Siok, W. T. Jiang, Y. and Tan, L. H. 2014. Association study of developmental dyslexia candidate genes DCDC2 and KIAA0319 in Chinese population. *American Journal of Medical Genetics Part B: Neuropsychiatric Genetics* 165.8: 627–634.

Tan, L. H. Chen, L. Yip, V. Chan, A. H. Yang, J. Gao, J.-H. and Siok, W. T. 2011. Activity levels in the left hemisphere caudate–fusiform circuit predict how well a second language will be learned. *Proceedings of the National Academy of Sciences* 108.6: 2540–2544.

Tan, L. H., Feng C.-M. Fox, P. T. and Gao, J.-H. 2001. An fMRI study with written Chinese. *Neuroreport* 12.1 83–88.

Tan, L. H. Spinks, J. A. Eden, G. F. Perfetti, C. A. and Siok, W. T. 2005. Reading depends on writing, in Chinese. *Proceedings of the National Academy of Sciences 102*.24: 8781–8785.

Tan, L. H. Spinks, J. A. Gao, J. H. Liu, H. L. Perfetti, C. A. Xiong, J. Stofer, K. A. Pu, Y. Liu, Y. and Fox, P. T. 2000. Brain activation in the processing of Chinese characters and words: a functional MRI study. *Human brain mapping* 10.1: 16–27.

Tan, L. H. Xu, M. Chang, C. Q. and Siok, W. T. 2013. China's language input system in the digital age affects children's reading development. *Proceedings of the National Academy of Sciences 110*.3: 1119–1123.

Tang, Y. Zhang, W. Chen, K. Feng, S. Ji, Y. Shen, J. Reiman, E. M. and Liu, Y. 2006. Arithmetic processing in the brain shaped by cultures. *Proceedings of the National Academy of Sciences, 103*.28: 10775–10780.

Temple, E. Poldrack, R. A. Salidis, J. Deutsch, G. K. Tallal, P. Merzenich, M. M. and Gabrieli, J. D. 2001. Disrupted neural responses to phonological and orthographic processing in dyslexic children: an fMRI study. *Neuroreport* 12.2: 299–307.

Tso, R. V. Y. Au, T. K.-f. and Hsiao, J. H.-w. 2011. The influence of writing experiences on holistic processing in Chinese character recognition. Proceedings of the 33rd Annual Meeting of the Cognitive Science Society, CogSci 2011.

Turkeltaub, P. E. Gareau, L. Flowers, D. L. Zeffiro, T. A. and Eden, G. F. 2003. Development of neural mechanisms for reading. *Nature Neuroscience 6*.7: 767–773.

Tzeng, O. J. Hung, D. L. Cotton, B. and Wang, W. S. 1979. Visual lateralisation effect in reading Chinese characters. *Nature* 282.5738: 499–501.

Venkatesh, S. K. Siddaiah, A. Padakannaya, P. and Ramachandra, N. B. 2013. Analysis of genetic variants of dyslexia candidate genes KIAA0319 and DCDC2 in Indian population. *Journal of human genetics 58*.8: 531–538.

Wang, W. S. 1973. The Chinese language. *Scientific American 228*.2: 50–63.

Wang, Y. Mauer, M. V. Raney, T. Peysakhovich, B. Becker, B. L. Sliva, D. D. and Gaab, N. 2017. Development of tract-specific white matter pathways during early reading development in at-risk children and typical controls. *Cerebral Cortex* 27.4: 2469–2485.

Wilcke, A. Weissfuss, J. Kirsten, H. Wolfram, G. Boltze, J. and Ahnert, P. 2009. The role of gene DCDC2 in German dyslexics. *Annals of dyslexia 59*.1: 1–11.

Wydell, T. N. and Butterworth, B. 1999. A case study of an English-Japanese bilingual with monolingual dyslexia. *Cognition 70*3: 273–305.

Xu, M. Baldauf, D. Chang, C. Q. Desimone, R. and Tan, L. H. 2017. Distinct distributed patterns of neural activity are associated with two languages in the bilingual brain. *Science advances* 3.7: e1603309.

Xue, G. Dong, Q. Chen, K. Jin, Z. Chen, C. Zeng, Y. and Reiman, E. M. 2005. Cerebral asymmetry in children when reading Chinese characters. *Cognitive Brain Research* 24.2: 206–214.

Yan, X. Jiang, K. Li, H. Wang, Z. Perkins, K. and Cao, F. 2021. Convergent and divergent brain structural and functional abnormalities associated with developmental dyslexia. *Elife* 10: e69523.

Yang, X. Zhang, J. Lv, Y. Wang, F. Ding, G. Zhang, M. Meng, X. and Song, Y. 2021. Failure of resting-state frontal–occipital connectivity in linking visual perception with reading fluency in Chinese children with developmental dyslexia. *NeuroImage* 233: 117911.

Yeagle, P. 2017. Distinct neural patterns for two languages. *Science* 357(6347), 159–161.

Yuan, D. Luo, D. Kwok, V. P. Zhou, Y. Tian, H. Yu, Q. An, J. Gao, J.-H. Qiu, S. and Tan, L. H. 2021. Myeloarchitectonic asymmetries of language regions in the human brain. *Cerebral Cortex*, 31.9: 4169–4179.

Yue, Q. Zhang, L. Xu, G. Shu, H. and Li, P. 2013. Task-modulated activation and functional connectivity of the temporal and frontal areas during speech comprehension. *Neuroscience* 237: 87–95.

Zhai, M. and Fischer-Baum, S. 2019. Exploring the effects of knowledge of writing on reading Chinese characters in skilled readers. *Journal of Experimental Psychology: Learning, Memory, and Cognition* 45.4: 724.

Zhou, W. Kwok, V. P. Su, M. Luo, J. and Tan, L. H. 2020. Children's neurodevelopment of reading is affected by China's language input system in the information era. *npj Science of Learning* 5.1: 1–9.

Zhu, Y. Xu, M. Lu, J. Hu, J. Kwok, V. P. Zhou, Y. Yuan, D. Wu, B. Zhang, J. Wu, J. and Tan, L. H. 2022. Distinct spatiotemporal patterns of syntactic and semantic processing in human inferior frontal gyrus. *Nature Human Behaviour*, 1–8.

第十六章
《南曲入聲客問》小箋

何大安
中研院語言學研究所

提要

清初毛先舒所作之《南曲入聲客問》，為曲學名著之一，前人闡發已多，其字面理解，已無疑義。唯論中所涉之當時音韻，以今日之方言學知識衡之，則前人之說尚有可以補罅之處。本文因就史料所及，歸納自明嘉、隆以迄清初之論南曲諸賢，與毛氏之講友學侶，多屬環太湖六郡（蘇、松、常、杭、嘉、湖）及相鄰寧、紹二府之江浙吳人，其所操之吳語，當即方言學者所謂之「北部吳語」。復據「北部吳語」及相關語料次第推求，以明毛氏著論時之語音背景與詞旨所在。庶使讀者執隅求反，得免蹈虛之憾。又，《南曲入聲客問》有「入聲無穿鼻、抵齶韻」一問，毛氏已謂「詩與曲，不同也。」而曲韻家輒據之衍為「曲韻六部」之說。非其本意，本文一併為正。

1. 前言

毛先舒（1620–1688），字稚黃，仁和人。初以父命為諸生，改名騤。師事陳子龍，又從劉宗周講學，為西泠十子之一。與同里柴紹炳、沈謙皆精韻學。紹炳作《古韻通》，稚黃作《韻學通指》、《南曲正韻》，謙作《東江詞韻》，於詩韻、曲韻、詞韻，各擅其長。陸圻歎曰：「恨孫愐、周德清曾無先覺。」其生平載於《清史列傳》卷七十、《清史稿》卷四百八十四，茲不贅。

中晚明以來迄於清初，南曲、傳奇大盛。南曲曲藝之講求，亦隨之轉精。其時有意撰著南曲韻書者多家，或主北韻，或主南韻，而終能成書者，惟稚黃《南曲正韻》一人一書而已。第因食貧，未能梓行。然武進鄒祇謨已屢引其書，[1] 則抄本之流傳，確無可疑。《南曲正韻》分平上去聲十七部、入聲五部。其入聲

1. 見俞為民、孫蓉蓉（2006–2009）《歷代曲話匯編．清代編》第一集，頁 438–440。

獨立成部，較沈乘麟《曲韻驪珠》早將百年；於曲韻草創，卓有其功。[2] 稚黃為揭明入聲唱法，復著《南曲入聲客問》一卷，張潮〈題辭〉以為「其論則極正當而可行」，洵亦當時之名篇。

《南曲入聲客問》，今傳刻本多種。俞為民、孫蓉蓉據《昭代叢書》本編入《歷代曲話匯編》，正文八章，附錄〈歌席解紛偶記〉一則，及張潮之〈題辭〉、與〈跋〉。俞、孫兩先生復於《中國古代戲曲理論史通論》下冊第八章第八節〈毛先舒的戲曲音律論〉中，為之詳說；字面通讀，已無疑義。本文之作，則在以今日之所聞，就二事略加申述。不辭固陋，將以助讀者之隅反云爾。

2. 明代曲論家所操多為北部吳語

南曲曲論之趨於細密，吳士之貢獻獨多，此不待煩嘖者也。學者或逕以姑蘇（今蘇州）語音以相彷彿而求所論之的解者，亦極可採。[3] 今日方言學之理解，頗可證成其說，試陳於下。

於南曲之聲韻有具體議論可考者，無論其主張為何，[4] 就《歷代曲話匯編》所錄，自祝允明至毛先舒，凡二十三家，其年里表列如表 16.1。

二十三人之中，除魏良輔本籍豫章，以及黃周星之上元在今南京、李漁之蘭溪在今金華之外，其餘二十人皆屬環太湖六郡（蘇、松、常、杭、嘉、湖）及相鄰寧、紹二府之江浙吳人，而良輔固亦寓居太倉，乃能改良崑山腔者也。無論如何，近九成之人皆處此一區域，其絕對之勢，非偶然矣！

上述之六郡二府，今日同歸吳語之「太湖片」（汪平、曹志耘 2012：103–109），亦即習稱之「北部吳語」。此今日之同歸一區，本以音韻之共同特徵為基礎，則依歷史語言學之原理，此共同特徵亦必源自共同之祖語。蘇州方言之存古特徵，較他地為著，討論亦較詳明。則以蘇州音為參考準的，自屬允當。雖或不能悉中，亦不致違戾過甚也。

2. 該書內容的詳細說明，請參看郭娟玉（2010）〈毛先舒《南曲正韻》考析〉。

3. 如云：「以吳語太湖片的核心區域——蘇滬嘉小片，即蘇州方言的音系作為擬音的依據。」見吳佩熏（2021），頁 301。

4. 如沈璟，主用《中原》韻者也；如毛先舒，主用南音者也；如祝允明，鄙薄南戲，以為「聲樂大亂」者也。本表旨在觀察可能的方音影響，故僅注里籍，不別立場。

表 16.1　曲論家年里表

姓名	籍貫	生卒年	北方吳語
祝允明	長洲	1460–1526	+
張祿	吳江	1479–?	+
魏良輔	豫章，寓居太倉	?–?，顯名於嘉、隆間。	(-)
何良俊	華亭	1506–1572	+
徐渭	山陰	1521–1593	+
王世貞	太倉	1526–1590	+
張鳳翼	長洲	1527–1613	+
孫鑛	餘姚	1543–1613	+
沈璟	吳江	1553–1610	+
王驥德	會稽	?–1623	+
沈寵綏	吳江	?–1645	+
徐復祚	常熟	1560– 約 1630	+
馮夢龍	長洲	1574–1646	+
沈德符	秀水	1578–1642	+
凌濛初	烏程	1580–1644	+
施紹莘	華亭	1581–1640	+
查繼佐	海寧	1601–1677	+
黃周星	上元（南京）	1611–1680	–
李漁	蘭溪（金華）	1611–1680	–
鄒祇謨	武進	?–?	+
尤侗	長洲	1618–1704	+
毛聲山	長洲	?–?	+
毛先舒	仁和	1620–1688	+

3. 收韻六條與北部吳語入聲之實際

《南曲入聲客問》既主「入聲」為問，則當時之入聲，其特徵如何，而可為此一北部吳語區之文士共相討論之基礎者，則讀者不得不預有所知也。今舉《廣韻》入聲韻目之字，列其韻母之讀音如表 16.2，以供比較。

表 16.2　北部吳語入聲韻字比較表

收音	相配陰聲	入聲韻字	蘇	松	常	杭	嘉	湖	寧	紹
展輔	支 79		ʅ	ʅ	ʅ	ʅ	ʅ	ʅ	ʅ	ʅ
		質 389	əʔ	əʔ	əʔ	ɐʔ	əʔ	əʔ	iɪʔ	əʔ
		陌白 371	ᴀʔ	ᴀʔ	ɔʔ	ɐʔ	ᴀʔ	ᴀʔ	ɐʔ	ᴀʔ
		職織 389	əʔ	əʔ	əʔ	ɐʔ	əʔ	əʔ	iɪʔ	əʔ
	微 218		ij	e	ij	i	ue	iz	i	i
		物 385	əʔ	əʔ	əʔ	ɐʔ	əʔ	əʔ	ɐʔ	eʔ
斂唇	魚 78		ŋ	ŋ	yɥ	y	ŋ	ŋ	yɥ	ŋ
		藥 403	iᴀʔ	iᴀʔ	iɑʔ	iɪʔ	iᴀʔ	iᴀ	iɪʔ	iᴀʔ
展輔	齊 230		ij	i	ij	i	i	iz	iz	i
		月 431	əʔ	yɪʔ	iɔʔ	yɪʔ	yɵʔ	ieʔ	yɔʔ	yoʔ
		屑 422	ɪʔ	iɪʔ	iɪʔ	iɪʔ	iəʔ	ieʔ	ɪʔ	ɪʔ
		錫 411	ɪʔ	iɪʔ	iɪʔ	iɪʔ	iəʔ	ieʔ	iɪʔ	ɪʔ
斂唇	蕭 242		iæ	iɔ	iɑɤ	iɔ	iɔ	iɔ	iɘ	iɑɒ
		沃 423	ɔʔ	ɔʔ	ɔʔ	uɐʔ	oʔ	oʔ	ɔʔ	uoʔ
斂唇	肴 240		iæ	iɔ	iɑɤ	iɔ	iɔ	iɔ	iɘ	iɑɒ
		覺角 367	ɔʔ	ɔʔ	ɔʔ	ɔʔ	oʔ	oʔ	ɔʔ	oʔ
斂唇	豪 122		æ	ɔ	ɑɤ	ɔ	ɔ	ɔ	ɔ	ɑɒ
		藥 403	iᴀʔ	iᴀʔ	iɑʔ	iɪʔ	iᴀʔ	iᴀ	iɪʔ	iᴀʔ
直喉	歌 308		ɜu	u	ʌɯ	ou	ɘu	ɘu	əu	o
		曷 397	əʔ	əʔ	əʔ	ɐʔ	əʔ	əʔ	ɐʔ	əʔ
直喉	麻 93		o	o	o	ɑ	o	ɑ	o	o
		黠轄 381	ᴀʔ	æʔ	iɑʔ	iɐʔ	iᴀʔ	ᴀʔ	ɐʔ	əʔ
斂唇	尤幽 246		iɵ	iɯ	iɯ	ʏ	iɘu	iøʏ	ʏ	iʏ
		屋 361	ɔʔ	oʔ	ɔʔ	ɔʔ	oʔ	oʔ	ɔʔ	uoʔ
閉口	侵 279		iɪn	iɲ	iɲ	ɪn	in	ɪn	ɪŋ	ɪŋ
		緝輯 421	ɪʔ	iɪʔ	iɪʔ	iɪʔ	iəʔ	ieʔ	iɪʔ	iɪʔ
閉口	覃潭 158		ɵ	ᴇ	ɔ	ᴇ	ᴇ	ᴇ	ᴇ	õ
		合 388	əʔ	əʔ	əʔ	ɐʔ	əʔ	əʔ	ɐʔ	əʔ
閉口	鹽 258		iɪ	i	ĩ	ie	ie	ɪ	iz	ĩ
		葉涉 392	əʔ	əʔ	əʔ	ɐʔ	əʔ	əʔ	iɪʔ	əʔ
閉口	咸 147		ᴇ	ᴇ	æ	ie	ᴇ	ie	ᴇ	æ̃
		洽甲 401	iᴀʔ	iᴀʔ	iɑʔ	iɪʔ	iᴀʔ	iᴀʔ	iɪʔ	iᴀʔ

稚黃之論南曲，皆以「詩韻」為參照。所持之詩韻，實平水韻。平水韻之韻目，襲自唐韻，而唐韻之韻部間架大體為《廣韻》所承繼，故此表即取《廣韻》韻目當之。稚黃又以為詩韻收音有六：「穿鼻」、「展輔」、「斂唇」、「抵齶」、「直喉」、「閉口」，即所謂「收韻六條」者，[5]其中「穿鼻」、「抵齶」無入聲，餘則陰入相配。上表排列，即依其分類，以便後文取證。韻字之方言讀音，皆據錢乃榮（1992）所錄，以其收字最備故也。凡韻目字闕音者，則取同音字並列，後附錢書頁碼。音標迻錄時，改易之處有三：「覃潭」之紹興音，原記音標罕見，以相近而無音類淆亂之虞者代之，便刊印也。「黠轄」之蘇州、杭州二音補喉塞尾，據所標聲調所當有而遺漏者也。其他悉依原書。

試觀此表，可得二大要點。其一，北部吳語之入聲，無論其來自中古任何韻攝，無論其中古韻尾收音之塞音為 -p、-t、-k，均已弱化為同一無別之喉塞音尾 -ʔ。其二，凡陰入相配之各韻，其陰聲韻與入聲韻之間，如「支」之與「質陌職」、「蕭肴豪」之與「沃覺藥」、「覃鹽咸」之與「合葉洽」實無多少韻母之關聯。其勉有相似可稱者，如「齊」與「屑錫」、「侵」與「緝」，僅為少數。則知「收韻六條」之説，是存古類者為多，而切今音者殊少也。此理既明，則於答問中最為難解之入聲「兩截」、「三截」之説，可以得一清楚之認識。今先轉錄《南曲入聲客問》第六、第七兩章原文如下，然後附陳鄙説。

（六）客曰：「南曲入聲既可以唱作平、上、去，而此三聲原有閉口，則唱入聲者，又何不可依三聲而收閉口歟？」

余曰：「覈哉斯駁！然又有兩截、三截之分焉。唱入聲不閉口，止是兩截；唱入聲閉口，便是三截。如『質』字，入之不閉口者也，唱者以入聲吐字，仍須照譜以三聲作腔，已是兩截，兩截猶可也；若『緝』字，是入之閉口者也，唱者以入聲吐字，而仍須以三聲作腔，作腔後又要收歸閉口，便是三截，唇舌既已遽難轉折，而亦甚不中於聽矣！則廢之誠是，而又符填詞與北曲之例，當何疑焉。」

（七）客曰：「三聲之唱也，有吐字，有作腔，有收韻，亦是三截，而唱入聲者獨兩截；且三聲既可三截唱，而乃謂唱入聲者三截即不便，何也？」

曰：「又覈哉！然凡入聲之唱也，無穿鼻、展輔、斂唇、抵齶、閉口，而止有直喉。直喉，不收韻者也。都無收韻，故止兩截也。三聲有穿鼻諸條，是收韻也。收韻，故三截也。有收韻而三截，所以曰便；無收韻

5. 其言曰：「韻者，收韻也，是字之尾，故曰餘韻，而最為要。…今余姑以唐人詩韻為率而約以六條…『穿鼻』者，口中得字之後，其音必更穿鼻而出作收韻也；東、冬、江、陽、庚、青、蒸，七韻視野。『展輔』者，口之兩旁角為輔，凡字出口之後，必展開兩輔，微如笑狀作收韻也；支、微、齊、佳、灰，五韻是也。『斂唇』者，口半啟半閉，聚斂其唇作收韻也；魚、虞、蕭、肴、豪、尤，六韻是也。『抵齶』者，其字將終時，以舌抵著上顎作收韻也；真、文、元、寒、山、先，六韻是也。『直喉』者，收韻直如本音者也，歌、麻，二韻是也。『閉口』者，卻閉其口作收韻也；侵、覃、鹽、咸，四韻是也。凡三十平聲已盡於此，上、去即可緣是推之。唯入聲有異，余別著《唐人韻四聲表》，以鉤稽之，斯理盡矣。」見《韻學通指．聲音韻統論》。

而收韻，是強為之也。強為之，故不便也。且三聲作腔，止就其本聲，故自然相屬，而不費力；入聲之作腔，必轉而之三聲，則費力，若更收韻，則益以不便。」

（六）、（七）兩章之「三聲」，平、上、去也。稚黃於《韻學通指・聲音韻統論》中云：「一字之成，必有首、有腹、有尾。聲者，出聲也，是字之首。⋯音者，度音也，是字之腹。⋯韻者，收韻也，是字之尾。」此字音三段，移之於唱，即為「吐字、作腔、收韻」之「三截唱」。平、上、去聲三聲，字音皆有首、腹、尾，故亦均可三截唱。此主客之共識也。然謂「三聲原有閉口，入聲何以不可依三聲而收閉口」，則於「閉口」之義，似未盡曉。蓋稚黃之閉口，本諸詩韻之「收韻六條」，謂詩韻中有此一類收音，即今日學者所稱之雙唇輔音韻尾 -m 也。今日吳語此類韻尾，或轉化為 -n 尾，或竟丟失，如表二所列，以學理推之，設此答問之時，亦當已無 -m 尾。然而稚黃仍持「閉口」不疑者，蓋本「詩韻」而言。學者博聞多識，或知詩韻中此一類字吳語之外有能分別而讀為 -m 者，可堅其說，且益自信。然而，吳語雖無此類閉口韻尾，其平、上、去三聲之字，於唱時或明收 -n 尾，或自韻腹之元音曼衍其聲，兼作收音；則「吐字、作腔、收韻」一以貫之，仍可成其「三截唱」。但吳音入聲皆具喉塞音尾 -ʔ，如第（二）章所云「入之為聲，詘然以止，一出口後，無復餘音。」一旦引長婉轉作腔，即成派入三聲，而非入聲矣。故入聲入唱，不能成三，唯「吐字、作腔」二截耳。

然而「入聲入唱」，雖以二截為通例，但亦有不得不為三截者，此即第（六）章所論「質」之二截與「緝」之三截是也。其中關鍵，在於稚黃所謂「收韻六條」之中「穿鼻、抵齶無入聲」一語。稚黃以陰、入聲相配，其略已見上表。其陰、入相配之依據，為古詩中之陰入通押，及諧聲中之陰入互諧。「穿鼻」、「抵齶」、「閉口」，分當陽聲收韻之 -ŋ、-n、-m。以今日之古音學知識言之，陰陽入三聲之有相通者，確以陰入為多，而陽入極少。故「穿鼻、抵齶無入聲」，適符今日之通識。然則「閉口」何以不亦言「無入聲」耶？此因「閉口」入聲諸韻常自相通，與閉口以外陰聲韻之往來殊不明顯之故。既無其他陰聲韻可以旁通，孰若巋然不動獨為「閉口」之入為愈？故六條之中，「穿鼻、抵齶無入聲」而「閉口」仍有入，其關戾在此。「質」本真之入，真收抵齶聲，「抵齶無入」，故作展輔讀之。如單押不曼聲，則當出口即「詘然以止」，是為二截。「緝」本侵之入，侵收閉口聲，「閉口有入」，故出口之後，尚須再續，是為三截。然而所續者何，稚黃不及細述，而究屬勉強為之則無疑也。故曰：「唱者以入聲吐字，而仍須以三聲作腔，作腔後又要收歸閉口，便是三截，唇舌既已遽難轉折，而亦甚不中於聽矣！」乃不得不有「廢之誠是」之嘆。

4. 收韻六條無關南曲

前文已說明「收韻六條」系為「詩韻」而設，未必能符當時吳音之實際。然當時人已不能盡曉，故第（七）章答云：「凡入聲之唱也，無穿鼻、展輔、斂脣、抵齶、閉口，而止有直喉。直喉，不收韻者也。」此即說明當時之入聲，並無詩韻中穿鼻等等之收韻。有之，則相當直喉而已。其實當時入聲實具促調之-ʔ尾，故能出口即止，無餘音。既無餘音，則於「收韻」無可論。「止有直喉」云云，權充一說而已。

第（八）章復云：

> 客曰：「然子著《韻學通指》、《唐人韻四聲表》，何以但曰『入聲無穿鼻、抵齶韻』，不曰『無展輔、斂脣、閉口』也？」
>
> 曰：「詩與曲，不同也。」
>
> 曰：「然則柴氏《古韻通》，何以標十四緝為獨用，而合、葉、洽祗自相通，無別通邪？」
>
> 曰：「余固云詩與曲不同。柴氏亦為詩、辭言之，而余為曲言之。蓋聲音之道，古與今自不無間殊云。」

「詩與曲，不同也」、「聲音之道，古與今自不無間殊」，此皆為誤以六條入南曲之人而發。稚黃之詩韻與曲韻有別，意至顯然。

參考文獻

汪平、曹志耘 2012。〈吳語〉。中國社會科學院語言研究所、中國社會科學院民族學與人類學研究所、香港城市大學語言資訊科學研究中心編《中國語言地圖集》（第二版）：《漢語方言卷》，103–109。北京：商務印書館。

吳佩熏 2021。《南戲「三化」蛻變傳奇之探討》。台北：國家出版社。

俞為民、孫蓉蓉 2006–2009。《歷代曲話匯編》。北京：中華書局。

俞為民、孫蓉蓉 2016。《中國古代戲曲理論史通論》上下冊。北京：中華書局。

郭娟玉 2010。〈毛先舒《南曲正韻》考析〉。《文學遺產》3: 101–107。

葉祥苓 1988。《蘇州方言志》。南京：江蘇教育出版社。

錢乃榮 1992。《當代吳語研究》。上海：上海教育出版社。

第十七章
語言科學的傳播及神經語言學的先聲

李葆嘉

南京師範大學

黑龍江大學

提要

在生物有機體學說背景下，德國學者本哈迪（1805）首先提出「語言科學」，其後傳播到法、英、美、俄。對於「語言科學」，語義學創始者萊斯格（1825）認為屬歷史科學，心理語言學創始者斯坦塔爾（1850）認為是心理科學，德—英學者繆勒（1861）認為屬自然科學，美國學者輝特尼（1867）認為是社會科學，波—俄學者庫爾特內（1871）認為是社會—心理科學，法國學者布雷亞爾（1879）認為是人文—心智學科。作為創建現代語言學理論的樞紐人物，庫爾特內（1870，1885，1889，1890，1903）闡明了語言的基礎是大腦中樞，關注語言和神經、語言學和神經學之間的聯繫，並預言大腦神經元的動態變化與化學變化或物理能量的聯繫如能被發現，兩個領域的研究成果會結合成一個共同的科學體系，可謂「神經語言學的先聲」。

一個核心術語就是一段學術史，核心術語的出現時間、含義及其演變，不僅與學術史的研究，而且與對該學科的認識密切相關。如今學界都在使用的英語詞形 Linguistics（語言學）、Linguistic Science / Science of Language（語言科學）的出現年份及其背景，語言學詞典或百科全書未見說明；它們的先後關係，語言學詞典亦解釋多誤。

19 世紀之前，歐洲稱呼語言研究的傳統術語主要有兩個：一是前 4 世紀古希臘的 Philologia（常譯「語文學」），其含義是（關注知識的）語言學 → 語文學 → 文獻學 → 古典學；一是前二世紀古希臘的 Grámmatik（常譯「文法學、語法學」），其含義是（基於讀寫的）語言技藝 → 廣義語法學（包括語音、正字、詞匯、詞法、句法、修辭、詩學等）→ 狹義語法學（詞法、句法）。1777 年，奧地利目錄學家丹尼斯（Michael Denis, 1729–1800）首創術語 Linguistik，主要用

* 本文受教育部高校人文社會科學重點研究基地重大項目 · 黑龍江大學俄羅斯語言文學與文化研究中心課題「俄羅斯語言學史專題研究」（批准號：22JJD740022）資助。

於（異邦）語言資料的目錄分類。1808年，德國語言學家伐特（Johann Severin Vater, 1771–1826）則把Linguistik定義為語言結構和譜系分類的研究。19世紀下半葉，該術語逐步泛化為對世界上各種語言的一般性研究。在西方，還有一個比Linguistik稍微晚出的術語Sprachwissenschaft（Bernhardi 1805），意在強調語言學的科學性質。

英國哈特曼和斯托克（R. R. K. Hartmann & F. C. Stork）在《語言與語言學詞典》（1972）中說明：

> 語言科學（Linguistic Science）這一術語概括了上述研究以及語音學和語義學（黃長著等譯 1981：201）。
>
> 詞典編者註：Linguistic Science是Linguistics的替換術語。然而，linguistic science最早見於輝特尼的論著（Whitney 1867），是為了強調其語言科學（語言是社會制度）與繆勒（Müller 1861）、施萊歇爾（Schleicher 1863）主張的「自然主義」語言科學有別。

德國布斯曼（H. Buβmann）的《語言學詞典》（1990）這樣解釋：

> Sprachwissenschaft語言科學〔也作→Linguistik〕。一門學科，其目的在於從理論和實踐的各個重要方面對語言和言語，及其與其他相關科學的關係進行描寫（陳慧瑛等譯 2003：510）。

實際上，根據拉丁語詞根創造的Linguistik（Denis 1777）出現在先，而德語母語詞的Sprachwissenschaft（Bernhardi 1805）出現在後。

戚雨村等《語言學百科詞典》對「語言科學」的解釋是：

> 語言科學是對語言研究的一般名稱。這一用語（science of language）在國外的出現早於語言學（語言學一詞源自德語Sprachwissenschaft，於十九世紀上半葉開始使用），二者的含義基本相同（戚雨村等 1993：459）。

此說有誤：英語的Science of Language (Müller 1864)晚於從德語借入的linguistics (1847)；德語的Sprachwissenschaft (Bernhardi 1805)，於19世紀初已經使用。

這些詞典對Linguistics、Linguistic Science和Science of Language的解釋，未能考察語言學史上的用例，故難免含糊其辭或出現時間訛誤。

1. 語言學和生物學的相互影響

回顧19世紀的西方語言學，先後受到三大學科的影響。19世紀上半葉，主要接受的是生物學的影響；19世紀下半葉，心理學和社會學的影響後來居上，最終形成了基於「社會—心理」的現代語言學。

具體而言，19世紀上半葉的語言學，接受的是18至19世紀之交盛行的「生物有機體學說」，而非「生物進化論」的影響。1820年，洪堡特（Wilhelm von

Humboldt, 1767–1835）在《論與語言發展不同時期有關的比較語言研究》中對「語言有機體」有着一系列論述。1827年，具有醫學和生理學、生物學知識背景的貝克爾（Karl Ferdinand Becker, 1775–1849）在《語言有機體：德語語法引論》中系統闡述了這一學說。接受該主張或加以發展的，其後有洪堡特提攜過的葆朴（Bopp 1836）、葆朴的學生繆勒（Müller 1861），以及自詡洪堡特學說繼承人的施萊歇爾（Schleicher 1863）。

根據施萊歇爾（August Schleicher, 1821–1868）的《達爾文理論和語言科學》（1863），學術界通常認為，當時語言學主要接受了達爾文「生物進化論」的影響。就此標題，似乎達爾文理論影響了施萊歇爾的研究，實際上，施萊歇爾是基於「語言有機體學說」或他主張的語言「自然主義」來評價達爾文學說。通觀全文，更多的是共鳴，而並非被動影響。施萊歇爾宣稱："I was a Darwinian before Darwin"（我是達爾文之前的達爾文主義者），就是要表明——在達爾文學說（Darwin 1858）發表之前，自己早已具有語言進化觀或自然發展史觀，並用生物學概念解釋了語言的發展。施萊歇爾寫道：

> 達爾文關於一般生命體的看法，我認為，總的來說幾乎也適用於語言有機體。其實，在達爾文著作德譯本問世的那年，即1860年，我有一次也講到過語言領域裏的「生存競爭」，即舊形式的衰亡、個別種的大規模繁衍和分化。如果不考慮「生存競爭」這一表達式，我的觀點與達爾文的觀點不謀而合（姚小平譯 2008：373–374）。

至於語言關係的譜系說，從16到18世紀，首先是捷克學者杰勒紐斯（Sigismund Gelenius, 1497–1554）提出「詞匯和諧」（Lexicum symphonum, Gelenius 1537）；繼而，法國學者波斯特爾（Guillaume Postel, 1510–1581）提出「語言親和」（Linguarum affinitate, Postel 1538），佩利雍（Joachim Périon, 1498–1559）提出「血統關係」（Périon 1554）。此後，荷蘭學者凱特（Lambert ten Kate, 1647–1731）提出「親緣關係」（Gemeenschap, Kate 1710）。這些術語並非來自生物學，而是來自家族譜系知識，在18世紀已是語言比較的常識。

1850年前後，施萊歇爾仿照植物學家的樹圖形構畫了語言的譜系樹。此後，在《原始印歐人的最早分化》（1853）中，他為印歐語繪製了一棵有主幹、枝叉、樹葉的譜系樹；在《德意志語》（1860）中，他畫過一幅說明語言的種及其亞種如何從一個基礎形式產生的圖。而在《達爾文理論與語言科學》（1863）中，他的語言譜系樹則用線條代替了樹形。施萊歇爾認為：

> 參照我們在此例示的語言譜系樹，大概也可為已知植物和動物種屬構擬類似的譜系樹，假定它們來自一個更早的基礎形式，並推導出該基礎形式的特徵（姚小平譯 2008：377–378）。

身為耶拿大學比較語法教授的施萊歇爾，之所以撰文回應達爾文理論並非偶然。首先，他是一位園藝和植物學愛好者、耶拿園藝協會成員，在觀察植物的「種的變異和遺傳」方面積累了經驗。其次，他讀過許多生物學和生理學論著，包括德國植物學家施萊登（Matthias Jakob Schleiden, 1804–1881）和德國自然科學家福格特（Karl Vogt, 1817–1895）的著作。施萊歇爾承認：

> 至少我個人對語言本質和生命的認識，很大程度上應歸功於施萊登的《科學植物學》、福格特的《生理學信札》等著作。正是從這些書裏，我初次了解到什麼是發展史（姚小平譯 2008：374）。

再次，《達爾文理論和語言科學》的副標題是——「致耶拿大學動物學教授、動物學博物館館長恩斯特·海克爾先生」。作為施萊歇爾的同事，海克爾（Ernst Heinrich Häckel, 1834–1919）是德國著名生物學家，創立了種系發生學（把個體發育看作種系歷史的重演）。《物種起源》（1858）在刊行後的次年出版了德譯本，正是海克爾介紹施萊歇爾閱讀德譯本《物種起源》（1859）。

遺憾的是，當代語言學史家沒有追溯早期「語言起源－進化論」對其後形成生物進化論的影響。18 世紀晚期，蘇格蘭啟蒙運動的先驅、現代人類學的創始人、歷史比較語言學的先驅蒙博多（Lord James Burnett Monboddo, 1714–1799）在《語言的起源和進化》（1773，1774）中，首創「語言起源－進化論」——人類語言的進化是對其環境變化和社會結構的適應，由此進一步探索與語言密切聯繫的人類心智進化論，以及作為物種的人類體質進化論，基於這三個密切相關的進化論而形成了新的世界觀。作為哲學思想和科學理論，蒙博多的進化模式有兩個核心概念：一是「進化」（evolution），一是「環境適應」（in response to the environment），合起來就是「進化的適應性改變」（evolutionary adaptive change）。英語的evolution 這一術語來自拉丁文的evolutio（本義「像畫卷展開」）。1762 年，法國生物學家邦尼特（Charles Bonnet, 1720–1793）在《對有機體組織的思考》中，首次用evolutio 表示女性所携後代的「原初形成」（pre-formation）即「胚胎發育」。蒙博多借用了這一術語，在其理論中，「進化」不僅用來表達人類起源於靈長類動物，而且用來表達在漫長時期中，人類這一物種通過「環境適應」而改變了其特性，由此賦予 evolution 以「發展中的進步」（the development of progress）之新義。

根據學術史線索，在蒙博多首創進化模式之後，進化論學說主要在地質學和生物學兩個領域交織發展。蒙博多的學說直接或間接影響了現代地質學的創始人哈頓（James Hutton 1794）、查爾斯·達爾文的祖父伊拉斯謨·達爾文（Erasmus Darwin 1796, 1803）、韋爾斯（William Charles Wells 1818）、馬修（Patrick Mathew 1831）、錢伯斯（Robert Chambers 1844）、查爾斯·達爾文（Charles Robert Darwin 1858）等。這些學者的共同點都在愛丁堡大學求學或在愛丁堡生活過，了解蘇格蘭啟蒙運動先驅、愛丁堡法官蒙博多的學術成就。（李葆嘉、孫曉霞 2018）

施萊歇爾雖然不知道歷史比較語法前輩蒙博多的語言進化論，不知生物進化論來自蒙博多的進化論模式，但是他判斷：

> 事實上，我覺得達爾文學說只不過是當代自然科學所遵循基本原理的必然結果。這一學說以觀察為基礎，本質上是一項發展史的實驗。達爾文關於地球居民生命史的闡述，與賴爾關於地球生命史的闡述實出一轍。所以，達爾文學說並不是一個偶然現象；它不是一個充滿奇思異想的頭腦的發明，而是地地道道屬於時代的產物（姚小平譯 2008：376）。

作為查爾斯·達爾文的亦師亦友，地質學家賴爾（Charles Lyell, 1797–1875）也曾在愛丁堡大學求學，其地質進化論及環境變化導致生態變遷的觀點影響了達爾文，而賴爾的地質進化論則是哈頓地質進化論的發展，仍然植根於蒙博多的進化論模式。

史實表明，語言學和生物學之間存在的是相互影響和促進關係。

2. 本哈迪首創 Sprachwissenschaft

德國學者提出「語言科學」的背景是 18 至 19 世紀之交盛行的「生物有機體學說」。1805 年，德國語言學家本哈迪（August Ferdinand Bernhardi, 1769–1820）在《語言科學的基本原理》中，首先提出 Sprachwissenschaft（語言科學），該術語由sprache（語言）+ wissenschaft（知識 / 科學）構成。本哈迪在該書前言中寫道：

> 最後，這項工作的形式是完全科學地提供合適的細分和說明，以便理解並把語言有機體刻畫清楚。然而，我的下一項工作將是科學地安排和調查希臘語詞匯（Bernhardi 1805, Vorrede: VI）。

據此，所謂「科學地」（wissenschaftlich）研究，即「完全科學地提供合適的細分和說明」「科學地安排和調查希臘語言詞匯」。其中的關鍵詞是「有機體」，即語言科學的任務就是把語言有機體刻畫清楚。

《語言科摩的基本原理》包括三大部分：導論（Einleitung）、純理語言科學（Reine Sprachwissenschaft）、應用語言學（Angewandte Sprachlehre）。在導論第一章「語言和語言科學」（Sprache und Sprachwissenschaft）中，本哈迪寫道：

> 正如每種觀點的原則所表明的那樣：(1) 對於歷史而言，語言起因於理性，按照必然的規律發展，但在不知不覺中，正是按照這樣的規律繁榮起來，再趨於消亡；(2) 對於哲學而言，富有教養的語言，儘管它總是帶有某種無意識形成的起源，但是在其最高層次上可以追溯到各個概念模式、它們之間的關係及其層級，並且實際上可以完全追溯到這些，而這樣研究的科學被稱為「語言科學」（Bernhardi 1805, Einleitung: 6）。

作為 18 與 19 世紀之交德國浪漫主義的代表人物之一，本哈迪早年在哈雷大學研習哲學，1790 年畢業後，任柏林弗裏德裏希·韋爾德中學教師。1799 年，與浪漫主義女作家索菲·蒂克（Sophie Tieck, 1775–1833）結婚，與施萊格爾兄弟（A. W. von Schlegel & K. W. F. von Schlegel）等保持交往。本哈迪擁有人文學科、自然科學和語言學的豐富知識，還著有《拉丁語法全書》（*Vollständige lateinische*

Grammatik, 1795–1797）、《希臘語法全書》（*Vollständige griechische Grammatik* 1797）、《語法學》（*Sprachlehre* 1801–1803）等，其語言學研究在當時影響很大。

此後，德語的 Sprachwissenschaft 這一術語為西方語義學創始人、哈雷大學教授萊斯格（Karl Christian Reisig, 1792–1829）以及其學生哈澤（Friedrich Haase, 1808–1867）、哈澤的學生赫爾德根（Ferdinand Heerdegen, 1845–1930）所沿用。如：萊斯格的《拉丁文語言科學講稿》（*Professor K. Reisig's Vorlesungen über lateinische Sprachwissenschaft,* Written 1825, Pub. 1839）；哈澤的《拉丁文語言科學講稿》（*Vorlesungen über lateinische Sprachwissenschaft*. Written 1840, Pub. 1874–1880）；赫爾德根的《語言科學的一般結構和適用範圍，尤其是拉丁語語法系統》（*Üeber Umfang und Gliederung der Sprachwissenschaft im Allgemeinen und der lateinischen Gram matik insbesondere* 1875）。

此後的沿用者，有斯坦塔爾（Heymann Steinthal, 1823–1899）、施萊歇爾和波特（August Friedrich Pott, 1802–1887）等。如：斯坦塔爾《語言科學的現狀》（*Der heutige Zustand der Sprachwissenschaf* 1850）；施萊歇爾的《達爾文理論與語言科學》（*Die Darwinsche Theorie und die Sprachwissenschaft* 1863）；波特的《洪堡特與語言科學》（*Wilhelm von Humboldt und die Sprachwissenschaft* 1876）。其中，施萊歇爾的《達爾文理論與語言科學》，波麥羅爾（M. de Pommayrol）譯為法文版 *La théorie de Danvwin et la science du langage* (1868)，畢克爾斯（A. V. W. Bikkers）譯為英文版 *Darwinism Tested by the Science of Language* (1869)。德國語言學史家本費（Theodor Benfey, 1809–1881）在《19 世紀初以來的德國語言科學和東方語文學的歷史》（1869）中，區分了 sprachwissenschaft（指科學的「比較語法」）和 philologie（指傳統的「語文學研究」），意在突出德國學者語言歷史比較研究的科學性。

3. 法語的 la science du langage → la science linguistique

由於地理毗鄰，法國學者引進「語言科學」早於英美，類似術語在 19 世紀上半葉已經出現。1849 年，比利時—法國學者查維（Honoré Joseph Chavée, 1815–1877）在《印歐語詞彙學：或梵語、希臘語、拉丁語、法語、立陶宛語、俄語、德語、英語等詞語科學的探索》中提出語言的「自然家族」理論，以重建原始印歐語詞表。

> 對於詞匯科學（la science lexiologique），詞表僅僅是進行詳細比較研究的工具，通過分析以獲得組成每種語言系統詞表的簡單而原始的詞項知識和分類（Chavée 1849: x）。

在《印歐語的詞匯觀念學》（1878）中，查維把語言學定義為：

> 有關思想音節的有機體科學（la science des organismes syllabiques de la pensée），並且這些音節生物體之間就像種族一樣自發地創造自己（Chavée 1878: xi）。

查維進一步提出，語言科學是人類科學中的最崇高分支；人類科學是自然科學中的最崇高分支。查維認為，這種語言科學又稱「普通語言學」，對所有的已知語言展開研究。

1864 年，法國語言學家鮑德裏（Frédéric Baudry, 1818–1885）發表《語言科學及其現狀》（*De la Science du langage et de son état actuel*）。此後，謝涅特（Antheime Edouard Chaignet, 1818–1901）、佩齊（Domenico Pezzi, 1844–1905）、布雷亞爾（Michel Bréal, 1832–1915）沿用此術語。如：謝涅特《語言科學的哲學與詞語構造的研究》（*La philosophie de la science du langage étudiée dans la formation des mots* 1875）、佩齊《語言科學研究導論》（*Introduction à l'étude de la science du langage* 1875）、布雷亞爾《語言科學》（*La science du langage* 1879）。1883 年，瑞典學者諾倫（Adolf Noreen, 1854–1925）的法文著作《瑞典語言科學史概述》（*Aperçu de l'histoire de la science linguistique suédoise*）中，用 la science linguistique 替換了 la science du langage。

4. 英語的 Science of Language → Linguistic Science

英語引進「語言科學」有兩條路徑。首先，德—英學者牛津大學教授繆勒（Friedrich Max Müller, 1823–1900）所用 Science of Language，按德語的 sprache（語言）+ wissenschaft（科學）對譯。如：繆勒《語言科學講座》（*Lectures on the Science of Language*, Written 1861, Pub. 1864）。繆勒的崇拜者、英國學者塞斯（Archibald Henry Sayce, 1845–1933）沿用這一術語，著有《語言科學引論》（*Introduction to the Science of Language* 1880）。

其次，在大洋彼岸，留德的美國學者輝特尼（William Dwight Whitney, 1827–1894）先後使用過 Linguistic Science（1867）和 Science of Language（1873）。前者是為了與德國學者的術語加以區別，後者則來自繆勒。如：輝特尼《語言與語言研究：語言科學原理十二講》（1867）、《東方與語言研究：吠陀經；阿維斯陀經；語言科學》（1873）。

5. 俄語的 Языкознание → Наукиоязыке

俄語中的「語言科學」，即喀山學派的博杜恩・德・庫爾特內（Бодуэн де Куртенэ, 1845–1929）及其學生克魯舍夫斯基（Никола́й Вячесла́вович Круше́вский, 1851–1887）19 世紀 70 年代以來使用的術語：(1) Языко（語言）+ знание（知識、科學），來自德語 sprache + wissenschaft（Куртенэ1871, 1889, 1901, 1904）；(2) Науки о языке（語言的科學），來自法語的 la science du langage（Круше́вский 1883）；(3) Лингвистика（語言學），來自德語 Linguistik 或法語 Linguistique（Куртенэ1901）。

作為創建現代語言學理論的樞紐人物，庫爾特內對「語言科學」的闡述值得關注。1871 年，庫爾特內在〈有關語言科學和語言的若干一般性見解〉（Некоторые о бщие замечания о языковедении и язык）中提出：

> 廣義的技藝（故不僅指美的藝術）和科學之間的區別，等同於實踐和理論之間，及發明和發現之間的區別。技藝的特點在於技術規程和預想，而科學的特性則在於歸納事實、推定結論和發現科學原理（楊衍春譯 2012：16）。
>
> 總體而言，語言生活建立在力和規律的過程中，而這些過程正是生理學（一方面是解剖學，一方面是聲學）和心理學的抽象研究對象。這些生理和心理範疇體現在一定的對象中，而這些正是在歷史上發展起來的語言科學的研究對象（楊衍春譯 2012：25）。

實際上，這篇論文（1870 年 12 月 17 和 29 日，在彼得堡大學印歐語比較語法教研室開設語言學課程的導論）就是現代語言學的宣言書。既然語言學是一門科學，因此首先要確定這門科學研究對象的本質，而語言科學的任務就是概括事實、作出結論和發現規律。

1889 年，庫爾特內在〈語言科學的任務〉（О задачах языковедения）中進一步明確：

> 語言的基礎是純粹心理的、大腦中樞的，因此語言學屬於心理科學。然而，因為語言體現在社會中，因為人的心理發展只有在與他人交往中才能夠實現，所以有理由認為，語言學是一門社會－心理科學（楊衍春譯 2012：152–153）。

庫爾特內所界定的「社會－心理科學」，也就是現代語言學的本質。

1901 年，庫爾特內在〈語言科學，或 19 世紀的語言學〉（Языкознание, или лингвистика, 19 века）同時使用了 Языкознание（語言科學）和 Лингвистика（語言學）這兩個術語。庫爾特內認為，只要確定了語言的本質，這兩個術語的內涵就是等同的。在該文中進一步闡述了語言學成為科學的原因或條件。

> 語言學方法越來越接近精密科學方法——精確的分析和抽象的現象越來越多，數量分析思維運用越來越廣。我們可以基於統計數字描述語言。
>
> 為了解釋語言現象，我們還使用了力學的概念。比如，使用能量概念以確定其心理和生理能量，以便我們衡量語言現象的穩定性及變化條件，即語言發展的可變性。
>
> 各門科學之間的聯繫越來越緊密，語言學因為某種原因與其他毗鄰科學發生聯繫，這是 19 世紀科學思想發展的標誌。在研究問題的方面確實越來越專業化，但與此同時，出現了追求通常的綜合概括、以提煉普遍性觀點的傾向。確認各種科學的共同思維基礎越來越有必要，⋯⋯具體科學的方法應是有別的，但思維基礎卻是共同一致的（楊衍春譯 2012：285）。

庫爾特內還展望了20世紀語言科學的任務：

在即將到來的20世紀，語言學需要解決以下問題：……2. 實現萊布尼茨的思想，為了仿效自然科學家，在語言研究中處處以能觀察到的活語言為出發點，……3. 只要有可能，就使用實驗方法。……5. 需要在語言學中經常使用數量分析思維，這樣才能使語言學越來越接近精密科學。6. 語言學成為越來越精密科學的原因還在於，在語言學的基礎即心理學中，數量分析的方法越來越完善。……15. 語言現象的概括將涉及越來越廣的領域，語言學與其他學科，如心理學、人類學、社會學和生物學的聯繫越來越多（楊衍春譯2012：291–292）。

顯而易見，庫爾特內強調了語言科學的跨學科特點。

1904年，庫爾特內又發表了題名〈語言科學〉（Языкознание）的論文。

狹義的「語言學」就是系統地、科學地研究語言現象的因果關係。廣義的「語言學」，應當理解為對語言現象的任何研究、對語言事實的任何思考，……而作為一門科學，語言學包括認識語言或人類言語的各種形式，並且科學地研究這些語言。（楊衍春譯2012：356）

然而，我們有理由認為，在不遠的將來，語言科學的應用猶如其基礎學科——心理學一樣，將在教育學和實際生活不同領域發揮重要作用。（楊衍春譯2012：360）

此處強調，狹義的語言學才是「語言科學」，即系統而科學地研究語言現象的因果關係。而且語言科學的應用（庫爾特內1871年提出應用語言學），將在教育學和實際生活不同領域發揮重要作用（邱雪玫、李葆嘉2019）。

俄語術語Науки о языке（語言科學），見於克魯舍夫斯基的博士論文《語言科學概論》（Очерк науки о языке, 1883）。克魯舍夫斯基主張「語言學屬於自然科學，而不是歷史科學」，因為在語言中有一些規律與其他領域的規律一樣，也是沒有任何例外和偏差的自然規律。1881年，克魯舍夫斯基在思考博士論文時曾經設想：

1. 必須建立另一門更普通的、類似於語言現象學的科學……。2. 可以從新興的青年語法學派中發現對這門科學的一些非自覺性預感，但是他們提出的原則不適合，或不足以建立這樣的科學。3. 在語言中可以找到建立這門科學的牢固基礎（楊衍春譯2012：118）。

正是基於這些思考，克魯舍夫斯基中論證了語言符號的系統性，提出了語言符號的能指和所指概念，發現了語言系統的類比性聯想和鄰接性聯想（Крушéвский 1883）。

綜上，「語言科學」在 19 世紀的傳播軌迹大致如下：

〔德〕本哈迪 1805 Sprachewissenschaft（德語）→〔德〕萊斯格 1825

→〔比—法〕查維 1849 la science des mots / la science lexiologique（法語）

〔法〕鮑德裏 1864 la science du langage（法語）

〔瑞典〕諾倫 1883 la science linguistique（法語）

→〔德—英〕繆勒 1861/1864 science of language（英語）→〔英〕塞斯 1880

〔美〕輝特尼 1867 linguistic science / 1873 science of language（英語）

→〔波—俄〕庫爾特內 1870 языкознание（俄語）

〔波—俄〕克魯舍夫斯基 1883 науки о языке（俄語）

雖然名義上都是「語言科學」，但是各自使用的含義可能不盡相同。提出「語言科學」的本哈迪，接受的是生物有機體學說，此後，萊斯格師生認為是歷史科學，繆勒、施萊歇爾等認為是自然科學，斯坦塔爾等認為是心理科學，輝特尼認為是社會科學。同樣以「語言科學」為題撰文，布雷亞爾（Bréal 1879）強調的是「人文—心智」屬性，而庫爾特內（Куртенэ1904）強調的是「社會—心理」屬性。

6. 神經語言學的先聲

20 世紀 60–70 年代，語言學、心理學和神經科學的交叉促成了神經語言學的出現，其緣起可以追溯到基於解剖的早期失語症研究。1819 年，德國神經解剖學家加爾（Franz Joseph Gall, 1758–1828）與施普爾茨海姆（Johann Gaspar Spurzheim, 1776–1832）刊行〈一般神經系統，特別是大腦的解剖生理學〉，推測腦區裏有兩個神經中心分別操縱説話能力和詞語儲存能力。1825 年，追隨者波伊勞德（Jean-Baptiste Bouillaud, 1796–1881）提出語言能力定位於大腦額葉區。第一個為語言由大腦額葉區控制提供經驗證據的是法國解剖學家布羅卡（Pierre Paul Broca, 1824–1880），1861 年在《人類學學會通報》和《巴黎解剖學會通報》相繼發表了〈失語症：慢性軟化和左前額葉局部損傷〉、〈通過對一例失語症患者的觀察論言語能力的腦區〉。其後，德國解剖學家韋尼克（Carl Wernicke, 1848–1905）1874 年刊行〈失語症狀的複雜性：基於解剖學的心理學研究〉。以上這些都是神經解剖學家的研究，還不是語言學家對語言和神經之間關係的研究。

根據我們的檢索，在語言學家中，庫爾特內最早明確闡述了語言的基礎是大腦中樞，關注語言和神經、語言學和神經學之間的聯繫。最早，庫爾特內在〈有關語言學和語言的若干一般性見解〉（1871）中提出：

> 我提出如下的語言定義——語言是肌肉和神經的有規律行為形成的可聽結果（自注：語言是人類有機體的功能之一）（楊衍春譯 2012：36）。

在〈病理語言學和胚胎語言學〉（1885）中指出：

> 廣義的言語器官不僅是言語的工具，而且是大腦的工具（楊衍春譯 2012：93）。
>
> 只有語言思維過程，即通過動物進化途徑和在與社會生活有關環境的影響下，承傳和獲得的這種大腦思維過程才是語言的實質（楊衍春譯 2012：94）。

在〈語言科學的任務〉（1889）中，庫爾特內強調生理和大腦組織的研究有利於理解語言心理活動。

> 語言的基礎是純粹心理的、大腦中樞的，因此語言學屬於心理科學。
>
> 如果生理學與微觀解剖學或大腦組織學能在一起取代語言的心理研究，如果能夠研究並將大腦組織系統化，如果可以展示腦組織的運動和變化，包括言語和語言思維伴隨的物理和化學的運動、變化，那麼就可能幫助理解語言的心理活動。然而據我所知，在這一領域迄今尚無上述的任何發現。自然科學家觀察到的結果就是言語能力在人類大腦中的一般定位，大腦左半球第三個前額溝回掌管言語器官。無論如何，用解剖學和生理學取代語言學中的心理研究，僅憑這樣的發現還遠遠不夠（楊衍春譯 2012：152–153）。

在〈關於語言變化的一般原因〉（1890）中，庫爾特內闡述了個體語言的運動神經行為、感覺神經行為、敏感神經行為和中樞神經行為：

> 1. 在從神經中樞向外運動時，這是運動神經行為，還有肌肉行為，完成運動、言語、發音。2. 在從外部向神經中樞運動時，我們接觸的是感覺神經行為、敏感神經行為。感覺神經緊張、聽覺敏感，以及在向神經中樞過渡時，注意力指向所聽的內容。3. 最後，處於最中心的語言行為就是注意力、記憶力，保持表像的多樣性，必要時汲取表像。這同時還是大腦本體的中樞神經行為（楊衍春譯 2012：160）。

在〈論語言現象的心理基礎〉（1903）中，庫爾特內預言——未來能夠觀察到神經元的化學變化和物理能量呈現。

> 如果隨着時間的推移，神經元（神經細胞）的動態變化或者與化學變化的聯繫，或者與物理能量的聯繫能夠被發現，那就再好不過了。那時，兩個領域的研究成果會將它們連接成一個共同的科學體系（楊衍春譯 2012：331）。

庫爾特內同樣關注並做過一段時間的失語症個案研究（主要是語音），在〈病理語言學和胚胎語言學〉（1885）中指出：

> 我認為研究（失語症的）類似現象很有意思，也大有用處。如果有機會我會重視這方面，尤其關注兒童語言和部分失語症者的語言。這樣我就能搜集到病理語言學和胚胎語言學的更多資料。……我已搜集的資料幾乎全是個體發音方面的，尚未可能對語言思維方面進行系統研究。我打算現在逐漸研究這些資料和發表成果，從描述失語症個案弗拉季斯托夫的語言異常現象開始（楊衍春譯 2012：95）。

庫爾特內提出的「胚胎語言學」即相當於兒童語言學。在該文中，庫爾特內還對弗拉季斯托夫的語音異常進行了分析。受其啟迪，俄羅斯語言學家雅柯布遜（Roman Jakobson, 1896–1982）深入展開這方面的研究，出版《兒童語言、失語症和一般語音法則》（1941）。

庫爾特內的影響極其廣泛和深遠。蘇聯神經語言學家盧利亞（Александр Романович Лурия, 1902–1977），1921 年畢業於喀山大學社會科學系，有機會了解到這位「喀山學派」創立人的研究。盧利亞在《神經語言學》中提到：

> 語言科學在揭示話語形成的具體階段方面和在揭示由擴展的話語向內部意思轉化的途徑方面所取得的重大進展，幾乎是在同一個時期，由各國卓越的語言學家，諸如索緒爾、博杜恩、布龍菲爾德等人實現的（趙吉生、衛志強譯 1987：3）。
>
> 另一位語言學巨匠博杜恩，對我們要探討的問題貢獻也很大。他在《語言學引論》（石印版教材，1913–1914）中提出嚴格區分語言和言語的必要性，並指出除語言的「靜態」之外，還應十分重視語言的「動態」，即言語形成的現實過程與言語理解的過程（趙吉生、衛志強譯 1987：9）。

作為施萊歇爾的學生，博杜恩・德・庫爾特內沒有承襲其師的「自然主義學說」，而是主張語言學的心理－社會屬性，並試圖探索語言及其神經機制的研究。據我們所見，在語言學文獻中，博杜恩・德・庫爾特內關於語言學、大腦組織學、生理學和心理學協同研究的論述為最早，並預言大腦神經元的動態變化與化學變化或物理能量的聯繫如被發現，兩個領域的研究成果則會結合成一個共同的科學體系，可謂「神經語言學的先聲」。

參考文獻

博杜恩・德・庫爾德內著、楊衍春譯 2012。《普通語言學論文選集》。桂林：廣西師範大學出版社。本文引用包括：〈關於語言科學和語言的若干一般性見解〉（Некоторые о бщие замечания о языковедении и язык, 1871）、〈語言科學的任務〉（О задачах языковедения, 1889）、〈語言科學，或 19 世紀的語言學〉（Языкознание, или лингвистика, *19 века*,1901）、〈語言科學〉（Языкознание,1904）、〈病理語言學和胚胎語言學〉（Из патологии и эмбриологии языка, 1885）、〈關於語言變化的一般原因〉（Об общих причинах языковых изменений, 1890）、〈論語言現象的心理基礎〉（*О психических основах языковых явлений*, 1903）。

哈杜默德· 布斯曼著 1990。陳慧瑛等編譯 2003《語言學詞典》。北京：商務印書館。

R. R. K. 哈特曼 . F. C. 斯托克著 1972。黃長著。林書武、衛志强、周紹珩譯。李振麟、俞瓊校 1981。《語言與語言學詞典》。上海：上海辭書出版社。

洪堡特著 1820。姚小平譯 2001。〈論與語言發展不同時期有關的比較語言研究〉。《洪堡特語言哲學文集》。長沙：湖南教育出版社。

李葆嘉、邱雪玫 2013。〈現代語言學理論形成的群體模式考察〉。《外語教學與研究》3。

李葆嘉、邱雪玫 2019。〈博杜恩·德·庫爾特內（1870）創建應用語言學考論〉。《南京師範大學文學院學報》2。

李葆嘉、孫曉霞 2018。〈愛丁堡之謎——進化的適應性改變〉。《漢語史與漢藏語研究》4。北京：中國社會科學出版社。

盧利亞著 1977。趙吉生、衛志强譯 1987。《神經語言學》。北京：北京大學出版社。

戚雨村等編 1993。《語言學百科詞典》。上海：上海辭書出版社。

施萊歇爾著 1863。姚小平譯 2008。〈達爾文理論和語言學〉。《方言》2。

Куртенэ, Бодуэн де. 1963. *Избранные труды по общему языкознанию*. Москва: Издателъство Академни Наук СССР.

Крушéвский, Никола́й Вячесла́вович. 1883. Очерк науки о языке. Казань: Казанский университет

Auroux, Sylvain. 1987. The First Uses of the French Word 'Linguistique' (1812–1880). In *Papers in the History of Linguistics: Proceedings of the Third International Conference on the History of the Language Sciences*, ed. by Hans Aarsleff, L. G. Kelly & Hans-Josef Niederehe, 447–459. Amsterdam: Benjamins.

Becker, Karl Ferdinand. 1827. *Organism der Sprache als Einleitung zur deutschen Sprachlehre*. Fankrfurt: Ludwig Reinherz.

Benfey, Theodor. 1869. *Geschichte der Sprachwissenschaft und Orientalischen Philologie in Deutschland seit dem Anfange des 19.* München: Cotta' schen Buchhandlung.

Bernhardi, August Ferdinand. 1805. *Anfangsgründe der Sprachwissenschaft*. Berlin: Heinrich Frllich.

Bonnet, Charles. 1762. *Considerations sur les corps organisées*. Amsterdam: Marc-Michel Rey.

Bopp, Franz. 1836. *Vocalismus oder Sprachvergleichende Kritiken über J. Grimm's deutsche Grammatik und Graff's althochdeutschen Sprachschatz; mit Begründung einer neuen Theorie des Ablauts*. Belin: Nicolaischen Buchhandlung.

Bréal, Michel. 1879. La science du langage. *Revue scientifique de la France et de l'étranger*, 43: 1005–1011.

Broca, Pierre Paul. 1861a. Perte de la parole, ramollissement chronique et destruction partielle du lobe antérieur gauche. *Bulletin de la Société d'Anthropologie* 2: 235–238.

Broca, Pierre Paul. 1861b. Remarques sur le siège de la faculté du langage articulé, suivies d'une observation d'aphémie. *Bulletin de la Société Anatomique* 6 : 330–357.

Chambers, Robert. 1844. *Vestiges of the Natural History of Creation*. London: John Churchill.

Chavée, Honoré Joseph. 1849. *Lexiologie indo-européenne : ou Essai sur la science des mots sanskrits, grecs, latins, français, lithuaniens, russes, allemands, anglais, etc.* Paris : Franck.

Chavée, Honoré Joseph. 1878. *Idéologie lexiologique des langues indo-européennes*. Paris: Maisonneuve.

Denis, Michael. 1777–1778. *Einleitung in die Bücherkunde*. Erster teil, *Bibliographie* 1777; Zweiter teil, *Literargeschicht* 1778. Wien: Joh. Thomas Edl.

Darwin, Charles Robert. 1858. *On the Origin of Species by Means of Natural Selection, or the Preservation of Favoured Races in the Struggle for Life*. London: John Murray.

Darwin, Erasmus. 1794. *Zoonomia; or, the Laws of Organic Life Part I*. London: J. Johnson.

Darwin, Erasmus. 1803. *The Temple of Nature; or, the Origin of Society*. London: J. Johnson.

Gelenius, Sigismund. 1537. *Lexicum symphonum quo quatuor linguarum Europae familiarium, Graecae scilicet, Latinae, Germanicae ac Sclauinicae concordia consonatiiaq' indicatur*. Basileae: Froben & Episcopius.

Hutton, James. 1794. *An Investigation of the Principles of Knowledge and of the Progress of Reason, From Sense to Science and Philosophy*. Edinburgh: Strahan & Cadell.

Jakobson, Roman. 1941. *Kindersprache, Aphasie und Allgemeine Lautgesetze*. Uppsala: Universitets Arsskrif.

Kate, Lambert ten. 1710. *Gemeenschap tussen de Gottische Spraeke en de Nederduytsche, vertoont: I. By eenen brief nopende deze stoffe. II. By eene lyste der Gottische woorden, gelykluydig met de onze, getrokken uyt het Gothicum Evangelium. III. By de voorbeelden der Gottische declinatien en conjugatien, nieulyks in haere classes onderscheyden. Alles gerigt tot ophelderinge van den ouden grond van't Belgisch*. Amsterdam: Jan Rieuwertsz.

Mathew, Patrick. 1831. *On Naval Timber and Arboriculture; with Critical Notes on Authors Who Have Recently Treated the Subject of Planting*. Edinburgh & London: Black.

Moldenhauer, Gerardo. 1957. Notas sobre el origen y la propagación de la palabra linguistique (>lingüistica) y ténninos equivalentes. *Anales del Instituto de Lingüística, Universidad Nacional de Cuyo* 6: 430–440, Mendoza.

Momboddo, Lord James Burnett. 1773, 1774. *Of the Origin and Progress of Language*. Edinburgh: J. Balfour / London: T. Cadell.

Müller, Friedrich Max. 1861. *Lectures on the Science of Language: Delivered at the Royal Institution of Great Britain in April, May, & June 1861*. London: Longmans Green, 1866.

Périon, Joachim. 1554. *Dialogorum de linguæ Gallican origine, ejusque* çum *Graecâ cognatione*. Paris: Sebastianum Niuelliums.

Postel, Guillaume (Guilielums Postellus). 1538. *De originibus seu de Hebraicae linguae et gentis antiquitate, deque variarum linguarum affinitate*. Parisiis: Dionysium Lescuier.

Schleicher, August. 1853. Die ersten Spaltungen des indogermanischen Urvolkes. *Allgemeine Monatsschrift für Wissenschaft und Literatur* 3: 786–787.

Schleicher, August 1860. *Die Deutsche Sprache*. Stuttgart: Cotta.

Schleicher, August 1863. *Die Darwinsche Theorie und die Sprachwissenschaft*. Weimar: Hermann Böhiau.

Ullmann, Stephen. 1962. *Semantics: An introduction to the science of meaning*. Oxford: Blackwell.

Vater, Johann Severin. 1801. *Versuch einer allgemeinen Sprachlehre*. Halle: Renger.

Wells, William Charles. 1818. An Account of a Female of the White Race of Mankind, Part of Whose Skin Resembles That of a Negro, with Some Observations on the Cause of the Differences in Colour and form between the White and Negro Races of Man. In *Two Essays: upon a Single Vision with Two Eyes, the Other on Dew*, by William Charles Wells. London: A. Constable & Co. Edinburgh.

Wernicke, Carl. 1874. *Der aphasische Symptomencomplex, Eine psychologische Studie auf anatomischer Basis*. Breslau: M. Crohn und Weigert.

Whitney, William Dwight. 1867. *Language and the Study of Language: Twelve Lectures on the Principles of Lnguistic Science*. New York: Scribner, Armstong.

Whitney, William Dwight. 1873. *Oriental and Linguistic Studies. The Veda; the Avesta; the Science of Language*. NewYork: C. Scribner's Suns.

第十八章

對比推演法

基於漢語語法的中國邏輯的反駁之道

朱曉農

江蘇師範大學

雲南民族大學

提要

本文根據「語言前提論」(特定的語言結構是相應邏輯的必要前提),探討基於漢語對比語法原理的中國邏輯對比推演法。趙元任最早發現一個句子中的謂語動詞天然具有對比義,本文進一步指出形容詞和名詞謂語,及其他句子成分如主語、補語、修飾語,甚至複句中的子句都具有內在對比義。服從漢語語法的漢語語句能天然展開中國邏輯的推理或推演,即自然邏輯是在自然語言的基礎上自然形成的,是天然蘊含於語言結構中的。中國人在說話同時就構造了自然邏輯命題,如「女子無才便是德」天然與「男子」、「有才」有對比之義,這樣構成的自然語句便構成中國邏輯的反駁命題。言語行為類化人的日常行為,日常行為受到言語規則的控制。社會上司空見慣的「攀比」受到對比語法原理和對比推理規則的控制。漢語語法造成了漢人的語言習慣,進而引導漢語的表達方式。這種方式蘊含了中國人的說理方式,及其背後基於漢語語法原理的自然邏輯。

1. 導言

本文是我「語言前提論」系列論文之一。語言前提論的基本論點是:

觀點一、語言前提論:

特定的語言類型(如漢語結構)是相應邏輯(如中國邏輯)的必要前提。

中國邏輯是基於漢語語法的自然語言邏輯,也就是沃爾夫(Whorf)說的 natural logic。形式邏輯最初也是從自然語言即古希臘語中發展出來的自然邏輯,後擴展為「標準平均歐洲語 / the Standard Average European」(Whorf 1956)的邏輯,並隨科學傳播到全世界。

中國邏輯有兩種推理法，第一種是基於同構語法原理的同構推演法，用於論證或證同（朱曉農 2018a）；第二種推理方式是基於對比語法原理的對比推演法，用於反駁或駁異。對比推演法在以往兩篇於日本發表的文章（朱曉農 2018b、2020）中有所零星論及，本文完整地加以論述。

中國邏輯的「證同」和「駁異」與形式邏輯中的論證和反駁是不同的概念。中國人按對比語法說出來的話，順勢就構成了對比推演法。對比推演法不符合形式邏輯，但他符合基於漢語語法的自然邏輯，所以我們得承認這是一種講理方式：按中國邏輯來講的理。

語言前提論有兩個源頭：一個是源遠流長的語言決定論和語言相對論，一個是趙元任先驅性的從漢語語法探尋中國邏輯的研究。下面加以簡單介紹。

1.1 從語言相對論到語言前提論

語言影響甚至決定思維，這是一個從洪堡、馬克斯・繆勒、維特根斯坦、薩丕爾以來的語言決定論觀點。沃爾夫（Whorf 1956）提出一個較弱的「語言相對論」，從詞語對概念形成的制約作用來看不同民族的世界觀。對此歷來爭議很大，贊同者稱它可以與愛因斯坦相對論媲美（Chase 1956：v），而反對者認為沃爾夫從未揭示某種語言現象與某種心智現象之間的關聯，沃爾夫假說並未提出一個正式的可供檢驗的假說（Lenneberg 1953），還有政治反對者更是扣他一頂種族主義傾向的大帽子。近三十年來的研究，有支持的（如 Bloom 1981；Boroditsky et al 2002；博洛迪茨基 2011），也有質疑聲（如 Lackoff 1987；Pinker 1994）。

語言前提論比以往的語言相對論/決定論更為一般，涉及更深的思維層次，到達更抽象的語法層面而非以往的構詞層面。兩者的不同在於：

(1) 語言相對論注重的是具體語義及其概括程度如顏色和空間感知，語法範疇如時態、性數格對形成思維範疇認識世界的影響，詞語對形成概念的作用。語言前提論注重的是更為抽象的範疇、最核心的語法原理對推理形式即邏輯的作用，以及強化這些原理的語音因素。

(2) 相對論把語言及其範疇化功能看成直接的充分條件以決定看待世界的方式即科學；而前提論認為語言和科學的關係是間接的，中間隔著邏輯。

(3) 相對論沒有明確論證語言對邏輯的制約作用，以及邏輯對認知和科學的作用，前提論認為語言是形成邏輯的必要前提，邏輯對科學又是必要前提。由於必要條件的傳遞性，所以語言對於科學也是必要條件。

語義、構詞等都是表層現象，易於察覺踪迹，所以語言相對論者覺得他們在起作用。其實容易來的也容易去。跟語詞不同的是，抽象的語法結構難以一眼望穿，表面上感覺不到它的作用，但卻深深扎根在大腦深處，控制着我們的言語行為、推理行為以及其他行為。

1.2 從語言前提論到中國邏輯

從漢語語法入手探究中國邏輯的事業是由趙元任開創的，這一起點就高於薩丕爾—沃爾夫的「構詞—語義」角度。趙元任認為「漢語邏輯運作的工具和形式就是漢語」，因而受制於漢語本身可操作範圍內允許的「自由度」（Chao 1976a：250）：

> Chinese logic must of course operate with the degree of freedom that is possible within the operational possibilities of the Chinese language itself.

這種自然邏輯在漢語中天然存在，不知不覺地運作。在中國，連受過教育的知識分子都不太懂形式邏輯，更不用說當時佔人口 90% 的文盲了，但就是這些文盲，「也都能用日常大白話來論證和推理，只不過沒意識到他們終生都在這麼做」（Chao 1976b：237）：

> Terms like foouding, "negation"; mingtyi, "proposition"; chyantyi, "premise"; tueiluenn, "infer(ence)"; etc., are not very well known to many Chinese – not even to those who read and write. On the other hand, all Chinese, literate or illiterate, will argue and reason in prose without realizing that they have been doing so all their lives.

自然邏輯是不用訓練的，在自然語言的表達過程中，自然而然地就進行了論證和推理。不過這種推理不遵從形式邏輯，而是依照基於漢語語法的中國邏輯來推演的。趙元任（Chao 1976c：250）最初的「目標是要找出中國邏輯的運作方式」，可惜的是最終僅找到「形式邏輯在漢語裏的運作方式」：

> While aiming at finding out how Chinese logic operates, we shall probably end up with finding out how logic operates in Chinese.

從上世紀 80 年代中期起我開始關注語言相對論，意欲重走趙元任的未竟之路，此後陸續發表了一些文章（朱曉農 1991、1997、2015a/b、2018a/b、2020）。有一點要說明：趙元任和筆者的目標跟其他所有對中國邏輯的研究性質完全不同。以往的工作有兩個方向：一是擺弄各種國民性例子的非專業馳筆，數量龐大，通俗性強；二是從專業角度對先秦名辯的分析，其中有些偏向於邏輯分析，如Harbsmeier (1998)、Kennedy (1952)、Lau (1952)、Graham (1962)、Uno (1965)、Cheng (1983, 1987)、Cikoski (1975)、Reding (1986) 等；有些偏向於哲學分析，如Hansen (1983)、Egrod (1967)、Hughes (1942)、Graham (1978)。這些著述，比如最為著名的《中國科學技術史卷七上：語言與邏輯》（Harbsmeier 1998）和《古代中國的語言和邏輯》（Hansen 1983），儘管都用「語言和邏輯」來做書名，但跟趙元任和我所探尋的受漢語語法控制的中國邏輯並不搭界。

1.3 源自漢語語法原理的中國邏輯推演律

按照語言前提論，語法形塑思維方式決定推理路徑和語言認知模式。語法規定語言表達方式的範圍或自由度，而表達方式的範圍容納可接受的推理路徑和認知模式的變異度。漢語的結構是中國邏輯的必要條件。於是有如下兩個觀點：

觀點二、按照漢語同構原理說出的一個同構句，天然構成一個同構推理命題。

觀點三、按照漢語對比原理說出的一個對比句的任何句子成分，天然蘊含對比的含義。

如何運用及什麼場合運用同構或對比推演，根據的是證同還是駁異。有關用同構推演來證同可參看朱曉農（2018a）。本文討論漢語對比原理和中國邏輯對比推演。細心的讀者在下文也許會看出，同一個例句既可說明對比語法原理，又可顯示對比推演法——對比語法和對比推演本來就是同一枚硬幣的兩面。

2. 漢語對比原理

2.1 句子成分蘊涵對比義

漢語一個句子中的實詞成分都暗含對比的意味。

2.1.1 趙元任的發現：動詞蘊涵對比義

最早是趙元任（1968：88–91）注意到句子中的謂語動詞暗含三種對比意味：對待式對比（contrastive），肯定式（assertive），敍述式（narrative），例如「我現在説話」：

(1) 這句話裏的動詞「説話」，跟我可能做的別的事情如「睡覺」、「吃東西」「玩兒」等，或其他不在做的事情相對比（案：這是「他事對比」，與其他事物的對待式對比）。

(2) 動詞謂語有肯定功能時，它不跟其它動詞謂語對比，而是跟它的反義對比〔案：即矛盾或否定對比〕，如：「我現在」説話，「我現在」是説話」（不是不説話）。

(3) 如果是敍述式，那就加一個起始式 inchoactive 助詞「了」，如「我現在説話了」（剛才沒説話）（案：時間上的先後對比可以是現在—昨天，現在—上個月，現在—以前等，邏輯上也是對待式對比）。

第一類對待式對比是無標記的底伏形式，第二類矛盾對比是有標記的，一般用於特定場合或需要運用特定語法手段，即有個邏輯重音或加個表示強調的「是」。第三類時間對比也是有標記的，例如要加個「了」。下文說的對比一般是指對待式對比，如果是矛盾式則會註明。

趙元任提到的是謂語動詞的對比，其實形容詞和名詞謂語也可對比，謂語部分中的其他成分也有對比義，不但謂語，其他句子成分也可進行對比。

2.1.2　謂語部分中各項成分都可對比

下例是整個謂語的各項成分，包括動詞、修飾語、賓語都在對比：

> 按照政治正確，我連「討厭老年白種男人」這句話都不能講！因為八個字包括了四個政治不正確：你怎麼能夠心中充滿怨恨，而不是喜愛！你怎麼能夠歧視老年、你怎麼能夠種族歧視、你怎麼能夠性別歧視！好吧，我現在說：喜歡年輕黑人女性。嗯，有點兒進步，但是還是有三個歧視：年齡歧視（你只喜歡年輕）、種族歧視（你只喜歡黑人）、性別歧視（你只喜歡女性）。（本文例句均來自網文）

按說，與整個動賓結構「討厭老年白人男子」矛盾的，要麼是動詞否定式「不討厭老年白人男子」，或者是賓語的否定式「討厭非老年白人男子」，但作者根據漢語的句子各成分對比原理，對立比較了句子裏面每一個詞：討厭－喜歡，老年－年輕，白人－黑人，女性－男人。然後綜合起來，「討厭老年白人男子」整句對比了「喜歡年輕黑人女性」。這是中國邏輯的對比法，不是邏輯分析。

2.1.3　各種句子成分的對比

對比還可在兩個主語之間進行。下例中小兩口鬥嘴，男的說他不隨便，女的馬上理解成難道她就隨便了。

> 「這是去哪？」葉無天發現並不是往寧家的方向而去，「我可告訴你，我不是隨便的男人。」寧思綺想一腳將這傢伙踹出車外，他不是隨便的男人？難不成她就是隨便的女人？

下面這例是小兩口吵架的補語對比：

> 「我只是不小心看了一眼而已。」「一眼而已？難道你還想看幾眼嗎？」

賓語和賓語的對比：

> 哭笑不得的葉無天道：「你不讓我禍害她，是不是想讓我來禍害你？」

「你不讓我禍害她」，「她」是前句的賓語，對比的是後句賓語位置上的「你」。下面對比的成分是賓語從句：

陳丹青：「其實你說哪位『乾淨』，意思是指其他人『髒』。」

如果你稱贊某人「乾淨」，暗含的意思是其他人「髒」。不但陳丹青這麼認為，中國人都這麼認為（見下「不是言外之意」一節）。

不但句子主要成分可以對比，修飾語也可以，如下例中「在國內」和「只要國外」是狀語：

鄭忠仁很是鬱悶：「你還不明白，你這種方法在國內行不通，上面絕對不允許有這樣的事情發生。」葉無天冷笑：「你的意思是只要國外就行？」

有時對比的不是個別成分，而是整個話題，如果是複句，那就是前句。下例對比的是前句條件句，李尋歡用反義的「若總是為自己着想」，來對比反駁孫小紅的「若是總不為自己着想」：

孫小紅嘆息道：「一個人若是總不為自己着想，活着也未免太可憐了。」李尋歡笑了笑，淡淡道：「一個人若總是為自己着想，活着豈非更可憐？」

下例中對比的也是複句的前句：「我板着臉」用來對比「你嬉皮笑臉」，「我」和「你」同指一個人。

看你嬉皮笑臉的模樣，就知道你說假話。

難道我非得板着臉說話，才是說真話嗎？

下面的例句對比的是整個句子，下句話題「你不多喝…」對比上句話題「誰誰誰多能喝」，下句評述「不夠意思」對比上句評述「多夠意思」。

喝少了就該擠兌你了，你不行啊…你看誰誰誰多能喝，多夠意思。

言下之意你不多喝，不往死裏喝酒是不夠意思，人家不會考慮你的酒量，不會考慮你的身體健康。

以上所引對話，向來被認為有機鋒、有急智、有禪機；駁異不根據形式邏輯，但符合漢語自然邏輯，否則不會那麼深入人心，人人會用、人人欣賞。要知道，形式邏輯要教都是很難教會的。而運用中國邏輯是不用教的（學生說不定比老師還厲害），是人人無師自通、人人自成專家的，因為中國邏輯的根基深植於中國話裏，深植於中國人的大腦認知中。

2.1.4　不是言外之意，實為言內固有含義

有個非常常見的現象——老師表揚了甲同學，乙同學不高興了。她覺得老師沒表揚她，就是委婉地批評她。從邏輯上看，表揚甲，並沒批評乙。但漢語的語法規則的確在暗中進行反義對比，而説漢語的人自然心領神會，所以不怪乙同學在攀比，興許，不是興許，老師的的確確是在批評或委婉地提醒乙同學要加油。我説「的的確確是在批評」，小學裏所有調皮男生都可作證。

這個常見現象從小學起就伴隨着我，我就常當那倒霉的乙同學。也許我懂事太晚，當時沒很明白，只是覺得不自在不舒服，直到發掘出中國邏輯，才從根柢上領悟了漢語運用之妙，這是一種建立在漢語對比原理上的批評藝術。我們常常聽到外國人説體會不到漢語的「言下之意」，對外漢語老師也這麼宣揚漢語「言外之意」之妙，只能意會、無法言傳。其實，這是因為我們沒找到隱藏在言語表像深處的漢語語法原理。揭示了這種對比含義，也就明白了那不是言外之意，而是言內之意，是漢語基本原理之內的固有含義。

2.2 對仗的句法功用

對仗就是兩個語義和詞性對稱的句子（嚴格地説，還有「兩句之內輕重悉異」的音韻要求）對比着説，如：「風在吼、馬在叫」。

2.2.1　對仗：從備用單位到使用單位

漢語短語和句子的構造是相同的，不同在於能不能成句。短語是靜態備用單位，句子是動態使用單位（呂叔湘 1979）。靜態備用單位進入動態使用，需要加一些輔助成分（還有語調，此處暫不考慮語音因素）。漢語裏光杆形容詞不能直接做謂語，如「香港小」、「花紅」不成句。要成句的話，一是前面加個程度副詞，如：「香港很小」。二是後面加個句助詞：「花紅了」。還有一種辦法可以使備用單位進入使用，那就是把兩個備用單位加以對比，例如：「香港小，廣東大」；「花紅，柳綠」。英語中這不成問題，“Hong Kong is small”很符合語法，所以外國學生經常出現「香港小」這樣的句子。

光杆動詞也不能直接做謂語，如：「他走」、「鳥飛」。得加上個副詞或句助詞：「他剛走」、「鳥飛了」。或者對比着説：「花兒紅」、「娃兒跳」。名詞一般不獨立成句，但如果對仗出現，那就行了：「雞聲茅店月，人迹板橋霜」（溫庭筠唐代）。六個名詞，對成兩句，成了名聯。

2.2.2 對比是文氣需要，更是語法要求

寫文章要起承轉合，是為文氣。下面是一篇很重要的關於人口統計的網文，以「準對仗」起首：

> 日月穿梭，物換星移。千萬年來，人類在歷史的長河中生生不息、代代相傳，一步一步走到今天。每時每刻每分每秒都有人離開這個世界，又都有新的生命來到世上。

按説這樣的準對仗比興起始，跟一篇學術論文相比不但格式不對，和意義也沒什麼大關係，無非一個時間在流逝的意思，但緊接著「千萬年來⋯歷史長河⋯生生不息、代代相傳」，講的都是時間流逝，所以你只能説這是一個「形式起始」，符合漢語讀者的閱讀習慣，也符合漢人的敍述邏輯。如果這個準對仗比興有所缺或損，反倒覺得文起突兀：

> （日月穿梭）千萬年來，人類在歷史的長河中生生不息、代代相傳，一步一步走到今天⋯⋯

文氣，表面上為修辭，但由於漢語中修辭語用與語法並未截然分離（沈家煊 2014），所以説到底是個語法問題。

對比成句規則是對聯、對仗、對偶的語言基礎，不是對聯影響中國人的思維或説話習慣，而是反過來，漢語語法決定了對聯的合法性和必要性，並使他流行。不是我們喜歡用這「修辭手段」在門上貼對聯，寫詩用對仗，修辭用對偶，而是因為不對比，語法就不合法：「無邊落木蕭蕭下」好像還沒完，「不盡長江滾滾來」才補足。公共廁所裏常常貼個標示：「來也匆匆，去也沖沖」。本來這個標示不過是提醒上廁所的「離去前請沖水」，這麼寫當然顯得很沒文采，改成「去也沖沖」有文采了，但就這麼説站不住。這不僅是語用上的文氣不足，而且語法上也有欠缺，所以又補了個起興式對句「來也匆匆」。所以文氣歸根結底是語法要求。

對仗不僅是文人雅士詩文中的裝點，他是深入民心的語言游戲，連做廣告都用得異常嫻熟：「要致富先修路，要購物先百度」。或者用於宣傳（計生）口號：「該扎不扎，樹倒屋塌；該流不流，扒房牽牛」。有時候上下句語詞很重複：「誰賣煤就抓誰，誰燒煤就抓誰」（整治霧霾口號），下句和上句只差了一個字，作為對子並不好。可問題是，要是來一句散文口號：「誰賣煤或燒煤就抓誰」，宣傳部門就通不過，老百姓看了也會熟視無睹，因為沒那勁兒、沒戰鬥力。

2.2.3　對比的擴展：排比

對偶還可擴展為排比，像「古藤 老樹 昏鴉」的語法基礎就是對比的擴展。排比是中國人鼓動、説服、講理、論證時特愛用的，用於文學這當然是好修辭手法，如：

> 卑鄙是卑鄙者的通行證 / 高尚是高尚者的墓誌銘。〔對仗〕
>
> 我不相信天是藍的 / 我不相信雷的回聲；
>
> 我不相信夢是假的 / 我不相信死無報應。〔排比〕（北島）

但用於心靈雞湯，則讓人膩味：

> 我想聖賢的意思，就在千古之前，以他簡約的語言，看着後世子孫，
>
> 或蒙昧地 / 或自覺地 / 或痛楚地 / 或歡欣地……（于丹）

老梁評論道：「我用大量的排比句，華麗的詞句，肩膀一端，每一句都是書面語，瞬間把你砸暈了。」

排比又常用於演講、鼓動、懾服，還顯得特有忽悠力。這是孟子以來的辯駁大招：用混亂的邏輯震暈對手，再以氣勢壓服之。甚至新聞報導都堆滿了排比和對仗：

> 為民用權，秉公用權，依法用權，謹慎用權
>
> 權為民所用、情為民所系、利為民所謀
>
> 日常工作能盡責，難題面前敢負責，出現過失敢擔責
>
> 有效用權、規範用權、謹慎用權
>
> 體察民情、了解民意、集中民智、珍惜民力
>
> 公款姓公，一分一厘都不能亂花；公權為民，一絲一毫都不能亂用
>
> 把法律規範作為行使權力的依據、評判是非的標準、履行職責的要求
>
> 法定職責必須為、法無授權不可為
>
> 始終做到科學決策、民主決策、依法決策。

按説敍述描寫用散文就行了，但我們覺得這樣不夠力度，還少了點什麼。而運用了排比，就能滿足這種缺憾。下面這段話是一位古漢語教授獲勞動獎章後的匯報發言：

> 利用「古代漢語」課、「中國文化專題」課等平台，
>
> 講好「字裏乾坤」，講好國學原典，講好「中國智慧」，講好「優秀傳統」，講好「中國故事」。

本來不過是個工作匯報，散文平鋪直敘即可，如：

> *利用某些平台，講好字裏乾坤、國學原典、中國智慧、優秀傳統，以及中國故事。

但這麼一寫，馬上發現「講好」後的五項東西不是互補的，邏輯上無法一二三四五這麼並列排下來的。他這課主要是講國學原典，原典裏有中國故事，對這些故事進行語言分析，可以窺測字裏行間的音韻訓詁奧秘（字裏乾坤），而這些故事講透以後能揭示出「中國智慧」和「優秀傳統」。要是這麼寫這麼講，便顯得費辭。運用排比，就可把非互補項一一排列起來，更重要的是，可選擇節奏鏗鏘、字句優美的表達方式。這符合漢賦以來的寫作傳統，寧可以辭害意，也要文句典雅，因為這更有感染力。我們講理靠的是動之以情，曉之以義利，還有對比同構推演出來的理。而要能做到這點，就需要對比排比的語言格式。還有一點很重要，上文中加*的假定性修改文字，讀起來還真不那麼文從句順。可見這裏不單單是個字句優美的修辭問題，而牽涉到是否合乎語感的語法問題。

我為什麼會有上述看法呢？因為我有時也喜歡用排比，才覺得文從句順。例如上文「要是這麼寫這麼講」，原稿上是「要是這麼寫和講」，固然合歐化句語法，但怎麼念都不順——語感不順就是不合語法。

2.2.4 討論和總結

對仗是漢語的文氣需要，文氣初看是修辭或語用問題，但實際上也是語法問題。文氣不足，語言心理或語感上便通不過，語感通不過，便是語法出問題了。更由於漢語的語用和句法還未分離，所以語用上的殘缺意味著句法的不完整，如下面這幅對聯：

> 初戀熱戀婚外戀戀戀不捨
>
> 男生女生生生不息　　〔橫批：生無可戀〕

網友批道：上下聯字數不對。按說這兩句話句法上沒什麼問題（如果句法完全獨立於語用的話），但幾乎所有中國人都會覺得它不單單語用上不對勁，連句法也不合格，得在「男生女生」後面加上個「非婚生」什麼的（語義上反倒可以寬容），全句才站得住。所以，寫這幅對聯的，不單單是沒文化，而且是不會說話。

對仗排比不是漢語特有的，如：

> We will follow two simple rules: buy American and hire American.（Trump）

現代英語剛成型時對仗就用上了：

> And so, from hour to hour, we ripe and ripe,
>
> and then, from hour to hour, we rot and rot;
>
> And thereby hangs a tale.（Shakespeare, *As You Like It*）

不但對仗，英語裏也有用排比句顯示力度的：

> … this government of the people, by the people, for the people, shall not perish from the earth.（Lincoln）

不過，和英語相比，漢語使用對偶普遍得多，震撼人心的檄文、勵志文、議論文，必定會用對仗或排比。這不但是語用修辭需要，還是句法要求。你不這麼對上去，語義有殘缺，句法不完整，語氣仍在喘，句子還沒完（您瞧，我這不自覺地又排比上了）。

就是這種幾乎對對偶語法上的強制要求，有時就會為對偶而對偶，造成以辭害意或詞不達意，比如上引對偶句"Buy American and hire American"，有人硬譯為：「買美國商品，雇美國人民」。雇本國員工可以，雇美國人民需要特定場合。但為了跟「買美國商品」對仗，一下沒想到別的詞，就這麼為了對仗工整、語法完整就不管語義硬湊了。有趣的是，單說「雇美國人民」非常難受，但用在對仗裏，語感上好像緩解了好多。

所以，一方面可以批評它為了對仗的形式需要而以辭害意；另一方面，符合對比語法的句式能夠緩和語義毛病。這顯示了漢語語法框架彈性大，語用孳乳、繁衍可以造成語法化的漢語特點。

3.　日常生活中的對比推演

3.1 對比推演用於吵架

知識界的吵架美其名曰「辯論」，而日常生活中的辯論就只能叫吵架了。中國式反駁運用的是對比推演法，這是一種源於中國語言的自然邏輯，它時時處處體現在日常語言的實際運用中，這就是我們熟悉的吵架、拌嘴、頂嘴、呵斥、規勸等等。下例是小兩口的拌嘴，男方純熟運用了話題和議敍的雙重對比。

> 「我告訴你，如果你不放開我的手我，我就一輩子不理你。」婉兒嘟了嘟小嘴。
>
> 「那我放開你的手，你是不是一輩子理我啊？」北辰尊小心翼翼地説道。

這也是名家辯論的常用手段：

> 惠子曰：「子非魚，安知魚之樂？」
>
> 莊子曰：「子非我，安知我不知魚之樂？」

莊子用「子非我」對比「子非魚」來駁斥。駁你就是斥你，斥得你啞口無言了，論辯就勝利了。這是我們民族歷來的思路，對比思維下駁斥最重要，爭面子最重要，說最後一句最重要，至於問題本身如「安知魚之樂」，反倒不重要了，甚至給忘記了。

3.2 對比推演用於各種場合

勵志——對比最常用於勵志，或有力度的規勸：

> 古往今來，有這麼多人都在35歲前實現了人生理想，那為什麼你我不能？

勵志是褒義詞，其實這種我們慣用的激勵手段，有個不太好聽的別名叫做「紅眼病」：

> 人家孩子怎麼怎麼啦，咱家幹嘛不行！

我過去把這種情況解釋為言語行為類化了我們的日常行為，現在可以進一步說，日常行為受到言語規則的控制。

幽默——2017年春節有一檔熱門節目「中國詩詞大會」，主持人董卿大家耳熟能詳，美麗端莊（不算被認為當托兒時的俏皮）、知性婉約，沒成想還是運用對比推演和同構推演的高手。下面是兩例對比推演。第二季某一場，一位遼寧選手小王重新出戰：

> 小王：上次「錯在小學生問題上，讓我覺得很沒有面子的。」
>
> 主持董卿以對待式對比說：「好吧，那你今天希望是錯在大學生的問題上。」

一般情況下，主持人就該安慰她：「這次小心點，別再重蹈覆轍。」而小王也正期待這樣的回答：

> 小王：「我為什麼一定要錯呢，董卿姐姐。」

但董卿不，她按照漢語對比語言原理，進行修飾語對比：大學生 vs 小學生，製造了一個包袱。

另一位男選手上場，談到他尋找古詩詞的誕生地，比如探訪「杏花村」「敬亭山」時——

> 董卿說：「我很羨慕你的生活狀態，這讓我們想到，生活不但有目前的苟且……」
>
> 點評老師插話說：「還有詩和遠方。」
>
> 董卿又來了個對待式對比：「還有未來的苟且。」

3.3 對對子：從語言習慣到自然邏輯推理

對對子——這個再熟悉不過的用語習慣，上文已有所論及。寫詩對仗、春節對聯自不必說了，唱快板，寫歌詞、宣傳鼓動，都充滿了對偶句，連傳統格言也都是成雙對偶，而且好像非如此不可。可以說，對仗是對比語法格式化了的對比推理表達，如：

名不正則言不順，言不順則事不成。（《論語・子路》）

這是中國邏輯而非形式邏輯的「if … then」（如果 … 那麼），因為前提不一定是結論的充分條件。有趣的是，當我們只想用前句意思時，不是按原句引用，那樣的話是散文，而是重新拆分，組成新的對偶：

名不正，言不順。

網友們的調侃也都是這風格：

窮則獨善其身，富則妻妾成群。

書到用時方恨少，錢到月底不夠了。

不用上課、不用讀書、不用背古詩、不用邏輯訓練，會說中國話的自然而然就習慣於對對子。而且，小人物的仿句比起聖賢原句「窮則獨善其身，達則兼濟天下」來，精氣神、說服力、感染力一點不差。這是因為中國話的基本語法原理，對比原理是一種隨母語習得而深烙在靈魂深處、控制影響說話、思維、推理、認知的基本文化模具——語言框架，也就是說，對仗是說話不經意間的自然流露，是為滿足語法要求，最符合語感的表達方式。

正是因為對仗的後面有語法原理撐腰，所以順着這語法進行自然邏輯推理就特別理直氣壯，也特別有誘惑力。其實不是誘惑力啦，就是要你順着這語法來說話。再比如以下一例：

合理的講理方式都是相同的，（都用演繹邏輯）

不合理的講理各有各的不法。（用非印歐語進行自然邏輯推理時）

這麼寫，特別有力有韻味，至於它可能造成的歧義，那就另一回事了。

4.　專業領域裏的對比推演

4.1 對比推演用於學術討論

當我看到很多文章，推許某某學者「思辨能力很強」，心頭總會一咯噔：是不是又要順着對比語法原理思辨滔滔了？這種思辨把吵架這種民間辯論提升為

「學術辯論」、「哲學思辨」，再回過頭來強化、顯化整個族群的非邏輯思辨力。來看一個「語音學問題」網群討論的例子，幾位群友在談一道邏輯選擇題：

> 孔子說：有德者必有言。若該命題成立，則據此可以推出：
>
> (1) 無言者必無德。(2) 無德者可有言。(3) 有言者未必有德。(4) 不存在「有德而無言者」。
>
> 正當大家認為答案是 (1) 時，有位 C 群友表示反對，於是其他人請他賜教。C 群友反問道：「憑什麼可以從『有德者必有言』推出『無言者必無德』」？
>
> 其他群友：「根據邏輯規則推理的結果。」
>
> C 群友：「同理，『大學生有飯吃』，根據你們的推理，『不是大學生就沒有飯吃』」？

這位 C 群友搞反了，「根據你們的推理」即邏輯推理，應該推出「沒有飯吃的不是大學生」。而推演出「不是大學生就沒有飯吃」的，是根據 C 群友自己的道理。也不是他自己的，是中國邏輯的對比式推演：你說大學生如何如何，他就對比反駁：非大學生就不如何如何。

楊振寧（2004）在「中國傳統文化對中國科技發展的影響論壇」上發言，對李約瑟之謎做了解答：中國傳統文化中沒有推演法（案：即演繹法）。會上會後有很多國學老先生駁纏楊振寧，說推演法從《周易》起就有了，《周易》算卦靠的就是推演！他們把算命的推演聯想成了演繹，就是因為有一個共同的「演」聯着，於是算卦推演也能演繹出科學定理來。這些駁斥楊振寧的不僅僅是一般教授，還有一個易學界泰斗，他認為楊振寧先生說易經沒有演繹法，所以導致科學裹足不前。但有一個很好的例子是，古希臘時期就有一大堆演繹法，比如演繹邏輯和形式邏輯，為什麼也沒有產生牛頓呢？

這位泰斗錯了，一是錯把演繹邏輯和形式邏輯看成兩回事，二是錯把必要條件當成充分條件。「沒有演繹法就沒有科學」這一命題蘊含「有科學就一定有演繹法」，但不蘊含「有演繹法就一定有科學」。易學泰斗的駁異提供了一個國學論辯不懂演繹法的生動實例，他是用基於否定對比語法原理的對比推演法進行反駁的：你說沒有演繹法就沒有科學，那麼有了演繹法怎麼也沒有科學啊？

弄清邏輯推理和對比推演之間的區別，對於科學和學術是頭等重要的大事，比實事求是還重要，因為前者是邏輯理性，後者是實證理性，從語思演化史來看，先發展出前者，再發展出後者。沒有邏輯的實證是沒用的，萬戶火箭實驗就是最好的例子。

4.2 對比推演的商業和思政用途

商業廣告充分利用了對比語法原理，比如「不買某牌車，老婆不上炕」，看的人心領神會，馬上（非邏輯地）對比推出「買了就上炕」。

對比推演用於思政教育很有說服力，這是因為對比思維深入人心，例子很多，茲不贅。

4.3 褒貶詞背後的對比思維

我們寫文章喜歡用帶有褒貶色彩的形容詞和動詞，例如：張三頑強拼搏（暗含張三是好人義），李四頑固掙扎（暗含李四是壞人義）這種帶有褒貶的表達使得描寫和判斷混而不分（再進一步，還可能描寫和想像不分）。使用含有褒貶色彩的詞，也就在敘述中暗含了評論——夾議夾敘。這種褒貶兩分的判斷式描寫，來自我們思想深處的對比認知、對比思維，而在這背後是對比語法原理。

學會使用中性詞，是學會客觀描寫、走向客觀認知的第一步。不過，這不怨咱們的學生或寫手，很多時候中文裏缺乏相應的中性詞。中文的對比語法原理和中國邏輯的對比推演法，使得我們造詞就造這種成雙成對的對比詞。

理性思維的習得需按部就班的邏輯或數學訓練，答題也是死板刻板的。不像對比同構思維，訓練靠頓悟、棒喝、小聰明，回答問題沒邏輯的固定套路，而是跳躍的、神思的、禪悟的，類似於腦筋急轉彎。這適用於文學藝術、適用於網上調侃，當然，用於提出假設、嫁接技術也行，但不符合邏輯理性和實證理性。日常生活逗悶兒可以，但正經場合別攪和。

5. 對比推演：中國式駁異套路

中國式駁異、駁斥，有很多從形式邏輯來看胡攪蠻纏的套路。但從中國邏輯角度來看，中國式駁異無非用了對比推演法。

5.1 經典辯駁套路：對對子

前文談到對對子，我們說話寫作實在是喜歡用對仗、對偶、排比，做人做事喜歡攀比、較勁，辯論時喜歡同構、對比推演——其實僅僅說這是相同的愛好是不夠的，不是我們大家有意地喜歡這樣做，而是群體言語、群體行為、群體的無意識，在不知不覺中自覺地遵循著母語中的語法規則。我們來看一個名句駁纏的例子。

古人説：「女子無才便是德」，難道説女子一定要沒有才能才算是有德性嗎？或者是説男人一定要有才能才能算是有德性嗎？當然不是！那麼這一句話難道是在暗示説一個有才能的女子就表示她是一個「沒有德性」的婦女嗎？當然也不是。

作者對「女子無才便是德」這個命題設想了三種反駁並予以否定，下面我們來解讀作者的否定：

(1) 「女子一定要無才才是德」——這是把「無才」和「德」看作互為充要條件。原句「女子無才便是德」語出明陳繼儒（1558–1639），其間邏輯關係並未明説。可以解作充分條件 if「女子只要無才就是德 / 女子無德便有才」，也可解作必要條件 only if「女子只有無才才是德 / 女子有才就無德」，還可以是充要條件 if and only if「女子無才就是德、德就是無才」。反駁一漏掉了前面兩種邏輯關係。

(2) 「男人一定要有才才是德」——這是以「女子」的反義來進行對比推理。從邏輯上來説，説女子怎麼樣，跟男子沒什麼關係。也許才和德對於男人來説有相關性，也許「仁」或其他什麼才跟德有關係。但在這語境中，針對「女人」的反義「男人」來對比推理，漢人會覺得很自然，也很合理，這是因為符合「否定對比」語法規則（一般情況下，「非女」等於「男」）。

(3) 「女子有才便無德」——這是以「無才」的否定「有才」來進行對比推理。從邏輯上來説，如果原命題是充分條件的話「女子（只要）無才便是德」，那麼只能得出「女子無德便有才」。如果是必要條件「女子（只有）無才才是德」，那才能得出「女子有才就無德」（充要條件也成立）。反駁三並未意識到這種邏輯關係。其實反駁三並非根據邏輯來立論，它根據的是基於漢語對比語法規則（「有才」對比「無才」）的中國邏輯對比推演法。

以上三種假定的反駁從邏輯上看都不成立，但從漢語語法出發，符合自然語言邏輯。其實，據明末清初散文家張岱（1597–1689）〈公祭祁夫人文〉：「眉公曰：丈夫有德便是才，女子無才便是德」，本來就是按照漢語語法對舉而立的。由此看到，中國式反駁類似於對對子。中國邏輯與中國詩歌同出一源：中國文法。作為對比的對象可由句中任何成分通過孳乳、繁衍的過程形成：

女子無才便是德 ➔ 女子有才便無德

〔用「有才」來對比「無才」，構成反駁或對偶「無德」對比「是德」。〕

女子有才便無德 ➔ 男子有才便是德

〔進一步用「男子」對「女子」，構成反駁或對偶「有德」對「無德」。其實「男子有才便是德」也可以從最早的命題對比得出〕

女子無才便是德 / 男子有才便是德 ➔ 男子有德便是才

〔替換各種對比，可得出很多對偶或反駁。〕

5.2 九大套路，實為同一法則

網上有篇文章，很自豪地總結出九種中國式辯論套路，其實都可歸入對比推演法則：

一、資格論——我說某大人物如何如何。就有人斥責我說：你有什麼資格評說他！

二、絕對論——班上討論「公平和效率」問題。一個學生反駁說：「絕對的公平是不存在的。」

三、換位論——你行你上啊（You can you up）。你要批評他燒的菜，他就說，那你來做。

四、聖人論——是指批評者必須是聖人，否則，你就批評不得。

五、雙軌制——大人物一個標準，老百姓一個標準；國內一個標準，國外一個標準。

六、成敗論——成敗與是非無關。比如一個同學和我爭論，你說人家 A 教授水平不高，但是人家的書不愁賣！

七、片面論——從來不和你面對面地交鋒。你說國有企業沒有效率，他說要全面看待國有企業，國有企業承擔了重要的社會職能。

八、立場論——凡是外族、外國的，都是壞的；凡是中國的、漢族的，都是好的。

九、較真論——要辯論，就要較真。對方理屈詞窮了就說：何必較真呢？

這九種反駁套路都是具體場合的具體策略，正好顯示出具象心理這一民族心理（2018b）。中國式駁斥其實沒那麼多套路，基本上都可歸入對比思維這一模式。這九個套路語言形式上可分為全句對比、主謂語對比等，邏輯上可分為矛盾式對比（第二、第四、第八、第九套路），對待式對比（其餘五種），包括：第一套路「資格論」和第三套路「換位論」使用一樣的語言，只是「資格論」裏的他地位高，「換位論」裏的他專業強。這讓我們想起莊子和惠施同樣的換位辯駁：你不是魚，你怎麼知道？第五套路「雙軌制」，要是敵人就殺無赦。這讓我們想起墨子的「殺盜非殺人」，以及「文革」口號：「好人打壞人活該」。對待式謂語對比包括第六和第七套路，謂語陳述一件事，可以從無數對立面來反駁。

5.3 對比推演的問題

5.3.1 混淆了充分和必要條件

使用對比推演時往往不符合形式邏輯的要求（當然有可能巧合），最主要的一個錯誤就是混淆充分條件和必要條件，如上文易學權威駁纏楊振寧一例。下面這個賓語反義對比從邏輯上來說不成立，因為她把對方的充分條件當成了必要條件：

> 慧珊美眸微皺道：「你真是醫生？」葉男點頭：「我從不騙美女。」慧珊的柳眉更皺了起來：「你的意思是只要對方不是美女，你就會説謊？」

葉某説他不騙美女，至於非美女騙不騙，邏輯上沒關係，但慧珊馬上從「美女」的否定「不是美女」來反駁，這是把充分條件當成了必要條件。但要注意的是，她並不是在進行邏輯辯駁，而是順着漢語的對比語法原理説話。也正是如此，寫書的、看書的都覺得反駁得有道理。可見邏輯或者説推理方式推理路徑，不是客觀天然獨立的，而是跟着語法跑的。有什麼樣的語法，就會怎麼樣順着這語法説話，就會怎麼樣吵架或辯論。

下面這個例子把時間序列或必要條件當成了充分條件：

> 事情發生在高鐵一等座車厢。打人者的經濟層次應該不低，但文明層次之低已經有目共睹了。面對這個案例，「衣食足而知榮辱」論者該頭疼了。有些人衣食足、倉廩實，舉手投足卻毫無文明人的氣象。

「倉廩實而知禮節，衣食足而知榮辱」，語出《管子》。這副對子首先是表達時間順序：衣食豐足了而後懂榮辱。時間先後大體上可以不嚴格地看作是必要條件，也就是説「吃不飽穿不暖的時候別跟我説禮節榮辱」（這個命題不一定為真，顏回貧困照樣守禮知耻），但還沒到充分條件的程度，即「吃飽穿暖的人一定懂禮節榮辱」。上引文的作者把「衣食足」當成了「知榮辱」的充分條件了。

有趣的是，百度百科的解釋雜糅了漢語中必要和充分表達方式：

> 字面意思是：只要倉庫裏有充足的東西，人才能知道禮貌，豐衣足食人才能知道榮譽和耻辱。倉廩實是擁有禮節的前提條件。

中文裏「只要…就能」表達的是充分條件：只要衣食足，就能知榮辱（這不一定對）；只要你去就能解決。「只有…才能」表達的是必要條件：只有你去，才能解決（別人去解決不了）；只有衣食足，才能知榮辱（缺衣少食時是不知榮辱的——這話不一定對）。百度百科把表充分的「只要」和表必要的「才能」雜糅在一起，他是想表達充要條件嗎？漢語口語裏沒有表達充要條件的語詞（也沒有這概念），要表達充要條件，得用數學裏引進的表達方式：當且僅當（if and only if）：當且僅當衣食足，方能知榮辱。我們傳統的語言中沒有這樣的表達方式，說都說不出，就不必指望說得清，還要讓人家明白。順便提一下：這個命題的真假要靠科學的第三步 —— 實證 —— 來判斷。

5.3.2　對比駁異中的情緒宣泄

日常生活中可以看到很多時候中國式論辯很容易發展為吵架、罵架、打架。此時已不限於邏輯或中國邏輯，而更多地是三種先天性思維方式：首先是直截了當的情緒宣泄的感性思維，也有夾雜有算計的利弊思維，和基於記憶思維的類推。網上有一則傳播很廣的駁纏例子「這蛋真難吃」，反駁的角度好幾十個，但都跳不出對比推演：

> 甲：這蛋真難吃。
>
> 乙：隔壁大姨家那鴨蛋更難吃，你咋不說呢？/ 比前年的蛋已經進步很多了！/ 有本事你去吃雞肉看看！/ 難吃沒關係，重要的下出來的蛋要好看。

邏輯學裏有所謂 24 種邏輯謬誤，如人身攻擊，以質疑身份、地位、資格、動機等來攻擊對方，以此封殺對方的觀點：你沒資格！如：「你這麼說是什麼居心什麼目的？」

邏輯謬誤中還有所謂訴諸信心、傳統、權威、恐懼等，這些都是感性思維的不同表現。如：「幾千年來我們一直就是吃這蛋，沒人說難吃。/ 張科長家也是吃這種蛋，你小子反了？」

還有更為高級的手段如轉移話題，以偏概全，偷換概念（即稻草人謬誤）等：「下蛋的是一隻多麼勤勞勇敢善良正直的雞啊！」

這些邏輯謬誤也都屬感性思維，用大白話來說就是耍賴、胡攪蠻纏。注意，很多駁異同時犯了兩個或多個邏輯謬誤，如轉移話題的例子中還有同時偷換概念。

以上所謂辯論，大多是發泄情緒的話，其背後可能有利弊得失的算計。當然，如果你願意從 24 種邏輯謬誤的概念來分析案例也是可以的，不過角度更換了，你的預設是中國人思考和辯論時遵照形式邏輯，因此凡不符合形式邏輯的，就是犯了邏輯謬誤。其實中國邏輯自成一套，並不以符合形式邏輯為標準，所以出了什麼問題，不能說他犯了邏輯謬誤，因為他本來就沒用形式邏輯，他根本沒有形式邏輯的概念，他用的是中國邏輯在對比反駁。

5.3.3　駁異的可預見視角

有一篇文章說：「中國作為一個大國，進行政治改革必須設計一個理性的路線圖。」如果要駁異，對比推演的第一反應是：「難道小國就不用設計理性路線圖了嗎？」這種對待式對比，沒有窮盡可比對象，比如還有「中等大小的國家」「不大不小的國家」「超大國家」「極小國家」等等。要窮盡可比對象，那得用互補的概念，也就是矛盾律中 A 和非 A 的關係：「你考慮過非大國 / 其他國家情況了嗎？」用了矛盾式對比，邏輯上就窮盡了所有有關對象，這是中國邏輯對比推演法中有所缺漏之處。

5.3.4 兩個特點

對比駁異有兩個特點：舉例説明和耍小聰明。下面用一個段子來小結：

> 104 歲老奶奶每天兩包烟，半斤二鍋頭。老奶奶說：「以前勸我戒烟戒酒的醫生早都死啦。」

第一個特點是例證法，用一個例子否定一個全稱命題，這個方法在數學和邏輯學裏當然無可厚非。但人體生理情況是個統計現象，用例證法不但不夠，而且誤導，因為你想説明什麼問題都可找到些極端例子。第二個是耍小聰明，結果一件很嚴肅的事情到最後也就一笑了之。

5.4 對比思維不是中國特有的

5.4.1 對比觀念普遍存在

同構觀念有生物遺傳因素，所以是先天的，普遍的（朱曉農 2018a）。對比觀念還沒有直接證據證明是先天的，不過當幼兒意識到「我」和其他人時，他就已形成對比觀念。漢語的對比原理和歐洲語言的比較級，都表明對比觀念深入語法範疇的深處。由此可以得到一個基本假設：

觀點四、對比認知模式是人類基本的認知方式。

西方學者也常常用對比來提出甚至解答問題，比如李約瑟之謎就是從對比角度來回答問題的，其後難以計數的解答基本上都是以對比來進行的，什麼西有中無（比如神學院），什麼中有西無（比如科舉），於是那對比不同點就是不產生科學的原因了——答案既易懂、又易駁，所以百年來忙得不亦樂乎而又不得要領。

5.4.2 西方語言中有標記的對比

對比是一種普遍的語用現象，任何語言如英語中都隨時可見。不過英語中在對比時會運用焦點重音來加以突顯。在英國莎士比亞誕生 450 周年紀念會上，七個表演過哈姆雷特王子的演員一個個接連登台，朗讀他們理解的“to be or not to be”。第一個平鋪直敘，還沒説完，第二個上來糾正他：“to be, OR not to be.” 要強調 OR，發得又高又長又響，突出這是個「選擇」。第三個上來強調的是否定：“to be, or NOT to be”。第四個則説是“to BE, or not to be”。第五個是最早演王子的 Ian 爵士，他平鋪直敘：“To be or not to be”，然後突出了“THAT is the question.”第六個不同意，突出另一個詞：“… That is THE question.”最後一個上台的是真正的王子，查爾斯王子。他擺動雙手，按捺下觀眾的叫聲，開口説道：“To be or not to be. That is the QUESTION.”重音放在最後一個詞上，不過不是通常意義的高長響的重音，而是突然降低三維變為低、短、輕的 QUESTION。可見音系學的重音一般是高長響，但也可反其道而用低短輕音，只要造成反差，都可起到對比作用。

除了邏輯重音，更直接的手段是申明這是對比，運用語境製造對比：

> 曾經對肯尼迪刺殺案進行過深入調查的尼克松，對部下説過一句話：「我跟約翰遜都想當總統，但我們的區別是，我沒有殺人。」

這話已經明説兩人有區別，然後説「我沒有殺人」，暗含，不，已經是明指對方殺人了。又如：

> 天地間僅有兩樣東西是無窮盡的：一是天地本身、一是人類愚昧，而天地是否真的無窮還説不準（愛因斯坦）
>
> (Only two things are infinite, universe and human stupidity, and I am not sure about the former.)

愛因斯坦説這話時，是有意把兩件事情放在一起對比，完了説一件不肯定。另一件呢，就留下空白讓讀者自己去對比解讀。很多冷幽默都是這麼製造出來的。

5.4.3　中國特色的對比思維

歐洲語言對比是一種有標記的言語行為，其語用前提是要向聽者交代清楚的。而在漢語中，每一句話中的每個實體成分都內在地包含着對比，不用強調，不用申明，説出口就在對比。如前文引詩詞大會「目前的苟且」，董卿對比道：「還有未來的苟且」。她用不着像肯尼迪和愛因斯坦那樣先設定對比項，因為「目前的苟且」在漢語裏天然地含有與「未來的苟且」、「目前的瀟灑」等對比之義。可見即使各民族都會對比思維，但中國有其特色如下：

(1) 漢語的對比語法原理創造了一個內部滋生機制，

(2) 促進了無標記的對比思維，

(3) 以此為底，加以先天思維，形成一種包含於本末同構架的對比式認知模式，

(4) 以致自然鑄就中國人的民族心理，

(5) 並外顯化為具有中國特色的集體無意識言行。

6 對比推演法用於反駁

6.1 同同異對

我們的論證表面看上去任意性很強、很沒邏輯，但材料一點一點分析下來，竟然發現中國式論辯還是有路數的，是服從以下準則的：

觀點五、同同異對準則

證明用同構推演法；反駁用對比推演法。

求同用同構推演法；顯異用對比推演法。

這條同同異對準則最簡單的表達就是：證同同構推、駁異對比演。世間萬物本來就是既有相同點（尤其通過比喻），又有相異點，所以，以「同同異對」的論辯方式可以無往而不利。例如劍橋歷史學查良鏞博士就是熟練地運用了這兩種推理方式。當他論證大一統觀點時用同構推演法：

> 過去的歷史家都說蠻夷戎狄、五胡亂華、蒙古人、滿洲人侵略我中華，大好山河淪亡於異族等等，這個觀念要改一改。我想寫幾篇歷史文章，說少數民族也是中華民族的一分子，北魏、元朝、清朝只是少數派執政，談不上中華亡於異族，只是「輪流坐莊」。

但他談論東西文化差異時，就引「動靜說」來對比西方文化的「動」和中國文化的「靜」：

> 英國歷史學家湯因比……認為西方文明的優點在於不斷地發明、創造、追求、向外擴張，是「動」的文化。中國文明的優點在於和平，就好像長城，處於守勢，平穩、調和，是「靜」的文化。

他說長城內是「守勢」，忘了長城外「蠻夷戎狄…」的攻勢，後者顯然是「動」的，那麼少數民族還是「中國民族的一份子」嗎？從形式邏輯來說，這叫「自相矛盾」，但從中國邏輯來說，這叫「具體情況具體分析」：要證同用同構法，要駁異用對比法。你要是質疑，他會振振有詞：此一時，彼一時。

6.2 豁然開朗

説實話，我在 2017 年 1 月 10 號首次意識到同同異對法這一中國式論辯法則時，突然有一種豁然開朗的感覺。多少年來的矛盾難解之處，一時之間迎刃而破！

前文有引道：「不合理的講理各有各的不法」，本來覺得中國式駁異套路多，什麼資格輪、換位論，各有各的不法。現在突然醒悟，說了那麼多的這論那論，其實就一個對比推演！所以後來改為「不合理的講理初看各有各的不法」，再看呢，原來也是相同的。不過這個相同，不是前半句所指的邏輯推理，而是「不合理的講理再看都是相同的中國邏輯」。不過，最後發現「不合理的講理各有各的不法」一説還是能夠成立，只要把語境擴大為「所有語言」或「不同的語言」：

（不同語言中）合理的講理方式都是相同的（大家都用形式邏輯），

（不同語言中）不合理的講理各有各的不法（因為各有各的自然語言邏輯）。

7. 對比：從言語行為到一般行為（代結語）

對比原理和同構原理是漢語語法中的兩條基本原理，以此為基礎形成中國邏輯中的兩條基本推理法則。由這兩條法則交互作用，構成中國邏輯的基本認知觀：本末同構觀。以此為基礎，形塑了我們的族群心理（其間還有其他較為次要的思維方式參與，另詳）。

族群心理中有兩項典型表現就是攀比心理和兩極心理，其思維深處都是受「對比推演法—對比語言」原理的控制。攀比心理是我們人人心中的魔障，幾乎成了社會心理病：「紅眼病」。「別人家孩子」幾乎成了新俗語，舉凡鼓動、勵志、諷刺、打擊，都可也只會使用這一招。兩級震蕩心理的根基是本末對立觀，這是一種「對立服從」的兩點論，主張對立雙方有一方服從另一方。對立是在內部解決的，即末服從本（朱曉農 2018b）。中國人辯論、爭吵時都以為自己是正，對方是邪，自己是「本」，對方是「末」，而且非要末服從了本，否則不算解決問題。這樣的生生相報構成了中國歷史和對外關係的死結。兩極心理很難容忍妥協，「成者王侯敗者寇」。

我們社會上司空見慣的「攀比」和「兩極震蕩」的確有着大腦深處「語言—思維」的規則控制。漢語的語法原理造成了我們的語言習慣和表達方式，也形塑了漢語自然邏輯和我們的論證（證同）和反駁（駁異）之道。

參考文獻

博洛迪茨基 2011。〈語言如何形塑思考？〉。謝伯讓譯《科學人》110.4。

呂叔湘 1979。《漢語語法分析問題》。北京：商務印書館。

沈家煊 2014。〈漢語的邏輯這個樣〉。漢語是這樣的——為趙元任先生誕辰 120 周年而作之二。《語言教學與研究》2.

朱曉農 1991。〈秦人邏輯論綱〉。《文化的語言視界》，301-322。上海：上海三聯書店。

朱曉農 1997。〈秦人邏輯的任意性和旁推法的兩種推理模式〉。《走向新世紀的語言學》78–96。台灣：萬卷樓圖書有限公司。

朱曉農2015a。〈語言限制邏輯再限制科學：為什麽中國產生不了科學？〉。《華東師大學報（哲社版）》6: 10–28。

朱曉農 2015b。〈科學思維和法治、教育〉。馮勝利編《語言學中的科學》，242–265。北京：人民出版社。

朱曉農 2018a。〈同構推演法：中國邏輯如何論證〉。《華東師大學報（哲社版）》3: 102–120。

朱曉農 2018b。〈漢語中三條與中國邏輯相關的基本語法原理〉。日本《中國語文法研究》，1–46。

朱曉農 2020。〈基於漢語語法的中國邏輯：語言前提論解析〉。日本《現代中國語研究》22: 1–13。

Bloom, Alfred. 1981. *The Linguistic Shaping of Thought: A study in the impact of language on thinking in China and the West.* Hillsdale, New Jersey: Lawrence Elbaum Associates, Publishers.

Boroditsky, Lera; Ham, Wendy; Ramscar, Michael. 2002. What is universal in event perception? Comparing English & Indonesian speakers. In W. D. Gray & C. D. Schunn, Proceedings of the Twenty-Fourth Annual Conference of the Cognitive Science Society, Mahwah, NJ: Lawrence Erlbaum Associates.

Chao, Yuen Ren (趙元任). 1968. *A Grammar of Spoken Chinese.* University of California at Berkeley Press.

Chao, Yuen Ren (趙元任). 1976a/1959. How Chinese logic operates. *Anthropological Linguistics.* 1.1: 1–8, 1959. In Dil (1976) 250–259.

Chao, Yuen Ren (趙元任). 1976b/1954. Note on Chinese grammar and logic. Read before the 23rd International Congress of Orientalists, Cambridge, England, August 23, 1954. In Dil (1976), 237–249.

Chase, Staurt. 1956. 'Forward', in *Whorf's Language, Thought, and Reality,* v-x. MIT Press.

Cheng, Chung-yu (成中英). 1983. Kung-sun Lun: White horse and other issues. *Philosophy East and West* 33.4: 341–354.

Cheng, Chung-yu (成中英). 1987. Logic and language in Chinese philosophy. *Journal of Chinese Philosophy* 14.3: 285–308.

Cikoski, Johns. 1975. On standards of analogic reasoning in Late Chou. *Journal of Chinese Philosophy* 2.3: 325–357.

Dil, A.S. (ed.) 1976. *Aspects of Chinese sociolinguistics: Essays by Yuen Ren Chao.* Stanford: Stanford University Press.

Egerod, S. 1967. Dialectology. In T.A. Sebeok (ed) *Current Trends in Linguistics II: Linguistics in East Asia and Southeast Asia.* The Hager & Paris: Mouton, 91–129.

Graham, A.C. 1962. The 'Hard and White' disputations of the Chinese Sophists. *Bulletin of the School of Oriental and African Studies* 30.2: 282–301.

Graham, A.C. 1978. *Later Mohist Logic: Ethics and Science.* Chinese University Press and the School of Oriental and African Studies.

Hansen, Chad (陳漢生). 1983. *Language and Logic in Ancient China.* University of Michigan Press.

Harbsmeier, Christoph (何莫邪). 1998. *Language and Logic. Science and Civilisation in China* 7.I, (ed. by Joseph Needham), Cambridge University Press.

Hughes, E.R. (edited and translated) 1942. *Chinese Philosophy in Classical Times*. London: J.M. Dent & Sons Ltd. NY: E.P. Dutton & Co.Inc.

Kennedy, George A. 1952. Negatives in Classical Chinese. *Wennti Papers*, I: 1–16.

Lackoff, Geogue. 1987. *Women, fire, and dangerous things: What categories reveal about mind*. Chicago: The University of Chicago Press.

Lau, D.C (劉殿爵). 1952-53. Some logical problems in Ancient China. The Proceedings of the Aristotelian Society, NS 53: 189–204.

Lenneberg, Eric. 1953. Cognition in Ethnolinguistics. *Language* 29.4: 463–471.

Pinker, Steven. 1994. *The language instinct: How the mind creates language*. London: Penguin Books.

Reding, Jean-Paul. 1986. Analogical reasoning in early Chinese philosophy. *Asiatische Studien* 40: 40–56.

Uno, Seiichi. 1965. Some observations on ancient Chinese logic. *Philosophical Studies of Japan* 6: 31–42.

Whorf, Benjamin. 1956. *Language, Thought, and Reality: Selected Writings of Benjamin Lee Whorf* (ed. By John Carroll). MIT Press. 25th printing, 2000.